에덴의 동쪽 1

East of Eden

EAST OF EDEN
by John Steinbeck

세계문학전집 181

에덴의 동쪽 1

East of Eden

존 스타인벡
정회성 옮김

민음사

친애하는 파스칼 코비치*에게

나무를 가지고 조각하는 나를 보고 자네는 말했지.
"내게도 뭘 좀 만들어 주게나."
나는 "뭘 만들어 줄까?" 하고 물었네.
자네는 "상자."라고 대답했지.
"뭐 하게?"
"물건 넣으려고."
"무슨 물건?"
"자네가 갖고 있는 건 뭐든지 다."
자, 여기 그 상자가 있네.
상자에 내가 갖고 있는 것을 거의 다 넣었는데도 가득 차질 않는군.
이 속에는 고통과 흥분, 호감과 악감, 악의와 선의, 기쁨과 절망,
그리고 뭐라 형언할 수 없는 창조의 환희가 들어 있다네.
게다가 그 맨 위에는 자네에 대한 감사와 사랑이 놓여 있지.
그런데도 상자는 도무지 가득 차질 않는군.

존 스타인벡

* 존 스타인벡의 친구이자 편집자.

차례

1부

1장

1

살리나스 계곡은 캘리포니아 북부에 있다. 기다란 습지대인 이 계곡은 두 줄기 산맥 사이에 있는데, 살리나스강이 그 가운데를 따라서 굽이굽이 휘감아 돌아서는 마침내 몬터레이만으로 흘러든다.

나는 어렸을 때 보았던 갖가지 풀들과 신비한 꽃들의 이름을 아직도 기억한다. 또 두꺼비가 어디에 사는지, 여름철에 새들은 언제쯤 잠에서 깨는지, 나무와 계절의 향기가 어떤 것인지, 심지어 사람들의 표정이며 걸음걸이, 체취까지도 기억한다. 향기를 가진 기억은 무척이나 선명하다.

살리나스 계곡 동쪽의 개빌런은 사람을 부르듯 햇살과 아름다움으로 가득 찬 밝고 화사한 산이었다. 그래서 다정한 어머니 무릎에 올라앉듯 그 따사로운 산기슭에 올라앉고 싶었

는데, 나는 그런 것까지도 생생하게 기억하고 있다. 갈색 풀로
뒤덮인 그 산은 사람들에게 어서 오라고 손짓하곤 했다. 살리
나스의 서쪽에는 샌타루시아 산맥이 하늘을 등진 채 드넓은
바다로부터 계곡을 가로막고 서 있었다. 그 산맥은 음침하고
시무룩한 표정이어서 매정하고 위험해 보였다. 나는 언제나
동쪽을 좋아하고 서쪽을 무서워했다. 무슨 까닭에서 그랬는
지는 알 수 없다. 개빌런 산맥의 봉우리 너머로 아침이 찾아오
고, 샌타루시아의 산등성이에서부터 밤이 밀려들었기 때문이
아니었을까? 어쩌면 하루의 탄생과 소멸이 그 두 줄기 산맥에
대한 내 느낌을 형성하고 있었는지도 모른다.

계곡 양쪽으로부터 조그만 개울들이 야트막한 협곡을 빠
져 나와 살리나스강으로 흘러들었다. 비가 많이 내리는 겨울
철에는 개울물이 갑자기 불어나서 강이 범람했는데, 둑을 넘
은 강물은 주변을 닥치는 대로 파괴했다. 거센 물살은 농장의
가장자리를 쥐어뜯다가 온 대지를 휩쓸어 버렸다. 그 바람에
창고며 집이 부서진 채 둥둥 떠다니다가 물속으로 사라졌고,
소와 돼지와 양 들이 누런 흙탕물에 익사한 채 바다로 떠내려
갔다. 강물은 늦은 봄이 되어서야 차츰차츰 줄어들었고, 그럴
즈음이면 양쪽에 모래 둑이 생겼다. 여름에는 강물이 땅 위
로 흐르지 않고 높은 둑 밑에서 웅덩이가 되어 고여 있곤 했
다. 그 무렵이면 왕골과 잡초가 다시 자라나고, 버드나무가 가
지마다 홍수의 찌꺼기를 뒤집어쓴 채 기지개를 켰다. 살리나
스강이 일 년 내내 수량이 풍부했던 것은 아니다. 여름의 뙤약
볕은 강물을 모두 말려 버렸다. 살리나스강은 결코 훌륭하지

는 않았지만, 단 하나뿐인 강이라 우리 모두 자랑스럽게 여겼다. 비가 많이 내리는 겨울에는 위험하고, 여름에는 가물어서 바닥이 바싹 말라붙어 버리는데도 자랑스러워했다. 가진 것이 오직 하나뿐이라면 그것을 자랑할 수밖에 없다. 가진 것이 없을수록 더 자랑하고 싶은지도 모른다.

두 산맥 사이의 산기슭 아래쪽에 위치한 살리나스 계곡의 바닥은 평평하다. 옛날에 이 계곡이 바다에서 160킬로미터쯤 들어온 만이었기 때문이다. 수백 년 전, 모스랜딩 항구의 어귀는 이 길쭉한 만의 입구였다. 언젠가 아버지가 이 계곡의 80킬로미터 아래쪽에서 우물을 판 적이 있었다. 그때 굴착기에 맨 처음 묻어 나온 것이 흙이었고, 다음이 자갈, 마지막이 조개껍질과 고래 뼈 조각이 섞인 흰 모래였다. 그런 모래가 6미터 정도 나오더니 다시 검은 흙과 오랜 세월이 지나도 썩지 않는 삼나무 조각이 나왔다. 살리나스 계곡은 그 옛날 내해(內海)이기 전에는 분명 숲이었을 것이다. 그러고 보니 그런 모든 일들이 우리 발밑에서 일어난 셈이다. 밤에 나는 이따금씩 그 옛날의 바다와 삼나무 숲이 느껴지는 듯하다.

계곡의 넓고 평평한 바닥에는 비옥한 흙이 두툼하게 깔려 있었다. 그래서 겨울에 비만 내렸다 하면 풀과 꽃이 자랐는데, 강우량이 많은 해의 봄에는 꽃들이 믿을 수 없을 만큼 흐드러지게 피었다. 계곡의 벌판은 물론, 산자락에까지 온통 루핀과 양귀비로 뒤덮였다. 언젠가 어떤 여인이 색깔 있는 꽃들은 흰 꽃과 함께 있으면 그 색이 한결 더 선명하게 보인다고 말한 적이 있다. 파란 루핀은 꽃잎마다 흰 테가 둘러져 있어서 루핀이 만발한 벌판은 상상 이상으로 파랬다. 루핀이 핀 벌판에는 캘리포니아 양귀비가 점점이 섞여 있었다. 캘리포니아 양귀비 색깔도 불타는 듯 선명했다. 오렌지색도 황금색도 아니었다. 만약 액체로 된 순금이 있어서 크림을 만들 수 있다면, 황금빛 크림이야말로 양귀비의 색깔과 비슷할지도 모르겠다. 이런 꽃들의 철이 지나면 노란 겨자풀이 돋아나 무성하게 자랐다. 할아버지가 이 계곡으로 말을 타고 들어왔을 때는 겨자풀이 얼마나 높게 자랐던지 노란 꽃들 위로 머리만 보였다고 했다. 고지대의 초원은 미나리아재비와 에케베리아, 그리고 가운데가 까맣고 전체적으로 노란 바이올렛으로 덮여 있었다. 그 꽃의 계절이 조금 지나면 빨갛고 노란 인디언 페인트브러시가 피었다. 인디언 페인트브러시는 훤히 트인 양지바른 곳에서 자라는 꽃이었다.

떡갈나무 밑의 짙은 그늘에는 공작고사리가 무성하게 자라나 향긋한 냄새를 풍겼고, 이끼 낀 강둑 아래는 다섯 잎 양치류 식물들이 덤불을 이루었다. 그리고 안쓰럽게 보일 정도로 아름다운 우윳빛 잔대와 작은 등꽃이 피어 있었는데, 이런 꽃들은 어린아이 눈에 워낙 희귀하고 신비해 보여서 한 송이라도 찾아내면 하루 종일 으스대며 흐뭇해했다.

6월이 되어 풀들이 억세져서 갈색을 띠면 언덕도 온통 갈색으로 물들었다. 아니, 갈색이라기보다는 황금빛과 적갈색을 섞어 놓은 것 같은, 말로 표현하기 어려운 색으로 변했다. 그런데 그때부터 다음 우기까지 대지는 메마르고 냇물은 흐름을 멈추었다. 그러면 평평한 땅은 갈라지고 살리나스강물은 모래

바닥 밑으로 잦아들었다. 그리고 바람은 계곡 아래로 휘몰아치면서 먼지와 지푸라기를 날려 보내고, 남쪽으로 방향을 틀어서는 점점 거세어지다가 날이 어두워질 무렵에야 잠잠해졌다. 흙먼지를 날리는 그 바람은 살갗에 파고들어 눈을 따끔거리게 하고, 신경을 날카롭게 곤두세웠다. 들판에서 일하는 남자들은 흙먼지를 막기 위해 보호 안경을 쓰고 손수건으로 코를 막기도 했다.

계곡의 흙은 두툼하고 비옥했지만, 산기슭은 겨우 풀뿌리를 덮을 정도의 깊이밖에 안 되는 표토로 덮여 있었다. 그런 터에 언덕으로 올라갈수록 흙의 두께는 얇아져서 뾰족뾰족한 돌이 보였고, 그 위의 관목 지대에 이르러서는 메마른 자갈밭이 펼쳐져 뜨거운 햇볕을 반사했다.

지금까지는 강우량이 풍부한 풍년에 대해서 이야기했다. 그러나 가뭄이 드는 해도 있었고, 그런 해에는 계곡에 난리가 나곤 했다. 물 사정은 30년 주기로 바뀌었다. 강우량이 48에서 64센티미터가량 되는 5년에서 6년 동안은 풀이 무성하게 자랐다. 그리고 강우량이 30, 40센티미터쯤 되는 평년이 6, 7년간 계속 이어졌는데, 그 후에는 가뭄이 들어서 강우량이 19, 20센티미터 정도밖에 되지 않았다. 그런 해에는 땅이 바짝 말라붙어 풀은 자라다 말고, 계곡 여기저기에는 허옇게 불모지가 드러났다. 싱싱하던 떡갈나무는 껍질만 남고, 산쑥은 잿빛으로 변했다. 땅은 갈라지고 샘물은 말라붙었으며, 가축은 힘없이 비틀거리면서 마른 나뭇가지를 씹어 먹었다. 농부들과 목장 주인들은 살리나스 계곡에 대해 혐오감을 품었다. 소들은 점점 여위어 굶어 죽기까지 했다. 사람들은 물통에 식수를 길어 집까지 져 나르곤 했다. 보잘것없는 재산을 정리하고 떠나버리는 가족도 있었다. 그런데 사람들은 가물어 흉년이 들면 풍년의 시절을 잊고, 비가 많이 와서 풍년이 들면 흉년 때의 일을 까맣게 잊어버리곤 했다. 매사가 늘 그런 식이었다.

2

그것이 바로 살리나스 계곡이었다. 계곡의 역사는 다른 고장과 다를 바 없었다. 맨 처음에는 인디언들이 있었다. 그들은 정력도 창의성도 문화도 전혀 없는 열등 종족인 데다 얼마나 게으른지 사냥이나 고기잡이도 하지 않고 벌레와 메뚜기와 조개 등을 잡아먹고 살았다. 인디언들은 나무에 달리는 열매만 따서 먹을 뿐, 아무것도 재배하지 않았다. 그들은 떫은 도토리를 가루로 만들어서 먹었다. 그러다 보니 그들의 전투 역시 맥 빠진 무언극에 지나지 않았다.

인디언 다음으로는 억세고 강인한 스페인 사람들이 탐험을 하러 들어왔다. 탐욕스럽고 현실적인 그들은 황금과 신(神)에 대해서 욕심을 부렸다. 그들은 보석을 긁어모으면서 사람들을 끌어 모았다. 그리고 토지 소유권을 취득하듯 산과 계곡, 강과 지평선까지 닥치는 대로 수중에 넣었다. 거칠고 무자비한 스페인 사람들은 쉴 새 없이 해안을 누비고 다녔다. 개중에는 스페인 국왕에게 드넓은 영지를 하사받아 정착한 사람들도 있었다. 그러나 정작 스페인 국왕은 자신이 하사한 땅에 대해서 아는 게 하나도 없었다. 초기의 토지 소유자들은 봉건적인 정착촌에서 가난하게 살았는데, 그들은 가축을 방목하여 점점 그 수를 늘려 나갔다. 그리고 주기적으로 가축을 잡아서 가죽과 기름은 사용하고, 고기는 독수리와 코요테의 먹이가 되도록 내다 버렸다.

스페인 사람들이 이곳에 발을 들여놓았을 때, 그들은 접하는 것마다 이름을 붙여 주어야 했다. 이런 일은 어느 탐험가에게나 주어지는 최우선적인 임무이자 특권이었다. 직접 그린 지도에 기록을 하려면 사물의 이름이 필요했던 것이다. 물론 그들은 모두 신앙심이 깊은 데다 글을 읽고 쓸 줄도 알았다. 지도를 그려 기록을 남긴 사람들은 군대를 따라서 여행한, 강인하고 지칠 줄 모르는 성직자들이었다. 그래서 초기의 지명은 대개 성자의 이름이나 여행 중에 잠시 멈추고 거행한 종교적 축제의 이름에서 비롯되었다. 성자들이 많기는 했으나 이름의 수가 한정되어 있다 보니 중복되는 경우도 있었다. 산미겔(San Miguel), 세인트미카엘(St. Michael), 산아르도(San Ardo), 산베르나르도(San Bernardo), 산베니토(San Benito), 산로렌소(San Lorenzo), 산카를로스(San Carlos), 산프란시스퀴토(San Francisquito) 같은 이름이 중복되었다. 그리고 축제일로는 성모 마리아 탄생일인 나티비다드(Natividad), 성탄절인 나시미엔테(Nacimiente), 고독을 뜻하는 솔레다드(Soledad) 등이 그랬다. 탐험대가 그때그때의 느낌에 따라서 이름을 붙인 곳도 있었다. 희망이라는 뜻인 부에나에스페란사(Buena Esperanza),

경치가 아름답다는 뜻인 부에나비스타(Buena Vista), 예쁘다는 뜻인 추알라(Chualar) 등이 그 예다. 설명 투의 이름도 있었다. 떡갈나무가 많아서 붙인 파소데로스로블레스(Paso de los Robles), 월계수가 흔해서 붙인 로스로렐레스(Los Laureles), 늪지에 갈대가 많아서 붙인 툴라시토스(Tularcitos), 소금같이 흰 알칼리라는 뜻의 살리나스(Salinas)가 그런 지명들이다.

흔하게 볼 수 있는 짐승이나 새의 이름을 따서 붙인 곳도 있었다. 산에 매들이 날아다닌다고 하여 붙인 개빌런(Gabilanes), 두더지라는 뜻의 토포(Topo), 들고양이를 뜻하는 로스가토스(Los Gatos)가 그것이다. 지형에서 따 온 이름도 더러 있었다. 접시와 잔처럼 생겼다 하여 타사하라(Tassajara), 물이 말라 버린 호수라는 뜻의 라구나세카(Laguna Seca), 흙담을 뜻하는 코럴데티에라(Corral de Tierra), 낙원 같다고 해서 파라이소(Paraiso)라는 이름이 붙여졌다.

그다음에는 미국인들이 들어왔다. 미국인들은 그 수도 어마어마한 데다 스페인 사람들보다 훨씬 더 탐욕스러웠다. 그들은 토지를 차지하고 소유권을 확실히 해 두기 위해서 법을 개정했다. 미국인들은 처음엔 벌판에다 농가를 짓고 다음에는 산기슭 비탈까지 올라가더니 급기야 온 땅에 농장을 세웠다. 그들은 작은 목조 가옥에는 삼나무 널로 지붕을 이고 말뚝을 박아 울타리를 쳤다. 물이 나오는 곳이면 어디든지 집이 들어서고, 가족이 늘면서 마을이 점차 번창해 나갔다. 미국인들은 붉은 제라늄과 장미덩굴을 잘라다 앞마당에 심었다. 마차의 바큇자국들이 새로운 오솔길을 내고, 노란 겨자풀 벌판이었던 곳에는 옥수수와 보리와 밀 밭이 반듯하게 들어섰다. 오가는 사람들이 많아진 길가에는 20킬로미터마다 잡화점과 대장간이 문을 열고, 이로 인해 브래들리, 킹시티, 그린필드 같은 작은 마을들이 생겨나게 되었다.

미국인들은 스페인 사람들과 달리 사람의 이름을 따서 지명을 붙이는 경향이 있었다. 그런데 계곡에 사람들이 정착한 뒤부터는 그 고장에서 일어난 일과 연관지어 이름을 붙이는 경우가 많았다. 그런 이름들은 이미 잊혀진 옛일을 상기시켜 준다. 그래서 다른 이름들보다 더 마음이 끌린다. 가령 볼사누에바(Bolsa Nueva)는 새 지갑을, 모로코조(Morocojo)는 절름발이 무어인(이 사람은 대체 어떤 인물이며 어떻게 이곳에 오게 되었을까?)을 연상하게 한다. 와일드호스캐니언(Wild Horse Canyon)과 무스탕그레이드(Mustang Grade) 그리고 셔츠테일캐니언(Shirt Tail Canyon)도 마찬가지 경우다. 지명이란 그 자체가 점잖든 점잖지 않든, 설명 투든 시적이든 천박하든 간에 그것을 지은 사람들에게 책임이 있는 것이다. 산로렌소라는 이름은 아무 곳에나 붙일 수 있지만, 셔츠테일캐니언이나 모로코조는 아무 데나 붙일 수 있는 이름이 아니다.

오후가 되면 바람이 정착촌 위로 거세게 휘몰아쳤다. 그래서 농부들은 경작한 땅의 표토가 날려 가지 않도록 몇 킬로미터에 걸쳐서 유칼립투스 나무로 방풍림을 만들기 시작했다. 할아버지가 할머니를 데리고 킹시티의 동쪽 산기슭에 정착할 무렵만 해도 살리나스 계곡은 대략 이런 상황이었다.

2장

1

해밀턴 가에 관해 말하려면 이런저런 소문이나 빛바랜 사진이나 여기저기서 얻어들은 이야기나 거짓과 뒤섞인 아련한 기억 따위에 의지할 수밖에 없다. 집안에 이름난 인물이 없다 보니 출생, 결혼, 토지 소유, 사망 등에 관한 문서 외에는 남아 있는 기록이 별로 없기 때문이다.

젊은 새뮤얼 해밀턴과 그의 아내는 북부 아일랜드 출신이다. 새뮤얼 해밀턴은 부유하지도 가난하지도 않은 농사꾼의 아들로, 그의 집안은 수백 년 동안 똑같은 땅의 똑같은 돌집에서 살았다. 해밀턴 가는 특이하게도 교육을 많이 받은 유식한 집안이다. 그 같은 농촌 마을에서 흔히 볼 수 있듯 그들의 친척 중에는 훌륭한 사람도 있고, 보잘것없는 사람도 있었다. 이를테면 준남작인 사촌이 있는가 하면, 비렁뱅이 사촌도 있었던 것이다. 물론 대부분의 아일랜드 사람들이 그렇듯 그들 역시 옛 아일랜드 국왕의 후손이었다.

새뮤얼 해밀턴이 대대로 내려온 돌집과 비옥한 땅을 떠나게 된 이유에 대해서는 나도 잘 모른다. 정치인이 아닌 그가 반역에 가담해 추방되었을 리도 없고, 워낙 정직한 사람이라 죄를 짓고 경찰을 피해 도망쳐 나왔을 리도 없다. 그런데 소문에 의하면, 아니 소문이라기보다는 짐작이라고 하는 편이 옳겠지만, 새뮤얼이 아내가 아닌 다른 여자를 사랑했기 때문에 고향을 등졌다고 한다. 그가 성공적인 사랑을 했는지, 아니면 비극적인 사랑으로 평생 가슴앓이를 했는지 나로서는 알 길이 없다. 하지만 사람들은 주로 전자일 거라고 생각했다. 새뮤얼은 잘생기고 매력적이며 쾌활한 사람이었다. 따라서 아일랜드의 시골 처녀가 그런 사람을 차 버렸다고는 상상이 되지 않는다.

그는 재능과 열정을 가득 지닌 채 비옥한 살리나스 계곡을 찾아왔다. 그의 눈동자는 짙은 푸른빛이었는데, 피곤할 때면 눈동자 하나가 버릇처럼 약간 옆으로 돌아가곤 했다. 그는 체구는 컸지만 섬세한 사람이었는데, 지저분한 목장 일을 하면서도 늘 단정했다. 또 손재주가 좋아서 대장장이, 목수, 목각 일에 능숙했다. 나무나 쇠붙이만 있으면 무엇이든 척척 만들어 냈던 것이다. 그는 예전에 하던 일을 더 빨리, 그리고 더 잘할 수 있는 새로운 방법을 끊임없이 고안해 냈다. 그렇지만 돈 버는 데는 도무지 재주가 없었다. 그런 재주가 있는 다른 사람들은 새뮤얼의 기술을 팔아서 부자가 되었는데, 새뮤얼은 평생 품삯도 제대로 받지 못했다.

그가 왜 하필이면 살리나스 계곡으로 흘러들어 왔는지 모르겠다. 이 계곡은 초원의 나라에서 살던 사람이 올 만한 곳이 아니다. 그는 새로운 한 세기를 30년 정도 남겨 놓고 자그마한 아일랜드인 아내를 데리고 이곳으로 왔다. 그의 아내는 유머라고는 손톱만큼도 없는 닭처럼 꼿꼿한 여자였다. 엄격한 장로교 정신으로 무장한 그녀는 종교적 도덕관에 집착해서 쾌락을 좇는 일이라면 무엇이든 멀리했다.

새뮤얼이 어디에서 그녀를 만나 어떻게 구혼을 하고 결혼을 했는지는 알 수 없다. 어쩌면 마음 한구석에 다른 여인을 묻어 두고 있었을지도 모른다. 새뮤얼은 정이 넘치는 사내인 반면, 그의 아내는 감정을 겉으로 드러내는 여자가 아니었다. 그렇기는 해도 새뮤얼이 살리나스에 살면서 다른 여자에게 한눈을 팔았다고 생각할 만한 일은 전혀 없었다.

새뮤얼과 라이자가 살리나스 계곡에 도착했을 때는 평지는 말할 것도 없고 비옥한 저지대, 언덕의 작은 옥토, 임야 등은 이미 모두 남의 차지가 되어 있었다. 농사를 지을 만한 땅이라곤 변두리에, 그것도 아주 조금 남아 있을 뿐이었다. 결국 새뮤얼은 지금의 킹시티 동쪽의 척박한 언덕에 삶의 터전을 마련했다.

그는 일상적인 관례를 따랐다. 즉 자신과 아내, 그리고 곧 태어날 아이의 몫으로 각각 160에이커의 땅을 차지했다. 세월이 흘러 아들 넷에 딸 다섯을 더해 모두 아홉 명의 자식이 태어났다. 한 아이가 태어날 때마다 160에이커의 땅을 늘려 나갔으므로 열한 명의 식구는 총 1760에이커의 땅을 차지하게 되었다.

그 땅이 비옥했다면 해밀턴 일가는 부자가 되었을 것이다. 하지만 땅은 거칠고 메말랐다. 샘을 파도 물 한 방울 솟아 나오지 않았다. 그런데다 표토가 너무 얇아서 여기저기에 돌맹이가 튀어나와 있었다. 쑥도 살아남기 힘들고, 떡갈나무도 메말라 뒤틀어지는 땅이었다. 웬만큼 풍년이 든 해에도 가축들은 비쩍 마른 모습으로 먹을 걸 찾아 헤맸다. 해밀턴 가족은 그 척박한 언덕에서 서쪽의 비옥한 저지대와 살리나스강가의 푸른 땅을 내려다보곤 했다.

새뮤얼은 손수 집을 짓고 헛간과 대장간도 만들었다. 하지만 얼마 지나지 않아서 그는 1만 에이커의 땅을 차지하고 있어도 물이 없으면 살아가기 힘들다는 걸 깨달았다. 새뮤얼은 타고난 솜씨를 발휘하여 구멍 뚫는 연장을 만들었다. 그러고는 다른 사람의 땅에 우물을 파 주었다. 또 탈곡기를 만들어 추수철이면 저지대로 끌고 가서 자기 농장에서는 구경할 수 없는 곡식을 탈곡해 주었다. 게다가 자기 집 대장간에서 쟁기 날을 세워 주고, 써레를 수리해 주었으며, 부러진 굴대를 용접해 주고, 말굽에 편자도 박아 주었다. 집집마다 사람들이 연장을 가져와서 수리를 의뢰하거나 더 좋게 만들어 달라고 부탁했다. 사람들은 살리나스 계곡 밖에서 일어나고 있는 세상사와 그곳 사람들의 생각을 비롯하여 시와 철학에 대한 새뮤얼의 이야기를 듣고 싶어 했다. 성악이나 연설에 어울릴 만큼 굵직하고 낮은 데다 아일랜드 사투리가 전혀 없이 박자, 억양,

가락이 조화를 이룬 그의 목소리는 저지대에서 온 말수 적은 농부들의 귀를 마냥 즐겁게 만들었다. 그들은 부엌 창문에서 멀찍이 자리를 잡고 앉아 해밀턴 부인의 시선을 피해 들고 온 위스키를 홀짝거렸다. 그러고는 독한 술 냄새를 없애려고 푸른 야생 아니스 열매를 계속해서 씹어 댔다. 사람들은 대장간 주변에 앉아 새뮤얼의 망치 소리와 이야기를 듣지 못하는 날은 대단히 운 나쁜 날로 간주했다. 그들은 새뮤얼을 우스갯소리의 천재라고 불렀다. 그들은 그날 들었던 이야기를 고스란히 집으로 가져가서 식구들에게 들려주고 싶어 했다. 하지만 돌아오는 길에 이야기가 어디로 새어 버렸는지 막상 식구들에게 들려줄 때면 이야기는 엉뚱하게 변질되곤 했다.

새뮤얼은 우물 파는 기계와 탈곡기, 그리고 대장간에서 거둬들이는 수입으로도 충분히 부자가 될 수 있었을 터였다. 하지만 그에게는 사업 수완이 없었다. 늘 돈에 쪼들리는 그의 단골들은 처음에는 추수를 끝내면 외상값을 주겠다고 말했다가, 나중에는 크리스마스 후로 미루었다. 그들은 그렇게 차일피일 시간을 끌다가 급기야 빚진 사실마저 까맣게 잊어버리곤 했다. 새뮤얼에게는 외상값을 달라고 재촉하는 재주도 없었으므로 그 가족은 늘 가난하게 살았다.

해가 어김없이 바뀔 때마다 자식들도 어김없이 태어났다. 그곳 의사들은 일손이 달렸기 때문에 임산부가 난산으로 며칠씩 고생하지 않는 한, 농장까지 왕진을 오지는 않았다. 결국 새뮤얼 해밀턴은 자기 손으로 아이들을 받았다. 그는 탯줄을 말끔하게 묶고, 아기의 엉덩이를 때리고, 산후의 지저분한 것들을 정리하는 일을 도맡아 처리했다. 막내가 태어날 때는 출산 도중에 문제가 생겼는지 아이의 얼굴이 사색이 되어 있었다. 새뮤얼은 아이 입에 자기 입을 대고 숨을 불어넣어 아이를 살려냈다. 그는 그런 일에 솜씨가 좋아서 30킬로미터나 떨어진 곳에 사는 사람들도 출산을 도와 달라고 찾아왔다. 새뮤얼은 사람의 출산뿐만 아니라 말이나 소의 새끼를 받는 일에서도 발군의 실력을 보였다.

새뮤얼은 손이 쉽게 닿는 선반에 검은색 표지의 두꺼운 책한 권을 올려 두었는데, 표지에는 『건 박사의 가정의학』이라는 제목이 금박으로 찍혀 있었다. 그 책은 너무 많이 들추어보아서 군데군데 구겨진 데다 손때가 덕지덕지 묻어 있었다. 하지만 아예 손길이 닿지 않은 페이지도 많았다. 아무튼 건박사의 책 속에서 해밀턴이 자주 들추어 본 부분이 그의 의학지식인 셈이었다. 그가 자주 펼쳐 보는 부분은 골절, 자상, 외상, 볼거리, 홍역, 척추염, 성홍열, 디프테리아, 류머티즘, 생리통, 탈장, 임신과 출산에 관련된 것들이었다. 해밀턴 부부가 운이 좋았는지, 아니면 도덕적이어서 그랬는지는 몰라도 임질과매독에 관한 부분은 단 한 번도 손을 타지 않았다.

놀란 아이들을 진정시키는 데는 새뮤얼을 따라올 사람이없었다. 인품이 선량한 그는 아이들을 다정스럽게 타일렀다. 그는 몸이 청결한 만큼 생각도 순수했다. 그의 대장간에 들러함께 대화를 나누는 사람들은 상스러운 말을 쓰지 않았다. 의식적으로 쓰지 않았던 게 아니라 자신도 모르게 조심해야 한다는 생각이 들었던 것이리라.

새뮤얼은 사람들에게 외국인이라는 인상을 주었다. 그의 억양 탓이었는지는 몰라도 사람들은 친척이나 가까운 친구에게도 하지 못한 이야기를 그에게는 거리낌 없이 털어놓았다. 남과 약간 다른 인상이 그를 이방인처럼 보이게 만들었을지도 모른다. 어쨌든 사람들은 새뮤얼에게는 어떤 비밀을 털어놓아도 안전하다고 생각했다.

라이자 해밀턴은 아일랜드 출신의 보통 여자들과는 사뭇 달랐다. 그녀의 작고 동그란 머릿속은 작은 신념으로 똘똘 뭉쳐 있었다. 납작코와 약간 안쪽으로 들어간 짧고 단단한 턱, 그리고 시선을 끄는 입언저리는 누가 뭐라고 해도 조화롭다고 할 수 있었다.

라이자는 요리를 꽤 잘했고, 청소도 잘했다. 늘 집 안을 쓸고 닦았다. 그녀는 출산을 하고 나서도 일했다. 몸조리는 길어야 2주 정도였다. 고래의 골반이라도 가졌는지 그녀는 몸집이 큰 아이들을 쉬지 않고 쑥쑥 낳았다.

라이자는 죄악에 관해서는 나름대로 엄격한 잣대를 가지고 있었다. 그녀에게 게으름과 카드놀이는 같은 부류의 죄악이었다. 그녀는 춤, 노래, 심지어 웃는 것까지, 즐기는 것이라면 덮어놓고 못마땅하게 여겼다. 게다가 즐기며 시간을 보내는 사람들은 악마와 한통속이라고 생각했다. 그런데 안타깝게도 새뮤얼은 늘 호탕하게 웃는 사람이었다. 따라서 라이자가 보기에 그는 악마와 내통하는 사람인 셈이었다. 그렇더라도 라이자는 남편을 보호하려고 애썼다.

그녀는 언제나 머리를 뒤로 바짝 당겨 단단히 말아 올렸다.

그녀의 차림새를 내가 기억하지 못하는 걸 보면 아마도 그녀는 몸에 잘 어울리게 옷을 입었던 것 같다. 그녀는 유머라고는 손톱만큼도 몰랐지만, 이따금씩 날카로운 기지를 보여 주곤 했다. 손자들은 너무 완벽한 그녀를 무서워했다. 그녀는 인간들 각자가 하느님이 부여한 삶을 살아간다는 신념으로 평생 불평 한 마디 하지 않고 어려움을 참으며 살았다. 힘들어도 언젠가는 그에 대한 보상이 있으리라고 생각했던 것이다.

2

사람들이 맨 처음 서부에 도착했을 때, 특히 기를 써도 조그만 땅뙈기밖에 소유하지 못했던 유럽 사람들은 문서에 서명을 하고 건물의 터만 닦아 놓아도 넓은 땅을 차지할 수 있다는 걸 알고는 갈수록 땅 욕심을 키웠다. 그들은 좋은 땅을 원했다. 하지만 실제로는 땅이기만 하면 좋고 나쁨을 따지지 않았다. 어쩌면 유럽의 영주들이 많은 재산을 소유하고 떵떵거리며 살았던 기억이 그들의 뇌리에 단편적으로 남아 있기 때문에 그렇게 땅 욕심이 많았는지도 모른다. 초기의 이주민들은 필요 이상의 땅을 차지하고 있었다. 단지 자기 것이 된다는 이유 하나만으로 아무 짝에도 쓸 수 없는 땅을 소유했던 것이다. 더욱이 땅의 크기에 대한 생각도 완전히 바뀌어서 유럽에서는 10에이커만 가져도 잘살았는데, 캘리포니아에서는 2000에이커를 갖고 있어도 가난했다.

이주민들이 온 지 얼마 지나지 않아서 킹시티와 산아르도 주변의 메마른 구릉지마저 그들의 차지가 되어 버렸다. 그곳 언덕 여기저기에서 헐벗은 가족 단위의 사람들이 돌투성이의 땅을 일구어 살아가기 위해 안간힘을 썼다. 그들은 절망적이고도 극한인 상황에서 이리들처럼 약삭빠르게 살아가야 했다. 그들은 돈도 장비도 믿음도, 특히 새로운 곳에 대한 지식이나 별다른 기술도 없이 신대륙으로 건너왔다. 그것이 타고난 어리석음 때문이었는지, 아니면 나름대로의 위대한 신념 때문이었는지 나로서는 알 길이 없다. 요즘에는 그런 모험을 하는 사람을 거의 찾아볼 수 없다. 어쨌든 사람들은 살아남았고, 그 수는 점점 늘어났다. 그들은 지금은 거의 사라졌거나 어딘가에 숨겨져 있을지도 모르는 연장이나 무기를 가지고 삶을 개척했다. 그들이 의롭고 선한 하느님을 철저히 믿었기 때문에 황무지나 다름없는 곳에 자신의 신념을 바치고, 그나마 스스로를 보호할 수 있었다고 말하는 사람들도 있다. 그러나 내 생각에는 그들이 스스로를 믿고 존중하며 무의식중에라도 자신이 도덕성을 추구하는 개체라고 생각했기 때문이 아닐까, 그래서 하느님에게 스스로의 용기와 존엄성을 바친 대가를 받게 된 것이 아닐까 싶다. 자기 자신도 믿지 못하는 요즘 세태에서는 그런 일을 기대하기란 불가능할지도 모른다. 설령 그런 일이 일어난다고 해도 가진 게 없는 이는 기댈 만한, 자신만만하고 힘센 사람을 찾게 될 것이 뻔하다. 상대가 사악한 사람이라도 어쩔 수 없이 그의 옷깃에 매달릴 수밖에 없는 게 요즘의 세태 아닌가.

살리나스 계곡에는 맨손으로 찾아든 사람들이 대부분이었는데, 개중에는 다른 곳에서 재산을 정리한 뒤 새로운 삶을 시작하려고 온 사람들도 있었다. 그들은 남들보다 좋은 토지를 구입하고, 좋은 나무를 잘 다듬어 집을 지었다. 그리고 바닥에는 양탄자를 깔고, 창문에는 다이아몬드 모양의 색유리를 끼웠다. 그들은 계곡의 비옥한 땅을 사들여서 겨자나무를 베어낸 자리에 밀을 심었다. 살리나스 계곡에는 이런 사람들이 꽤 많았다.

　애덤 트래스크도 그 중 한 사람이었다.

3장

1

애덤 트래스크는 코네티컷의 큰 도시에서 멀지 않은 조그
만 마을의 변두리 농장에서 태어났다. 그의 아버지가 1862년
에 코네티컷 연대에 입대하고 6개월 후의 일이었다. 애덤의 어
머니는 혼자 아들을 낳아 키우면서 농장을 꾸렸는데, 그래도
시간이 남았는지 원시적인 접신술(接神術)을 믿었다. 남편이
잔인하고 야만적인 폭도들에게 죽임을 당할 것이라고 믿고는
저승에 갈 남편을 만날 준비를 했던 것이다. 그러나 남편은 애
덤이 태어나고 6주 후에 오른쪽 다리가 무릎께에서 잘려 나간
채 집으로 돌아왔다. 물론 절뚝거리며 돌아왔는데, 너도밤나무
를 직접 깎아 만든 엉성한 목발에는 벌써부터 금이 가 있었다.
그는 의사가 부상당한 다리를 잘라 낼 때 깨물고 있으라며 주
었던 총알을 주머니에서 꺼내 거실 탁자 위에 올려놓았다.

애덤의 아버지 사이러스는 어딘지 모르게 악마적인 데가 있었다. 행동이 늘 거칠었던 그는 마차를 지나치게 빨리 몰면서 자신의 목발을 그럴듯하게 보이려고 애썼다. 사이러스는 나름대로 군대 생활을 즐겼다. 성격 또한 거친 편인 그는 단기간에 진행되는 고된 훈련도 좋아했다. 군대 생활에 따르기 마련인 술과 도박과 계집질도 즐겼다. 훈련을 마친 뒤에는 보충 부대원으로 남쪽을 향해 행군했는데, 그는 그것마저 즐겼다. 행군하면서 시골 구경도 하고, 닭도 훔치고, 젊은 여자들을 건초더미까지 쫓아다니는 게 즐거웠던 것이다. 다른 사람들은 지루하게 이어지는 기동 훈련과 전투에 점점 지쳐 갔지만, 그는 늘 쌩쌩했다. 그가 맨 처음 적과 마주친 것은 어느 봄날 아침 8시였다. 그리고 오른쪽 다리에 총을 맞은 것은 그 직후인 8시 30분이었다. 적진에서 날아온 묵직한 총탄에 그의 오른쪽 다리뼈는 치료할 수 없을 정도로 박살이 나고 말았다. 그나마 운이 좋은 편이었다. 마침 반란군이 후퇴하고, 군의관이 곧장 달려왔기에 망정이지 큰일 날 뻔했다. 군의관은 그의 너덜거리는 바지를 찢어 내고 박살난 다리뼈를 통째로 잘라 냈다. 그러고는 벌어진 살을 불로 지졌다. 그러는 데 오 분이 걸렸다. 그 오 분은 사이러스에게 지옥과도 같은 시간이었다. 누구나 그가 입에 물고 있던 탄알의 잇자국을 보면 당시의 상황을 짐작할 수 있으리라. 당시의 병원에는 소염제란 것이 없었다. 따라서 부패한 상처가 아무는 동안의 고통은 말로 표현할 수 없을 정도로 심했다. 그런데도 사이러스는 원기 왕성하게 잘도 떠들어 대면서 너도밤나무를 깎아 만든 목발을 짚고 절뚝거리며 돌아다녔다. 그런데 그 무렵 목재 더미 아래서 휘파람을 불며 10센트만 내라고 유혹했던 흑인 여자가 악성 임질을 그에게 옮겼다. 나중에야 병에 걸린 사실을 알게 된 사이러스는 며칠 동안 절뚝거리며 그 여자를 찾아 헤맸다. 그는 같은 내무반 동료들에게 여자를 찾아내면 어떻게 보복할 것인지에 대해서 입이 아플 정도로 떠벌렸다. 심지어는 목발을 깎으면서 여자를 목발 깎듯이 깎고야 말겠다고까지 말했다. 그는 주머니칼로 여자의 귀와 코를 도려내고 돈을 되찾아 올 작정이었다.

"그렇게 해 놓으면 웃기겠지. 아마 주정뱅이 인디언도 그년 곁에는 얼씬도 안 할걸."

그러나 흑인 여자는 눈치를 채고 달아났는지 아무리 찾아도 보이지 않았다. 사이러스가 퇴원을 하고 제대할 무렵에는 임질도 그럭저럭 나아가고 있었다. 하지만 코네티컷의 집에 돌아왔을 때, 아내에게 옮길 만한 병균은 여전히 남아 있었다.

트래스크 부인은 안색이 창백한 데다 내성적이었다. 그녀의 뺨은 뜨거운 태양 아래 있어도 붉게 달아오르는 일이 없었다. 부인은 입을 크게 벌리고 웃지 않았다. 종교가 자신과 세상의 모든 병을 고쳐 준다고 생각한 그녀는 병을 고치는 데 적합하도록 종교를 변형시켰다. 당연한 일이지만 죽은 남편과 만나려고 믿었던 접신술은 아무런 효력을 발휘하지 못했다. 그러자 부인은 새로운 불행을 찾아 나섰다. 그런데 그런 노력의 결과인지 그녀는 남편이 전쟁터에서 가지고 온 임질에 걸리고 말았다. 트래스크 부인은 자기가 병에 걸린 사실을 알아채고는 곧바로 새로운 신을 창조해 냈다. 접신술을 믿는 동안, 그녀는 자신이 이제껏 만난 신 중에서 지금의 신이 가장 위대하다고 확신했다. 그리고 그런 만큼 이번 신이 자신의 마지막 신이라고 여겼다. 그녀는 남편이 없는 동안 꿈속에서 경험한 일 때문에 그 벌로 병에 걸렸다고 생각했다. 그런데 꿈속의 유희에 대한 벌은 단순히 병으로만 그치지 않았다. 그녀의 새로운 신은 복수의 신이자 처벌의 신이었다. 신은 그녀에게 그녀 자신을 제물로 바치기를 바랐다. 그녀는 스스로를 비하하다가 마침내 자신을 제물로 바쳐야겠다는 결론에 도달했다.

부인은 마지막으로 유서를 고쳐 쓰고 맞춤법에 맞게 문장을 바로잡았다. 그러는 데 꼬박 2주가 걸렸다. 그녀는 유서에서 자기가 저지르지도 않은 죄를 고백했다. 그리고 아무 잘못도 없으면서 잘못을 시인하고는 남몰래 준비해 둔 수의를 입고 달밤에 집을 빠져나와서 연못에 투신했다. 그런데 물이 너무 얕았다. 그녀는 진흙에 다리를 무릎까지 박은 채 머리를 물속에 담그고 있어야 했다. 그렇게 하는 데는 강한 의지력이 필요했다. 그녀는 의식이 몽롱한 와중에도 이튿날 아침에 사람들이 자신의 시신을 끌어낼 때 새하얀 수의가 진흙으로 뒤범벅이 되어 있으면 어쩌나 하고 걱정했다. 그녀의 걱정은 그대로 현실이 되었다.

사이러스는 고향인 메인주로 돌아가는 길에 잠깐 들른 세 명의 군대 친구와 함께 술 한 통을 놓고 아내의 장례를 치렀다. 쓸쓸한 장례식이었다. 어린 애덤은 잠에서 깨자마자 큰 소리로 엉엉 울어 댔다. 배가 고팠기 때문이었다. 죽은 사람 때문에 아무도 아이에게 음식 먹일 생각을 하지 않았던 것이다. 사이러스는 즉시 아이의 배고픔을 달랬다. 그는 위스키를 흠뻑 적신 헝겊을 아이 입에 대고 빨게 했다. 아이는 서너 번 빨고 잠이 들었다. 애덤은 장례식을 치르는 동안 여러 번 깨어나서 보챘다. 그리고 그때마다 술 적신 헝겊을 빨고 잠들곤 했다. 아이는 이틀 반나절 동안이나 줄곧 술에 취해 있었다. 술이 자라는 아이의 두뇌에 어떤 영향을 미치는지는 잘 모르겠지만, 어쨌거나 신진대사에는 큰 도움이 된 것 같았다. 애덤은 이틀 반나절 이후로 무쇠같이 튼튼해졌다. 사흘째 저녁 무렵, 사이러스는 외출해서 염소 한 마리를 사 왔다. 애덤은 날마다 염소젖을 게걸스럽게 먹고 토하기를 반복했다. 사이러스 역시 같은 증상을 되풀이했으므로 그 일을 대수롭지 않게 여겼다.

아내가 죽은 지 한 달도 안 되어 사이러스 트래스크는 이웃 농부의 열일곱 살 난 딸을 후처로 맞아들이기로 결심했다. 청혼은 신속하고도 실속 있게 진행되었다. 그의 의도는 고결하고도 합리적이었다. 그래서 그를 의심하는 사람은 아무도 없었다. 처녀의 아버지는 오히려 그의 청혼을 부추겼다. 그에게는 두 딸이 있었는데, 큰딸 앨리스에게 사이러스는 첫 번째 구혼자였다.

사이러스는 애덤을 돌보면서 가정을 꾸리고 요리를 해 줄 여자가 필요했다. 하녀를 둘 수도 있지만, 그렇게 하면 돈이 너무 많이 들 터였다. 사이러스는 혈기 왕성한 남자였다. 당연히 여자의 몸도 필요했다. 결혼을 하지 않으면 남자로서의 욕구를 해소하는 데도 많은 돈이 들 터였다. 사이러스가 앨리스에게 청혼하고, 두 사람이 결혼해서 앨리스가 임신하기까지는 채 2주도 걸리지 않았다. 그렇다고 이상하게 보는 사람은 없었다. 사이러스의 그런 행동은 성급하지도, 이상하지도 않았다. 당시는 남자가 평생에 걸쳐 서너 명의 아내를 맞는 것이 당연한 일로 여겨지던 시절이었다.

사이러스 입장에서 보면 앨리스 트래스크는 여러 모로 장점이 많은 여자였다. 그녀는 항상 집 안을 깨끗이 쓸고 닦았다. 그야말로 부지런한 여자였다. 예쁜 구석이라고는 찾아볼 수 없어서 구태여 감시할 필요도 없었다. 눈동자가 흐릿하고 안색이 누런 데다 치아도 들쭉날쭉 제멋대로 생겼지만 몸 하나는 튼튼했다. 그녀는 임신 중에도 불평 한 마디 하지 않았다. 그녀가 애덤을 좋아하는지 싫어하는지 알 수도 없었다. 전혀 내색을 하지 않았기 때문이다. 그녀에게 무언가 물어보는 사람도 없었지만, 그녀는 묻지 않는 말에는 입도 벙긋하지 않았다. 사이러스는 그 점을 아내가 가진 최고의 미덕이라고 생각했다. 그녀는 지나치다 싶을 정도로 이렇다 저렇다 말이 없었다. 남편이 이야기를 하는 동안에도 듣는 둥 마는 둥 바쁘게 움직이며 집안일만 했다.

앨리스 트래스크가 젊고 경험이 없으며 과묵하다는 사실은 사이러스에게 보물과도 같은 것이었다. 그는 이웃 사람들과 마찬가지로 농장을 꾸리는 한편, 재향군인회에 가입해 새로운 일을 벌여 나갔다. 사이러스는 변해 있었다. 그를 거칠고 난폭하게 만들었던 과거의 정력이 지금은 그를 사려 깊은 사람으로 바꾸어 놓았다. 이제 그의 군복무 기간과 군대 생활을 아는 사람은 국방부의 관리들밖에 없었다. 그가 짚고 다니는 목발은 군복무 경력을 증명하는 물건이자 다시는 군대에 가지 않아도 된다는 징표였다. 처음에 그는 머뭇거리며 앨리스에게 군대 이야기를 들려주기 시작했다. 그런데 이야기를 하다 보니 갈수록 말솜씨가 늘고, 참전한 전투의 규모도 거대해져 갔다. 그는 처음엔 자기가 거짓말을 하고 있다는 걸 알았다. 그런데 나중에는 그 거짓말을 모두 사실로 믿게 되었다. 입대 전까지만 해도 그는 전쟁에 대해서 아는 것도 없었고, 관심도 없었다. 그러던 그가 전쟁에 관한 책이라면 모조리 사들였다. 게다가 뉴욕의 신문을 구독하며 기사를 샅샅이 읽고 지도도 열심히 들여다보았다. 그 결과 예전에는 지리나 전투에 대해 전혀 아는 것이 없었는데, 지금은 그 방면에 일가견을 갖게 되었다. 그는 부대의 전투, 이동, 작전을 비롯하여 부대에 속한 연대, 연대장, 주둔지까지 훤히 꿰찼다. 그리고 그런 모든 이야기를 줄기차게 늘어놓았는데, 그렇게 하다 보니 자신이 정말로 그 부대의 전투에 참가한 것처럼 착각하기에 이르렀던 것이다.

그의 거짓말은 나날이 거창해졌다. 애덤과 그 이복동생이 자라서 소년이 되는 동안에도 그의 거짓말은 계속되었다. 애덤과 동생 찰스는 아버지가 거짓말을 늘어놓을 때마다 존경 어린 눈빛으로 조용히 앉아서 경청했다. 사이러스는 장군들의 사고방식과 작전 계획에 대해서 말했다. 그리고 그들이 어떤 부분에서 실수를 저질렀으며, 어떻게 했어야 옳았는지에 대해서 설명했다. 그는 그랜트 장군과 맥클래런 장군에게 그들의 실수를 지적하면서 자신이 파악한 상황 분석을 받아들여 달라고 건의했다고 했다. 그들은 번번이 그의 충고를 무시하고 넘어갔는데, 나중에서야 그가 옳았음이 판명되었다는 것이다.

그 많은 이야기 중에 사이러스가 언급하지 않고 그냥 넘어간 게 하나 있었다. 어쩌면 그 부분은 입 밖에 내지 않는 게 현명한 일이었는지도 모른다. 그는 자신의 계급을 졸병 이상으로 진급시키지 않았다. 늘 이등병 트래스크로 시작해 이등병 트래스크로 끝났다. 그의 이야기를 듣고 있노라면, 그는 마치 역사적인 전투에는 빠짐없이 참전한 신출귀몰하는 사병이었다. 그렇게 인식을 시키려다 보니 같은 시기에 네 군데의 전투에서 싸웠다고 말해야 할 때도 있었다. 그런데 그는 직감적으로 서로 밀접하게 연관된 사건들은 이야기하지 않았다. 앨리스와 아이들은 이등병인 그의 모습을 떠올리며 자랑스러워했다. 그는 대규모의 중요한 작전에는 빠짐없이 참전했을 뿐만 아니라, 참모 회의에 자유롭게 드나들면서 장군들의 결정에 동의하거나 반대하는 사람이었다.

링컨의 죽음으로 사이러스는 깊은 슬픔에 빠졌다. 그는 링컨의 사망 소식을 맨 처음 접했을 때의 기분을 잊지 않고 있었다. 그래서 그 일을 이야기하거나 들을 때마다 눈물을 훔쳤다. 결국 그 자신은 단 한 차례도 언급한 적이 없지만, 이등병 사이러스 트래스크는 링컨 대통령의 가장 가까운, 그리고 가장 다정하며 믿음직스러운 친구였다는 인상을 주었다. 링컨 대통령은 군에 대해서 정확하게 알고 싶을 때면 금빛 술을 주렁주렁 단 허수아비들이 아니라 이등병 트래스크를 불러다가 물었다는 것이다. 사이러스는 직접 말을 하지 않고도 어떤 사실을 교묘히 암시하는 데 도사였다. 그래서 어느 누구도 그에게 거짓말을 한다고 시비를 걸지 않았다. 그의 머릿속은 온통 거짓말로 가득 차서 진실을 말할 때도 은근히 거짓말 같은 냄새를 풍겼다.

그는 일찍부터 전쟁 수행에 대한 편지와 기사를 쓰기 시작했는데, 그의 결론은 지적이면서도 설득력이 있었다. 사이러스의 군사적 안목은 단연 뛰어났다. 과거의 전쟁이나 현재의 군대 조직에 관한 그의 비평은 칼날처럼 예리했다. 여러 잡지에 실린 그의 글은 수많은 사람들의 시선을 잡아끌었다. 국방부에 보낸 그의 편지는 즉시 신문에 게재되어 군의 결정에 막대한 영향력을 행사했다. 만약 미국 재향군인회가 정치적 세력으로서의 목표를 가지고 있지 않았더라면 그의 발언은 워싱턴까지 전달되지 않았을 것이다. 거의 100만 명을 회원으로 둔 단체를 대변하는 사람이 무시당할 리가 없었다. 사이러스 트래스크는 군사 문제에 관한 한 그 단체의 대변인이 되어 있었던 것이다. 그래서 그는 군 조직, 장교의 임명, 병력, 장비 문제에 관한 자문역을 맡게 되었다. 그의 의견을 들은 사람은 모두 그의 전문적인 실력과 군사 문제에 관한 천재성을 인정했다. 무엇보다도 그는 국민에게 결속력과 영향력을 행사하는 재향군인회 조직을 책임지는 인사들 가운데 한 사람이 되었다. 그는 군인회의 여러 직책을 맡아 무보수로 일하다가 유급 간사가 되어 여생을 보냈다. 또한 각종 회의와 집회에 참석하고 군 주둔지를 둘러보며 전국을 두루 여행했다. 이 정도면 그의 공적인 생활에 대한 설명이 충분할 것이다.

그의 사생활은 새로운 직업에 따라 달라졌다. 열정적인 그는 집과 농장을 군대식으로 편성했다. 가계를 꾸리는 일에 대해서도 꼬박꼬박 보고서를 요구해서 받았다. 말수가 적은 앨리스로서는 보고서를 쓰는 편이 훨씬 편했을 것이다. 그녀는 아이들을 키우고 집 안 청소와 빨래를 하느라 이만저만 바쁜 게 아니었다. 보고서에 그런 내용을 쓰지는 않았지만, 그녀는 늘 힘을 아껴 두어야 했다. 갑자기 기운이 빠져 다시 기운을 차릴 때까지 한참이나 주저앉아 있어야 할 때가 많았다. 게다가 밤에는 온몸이 땀으로 흠뻑 젖었다. 몸을 지치게 만드는 심한 기침만으로도 폐결핵에 걸린 걸 알 수 있었다. 그녀는 자기가 얼마나 더 살 수 있을지 알 수 없었다. 물론 얼마나 더 살지 장담할 수 없는 병으로 계속 야위어 가면서도 몇 년씩 버티는 사람들도 있기는 하다. 그녀는 남편에게 병세에 대해 말할 엄두가 나지 않았다. 남편은 병을 치료할 때 벌칙 비슷한 방법을 썼다. 이를테면 배앓이를 할 때는 심한 설사를 하게 했는데, 그렇게 하고도 살아남는 것이 다행스러울 정도였다. 아마 그녀가 폐결핵에 걸린 사실을 알게 되면, 사이러스는 죽기 전에 생사람 잡을 치료법을 썼을 것이다. 남편이 날이 갈수록 군대식으로 변해 갔기 때문에 그녀도 은연중에 군인으로서 살아남는 기술을 터득했다. 그래서 절대 남의 눈에 띄지 않게 처신했고, 남이 말을 걸기 전에는 먼저 입을 열지 않았다. 또 꼭 해야 할 일 외에는 하지 않았고, 무슨 일이나 주제넘게 나서지 않았다. 말하자면 가장 하급 졸병인 이등병이 된 셈이었다. 그렇게 하는 편이 한결 속 편했다. 앨리스는 언제나 다른 사람들의 눈에 띄지 않도록 뒤쪽에 물러나 있었다.

실제로 군대식으로 다루어진 것은 어린 자식들이었다. 사이러스는 군대가 완벽하지는 않더라도 남자에게 군인만큼 명예로운 직업은 없다고 굳게 믿었다. 그는 다리 때문에 영원한 군인으로 남지 못하게 된 걸 한탄한 만큼이나 아이들만은 반드시 군인이 될 것이라고 확신했다. 그는 남자라면 자신처럼 사병부터 시작해야 한다고 생각했다. 그는 지식은 지도나 교본을 통한 교육이 아니라 체험을 통해 얻어지는 것이라고 믿었다. 그렇기 때문에 아이들은 걸음마를 시작할 때부터 군사 훈련을 받았다. 초등학교에 입학하기 전까지 숨 쉬는 것만큼이나 자연스럽게, 그러나 넌더리가 날 만큼 지겹도록 훈련을 받았던 것이다. 그는 장단을 맞추듯 막대기로 목발을 두드리며 훈련을 시켰다. 어떤 때는 어깨를 튼튼하게 만든다며 돌을 가득 채운 배낭을 짊어지게 하고 몇 킬로미터씩 행군하도록 했다. 그리고 그것도 모자라 집 뒤의 숲에서 사격 훈련을 시켰다.

2

아이가 난생처음으로 어른의 정체를 알게 되면, 그러니까 어른들이란 신처럼 완벽하게 지혜롭지도 않고 늘 판단이 현명한 것도 아니며 모든 생각이 진실하지도 않을 뿐만 아니라 그들이 내리는 결정 또한 반드시 공정하지만은 않다는 사실을 깨닫게 되면, 그 아이의 세계는 돌연한 공포와 슬픔에 젖고 만다. 마음속의 신들이 사라지면서 평안도 흩어져 버린다. 단 한 가지 확실한 것은, 신의 존재에 대한 확신이 조금 옅어지는 정도가 아니라 아예 자취를 감추거나 진흙탕 속으로 깊숙이 가라앉아 버린다는 점이다. 그렇게 되면 신의 존재에 대한 믿음을 다시 갖기까지는 긴 세월이 필요하고, 그런 만큼 힘겨울 수밖에 없다. 또 믿음을 갖게 된다고 해도 그 농도가 예전만큼 진하지도 않다. 그저 그 과정이 고통스러울 뿐이다.

애덤 역시 그렇게 아버지의 정체를 깨달았다. 아버지한테 변화가 생긴 게 아니라 애덤에게 새로운 자질이 생겨났던 것이다. 보통 사람이면 모두 그렇겠지만, 그는 항상 아버지의 반복적인 훈련을 혐오했다. 하지만 그 훈련은 정당하고 진지하며 홍역처럼 불가피한 것이었다. 따라서 혐오는 할 수 있어도 거부하거나 악담을 퍼부을 수는 없었다. 그런데 그는 어느 날 문득 아버지의 방식은 이 세상의 어떤 것과도 비교할 수 없는 단지 아버지하고만 관계된 것임을 깨닫게 되었다. 그런 기술과 훈련은 자식들을 훌륭하게 키우기 위한 것이 아니었다. 그것은 단지 자기 자신을 위대한 인물로 만들기 위해서 고안된 것일 뿐이었다. 애덤은 아버지가 위대하거나 의지력이 강한 사람이 아니라, 실은 자기 머리보다 훨씬 큰 군모를 쓴 편협한 소인배에 지나지 않는다고 생각했다. 그가 어떻게 이런 생각을 하게 되었을까? 아버지의 눈빛을 보고 알았을까? 우연히 거짓말하는 걸 눈치챘을까? 아니면 머뭇거리는 태도를 보고 감을 잡았을까? 어쨌든 이후로 아이의 신은 산산이 부서져 버리고 말았다.

애덤은 언제나 순종적인 아이였다. 그의 마음속에는 폭력과 다툼과 집안에 감도는 무서운 침묵의 긴장감을 피하려는 무엇이 도사리고 있었다. 사람마다 폭력적인 내면이 있는데도 그는 폭력과의 대면을 피함으로써 자신이 바라는 평온을 유지했다. 그런데 그렇게 하기 위해서는 남의 눈에 잘 띄지 않는 비밀스러운 장소에 숨어 있어야 했다. 그는 베일 뒤에서 나름대로 풍요로운 삶을 누렸다. 그러나 그 같은 방법은 외부의 공격을 완전히 차단하지는 못한 채 간신히 상처만 면하게 해 줄 뿐이었다.

한 살 아래인 이복동생 찰스는 아버지의 독선적인 성격을 그대로 물려받고 자랐다. 그는 타고난 운동선수인 데다 본능적으로 기회를 잘 포착하고 이용하여 남을 이기는 투쟁가의 기질을 가지고 있었다. 세상에서 성공하려면 그런 기질이 필요할 터였다.

찰스는 늘 애덤을 이겼다. 솜씨든 힘이든 재치든 무엇에서나 형을 손쉽게 물리쳤다. 그는 어려서부터 형과의 경쟁에 흥미를 잃었기 때문에 다른 아이들과 경쟁했다. 그러는 동안 두 소년 사이에는 정 비슷한 것이 싹텄는데, 그것은 형제 간의 우애라기보다는 오누이 간의 애정에 더 가까웠다. 찰스는 애덤에게 대들거나 그를 못살게 구는 아이가 있으면 상대가 누구든 상관없이 싸워서 이겼다. 그런 데다 아버지가 애덤을 심하게 다루면 거짓말로 둘러대거나 자기가 꾸중을 들으면

서까지 감쌌다. 이를테면 그는 눈먼 강아지나 갓난아이를 향해 느낄 법한 무력감에 대한 연민의 정을 자기 형에게서 느꼈던 것이다.

애덤은 닫힌 머릿속에서부터 이어진 기다란 동굴과도 같은 어두운 눈을 통하여 자기 세계의 사람들을 바라보았다. 그는 처음엔 아버지를 외다리의 괴팍한 인물로 여겼다. 그런데 점차 자신을 더 왜소하다고 느껴지게 하고, 자신이 더 어리석다는 것을 깨닫게 만드는 존재로 보기 시작했다. 그러다 마침내 자신이 믿었던 신이 몰락한 후에는 타고난 경찰관으로 보았다. 애덤에게 있어서 아버지는 피하거나 속일 수는 있어도 절대로 도전해서는 안 되는 경찰관이었다. 한편, 애덤의 긴 동굴과도 같은 어두운 눈을 통해 바라본 찰스는 자기와 인종이 다른 빛나는 존재였다. 찰스는 천부적인 근육과 골격, 속도와 민첩성을 갖추고 천천히 좌우를 살피며 위협적으로 다가오는 윤기 나는 검은 표범처럼 자랑스러운 존재여서 자기 따위와는 비교도 할 수 없는 상대였다. 애덤은 동생에게 속마음을 털어놓을 엄두조차 내지 못했다. 그것은 마치 아름다운 나무나 하늘을 나는 꿩에게 어두운 동굴과 같은 눈 뒤에 숨은 갈망이나 우울한 꿈과 계획, 은밀한 즐거움을 이야기하는 것이나 다름없었다. 애덤은 큼지막한 다이아몬드를 애지중지하는 여인처럼 찰스를 좋아했다. 그리고 다이아몬드의 광채에 빠져서 그 가치에만 몰입한 채 편안한 생활을 누리는 여인처럼 동생에게 의지했다. 하지만 그것은 사랑이라든가 매혹, 공감 같은 관념의 세계와는 동떨어진 것이었다.

애덤은 앨리스 트래스크에 대해서는 강한 수치심 같은 감정을 느꼈으나, 그것을 마음속에 숨기고 있었다. 그녀가 친어머니가 아니라는 사실은 다른 사람들한테 여러 차례 들어서익히 알고 있었다. 직접 듣지는 않았지만 사람들의 이야기 속에서 은연중에 감지되는 느낌을 통해 자기에게도 한때 어머니가 있었다는 사실을 알게 되었던 것이다. 친어머니는 수치스러운 일을 저질렀는데, 닭을 잃어버리고 숲속에서 찾아 헤매다 결국 놓치고 말았다는 이야기도 들은 적이 있었다. 애덤은 그런 일 때문에 어머니가 세상 밖으로 사라진 모양이라고 생각했다. 그는 가끔씩 어머니의 죄를 알기만 한다면자신도 같은 죄를 저질러 세상에서 사라져 버리겠다는 생각을 하곤 했다.

앨리스는 두 아들을 동등하게 대했다. 그녀는 음식을 먹이고 몸을 씻겨 주는 것 외의 일은 모두 남편에게 맡겼다. 사이러스는 아이들을 육체적으로나 정신적으로 단련시키는 일이자신의 유일한 사명이라고 못 박아 두었다. 그는 아이들에 대한 칭찬이나 꾸지람도 혼자 도맡아 했다. 앨리스는 단 한 번도불평을 하거나 시비를 걸지 않았다. 큰 소리로 웃거나 운 적도없었다. 늘 입을 꽉 다문 채 속마음을 감추고 자기주장을 내세우지 않았다. 애덤이 아주 어렸을 때, 살그머니 부엌에 들어간 적이 있었다. 앨리스는 애덤을 보지 못했다. 그녀는 양말을기우면서 조용히 미소를 짓고 있었다. 애덤은 앨리스 몰래 집을 빠져나와서 숲속으로 향했다. 그는 그만이 알고 있는 나무그루터기 뒤의 은신처로 갔다. 그러고는 몸을 가릴 만한 나무

뿌리 사이의 움푹한 곳에 깊숙이 자리를 잡고 앉았다. 애덤은 벌거벗은 어머니의 몸을 보기나 한 것처럼 큰 충격을 받았다. 그는 목구멍이 막힌 듯 가쁘게 숨을 몰아쉬었다. 마치 어머니가 벌거벗은 채 미소를 짓고 있었던 것처럼 여겨졌기 때문이다. 앨리스가 어떻게 그토록 부정한 모습을 보이고 있었는지, 아무리 생각해도 의아하기만 했다. 그녀를 향한 뜨거운 연정 같은 것이 아픔으로 변해 그의 가슴을 조였다. 그런 감정의 정체가 무엇인지는 정확히 모르지만 오랫동안 갈망해 온 애정 표현, 따뜻한 젖가슴, 포근한 무릎, 사랑과 동정이 깃든 부드러운 목소리, 걱정하는 마음 같은 것들이 격정에 휩싸인 그의 가슴속에 속속 스며 있었다. 하지만 이제껏 그런 것들을 모르고 살아온 그가 어떻게 그 모든 것들을 열망할 수 있단 말인가?

어쩌면 그가 그런 생각을 하는 것은 어떤 어두운 그림자가 얼굴을 덮어 버려서 시야를 가렸기 때문인지도 모를 일이었다. 애덤은 다시 한 번 그 광경을 떠올려 보았다. 앨리스의 두 눈은 여전히 미소를 짓고 있었다. 굴절된 빛이 한쪽 눈이면 몰라도 두 눈을 다 그렇게 만들 수는 없을 터였다.

언제나 그러듯 언덕에 올라가서 바위처럼 꼼짝 않고 누워 있던 어느 날, 애덤은 늙고 외로운 들쥐가 양지쪽으로 새끼들을 데리고 나오는 모습을 보았다. 그는 그때 느꼈던 기분을 상기하며 앨리스에게 갔다. 그러고는 곁눈으로 그녀를 훔쳐보았다. 역시 조금 전의 광경은 착각이 아니었다. 그녀는 혼자 있을 때, 혹은 혼자라고 생각할 때 한가로운 마음으로 정원을 거닐 듯 미소를 지었다. 그러고는 들쥐가 새끼들을 굴속으로 다시 몰아넣듯 순식간에 미소를 감추었다. 그 모습은 정말 놀라웠다.

애덤은 그 같은 보물을 어두운 동굴 깊숙이 감추어 두었지만 무엇으로든 자신이 느끼는 기쁨에 대한 보답을 하고 싶었다. 그 무렵 앨리스는 바느질 바구니나 헌 지갑, 베개 밑 등에서 두 송이의 황갈색 패랭이꽃, 지빠귀의 꽁지깃, 초록색의 봉랍 반 토막, 훔친 손수건 같은 물건들을 발견하기 시작했다. 뜻밖의 선물들을 발견할 때마다 그녀는 놀란 표정을 지었다가 이내 미소를 지었다. 그리고 금세 미소를 거두어 버렸다. 그것은 마치 송어 한 마리가 칼날처럼 연못을 가로지르다가 갑자기 모습을 감추어 버리는 것과도 같았다. 앨리스는 애덤에게 그런 것들에 대해 단 한 번도 묻거나 말하지 않았다.

밤이 되면 앨리스의 기침이 더욱 심해졌다. 사이러스는 기침 소리가 귀에 거슬리자 그녀를 다른 방에서 자도록 했다. 그렇게 하지 않으면 한숨도 못 잘 것 같았기 때문이다. 그러나 그는 걸핏하면 한 손으로 벽을 짚고 외발로 껑충껑충 뛰어서 그녀의 방을 찾아가곤 했다. 아이들은 삐걱거리는 소리로 사이러스가 앨리스의 침대로 뛰어올랐다가 내려오는 걸 알아챘다.

애덤은 자라면서 한 가지 일을 두려워했다. 그것은 어느 날 꼼짝없이 붙잡혀 군대에 끌려가는 일이었다. 그의 아버지는 그런 날이 꼭 오리라는 사실을 그가 잊지 않도록 일깨워 주었다. 진짜 사나이가 되기 위해서는 군대 생활을 해야 한다는 말도 입버릇처럼 되뇌었다. 찰스는 눈 깜짝 할 사이에 어른이 되었다. 거우 열다섯 살인데도 타인에게 위협을 줄 정도로 사내다운 모습을 갖추고 있었다. 그때 애덤의 나이는 열여섯이었다.

3

세월이 흐를수록 두 소년의 우애는 더욱 두터워졌다. 형에 대한 찰스의 감정에는 경멸도 있었다. 하지만 그것은 어디까지나 형을 보호하려는 차원의 경멸이었다. 어느 날 저녁 두 소년은 마당에서 그들에게는 새로운 놀이인 자치기를 하고 있었다. 끝이 뾰족한 작은 막대기를 땅바닥에 놓고 긴 막대기로 한쪽 끝을 쳐 공중으로 띄워 올린 뒤 다시 쳐서 되도록 멀리 보내는 놀이였다.

애덤은 그 놀이에 서툴렀다. 하지만 어쩌다 조준을 잘해서 제때에 막대기를 쳐올려 동생을 이기는 적도 있었다. 그날 저녁 그는 막대기를 네 번씩이나 찰스보다 더 멀리 쳐서 보냈다. 그런 경험은 처음이라서 애덤은 흥분할 대로 흥분했다. 그래서일까, 늘 그랬던 것처럼 그는 동생의 기분을 살피지 못했다. 애덤이 다섯 번째 친 막대기는 벌처럼 윙윙거리는 소리를 내면서 멀리 들판까지 날아갔다. 애덤은 신이 나서 찰스를 바라보았다. 순간 가슴이 얼어붙는 것 같았다. 찰스의 얼굴에는 증오의 빛이 서려 있었다.

"우, 우연히 이렇게 된 거야. 다, 다시 치면 안 될걸."

애덤이 더듬거리며 말했다.

찰스는 작은 막대기를 땅바닥에 놓고 쳐서는 그것이 튀어오른 순간 긴 막대기를 힘껏 휘둘렀다. 하지만 헛치고 말았다. 찰스는 형언하기 어려운 싸늘한 눈빛으로 천천히 애덤 쪽으로 걸어왔다. 애덤은 겁에 질려 뒤로 주춤주춤 물러났다. 동생이 더 동작이 날쌔기 때문에 뒤돌아서 도망칠 수도 없었다. 애덤은 계속 슬금슬금 뒷걸음질을 쳤다. 그의 눈은 겁에 질렸고, 목구멍은 바싹바싹 타들어 갔다. 이윽고 찰스가 바짝 다가와서는 막대기로 애덤의 얼굴을 후려쳤다. 애덤은 피가 철철 흘러내리는 코를 감싸 쥐었다. 찰스가 막대기로 갈비뼈 위를 내지르자 한동안 숨을 쉴 수가 없었던 애덤은 이내 머리를 한 대 맞고는 땅바닥에 쓰러졌다. 애덤이 의식을 잃고 땅바닥에 쓰러져 있는 동안 찰스는 그의 배를 힘껏 걷어찼다. 그러고는 어디론가 사라져 버렸다.

애덤은 한참 뒤에야 정신을 차렸다. 가슴이 아파서 숨도 쉬기 힘들었다. 그는 기를 쓰고 일어나 앉으려고 했지만 너무나 고통스러워 다시금 쓰러졌다. 그때 바깥을 내다보는 앨리스의 모습이 보였다. 그녀의 표정에는 이전에는 볼 수 없었던 무언가가 담겨 있었다. 정확히 뭐라고 말할 수는 없지만 부드럽거나 연약한 표정은 아니었다. 언뜻 보기에 증오의 시선으로 바라보는 것 같았다. 앨리스는 애덤이 자신을 바라보고 있는 걸 알아채고는 커튼을 내리고 집 안으로 사라져 버렸다. 애덤이 간신히 일어나 몸을 웅크린 채 부엌으로 들어가 보니 따뜻한 물과 깨끗한 수건이 준비되어 있었다. 이윽고 방에서 계모의 기침 소리가 들려왔다.

찰스에게는 유별난 기질이 하나 있었다. 그는 절대로 미안하다는 말을 하지 않았다. 형을 때린 일에 대해서도 마찬가지였다. 사과는커녕 입도 벙긋하지 않았다. 그 일에 대해 생각하는 것 같지도 않았다. 하지만 애덤은 무슨 일이 있어도 동생을 이기지 않겠다고 단단히 마음먹었다. 그는 늘 동생을 대할 때마다 위협을 느꼈다. 그러나 찰스를 죽일 게 아니라면 절대 그를 이겨서는 안 된다는 걸 깨달았다. 찰스는 전혀 미안한 기색이 없었다. 그는 단지 성질대로 했을 뿐이었다.

찰스는 형을 때린 일을 아버지에게 말하지 않았다. 애덤과 앨리스도 말하지 않았는데, 아버지는 이미 그 일을 알고 있는 것 같았다. 그 후 몇 달 동안 아버지는 애덤을 자상하게 대해 주었다. 한결 부드러운 목소리로 말을 걸었고, 벌을 주는 일도 없었다. 거의 매일 밤 애덤을 붙들고 설교를 늘어놓았지만 예전처럼 거칠게 대하지는 않았다. 애덤은 아버지가 자기를 거칠게 대하는 것보다 상냥하게 대하는 게 더 두려웠다. 아버지는 이제껏 자신을 제물로 바치기 위해 교육을 시켜 왔고, 지금은 사형 선고를 내리기 전에 선심을 쓰는 것처럼 상냥한 태도를 보이는 듯했다. 마치 신에게 바쳐질 희생자가 난폭한 행동을 하지 않고 기쁜 마음으로 제단으로 올라가도록, 될 수 있으면 그를 다독거리고 칭찬하는 것 같았던 것이다.

사이러스는 군인의 본분에 대해 자상하게 설명했다. 경험이 아닌 조사와 연구를 통해서 얻은 것이라고는 해도 그 방면에 정통한 아버지는 정확한 지식을 갖고 있었다. 그는 군인의 비장한 위엄에 대해서도 들려주었다. 그것은 인간의 모든 실패에 빛을 던져 주고 나약한 인간성에 채찍질을 하는 데 필요한 요소라고 했다. 어쩌면 사이러스는 자식들에게 이야기를 하는 중에 자신 속에서 그런 나약한 면을 발견했는지도 모른다. 그것은 사이러스가 젊은 시절에 깃발을 휘두르며 함성을 지르던 것과는 거리가 있었다. 사이러스는 또 때가 되어 무의미한 개죽음을 당하더라도 마지막 순간에 회한에 빠지지 않도록 미리 마음의 준비를 해 두어야 한다고 말했다. 사이러스는 이런 이야기들을 찰스가 듣지 못하도록 애덤과 단둘이 있을 때만 들려주었다.

어느 날 저녁, 사이러스는 애덤을 데리고 산책을 나갔다. 그는 연구와 사색을 통해 얻은 엄청난 결론을 털어놓았다. 그의 입에서 끔찍한 공포가 뒤섞인 거침없는 이야기가 애덤을 향해 흘러나왔다.

"군인은 가장 신성한 존재라는 사실을 알아야 한다. 그건 군인이 세상에서 가장 큰 시련을 겪기 때문이다. 생각해 봐라. 인류 역사를 통틀어 인간은 살인이야말로 용서받을 수 없는 죄악이라고 배웠다. 살인은 가장 큰 죄이기 때문에 살인자는 누구를 막론하고 반드시 파멸되어야 한다. 그런데도 우리는 군인의 손에 무기를 쥐여 주고 나서 이렇게 말하지. '그 무기를 지혜롭게 잘 사용하라.' 그러고는 가만히 내버려 둔다. 그건 어서 나가서 이 사람 저 사람 가리지 말고 닥치는 대로 죽이라는 얘긴데, 그것도 모자라서 살인을 많이 한 대가로 보상까지 한다. 이는 어린 시절에 배운 진리를 깨뜨린 대가로 주는 상이나 다름없다."

애덤은 바짝 타들어 가는 입술을 침으로 축이고 나서 몇 번을 망설인 끝에 입을 열었다.

"그 사람들은 왜 그렇게 해야 하는 거예요? 왜 그래야 하죠?"

아들의 질문에 깊은 감동을 받은 사이러스는 이전에는 한 번도 하지 않은 말을 했다.

"그건 나도 모른다. 그동안 연구를 해서 많은 것들을 깨달았지만 군인이 그래야 하는 이유는 나도 정확히 모르겠구나. 사람들이 어떤 일을 할 때 그 일을 하는 이유를 다 알고 있다고 생각해선 안 된다. 많은 일들이 본능적으로 행해지기 때문이다. 그건 벌이 꿀을 모으거나 여우가 개를 속이려고 개울물에 발을 담그는 것과 비슷하단다. 여우는 자기가 왜 그런 행동을 하는지 모른다. 또 겨울이 다시 올 거라고 예상하는 벌이 어디 있겠니? 너는 머지않아 군인이 될 거다. 나는 네가 모든 걸 직접 경험해서 배우도록 내버려 둘 생각이었다. 그렇지만 내가 아는 사실을 조금이라도 알려 주어 너를 보호하고 싶은 마음도 있었다. 너도 나이가 찼으니 군대에 가야지."

"가고 싶지 않아요."

애덤이 재빨리 대꾸했다.

"넌 곧 군에 입대하게 될 거다."

아버지는 애덤의 말에 조금도 아랑곳하지 않았다.

"그러니 당황하지 말라고 미리 일러두는 거다. 입대하면 맨 먼저 네가 입고 있는 옷을 벗길 텐데, 여기엔 큰 의미가 있다. 옷을 벗김으로써 네가 인간으로서 지닌 존엄이라든가 위엄 같은 걸 박탈하는 거다. 삶에 대한 신성한 권리니, 남의 간섭을 받지 않고 독자적으로 살 권리니 하는 것들은 깡그리 무시되는 곳이 군대다. 군대는 다른 사람들과 똑같이 먹고 자고 배설하도록 만드는 곳이다. 옷을 갈아입으면 다른 사람들과 구별되지 않는다. 군복을 입는 순간 너는, '이게 나다. 나는 타인과 다른 별개의 존재다.'라고 주장할 만한 쪽지 하나 가슴에다 꽂는 것조차 허용되지 않는다."

"가고 싶지 않아요."

애덤이 말했다.

"군에 들어가서 조금만 지나면……."

사이러스가 다시 입을 열었다.

"다른 사람들이 생각하지 않는 일은 너 역시 생각하지 않게 될 거다. 남이 하지 않는 말도 하지 않을 거고, 또 남이 어떤 일을 하면 너도 따라 할 수밖에 없을 거다. 거기서는 누구든 남과 다른 행동을 하면 위험해진다는 걸 깨닫게 된다. 뭐랄까…… 그런 사람은 생각과 행동이 같은 집단에 위협적인 존재로 여겨지는 거다."

"만약 그렇게 하지 않으면 어떻게 되죠?"

애덤이 끈질기게 물었다.

"그래, 간혹 명령을 따르지 않는 사람이 있긴 하지. 그런 사람은 어떻게 되냐고? 집단 전체가 한꺼번에 덤벼들어 냉혹하게 이질 분자를 파괴해 버린다. 쇠몽둥이를 들고 그 사람에게서 위험한 이질성이 빠져나갈 때까지 영혼과 신체와 정신을 두들겨 패는 거지. 그래도 끝까지 굴복하지 않으면 강제로 더러운 바깥세상에 내팽개친다. 자기들의 일부로 받아들이는 것도 아니고, 그렇다고 자유롭게 해 주는 것도 아니지. 그런 취급을 받을 바엔 차라리 그들과 섞이는 편이 낫다. 그들은 스스로를 보호하기 위해 그런 짓을 하는 것뿐이다. 군대처럼 철저하게 비논리적이고 비상식적인 곳에서는 조직을 약화하는 그 어떤 질문도 통하지 않는다. 조직 안에서 생활하며 다른 것과 비교하거나 조롱하지만 않으면 서서히, 그리고 확실하게 그곳의 이치와 논리, 좀 끔찍하지만 어떤 아름다움까지 발견하게 될 것이다. 그 생활을 받아들인다고 해서 그 사람을 나쁘다고 할 수는 없다. 때로 그런 사람이 더 현명할 수도 있다. 나는 그 문제에 대해서 오랫동안 고심해 왔다. 따라서 너는 내 말을 명심해야 한다. 개중에는 군대 생활을 이겨 내지 못하고 처참한 몰락의 구렁텅이에 빠져 스스로를 포기하는 작자도 있다. 그런 자에게는 내세울 만한 자아가 없다. 너도 그런 부류의 인간일지도 모르지. 물론 구렁텅이에 빠졌다가 이전보다 훨씬 더 나은 존재가 되어 밖으로 나오는 사람들도 있다. 그들은 보잘것없는 자만심을 버린 덕에 동료와 연대의 귀중함을 얻게 된 사람들이다. 밑바닥까지 떨어져 봐야만 상상보다 훨씬 더 높이 올라갈 수가 있는 법이다. 그렇게 되면 신성한 기쁨과 하늘의 천사 같은 동료애를 느낄 수도 있다. 아무리 흐리멍덩한 사람이라도 그때가 되면 남자의 본질을 깨닫게 된다. 그건 밑바닥까지 떨어지지 않고서는 절대 이룰 수 없는 일이다."

그들은 다시 집으로 발걸음을 옮겼다. 그런데 사이러스는 왼쪽으로 방향을 꺾어 숲 쪽으로 걸어갔다. 어느새 날이 저물고 있었다. 이윽고 애덤이 입을 열었다.

"저기 나무 그루터기 보이시죠? 가끔 저 나무뿌리 사이에 숨곤 했어요. 아버지한테 야단을 맞거나 우울해지면 늘 저곳에 들어가 있었죠."

"어디 한번 가 보자."

사이러스가 말했다. 그는 애덤이 안내한 장소에 서서 뿌리 사이의 구멍을 물끄러미 바라보았다. 그러다가 조용히 입을 열었다.

"오래전부터 알고 있었다. 네가 한참 동안 보이지 않으면 이런 곳에 숨어 있을 거라고 생각했지. 그래서 네가 있을 만한 곳을 찾았던 거다. 이것 봐라. 땅이 다져져 있고, 풀도 밟혀 있지 않니? 넌 이곳에 앉아 나무껍질을 조금씩 벗겨 냈겠지. 이 근처에 와 보고는 여기라는 걸 금세 알았단다."

애덤은 놀란 눈으로 아버지를 쳐다보았다.

"아버지는 한 번도 저를 찾으러 이곳에 오신 적이 없었잖아요?"

"물론 없었지."

사이러스가 말했다.

"나도 사람을 막다른 곳까지 몰아세울 줄 안다. 하지만 나는 그렇게 하지 않는다. 이 점을 명심해 둬라. 내가 너를 너무 심하게 다룬 건 나도 잘 알고 있다. 하지만 너를 낭떠러지 끝으로 밀어서 떨어뜨리려는 마음은 없었다."

두 사람은 서둘러 숲을 빠져나왔다. 이윽고 사이러스가 말했다.

"네게 해 줄 말이 많았는데, 막상 얘기를 하려니 다 잊어버렸구나. 군인은 몇 가지를 얻기 위해 많은 걸 포기해야 한단다. 사람은 태어나면서부터 그때그때 주어진 환경에 따라, 그리고 법률과 규칙과 권리에 따라서 자신의 생명을 보호하는 법을 터득하게 된다. 그건 본능으로, 모든 것들이 이를 뒷받침해 준단다. 아이가 자라서 군인이 되면 그 본능을 어기는 법을 배워야 한다. 미치지 않고 냉정하게 자기 목숨을 버리는 법을 배워야 하는 거지. 그렇게 할 수 있다면 넌 무엇보다도 값진 선물을 받게 될 거다. 물론 끝내 그걸 배우지 못하는 사람도 더러 있다. 그러니 잘 들어라, 얘야."

사이러스가 진지하게 말했다.

"대부분의 사람들은 뭣 때문에 두려워하는지도 모르면서 두려움을 느낀다. 막연하게 이름도 정체도 없는 그림자, 불안, 위험 때문에 두려워할 수도 있다. 형체도 없는 죽음에 대한 공포로 두려워할 수도 있고 말이다. 그러나 막상 총탄이나 칼, 화살, 창 등 그 무엇에 의해 죽든지 허상이 아닌 실제의 죽음에 맞딱드리게 되면 두려워할 필요가 없어진단다. 최소한 예전의 자기와는 똑같지 않게 되는 거지. 남과 완전히 달라져서 남이 무섭다고 울어도 아무렇지도 않게 된다. 이 정도면 굉장한 보상이지 않니? 더러운 진창에 박힌 유일한 순결이라고 해도 될 거다. 그나저나 이제 날이 꽤 어두워졌구나. 지금까지

내가 한 말을 잘 새겨 두어라. 내일 밤에 단둘이서 얘기하자꾸나."

"그런데 아버지."

애덤이 말했다.

"찰스에게는 왜 말씀해 주시지 않죠? 찰스도 입대할 거잖아요. 물론 찰스는 나보다 훨씬 더 잘할 테지만요."

"찰스는 입대하지 않는다. 그 애는 군대에 갈 필요가 없어."

사이러스가 말했다.

"찰스는 훌륭한 군인이 될 거예요."

"겉으로는 그렇게 보이지만 속은 그렇지 않아. 찰스는 겁이 없어서 용기가 무엇인지에 대해서는 배우지 못할 거다. 그 애는 자기 이외의 것에 대해서는 아무것도 모르기 때문에 내가 네게 설명해 주려는 걸 깨닫지 못할 게 분명해. 찰스를 군에 집어넣는 건 묶어 둬야 할 걸 풀어놓는 것과 같다. 그래서 그 애는 군대에 보내지 않을 생각이다."

사이러스의 말에 애덤이 불만스러운 표정을 지었다.

"아버지는 찰스에게 벌도 주시지 않고 제멋대로 살게 내버려 뒀어요. 늘 그 애를 두둔하고 그 애가 싫어하는 일은 시키지도 않더니 이제는 군대에도 안 보내겠다고 말씀하시는군요."

애덤은 갑자기 하던 말을 멈추었다. 그는 자기 말에 아버지가 노해서 주먹질이라도 할까 봐 두려웠다.

그러나 사이러스는 아무 말도 하지 않았다. 그는 힘없이 고개를 늘어뜨려 턱을 가슴에 파묻고 숲을 빠져나왔다. 목발이 땅바닥에 부딪쳐 소리를 낼 때마다 그의 엉덩이가 오르락내리락했다. 그가 발을 앞으로 내딛을 차례가 되면 목발은 반원을 그리며 흔들렸다.

주위가 완전히 어두워졌다. 열린 부엌문을 통해서 노란 불빛이 새어 나왔다. 앨리스는 그들이 오는지 알아보려고 문간에 나와 있다가 발소리를 듣고는 재빨리 부엌으로 들어갔다.

부엌 문 앞에 도착한 사이러스는 걸음을 멈추고 고개를 들었다.

"애덤, 어디 있니?"

"여기, 바로 뒤에요."

"아까 내게 질문을 했었지. 지금 대답해 주마. 이 대답이 좋을 수도 있고, 나쁠 수도 있지만 말이다. 애덤, 넌 영리하지 못해. 자신이 원하는 게 무엇인지조차 모를 정도로. 게다가 사나운 구석도 없어서 누가 짓밟고 지나가도 잠자코 있지. 가끔씩 네가 개만도 못한 겁쟁이라는 생각이 들 때도 있다. 이 정도면 네 질문에 대한 답이 되었니? 난 너를 더 사랑한단다. 늘 그랬어. 네게 이런 말을 해서는 안 되겠지만 사실이야. 난 이 세상의 어느 누구보다도 너를 사랑한다. 그런데 네 기분을 상하게 만들 일을 내가 할 리 있겠니? 이제 그따위 소리는 집어치우고 가서 저녁이나 먹어라. 내일 밤에 다시 얘기해 주마. 다리가 아프구나."

4

저녁 식사 중에는 아무도 입을 열지 않았다. 수프를 마시는 소리와 음식을 씹는 소리만이 정적을 깼다. 사이러스는 손을 휘휘 내저어 등유 램프 위를 맴도는 나방들을 쫓았다. 애덤은 찰스가 몰래 자신을 쏘아보고 있다는 생각이 들었다. 그는 고개를 들었다. 순간 반짝이는 앨리스의 눈과 마주쳤다. 식사를 마친 애덤이 의자를 뒤로 밀치며 말했다.

"산책이나 좀 하고 올게요."

찰스가 따라 일어섰다.

"나도 같이 갈게."

앨리스와 사이러스는 밖으로 나가는 형제를 지켜보았다. 좀처럼 입을 열지 않는 앨리스가 초조한 목소리로 물었다.

"무슨 말을 한 거예요?"

"아무 말도 안 했어."

"그 애를 군대에 보낼 거예요?"

"그래."

"그 애도 알고 있어요?"

사이러스는 열린 문을 통해 멍하니 어둠 속을 응시했다.

"그럼, 알고 있지."

"그 애는 입대를 원하지 않아요. 그 애를 위해서도 옳은 일이 아닌 것 같아요."

"그런 건 중요하지 않아."

사이러스는 목소리를 높여 같은 말을 되풀이했다.

"그런 건 중요하지 않아. 그러니 입 다물고 있어. 당신과는 상관없는 일이야."

두 사람은 한참 동안 말을 하지 않았다. 이윽고 사이러스가 누그러진 목소리로 말했다.

"그 애는 당신의 친자식도 아니잖아."

앨리스는 아무 대꾸도 하지 않았다.

형제는 마차 바퀴자국이 난 어두컴컴한 길을 따라서 걸었다. 멀리 마을에서 희미한 불빛들이 깜박거렸다.

"저기 술집에 무슨 구경거리라도 있는지 들어가 볼까?"

찰스가 물었다.

"저런 곳에 들어갈 생각은 없어."

애덤이 대답했다.

"그럼 뭐 하러 이 밤중에 여기까지 걸어온 거야?"

"따라올 필요가 없는데 뭐 하러 따라왔어?"

애덤의 말에 찰스가 바싹 다가와서 물었다.

"오늘 낮에 아버지가 너한테 뭔가 말했지? 둘이서 걸어가는 걸 봤어. 아버지가 뭐랬지?"

"늘 하던 얘기야. 군대 얘기."

"내가 보기엔 그 얘기가 아닌 것 같던데."

찰스가 의심스러운 말투로 말했다.

"아버지는 형에게 바싹 붙어 있었어. 뭔가 의논을 하는 것처럼 말이야. 결코 가벼운 얘기를 하는 것 같지는 않았다고."

"별 얘기 안 했어."

애덤은 간신히 그렇게 대답했다. 두려움 때문에 가슴이 답답했다. 그는 목구멍으로 올라온 두려움을 삼키려는 듯 숨을 깊이 들이마셨다.

"아버지가 무슨 얘기를 했지?"

찰스가 집요하게 물고 늘어졌다.

"군대와 군인의 생활에 관한 얘기를 했어."

"형 말은 못 믿겠어. 거짓말 그만해. 대충 둘러대 피할 생각이야?"

"정말 아무 일도 아니야."

찰스의 말투가 거칠어지기 시작했다.

"형의 미친 엄마는 물에 빠져 자살했어. 형은 그 여자를 닮았을 거야. 뻔하지 뭐."

애덤은 가슴을 짓누르는 두려움을 털어내려고 조용히 숨을 내쉬었다. 그러고는 입을 꼭 다물었다.

찰스가 소리쳤다.

"형 혼자 아버지를 독차지하려는 거지? 대체 무슨 속셈이야? 뭘 어떻게 할 작정인데?"

"아무 일도 아니라니까."

애덤이 말했다.

찰스가 펄쩍 뛰어 앞을 가로막았기 때문에 애덤은 걸음을 멈추었다. 두 사람의 가슴이 거의 맞닿아 있었다. 애덤은 뱀을 피하듯 슬그머니 물러섰다.

"아버지 생신 때만 해도 그래!"

찰스가 소리쳤다.

"그날 나는 75센트나 주고 아버지에게 독일제 주머니칼을 사 드렸어. 칼날 세 개에 병따개가 달려 있고 손잡이엔 진주가 박힌 물건이었지. 그런데 그 칼은 어디에 있지? 형은 아버지가 한 번이라도 그 칼을 쓰는 거 봤어? 혹시 형한테 그걸 준 거 아니야? 나는 아버지가 그 칼을 숫돌에 가는 걸 한 번도 못 봤어. 혹시 그 칼이 형 호주머니에 들어가 있는 게 아니냐고. 그걸 받고 아버지가 뭐라고 한 줄 알아? 고맙다는 말 한 마디뿐이었어. 75센트나 들여서 진주가 박힌 손잡이가 달린 독일제 주머니칼을 사 드렸는데 고작 그 한 마디뿐이었다고."

찰스의 목소리에서 분노가 느껴지자 애덤은 점점 더 겁이 났다. 금방이라도 무슨 일이 벌어질 것만 같았다. 앞을 가로막는 방해물을 즉시 박살내 치워 버리는 동생의 모습을 수없이 보아 온 애덤이었다. 찰스는 처음엔 몹시 화를 냈다가 냉정해지면서 마지막에 가서는 침착해졌다. 그러면서 무표정한 눈빛에 알 수 없는 미소를 띠고는 속삭이듯이 말하곤 했다. 그쯤 되면 그의 표정에는 차갑고 무서운 살기가 서렸고, 주먹은 정확하고 날쌔게 움직였다. 애덤은 목구멍이 바짝 타들어 가는 것을 느끼며 침을 삼켰다. 무슨 말을 해야 할지 도무지 생각이 나지 않았다. 찰스는 일단 화가 나면 무슨 말을 해도 듣지 않았다. 그는 애덤 앞에 땅딸막하고 커다란 검은 형체가 되어 서 있었다. 아직 몸을 낮춘 것은 아니었다. 별빛을 받아 번들거리는 그의 입술에 아직 미소는 번지지 않고 있었다. 찰스의 목소리는 분노로 떨렸다.

"형은 아버지 생신에 뭘 해 줬지? 내가 안 보는 줄 알았어? 형은 70센트, 아니 50센트라도 썼어? 기껏해야 숲속을 헤매는 잡종 강아지나 주워서 드렸잖아. 형은 바보같이 웃으면서 그 강아지가 크면 새 잡는 사냥개가 될 거라고 했어. 그 개는 아버지 방에서 잠을 자곤 하지. 아버지는 책을 읽으면서도 그놈을 어루만지더군. 게다가 훈련까지 시키고 있잖아. 그런데 내가 드린 주머니칼은 어디 있지? 내겐 고맙다는 말뿐이었어. 그 한 마디뿐이었다고."

어느새 찰스의 목소리는 속삭임으로 바뀌었다. 어느 순간 그가 자세를 낮췄다.

애덤은 절망에 빠져서 뒷걸음질을 치며 양손을 들어 얼굴을 가렸다. 찰스는 양쪽 발을 땅에 고정한 채 정확하게 움직였다. 주먹 하나가 날쌔게 움직이며 거리를 가늠하더니 순식간에 애덤의 배를 가격했다. 애덤이 손을 내려 배를 움켜쥔 사이에 찰스는 그의 머리를 연달아 네 번 후려쳤다. 애덤은 코뼈가 으스러지는 듯한 통증을 느꼈다. 그가 다시 양손을 들어 얼굴을 가리자 이번에는 가슴팍으로 주먹이 날아왔다. 애덤은 사형수가 당혹스럽고 절망적인 눈빛으로 집행자를 바라보듯이 동생을 바라보았다.

충격에 휩싸인 애덤은 팔을 허우적거렸지만 그것은 힘도 방향도 없는 헛된 몸짓이었다. 그는 찰스가 가볍게 몸을 숙이는 틈을 타 힘없는 팔로 그의 목을 끌어안았다. 거친 주먹으로 배를 얻어맞아 속이 메스꺼웠지만 그래도 동생에게 매달렸다. 시간이 너무 더디게 흘러갔다. 애덤은 찰스가 옆으로 움직이며 자신의 다리를 억지로 벌려 놓는 것을 느꼈다. 순간 찰스의 다리가 무릎에 스치는가 싶더니 눈앞에서 번갯불 같은 것이 번쩍이며 아랫도리에서 온몸으로 고통이 번졌다. 애덤은 힘없이 팔을 늘어뜨리고는 몸을 웅크린 채 토악질을 했다. 그동안에도 찰스의 주먹질은 계속되었다.

애덤은 정수리와 뺨과 눈을 연달아 맞았다. 입술이 찢어져 너덜거렸지만 피부가 두꺼운 고무가 된 것처럼 아무 감각이 없었다. 애덤은 의식이 몽롱한 가운데 다리가 왜 뒤틀리지 않는지, 자기가 왜 쓰러지지 않는지, 왜 의식을 잃지 않는지 의아해했다. 찰스의 주먹은 끊임없이 날아왔다. 찰스는 큰 망치를 휘두르는 사람처럼 숨을 거칠게 몰아쉬었다. 애덤은 찢어진 눈의 상처에서 흘러내리는 핏물 사이로 거무스레한 윤곽을 보았다. 무표정한 눈과 젖은 입술 위에 떠오른 희미한 미소도 보았다. 그러는 사이 눈앞이 번쩍했다가 다시 캄캄해졌다.

찰스는 애덤을 내려다보면서 지친 개처럼 숨을 헐떡거렸다. 그러다 아픈 듯 손마디를 주무르고는 뒤돌아서서 건물 안으로 들어갔다.

애덤은 곧 정신을 차렸고 문득 두려움을 느꼈다. 그의 마음은 고통의 안개 속을 헤매고 있었다. 몸이 무거워서 한 걸음도 움직일 수 없었다. 통증 때문에 무척 고통스러웠다. 그러나 상처의 아픔을 느끼는 것도 잠시였다. 길 쪽에서 민첩한 발소리가 들려왔다. 쥐가 본능적으로 그러듯 두려움과 긴장감이 그의 몸을 덮쳤다. 애덤은 무릎으로 기어서 물이 빠진 길가의 도랑을 따라 천천히 나아갔다. 도랑에는 두 뼘가량의 물이 남아 있고, 양쪽으로 키 큰 잡초들이 우거져 있었다. 애덤은 소리가 나지 않도록 조용히 기어갔다.

발소리는 가까워졌다가 다시금 멀어져 갔다. 애덤이 숨어 있는 곳에서는 칠흑 같은 어둠밖에 보이지 않았다. 이윽고 성냥불이 켜졌다. 파란 유황 불꽃이 성냥의 나무 부분에 옮겨 붙는 사이 기괴하게 일그러진 동생의 얼굴이 보였다. 찰스는 성냥불을 쳐들고 주위를 두리번거렸다. 그의 오른손에는 손도끼가 쥐어져 있었다.

성냥불이 꺼지자 주위는 더욱 어두워졌다. 찰스는 천천히 움직이며 불이 꺼질 때마다 다시 성냥을 그어 댔다. 그리고 길에서 인기척이 나는지 살피고는 도끼를 멀리 벌판 쪽으로 던져 버렸다. 아무래도 생각을 바꾼 모양이었다. 그는 마을의 불빛을 향해 성큼성큼 걸어갔다.

애덤은 한참 동안 차디찬 물이 괸 도랑에 누워서 동생의 마음을 헤아려 보았다. 분노가 식으면 두려움이 생길까? 아니면 슬픔을 느끼게 될까? 양심의 가책 같은 게 느껴질까? 그도 저도 아니면 아무런 느낌조차 없게 될까? 애덤은 이런저런 생각을 하며 동생의 심정을 헤아리려고 애썼다. 그의 양심은 찰스와 그를 연결해 주는 다리 역할을 했다. 그는 언젠가 동생의 숙제를 해 주었던 식으로 동생의 고통을 대신 느꼈다.

애덤은 도랑에서 기어 나왔다. 그러고는 몸을 일으켜 세웠다. 상처가 욱신거렸다. 얼굴에 흐르던 피는 어느새 말라붙어 있었다. 그는 아버지와 앨리스가 잠들 때까지 바깥의 어둠 속에서 기다릴 작정이었다. 혹시라도 아버지가 물으면 어떻게 대답해야 할지 막막했다. 스스로도 어쩌된 일인지 영문을 알 수 없었다. 어쨌거나 아버지의 물음에 대한 답변을 찾게 되면 아픈 마음에 상처를 입히는 꼴이 될 것 같았다. 이마 언저리에서 푸른빛이 번득이더니 현기증이 났다. 금방이라도 의식을 잃어버릴 것만 같았다.

애덤은 휘청거리는 다리를 질질 끌면서 천천히 길을 따라 걸었다. 그는 집에 도착하자마자 현관으로 다가가서 안을 들여다보았다. 천장에 쇠사슬로 매단 램프가 원을 그리면서 앨리스와 그 옆의 탁자 위에 놓인 바느질 광주리를 비추고 있었다. 탁자 건너편에 앉은 아버지가 나무 펜을 입에 물고 있다가 잉크를 찍어서 검은색 표지의 장부에 뭔가 쓰기 시작했다.

무심결에 고개를 쳐든 앨리스가 피투성이가 된 애덤의 얼굴을 보았다. 그녀는 손을 들어 입 가까이 가져가더니 손가락을 구부려서 아랫니를 지그시 눌렀다.

애덤은 다리를 질질 끌고 간신히 계단을 올라가서 문간에 몸을 기댔다.

그때 사이러스가 고개를 들었다. 그는 어리둥절한 표정으로 한참을 쳐다본 뒤에야 애덤의 일그러진 얼굴을 알아보았다. 사이러스는 의아한 표정을 지으며 일어났다. 그러고는 나무 펜을 잉크병에 도로 꽂고 손가락을 바지에다 쓱쓱 문지르며 나지막한 목소리로 물었다.

"그놈이 왜 이런 짓을 했니?"

애덤은 대답하려고 했지만 입술이 말라붙어 떨어지지 않았다. 입술을 핥자 다시 피가 흐르기 시작했다.

"저도 모르겠어요."

애덤은 간신히 대답했다.

사이러스가 쿵쿵거리며 걸어와서는 애덤의 팔을 힘껏 움켜쥐었다. 애덤은 몸을 움찔하며 팔을 빼내려고 했다.

"바른대로 말해! 그놈이 왜 이런 짓을 했지? 너희들 싸운 거냐?"

"아뇨, 안 싸웠어요."

사이러스가 흥분한 나머지 애덤의 팔을 비틀었다.

"어서 말해! 네 대답을 꼭 들어야겠다. 어쩌자고 한사코 그놈을 감싸는 거야? 내가 모를 줄 알아? 내가 속아 넘어갈 줄 아느냐고? 당장 말해! 말하지 않으면 밤새 여기 세워 놓을 테다!"

애덤은 그제야 대답할 말이 생각났다.

"찰스는 아버지가 자기를 싫어한다고 생각해요."

사이러스는 애덤의 팔을 풀어 주고는 비틀거리며 의자로 돌아가 앉았다. 그는 잉크병에 들어 있는 펜을 흔들어 달그락거리는 소리를 내더니 장부를 멍하니 내려다보았다.

"앨리스, 애덤을 부축해서 침대에 눕혀. 셔츠는 잘라서 벗기고. 애가 씻도록 좀 도와줘."

사이러스는 다시 의자에서 일어나서는 옷이 걸려 있는 한쪽 구석으로 갔다. 그러고는 옷 뒤에 숨겨둔 소총을 꺼내 총신을 꺾고 장전이 되어 있는지 확인한 다음 절뚝거리며 밖으로 나갔다.

앨리스는 그를 붙잡을 듯 허공을 향해 손을 휘저었다. 그러다 단념한 듯 힘없이 팔을 내렸다.

"네 방으로 들어가거라. 대야에 물을 받아서 갈 테니까."

앨리스가 말했다.

애덤은 침대에 누운 채 이불을 허리 위로 끌어당겼다. 앨리스가 따뜻한 물을 축인 무명 수건으로 상처를 닦아 주었다. 그녀는 한동안 아무 말이 없다가 애덤이 조금 전에 했던 말이 생각난 듯 별안간 입을 열었다.

"그 애는 아버지가 자기를 사랑하지 않는다고 생각해. 하지만 너는 그 애를 사랑하지. 너는 늘 그래 왔어."

애덤은 아무 말도 하지 않았다.

앨리스는 조용히 말을 이었다.

"찰스는 묘한 애야. 너도 알다시피 거칠고 화를 잘 내지."

앨리스는 터져 나온 기침 때문에 더 이상 말을 못 하고 몸을 웅크렸다. 한바탕 기침을 하고 난 그녀의 상기된 얼굴은 무척이나 지쳐 보였다.

"네가 그 애를 이해하거라. 그 애는 오래전부터 내게 조그만 선물들을 주었단다. 생각지도 못한 예쁜 물건들이었지. 직접 선물을 건네주지는 않고 내 눈에 띌 만한 곳에 슬그머니 감추어 두곤 했단다. 그러고는 시치미를 뚝 떼곤 했지. 아무튼 네가 그 애를 이해해야 한다."

앨리스는 미소를 지어 보였고, 애덤은 눈을 감았다.

4장

1

찰스는 주막의 술청에 앉아서 밤새도록 음담패설과 우스갯소리를 들으며 즐거워했다. 그는 사람들이 이야기를 계속하도록 은방울이 달린 값싼 쌈지를 꺼내어 담배를 권하고 술을 사서 돌렸다. 그러고는 선 채로 이를 훤히 드러내고 웃으면서 상처 난 손가락 마디를 문질렀다. 찰스는 떠돌이 패들이 자기가 돌린 술을 받아 잔을 높이 쳐들면서 "건배!"라고 외치는 모습을 바라보며 흐뭇해했다. 그는 새로 사귄 친구들에게 다시 술을 돌리고는 그들과 어울려 못된 짓을 할 속셈으로 자리를 옮겼다.

사이러스는 캄캄한 어둠 속을 절룩거리며 걸어갔다. 그는 찰스를 떠올리고는 절망에 가까운 분노를 느꼈다. 사이러스는 길을 헤매며 술집을 뒤졌다. 하지만 아들의 모습은 끝내 보이지 않았다. 그날 밤 찰스를 찾아냈다면 그는 찰스를 총으로 쏘아 죽였거나 적어도 그렇게 하려고 했을 것이다. 흔히 큰 사건이 역사의 방향을 바꾸어 놓는다고 한다. 하지만 정도의 차이는 있을지언정 길을 걷다가 돌에 걸려 넘어지거나 아름다운 여자를 보고 숨을 죽이거나 마당의 흙에 손톱자국을 내는 하찮은 일도 역사의 방향을 바꿀 가능성이 있다.

얼마 후 찰스는 아버지가 소총을 들고 자기를 찾으러 다닌다는 소문을 들었다. 그는 2주 동안 숨어 지내다가 집으로 돌아갔다. 그사이 아버지는 살기가 누그러져 약간 화만 내는 정도로 끝났다. 찰스는 애써 힘든 일을 찾아 하고 잘못을 반성하는 척하면서 벌을 모면했다.

애덤은 나흘 동안 침대에 누워 있었다. 상처가 욱신거려서 몸을 움직일 때마다 신음 소리를 냈다. 사흘째 되는 날, 사이러스는 군대에 대한 그 자신의 막강한 실력을 실제로 보여 주었다. 자만심을 충족하려는 의도도 있었지만 그것은 애덤을 위한 일종의 보상이기도 했다. 그날 청색 군복을 입은 기병대 대위와 상사 두 명이 애덤의 침실까지 찾아왔다. 마당에는 두 명의 사병이 말고삐를 붙잡고 있었다. 애덤은 침대에 누운 채로 기병대에 들어가게 되었다. 그는 아버지와 앨리스가 지켜보는 가운데 군법 조항에 서명한 후에 선서를 했다. 그러자 사이러스가 눈물을 글썽거렸다.

군인들이 떠난 후에도 아버지는 한참 동안 애덤 옆에 앉아 있었다.

"널 기병대에 입대시킨 데는 한 가지 이유가 있다. 병영 생활은 오래 할 게 못 돼. 하지만 기병의 역할은 크다. 그건 확실해. 넌 인디언 지역으로 파견되면 좋을 것 같구나. 오래지 않아 작전이 있을 테니까. 이 자리에서 자세한 얘기는 할 수 없지만 곧 전투가 벌어질 거다."

"알겠습니다."

애덤이 대답했다.

2

여러 번 생각해 보아도 애덤 같은 사람이 군대 생활을 한다는 것은 이상하다. 그는 처음부터 전투를 싫어했는데, 동료들과는 달리 시간이 지나도 좋아지기는커녕 폭력에 대한 반감만 커져 갔다. 장교들은 그가 꾀병을 부리는 게 아닌지 유심히 살폈지만 그 일로 기합을 주지는 않았다. 애덤은 5년 동안 군대 생활을 하면서 누구보다도 많은 특수 임무를 맡았다. 그런데도 만약 그가 적을 죽였다면 그것은 탄알이 빗나간 탓이었으리라. 저격병인 그는 명사수였는데도 일부러 목표물을 명중시키지 않았다. 그 무렵 인디언 소탕 작전은 위험한 소몰이 정도에 지나지 않았다. 인디언은 극한 상황으로 내몰려 어쩔 수 없이 반란을 일으켰다가 전멸당했고, 살아남은 자들은 슬픔과 절망에 빠져 불모의 땅에 정착할 수밖에 없었다. 정당한 일은 아니었으나 국가의 발전을 위해서는 어쩔 수 없는 일이었다.

군 조직에서 하나의 도구에 지나지 않았던 애덤은 미래에 대한 설계는 고사하고 사람들이 생죽음으로 내몰리는 광경만 보며 나날을 보내게 되자 혐오감이 쌓였다. 총을 일부러 빗맞히는 것은 군에 대한 반역 행위였지만 그는 개의치 않았다. 폭력에 대한 반감은 이미 단단하게 굳은 편견이 되어 그의 사고를 지배했다. 그는 어떤 목적을 위해서든 누군가에게 해를 입히는 것에 동의할 수 없었다. 이런 생각이 점점 확고해지면서 그의 마음에는 다른 생각이 들어설 자리가 없었다. 그러나 애덤의 군 생활에서 비겁한 행동을 한 흔적은 전혀 찾아볼 수 없었다. 세 차례나 추천을 받아 무공훈장까지 탄 그였다.

폭력을 거부하면 할수록 애덤의 열정은 그와는 정반대가 되는 쪽으로 쏠렸다. 목숨을 걸고 부상병을 운반한 것이 한두 번이 아니었다. 정규 임무를 완수하느라 몹시 지쳤을 때도 그는 자원하여 야전병원에서 일을 거들겠다고 나섰다. 동료들은 그를 한편으로는 경멸하면서, 또 한편으로는 애정 어린 시선으로 바라보았다. 그리고 그를 이해하지 못하는 사람들은 은연중에 그를 두려워하기도 했다.

찰스는 형에게 꼬박꼬박 편지를 써 보냈다. 그의 편지에는 농장과 마을, 병든 소, 새끼를 낳은 암말, 넓혀 놓은 목초지, 벼락 맞은 창고에 관한 이야기와 앨리스가 폐병으로 심한 기침을 하다 죽었고, 아버지가 재향군인회의 영구 유급직을 제안 받고 워싱턴으로 떠났다는 소식이 적혀 있었다. 많은 사람들이 그러하듯이 찰스 역시 말로 할 수 없는 이야기들을 글로 써서 보냈다. 그는 외롭고 괴로운 심정과 여태껏 자신에 대해 몰랐던 부분들까지 편지에 썼다.

애덤이 집을 떠나 있는 동안 찰스는 그 이전과 이후를 통틀어 형에 대해 가장 잘 알게 되었다. 편지를 주고받는 동안 형제는 전에는 상상할 수 없었던 두터운 친밀감을 쌓아 나갔다.

애덤은 찰스가 보낸 편지 한 장을 소중히 간직했다. 그 편지의 내용을 완전히 이해해서가 아니라 이해할 수 없는 의미가 담긴 것 같아서였다.

"보고 싶은 형, 애덤에게. 우선 형이 몸 건강히 잘 지내기를 바라며 펜을 들어."

찰스는 사연을 본격적으로 쓰기 전에 마음의 여유를 갖기 위해 늘 이런 식으로 시작했다.

"지난번 보낸 편지의 답장을 받지 못했는데, 다른 일 때문에 바쁜가 봐. 하! 하! 폭우가 내려서 사과 꽃이 많이 떨어졌어. 올겨울에는 수확량이 적어 되도록 식량을 아껴야겠어. 오늘밤에는 대청소를 하느라 온 집 안이 비눗물이었는데, 이전보다 더 깨끗해진 것 같지는 않아. 형도 어머니가 집을 얼마나 청결히 관리했는지 알지? 지금은 왠지 그때만큼 되지 않아. 집 안에 더러운 것이 내려앉아 있는 것 같아. 아무리 문질러도 잘 지워지지 않으니 영문을 모르겠어. 청소를 한답시고 더러운 때를 도로 묻히고 돌아다니나 봐. 하! 하! 아버지가 여행을 떠난다고 편지를 보내셨어? 아버지는 육군의 야영에 참석하기 위해 캘리포니아주에 있는 샌프란시스코로 떠나셨어. 국방 장관도 참석하는데 그 자리에서 아버지를 소개시켜 주려나 봐. 이 정도로는 그리 놀랄 일도 아니지. 아버지는 대통령도 서너 번 만났고, 백악관 만찬에도 초대받았으니까. 나도 백악관을 구경하고 싶어. 형이 제대해서 집에 오면 그때 함께 갈 수 있겠지. 아버지는 며칠간 우리를 불러 줄 거야. 무엇보다 형이 보고 싶을 테니까 말이야. 나는 요즘 마누라를 구하는 게 좋겠다는 생각을 해. 농장도 이만하면 훌륭하고, 잘난 편은 아니지만 나를 남편감으로 생각해 줄 여자가 있겠지. 형 생각은 어때? 제대하고 집에 돌아와 함께 살겠다고 한 건 아니지만 난 형이 그렇게 했으면 좋겠어. 형이 보고 싶어."

편지는 여기서 중단되었다. 편지지에는 펜으로 긁히고 잉크가 튄 자국이 나 있었다. 이후부터는 연필로 쓴 글이 이어졌는데 글씨체가 달랐다.

"다음에 써야겠어. 펜이 망가졌거든. 녹슨 펜촉이 부러졌어. 나중에 시내에 나가면 하나 사야겠어."

그다음 말들은 한결 부드럽게 이어졌다.

"연필로 쓰지 않고 펜촉을 살 때까지 기다릴 생각이었는데…… . 나는 지금 부엌에 앉아서 식탁 위에 등불을 켜 둔 채 공상에 잠겨 있어. 자정이 훌쩍 넘었는데도 시간 가는 줄을 모르겠어. 닭장에서 수탉 조가 울기 시작하는군. 어머니의 흔들의자가 삐걱거려. 생전에 어머니가 앉아 있었을 때처럼 말이야. 추억에 빠지고 싶지 않은데 내 마음은 자꾸만 옛날로 거슬러 올라가. 형도 가끔 그럴 때가 있지? 이 편지를 찢어 버릴까 봐. 말 같지도 않은 소리만 잔뜩 늘어놓고 있으니 말이야."

생각만큼 글이 빨리 써지지 않은 듯하더니 여기서부터는 막힘없이 순식간에 편지를 써 내려간 것 같았다.

"찢어 버리더라도 지금은 그냥 쓸게. 마치 온 집 안이 살아 숨 쉬고, 여기저기에 눈이 달려 있고, 잠깐 한눈을 팔면 문 뒤에서 사람들이 불쑥 뛰어 들어올 것만 같아. 이럴 때면 온몸이 오싹해져. 형에게 말하고 싶은 게, 꼭 말하고 싶은 게 있는데, 나는 도무지 이해가 가지 않아. 아버지는 대체 왜 그러셨을까? 왜 내가 준 생일 선물을 좋아하지 않으셨느냔 말이야. 왜지? 그건 좋은 칼이었고, 아버지는 그런 좋은 칼이 필요했는데 말이야. 아버지가 그 칼을 사용했다면, 아니 그걸 숫돌에 갈거나 호주머니에서 꺼내 보이기만 했어도 나는 만족했을 거야. 아버지가 그 칼을 좋아하기만 했어도 형을 뒤따라가지 않았을 거라고. 내가 형을 쫓아간 건 바로 그 때문이야. 어머니의 흔들의자가 또 조금씩 삐걱거려. 난 아직도 내 일을 다 끝내지 못한 기분이 들어. 일을 절반밖에 못 한 것 같은데 그게 뭐였는지 생각도 나지 않아. 내 일을 마무리하지 않고 이곳에 머물러 있으면 안 될 것 같아. 훌륭한 농장에 한가하게 앉아 마누라 구할 궁리나 하는 것보다 넓은 세상을 돌아다녔으면 좋겠어. 뭐가 잘못되었는지 일이 다 끝나지 않은 것 같고, 금방이라도 무슨 일이 일어날 것 같고, 아직 해야 할 일이 남아 있는 것 같고 그래. 내가 군대에 가고 형은 집에 남아 있어야 했어. 전에는 한 번도 이런 일에 대해 생각해 보지 않았는데. 밤이 너무 길어진 탓일까? 생각보다 시간이 더 간 것 같아. 방금 밖을 내다보았는데 동이 터 오고 있더라고. 잠이 올 것 같지 않아. 밤이 어떻게 이렇게 빨리 지나갔을까? 지금은 잠을 이룰 수 없겠어. 억지로 잠을 청해 봤자 잠들 수 없을 것 같아."

편지에는 서명이 없었다. 편지를 찢어 버리려고 했다가 깜박 잊고 그냥 부친 모양이었다. 애덤은 한동안 그 편지를 간직하며 틈틈이 꺼내 읽었는데, 그때마다 섬뜩한 느낌이 들었다. 하지만 그런 느낌이 드는 이유는 알 수 없었다.

5장

1

해밀턴 농장에서는 해마다 아이들이 태어나고 자랐다. 훤칠한 미소년인 조지는 온순하고 상냥했으며 예의도 깍듯하게 차렸다. 그래서인지 사람들은 아주 어릴 때부터 조지를 '얌전이'라고 불렀다. 그는 아버지한테서 단정한 옷차림과 몸가짐을 물려받아서인지 허름한 옷을 입고 있어도 초라해 보이지 않았다. 정직한 소년이었던 조지는 정직한 어른으로 자랐다. 잘못을 저지른 적도 없었다. 한 가지 흠을 잡는다면 게으르고 느리다는 것뿐이었다. 하지만 그런 결점이 드러나기 시작한 중년 무렵에 그는 자신이 악성빈혈에 걸렸다는 사실을 알게 되었다. 어쩌면 그의 온순한 성품은 기력 부족에서 비롯된 것인지도 모른다. 조지 다음으로 윌이 태어났다. 땅딸막하고 그리 명석하지 않은 윌은 힘만큼은 대단했다. 어려서부터 부지런한 일꾼이었던 그는 일거리만 생기면 몸을 아끼지 않고 끝까지 해냈다. 그는 정치를 비롯한 모든 문제에 대해 보수적이었다. 이념 문제는 혁명적인 것이라고 생각했기 때문에 늘 의심과 반감을 갖고 피했다. 윌은 남에게 책잡히는 걸 싫어했고, 가능하면 남과 비슷하게 살고 싶었다.

새로운 것이나 변화를 싫어하는 윌의 성격은 그의 아버지의 영향인지도 몰랐다. 윌이 한창 자랄 무렵만 해도 살리나스 계곡에 도착한 지 얼마 되지 않았던 새뮤얼은 '토박이' 대접을 받지 못했다. 사실 그는 아일랜드에서 온 이방인이긴 했다. 그 무렵 미국인들은 아일랜드인을 몹시 싫어했다. 특히 동부 해안 쪽에서는 그 정도가 아주 심했다. 그런 풍조가 별로 없었던 서부에까지 그런 경향이 점차 번져 나갔다. 그런 터에 다양한 사고방식을 가진 새뮤얼은 생각이 깊고 혁신적인 사람이었다. 작은 지역사회에서는 으레 그런 남자가 의혹의 눈초리를 받기 마련이다. 그런 상황은 그가 위험한 인물이 아니라는 사실이 증명될 때까지 계속된다. 새뮤얼처럼 특출한 사람은 예나 지금이나 문제를 일으킬 소지가 있다. 예를 들어 남편이 멍청하다고 생각하는 아낙네들의 눈에는 새뮤얼이 꽤 매력적인 남자로 비칠 수 있는 것이다. 교육을 받아 글을 읽을 줄 아는 그는 책을 사거나 빌려 읽었다. 뿐만 아니라 먹거나 입는 것, 혹은 생활과 직접적인 관련이 없는 것에 대해서도 해박했다. 그런 데다 시와 아름다운 글을 사랑했다. 따라서 손즈나 델마 집안처럼 큰 저택과 넓은 토지를 소유한 부자였다면 새뮤얼은 분명히 큰 서재를 마련했을 것이다.

떡갈나무로 벽을 두른 델마의 서재에는 책 이외의 다른 물건은 전혀 없었다. 새뮤얼은 델마네 식구들이 읽는 것보다 더 많은 책을 빌려다 읽었다. 당시에는 교육을 받은 부자는 대단한 환영을 받았다. 부자는 자식을 대학에 보내는 걸 당연하게 생각했고, 평일에도 흰 셔츠와 넥타이와 장갑을 착용했으며, 손톱을 단정히 깎았다. 부자들의 생활은 신비에 싸여 있어서 아무도 그들의 생활에 간섭하지 않았다. 하지만 가난한 사람에게 시나 그림이나 음악이나 노래나 춤이 무슨 소용일까? 그런 것들은 곡식을 거둬들이고 자식들의 옷을 마련하는 데 아무런 도움도 되지 않았다. 그럼에도 불구하고 가난한 사람이 부자의 취미 생활을 즐기려고 했다면 그렇게 안 하고는 못 배길 분명한 이유가 있었을 것이다.

새뮤얼을 예로 들어보자. 그는 철물이나 목공 일을 할 때 먼저 설계도를 그렸다. 그것은 다른 사람의 부러움을 살 정도로 바람직하고 수긍이 가는 태도였다. 그런데 새뮤얼은 설계도의 가장자리에 나무, 사람 얼굴, 동물, 곤충을 비롯해 심지어는 형체를 알 수 없는 것들을 그려 넣었다. 사람들은 그 그림들을 보고 고개를 갸우뚱하거나 웃었다. 새뮤얼에게는 엉뚱한 구석이 있어서 사람들은 그의 생각이나 일을 짐작할 수 없었다.

새뮤얼이 살리나스 계곡에 이주한 처음 몇 해 동안은 모두가 그를 의혹의 눈초리로 바라보았다. 어쩌면 어린 소년이었던 윌은 샌루커스 가게에서 사람들이 하는 말을 들었을지도 모른다. 아이들은 자기 아버지가 다른 아버지들과 다른 것을 원치 않는다. 그러니 윌의 사고방식이 보수적으로 변한 것은 바로 그 무렵부터일 거라고 짐작해 볼 수 있을 것이다. 세월이 흘러 아이들이 더 많이 줄줄이 태어나자 새뮤얼은 자연스럽게 이 골짜기의 토박이로 받아들여졌다. 공작새를 가진 주인이 자기의 새를 자랑스럽게 여기듯이, 그곳 사람들 역시 그를 자랑스럽게 여겼다. 그들은 더 이상 새뮤얼에게 경계의 눈초리를 보내지 않았다. 새뮤얼은 그들의 부인을 유혹하거나 달콤한 말로 꾀어 내어 치근덕거리지도 않았다. 그제야 살리나스 계곡 사람들은 새뮤얼을 좋아하게 되었다. 하지만 그때는 이미 윌의 성격이 형성되고 난 후였다.

하느님의 사랑을 받을 자격이 전혀 없는 사람들도 때로는 진정한 은총을 받는 경우가 있다. 이런 사람들은 특별한 노력을 하거나 계획을 세우지 않아도 일이 순조롭게 풀린다. 윌 해밀턴 역시 이런 부류에 속했다. 그가 받은 선물들은 감사하게 생각할 만한 것들이었다. 윌은 소년 시절에도 운이 좋았다. 그의 아버지는 아무리 애를 써도 돈을 벌지 못했는데 윌은 그다지 힘들이지 않고도 돈을 벌었다. 윌 해밀턴이 양계를 시작하고 암탉들이 알을 낳으면서부터 계란 값이 올랐다. 청년 시절에는 조그만 가게를 운영하다가 장사가 안 되어 문을 닫게 된 두 친구가 삼 부 이자를 주겠다며 돈을 빌려달라고 했다. 인색하지 않은 그는 그들에게 돈을 빌려주었다. 친구들은 가게가 잘돼 1년쯤 지나 자립했고, 2년째 접어들면서 사업을 확장하다가 3년 후에는 여러 지점을 냈다. 그들의 사업은 그 후에도 계속 호황을 누렸고 거대한 사업체로 성장하다가 마침내 그

지방의 상권을 장악하기에 이르렀다.

월은 돈을 빌려주었다가 받지 못하게 되었을 때 자전거 수리점을 인수하기도 했다. 때를 맞추어 계곡의 몇몇 부자들이 자동차를 샀고 월이 운영하는 가게의 수리공이 그들의 자동차를 수리했다. 그런데 그 무렵 놋쇠, 주철, 고무에 정신이 팔린 한 공상가가 그에게 은근히 압력을 넣고 있었다. 그는 헨리 포드라는 사람이었는데, 그의 계획은 불법적이지는 않지만 좀 허무맹랑했다. 월은 마지못해 살리나스 계곡의 남쪽 절반을 투자 형식으로 헨리 포드에게 양도했는데, 15년도 안 되어 그 지역은 포드 차로 메워졌다. 얼마 후 월은 마몬 자동차를 굴리는 거부가 되었다.

셋째 아들 톰은 아버지를 가장 많이 닮았다. 그는 격정의 시기에 태어나 불꽃과 같은 정열적인 인생을 살았다. 즐거움과 열정을 제대로 느낄 줄 아는 톰은 무턱대고 삶에 뛰어들었다. 그는 이 세상과 사람들을 발견하는 것이 아니라 창조했다. 아버지의 책을 제일 먼저 읽은 사람도 그였다. 그는 엿새째 되는 에덴동산과 같은 때 묻지 않고 빛나는 세계에서 살았다. 그는 평화로운 목장에서 뛰노는 망아지처럼 자유분방했고, 세상이 울타리를 치자 거세게 저항했다. 그리고 마지막으로 단단한 울타리에 갇혔을 때도 기를 쓰고 뚫고 나왔다. 톰은 즐거움을 알듯이 슬픔에도 푹 빠졌는데, 자기가 기르던 개가 죽었을 때는 온 세상이 끝난 것처럼 슬퍼했다.

톰은 아버지처럼 발명에 재주가 있었다. 그런데 그는 통이 커서 아버지가 감히 덤비지 못한 일도 시도해 보았다. 그는 또 아버지와는 달리 정욕이 대단했다. 어쩌면 그가 평생 독신으로 지낸 것도 너무 지나친 정욕 때문이 아니었나 싶다. 게다가 그는 무척 도덕적인 집안에서 태어나지 않았는가. 그래서 그는 자신의 꿈과 동경, 그리고 그런 문제의 배출구 때문에 스스로를 비하해서 이따금씩 숲속에 들어가 울었는지도 모른다. 톰의 기질 속에는 야만성과 선량함이 적당히 섞여 있었다. 그는 자신의 파멸적인 충동을 억누르기 위해 가축처럼 열심히 일했다.

아일랜드 사람들은 지나치게 명랑하다가도 갑자기 우울해져 깊은 생각에 잠긴다. 그래서 큰 소리로 웃어 대다가도 금세 침울해지곤 한다. 그들은 다른 사람으로부터 책망을 듣기 전에 미리 스스로를 책망하기 때문에 언제나 방어적이다.

톰이 아홉 살 때였다. 그는 귀여운 여동생 몰리가 말을 더듬자 몹시 걱정이 되었다. 톰은 몰리에게 입을 크게 벌려 보라고 해서 입안을 들여다보았다. 그러고는 혀 밑에 있는 얇은 막 때문에 말을 더듬는다는 판단을 내렸다.

"내가 고칠 수 있어."

그는 집에서 멀리 떨어진 외딴 곳으로 몰리를 데려갔다. 그러고는 주머니칼을 돌에 쓱쓱 갈아 말더듬이의 원인인 그 막을 도려냈다. 그런 뒤에는 도망쳐서 먹은 것을 토했다.

해밀턴 가는 가족이 불어나면서 집도 커졌다. 본래 미완성인 채로 집이 지어졌으므로 필요할 때마다 본채에 연결시켜 방을 만들기만 하면 되었다. 원래의 방과 부엌은 얼마 가지 않아 제 모습을 잃었다. 그런 동안에도 새뮤얼의 재산은 전혀 늘지 않았다. 그는 당시에 정책이 제대로 자리 잡히지 않은 특허권 때문에 골치를 앓았는데, 이런 일로 고통을 받기는 다른 사람들도 마찬가지였다. 그는 기존의 것보다 성능이 더 우수한 데다 값싸고 효율적인 탈곡기의 부속품을 발명했다. 그런데 매년 나오는 쥐꼬리만 한 권리금마저 변리사가 중간에서 가로채 버렸다. 새뮤얼은 그 부속품의 모형을 제조업자에게 보냈는데, 그 제조업자는 설계도는 거절하고 제조 방법만 도용했다. 그 후 몇 년 동안 새뮤얼은 돈만 날리고 소송에서 지고 말았다. 난생처음 돈 없이는 돈과 맞설 수 없다는 뼈아픈 경험을 한 것이다. 그런데도 특허라는 병에 걸려 해마다 탈곡을 해서 모은 돈을 특허권을 얻기 위해 모조리 써 버렸다. 해밀턴 집안의 아이들은 제대로 된 신발도 없이 누더기를 입고 다녔고 굶는 일도 허다했다. 새뮤얼이 톱니바퀴의 설계도를 만드는 데 가진 돈을 몽땅 쏟아부었기 때문이다.

세상에는 생각을 많이 하는 사람과 생각을 거의 하지 않는 사람, 이렇게 두 부류가 있다. 새뮤얼과 그의 아들인 톰과 조는 생각을 많이 하는 편이었고, 조지와 윌은 그 반대였다. 넷째 아들 조는 좀 모자라는 아이였는데, 온 가족이 그를 귀여워하며 감싸 주었다. 그는 히죽거리고 웃기만 하면 모든 일이 해결된다는 걸 일찌감치 터득했다. 그의 형들은 모두 몸을 사리지 않고 일을 하는 사람들이었다. 그들은 조에게 일을 시키느니 자신들이 직접 하는 게 더 낫다고 생각했다. 어머니와 아버지는 별다른 기술이 없는 조를 시인으로 길러야겠다고 생각했다. 가족 모두가 그의 내면에 잠재한 시인의 기질을 부추

겼으므로 조 자신도 그것을 증명해 보이기 위해 짧막한 시를 쓰곤 했다. 조는 신체적인 면뿐만 아니라 정신적인 면에서도 게을렀다. 그는 늘 공상에 빠져 살았다. 그의 어머니는 조가 다른 아이들보다 못하다고 생각했으므로 그를 더 사랑해 주었다. 그러나 따지고 보면 조가 그렇게까지 무능한 것도 아니었다. 그는 최소한의 노력으로 자기가 원하는 걸 반드시 얻어 냈기 때문이다. 어쨌거나 조는 해밀턴 집안의 사랑을 독차지했다.

봉건 시대에도 칼과 창을 잘 쓰지 못하는 사람은 일찍부터 성직자가 되게 했다. 해밀턴 가에서도 농사나 대장간 일을 못하는 조에게 고등교육을 시켰다. 조는 몸이 그리 약한 편이 아니었는데도 물건을 잘 들지 못했다. 게다가 말을 잘 타지 못했기 때문에 말 자체를 싫어했다. 조가 밭갈이를 배우려고 나섰을 때 온 가족은 애정이 가득한 웃음을 띠고 그를 지켜보았다. 조가 처음으로 힘겹게 간 이랑은 평지의 강줄기처럼 구불구불거렸고, 두 번째 이랑은 첫 이랑을 스치며 엉뚱한 방향으로 빗나갔다. 조는 차츰 농장 일에서 제외되었다. 어머니는 조가 늘 공상에 잠겨 있는 것이 무슨 대단한 미덕이라도 되는 듯 추켜세웠다.

시키는 일마다 신통치 않은 조에게 실망한 아버지는 그에게 양 60마리를 돌보는 일을 맡겼다. 그것은 별다른 기술이 없는 어린아이도 할 수 있는 단순한 일로, 그냥 양 떼 옆에 붙어 있기만 하면 되는 일이었다. 그런데도 조는 양 60마리를 몽땅 잃어버렸다. 양들이 메마른 계곡의 그늘진 곳에 모여 있는

데도 찾아내지 못한 것이었다. 전해지는 이야기에 따르면 새뮤얼은 아들딸들을 모두 모아 놓고 자기가 눈을 감은 후에도 조를 잘 보살펴 달라고 단단히 부탁했다고 한다. 그렇게 하지 않으면 조가 굶어 죽을 게 뻔하다고 생각했던 것이다.

해밀턴 가에는 아들 사이에 딸도 다섯 명 있었다. 큰딸 유나는 생각이 깊고, 학구적이며, 피부가 까무잡잡한 소녀였다. 그리고 리지가 있었는데—어머니 이름을 딴 것으로 미루어 큰딸이었을 것 같은데—그것에 대해 내가 아는 건 거의 없다. 리지는 아무래도 자기 집안을 수치스럽게 생각했던 것 같다. 일찍 결혼해서 집을 떠난 후에는 장례식 때만 모습을 보였기 때문이다. 그녀는 해밀턴 집안의 사람들 중에서 특유의 증오와 신랄함을 가지고 있었다. 그녀는 하나밖에 없는 아들이 자기 마음에 들지 않는 여자와 결혼하자 몇 년 동안 아들과 말도 하지 않았다.

다음은 데시로, 사람들은 항상 얼굴에 미소가 떠날 줄 몰랐던 그녀와 함께 있고 싶어 했다. 그녀와 같이 있으면 시간 가는 줄 모를 정도로, 늘 즐거웠다.

그 밑은 올리브로, 바로 내 어머니이다. 그리고 막내 몰리는 금발에 보랏빛 눈을 가진 사랑스럽고 귀여운 미인이었다.

이들이 모두 해밀턴 가족이다. 비쩍 마른 데다 체구도 작은 라이자가 해마다 아이를 낳아 키우고, 빵을 구워 먹이고, 옷을 해 입히고, 예절과 도덕심까지 가르친 것은 정말 기적 같은 일이었다.

라이자가 아이들에게 큰 영향을 주었다는 것은 놀라운 일이다. 그녀는 사회 경험이 전혀 없는 시골 무지렁이였다. 게다가 아일랜드에서 이곳까지 긴 여행을 한 것 외에는 평생 바깥구경을 해 본 적도 없었다. 남편 말고 다른 남자를 사귀어 본적이 없는 그녀는 남편과의 관계마저 때로는 힘들고 고통스러운 의무로 받아들였다. 그녀는 평생 아이를 낳고 기르며 보냈다. 그녀의 지적 교류의 상대는 새뮤얼이나 아이들과 나누는 대화를 빼놓고는 성경이 전부였다. 그렇다고 자식들의 이야기를 그다지 귀담아듣는 편도 아니었다. 오직 성경에서 역사, 시, 민족, 사물, 윤리, 도덕, 구원을 얻었다. 성경을 연구하거나 조사하는 것이 아니라 그저 읽을 뿐이었다. 성경에는 모순된 부분도 있었지만 그 때문에 혼란스러워 하지는 않았다. 마침내 그녀는 잘 아는 부분은 줄줄 외울 수 있는 경지에 이르렀다.

라이자는 훌륭한 아내인 데다 자식들을 잘 길렀으므로 모든 사람들로부터 존경을 받았다. 그 때문에 어디를 가든지 당당하게 행동할 수 있었다. 남편과 자식들과 손자들도 그녀를 존경했다. 그녀에게는 냉혹할 정도로 강인한 면이 있었다. 그녀는 무슨 일이 있어도 타협할 줄 몰랐고, 모든 사람들이 반대해도 불의 앞에서는 참지 않았다. 사람들은 그런 그녀를 어려워하면서도 존경했지만 정감 같은 건 느끼지 못했다.

라이자는 술이라면 질색을 했다. 어떤 상황이든 술을 마신다는 것은 하느님을 모욕하는 죄악이라고 여겼다. 물론 그녀 자신도 술을 입에 대지 않았지만 다른 사람이 술을 즐기는 것마저 극구 말렸다. 그 때문인지 모르겠지만 그녀의 남편 새뮤얼과 자식들은 지독한 애주가가 되었다.

한번은 큰 병에 걸린 새뮤얼이 이렇게 말했다.

"라이자, 위스키를 딱 한 잔만 마시면 좀 덜 아플 것 같은데, 괜찮을까?"

라이자는 작고 야무진 턱에 힘을 주며 대꾸했다.

"당신은 술 냄새를 풍기면서 하느님의 옥좌 앞으로 나가실 건가요? 그건 절대로 안 돼요."

새뮤얼은 병이 낫지 않는다 하더라도 어쩔 수 없이 참고 돌아누워야만 했다.

라이자가 일흔 살이 되었을 때 변비가 생겼다. 의사는 약으로 생각하고 포도주를 한 숟갈씩 먹어 보라고 일러주었다. 그녀는 얼굴을 찡그리면서 첫 번째 숟갈을 힘들게 삼켰는데, 그 맛이 그다지 나쁘지 않았다. 그 순간부터 그녀의 숨결에서는 술 냄새가 가시지 않았다. 그녀는 포도주를 항상 약으로 생각하고 숟가락으로 마셨는데, 나중에는 하루의 4분의 1은 술을 마시는 한결 여유 있고 행복한 아낙네가 되었다.

새뮤얼과 라이자 해밀턴은 20세기를 눈앞에 둔 시점에서 자녀들을 모두 훌륭한 어른으로 키워 냈다. 이렇게 해서 해밀턴 일가는 킹시티 동쪽의 농장에 터전을 마련하고 무리를 이루게 되었다. 그들이야말로 전형적인 미국 아이들이고 청년들이고 여자들이었다. 새뮤얼은 고향인 아일랜드에 돌아가지 않았으며 세월이 지나자 그곳을 까맣게 잊었다. 그는 정신없이 바쁘게 지내느라 향수에 젖어 있을 틈이 없었다. 살리나스 계곡은 그의 세계 전부였다. 연중 가장 큰 행사는 계곡의 북쪽으로 96킬로미터 떨어진 살리나스에 나들이를 가는 것이었다. 그 외 시간에는 많은 식구들을 먹이고 입히기 위하여 쉬지 않고 일하며 보냈다. 그렇다고 인생을 가정에만 바친 것은 아니었다. 그의 정력은 지칠 줄 몰랐다.

딸 유나는 부지런한 학생으로 자신의 삶을 보람 있고 알차게 꾸려 나갔다. 아버지는 딸의 지칠 줄 모르는 학구열을 자랑스럽게 여겼다. 올리브는 살리나스에서 고등학교를 나와 국가고시를 준비하고 있었다. 그녀의 꿈은 교사가 되는 것이었다. 교사가 되는 것은 아일랜드에서 목사가 되는 것만큼이나 가문의 명예로 여겨졌다. 조는 별다른 재주가 없었으므로 대학에 갈 예정이었다. 윌은 하는 일마다 운이 따랐다. 톰은 세상살이에 회의를 품고 홀로 마음의 상처를 달랬다. 데시는 양재를 공부하고 있었고, 아름다운 몰리는 유복한 남자를 만나 결혼할 게 뻔했다.

상속 문제로 골치 아픈 일은 없었다. 언덕의 농장은 덩치만 컸지 큰 쓸모가 없었기 때문이었다. 새뮤얼은 계속 우물을 팠지만 그 땅에서는 끝내 물이 나오지 않았다. 물이 땅에서 솟구쳐 올라왔다면 사정이 달라져 그는 부자가 되었을 것이다. 그는 집 부근의 땅을 깊이 파서 수도관을 묻어 물을 퍼 올렸는데 그마저도 양이 충분치 않았고, 말라 버린 적도 두 번이나 있었다. 소 떼는 멀리 농장 끝에 있다가도 이곳까지 와서 물을 마신 뒤에 다시 돌아가 풀을 뜯었다.

무엇보다도 해밀턴 가는 살리나스 계곡에 안전하게 정착해서 단단한 기반을 닦은 훌륭한 가문이었고, 다른 집안보다 더 가난하지도, 더 부유하지도 않았다. 그런 데다 보수주의자와 혁신주의자, 몽상가와 현실주의자가 적당히 섞인 비교적 균형이 잘 잡힌 가족이었다. 새뮤얼은 자기 자식들을 흐뭇하게 여겼다.

6장

1

애덤이 입대하고 사이러스가 워싱턴으로 떠난 후에 찰스는 농장에서 혼자 살았다. 그는 아내를 얻겠다고 큰소리쳤지만 여자를 만나 무도장에 데려가고 인간 됨됨이를 알아본 후 결혼을 하는 뻔한 순서를 따르지는 않았다. 솔직히 말하면 찰스는 여자 앞에서 주눅이 들었다. 수줍음을 타는 남자들이 으레 그러듯이 그도 이름도 모르는 창녀를 통해 남자의 욕구를 충족시켰다. 창녀와 관계를 갖는 것이 제일 안전하다고 느꼈기 때문이다. 미리 돈을 주고 난 순간부터 여자는 상품이 되기 마련이고, 아무리 수줍은 남자라도 창녀와는 즐기며 어떤 짓도 할 수 있는 것이다. 게다가 주눅이 들어 퇴짜를 맞을까 봐 가슴 졸일 필요도 없다.

그런 관계는 간편하면서도 상당히 비밀스러웠다. 술집 주인은 꼭대기 층의 방 세 개에 뜨내기손님들을 받았는데, 그 방들을 2주 간격으로 창녀들에게 세놓았다. 2주가 지나면 먼저 왔던 여자들은 나가고 새로운 여자들이 들어왔다. 술집 주인인 핼럼 씨는 매춘에는 전혀 관계하지 않았다. 그런 일에 대해 잘 모른다는 그의 말은 사실이었다. 다만 방 세 개를 보통 방값의 다섯 배 비싼 값으로 빌려주고 있었을 뿐이다. 실상은 보스턴에 사는 에드워즈라는 포주가 여자들을 이 여관에 보내어 매춘을 주선하고 이동시키며 돈을 갈취하고 있었다. 그가 부리는 여자들은 느긋하게 소도시를 돌아다녔는데, 한곳에서 2주 이상 머무르는 일이 없었다. 이들은 그야말로 기동성을 갖춘 잘 짜인 조직이었다. 여자들은 주민이나 경찰의 눈에 익을 정도로 오래 머물지 않았다. 그리고 거의 방에서만 시간을 보내고 가능하면 사람들이 많이 모이는 장소에는 나가지 않았다. 술을 진탕 마시거나, 시끄럽게 떠들어 대거나, 남자와 사랑에 빠지는 일은 금지되었다. 식사도 방으로 가져다 달래서 먹었고, 손님도 외부 사람의 눈에 띄지 않도록 조심했다. 그들은 손님도 가려서 받았는데, 술 취한 남자는 절대로 위층에 올라가지 못했다. 여자들은 6개월에 한 번씩 주어지는 휴가 때가 되면 마음껏 술도 마시고 즐겼다. 하지만 휴가가 아닌 근무 시간에 규칙을 어기면 에드워즈는 여자를 발가벗기고 입에 재갈을 물린 다음 죽을 만큼 때렸다. 그래도 다시 규칙을 어기면 주거가 불분명하고 매춘을 했다는 죄목으로 고발해 감옥으로 보냈다.

2주 영업 제도는 또 다른 이점이 있었다. 창녀들은 대부분성병에 걸려 있었는데, 전염된 손님에게서 증세가 나타날 무렵이면 이미 떠나고 없었다. 화가 난 남자들이 길길이 날뛰어 봤자 소용이 없었다. 핼럼 씨는 그 일에 관해 전혀 아는 바가 없고 업주 에드워즈 역시 표면적으로는 드러난 적이 없었기 때문이다. 이런 식으로 에드워즈는 자기의 순회 사업을 완벽하게 운영했다.

이런 일을 하는 여자들은 대개 몸집이 크고 튼튼하며 게으르고 멍청했다. 창녀를 찾는 단골도 정해져 있었다. 찰스 트래스크는 적어도 2주에 한 번씩은 이 술집을 찾았다. 그는 슬며시 위층의 창녀에게 올라가 급히 일을 마치고 다시 아래층의 주점으로 내려와 기분 좋을 정도로 술에 취했다.

트래스크의 집안은 원래 밝거나 아늑한 분위기라곤 없었다. 지금은 찰스 혼자 집을 지키고 있어서 더욱 을씨년스럽고 지저분했다. 레이스 커튼은 우중충한 잿빛으로 변했고, 마루는 아무리 쓸고 닦아도 때가 절어 얼룩덜룩했다. 부엌뿐만 아니라 창문과 천장까지도 프라이팬에서 튄 기름으로 온통 얼룩져 있었다.

예전에는 이 집에 살았던 여자들이 매일 쓸고 닦고 해마다 두 번씩 대청소를 했기 때문에 먼지가 앉을 틈이 없었다. 그러나 찰스는 빗자루로 쓰는 시늉만 했다. 침대 시트를 갈아 끼우는 것조차 귀찮아서 담요를 둘둘 말아 잠을 잤다. 봐 줄 사람도 없는데 깨끗이 청소한들 무슨 소용이겠는가? 그는 여자를 찾아가는 밤에는 목욕을 하고 깨끗한 옷으로 갈아입었다.

찰스는 불안한 마음에 밤새 뒤척이다가 동이 트자마자 밖으로 나갔다. 그리고 외로움을 달래기 위해 전력을 다해 농장 일에 매달렸다. 그는 일을 마치고 돌아오면 튀긴 음식으로 허기를 채우고 잠자리에 들자마자 곯아떨어졌다.

거무튀튀한 그의 얼굴에는 혼자 외롭게 사는 남자의 침울한 표정이 배어 있었다. 찰스는 아버지와 어머니보다 형이 더 그리웠다. 왠지 그는 애덤이 입대하기 전에는 행복했던 시절이 있었던 것 같아 그런 때가 다시 돌아오기만을 기다렸다.

찰스는 그동안 한 번도 앓아 본 적이 없었다. 다만 혼자 외롭게 살며 직접 요리를 해 먹는 사람들과 마찬가지로 만성 소화불량에 시달렸을 뿐이다. 그래서 찰스는 '조지 신부의 생명의 묘약'이라는 강력한 소화제를 복용했다.

사고가 난 것은 찰스가 혼자 살게 된 지 3년 정도 지났을 때였다. 그날 찰스는 바위를 땅에서 캐내 담까지 옮기는 일을 하고 있었다. 그런데 큰 바윗덩어리 하나가 좀처럼 말을 듣지 않았다. 찰스는 쇠로 된 긴 지렛대를 가지고 와서 바위 밑에 끼워 넣은 다음 기를 쓰고 들어올려 보았다. 그는 얼굴에 희미한 미소를 지으며 누군가와 싸움을 하듯 바윗돌과 씨름을 했다. 지렛대를 바위 밑에 깊숙이 찔러 넣은 다음 힘껏 내리눌렀다. 그때 지렛대가 미끄러지면서 그 끝이 찰스의 이마를 호되게 후려쳤다. 찰스는 의식을 잃은 채로 한동안 들판에 쓰러져 있었다. 얼마 후 마침내 정신을 차렸지만 눈앞이 흐릿했다. 그는 비틀거리며 집으로 돌아왔다. 머리와 눈썹 사이에 길게 찢어진 상처가 나 있었다. 몇 주 동안 이마를 싸맨 붕대 위로 고름이 흘러나왔지만 그는 크게 걱정하지 않았다. 그 무렵엔 상처에서 고름이 나와도 대수롭지 않게 보았고, 오히려 상처가 아물어 가는 증후라고 여겼다. 상처가 아물면서 길게 주름진 흉터가 남았다. 대개 흉터는 주위의 피부색과는 달리 발그레하기 마련인데, 찰스의 흉터는 거무스레한 갈색이었다. 아마도 지렛대의 녹슨 철가루가 들어가 그런 문신 같은 자국을 남겨 놓은 모양이었다.

상처 따위는 걱정하지 않았지만 흉터는 자꾸 거슬렸다. 마치 이마에 길쭉한 손가락 자국이 남아 있는 것 같았다. 찰스는 난로 옆의 작은 거울을 들여다보며 흉터를 자세히 살피는 버릇이 생겼다. 그는 될 수 있는 한 흉터를 감추려고 이마 쪽으로 머리를 빗질해 내렸다. 창피스럽고 원망스러웠다. 그는 누가 흉터를 똑바로 바라보면 불안해졌고, 그것에 대해 묻기라도 하면 화가 치밀었다. 그래서 애덤에게 보내는 편지에 흉터에 대한 심정을 털어놓기도 했다.

흉터는 소에게 낙인을 찍어 놓은 것 같은 표시를 내게 남겼어. 날이 갈수록 점점 검게 변하고 있어. 형이 집에 돌아올 때쯤이면 새까맣게 변해 있을 것 같아. 반대쪽에 하나만 더 있으면 성회일(聖灰日)의 기독교 신자처럼 보일 거야. 왜 이렇게 신경이 쓰이는지 모르겠어. 다른 흉터도 많은데 말이야. 낙인이 찍힌 것 같아 그런가 봐. 마을 술집에라도 가면 사람들이 흉터만 보는 것 같아. 사람들은 내가 못 듣는 줄 알고 수군거려. 왜 그렇게 내 흉터에 관심이 많은지 모르겠어. 이젠 마을에 가는 것도 싫어졌어.

2

애덤은 1885년에 제대를 하고 귀향길에 올랐다. 겉보기에 그는 조금도 달라진 것 같지 않았다. 군대 생활을 하고 나온 사람의 분위기를 전혀 풍기지 않았기 때문이다. 기병대 출신 이라면 그런 식으로 행동하지 않았다. 물론 적절치 못한 태도 를 오히려 자랑스럽게 여기는 부대도 있기는 했다.

애덤은 몽유병에라도 걸린 듯한 기분이었다. 아무리 싫었어 도 습관이 든 후에는 그 생활에서 빠져나오기가 힘들었다. 그 는 아침에 잠에서 깨면 나팔 소리를 기다리며 누워 있곤 했 다. 각반이 정강이에 꼭 끼지 않거나 옷깃이 목에 착 달라붙 지 않으면 어쩐지 허전했다. 시카고에 도착한 애덤은 이유도 없이 가구가 갖춰진 방을 일주일 동안 빌렸다가 이틀만 묵고 버팔로로 떠났다. 그곳에서는 다시 생각이 바뀌어 나이아가라 폭포로 발길을 돌렸다. 집에 가기 싫었기 때문에 조금이라도 시간을 끌고 싶었다. 그에게 고향은 그리 따뜻한 곳이 아니었 다. 고향에서 보낸 시절은 이미 뇌리에서 지워진 뒤라 추억을 더듬고 싶은 마음도 없었다. 그는 몇 시간이고 폭포를 바라보 며 그 요란한 소리에 넋을 잃고 있었다.

어느 날 저녁, 그는 외로움에 지친 나머지 군대 시절을 떠 올렸다. 함께 생활했던 전우들이 무척이나 그리웠다. 그는 떠 들썩한 사람들 틈에 섞여 따뜻한 인정을 느끼고 싶은 충동에 사로잡혔다. 제대 후에 그가 처음으로 많은 사람들 속에 끼게 된 것은 담배 연기가 자욱하고 사람들이 붐비는 작은 술집에서였다. 그는 고양이가 장작더미 옆에 편안하게 자리를 잡듯 사람들 속에 섞여 들었다. 위스키 한 잔을 주문해서 마시고 나니 몸이 훈훈해지고 기분이 좋아졌다. 그는 보거나 듣지 않으면서 그저 사람들 속에 섞여 있었다. 밤이 점점 깊어지고 사람들도 하나 둘씩 자리를 뜨자 그는 집으로 돌아가야 한다는 사실 때문에 다시금 두려움을 느꼈다. 사람들이 모두 떠나고 술집에는 바텐더와 애덤만 남게 되었다. 바텐더는 마호가니로 된 카운터를 계속 닦으면서 애덤에게 그만 돌아가 달라는 눈짓을 보냈다.

"한 잔 더 해야겠소."

애덤이 말했다.

바텐더는 술병을 내놓았다. 애덤은 그제야 상대방을 눈여겨보았다. 그의 이마에는 딸기 같은 흉터가 있었다.

"난 이 고장에 처음 온 사람이오."

애덤이 말했다.

"폭포를 구경하러 오는 사람들은 거의 그렇죠."

바텐더가 대답했다.

"난 군대에 있었어요. 기병대에요."

"그랬군요."

바텐더는 맞장구를 쳤다.

애덤은 문득 이 사람에게 깊은 인상을 심어 주어야겠다는 생각이 들었다.

"인디언과 전투를 했지요. 정말 대단했어요."

애덤의 말에 바텐더는 아무런 대꾸도 하지 않았다.

"내 동생도 이마에 흉터가 있는데."

바텐더는 이마의 흉터로 손가락을 가져가며 말했다.

"태어날 때부터 있었던 건데 해가 갈수록 자꾸 커지는군요. 동생 분도 이런 흉터가 있다고요?"

"그 애는 다쳐서 생긴 흉터지요. 편지에 그렇게 적혀 있더군요."

"이 흉터가 꼭 고양이처럼 생기지 않았나요?"

"그렇군요."

"그래서 내 별명이 고양이가 되었죠. 태어나면서부터 줄곧 그 별명이 따라다녔어요. 어머니가 날 임신했을 때 고양이를 보고 놀란 건 아니냐고 묻는 사람들도 있어요."

"난 집에 돌아가는 길이에요. 오랫동안 고향을 떠나 있었지요. 한잔하겠소?"

"고맙습니다. 그런데 어디에 묵고 있죠?"

"메이 부인의 하숙집이오."

"나도 압니다. 그 여자는 손님이 고기를 많이 먹지 못하게 하려고 미리 수프를 듬뿍 준다더군요."

"어떤 장사에나 상술이란 게 있는 법이죠."

애덤이 말했다.

"맞는 말입니다. 우리 장사도 그럴 때가 있으니까요."

"그럴 거요."

"하지만 나도 서툰 것이 한 가지 있죠. 그걸 알기만 하면 좋을 텐데."

"그게 뭐죠?"

"손님을 집으로 돌아가게 만들고 가게 문을 닫을 방법을 잘 모르겠군요."

애덤은 아무 대꾸 없이 바텐더를 바라보았다.

"농담이었어요."

바텐더는 마음이 편치 않은 듯이 말했다.

"난 아침에 집에 갈 생각이오. 진짜 내 집에요."

애덤이 입을 열었다.

"행운을 빌겠습니다."

바텐더가 말했다.

애덤은 외로움에 쫓기듯 발걸음을 재촉하며 어두운 밤길을 걸었다. 하숙집 현관의 낡은 나무 계단에 올라서자 그가 돌아왔다는 것을 알리기라도 하듯 삐걱거리는 소리가 났다. 심지를 낮춘 석유램프의 노란 불꽃이 깜박이고 있을 뿐 홀은 어두웠다.

주인 여자가 방문을 열어 놓고 서 있었다. 코 그림자가 턱 아래까지 내려와 있었다. 여자의 차가운 시선은 초상화의 눈처럼 애덤을 따라다녔고, 코는 그에게서 나는 위스키 냄새를 맡으려 씰룩거렸다.

"안녕히 주무세요."

애덤이 먼저 말했다.

주인 여자는 아무 대꾸도 하지 않았다.

애덤은 방에 들어가기 전에 뒤를 돌아보았다. 머리를 꼿꼿이 세운 그녀의 턱 그림자가 목덜미를 덮고 있었는데, 눈은 볼 수가 없었다.

방 안에는 묵은 먼지가 젖었다가 마르기를 반복한 냄새가 났다. 애덤은 성냥갑에서 성냥개비 하나를 꺼내어 그었다. 그러고는 칠기 촛대에 꽂힌 초에 불을 붙인 뒤 침대를 살폈다. 침대는 그물처럼 축 늘어져 있었고, 때 묻은 누비이불의 가장자리에 솜이 삐죽 튀어나와 있었다.

현관 계단이 다시 삐걱거리는 소리를 냈다. 애덤은 하숙집 여주인이 차가운 시선으로 새 손님을 맞으며 문간에 서 있을 것이라고 생각했다.

애덤은 딱딱한 의자에 앉아 무릎에 팔꿈치를 괴고 두 손으로 턱을 받쳤다. 아래층에서 하숙하는 환자가 계속 기침을 해 대며 밤의 정적을 깨뜨렸다.

애덤은 집으로 돌아갈 수 없다는 걸 깨달았다. 언젠가 고참 전우가 자기 경험담을 들려준 일이 있었다.

"정말 견딜 수가 없었어. 갈 곳이 있나, 아는 사람이 있나. 마냥 이곳저곳을 돌아다녀 보니 어린애처럼 겁이 나더군. 하는 수 없이 상사를 찾아가 도로 입대시켜 달라고 사정을 했지. 상사는 마치 선심이나 쓰듯이 내 부탁을 들어주었어."

애덤은 시카고로 돌아가서 재입대 신청을 해 놓고 예전에 복무했던 부대로 복귀시켜 달라고 간청했다. 서부행 열차에서 같은 부대원을 만났을 때는 친근하면서도 정겨운 느낌마저 들었다. 애덤은 캔자스시티에서 열차를 바꿔 타기 위해 기다리다가 전보 한 장을 받았다. 워싱턴의 국방부로 출두하라는 명령서였다. 애덤은 지난 5년 동안 군대 생활을 하면서 명령에 대해서는 추호의 의심 없이 무조건 복종해야 한다고 배웠다.

사병들에게 워싱턴의 고위 장교는 아득하게 먼 존재였다. 그러므로 그들에 관해서는 생각하지 않는 편이 좋았다.

애덤은 정해진 수속을 밟은 뒤에 담당자에게 이름을 대고 대기실에 앉아 기다렸다. 그가 그곳에서 만난 사람은 다름 아닌 아버지였다. 아버지의 모습을 알아보기까지 많은 시간이 걸렸고, 서먹서먹한 느낌이 사라지기까지는 더 긴 시간이 필요했다. 그의 아버지 사이러스는 대단한 인물이 되어 있었다. 그의 옷차림도 그의 위치를 말해 주고 있었다. 그는 검은색 상하복 위로 벨벳 칼라가 달린 외투를 입고, 챙이 넓은 검은색 모자를 쓰고, 칼처럼 보이는 흑단 지팡이를 짚고 있었다. 행동 역시 거물다웠다. 그는 느긋하고 점잖고 차분한 투로 말했고, 우아하게 움직였다. 그가 세련된 미소를 지어 보일 때마다 새로 해 넣은 이가 반짝거렸다.

애덤은 아버지를 알아본 이후에도 여전히 어안이 벙벙했다. 그는 아버지의 다리 쪽을 내려다보았다. 목발이 보이지 않았다. 사이러스의 다리는 무릎께에서 약간의 곡선을 그리며 곧게 펴져 있고, 발에는 국회의원들이나 신는 번쩍이는 염소 가죽 구두가 신겨 있었다. 사이러스는 움직일 때 약간 절룩거릴 뿐, 옛날처럼 목발을 짚고 절뚝거리며 걷지 않았다.

사이러스가 아들의 얼떨떨한 표정을 보며 말했다.

"이게 바로 자동 의족이란다. 경첩에 의해 움직이지. 스프링도 달려 있다. 마음만 먹으면 절룩거리지 않을 수도 있어. 좀 있다 벗을 때 보여 주마. 날 따라오너라."

"전 명령을 받고 왔어요. 웰스 대령님께 신고해야 해요."

애덤이 말했다.

"나도 알고 있다. 내가 웰스에게 명령을 내리도록 했으니까. 자, 어서 따라오너라."

애덤은 은근히 불안했다.

"아버지만 괜찮다면 웰스 대령님께 보고를 하는 편이 좋겠어요."

"내가 널 시험해 본 거야. 요즘 군대 규율이 어떤지 알아보고 싶었다. 장하구나. 군대 생활이 너에게 잘 맞을 줄 알았지. 이제 어엿한 군인이 되었구나."

사이러스가 굵은 목소리로 말했다.

"전 명령을 받고 왔어요."

애덤이 말했다. 그는 아버지가 낯선 사람같이 느껴졌고 왠지 혐오감마저 들었다. 어딘지 모르게 진실성이 없어 보이기도 했다. 이윽고 방문이 열리면서 대령이 들어와 굽실거리는 태도로 말했다.

"장관께서 오십니다."

그래도 애덤의 기분은 바뀌지 않았다.

"장관님, 제 아들입니다. 저처럼 이등병 출신이죠."

"저는 하사로 제대했습니다."

애덤이 말했다. 그는 아버지와 국방 장관이 나누는 의례적인 인사말도 귀에 들어오지 않았다. '이 사람이 국방 장관이란 말인가?'라는 생각만 들 뿐이었다. 저 사람은 아버지가 어떤 사람인지 모르는 건가? 아버지는 지금 연극을 하고 있는 거야. 장관이 그런 것도 모르다니 정말 우습군.

두 사람은 사이러스가 묵고 있는 작은 호텔을 향해 걸어갔다. 사이러스는 그곳의 명소와 유적지를 가리키며 이런저런 설명을 늘어놓았다.

"난 호텔에서 살고 있단다. 집을 구해 보려고 했지만 활동이 잦은 편이라 낭비라는 생각이 들더구나. 쉴 새 없이 전국을 돌아다녀야 하거든."

호텔 직원은 사이러스의 얼굴을 감히 마주보지도 못했다. 그는 사이러스에게 굽실거리며 '의원님'이라고 불렀고 다른 손님을 내보내서라도 애덤에게 방을 마련해 주겠노라고 했다.

"내 방에 위스키 한 병을 올려 보내 주게."

"필요하시면 얼음도 보내 드리겠습니다."

"얼음?"

사이러스가 소리쳤다.

"내 아들은 군인이야!"

그가 지팡이로 다리를 툭툭 치자 속이 빈 소리가 울렸다.

"나도 한때는 군인이었어. 이등병이었단 말이야. 그런데도 우리가 얼음을 넣은 술을 마시겠는가?"

애덤은 사이러스의 방을 둘러보고 놀랐다. 침실만 있는 게 아니라 그 옆에는 거실도 있었고 침실 안쪽 오른편에는 화장실도 있었다. 사이러스는 안락의자에 몸을 파묻고 긴 한숨을 내쉬었다. 그가 바짓가랑이를 걷어 올리자 쇠와 가죽과 단단한 목재로 만들어진 정교한 의족이 나타났다. 사이러스는 다리의 절단된 부위에 감겨 있던 가죽 띠를 푼 다음 의족을 의자 옆에 세워 놓았다.

"오래 달고 있으면 쑤시고 아프다."

의족을 풀어 놓은 사이러스는 다시 예전의 아버지로 돌아간 것 같았다. 맨 처음에 느꼈던 혐오감은 사라지고 어린 시절에 느꼈던 아버지에 대한 두려움, 존경심, 적대심이 한꺼번에 되살아났다. 애덤은 다시 어린아이가 되어 직선적인 아버지를 피해 눈치를 살피는 기분이 되었다. 술 마실 준비를 끝낸 사이러스는 위스키를 마시며 옷깃을 느슨하게 풀었다. 그는 애덤을 똑바로 바라보았다.

"그런데 말이야."

"네."

"군에 다시 입대한 이유는 뭐냐?"

"저도 모르겠어요. 그냥 그러고 싶었어요."

"애덤, 넌 군대를 싫어하잖니."

"그래요."

"그런데 왜 또 군에 들어가기로 한 거냐?"

"집에 돌아가기가 싫었어요."

사이러스는 한숨을 쉬면서 손가락 끝으로 안락의자의 팔걸이를 문질렀다.

"그럼 군대에 계속 있을 작정이니?"

사이러스가 물었다.

"저도 모르겠어요."

"널 사관학교에 넣어 줄 수도 있다. 내겐 그럴 만한 힘이 있어. 널 제대시켜 사관학교에 입학시켜 주마."

"거긴 들어가고 싶지 않아요."

"내 제안을 거절하겠다는 거냐?"

사이러스는 조용히 물었다.

애덤은 한참 동안 핑곗거리를 찾다가 그냥 대답해 버렸다.

"네, 그래요."

"자, 아버지에게 위스키 한 잔 따라 보렴."

사이러스는 술을 한 모금 마시고 난 다음 말을 이었다.

"내 영향력이 얼마나 막강한지 네가 알고나 있는지 모르겠구나. 입후보자 한 명에게 재향군인회의 표를 몽땅 몰아줄 수도 있으니까. 대통령도 내가 국가정책에 관해 어떤 생각을 갖고 있는지 알고 싶어 한단다. 난 상원 의원을 면직시킬 수도 있고, 사과를 따듯 관직을 따낼 수도 있어. 한 사람 출세시키고 파멸시키기란 식은 죽 먹기란 말이다. 알아듣겠니?"

애덤은 그 이상으로 잘 알고 있었다. 그의 아버지는 위협을 해서라도 자기 자신을 방어한다는 사실까지도.

"네, 들어서 알고 있어요."

"널 워싱턴에 배속시킬 수도 있고, 내 부관으로 임명해서 처세술을 가르쳐 줄 수도 있어."

"전 제 연대로 돌아가고 싶어요."

애덤은 아버지의 얼굴이 실망으로 어두워지는 것을 보았다.

"내가 잘못 생각한 것 같다. 넌 사병의 오기가 몸에 배었구나. 그래, 네 연대로 돌아갈 수 있도록 지시해 두마. 너는 병영에서 썩게 될 거다."

"고맙습니다."

애덤은 한참 뜸을 들이다가 물었다.

"왜 찰스를 이곳으로 데려오지 않으시는 거죠?"

"그건…… 아니다. 찰스에게는 그곳이 더 나아. 그 애는 거기 있어야 해."

애덤은 이때의 아버지의 표정과 말투를 잊지 않았다. 그는 그 후 병영에서 한동안 썩으면서 이 일을 두고두고 생각했다. 그는 아버지가 외롭고 고독한 생활을 하고 있다는 사실도 잘 알고 있었다.

3

찰스는 그 후 5년 동안 애덤이 돌아오기만을 기다렸다. 집과 헛간에 페인트칠을 했고, 형의 제대 날짜가 다가오자 파출부를 구해 집 안 구석구석을 말끔히 청소했다.

파출부는 깔끔하고 꼼꼼한 노파였다. 그녀는 낡고 색 바랜 커튼을 떼어 내고 새것을 만들어 달았다. 찰스의 어머니가 죽은 뒤로 방치되었던 부엌의 화로에 낀 묵은 기름때도 닦아 냈다. 또 요리할 때 생긴 기름때와 석유램프의 그을음으로 얼룩진 벽도 깨끗이 닦았다. 마루를 양잿물로 닦아 내고 담요를 세탁용 소다액에 담그면서 그녀는 쉬지 않고 잔소리를 늘어놓았다.

"사내들이란 더러운 짐승들이라니까. 차라리 돼지가 더 깨끗할걸. 사내들은 제 몸이 썩어 들어가도 안 씻을 거야. 그런

사내들과 결혼하는 여자들은 도대체 무슨 속셈인지 모르겠
어. 냄새는 또 얼마나 지독한지. 저 솥 좀 봐. 언젯적 국물이
아직도 남아 있는 거야?"

깨끗해진 건 좋았지만 세탁용 소다액과 암모니아와 누런
비누의 지독한 냄새가 남아 있는 것 같아서 찰스는 아예 헛간
으로 거처를 옮겼다. 어쨌거나 파출부는 그가 벌여 놓은 집안
꼴을 못마땅하게 여겼다. 그녀가 집을 번쩍거리게 청소해 놓
고 투덜대며 떠난 뒤에도 찰스는 그냥 헛간에서 눌러 지냈다.
애덤이 돌아올 때까지 집을 깨끗이 보존해 두고 싶어서였다.
헛간에는 갖가지 농기구와 그것들을 수리할 때 쓰는 연장들
이 쌓여 있었다. 찰스는 부엌의 화로보다는 헛간의 대장용 모
루에다 음식을 끓이고 기름에 튀기는 것이 더 빠르고 수월하
다는 걸 알았다. 석탄을 넣고 풀무질을 하면 불꽃이 빨리 타
올랐다. 화로가 달아오를 때까지 기다릴 필요도 없었다. 이렇
게 기막힌 것을 진작 생각해 내지 못한 것이 이상할 정도였다.

찰스가 기다리는 애덤은 돌아오지 않았다. 미안한지 편지
도 보내지 않았다. 애덤이 아버지의 뜻을 거역하고 다시 입대
했다는 소식을 성난 어조로 알려 준 사람은 아버지인 사이러
스였다. 사이러스는 찰스가 워싱턴으로 자기를 만나러 올 기
회가 있을 거라는 말만 해 놓고 다시는 그 이야기를 꺼내지
않았다.

찰스는 다시 집 안으로 거처를 옮겼고 돼지우리처럼 더러
운 꼴로 만들어 놓고 살았다. 그는 노파가 흉을 보았던 무질서
한 생활로 되돌아갔다.

애덤에게서 편지가 온 것은 그 후로도 1년이 지나서였다. 무안한 가운데 용기를 짜내어 쓴 편지였다.

"내가 왜 재입대 신청서에 서명을 했는지 모르겠다. 꼭 남의 일만 같아. 어떻게 지내는지 빨리 소식을 전해 다오."

찰스는 답장을 보내지 않다가 초조해 하는 애덤의 편지를 네 통이나 받은 다음에야 냉정하게 소식을 전했다.

"난 형이 돌아올 거라고 기대하지 않았어."

그 후 찰스는 농장과 가축을 돌보는 일에 열중했다.

세월은 마냥 흘러갔다. 찰스는 해가 바뀌자마자 애덤에게 편지를 썼고 곧바로 답장을 받았다. 하지만 너무 오래 떨어져 지냈기 때문에 할 말도, 특별히 물어보고 싶은 것도 없었다.

찰스는 행실이 바르지 못한 여자들을 집에 들였다가 내보내기를 반복했다. 그는 여자들이 자기 비위에 거슬리면 집에서 기르던 돼지를 팔아 치우듯이 내쫓아 버렸다. 그 자신이 여자들을 좋아하지 않았으므로 여자들이 자기를 좋아하든 말든 관심도 없었다. 그는 마을 사람들과는 담을 쌓고 살았다. 그가 접촉하는 사람들이라고 해 봐야 고작 여관집 사람들과 우체국장 정도였다. 마을 사람들은 그의 생활 태도를 못마땅해했지만, 그런 무질서한 생활을 하는 그에게도 한 가지 장점은 있었다. 찰스는 농장을 잘 꾸려 나가고 있었다. 그는 농지를 개간하고, 울타리를 세우고, 배수 시설을 손질하면서 농토를 수백 에이커씩 늘려 갔다. 뿐만 아니라 담배를 심고 집 뒤에다 기다란 연초 창고를 멋지게 지었다. 이 때문에 그는 이웃 사람들의 존경을 받았다. 농부라면 농사를 잘 짓는 사람을 나쁘게 보지 않는 법이다. 찰스는 가진 돈과 정력을 모두 농장에 쏟아부었다.

7장

1

애덤은 군대에서 사병들의 정신이 이상해지지 않도록 고안해 낸 일들을 맡아 하면서 다시 5년을 보냈다. 군인들은 금속과 가죽을 쉬지 않고 닦아 광을 내고, 행진과 훈련과 호위를 하고, 나팔과 군기를 들고 기념식을 행하곤 했다. 그것은 할 일 없는 사람들이 만들어 낸 발레 동작과 다를 바 없었다. 1886년에는 시카고의 대규모 포장 공장에서 파업이 일어나 애덤이 속한 연대가 출동 준비를 했으나 그 전에 파업은 저절로 해결되었다. 또 1888년에는 평화조약에 서명을 하지 않고 버티던 인디언 세미놀족이 반란을 일으킬 기미가 보이자 기병대가 출동 준비를 했다. 그런데 인디언들은 자신들의 늪지대로 조용히 물러나 숨을 죽이고 있었다. 그 덕분에 단조로운 병영 생활이 아득한 꿈처럼 흘러갔다.

시간은 사람의 생각에 따라 달라지는 기묘하면서도 모순된 것인지도 모른다. 예컨대 단조롭고 지루한 시간은 한없이 길게만 느껴진다. 그런데 사실 그런 것만도 아니다. 재미없고 단조로운 시간은 기억에 오래 남지 않기 때문이다. 반대로 흥미진진하거나, 슬퍼서 상처받거나, 기뻐서 즐거웠던 시간은 오래간다. 잘 생각해 보면 틀린 말은 아니다. 하릴없이 지나가는 시간은 언제까지고 붙잡아 매어 둘 수 없다. 사건이 없는 단조로움은 지속성을 이어갈 만한 버팀목이 없는 것이다.

애덤이 두 번째로 군대에서 보낸 5년은 그가 자각하기도 전에 끝나 버렸다. 1890년이 저물어 갈 무렵, 그는 샌프란시스코 수비대에서 상사 계급장을 달고 제대했다. 찰스와의 편지 왕래는 거의 끊긴 상태였지만 애덤은 제대 직전에 편지를 썼다.

"이번에는 집으로 꼭 돌아갈게."

그러나 찰스는 이 마지막 편지를 받고 3년이 지나도록 형의 소식을 듣지 못했다.

애덤은 겨울이 끝나기를 기다리며 강을 따라 새크라멘토까지 갔다가 샌조아퀸 계곡을 어슬렁거리며 돌아다녔다. 봄이 올 무렵에는 수중에 돈이 한 푼도 없었다. 그는 담요 한 장만을 걸친 채로 동쪽을 향해 걷다가 다른 사람들과 무리를 이루어 완행 화물열차에 매달려 가기도 했다. 그리고 밤이 되면 마을 변두리에 천막을 치고 방랑자들과 어울렸다. 그는 돈이 아니라 음식을 구걸하는 방법을 배웠다. 그러는 동안 그는 거지가 되었다.

지금은 거의 찾아볼 수 없지만 1890년대만 해도 혼자 떠돌아다니며 인생을 보내고 싶어 하는 사람들이 꽤 많았다. 그들 중에는 책임을 회피하기 위해 도망쳐 나온 사람들도 있었고, 억울하게 쫓겨났다고 생각하는 사람들도 있었다. 그들은 조금씩 일을 하긴 했지만 오래가지 못했다. 때로 도둑질도 했는데 먹을 것만 훔쳤으며 어쩌다 빨랫줄에 걸린 옷가지를 훔치는 정도에 그쳤다. 교양이 있는 사람, 일자무식꾼, 청결한 사람, 불결한 사람 등 온갖 부류의 사람들이 다 있었는데 그들에게는 한 가지 공통점이 있었다. 그들은 한결같이 마음의 안정을 찾지 못한 사람들이었다. 그들은 심한 더위와 추위를 피해 따뜻한 곳을 찾아다녔다. 봄에는 동쪽으로 떠났고, 첫서리가 내릴 때면 서둘러 서쪽이나 남쪽으로 향했다. 그들은 마을을 배회하며 닭장을 노리는 이리 떼와 같았다. 마을 주변을 맴돌면서도 마을 안에는 얼씬하지 않았던 것이다. 다른 사람들과의 교제는 길어야 일주일이면 끝났고, 그 후에는 뿔뿔이 흩어졌다.

공동으로 먹을 스튜가 끓고 있는 모닥불 주변에는 온갖 이야기가 난무했지만 개인의 신상에 관한 이야기는 한마디도 나오지 않았다. 애덤은 노동조합의 발전과 분노에 떠는 조합원들의 이야기를 들었다. 화제는 철학적인 논쟁에서 형이상학과 미학, 그리고 개인적인 경험담에 이르기까지 무척 다양했다. 하룻밤을 함께 지내는 이들 중에는 살인자도 있을 테고, 파계를 당하거나 스스로 물러난 성직자도 있을 테고, 머리가 과히 좋지 않아 강단에서 쫓겨난 교수도 있을 테고, 가슴 아픈 사연을 간직하고 정처 없이 방랑하는 나그네도 있을 테고, 타락

한 대천사나 쫓겨 다니는 악마도 있을 테지만 모두 다 똑같이 당근과 감자와 양파와 고기를 넣고 끓인 냄비의 음식을 덜어 먹으며 각자의 생각을 털어놓거나 서로를 위로했다. 애덤은 깨진 유리 조각으로 면도를 하는 방법이나 남의 집 문을 두드리기 전에 적선을 해 줄지 가늠하는 방법을 전수받았다. 또 적의를 품은 경찰관을 따돌리거나 구슬리는 방법, 그리고 따뜻한 마음씨의 여인이 어떤 생각을 하는지 알아내는 방법을 터득했다. 애덤은 새로운 생활에서 즐거움을 찾았다. 그는 나뭇잎에 단풍이 들 때는 오마하까지 갔다가 의문을 품고 생각하거나 따져 볼 틈도 없이 그냥 서쪽과 남쪽을 향해 길을 재촉해서 산맥을 넘어 남부 캘리포니아에 도착해서는 한숨을 돌렸다. 그리고 국경에서 해안선을 따라 북쪽의 샌루이스오비스포까지 갔다가 양어장에서 기르는 전복, 뱀장어, 조개, 농어 등을 훔쳐 먹었는가 하면, 모래를 파서 대합조개를 잡거나, 낚싯줄로 올가미를 만들어 모래 언덕에서 토끼를 사냥했다. 또때로는 햇볕이 따갑게 내리쬐는 백사장에 누워 밀려오는 파도를 헤아리기도 했다.

봄이 되자 그는 동쪽을 향해 발길을 돌렸는데, 이번에는 전보다 한결 느린 걸음으로 움직였다. 여름에는 깊은 산속이 시원했고, 외로운 사람들이 그렇듯 산촌 사람들은 친절했다. 애덤은 덴버 근처에 사는 한 과부의 가게에서 일자리를 얻어 그녀의 식탁에서 함께 식사를 하고 같은 침대에서 자다가 서리가 내릴 무렵이 되자 다시 남쪽으로 떠났다. 그는 리오그란데를 따라가다가 앨버커키와 엘파소를 지나고 빅벤드와 러레이도를 거쳐 브라운스빌까지 갔다. 그러는 동안 음식과 기쁨에 관련된 스페인 말을 배웠고, 인간은 아주 가난할 때에도 남에게 뭔가를 주거나 돕고 싶은 충동을 느낀다는 사실을 깨달았다. 애덤은 자신이 가난하지 않았더라면 결코 알 수 없었을 가난한 자에 대한 동정심을 가슴속에 키워 갔다. 그는 온전한 거지가 되어 있었지만 겸손을 생활의 기본 신조로 삼고 살았다. 몸은 비쩍 마르고 햇볕에 검게 그을었으나 그에게서 분노와 질투로 동요하는 모습은 찾아볼 수 없었다. 목소리는 차분해지고 말투에는 여러 지방의 사투리가 뒤섞여 어디를 가도 이방인처럼 느껴지지 않았다. 사실 부랑 생활을 하며 스스로를 지키기 위해서는 그만한 방법도 없었다. 애덤은 어지간해서는 기차를 타지 않았다. IWW(세계산업노조연맹)의 격렬한 폭력과 그들에 대한 치열한 보복으로 악화된 부랑자에 대한 증오가 점점 확산하고 있었기 때문이다. 애덤도 언젠가 방랑 생활을 한다는 죄목으로 체포된 적이 있었다. 그 후부터 경찰과 죄수들의 무모한 잔인성에 겁을 집어먹은 그는 부랑자들이 모인 곳에는 얼씬도 하지 않았다. 애덤이 덥수룩한 수염을 말끔하게 깎고 혼자 다니기 시작한 것은 바로 그때부터였다.

겨울이 가고 다시 봄이 찾아오자 애덤은 북쪽으로 떠났다. 이제 휴식과 평화의 시간도 끝났다는 생각이 들었다. 그는 찰스가 있는 북쪽으로 걸음을 옮기며 어린 시절의 기억을 희미하게 떠올렸다.

애덤은 끝없이 펼쳐진 동부 텍사스를 재빨리 지나치고, 루이지애나를 통과하고, 미시시피와 앨라배마의 외곽을 거쳐 플로리다로 들어섰다. 그는 서둘러 움직여야겠다고 생각했다. 흑인들은 무척 가난해서 친절하긴 했지만 가난뱅이 백인을 신뢰하지는 않았고, 가난한 백인은 낯선 사람을 두려워했다.

애덤은 탈라하시 부근에서 보안관에게 체포되어 부랑자라는 죄목으로 도로를 보수하는 강제노동에 투입되었다. 당시 도로가 건설된 것은 이런 식의 노동력을 이용한 결과였다. 애덤은 6개월의 선고를 받았다. 그는 6개월 후에 석방되었으나, 곧바로 다시 체포되어 또 6개월 형을 받았다. 애덤은 그제야 인간이란 사람을 짐승처럼 대할 수 있고, 또 그런 인간과 어울리자면 그들과 똑같이 짐승이 되어야 한다는 사실을 깨달았다. 깨끗한 외모, 솔직한 표정, 남의 눈을 똑바로 보는 시선. 이런 것들은 다른 사람의 관심을 끌었고, 또 그런 관심은 처벌을 불렀다. 애덤은 추악하고 잔인한 짓을 저지르는 사람은 자신을 다치게 할 뿐만 아니라 그 보복으로 다른 사람에게까지 상처를 입힌다고 생각했다. 낮에 작업을 할 때는 총을 든 보초가 감시를 하고, 밤에 발목에 쇠사슬을 채우는 것은 단순히 범죄예방 차원이 아니었다. 인간으로서의 존엄성과 저항을 억제하고 죄수의 의지를 꺾기 위해 채찍질을 하는 것은 그만큼 간수가 죄수를 두려워한다는 증거이기도 했다. 애덤은 장기간의 군대 생활을 통해 두려움에 떠는 인간은 위험한 동물과 다를 바 없다는 걸 알고 있었다. 또한 누구든 마찬가지겠지만 채찍질이 그의 신체와 정신에 나쁜 영향을 미칠까 봐 두려웠다. 그래서 애덤은 자기 주변에다 장막을 쳤다. 얼굴 표정을 없애고, 눈빛을 감추고, 말수를 줄였다. 얼마 후에는 채찍질을 당하는 일이 생겨도 크게 놀라지 않고 순순히 매를 맞았으며, 그러다 보니 아픔마저 심하게 느껴지지 않았다. 고통은 매질이 진행 중일 때보다 끝난 이후가 더 심한 법이다. 등의 근육이 찢겨 허연 살이 너덜거릴 때까지 매를 맞는 사람을 보고도 연민이나 분노는커녕 아무런 관심도 드러내지 않는다면 그것은 자제력의 승리이다. 애덤은 이런 것을 깨닫게 되었다.

사람은 처음 만나면 눈으로 보이는 것보다 느낌으로 알기 마련이다. 플로리다의 도로 공사장에서 두 번째 형기를 치르는 동안 애덤은 자신의 존재를 거의 지워 버렸다. 그는 전혀 동요하지 않았고, 문제가 생겨도 꼼짝하지 않았으며, 가능하면 사람들의 눈에 띄지 않으려고 노력했다. 그의 존재가 부각되지 않자 간수들은 그를 두려워하지 않았다. 그들은 애덤에게 막사를 청소하거나, 죄수들에게 식사를 분배하거나, 물을 길어 오도록 했다.

애덤은 두 번째 석방을 사흘 남겨 둔 날까지 참을성 있게 기다렸다. 그날 정오가 지난 후에 그는 물을 길어 놓았다가 조금 더 길어 오려고 작은 강으로 되돌아갔다. 그러고는 양동이에 돌을 가득 채워 가라앉힌 다음 물 속으로 들어가 하류 쪽으로 계속 헤엄치다가 잠깐 쉰 다음 다시 헤엄쳐 내려갔다. 그는 날이 저물 때까지 계속 헤엄쳐 가다가 관목 덤불이 무성한 강둑 아래의 장소를 발견했다. 그리고 물 밖으로 나오지 않고 기다렸다.

밤이 깊어지자 순찰견들이 양쪽 강둑을 뒤지며 지나가는

소리가 들렸다. 그는 사람 냄새를 풍기지 않으려고 생나무 잎으로 머리를 북북 문질렀다. 그러고는 코와 눈만 밖으로 내놓은 채 물속에 앉아 기다렸다. 아침에도 수색대가 나타났지만 개나 사람이나 완전히 지쳤는지 주의력을 잃고 대충 훑어보다가 사라졌다. 수색대가 돌아간 뒤에 애덤은 호주머니에서 불어터진 육포를 꺼내 씹어 먹었다.

애덤에게는 무슨 일이 있어도 서두르지 않는 습관이 몸에 배어 있었다. 탈옥수들은 거의 급히 서두르다가 체포되었다. 애덤은 닷새나 걸려 멀지도 않은 조지아에 도착했다. 그는 기회를 이용하려고 덤비기보다는 무서운 자제심으로 조바심을 억눌렀다. 스스로 자신의 그런 능력에 감탄할 정도였다.

애덤은 조지아주의 발도스타 변두리에 이르자 자정이 훨씬 넘을 때까지 숨어 있다가 슬그머니 마을로 잠입해 숨을 죽이고 있다가 싸구려 가게로 접근했다. 그는 천천히 창문을 열었다. 비바람에 삭은 목제 창틀에 붙은 자물쇠의 나사못이 힘없이 떨어졌다. 그는 자물쇠와 열린 창문을 그대로 놔두고 지저분한 창을 통해 들어오는 희미한 달빛 속에서 움직였다.

싸구려 바지, 흰 셔츠, 검정 구두, 검정 모자, 기름을 먹인 레인코트를 훔친 애덤은 그것들을 몸에 걸쳐 보았다. 그러고는 누가 다녀갔다는 흔적이 남지 않도록 흐트러진 곳이 있나 확인하고는 창 밖으로 빠져나갔다. 그는 재고가 얼마 남지 않은 물건에는 손도 대지 않고, 현금이 들어 있을 만한 서랍도 뒤지지 않았다. 그는 조심스럽게 창문을 닫은 다음, 달빛으로 그림자가 진 곳만 골라 다니며 마을을 벗어났다.

애덤은 낮에는 숨어 있다가 밤이 되면 먹을 것을 찾아 다녔다. 순무, 여물통에 남아 있는 옥수수알, 바람에 떨어진 사과 몇 알…… 이런 것 정도는 없어져도 주인이 아쉬워하지 않을 거라고 그는 생각했다. 그는 새 구두는 모래로 문지르고 레인코트는 비벼서 헌 것처럼 보이게 만들었다. 사흘 후에야 기다리던 비가 내렸는데, 사람 눈에 띄지 않으려면 비 오는 날이 안전했다.

비는 늦은 오후부터 내리기 시작했다. 애덤은 레인코트를 뒤집어쓰고 웅크리고 있다가 어둠 속을 헤치며 발도스타 마을로 들어갔다. 그는 검정 모자를 눈 아래까지 푹 눌러쓰고 노란 레인코트의 옷깃을 단단히 여몄다. 그러고는 역으로 가서 빗물이 흐르는 창 너머로 역사 안을 기웃거렸다. 녹색 챙이 달린 보안 모자를 쓰고 검은 알파카 토시를 낀 역무원이 매표구 쪽으로 몸을 기댄 채 친구와 잡담을 나누고 있었다. 20분 정도 지나자 역무원의 친구는 떠났다. 애덤은 그가 플랫폼을 빠져나가는 것을 지켜보았다. 그러다 숨을 깊이 들이쉬어 마음을 진정시킨 후에 역사 안으로 들어갔다.

2

찰스는 편지를 거의 받지 못했다. 때로는 몇 주씩 우체국에 우편물이 도착했는지 문의조차 하지 않았다. 1894년 2월에 워싱턴의 변호사 사무실에서 두툼한 편지가 왔을 때 우체국장은 그 속에 중요한 내용이 들어 있을 거라고 생각했다. 그는 직접 편지를 들고 트래스크 농장에 찾아가 나무를 베고 있던 찰스에게 건넸다. 농장까지 오느라 지친 데다 편지의 내용도 궁금했던 우체국장은 가지 않고 기다렸다.

찰스는 한참이나 그를 기다리게 했다. 그는 다섯 장이나 되는 편지를 아주 천천히 읽고 난 다음에도 다시 처음부터 꼼꼼히 읽고 나서 집 쪽으로 돌아섰다. 우체국장은 큰 소리로 물었다.

"트래스크 씨, 무슨 좋지 않은 소식이라도 있습니까?"

"아버지가 돌아가셨다는군요."

찰스는 그렇게 말하고 집 안으로 들어가 문을 걸어 잠갔다.

우체국장은 마을로 돌아가 그 소식을 전했다.

"충격을 받긴 받은 모양이야. 정말 괴로운 것 같았어. 평소에도 말이 없는 사람이지만 한마디도 안 하더군."

집에 들어간 찰스는 아직 어둡지도 않은데 등불을 켰다. 그러고는 손을 씻고 와서 책상 위에 올려 둔 편지를 다시 읽었다.

워싱턴에는 그에게 전보를 칠 만한 사람이 아무도 없었다. 변호사가 그의 아버지의 서류에 적혀 있는 주소를 찾아내 연락한 것이었다. 변호사는 애도의 뜻을 표했는데 왠지 몹시 흥분한 것 같았다. 트래스크의 유언장을 작성할 때만 해도 변호사는 그가 자식들에게 남겨 줄 돈이라고 해 봐야 고작 몇 백 달러 정도이겠거니 생각했던 모양이었다. 사이러스에게 돈이 있을 리 없다고 판단했던 것이다. 그러나 막상 저금통장을 조사해 보니 9만 3000달러가 넘는 돈이 예치되어 있었고, 유가증권도 1만 달러나 되었다. 이로 인해 트래스크 씨에 대한 인식이 완전히 바뀌었다. 그렇게 많은 돈을 갖고 있다면 부호라고 부를 만했다. 그 정도면 걱정 없이 살 수 있는 돈이었다. 왕국도 세울 수 있을 터였다. 변호사는 찰스와 애덤에게 축하의 말을 전했다. 유언에 따라 재산은 두 아들에게 균등히 분배될 것이라고도 했다. 현금 외에 고인이 남긴 유물의 목록도 있었다. 전국의 여러 재향군인회에서 증정한 예도(禮刀) 다섯 자루, 순금패가 달린 올리브 나무 의사봉, 눈금에 다이아몬드를 박은 메이스 식 회중시계, 틀니를 해 넣을 때 떼어 낸 금니, 은으로 만든 손목시계, 손잡이가 금으로 된 지팡이까지 과연 영향력 있는 인사가 남긴 유물다웠다.

찰스는 두 번이나 편지를 읽고 나서 두 손으로 이마를 감쌌다. 갑자기 애덤이 궁금해졌다. 그는 형이 어서 집으로 돌아와 주었으면 싶었다.

찰스는 너무 뜻밖의 일이라 어리둥절했다. 그는 불을 피우고 프라이팬을 달군 다음 소금에 절인 돼지고기를 썰어 넣었다. 그런 다음 편지를 다시 들여다보다가 얼른 주방의 탁자 서랍에 넣었다. 그리고 당분간은 이 문제에 대해 생각하지 않기로 마음먹었다.

하지만 찰스는 은연중에 똑같은 생각을 되풀이하고 있었다. 대체 아버지는 그 많은 돈을 어떻게 모은 것일까?

두 가지 사건이 성격, 시간, 장소가 비슷하게 일어났을 때 우리는 서슴없이 두 사건이 연결되었다는 결론을 내린다. 이러한 경향 때문에 우리는 마술같이 불가사의한 일을 만들어 내어 이후에 화제로 삼기 위해서 간직하는 것이다. 찰스는 지금까지 한 번도 농장에 앉아서 편지를 받아 본 적이 없었다. 그런데 몇 주 후에 한 소년이 전보를 들고 농장으로 달려왔다. 두 번의 죽음을 접하면 세 번째의 죽음을 예상하듯 찰스는 아버지의 죽음을 알린 편지와 지금 받은 전보를 관련지을 수밖에 없었다. 그는 전보를 들고 급히 역으로 뛰어갔다.

"이것 좀 보세요."

그가 전신기사에게 말했다.

"벌써 읽었습니다."

"읽었다고요?"

"전신으로 왔으니까요. 내가 받아 적었어요."

"아, 그렇군요. '급히 100달러 전신으로 송금 요망. 귀가 중. 애덤.'"

"수취인 부담으로 왔으니 60센트를 내셔야 합니다."

전신기사가 말했다.

"조지아주 발도스타……. 처음 듣는 곳인데요."

"나도 들어 본 적이 없지만 그런 곳이 있는 모양입니다."

"그런데 칼튼, 전신으로 어떻게 돈을 부치죠?"

"내게 102달러 60센트를 가져와요. 그러면 발도스타의 전신기사에게 전보를 쳐서 애덤에게 100달러를 지불하라고 하겠어요. 60센트는 내게 주면 되고요."

"알겠어요. 그런데 전보를 보낸 사람이 애덤인지 아닌지 어떻게 알죠? 그리고 돈을 애덤이 아닌 사람이 가로채지 못하게 하려면 어떡해야 됩니까?"

찰스의 질문에 전신기사는 딱하다는 듯이 웃었다.

"그러면 이렇게 하죠. 다른 사람이 대답하지 못할 질문을 내게 알려 줘요. 그러면 그 질문과 답을 전보로 보내는 겁니다. 그곳 전신기사는 애덤이라는 사람에게 질문을 해서 답을 제대로 하지 못하면 돈을 내주지 않을 거예요."

"그것 참 좋은 생각이군요. 적당한 질문을 생각해 보죠."

"문을 닫기 전에 100달러를 가지고 와야 합니다."

찰스는 재미있는 게임이라고 생각했다. 그는 돈을 가지고 다시 돌아왔다.

"좋은 생각이 떠올랐어요."

찰스가 말했다.

"외가 쪽 친척의 이름을 대라는 것은 아니겠죠? 그런 건 기억하지 못하는 사람이 많아요."

"그런 건 아닙니다. 문제는 이겁니다. '형이 입대하기 전에 아버지께 드린 생일 선물은 뭐였지?'"

"좋긴 한데 너무 길군요. 단어를 열 개 정도로 줄일 수는 없을까요?"

"돈은 내가 낼 테니 염려 말아요. 답은 '강아지'예요."

"다른 사람이라면 그런 답은 상상하지도 못하겠군. 어쨌든 돈은 내가 아니라 당신이 내는 거니까. 그렇게 하세요."

칼튼이 말했다.

"형이 그 답을 잊어버려서 영영 집에 돌아오지 못할 일은 없을 겁니다."

3

마을을 빠져나온 애덤은 걷고 또 걸었다. 일주일이나 입고 잔 셔츠와 바지는 구겨질 대로 구겨진 데다 여기저기 얼룩이 져 있었다. 애덤은 집과 헛간 사이에서 걸음을 멈추고 동생의 인기척이 들리는지 귀를 기울였다. 새로 지은 큰 담배 창고에서 망치질하는 소리가 들렸다.

"어이, 찰스!"

애덤이 큰 소리로 불렀다.

망치질 소리가 그치고 한동안 침묵이 흘렀다. 애덤은 동생이 창고의 틈새로 내다보고 있는 듯한 느낌이 들었다. 어느새 뛰어나온 찰스가 애덤의 손을 와락 잡았다.

"형, 어떻게 지냈어? 잘 지냈어?"

"응."

애덤이 대답했다.

"다행이야. 그런데 좀 말랐군."

"그럴 거야. 나이도 먹었고."

찰스는 애덤을 머리부터 발끝까지 천천히 살폈다.

"형편이 좋아 보이지 않는걸."

"그래 맞아."

"가방은 어디에 두었지?"

"가방 같은 건 없어."

"젠장! 지금까지 어디에 있었던 거야?"

"온 세상을 두루 돌아다녔지."

"부랑자처럼?"

"그래, 부랑자처럼."

세월이 흘러 나이를 먹어서 그런지 찰스의 피부는 주름이 졌고 검은 눈에는 핏발이 서 있었다. 애덤은 옛 기억을 더듬어 찰스가 지금 두 가지 생각을 하고 있다는 걸 알았다.

"왜 집으로 돌아오지 않았어?"

"그냥 여기저기 떠돌아다녔어. 그럴 수밖에 없었지. 그렇지만 결국 이렇게 돌아오지 않았니. 네 이마에 생긴 흉터는 정말 안됐구나."

"형한테 보낸 편지에 흉터 얘길 썼었지. 시간이 지날수록 점점 흉해져. 그런데 왜 편지를 쓰지 않았지? 형, 배고파?"

찰스는 손이 근질근질했다. 그는 호주머니에 손을 찔러 넣었다가 다시 꺼내어 턱을 만지작거리고 머리를 긁적거렸다.

"그 흉터는 저절로 없어질지도 몰라. 언젠가 어떤 바텐더를 만난 적이 있는데, 그에게도 고양이 모양 같은 흉터가 있더구나. 태어날 때부터 있었던 거래. 그래서 별명이 고양이라고 하더군."

"배고프지 않아?"

"그래, 배가 좀 고프구나."

"이젠 집에 있을 거지?"

"글쎄, 그럴 생각이긴 하지만……. 지금 꼭 그걸 알아야 하니?"

"그런 건 아니야."

찰스가 말했다.

"아버지는 돌아가셨어."

"나도 알고 있어."

"어떻게 알았어?"

"역무원이 말해 주더구나. 돌아가신 지 얼마나 됐지?"

"한 달쯤."

"어떻게 돌아가셨대?"

"폐렴이라더군."

"묘지는 여기에 있어?"

"아니, 워싱턴이야. 내가 편지 한 통과 신문들을 보관하고 있어. 관 위에 국기를 덮고 운구했대. 부통령이 장례식에 참석했고, 대통령은 조화를 보냈어. 전부 신문에 났지. 사진도 실리고. 형에게 보여 줄게. 내가 전부 가지고 있어."

애덤은 찰스가 다른 쪽으로 시선을 돌릴 때까지 동생의 얼굴을 찬찬히 뜯어보았다.

"너, 뭔가에 흥분하고 있구나."

애덤이 물었다.

"내가 무슨 일에 흥분하겠어?"

"네 목소리가 꼭 그런 것 같은데."

"흥분할 일은 아무것도 없어. 이리 와, 먹을 걸 좀 가져올 테니."

"좋아. 아버지는 오래 앓으셨니?"

"아니, 급성폐렴이었어. 바로 돌아가셨대."

찰스는 뭔가를 숨기고 있었다. 하고 싶은 말이 있는데도 어떻게 말을 꺼내야 할지 모르는 것 같았다. 정작 할 말은 마음 한쪽에 숨겨 두고 엉뚱한 이야기만 하고 있었다. 애덤은 잠자코 있었다. 찰스가 딴전을 피우며 말을 이리저리 돌리다가 스스로 털어놓을 때까지 기다리는 편이 나을 것 같았다.

"난 저승에서 소식이 온다는 걸 전혀 믿지 않아."

찰스가 입을 열었다.

"그걸 어떻게 알겠어? 그런데 어떤 사람들은 저승 소식을 들었다고 장담하더군. 사라 휘트먼 할머니도 마찬가지야. 형은 어떻게 생각하는지 모르겠어. 혹시 그런 얘기 들어 봤어? 말해 봐, 왜 아무 말도 안 하는 거야?"

애덤이 대답했다.

"그냥 생각하고 있어."

사실 그는 무척 놀란 채 생각에 잠겨 있었다. 어찌된 일인지 그는 찰스가 두렵지 않았다. 옛날에는 동생이 무서워 죽을 지경이었는데 지금은 전혀 그렇지 않았다. 어찌된 영문일까? 군대 생활을 오래 한 탓일까? 오랜 부랑자 생활 탓일까? 그것도 아니면 아버지의 죽음 탓일까? 아마 그럴지도 모른다. 그렇지만 정확한 답은 알 수 없었다. 어쨌든 이젠 두려움이 없어졌으니 하고 싶은 말도 마음껏 할 수 있을 것 같았다. 전에는 두려운 마음에 단어도 신중하게 골랐다. 그는 마치 죽었다가 다시 살아난 사람처럼 날아갈 듯한 기분이었다.

그들은 부엌으로 들어갔다. 애덤은 그 공간에 대한 기억이 분명치 않았다. 예전보다 더 작고 지저분해진 것은 분명했다. 애덤은 쾌활하게 말했다.

"찰스, 난 네 말을 줄곧 듣고 있었어. 나한테 할 얘기가 있으면서도 숲속을 돌아다니는 테리어 개처럼 말을 빙빙 돌리고만 있는데, 어서 속 시원하게 말해 봐."

찰스의 눈에 노여움이 서려 있었다. 그는 고개를 높이 들었지만 왠지 예전 같지 않았다.

'이젠 형을 때릴 수 없어. 그런 짓은 못 해.' 그는 우울한 기분으로 생각했다.

애덤이 킬킬거리며 웃었다.

"아버지가 돌아가신 지 얼마 되지도 않았는데 기분이 좋으면 안 되겠지만, 내 평생 이렇게 즐거웠던 적은 한 번도 없었던 것 같다. 찰스, 털어놔 봐, 혼자서 끙끙거리지 말고."

찰스가 물었다.

"형은 아버지를 사랑했어?"

"네 얘기를 듣고 난 다음에 대답해 줄게."

"사랑했던 거야, 아니야?"

"그게 너와 무슨 상관이지?"

"어서 대답해 봐."

순간 느긋한 대담성이 애덤의 뇌리를 스쳤다.

"그래, 대답하지. 나는 아버지를 사랑하지 않았어. 때로는 두려웠고, 때로는…… 그래, 때로는 존경했지만 대체로 혐오했지. 그런데 왜 네가 이런 대답을 듣고 싶은지 말해 볼래?"

찰스는 자신의 손을 내려다보았다.

"이해할 수가 없어. 도무지 상상할 수도 없는 일이야. 아버지는 이 세상의 그 누구보다도 형을 사랑했어."

찰스가 말했다.

"그런 말은 믿지도 않아."

"믿지 않아도 돼. 하지만 아버지는 형이 갖다 주는 것이라면 다 좋아하셨어. 그런데 나는 미워했어. 내가 주는 건 뭐든 싫어했지. 내가 선물로 준 주머니칼 생각나지? 나는 그 칼을 사려고 나무를 한 짐이나 베어다 팔았어. 아버지는 워싱턴에 갈 때도 그걸 갖고 가지 않았지. 그 칼은 지금도 아버지의 서랍 안에 들어 있어. 그런데 형은 돈 한 푼 안 들이고 아버지에게 강아지를 선물했지. 그 강아지 사진을 보여 줄게. 아버지 장례식 사진을 보니 어떤 대령의 품에 안겨 있었어. 눈이 멀어서 제대로 걷지도 못했대. 장례식이 끝난 뒤에 그 강아지를 총으로 쏴 죽였다더군."

애덤은 찰스의 감정적인 말투에 적잖이 당황했다.

"모르겠다. 네가 무슨 말을 하려는지 모르겠어."

애덤이 말했다.

"난 아버지를 사랑했어."

찰스는 그렇게 말하더니 이내 울음을 터뜨렸다. 애덤은 동생이 우는 모습을 처음 보았다. 찰스는 고개를 숙이고 울고 있었다.

애덤은 찰스에게 다가가려고 했으나 잠시 옛날의 두려움이 되살아났다.

'안 돼. 내가 건드리면 저 애는 또 나를 죽이려고 할 거야.'

애덤은 열린 창문으로 다가가 밖을 내다보았다. 동생이 뒤에서 흐느끼는 소리가 들렸다.

집 주변의 농장은 아름답지 않았다. 예전에도 그랬지만 정돈되지 않은 채 쓰레기가 여기저기에 버려져 있어 지저분했다. 꽃도 없는 땅에는 휴지 조각과 나무토막이 널브러져 있었다. 집도 예전 같지 않았다. 비바람이나 막고 취사나 하는 곳처럼 볼품없이 튼튼하게만 지은 판잣집 같았다. 농장과 집은 을씨년스러워 도무지 정이 가지 않았다. 가정다운 아늑함이 전혀 없었으므로 그리워 다시 찾아올 곳이 못 되었다. 문득 애덤은 계모를 떠올렸다. 그녀는 예절 바르고 청결했지만 농장과 마찬가지로 정이 가지 않아서 한 가정의 아내 대접을 받지 못하고 살았다.

동생의 흐느끼는 소리가 멈췄다. 애덤이 뒤돌아보았을 때 찰스는 멍하니 앞을 바라보고 있었다. 애덤이 입을 열었다.

"어머니 얘기 좀 해 줘."

"어머니는 돌아가셨어. 편지에 썼잖아."

"그래도 얘기해 봐."

"돌아가셨댔잖아. 이미 오래전의 일이야. 형의 친엄마도 아니면서 뭘 그래?"

애덤은 어머니의 얼굴에 스치던 미소가 생각났다. 그때 찰스가 꺼낸 말에 그녀의 영상은 사라져 버렸다.

"형, 한 가지만 말해 주겠어? 서두르지 말고 깊이 생각하고 대답해 줘. 진실한 대답이 아니면 차라리 말하지 않는 편이 나아."

찰스는 질문을 던지기 전에 혀로 입술을 축였다.

"형은 아버지가 정직하지 못한 사람이라고 생각해?"

"무슨 뜻이지?"

"어렵게 생각할 것 없어. 그저 단도직입적으로 물어본 것일 뿐이야. 그냥 정직하지 못하냐고 물어본 것뿐이라고."

"모르겠어."

애덤이 대답했다.

"정말 모르겠다. 어느 누구도 그렇게 말한 사람은 없었어. 백악관에 초대를 받아 하룻밤을 보냈고, 부통령이 아버지 장례식에 참석했댔는데 혹시 그 때문에 정직하지 못하다는 거야? 이봐, 찰스."

그는 이번에는 부탁하듯이 말했다.

"내가 여기에 도착한 순간부터 네가 하고 싶었던 말을 해봐."

찰스는 다시 입술을 축였다. 창백해진 얼굴에는 옛날의 열정이나 격정은 찾아볼 수 없었다. 찰스가 한껏 누그러진 목소리로 말했다.

"아버지가 유언을 남겼어. 모든 재산을 형과 내게 균등하게 분배한다는 내용이야."

애덤은 웃었다.

"그렇겠지. 이 농장에서 살면 평생 굶어 죽지는 않을 거야."

"유산이 10만 달러가 넘어."

찰스는 덤덤하게 말했다.

"너 정신이 어떻게 된 거니? 100달러면 몰라도. 그렇게 많은 돈이 어디 있어서?"

"틀림없는 얘기야. 재향군인회에서 받은 월급은 135달러였어. 그 돈으로 아버지는 식비와 방세를 냈지. 여행을 할 때는

10킬로미터당 5센트와 호텔 비용을 수당으로 받았어.”

“아버지가 원래 많은 돈을 가지고 있었는데 우리가 모르고 있었던 건지도 모르겠군.”

“아니, 원래 가지고 있었던 돈은 아니야.”

“그럼 재향군인회에 편지를 보내 물어보면 되겠군. 그곳에 있는 누군가가 알고 있을지도 모르니까.”

“그렇게까지 할 필요는 없어.”

“그렇게 넘겨짚지 마. 투기를 해서 생겼을 수도 있잖아. 투기를 해서 갑부가 된 사람도 많으니까. 아버지는 거물급 인사를 많이 알고 있었으니 한몫 잡는 일에 끼어들었을지도 모르지. 골드러시 때 캘리포니아에 가서 거부가 된 사람들을 생각해 봐.”

찰스의 표정은 어두웠다. 그의 목소리는 너무 작아서 무슨 말인지 알아들으려면 몸을 바짝 기울여야만 했다. 마치 딱딱한 보고서라도 읽는 것 같았다.

“아버지는 1862년 6월에 북군에 입대했어. 그곳에서 3개월 동안 훈련을 받고, 9월에는 남쪽으로 행군했지. 그러다 10월 12일에 다리에 총상을 입고 병원으로 후송되었어. 그리고 이듬해 1월에 귀향하셨지.”

“네가 지금 무슨 소리를 하려는 건지 모르겠구나.”

찰스의 목소리는 여전히 맥이 빠지고 침울했다.

“아버지는 챈슬러스빌에 가 본 적도 없어. 게티즈버그, 와일더니스, 리치먼드, 애포머톡스도 마찬가지야.”

“네가 그걸 어떻게 알아?”

"아버지의 제대 증명서를 보고 알았지. 서류에 그렇게 적혀 있었어."

애덤은 한숨을 길게 내쉬었다. 그러나 가슴은 기쁨으로 두 근거렸다. 애덤은 못 믿겠다는 듯이 고개를 흔들었다.

찰스가 계속해서 말했다.

"그런데 어떻게 오랫동안 들키지 않았을까? 어떻게 그렇게 감쪽같이 속일 수 있었느냔 말이야. 어느 누구도 의심하지 않 았잖아. 형이나 나나 어머니도, 심지어는 워싱턴에서도 말이 야."

애덤은 자리에서 일어났다.

"집에 뭐 먹을 거 없니? 뭐라도 좀 데워 먹어야겠어."

"어젯밤에 닭을 잡았어. 볶아 줄 테니 기다려."

"뭐 빨리 되는 건 없니?"

"소금에 절인 돼지고기와 계란은 많아."

"그럼, 그거나 먹자."

애덤이 말했다.

그들은 더 이상 들춰내지 않고 그쯤에서 문제를 접어놓았 다. 하지만 겉으로 드러내지 않았을 뿐, 마음속으로는 계속 생 각했다. 더 얘기하고 싶지만 그럴 수가 없었다. 찰스는 돼지고 기를 볶고, 콩을 한 냄비 끓이고, 계란프라이를 만들었다.

"풀밭을 엎고 호밀을 심었어."

찰스가 말했다.

"그래, 어땠니?"

"잘됐어. 바윗돌을 파서 치우기도 했어."

찰스는 말하다 말고 이마를 만지작거렸다.

"지렛대로 바윗돌을 들어 올리다가 이 빌어먹을 흉터가 생긴 거야."

"그래. 편지에 그렇게 썼더구나."

애덤이 말했다.

"네가 보낸 편지가 내겐 얼마나 큰 위안이 되었는지 넌 모를 거다."

"그런데도 형은 어떻게 지내는지 써 보내지 않았잖아."

"그때 일은 생각하고 싶지도 않다. 줄곧 형편이 좋지 않았어."

"신문에서 작전에 관한 기사를 읽었어. 형도 거기에 참가했어?"

"그래. 하지만 그 일은 생각하고 싶지 않았어. 지금도 마찬가지야."

"인디언을 죽였어?"

"응."

"정말 대단한 놈들이지?"

"그렇더구나."

"말하기 싫으면 그 얘긴 관둬."

"그래."

애덤과 찰스는 석유램프 아래서 저녁 식사를 했다.

"저 석유등의 갓을 깨끗이 닦으면 불이 더 밝아질 거야."

"내가 닦으마."

애덤이 말했다.

"형이 돌아와서 잘됐어. 우리 저녁 먹고 여관에 갈까?"

"글쎄, 난 좀 쉬고 싶은걸."

"내가 편지에는 쓰지 않았지만 여관엔 여자들이 있어. 형도 같이 가자. 여자들이 2주마다 바뀌는데, 함께 가 보도록 해."

"여자들이라고?"

"응, 이층에 있어. 이용하기도 편해. 형도 모처럼 집에 왔으니까……."

"오늘 저녁엔 가지 않겠어. 나중에 가 보도록 하자. 요금은 얼마지?"

"1달러야. 여자들이 제법 예쁘다니까."

"다음에 가자."

애덤이 말했다.

"그런데 마을에 그런 여자들을 들여놓다니 놀랍군."

"처음엔 나도 그렇게 생각했어. 하지만 남자를 다루는 솜씨가 제법이야."

"너도 자주 가는 편이니?"

"2주나 3주마다 한 번씩. 여긴 남자 혼자 살기엔 너무 외롭잖아."

"언젠가 결혼할 생각이라고 편지에 쓴 적 있잖니?"

"응. 그런데 마땅한 여자가 없었어."

그들은 정작 중요한 문제는 건드리지 않았다. 어쩌다 본론으로 들어가려 했다가도 재빨리 화제를 바꾸어 농사나 시골의 소문이나 정치나 건강에 관한 이야기를 했다. 그러나 조만간 그 얘기를 꺼내게 될 것이라는 걸 두 사람은 알고 있었다.

찰스는 애덤과는 달리 그 문제에 대해 생각할 수 있는 시간이 많았기 때문에 빨리 의논을 하고 싶었으나 애덤에게는 너무 뜻밖의 일이었다. 그래서 그 일을 좀 더 미루어 두고 싶었는데 동생이 내버려 둘 것 같지가 않았다.

애덤은 솔직하게 말했다.

"찰스, 그 일은 덮어 두고 다른 얘기나 나누면서 자도록 하자."

"형이 그러고 싶다면 좋아."

그들의 얘깃거리는 차츰 바닥이 났다. 둘은 주변의 아는 사람들이나 마을에서 일어난 자질구레한 일까지 끄집어냈다. 대화는 그럭저럭 이어졌고 시간은 흘러갔다.

"졸리지 않니?"

애덤이 물었다.

"좀 더 있다가 자."

할 말이 없어진 두 사람은 그냥 조용히 있었다. 밤이 불안스럽게 집 주위를 감싸며 그들을 압박해 왔다.

"형도 아버지 장례식에 참석했더라면 좋았을 텐데."

찰스가 말했다.

"성대했던 모양이지?"

"신문에 난 사진들을 볼래? 오려서 내 방에 보관해 두었어."

"아니야, 오늘 밤엔 안 보고 싶어."

찰스는 의자를 돌려 탁자 위에 팔을 얹어 놓았다.

"우리는 그 문제를 생각해 봐야 해. 얼마든지 뒤로 미룰 수도 있지만, 앞으로 어떻게 해야 할지는 미리 생각해 둬야 하지 않겠어?"

찰스가 초조하게 말했다.

"나도 알아."

애덤이 말했다.

"그냥 생각할 여유를 갖고 싶을 뿐이야."

"그런다고 달라질 게 있어? 나도 오랫동안 생각해 보았지만 계속 그 자리야. 시간을 두고 생각해 본다고 좋은 수가 생길 것 같아?"

"그건 그래. 네 말이 맞다. 그럼 무슨 얘기부터 할까? 당장 본론으로 들어가는 것도 좋을 것 같은데⋯⋯. 일단 다른 건 접어 두고 말이야."

"돈이 문제야. 10만 달러가 넘으니 그야말로 거액이지. 그런데 그 돈이 어디서 났을까?"

찰스가 말했다.

"그거야 모르지. 어쩌면 투기로 벌었을지도 몰라. 워싱턴의 누군가가 횡재할 일에 아버지를 끼워 주었는지도 모르지."

"정말 그럴까?"

"몰라."

애덤이 말했다.

"아는 게 없는데, 어떻게 단정을 짓겠어."

"그건 거액이야."

찰스가 말했다.

"대단한 재산을 우리에게 물려준 거야. 그 돈이면 우리는 평생 먹고살 수 있는 땅을 사서 얼마든지 더 넓힐 수도 있어.

형은 믿어지지 않겠지만 우리는 부자야. 이 마을에서 제일가
는 부자라고."

애덤은 큰 소리로 웃었다.

"넌 마치 판사가 선고를 내리듯이 말하는구나."

"대체 그 돈이 어디서 난 걸까?"

"아무려면 어때? 자리를 잡고 편안히 살면 되지."

"아버지는 게티즈버그에 가지도 않았어. 전쟁 기간에도 전
투에 참가해 본 적이 단 한 번도 없는걸. 아버지는 그냥 소규
모 접전에서 다쳤을 뿐이야. 아버지가 한 얘기는 모두 거짓이
었어."

"왜 그렇게 생각하지?"

애덤이 물었다.

"그 돈을 훔친 것 같다는 생각이 들어."

찰스가 빈정거리듯이 말했다.

"형이 물었으니까 내 생각을 말하는 것뿐이야."

"그럼 어디서 훔쳤다고 생각하는데?"

"그야 모르지."

"그럼 왜 훔쳤다고 생각하는 거야?"

"아버진 전쟁에 관해 거짓말을 꾸며 댔어."

"뭐?"

"그러니까 전쟁에 관해 거짓말을 할 정도면 돈이 얼마든 훔
칠 수 있다는 얘기지."

"어떻게?"

"아버진 재향군인회에서 근무했잖아. 그것도 고위직에. 어

쩌면 재정 관계의 일을 맡아 보면서 장부를 허위로 꾸몄을지도 몰라."

애덤은 길게 한숨을 내쉬었다.

"네 생각이 그렇다면 재향군인회에 편지를 보내 사실을 알리는 게 어때? 장부를 조사해 보라고 말이야. 그게 사실로 밝혀질 경우 돈을 돌려주면 그만이지."

찰스의 얼굴이 일그러지는가 싶더니 이마의 흉터가 검게 변했다.

"부통령이 장례식에 참석하고, 대통령은 조화를 보냈어. 운구 행렬은 10킬로미터나 길게 이어졌고 수백 명의 사람들이 그 뒤를 따랐어. 형은 운구한 사람들이 누군지나 알아?"

"무슨 말을 하려는 거야?"

"아버지가 도둑이라는 것이 세상에 알려져 봐. 그럼 아버지가 게티즈버그나 다른 전투에도 참전하지 않았다는 사실도 밝혀질 테지. 결국 세상 사람들에게 아버지가 거짓말쟁이라는 사실이 탄로 날 것이고, 아버지의 인생은 완전히 날조된 것으로 생각될 거야. 그렇게 된다면 아버지가 말한 진실도 아무도 믿지 않을 거야."

애덤은 꼼짝 않고 가만히 앉아 있었다. 그의 눈빛은 침착했지만 경계를 늦추지 않고 있었다.

"난 네가 아버지를 사랑했다고 믿었어."

애덤이 나직이 말했다. 그는 그 말을 하고 나니 속박에서 풀려난 듯 가슴이 후련했다.

"아버지를 사랑했지. 지금도 마찬가지야. 그렇기 때문에 이 사실이 더욱 끔찍하게 느껴져. 아버지의 전 생애는 헛되이 무너질 거야. 사람들은 아버지의 무덤을 파헤쳐 시신을 내팽개치고 말 거야."

그는 감정에 북받쳐서 말을 더듬었다.

"형은 아버지를 사랑하지 않았어?"

찰스가 큰 소리로 물었다.

"난 지금까지 확실히 몰랐어. 여러 가지 감정이 뒤섞여 종잡을 수 없었지. 그래, 난 아버지를 사랑하지 않았어."

애덤이 대답했다.

"그럼 형은 아버지의 생애가 불명예로 더럽혀지고 시신이 파헤쳐져도 관심이 없겠군. 젠장!"

애덤은 자신의 생각을 표현할 적절한 단어를 찾아내느라고 머리를 굴렸다.

"난 관심 없어."

"그래, 그렇겠지."

찰스는 씁쓸하게 말을 이었다.

"사랑하지도 않는데 무슨 관심이 있겠어. 형은 아버지의 얼굴을 발로 걷어찰 수도 있겠군."

애덤은 동생이 더 이상 위험 인물이 아니라는 것을 알았다. 그에게는 형을 몰아세울 시기심도 없었다. 그는 아버지에게 짓눌려 있었지만 누구도 그에게서 아버지를 떼어 낼 수가 없었다.

"세상 사람들이 그 사실을 다 알게 된다면 형의 기분은 어떨까? 어떻게 거리를 돌아다닐거야?"

찰스가 윽박지르듯이 물었다.

"어떻게 사람들의 얼굴을 볼 수 있겠느냐고?"

"난 관심이 없다고 말했잖아. 그걸 믿지 않으니 상관없어."

"뭘 믿지 않지 않는다는 거야?"

"아버지가 돈을 훔쳤다고는 믿지 않아. 아버지 말대로 전투에 참전했다고 믿고, 아버지가 있었다는 곳에 정말로 있었다고 믿어."

"그럼 증거물은 어쩌고? 제대 증명서가 있잖아."

"그렇다고 아버지가 도둑질한 증거는 있니? 넌 그 돈이 어디서 생긴 건지 모르니까 네 멋대로 상상한 거야."

"아버지의 군대 서류가……."

"그게 잘못되었을 수도 있어."

애덤이 말했다.

"그 서류가 잘못된 것 같아. 난 아버지를 믿어."

"어떻게 그런 생각을 할 수 있는지 모르겠군."

"내 말을 좀 들어 봐. 하느님이 존재하지 않는다는 증거가 확실히 있어도 사람들의 마음속에는 하느님이 존재한다는 믿음이 있는 거야."

애덤이 말했다.

"그렇지만 형은 아버지를 사랑하지 않는다고 했잖아. 사랑하지도 않으면서 어떻게 그런 믿음을 가질 수가 있지?"

"사랑하지 않기 때문에 믿을 수 있는지도 모르지."

애덤은 천천히 자신의 느낌을 털어놓았다.

"아버지를 사랑했다면 난 아버지를 시기했을 거야. 너처럼 말이야. 넌 아버지를 사랑했으니까 그런 의혹을 품은 걸 거야. 그건 한 여자를 사랑하는데도 그녀에 대한 확신을 갖지 못하는 것과 같아. 자기 자신을 믿지 못하기 때문에 그 여자를 믿지 못하는 게 아닐까? 난 확실히 알 것 같아. 아버지를 사랑했던 그 감정이 너한테 어떤 영향을 미쳤는지를 말이야. 아버지가 날 사랑했을지 몰라도 나는 아니야. 아버지는 날 시험하고, 내게 상처를 주고, 벌을 주더니 결국은 당신을 대신할 희생양으로 멀리 보내 버렸어. 아버지는 너를 사랑하지 않았지만 너를 믿었어. 그러니까 이건 일종의 반대 현상인지도 몰라."

찰스는 애덤을 뚫어지게 바라보다가 말했다.

"이해가 안 돼."

"난 이해하려고 애쓰고 있어."

애덤이 말했다.

"이런 생각을 하기는 나도 처음이야. 그런데 기분은 좋아. 지금까지 살아오면서 이렇게 기분 좋았던 적이 없어. 내 속에 도사리고 있던 뭔가를 몰아낸 기분이야. 언젠가는 너도 나와 같은 생각을 하게 되겠지만 지금은 아니야."

"이해가 안 돼."

찰스는 같은 말을 되풀이했다.

"내가 아버지를 도둑이라고 생각하지 않는 걸 이해하겠니? 난 아버지가 거짓말쟁이라고는 생각하지 않아."

"그렇지만 서류가……."

"서류 따위는 보고 싶지 않아. 아버지에 대한 내 신뢰에 비하면 서류는 하찮은 거야."

찰스는 숨을 깊이 들이마셨다.

"그럼 형은 그 돈을 받을 거야?"

"물론이지."

"아버지가 훔쳤다고 해도?"

"훔치지 않았어. 그럴 리가 없다고."

"난 모르겠어."

찰스가 말했다.

"아직도 모르겠니? 그렇다면 이게 모든 문제의 실마리가 될수도 있겠다. 전엔 한 번도 이 일에 대해 말하지 않았는데, 내가 집을 떠나기 직전에 네가 날 때린 일을 기억하니?"

"응."

"그럼, 그다음의 일도 기억하겠구나. 그때 넌 날 죽이려고 도끼를 들고 다시 돌아왔지."

"자세히 기억나지 않아. 그때 난 제정신이 아니었을 거야."

"그땐 몰랐지만 이젠 알겠어. 넌 사랑을 얻기 위해 싸웠던 거야."

"사랑?"

"그래."

애덤이 말했다.

"아무튼 우리는 그 돈을 잘 쓰게 될 거야. 이곳에 눌러살아도 되고 다른 곳으로 떠나도 돼. 캘리포니아 같은 데로 말이야. 우리가 뭘 해야 할지 미리 생각해 두도록 하자. 물론 아버지의 기념비도 세워야겠지. 아주 큰 기념비로."

"난 이곳을 떠나지 못할 거야."

찰스가 말했다.

"그 문제는 다음에 생각하기로 하자. 서두를 건 없어. 생각이 바뀔지도 모르니까"

8장

1

세상에는 인간에게서 태어난 괴물도 있다고 생각한다. 그들 가운데는 외모가 기형적이고 무섭게 생겨서 유난히 큰 머리에 비해 체구는 작거나, 팔다리가 없거나, 팔이 세 개나 달려 있거나, 꼬리가 달려 있거나, 입이 엉뚱한 곳에 붙어 있는 사람도 있다. 이런 일들은 우연히 발생하는 것으로, 그 누구의 책임도 아니다. 옛날만 해도 이런 기형아들은 눈에 보이지 않는 죄에 대해 천벌을 받은 것으로 생각되었다.

이 같은 외형적인 괴물이 있듯이 정신적 혹은 심리적인 괴물도 있는 건 아닐까? 얼굴과 몸은 멀쩡한데 뒤틀린 정자나 일그러진 난자가 육체적인 괴물을 만들 수 있다면 그런 것들이 기형적인 영혼도 만들 수 있을 것 아닌가.

괴물은 크거나 작은 정도의 차이는 있을지언정 정상에서

벗어난 변종이다. 팔 없는 아기가 태어나듯이 인정머리 없거나 양심이라곤 찾아볼 수 없는 아기도 태어날 수 있다. 사고로 두 팔을 잃은 사람은 온갖 노력을 다해 생활에 적응하려고 애쓰지만 원래부터 두 팔이 없이 태어난 사람은 자신을 이상한 눈으로 바라보는 사람들 때문에 괴로워한다. 하지만 처음부터 팔이 없었으므로 없는 팔을 아쉬워하지 않는다. 우리는 어린 시절에 날개가 있다면 좋겠다는 상상을 하지만 그건 새가 자기 날개에 대해 갖는 느낌과는 다르다. 괴물에게는 자신이 정상적으로 보이기 때문에 정상적인 것이 오히려 이상하게 보인다. 정신적인 괴물은 정상적인 사람과 비교할 만한 것이 눈에 띄지 않으므로 이런 현상들이 훨씬 더 불분명하다. 하지만 그렇더라도 처음부터 양심이 없이 태어난 사람은 죄를 짓고 번뇌에 시달리는 사람을 우습게 볼 것이며, 범죄자는 정직한 사람을 어리석다고 생각할 것이다. 어쨌든 괴물은 변종이라서 정상적인 것을 기형으로 본다는 사실을 잊어서는 안 된다.

나는 캐시 에임스가 악마적인 성격이었거나 양심이 결여된 채로 태어났기 때문에 한평생 자신을 혹독하게 몰아붙이며 살지 않았나 생각한다. 이는 저울이 잘못 측정되거나, 기계가 잘못 동작되거나 하는 것과 같다. 그녀는 태어나면서부터 다른 사람과 달랐다. 마치 절름발이가 자신의 결함을 최대한 활용하여 어느 특정한 분야에서 정상인보다 훨씬 더 뛰어난 능력을 발휘하듯이 캐시도 자신이 남과 다른 점을 이용해 자신의 세계에서 고통스럽고도 곤혹스러운 사건들을 벌였다.

캐시 같은 여자를 신들린 여자라고 부르던 시대가 있었다. 그런 시대 같으면 그녀에게서 악령을 쫓아내려고 푸닥거릴 했을 것이고, 그래도 안 되면 공동사회의 안녕과 질서를 위해 그녀를 마녀로 규정하여 화형에 처했을 것이다. 마녀가 용서받지 못하는 것은 사람들을 괴롭히고, 불안에 떨게 하며, 심지어는 시기심까지 불러일으키기 때문이다.

자연 속에 덫이 숨어 있듯이 캐시는 처음부터 순진한 용모를 지니고 태어났다. 그녀는 아름다운 금발에 양미간이 넓고 갈색 눈동자 위의 눈꺼풀이 약간 처져 있어서 신비스러운 인상을 풍겼다. 코는 가늘고 예뻤으며, 널찍하게 튀어나온 광대뼈가 조그마한 턱까지 이어져 있어서 얼굴이 하트 모양이었다. 잘생기고 도톰한 입술은 유난히 작아 사람들은 장미의 꽃잎 같다고도 했다. 귀는 아주 작은 데다 귓불이 없이 착 달라붙어 있어서 머리를 빗어 올려도 잘 드러나지 않았다. 그래서 머리 양옆에 얇은 덮개를 붙여 놓은 것처럼 보였다.

캐시는 어른이 되어서도 늘 어린애 같은 모습이었다. 팔과 손은 가늘고 섬세했으며, 특히 손이 작았다. 젖가슴은 별로 크지 않았는데, 사춘기 이전에는 젖꼭지가 함몰되어 있었다. 열 살이 되어 젖꼭지가 아파 오자 그녀의 어머니가 손으로 만져서 밖으로 꺼내 주었다. 그녀는 사내아이처럼 엉덩이가 작고 다리가 곧았으며 발목은 가늘고 길었다. 그리고 발은 작고 동그스름하며 통통한 데다 평발이어서 마치 조그마한 말발굽 같았다. 그녀는 귀여운 아이에서 예쁜 여인으로 성장했다. 그녀의 목소리는 약간 쉰 듯하면서도 부드러웠고, 너무 감미로워 사랑스럽기 그지없었다. 그러나 목구멍에 강철 줄이라도 달려 있는지 원하기만 하면 줄로 갈 듯이 사람의 마음을 후벼 팠다.

그녀는 어린아이였을 때에도 시선을 끄는 무엇이 있었다. 그래서 그녀를 한 번 본 사람은 얼굴을 돌렸다가도 그녀가 풍기는 색다른 분위기에 끌려 다시 돌아보았다. 하지만 그녀의 눈에서 무엇인가를 발견하고 다시 바라보면 아무것도 보이지 않았다. 그녀는 동작이 느리고 말수가 적었지만 어디서든 사람들의 눈길을 끌었다.

사람들은 그녀를 보면 불안감을 느꼈는데, 그렇더라도 피하지는 않았다. 남자든 여자든 그녀를 가까이 하게 되면 사람의 마음을 그토록 설레게 하는 것이 무엇인지 그 정체를 알아내려고 애썼다. 이런 일들은 늘 있었으므로 그녀는 조금도 이상하게 생각하지 않았다.

캐시는 여러 면에서 다른 아이들과 달랐지만, 특히 한 가지가 크게 달랐다. 대부분의 아이들은 특이하게 보이는 것을 아주 질색한다. 다른 아이들과 똑같이 보고 말하고 입고 행동하고 싶어 하는 것이다. 그래서 이상한 옷이 유행하면 디자인이 우스꽝스럽더라도 어떻게 해서든 그런 옷을 입는다. 만일 고 깃덩어리로 만든 목걸이가 유행한다고 하더라도 그것을 목에 걸지 못하는 아이는 슬퍼할 것이다. 이처럼 맹목적으로 또래 집단을 따르려는 행동은 놀이, 습관, 친구와의 교제 등 다양한 영역으로 확대된다. 말하자면 아이들은 스스로의 안전을 도모하기 위해 보호색을 이용하는 셈이다.

그러나 캐시에게는 그런 면이 전혀 없었다. 그녀는 옷차림이나 행동을 남과 똑같이 하는 법이 없었다. 그녀는 늘 자기가 입고 싶은 대로 옷을 입었다. 그러면 이상하게도 다른 아이들이 그녀를 따라 하곤 했다.

캐시가 성장해 감에 따라 같이 무리를 지어 다니던 아이들은 그녀에게서 어른스럽다거나 뭔가 다른 것이 있다는 걸 알아채기 시작했다. 그리고 얼마 후에는 한 아이만이 그녀와 어울리게 되었다. 다른 아이들은 캐시가 정체 모를 위험을 달고 다니기나 하는 것처럼 그녀를 멀리했다.

캐시는 거짓말쟁이였는데, 그렇다고 대부분의 아이들이 하는 거짓말을 하지는 않았다. 캐시의 거짓말은 다른 아이들처럼 상상한 일을 보다 그럴싸하게 말한다거나 사실처럼 꾸며서 하는 식의 얼토당토않은 거짓말이 아니었다. 그런 거짓말은 외형적인 사실에서 약간 벗어난 수준에 그치는 것이다. 나는 거짓말과 이야기의 차이점을 이렇게 생각한다. 이야기란 말하는 사람과 듣는 사람의 흥미를 자아내기 위해 진실이라는 외형을 활용하는 것이다. 이야기 자체에는 이득이나 손해를 볼 것이 전혀 없다. 그러나 거짓말은 이득을 보거나 회피를 하기 위한 하나의 장치. 만약 이러한 정의를 엄격히 따른다면 이야기를 꾸며 내는 작가도 거짓말쟁이라고 해야 할 것이다. 작가가 돈벌이를 목적으로 글을 쓴다면 말이다.

캐시의 거짓말은 절대 순진한 것이 아니었다. 그녀의 거짓말에는 처벌을 모면하거나, 책임을 회피하거나, 이득을 얻으려는 목적이 깔려 있었다. 대체로 거짓말쟁이는 자기가 한 거짓말을 까맣게 잊어버린다. 그러다 느닷없이 명백한 사실과 직면하면 그제야 거짓말임을 알게 된다. 그러나 캐시는 자기가 한 거짓말을 절대 잊지 않았고, 나름대로 거짓말을 가장 효과적으로 하는 방법까지 개발해 두고 있었다. 그녀의 거짓말은 언제나 진실에 가까웠으므로 아무도 그것이 거짓이라고 생각하지 못했다. 그녀에게는 두 가지 방법이 있었다. 한 가지는 거짓말을 진실과 뒤섞어서 하는 것이고, 다른 한 가지는 진실을 거짓말처럼 하는 것이었다. 그녀의 말이 거짓이라는 비난을 받다가도 진실로 밝혀지면 이후의 수많은 거짓말들은 오랫동안 진실로 여겨질 터였다.

캐시가 외동딸이기 때문에 그녀의 어머니는 가족 중에서 캐시를 비교할 만한 상대가 없었다. 그녀는 딸이 다른 아이들과 똑같다고 생각했다. 그리고 세상의 모든 부모들이 자식 일로 걱정하고 있으므로 친구들도 자신과 똑같은 문제로 고민하고 있으리라고 믿었다.

그러나 캐시의 아버지는 달랐다. 그는 매사추세츠주의 한 마을에서 조그만 피혁 공장을 경영했는데, 열심히 일하기만 하면 편안하고 넉넉하게 살 수 있었다. 캐시의 아버지인 에임스는 집에서 멀리 떨어진 곳에서 일하면서 다른 아이들을 눈여겨볼 수 있었다. 그래서 그는 캐시가 여느 아이들과 다르다는 걸 알고 있었다. 그것은 지식에 의한 것이라기보다는 느낌에 가까운 자각이었다. 그는 딸을 불안하게 생각했지만 그 이유를 정확히 알 수는 없었다.

인간이라면 누구나 욕망, 충동, 격정, 편협한 이기심, 욕정

등을 가슴속 깊이 간직하고 있다. 그리고 대개는 그런 것들을 억제하거나 은밀한 방법으로 충족시킨다. 캐시는 다른 사람들의 가슴속에 숨은 이런 충동들을 꿰뚫어 보고 있었을 뿐만 아니라 그것들을 이용해 이익을 챙기는 방법까지도 잘 알고 있었다. 캐시는 분명히 인간의 다른 성향은 믿지 않았다. 그녀는 어떤 면에 대해서는 이상할 정도로 민감하면서도 또 다른 면에서는 거의 백지 상태일 정도로 무지했다.

캐시는 아주 어릴 때부터 성욕은 인간이 가진 가장 곤혹스러운 충동이며, 반드시 그리움과 괴로움, 질투와 금기를 수반한다는 것을 알아차렸다. 그 무렵만 해도 성에 관한 문제는 사람들의 입에 오르내리는 것이 금기시 되었으므로 지금보다 훨씬 더 접근하기 어려웠다. 누구나 내면에는 그런 갈등을 품고 있으면서도 겉으로는 그런 것들이 존재하지 않는 듯이 내색하지 않았는데, 일단 그 함정에 빠지면 헤어날 줄 몰랐다. 캐시는 인간의 이런 일면을 교묘히 다루고 이용해서 이득을 얻고 누구든 휘어잡을 수 있다는 사실을 터득했다. 그것은 무기인 동시에 위협이었으며, 어느 누구도 거역할 수 없는 것이었다. 캐시가 맹목적인 사랑에 빠져 헤어나지 못한 적이 없었던 것으로 미루어 그녀에겐 성적 충동이 거의 없었다고 여겨진다. 그녀는 실제로 그런 충동에 쉽게 사로잡히는 남자를 보면 경멸감을 느꼈다. 어느 면에서 생각해 보면 그런 그녀가 옳지 싶다.

남녀가 성욕으로 인해 끊임없이 유혹에 사로잡히고 고통을 당하고 성의 노예가 되는 일이 없다면 얼마나 자유롭겠는가!

하지만 성욕에 사로잡히지 않고 자유를 누리는 사람이 있다면 그건 인간이 아닌 괴물이라고 할 수밖에 없을 것이다.

열 살 때 캐시는 이미 성적 충동의 위력을 알고 냉정하게 그것을 실험해 보기 시작했다. 그녀는 그런 일이 쉽지 않다는 걸 예상하고 냉철하게 모든 것을 계획하고 준비했다.

아이들의 성적 유희는 예사롭게 이루어진다. 비정상이 아닌 사내아이라면 누구나 계집아이를 끌어들여 어둑한 나무 그늘, 여물통 밑바닥, 버드나무 아래, 혹은 도로 밑 하수관에서 장난질을 하기 마련이다. 그러지 않으면 적어도 그런 장난을 머릿속으로 상상한다. 부모들은 자식의 이런 문제에 부딪히게 되는데, 자신의 어린 시절을 기억하는 부모를 둔 아이들은 운이 좋은 편이다. 그러나 캐시의 어린 시절만 해도 이런 문제는 무척 엄격하게 다루어졌다. 부모들은 자신의 어린 시절을 까맣게 잊고 있다가 자식에게서 이런 문제를 발견하면 깜짝 놀라는 게 보통이었다.

2

철 늦은 이슬을 흠뻑 머금은 어린 새싹들이 햇살을 받아 기지개를 켜고, 땅속으로 스며든 온기가 노란 민들레를 땅 위로 밀어 올리는 어느 봄날 아침이었다. 캐시의 어머니는 세탁한 옷가지들을 빨랫줄에 널고 있었다. 에임스 가족은 마을의 변두리에 살고 있었는데, 집 뒤쪽으로 헛간과 마차 창고와 채소밭이 있었다. 또 울타리를 쳐서 말 두 마리를 가두어 놓은 조그만 방목지도 있었다.

에임스 부인은 두어 차례 눈을 깜박거렸다. 헛간 쪽으로 가는 캐시를 언뜻 본 것 같았다. 그녀는 딸의 이름을 불러도 아무 대답이 없자 잘못 본 것이겠거니 생각했다. 그런데 집으로 들어가려는데 마차 창고에서 낄낄거리는 웃음소리가 새어 나오는 것 같았다.

"캐시!"

에임스 부인이 소리쳤다. 하지만 아무 대답이 없었다. 그녀는 불안했다. 가슴 한구석에 낄낄거리는 소리가 남아 있었기 때문이다. 그것은 캐시의 웃음소리가 아니었다. 캐시는 낄낄거리며 웃는 아이가 아니었다.

어떻게 해서 부모가 자식에 대해 불안감을 느끼게 되는지는 알 수 없다. 물론 아무 까닭도 없이 자식에 대해 불안해질 때가 종종 있다. 자식이 하나밖에 없는 부모는 그 아이를 잃는 것은 아닌가 하는 불안에 사로잡히는 경우가 많을 것이다.

에임스 부인은 가만히 서서 귀를 기울였다. 그녀는 소곤거리는 소리가 들리자 살며시 마차 창고 쪽으로 가 보았다. 창고의 이중문은 닫혀 있었다. 그 안에서 속삭이는 소리가 들렸지만, 캐시의 목소리는 아닌 것 같았다. 에임스 부인이 다급하게 문을 열고 뛰어들자 창고 안으로 밝은 햇살이 쏟아져 들어왔다. 그녀는 눈앞에 벌어진 광경에 충격을 받아 입을 벌린 채 꼼짝하지 못했다. 캐시는 치마가 걷어 올려진 채 허리까지 알몸을 드러내고 바닥에 누워 있었고, 열네 살쯤 되어 보이는 사내아이 둘이 그 옆에 무릎을 꿇고 앉아 있었다. 그들도 갑작스럽게 쏟아져 들어온 햇살에 깜짝 놀랐는지 꼼짝도 하지 않았다. 캐시의 눈은 겁에 질려 있었다. 에임스 부인은 그 사내아이들과 그들의 부모를 알고 있었다.

갑자기 둘 중의 하나가 벌떡 일어나더니 에임스 부인 곁을 지나 집 모퉁이를 돌아서 달아나 버렸다. 남은 아이는 뒷걸음을 치며 물러서더니 소리를 지르며 문간 쪽으로 뛰어나갔다. 에임스 부인은 녀석의 윗도리를 단단히 움켜쥐었지만 손가락이 미끄러지는 바람에 그만 놓쳐 버렸다. 바깥에서 허겁지겁 달아나는 발소리가 들려왔다.

에임스 부인은 말을 하려고 했지만 겨우 쉰 목소리만 새어나왔을 뿐이었다.

"일어나, 어서!"

그러나 캐시는 멍하니 쳐다보기만 할 뿐 꼼짝도 하지 않았다. 그제야 에임스 부인은 캐시의 팔목이 굵은 밧줄에 묶여 있다는 것을 알았다. 그녀는 비명을 지르며 부랴부랴 밧줄의 매듭을 풀었다. 그러고는 캐시를 안고 집으로 들어가 침대에 눕혔다.

캐시를 진찰한 의사는 문제가 될 만한 흔적이 없다고 말했다.

"때마침 창고에 들어가 본 것이 천만다행입니다."

의사는 에임스 부인에게 같은 말을 여러 번 되풀이했다.

캐시는 한동안 말을 하지 않았다. 의사는 충격을 받아서 그런다고 했다. 캐시는 충격에서 헤어난 후에도 말을 하려고 하지 않았다. 뭔가 묻기만 해도 눈의 흰자위가 두드러지게 드러나고 몸이 뻣뻣하게 굳고 숨이 멎을 듯하면서 뺨이 벌겋게 달아올랐다.

사내아이들의 부모와 담판을 짓는 자리에 윌리엄스 의사도 참석했다. 캐시 아버지는 시종 침묵으로 일관했다. 그는 캐시의 팔목에 묶여 있던 밧줄을 갖고 왔는데, 그의 눈은 당혹감으로 물들어 있었다. 그로서는 이해하기 힘든 부분이 있었지만 입 밖에 꺼내지는 않았다.

에임스 부인은 흥분 상태에서 벗어나지 못하고 있었다. 그녀는 현장을 목격한 장본인이기 때문에 최종적인 심판자였다. 그녀의 히스테리에 가까운 반응에는 악의까지 서려 있었다. 그녀가 처벌을 강력히 요구하는 데는 일종의 복수에 가까운 희열이 담겨 있었다. 그녀는 마을을 보호해야 한다고 강력하게 주장했다. 천만다행으로 때맞추어 현장을 목격했지만 다음에는 그런 운이 따르지 않을 수도 있었다. 그런 일을 당하면 다른 어머니들의 심정은 어떻겠는가? 게다가 캐시는 겨우 열 살이었다.

당시의 처벌은 지금보다 훨씬 더 가혹했다. 사람은 매를 맞아야 훌륭한 미덕을 갖추게 된다고 여겨지던 때였다. 사내아이들은 처음에는 따로따로 맞다가 나중에는 두 녀석이 함께 살이 터지도록 매를 맞았다.

그들이 저지른 죄도 더할 나위 없이 나빴지만, 거짓말은 매로도 다스릴 수 없는 사악한 것이다. 그들은 처음부터 횡설수설하며 변명을 늘어놓았다. 캐시가 이 일을 시작했고 자기들은 캐시에게 5센트씩 돈을 주었다고 했다. 캐시의 팔목도 자기들이 묶은 것이 아니라 캐시가 밧줄을 갖고 장난을 친 것뿐이라고 말했다.

에임스 부인은 온 동네가 떠나가도록 소리를 질렀다.

"그럼 우리 애가 혼자서 제 손을 묶었단 말이야? 열 살밖에 안 된 애가 그런 짓을 했다고?"

사내아이들이 죄를 순순히 인정하고 용서를 빌었다면 처벌은 면할 수 있었을지도 모른다. 그들은 잘못을 완강히 부인했기 때문에 자기들 아버지와 마을 주민들의 노여움을 사서 더 심한 매질을 당하게 되었다. 두 아이는 부모의 동의를 받아 감화원으로 보내졌다.

"우리 아이는 그 일 때문에 몹시 겁에 질려 있어요. 내가 그 얘기를 꺼내기만 해도 그때 일이 되살아나는지 충격에 빠진답니다."

에임스 부인은 동네 사람들에게 그렇게 말했다.

캐시의 부모는 딸 앞에서 두 번 다시 그 일을 입 밖에 내지 않았다. 이제 그 문제는 끝난 것으로 덮어 두었던 것이다. 캐시의 아버지도 여전히 의문이 남았지만 오래지 않아 그 일을 잊어버렸다. 두 소년이 아무 잘못도 없이 감화원에 갇혀 있다는 것을 알게 되었다면 그는 마음이 몹시 불편했을 것이다.

캐시가 충격에서 완전히 회복되자 멀리서 그녀를 지켜보던 아이들이 그녀에게 가까이 다가왔다가 그녀에게 매료되었다. 열두어 살 또래의 소녀들과는 달리 그녀에게는 친한 친구가 한 명도 없었다. 소년들도 친구들이 당한 화를 입지 않으려고 학교가 끝나고 집에 돌아갈 때는 그녀와 어울리는 걸 피했다. 그렇지만 캐시는 아이들에게 굉장한 영향력을 행사했다. 특히 혼자 있는 그녀와 마주치는 소년들은 그 거역할 수 없는 매력에 이끌리고 말았다.

캐시는 예쁘장하고 귀여웠으며 목소리까지 사근사근했다. 그녀는 혼자서 오랫동안 산책을 했는데, 그때마다 숲길 같은 데서 우연히 한 소년과 마주치곤 했다. 그러면 두 사람은 무슨 말인가를 재빨리 주고받았다. 캐시가 무슨 말을 했는지는 아무도 몰랐다. 그저 알 수 없는 속삭임만 오갔을 뿐이다. 비밀이 많으면 그 비밀을 언제까지고 덮어 둘 수 없는 그런 나이에 이런 일은 예사롭지 않았다.

캐시는 웃음을 살짝 흘리는 버릇이 있었다. 그런 데다 곁눈질을 해서 비밀을 간직한 외로운 소년에게 그 비밀을 함께 나누어 갖자는 암시를 주곤 했다.

캐시의 아버지는 또 다른 의문이 생겼지만 그것을 가슴속 깊이 묻어 두고 오히려 딸을 의심하는 자신을 질책했다. 캐시는 운 좋게도 순금 부적, 돈, 작은 명주 지갑, 붉은 루비가 박힌 은 십자가와 같은 값진 물건들을 많이 주워 모았다. 그녀가 많은 물건들을 주워 오자 그녀의 아버지는 자신이 구독하는 주간지인 《쿠리어》에 십자가를 분실한 사람을 찾는 광고를 내기도 했는데 주인은 끝내 나타나지 않았다.

캐시의 아버지 윌리엄 에임스는 속마음을 잘 드러내지 않는 사람이었다. 그래서 자기 생각을 허심탄회하게 털어놓는 일이 거의 없었다. 그는 마을 사람들의 시선을 받는 것이 싫어스스로를 드러내지 않으려고 무척 애를 썼다. 그리고 의문이 생기면 마음속으로 간직했다. 아무것도 모르고 있는 편이 더 안전하고 현명하며 편안하다고 생각했기 때문이다. 에임스 부인은 캐시가 의도적으로 그녀에게 심어 놓은 거짓말 같지 않은 거짓말과 왜곡된 진실과 암시 같은, 속이 훤히 들여다보이는 고치 속에 단단히 틀어박혀 있었기 때문에 명백히 드러난 사실 외에는 진상을 알려고도 하지 않았다.

3

캐시는 세월이 흐를수록 더욱 아름다워졌다. 뽀얗게 피어난 피부, 금빛 머리, 넓고 시원스러운 미간, 품위가 있으면서도 매혹적인 눈, 감미로운 작은 입술은 사람들의 시선을 끌기에 충분했다. 그녀는 8학년제의 초등학교를 좋은 성적으로 마쳤다. 당시에는 여자가 공부를 계속하는 일이 드물었지만 캐시의 부모는 딸을 상급학교에 진학시키기로 했다. 캐시는 교사가 되고 싶다고 하여 부모를 기쁘게 해 주었는데, 유복하지 못한 양갓집 딸에게는 교사야말로 가장 자랑스러운 직업이었다. 교사 딸을 둔 부모들은 그 사실을 영예롭게 생각했다.

캐시는 열네 살에 고등학교에 입학했다. 그녀는 부모에게는 항상 귀한 딸이었지만 대수학과 라틴어 같은 접하기 어려운 과목을 공부하기 시작하자 부모들이 따라갈 수 없는 먼 세계의 사람이 되었다. 그들은 캐시가 갑자기 높은 지위에 오른 것처럼 느껴졌고, 딸을 잃은 것만 같았다.

라틴어 선생은 얼굴이 창백하고 열성적인 젊은이였다. 그는 신학교를 중퇴했지만 기본 문법, 카이사르, 키케로를 가르칠 만큼 충분한 교양을 갖춘 사람이었다. 그는 또 남몰래 패배감을 가슴속에 묻고 사는 조용한 청년이기도 했다. 그는 마음 한편에 자신은 하느님에게서 버림을 받았다는 생각도 품고 있었다.

한동안 이 제임스 그루 선생의 내면에는 불꽃이 활활 타오르고, 눈에서는 격정이 번득였다. 그와 캐시가 함께 있는 것이 남의 눈에 띈 적은 없었다. 그들의 관계가 의심받는 일도 전혀 없었다.

어느 날 제임스는 남자가 되었다. 그는 경쾌한 걸음으로 혼자 콧노래를 불렀다. 그는 자신이 다녔던 신학교에 재입학을 허락해 달라고 호소하는 편지를 써 보냈는데, 학교의 이사들이 호의를 베풀어 그의 간청을 들어주기로 했다.

그러나 타오르던 그 불꽃은 꺼져 버렸다. 한때 기세등등하던 그의 어깨는 힘없이 축 늘어졌다. 그의 눈에는 핏발이 서고, 손은 떨렸다. 밤이면 그가 교회에서 무릎을 꿇고 기도문을 외는 모습이 자주 눈에 띄었다. 몸이 아프다는 이유로 결근을 한 그가 마을 뒤편의 언덕에서 홀로 배회하고 있는 모습을 본 사람도 있었다.

어느 날 밤늦게 그가 에임스의 집 대문을 두드렸다. 에임스는 투덜거리면서 일어나 잠옷 위로 외투를 걸치고 촛불을 들고 문간으로 나갔다. 문 앞에는 미친 사람처럼 사나운 표정을 한 제임스 그루가 서 있었다. 그는 몸을 부들부들 떨면서 에임스를 노려보았다.

"당신을 꼭 만나고 싶어서 왔습니다."

제임스 그루는 거친 목소리로 말했다.

"자정이 지났소."

에임스가 단호하게 말했다.

"옷을 걸치고 잠깐 나오십시오. 단둘이서 할 얘기가 있습니다."

"이봐요, 젊은이. 술에 취했거나 몸이 안 좋은 모양인데 집에 돌아가서 자도록 해요. 자정이 넘었소."

"저는 기다릴 수가 없습니다. 지금 꼭 드릴 말씀이 있어요."

"내일 아침에 피혁 공장으로 찾아와요."

에임스는 이렇게 말하고는 비틀거리는 제임스 그루를 뒤에 남겨 두고 문을 닫았다. 그는 빗장을 잠근 후에 바깥의 동정을 살폈다. 문 뒤에서 울먹이는 소리가 들렸다.

"내일까지 기다릴 수 없어요. 기다릴 수 없다니까요."

이윽고 천천히 현관 계단을 내려가는 소리가 들렸다.

에임스는 손바닥을 오므려 촛불을 가리고 침대로 돌아갔다. 캐시의 방문이 살며시 닫히는 것 같다는 생각이 들었지만 촛불에 비친 현관 커튼의 그림자를 잘못 보았는지 모른다고 생각했다.

"도대체 무슨 일이에요?"

그가 침대로 다가오자 그의 아내가 물었다. 에임스는 뭐라고 대답해야 할지 몰랐다. 엉뚱하게 이야기가 길어질 수도 있었다.

"주정뱅이야. 집을 잘못 찾은 것 같아."

"원, 세상이 어떻게 돌아가는지."

에임스 부인이 투덜거렸다.

에임스는 불을 끄고 어둠 속에 누워 있었다. 좀 전의 촛불 때문인지 눈 속에 녹색 동그라미가 어른거렸다. 그것이 빙글빙글 소용돌이치면서 제임스 그루의 애원하는 눈빛으로 바뀌었다. 그는 한참 동안 잠을 이루지 못했다.

아침이 되자 온 동네에 소문이 쫙 퍼졌다. 동네 사람들은 삼삼오오 모여 온갖 부풀린 이야기를 숙덕거렸는데, 오후가 되면서 사건의 전모가 드러났다. 교회지기가 제단 앞에 쓰러져 있는 제임스 그루를 발견했다는 것이었다. 그의 정수리 부분은 총탄을 맞고 전부 날아가 버렸다고 했다. 그의 옆에는 소총 한 자루와 화약을 밀어 넣을 때 쓴 쇠막대기가 있었다. 제단에서 가져온 촛대도 놓여 있었는데, 세 개 중 한 개는 아직도 타고 있었다. 마룻바닥에는 찬송가 책과 기도서가 포개진 채 놓여 있었다. 교회지기의 설명에 따르면, 제임스 그루는 책 위에다 총신을 받치고 정확히 정수리를 겨냥하여 쏘았다고 했다. 그는 발사와 동시에 반동이 일어나 총이 책에서 멀리 떨어진 것이라고 덧붙였다.

마을 사람들은 동트기 전에 그 총성을 들었다. 제임스 그루가 유서를 남기지 않았기 때문에 자살 동기에 대해서는 아무도 짐작하지 못했다.

에임스는 검시관을 찾아가 제임스 그루가 밤중에 자기 집에 찾아왔다는 이야기를 하고 싶은 충동을 간신히 참았다. 그는 생각했다. '그 얘기를 해 봤자 무슨 소용이야? 자살 동기에 대해 아는 게 있다면 사정이 달라지겠지만 아는 것이 전혀 없잖아.' 그는 왠지 기분이 찜찜했다. 제임스의 죽음은 자신의 잘못이 아니라고 반복해서 중얼거렸다. '내가 어떻게 그의 죽음을 재촉할 수 있었겠어? 난 그가 뭘 원했는지도 모르는데.' 그러면서도 그는 자신이 죄를 지은 것 같아 기분이 꺼림칙했다.

저녁 식사를 하고 있는데 아내가 제임스 그루의 자살 사건을 언급하는 바람에 그는 입맛이 싹 가셨다. 캐시는 여느 때와 마찬가지로 얌전히 음식을 먹으면서 냅킨으로 입을 자주 닦았다.

에임스 부인은 시체와 총에 관한 이야기를 자세하게 늘어놓았다.

"한 가지 물어볼 말이 있어요. 어젯밤에 우리 집 문간에 나타났던 그 주정뱅이가 혹시 제임스 그루 아니었나요?"

"아니야."

에임스가 재빨리 대답했다.

"확실해요? 어두웠을 텐데 어떻게 얼굴을 알아봤죠?"

"촛불을 들고 있었어. 긴 턱수염을 기르고 있었으니 제임스는 아니었어."

그가 신경질적으로 말했다.

"왜 그렇게 신경질을 부려요? 그저 궁금해서 물어본 것뿐인데."

캐시는 입을 닦은 냅킨을 무릎 위에 올려놓으면서 미소를 지었다.

부인이 딸을 바라보며 말했다.

"캐시, 넌 학교에서 매일 그 선생님을 보았겠구나. 요즘 들어 그분이 침울해 보이든? 뭔가 짚이는 거라도 있니?"

캐시는 접시를 내려다보다가 고개를 들고 말했다.

"몸이 좀 안 좋으신 것 같았어요. 맞아요, 안색이 나빴어요. 오늘 학교에서 그런 얘기들을 하더군요. 누구였더라…… 누군지 기억나지 않지만…… 그루 선생님은 보스턴에 있을 때부터 문제가 있었다고 했어요. 무슨 문제인지는 정확히 듣지 못했지만요. 우린 모두 선생님을 좋아했어요."

캐시는 또 얌전히 입술을 닦았다.

캐시의 수법은 이랬다. 바로 그날부터 마을 사람들은 제임스 그루가 보스턴에서 생긴 문제로 자살했다는 사실을 알게 되었다. 물론 그 이야기를 캐시가 고의적으로 퍼뜨렸다고 생각하는 사람은 아무도 없었다. 나중에는 에임스 부인도 그 이야기를 어디서 들었는지 까맣게 잊어버렸다.

4

캐시는 열여섯 살 생일이 지나면서 변하기 시작했다. 어느 날 아침에는 학교에 가려고 하지 않았다. 에임스 부인이 방에 들어가 보니 캐시는 침대에 누워서 천장만 쳐다보고 있었다.

"어서 일어나. 늦겠다. 9시가 다 됐어."

"학교에 가지 않을래요."

캐시가 힘없이 말했다.

"어디 아프니?"

"아뇨."

"그럼 어서 일어나. 서둘러!"

"학교에 안 간다니까요."

"너 몸이 아픈가 보구나. 여태껏 한 번도 결석한 적이 없었잖아."

"가지 않겠어요."

캐시는 침착하게 말했다.

"다시는 학교에 가지 않겠어요."

에임스 부인은 놀라서 입을 딱 벌렸다.

"그게 무슨 말이니?"

"학교엔 절대로 가지 않겠어요."

그러면서 캐시는 줄곧 천장만 쳐다보았다.

"아버지가 그 말을 들으면 뭐라고 하실지 생각해 봐! 우리가 뼈 빠지게 일해서 학비를 댄 걸 모르니? 2년만 지나면 졸업장을 받잖아!"

에임스 부인은 딸 곁으로 다가가서 상냥하게 물었다.

"너 결혼하려는 건 아니겠지?"

"아니에요."

"지금 감추고 있는 건 무슨 책이니?"

"여기 있어요. 감추긴 뭘 감추었다고 그러세요."

"『이상한 나라의 앨리스』구나. 아직도 이런 책을 읽고 있다니, 뜻밖이구나."

"난 엄마 눈에 띄지 않을 만큼 아주 작아질 수도 있어요."

캐시가 말했다.

"지금 무슨 말을 하는 거니?"

"아무도 날 못 찾아낼 거예요."

에임스 부인이 버럭 화를 내며 말했다.

"쓸데없는 소리 좀 그만해. 네가 무슨 생각을 하고 있는 건지 모르겠다. 이 공상가 아가씨야, 또 무슨 일을 꾸미려는 거니?"

"아직은 나도 모르겠어요. 떠나 버릴까 생각 중이에요."

"거짓말을 잘도 지껄이는구나. 아버지가 돌아오시면 꾸중을 들을 거야."

캐시는 천천히 고개를 돌려 냉랭한 눈빛으로 자기 어머니를 쳐다보았다. 에임스 부인은 갑자기 섬뜩한 느낌이 들었다. 그녀는 재빨리 방에서 나와 문을 닫았다. 그러고는 부엌으로 들어가 깍지 낀 두 손을 무릎 위에 올려놓고 앉아 창 너머로 비바람에 허름해진 마차 창고를 바라보았다.

왠지 딸이 낯선 사람처럼 느껴졌다. 대개의 부모가 가끔 그런 기분을 느끼겠지만, 이제껏 캐시를 조종하던 고삐가 손에서 빠져나간 느낌이었다. 그녀는 딸을 마음대로 다루어 본 적이 없다는 것을, 오히려 늘 딸에게 이용당해 왔다는 사실을 깨닫지 못하고 있었다. 에임스 부인은 모자를 쓰고 피혁 공장을 찾아갔다. 집이 아닌 곳에서 남편과 상의하고 싶었던 것이다.

오후가 되자 캐시는 마지못해 침대에서 일어나 한참 동안 거울 앞에 앉아 있었다.

그날 저녁 에임스는 내키지 않는 마음으로 딸에게 장황한 연설을 늘어놓았다. 그는 딸이 갖춰야 할 책임감과 의무감 그리고 효심에 대해 이야기했다. 그런데 캐시는 그의 이야기를 귀담아듣지 않았다. 이야기를 끝낼 무렵에야 에임스는 그 사실을 알았다. 그는 화가 치밀 대로 치민 상태에서 자식에 대한 부모의 권한은 하느님이 내려 주신 것으로, 정부에 의해 보장된다고 말했다. 그의 위협적인 말에 캐시는 그제야 정신을 차리고 듣는 시늉을 했다. 그녀는 아버지의 눈을 똑바로 바라보았다. 그러면서 입가에 가녀린 미소만 지을 뿐, 눈 한 번 깜박거리지 않았다. 에임스는 그런 딸의 태도에 화가 치밀어서 끝내 다른 곳으로 시선을 돌리고 말았다. 그는 딸에게 바보 같은 짓은 그만두라고 명령했다. 아버지에게 복종하지 않으면 매를 들겠다는 위협도 했다.

그는 한결 누그러진 어조로 이야기를 끝맺었다.

"내일 아침에는 학교에 가고 다시는 이런 바보 같은 짓을 하지 않겠다고 약속해 다오."

캐시는 조그만 입을 꼭 다물고 있다가 심드렁하게 말했다.

"알겠어요."

그날 밤 에임스는 속으로는 자신의 나약함을 실감하면서도 아내에게는 당당하게 말했다.

"캐시를 좀 더 엄격하게 다루어야겠어. 그동안 우리가 너무 놓아기른 것 같아. 하지만 캐시는 착한 아이야. 어른을 몰라본 것뿐이지. 약간 엄격하게 다루는 편이 아이에게도 좋겠어.”

에임스는 그 말처럼 자기 자신도 굳건해지기를 바랐다.

아침이 되자 캐시의 모습이 보이지 않았다. 그녀의 여행용 밀짚모자와 그녀가 가장 좋아하는 나들이옷도 눈에 띄지 않았다. 침대는 말끔히 치워져 있었고 방 안은 한기가 돌았다. 그 방에서는 다 큰 여자아이가 살고 있다는 흔적을 찾아볼 수 없었다. 사진이나 기념물도 남아 있지 않았다. 캐시는 예전부터 인형을 갖고 놀지 않았다.

에임스는 어느 정도 교양 있는 사람이었다. 그는 중산모를 눌러쓰고 기차역으로 달려갔다. 역무원은 캐시가 새벽 일찍 보스턴행 기차를 탔다고 말했다. 역무원은 에임스를 돕기 위해 보스턴 경찰서에 전보를 쳤다. 에임스는 왕복 열차표를 끊어 9시 50분에 출발하는 보스턴행 기차를 탔다. 그는 위기에 잘 대처하는 사람이었다.

그날 밤 에임스 부인은 문을 걸어 잠그고 부엌에 앉아 있었다. 그녀의 안색은 창백했다.

그녀는 떨리는 몸을 가누기 위해 테이블을 꼭 붙잡았다. 닫힌 문틈으로 매질하는 소리와 비명이 들려왔다.

에임스는 매질을 해 본 적이 없기 때문에 때리는 것이 서툴렀다. 그는 말을 부리는 채찍으로 캐시의 다리를 때렸는데, 딸이 싸늘한 시선으로 가만히 쏘아보자 더욱 화가 치밀었다. 처음에는 머뭇거리며 조심스럽게 때렸지만, 캐시가 아파하는 기색도 없고 울지도 않자 그는 옆구리 어깨 가리지 않고 마구 때렸다. 허공을 가르며 날아온 채찍은 살에 상처를 남겼다. 그는 화를 못 이겨 채찍을 엉뚱한 곳에다 휘두르기도 했고, 너무 가까이 휘둘러 채찍이 캐시의 몸에 감기기도 했다.

캐시는 재빠르게 사태를 파악했다. 아버지의 약점을 알아챈 그녀는 일단 태도를 바꾸는 편이 좋겠다고 판단하고는 비명을 지르고 몸을 비틀며 울부짖었다. 아버지의 채찍질이 약해지자 그녀는 속으로 만족했다.

에임스는 딸의 비명과 자신의 매질로 생긴 상처를 보고 놀랐다. 캐시는 침대에 엎드린 채 흐느껴 울었다. 에임스가 울고 있는 딸의 얼굴을 자세히 들여다보았다면 눈물 한 방울 흐르지 않는다는 걸 금세 알았을 것이다. 그러나 캐시의 목덜미는 굳어 있고 관자놀이 아래 근육은 부어올라 있었다. 그가 입을 열었다.

"자, 또 그런 짓을 할 테냐?"

"안 해요. 다시는 그러지 않겠어요! 용서해 주세요."

캐시가 침대 위에 엎드려 있었기 때문에 그는 딸의 냉정한 얼굴을 보지 못했다.

"네 본분을 단단히 명심해 둬라. 그리고 내가 누구라는 것도 잊지 마라."

캐시는 흐느끼는 목소리로 나지막이 말했다.

"잊지 않을게요."

부엌에 있는 에임스 부인은 초조하게 두 손을 만지작거렸다. 에임스는 아내의 어깨에 손을 얹고 말했다.

"나도 이렇게까지는 하고 싶지 않았어. 그 애를 위해서도 좋은 일이야. 내가 보기엔 애가 완전히 변한 것 같아. 그동안 애를 너무 제멋대로 내버려 둔 모양이야, 매를 아꼈던 건 우리 잘못이었소."

매질을 해야 한다며 때리도록 부추긴 사람은 아내였지만 에임스는 아내가 매질한 자신을 미워한다는 걸 알고 있었다. 그는 갑자기 절망감에 빠졌다.

5

에임스가 말한 대로 캐시에게 매질이 필요한 것은 의심할 여지없는 사실 같았다. 매를 맞고 난 후부터 캐시는 달라진 것처럼 보였다. 그녀는 언제나 고분고분했지만 생각도 깊어진 것 같았다. 그 후로 캐시는 몇 주 동안 필요 이상으로 부엌일을 도왔다. 그리고 어머니를 위해 담요를 뜨기 시작했는데, 그것은 몇 달이나 걸리는 힘든 일이었다. 에임스 부인은 이웃 사람들에게 자랑 삼아 말했다.

"우리 애는 색에 대한 감각이 뛰어난 것 같아요. 특히 갈색과 노란색에 대한 감각은 대단해요. 벌써 바둑판무늬를 세 쪽이나 끝냈답니다."

캐시는 아버지를 대할 때마다 미소를 잃지 않았다. 아버지가 집에 돌아오면 모자를 받아 걸고, 글을 읽기에 편하도록 등불 밑에다 의자를 갖다 놓기도 했다.

캐시의 학교생활도 달라졌다. 언제나 모범생이긴 했지만 이젠 장래에 대한 설계도 꼼꼼히 하기 시작했다. 그녀는 아직 일년이나 남은 교사자격증 취득 시험에 관해 교장과 상담을 하기도 했다. 교장은 캐시의 성적을 훑어보고 그 정도면 합격할 수 있을 것이라고 판단했다. 그는 피혁 공장을 찾아가 에임스와 상의를 했다.

"우리 애는 그런 내색을 전혀 하지 않던데요."

에임스가 자랑스럽게 말했다.

"그럼 말씀드리지 말걸 그랬군요. 감쪽같이 숨기고 있다가 깜짝 놀라게 하려고 그랬나 봅니다."

에임스 부부는 모든 문제가 술술 풀려 나간다고 생각하고 흐뭇해했다.

"사람이 이렇게 변할 수 있는지 몰랐어."

에임스가 말했다.

"하지만 캐시는 늘 착한 애였잖아요."

그의 아내는 맞장구를 쳤다.

"그리고 캐시가 날로 예뻐지는 건 알고 있어요? 뺨이 복숭아같이 발그레해서 얼마나 예쁜지 몰라요."

"너무 미인이면 선생 노릇을 오래 못 할 것 같은데."

에임스가 말했다.

캐시가 나날이 예뻐진다는 것은 사실이었다. 그녀는 시험 준비를 하면서도 늘 어린아이 같은 순진한 미소를 머금고 있었다. 캐시는 모든 일에 열심이었다. 지하실을 깨끗이 청소하고, 외풍이 들어오는 틈새는 종이로 틀어막았다. 그리고 삐걱거리는 부엌문을 수리하고 빡빡한 현관문의 걸쇠에 기름을 쳤다. 램프에 석유를 채우고 갓을 깨끗이 닦는 것도 자기가 할 일이라고 생각했다. 그녀는 또 지하실의 커다란 석유통에 펌프를 연결하는 방법을 고안해 내기도 했다.

"직접 보지 않으면 못 믿을 거요."

에임스는 다른 사람들에게 그렇게 말하곤 했다.

캐시의 열성은 집 안에만 머물지 않았다. 그녀는 고약한 피혁 냄새도 싫다 하지 않고 아버지 공장까지 찾아왔다. 캐시는 이제 갓 열여섯 살을 넘겼기 때문에 에임스는 그녀를 아직도 어린애로 보았다. 그런 터에 딸이 사업에 관한 질문을 하자 그는 깜짝 놀랐다.

"캐시는 어른보다 더 똑똑하단 말이야."

그는 공장장에게 말했다.

"앞으로 사업가가 될지도 몰라."

캐시는 피혁을 제조하는 과정뿐만 아니라 사업 문제에도 관심을 보였다. 에임스는 그녀에게 대출, 정산, 청구 서류, 직원들의 봉급 등에 관해 자세히 설명해 주었다. 금고를 여는 방법도 가르쳐 주었는데, 그녀가 한번에 번호를 모두 외우는 것을 보고 기뻐했다.

"내 생각은 이렇소."

그는 아내에게 말했다.

"사람이라면 조금씩은 악한 구석이 있는 법이야. 나도 약은 데가 전혀 없는 아이는 싫어. 내 생각에 그건 일종의 활력이라고 봐. 그런 요소들을 잘 발전시키면 캐시는 옳은 방향으로 나아가게 될 거야."

캐시는 자기 옷을 직접 수선하고 자기 물건도 잘 정리했다.

5월 어느 날 캐시는 학교에서 돌아오자마자 뜨개질을 시작했다. 에임스 부인이 외출을 하려고 옷을 갈아입으며 말했다.

"교회 기금 모임에 갔다 올게. 다음 주에 과자를 만들어 팔기로 했는데 내가 회장을 맡았단다. 아버지가 너더러 은행에 가서 직원들 월급을 찾아다가 회사로 가져올 수 있는지 묻더구나. 난 과자 만드는 일 때문에 못 간다고 했거든."

"제가 할게요."

캐시가 말했다.

"은행 직원이 가방에 돈을 넣어 놓고 널 기다릴 거다."

에임스 부인은 이렇게 말하고 서둘러 나갔다.

캐시는 잽싸게 움직였지만 서두르지는 않았다. 그녀는 먼저 헌 앞치마를 옷 위에 걸쳤다. 그러고는 지하실에서 뚜껑 덮인 젤리 항아리를 꺼내 농기구를 보관하는 마차 창고에 가져다 놓았다. 그런 다음에는 닭장에서 암탉 한 마리를 잡아 나무 도마에 올려놓고 칼로 목을 잘랐다. 그녀는 아직도 꿈틀거리는 닭 모가지에서 흘러내리는 피를 젤리 항아리에 가득 받았다. 벌벌 떠는 닭의 몸통은 퇴비 더미 속에 묻었다. 그녀는 부엌으로 돌아와 앞치마를 벗어 난로 속에 던져 넣고 불이 붙을 때까지 막대기로 벌건 석탄을 들쑤셨다. 캐시는 손을 씻고 구두와 양말을 살펴본 다음 오른쪽 구두코에 묻은 검은 피를 닦아 냈다. 그러고는 거울 앞에 서서 얼굴을 비춰 보았다. 두 뺨은 발그스름하게 상기되었고 눈은 반짝거렸으며 입가에는 순진한 미소가 감돌았다. 그녀는 밖으로 나가는 길에 젤리 항아리를 부엌 맨 아래쪽 계단에 숨겨 두었다. 어머니가 나간 지십 분도 안 되어 이 일들을 모두 해치운 것이었다.

캐시는 경쾌한 걸음걸이로 마치 춤을 추듯이 집 주위를 한 바퀴 돌아 거리로 나갔다. 나무에는 새싹이 움트고 민들레 몇 포기가 철 이른 노란 꽃을 피우고 있었다. 캐시는 은행이 있는 중심가 쪽으로 경쾌하게 걸어갔다. 그 모습이 너무도 발랄하고 예뻐서 지나가던 사람들이 걸음을 멈추고 그녀의 뒷모습을 돌아보았다.

6

불이 난 것은 새벽 3시쯤이었다. 불은 요란한 소리를 내며 활활 타오르더니 사람들이 알기도 전에 집을 송두리째 삼켜 버렸다. 소방관들이 도착했을 때는 할 일이 없었다. 그냥 이웃으로 불이 번지지 않도록 옆집 지붕에 물을 뿌리는 게 고작이었다.

에임스의 집은 눈 깜짝할 사이에 사라져 버렸다. 소방관들과 구경꾼들은 혹시나 군중 속에 에임스 부부와 딸 캐시가 끼어 있는지 확인하려고 찬찬히 둘러보았다. 그러나 그들 틈에는 에임스의 가족이 없었다. 사람들은 불에 타서 시커멓게 재만 남은 곳을 응시하면서 마치 자신들의 가족이 타 죽은 듯 가슴이 벌렁거리고 목이 메는 걸 느꼈다. 소방관들은 늦었지만 시신이라도 찾으려고 불길 위에다 물을 뿌렸다. 그 뒤로 에임스의 가족이 모두 불에 타 죽었다는 끔찍한 소문이 온 마을에 퍼졌다.

날이 밝자 마을 사람들이 전부 몰려나와 연기가 피어오르는 검은 숯덩이 주위를 빽빽이 둘러쌌다. 앞줄에 선 사람들은 뜨거운 열기 때문에 얼굴을 가려야 했다. 소방관들은 숯덩이를 식히기 위해 계속 물을 뿌렸다. 정오가 되자 검시관이 물에 젖은 판자 더미를 들추고 쇠막대기로 숯 더미를 쑤시고 다녔다. 그리고 에임스 부부로 추측되는, 타다 남은 시체 두 구를 찾아냈다. 이웃 사람들이 캐시의 방이 있던 자리를 어림해서 알려 주었다. 검시관과 조수들이 불에 탄 폐허 사이를 갈고리로 살살이 뒤졌지만 뼈 조각이나 이빨 하나 찾아내지 못했다.

잠시 후에는 소방대장이 현관문손잡이와 부엌문의 빗장을 찾아냈다. 그는 검게 그슬린 쇳조각을 의심스러운 눈으로 들여다보았는데, 무엇 때문에 의혹을 품었는지는 알 수 없었다. 그는 검시관의 갈고리를 빌려서 이곳저곳을 정신없이 파헤쳤다. 그리고 현관문이 있던 자리에서 반쯤 녹아 뒤틀린 자물쇠를 발견했다. 그제야 주위에 몰려 있던 사람들이 물었다.

"조지, 뭘 찾고 있는 거요? 지금 찾아낸 건 뭡니까?"

이윽고 검시관이 그에게 다가왔다.

"무슨 생각을 하고 있는 거요, 조지?"

"자물쇠에 열쇠가 없군요."

소방대장이 이상하다는 듯이 말했다.

"그거야 빠져 버렸는지도 모르지."

"어떻게요?"

"불에 녹아 버릴 수도 있고."

"자물쇠는 녹지 않았는데요."

"빌 에임스가 빼 놓았는지도 몰라."

"안쪽에서 말인가요?"

그는 습득물을 들어 보였는데 볼트가 튀어나와 있었다.

사장과 사장집이 타 버린 것이 확실해지자 피혁 공장의 직원들은 조의를 표하기 위해 출근을 하지 않았다. 그들은 타 버린 집 주위를 서성거리며 무슨 일이라도 도우려고 했지만 오히려 방해가 될 뿐이었다.

공장장 조엘 로빈슨은 그날 오후가 되어서야 피혁 공장에 가 보았다. 금고가 열려 있고, 바닥에는 서류가 흩어져 있었으며, 창문이 깨진 걸 보니 도둑이 든 것 같았다.

사건의 전모가 조금씩 드러나고 있었다. 이번 일은 단순한 화재 사건이 아니었다. 사람들은 흥분과 슬픔 대신 두려움과 분노를 느꼈다. 그들은 단서가 될 만한 걸 찾아 뿔뿔이 흩어지기 시작했다.

멀리 갈 필요도 없었다. 마차 창고 안에서 격투의 흔적을 발견했기 때문이었다. 상자가 박살나고, 마차 램프 하나가 깨지고, 바닥에는 길게 끌려간 자국이 나 있고 지푸라기가 흩어져 있었다. 그래도 바닥의 핏자국이 아니었다면 격투의 흔적이라는 걸 몰랐을 것이다.

이제는 경찰이 사태를 수습하러 나섰다. 경찰은 구경꾼들을 마차 창고 밖으로 내몰았다.

"단서를 모두 없애려는 거요?"

경찰이 소리쳤다.

"모두 문 밖으로 물러서 있어요."

경찰은 창고 안을 수색하다가 구석에서 뭔가를 찾아냈다. 그는 찾아낸 물건을 들고 문 앞으로 왔다.

"이 물건을 아는 분이 있습니까?"

경찰이 물었다. 그것은 피가 묻은 파란색 머리 리본과 루비가 박힌 은제 십자가였다.

서로를 속속들이 알고 있는 작은 마을에서 친하게 지내는 사람을 살해할 수 있다는 것은 생각조차 힘들었다. 그러므로 특정한 사람에 대한 확실한 증거가 없다면 외지에서 흘러 들어온 정체 모를 부랑자가 저지른 일이라고 그들은 단정했다. 경찰은 부랑자의 소굴을 수색하고 여인숙의 숙박 명부를 조사했다. 낯선 인물이 혐의를 받는 것은 당연했다. 생각해 보면 5월로 접어들면서 날씨가 따뜻해지자 부랑자의 수가 부쩍 늘었고, 그들은 강줄기가 이어진 곳이면 어디서든 이부자리를 펴고 잠을 잤다. 더군다나 집시들까지 모여들었는데, 마침 10킬로미터도 안 되는 곳에서 그들이 떼를 지어 있었다. 이 가련한 집시들이 혐의를 뒤집어쓴 것은 당연했다.

경찰은 캐시의 시신을 찾기 위해 주변의 수십 킬로미터에 걸쳐 새로 파헤쳐진 땅과 우물을 수색했다.

"그 애는 참 예뻤지."

사람들은 내심 캐시가 납치를 당한 이유를 알 만하다는 듯이 수군거렸다. 결국 수상쩍은 멍청한 사람 한 명이 끌려와 심문을 받았다. 그는 자신의 알리바이를 증명할 수 없었을 뿐만 아니라 평생 자기가 한 짓을 기억하지 못했으므로 교수형을 받기에 가장 적합했다. 정신박약자가 흔히 그러듯 그는 경찰이 자신에게 뭔가를 바란다는 것을 알고는 그들이 원하는 것을 들어주려고 했다. 그래서 유도 심문이 시작되자 제 발로 덫을 향해 걸어왔고 경찰이 만족스러운 표정을 짓자 자신도 흐뭇해했다. 그는 자기보다 훌륭해 보이는 사람들을 기쁘게 해 주고 싶었다. 그의 인간성은 훌륭했다. 다만 요구하는 것보다 더 많은 것을 자백해서 경찰을 헷갈리게 만들었을 뿐이었다. 경찰은 그에게 자신의 혐의를 잊지 않도록 계속 상기시켜야 했다. 그는 엄격하고 험악한 배심원에게 기소되었을 때도 진심으로 기뻐했다. 마치 자신이 많은 사람의 주목을 받는 대단한 자리에라도 올라선 듯한 착각에 빠져 있었다.

예나 지금이나 판사들 중에는 한 여인을 사랑하듯이 법과 정의를 사랑하고 받드는 사람이 있다. 그런 판사가 예심 전에 심문을 맡게 되었다. 그는 순수하고 선량한 사람으로 부당한 처사를 완강히 거부했다. 용의자를 몇 번 심문해 보자 그의 자백이 얼토당토않다는 것이 밝혀졌다. 또한 그가 자신도 모르는 범행을 경찰의 의도에 따라 순순히 자백했을 뿐만 아니라, 어떻게, 왜, 누구를 살해했는지도 모르고 있다는 사실이 드러났다. 판사는 어처구니없다는 듯이 한숨을 내쉬면서 손가락을 들어 경찰에게 용의자를 법정에서 데리고 나가라고 지시했다.

"이봐, 마이크."

판사가 말했다.

"이런 짓을 해서는 안 되네. 저 불쌍한 사람이 조금만 더 영리했더라도 교수대에 올라갈 뻔했어."

"자기 짓이라고 자백했습니다."

경찰은 눈치 빠른 사람이라 내심 기분이 상했다.

"저 사람은 황금 계단을 올라가서 베드로의 목을 볼링공으로 잘랐다고 자백할 사람이야. 이런 일에는 좀 더 신중해야 해, 마이크. 법은 인간을 구제하려고 만들었지 파멸시키려고 만든 건 아니야."

판사가 말했다.

한적한 시골에서 발생한 이런 식의 비극적인 사건은 시간이 흐르면서 물 묻힌 붓으로 수채화를 지우듯 점점 희미해지기 마련이다. 또렷한 윤곽은 흐릿해지고, 한 색깔은 다른 색깔 속으로 녹아 들어가 수많은 선들이 퇴색하면서 그에 따른 고통도 사라져 버리는 것이다. 누군가를 교수형에 처하자는 요구도 한 달 뒤에는 시들해지고, 두 달도 못 가서 용의자를 찾을 수 없다는 사실을 대부분의 사람들은 깨달았다. 캐시가 조작한 살인극만 아니었다면 화재와 강도 사건이 우연히 같은 시기에 발생한 것으로 여겨질 수도 있었다. 결국 사람들은 그녀의 시체가 없으면 아무것도 증명할 수 없다고 생각했다.

캐시는 달콤한 향기를 남겨 둔 채 멀리 사라져 버렸다.

9장

1

에드워즈는 창녀를 거느린 포주 사업을 냉정한 방법으로
빈틈없이 운영했다. 그는 보스턴에서 훌륭한 저택과 이웃에
둘러싸여 아내와 예의바른 두 아들과 함께 살았다. 아이들이
태어나자 그는 그로턴에서 바로 출생신고를 했다.

에드워즈 부인은 먼지 하나 없이 집 안을 깨끗하게 꾸려 나
갔으며 하인들을 잘 다루었다. 에드워즈는 사업 때문에 집을
비우는 때가 많았지만 가정적인 남편이 되려고 애를 썼으며,
가능하면 저녁 시간은 집에서 보내려고 했다. 그는 공인회계
사처럼 깔끔하고 정확하게 사업을 꾸려 나갔다. 그리고 사십
대 후반에 접어들면서 약간 비대해졌지만 체구가 크고 원기
도 왕성해서 놀라울 정도의 건강을 유지했다. 그는 사회적으
로 성공한 사람임을 과시하기 위해서라도 몸이 불어난 것에

개의치 않았다.

그는 나름대로의 사업 수완을 가지고 있었는데, 여자들은 소도시를 순회하되 잠깐씩만 머물게 하고, 엄격한 규율을 따르고 공정한 이윤을 배분받을 수 있도록 하는 것을 원칙으로 삼았다. 또한 자기가 하는 사업을 속속들이 알고 있어 절대 실수를 저지르지 않았다. 그는 여자들을 대도시로 보내지 않았다. 소도시의 배고픈 경찰은 잘 다룰 수 있었지만, 대도시의 노련하고 탐욕스러운 경찰은 부담스러웠다. 그가 생각하는 이상적인 장소는 저당 잡힌 호텔이 있고 오락 시설이 전혀 없는 곳이었다. 그런 곳에서 남자들이 만날 수 있는 여자란 자기 아내와 바람난 처녀뿐이기 마련이다. 그 무렵 그는 열 개의 지소를 두고 있었다. 닭 뼈가 목에 걸려 67세에 그가 사망할 무렵에는 뉴잉글랜드의 서른세 개 소도시에 네 명의 여자가 한 조가 되어 진을 치고 있었다. 그는 운이 좋은 부자인 데다 그를 죽음에 이르게 한 원인도 출세한 부자다운 것이었다.

요즘은 매춘업소가 많이 사라진 것 같다. 학자들은 그 이유를 여러 가지로 들고 있다. 어떤 사람들은 여성들의 타락된 도덕심이 이런 업소에 타격을 주었다고 주장한다. 경찰의 단속이 강화되었기 때문이라는 보다 이상적인 주장을 하는 사람들도 있다. 어쨌든 지난 세기말과 금세기 초만 해도 사창가는 공공연히 묵인된 장소로 받아들여졌다. 사창가가 있어서 품행이 바른 여성들이 보호를 받게 되었다는 말도 있다. 또한 미혼의 남자가 이런 업소에서 불안의 요인이었던 성욕을 해소함으로써 여성의 순결과 아름다움을 존중하는 태도를 보이게 되었다는 말도 있다. 알다가도 모를 일이지만 사회문제에 관한 우리의 사고방식은 알쏭달쏭할 때가 많은 법이다.

이런 업소들은 황금과 벨벳으로 치장한 궁궐 같은 곳에서부터 악취가 진동하여 돼지도 달아나 버릴 정도의 축사 같은 초라한 오두막에 이르기까지 천차만별이었다. 들리는 이야기로는 젊은 여자들이 매춘업소의 마수에 걸려들어 혹사를 당한다고 하는데, 대체로 사실인 것 같았다. 그러나 대다수의 창녀들은 게으르고 우둔해서 스스로 이런 직업에 발을 들여놓는 것처럼 보였다. 사창가에 들어오면 그들은 책임질 일이 전혀 없어진다. 늙어서 쓸모가 없게 되어 무자비하게 쫓겨날 때까지는 자유롭게 먹고 입고 보호를 받기 때문이다. 그 끝이 아무리 비참하다 해도 도중에 그만두는 사람은 없었다. 젊은 여자들은 자기가 늙어 가고 있다는 생각을 하지 못하기 때문이다.

어쩌다 똑똑한 여자가 이런 일에 발을 들여놓기도 하는데, 그들은 보통 더 나은 위치로 올라갔다. 즉 자기 집을 마련하거나, 사기를 쳐서 한밑천 톡톡히 잡거나, 부자의 첩이 되기도 했다. 이런 영리한 여자들에게 붙여진 별명도 있었다. 그들은 신분에 걸맞게 마님으로 불렸다.

에드워즈는 여자를 끌어 모으거나 다루는 데 별다른 어려움을 느끼지 않았다. 여자가 적당히 멍청하지 않으면 내쫓아 버렸다. 그는 아주 예쁜 여자도 원하지 않았다. 시골의 젊은이가 사랑에 빠지기라도 하면 손해를 볼 위험이 있었다. 데리고 있는 여자가 임신을 하면 그곳을 떠나든지 낙태 수술을 받아야 했다. 그때만 해도 의술이 낙후해서 낙태 수술을 받다가 사망하는 경우도 있었다. 그러나 여자들은 위험을 무릅쓰고 낙태를 택했다.

에드워즈의 사업은 여러 가지 문제를 안고 있었으므로 늘 순탄한 것만은 아니었다. 그는 몇 가지의 불운을 겪었다. 열차가 전복하는 바람에 두 개 조원, 그러니까 여덟 명의 여자가 죽고 말았다. 그리고 어느 시골의 목사가 열띤 설교로 마을 사람들을 선동하는 바람에 한 조의 여자들이 변심을 했다. 그 시골 교회는 신도가 자꾸 불어나 들판에서 예배를 보게 되었다. 그 무렵에는 흔한 일이었지만 그 목사는 비장의 카드를 내놓았다. 그는 이 세상의 종말을 예언했다. 마을 사람들은 그 목사의 설교에 크게 감명 받아 교회로 몰려들었다. 에드워즈는 그 지방에 내려가 손가방에서 묵직한 말채찍을 꺼내어 여자들을 무자비하게 때렸다. 그런데 여자들은 그의 채찍질을 두려워하기는커녕, 더러운 죄가 씻겨 나가도록 더 때려 달라고 애원했다. 매우 불쾌해진 그는 여자들의 옷을 빼앗아 보스턴으로 돌아갔다. 그러자 여자들은 벌거벗은 채로 야외의 예배에 나가 참회하고 간증해서 일을 더욱 크게 만들었다.

에드워즈는 여자들을 한 사람씩 고르지 않고 면담을 통해 무더기로 뽑았다. 그렇게 해서 보충된 여자들을 세 개의 조로 구성했다.

캐시 에임스가 어떻게 에드워즈의 소문을 듣게 되었는지는 알 수 없다. 어쩌면 합승마차의 마부가 귀띔해 주었는지도 모른다. 누구든 정말 알고 싶은 소식은 끝내 듣기 마련이다. 캐시가 사무실로 찾아왔던 날 아침에 에드워즈는 컨디션이 별로 좋지 않았다. 심한 복통이 있었는데, 전날 저녁에 아내가 끓여 준 가자미 수프 때문이 아닌가 했다. 밤새 한숨도 못 잔 데다 구토와 설사 때문에 기운이 없었고 몸도 떨렸다.

이런 이유 때문에 그는 자신을 캐서린 에임스버리라고 소개한 처녀를 한눈에 알아보지 못했다. 그녀는 그의 사업에 끌어들이기에는 너무 예뻤다. 목소리는 나지막했고, 몸매는 가녀리고 날씬했으며, 피부는 매혹적이었다. 한마디로 말해 그가 거느리고 있는 여자들과는 딴판이었다. 만일 몸이 불편하지 않았다면 그는 바로 그 자리에서 캐시를 퇴짜 놓았을 터였다. 그러나 틀에 박힌 질문을 하는 동안 그녀를 찬찬히 뜯어보지도 않았고, 혹시 이런 일로 시끄럽게 굴 친척들이 있지 않나 이것저것 묻는 사이에 그의 몸 안에서 그녀를 감지하는 뭔가가 꿈틀거리기 시작했다. 그는 호색한도 아니었고, 자신의 직업과 개인적인 쾌락을 혼동하는 사람도 아니었다. 자신의 반응에 놀란 그는 당황하여 그녀를 바라보았다. 그녀는 눈꺼풀을 매혹적이고 신비스럽게 내리깔고 약간 통통한 엉덩이를 살짝 흔들었다. 그녀의 작은 입가에는 앙증스러운 미소가 번져 있었다. 에드워즈는 책상 앞으로 몸을 기울이며 숨을 몰아쉬었다. 그는 이 여자를 소유하고 싶다는 생각이 들었다.

"정말 이해할 수 없군. 왜 당신 같은 여자가……."

그는 말을 꺼내다 말고 이 세상에서 가장 오래된 신념, 즉 자기가 반한 여자는 진실하고 정직하다는 신념에 사로잡히고 말았다.

"아버지가 돌아가셨어요."

캐서린은 얌전하게 말했다.

"돌아가시기 전에 전 재산을 날렸죠. 우리는 아버지가 농장을 담보로 돈을 빌린 줄도 모르고 있었어요. 어머니가 의지하고 있는 땅을 은행에서 빼앗아 가도 그냥 보고 있을 수밖에 없게 되었답니다. 은행에 땅을 완전히 빼앗기게 되면 어머니는 돌아가실지도 몰라요."

캐서린은 눈물을 글썽거렸다.

"그래서 은행에 갚을 이자만이라도 벌어야겠다고 생각했어요."

에드워즈는 기회는 바로 지금이라고 생각했다. 물론 머릿속에서 짧은 경고음이 울렸지만 그다지 강력한 것은 아니었다. 그를 찾아오는 여자들의 거의 80퍼센트는 빚을 갚을 돈이 필요하다고 말했다. 에드워즈는 여자들이 언제 어디서 무슨 말을 하더라도 믿지 않는 것을 철칙으로 삼았다. 그런 여자들은 아침에 무엇을 먹었냐는 질문에도 거짓말을 할 정도였으니까. 그런데 체구가 크고 나이도 먹을 만큼 먹은 이 포주는 책상에 배를 대고 기대어 있는 동안 피가 역류하여 뺨이 달아오르고 다리와 허벅지를 타고 전류가 흐르는 걸 느끼고 있었다.

에드워즈의 입에서는 그 자신도 모르는 사이에 이런 말이 튀어나왔다.

"그럼, 그 문제에 대해 얘기를 해 봅시다. 이자에 대해서는 무슨 수가 있을 거요."

창녀가 되겠다고 찾아온 여자에게 이런 말을 하다니. 그런데 이 여자는 정말 창녀가 되려고 찾아온 것일까?

2

에드워즈 부인은 신앙심은 별로 깊지 않았지만 교회는 빠지지 않고 나갔다. 그녀는 대부분의 시간을 교회 활동을 하며 보내긴 했어도 교회의 배경이나 영향력에 대해 생각해 보지는 못했다. 그녀는 남편이 수입업에 종사하고 있다고 믿었는데, 설령 남편이 하는 일을 알게 되었다고 하더라도—어쩌면 알고 있었는지도 모르지만—그것을 믿지 않으려고 했을 것이다. 이 또한 수수께끼 같은 일이었다. 남편은 항상 냉정하고 사려 깊었으며 육체관계를 요구하는 일도 거의 없었다. 그녀에게 따뜻하게 대한 적도 없었지만 그렇다고 가혹하게 대한 적도 없었다. 그녀의 행동과 감정은 두 아들과 교회 일과 요리에만 집중되어 있었다. 그녀는 그런 생활에 만족하며 감사하는 마음으로 살았다. 그런데 남편의 태도가 좀 이상하게 변하기 시작했다. 툭하면 초조해 하고 짜증을 부리고 집을 뛰쳐나갔다. 그녀는 위장병 때문이거나 사업이 잘 안 풀려서 그런 모양이라고 생각했다. 남편이 욕실의 변기에 걸터앉아 혼자서 흐느껴 우는 모습을 보았을 때는 그가 병에 걸렸다고 생각했다. 에드워즈는 눈물이 맺힌 충혈된 눈을 아내에게 들키지 않으려고 얼굴을 돌렸다. 그녀는 약초나 의술로도 남편의 병을 치료할 수 없게 되자 절망에 빠졌다.

만약 에드워즈가 옛날에 자기와 똑같은 사람이 있었다는 이야기를 들었다면 아마 비웃었을 것이다. 어쨌거나 어느 누구보다도 냉정한 포주였던 에드워즈는 캐서린 에임스버리와 사랑에 빠져 버렸다. 그는 그녀에게 아담하고 예쁜 벽돌집을 전세로 구해 주었다가 나중에는 아예 사 주었다. 게다가 닥치는 대로 사치품을 사서 집을 으리으리하게 꾸미게 했고, 언제나 덥다 싶을 정도로 난방을 해 주었다.

그 집의 양탄자는 지나치게 푹신했고, 벽에는 묵직한 그림 액자들이 잔뜩 걸려 있었다.

에드워즈는 지금까지 그런 어리석은 짓을 해 본 적이 없었다. 사업상 여자를 잘 알기 때문에 어떤 여자도 믿지 않았다. 그런데 캐서린을 깊이 사랑하다 보니 그 사랑에 진심을 기울였고, 결국 마음이 천 갈래 만 갈래로 찢어지는 아픔을 느꼈다. 그는 캐서린을 믿을 수밖에 없었지만 믿지는 못했다. 그러면서도 돈과 선물을 주면서 그녀의 사랑을 얻으려고 했다. 그는 그녀에게서 떨어져 있으면 혹시 다른 남자들이 그 집에 드나들지 않을까 하는 생각으로 고통스러웠다. 그는 캐서린을 혼자 남겨 두고 싶지 않았기 때문에 자신이 부리는 여자들이 일을 잘하고 있는지 점검하러 보스턴을 떠나야 하는 일이 죽기보다 싫었다.

에드워즈는 사업에 소홀하기 시작했다. 그런 사랑은 처음이어서 그는 몹시 고통스러웠다.

에드워즈가 모르는 게 한 가지 있었다. 그것은, 캐서린이 말해 주지 않아 알 수는 없었겠지만 그녀가 다른 남자를 받지도 않고 찾아 나서지도 않는다고 해서 에드워즈에게 충실하느냐에 관한 문제였다. 엄밀히 말해서 그가 부리는 매춘부 조직이 그에겐 사업 대상이듯 캐서린에게는 그가 사업 대상이었다. 에드워즈가 사업적인 수완을 부리듯이 그녀 역시 사업적인 수완을 부렸다. 아주 빠른 속도로 진행되긴 했지만, 캐서린은 일단 그를 손아귀에 넣고 난 다음부터는 어딘지 모르게 불만에 차 있는 것처럼 보이게 하려고 노력했다. 언제라도 도망칠 것처럼 안절부절못하는 인상을 심어 주었다. 그녀는 그가 찾아올 시간을 미리 알아 둔 다음 일부러 외출을 했다가 그가 돌아오는 시간에 맞춰 뭔가 대단한 경험을 하고 온 사람처럼 얼굴을 빛내며 귀가했다. 또 거리에서 마주친 남자가 음탕한 표정으로 자신에게 착 달라붙어 떨어지지 않으려고 해서 그를 따돌리려고 온갖 고생을 했노라고 투덜거렸다. 어떤 때는 뒤쫓아 오는 남자에게서 간신히 도망쳐 온 것처럼 겁에 질린 표정으로 집 안으로 뛰어 들어오기도 했다. 뿐만 아니라 오후 늦게 집에 돌아와서는 자신을 기다리고 있는 에드워즈에게 이런 변명도 늘어놓았다.

"시장에 다녀왔어요. 사야 할 것들이 있어서요."

그녀는 이런 말을 일부러 거짓말처럼 들리도록 했다.

캐서린은 침대에서도 불만족스러운 내색을 하면서 만약 그가 좀 더 제대로 해 주면 자기한테서 놀랄 만한 반응을 기대할 수 있을 거라고 강조했다. 그녀의 수법은 언제나 그를 불안하게 만드는 것이었다. 그녀는 그가 신경쇠약에 걸리고, 손을 떨고, 체중이 줄고, 눈빛이 비정상적으로 변해 가는 모습을 흐

못한 마음으로 지켜보았다. 그러다 그가 더 이상 견디지 못하고 폭발할 것 같으면 약삭빠르게 그의 무릎에 걸터앉아 비위를 맞추면서 자신의 진심을 믿도록 만들었다. 그러면 남자는 꼼짝없이 당하고 말았다.

캐서린은 돈을 원했으므로 가능한 한 빨리, 그리고 손쉽게 돈을 뜯어내기 위해 술책을 부렸다. 그녀는 에드워즈를 꼼짝 못 하게 만들었다. 그리고 그 기회를 이용하여 그의 돈을 훔치기 시작했다. 그녀는 그의 주머니를 몰래 뒤져 고액이 나오면 무조건 빼 갔다. 에드워즈는 그녀가 자신한테서 달아날까 봐 그것에 대해 아무 말도 못 했다. 캐서린이 자기가 사 준 보석을 잃어버렸다고 했을 때 사실은 팔아 치운 것임을 그는 알고 있었다. 그녀는 식료품비와 옷값도 부풀려서 청구했다. 하지만 그로서는 어찌할 방법이 없었다. 캐서린은 집을 팔지는 않았지만 그것을 담보로 최대한 돈을 빼냈다.

어느 날 저녁 에드워즈가 그 집을 찾아가서 현관문을 열려고 했다. 그런데 열쇠가 말을 듣지 않았다. 그가 한참이나 문을 두드리고 나서야 캐서린이 문을 열어 주었다. 그녀는 열쇠를 잃어버려서 자물쇠를 바꿨다고 말했다. 집에 혼자 있는 게 무섭다며 집 안에 누가 침입하면 어떻게 하냐는 말도 덧붙였다. 그런데 그녀는 열쇠를 주겠다고 해 놓고 아무리 기다려도 주지 않았다. 이후로 그는 캐서린의 집에 오면 초인종을 눌러야 했다. 그녀는 어떤 때는 한참 만에야 문을 열어 주기도 했으나 어떤 때는 아예 열어 주지 않았다. 그러니 캐서린이 집에 있는지조차 확인할 길이 없었다. 에드워즈는 사람을 시켜 그녀를 미행하도록 했다. 캐서린은 자신이 미행당하고 있다는 사실을 전혀 눈치 채지 못했다.

에드워즈는 본래 단순한 사람이었다. 하지만 아무리 그런 사람이라도 어둡고 비뚤어진 복잡한 면은 있는 법이다. 캐서린은 영리했지만 남자의 내면에 숨겨진 그런 미묘한 구석까지는 들여다보지 못했다.

그녀는 한 잔의 술만으로도 취해 돌이킬 수 없는 실수를 저지르는 자신을 알고 있었기 때문에 그런 일이 생기지 않도록 애썼다. 에드워즈는 그녀의 집에다 샴페인을 갖다 놓았다. 캐서린은 처음부터 술엔 입도 대지 않았다.

"술을 마시면 속이 좋지 않아요."

그녀가 말했다.

"한번 마셔 보려고 했는데 잘 안 돼요."

"바보 같은 소리야. 한 잔만 마셔 봐. 그 정도는 괜찮아."

에드워즈가 말했다.

"싫어요, 마시고 싶지 않아요."

에드워즈는 그녀가 고상하고 아름다운 숙녀의 품위를 손상시킬까 봐 망설이고 있다고 생각했다. 그래서 더 이상 강요하지 않았다. 그러던 어느 날 저녁 그는 캐서린에 대해 아는 것이 전혀 없다는 생각이 들었다. 술이라도 마시면 그녀가 이것저것 털어놓을 수도 있겠다는 생각이 들었다. 아무리 봐도 그게 가장 좋은 방법일 것 같았다.

"나와 술 한 잔도 못 마시겠다니 정말 매정하군."

"말했잖아요. 난 술을 못 마신다고."

"말도 안 돼."

"마시고 싶지 않아요."

"바보 같은 소리 그만해. 내가 정말 화내는 걸 보고 싶어?"

"싫어요."

"그럼, 한 잔만 마셔."

"싫다니까요."

"마시라니까."

그가 술잔을 들이밀자 캐서린은 움찔하며 뒤로 물러섰다.

"정말 몰라요? 술이 내 몸에 맞지 않는다니까요."

"그래도 마셔 봐."

캐서린은 술잔을 받아 단숨에 들이켜고는 뭔가를 듣기 위해 귀를 기울이는 것처럼 몸을 떨면서 가만히 있었다. 그녀의 두 뺨이 벌겋게 달아올랐다. 캐서린은 자기 잔에 술을 따라 연거푸 두 잔을 마셨다. 그녀의 시선이 차갑게 변하면서 한곳에 고정되었다. 에드워즈는 갑자기 그녀가 무서워졌다. 그가 어찌할 수 없는 그 무엇이 그녀에게 일어나고 있었다.

"이러고 싶지 않았어요. 잘 기억해 둬요."

캐서린이 가라앉은 목소리로 말했다.

"이제 그만 마시는 게 좋겠어."

캐서린은 깔깔거리며 또 한 잔을 따랐다.

"이젠 될 대로 되라고 해요. 더 마신다고 해서 달라지는 건 없잖아요."

"한두 잔으로 끝내는 게 좋아."

그가 불안해 하며 말했다.

"이봐, 뚱보 양반. 당신이 나에 대해 아는 게 뭐야? 내가 당신의 그 썩어 빠진 생각을 모르는 줄 알아? 말해 줄까? 나같이 정숙한 여자가 어디서 그런 기교를 배웠는지 궁금하겠지. 말해 주지. 난 그런 것들을 헛간에서 배웠어. 헛간 말이야. 난 당신 따위가 들어보지도 못한 곳에서 4년이나 일했어. 뱃놈들이 포트사이드에서 배워 온 기교를 나한테 가르쳐 줬단 말이야. 난 당신 몸속의 신경을 모조리 알고 있고, 그것을 이용할 줄도 알지."

"캐서린, 당신은 지금 자신이 무슨 말을 하는지도 모르고 있어."

그가 나무랐다.

"다 알고 있어. 내가 마구 지껄일 거라고 생각했잖아. 그래서 지금 그렇게 하고 있는 거야."

캐서린이 서서히 다가오자 그는 그 자리에서 도망치고 싶은 충동에 사로잡혔다. 하지만 두려운 나머지 가만히 앉아 있을 수밖에 없었다. 그녀는 에드워즈 앞으로 바짝 다가서서는 마지막 남은 샴페인을 마신 뒤, 들고 있던 잔을 탁자에 쳐서 깨뜨렸다. 그러고는 날카로운 조각 하나를 집어 그의 얼굴 앞에 들이댔다.

그는 기겁을 하고 그 집에서 도망쳤다. 그녀의 웃음소리가 뒤따라 들려왔다.

에드워즈와 같은 사람에게 사랑은 일종의 불구의 감정이다. 사랑은 그의 판단력을 망쳤고, 지혜를 마비시켰으며, 그를 무기력하게 만들었다. 그는 캐서린이 히스테리를 일으켰다고 스스로를 타일렀으며, 또 그렇게 믿으려고 애썼다. 캐서린 자신도 자신의 돌발적인 행동이 놀랍고 두려워서 한동안 고분고분 행동하며 에드워즈의 환심을 사려고 노력했다.

에드워즈처럼 고통스럽게 사랑의 열병을 앓는 남자는 믿을 수 없을 정도로 자신을 학대할 수 있다. 에드워즈는 진심으로 그녀가 선량한 여자라고 믿고 싶었지만 캐서린의 돌발적인 행동과 그 속에 숨은 악의 때문에 그럴 수가 없었다. 그는 본능적으로 진실을 알아보려고 하면서도 그것을 믿지 않았다. 그는 캐서린이 은행에 돈을 예금하지 않는다는 사실을 알고 있었다. 그가 비밀리에 고용한 사람이 정밀하게 짜 맞춘 거울을 통해 그녀가 벽돌집의 지하실에 돈을 숨긴다는 사실을 알아냈다.

어느 날, 에드워즈가 고용한 사립탐정이 오려 낸 신문 기사를 동봉해서 그에게 편지를 보냈다. 그것은 오래전 어느 작은 마을의 주간 신문에 실린 화재 사건에 관한 기사였다. 에드워즈는 자세히 읽어 보았다. 가슴과 배가 뜨거운 쇳덩이를 삼킨 것처럼 화끈거렸고 눈에 불꽃이 이는 것 같았다. 그는 자신의 사랑이 두려워졌고 사랑과 두려움이 교차하면서 잔인한 마음이 생겼다. 갑자기 눈앞이 핑 돌면서 그는 비틀거렸다. 가까스로 사무실 의자로 걸어가 시원한 검정 가죽에 얼굴을 파묻은 채 그는 한참 동안 그런 엉거주춤한 자세로 무겁게 숨을 몰아쉬었다. 차츰 머리가 맑아졌다. 입안은 칼칼했고 분노로 인해 어깨에 심한 통증이 왔다. 그러나 마음은 차분했고 시간이 흐르면서 어두운 방을 스치는 날카로운 탐조등의 불빛처럼 한 가지 생각이 머릿속을 스쳐 지나갔다. 그가 부리는 여자들을 감시하러 떠날 때처럼 그는 천천히 가방을 챙겼다. 깨끗한 셔츠와 속옷, 잠옷과 슬리퍼, 그리고 굵은 가죽 채찍을 동그랗게 말아 가방에 넣었다.

그는 벽돌집 앞의 조그만 정원을 힘겹게 올라가서 초인종을 눌렀다.

곧바로 캐서린이 나왔다. 그녀는 코트를 입고 모자를 쓴 차림이었다.

"어떡하죠? 잠시 다녀올 데가 있는데."

에드워즈는 가방을 내려놓으면서 단호히 말했다.

"안 돼."

캐서린은 그를 살폈다. 표정이 심상치 않았다. 그는 그녀 옆을 지나 천천히 지하실로 내려갔다.

"어디 가는 거예요?"

그녀가 앙칼지게 물었다.

에드워즈는 아무 대꾸도 하지 않았고 잠시 후에 작은 떡갈나무 상자를 들고 올라왔다. 그는 여행 가방을 열고 그 상자를 넣었다.

"그건 내 거예요."

그녀가 목소리를 누그러뜨리며 말했다.

"알고 있어."

"그런데 왜 그러는 거죠?"

"함께 여행을 갈 작정이야."

"어디로요? 난 못 가요."

"코네티컷의 소도시야. 그곳에 볼일이 좀 있어. 언젠가 당신도 일을 해 보고 싶다고 했지. 거기 가서 일을 하도록 해."

"지금은 하고 싶지 않아요. 나한테 강제로 일을 시킬 순 없어요. 그러면 경찰을 부르겠어요!"

그가 소름 끼치는 무서운 미소를 짓자 캐서린은 뒷걸음질을 쳤다. 그의 관자놀이에서 혈관이 팔딱팔딱 뛰고 있었다.

"당신 고향 마을로 가는 게 더 좋겠지. 몇 년 전에 큰 화재가 났다면서? 당신도 그 화재 기억해?"

캐서린은 그의 얼굴에 부드러운 구석이 남아 있는지 찾아보려고 유심히 살폈지만 그의 눈은 매섭고 험악했다. 그녀가 나지막이 물었다.

"내가 어떻게 하길 바라는 거죠?"

"그냥 나와 잠시 여행을 하는 거야. 일을 하고 싶다고 했잖아."

그녀의 머릿속에는 한 가지 생각만이 떠올랐다. 일단 그를 따라갔다가 기회를 노리는 수밖에 없다. 남자들은 계속해서 경계심을 품지는 못한다. 지금 그를 방해하면 위험할 뿐이니 따라가서 기다리는 편이 나을 것이다. 늘 그랬듯이 그 방법이 효과적일 거라고 그녀는 생각했다. 그렇다 해도 그가 한 말은 정말 두려웠다.

어둑해질 무렵에 작은 마을에 도착한 캐서린과 에드워즈는 기차에서 내려 어두운 길을 따라 걸었다. 캐서린은 신경을 곤두세우고 정신을 바짝 차렸다. 그녀로서는 그의 속셈이 무엇인지 짐작이 가지 않았다. 그녀는 지갑 속에 예리한 칼을 숨겨 두고 있었다.

에드워즈는 자기가 어떻게 해야 할지를 잘 알고 있었다. 여관의 방구석에다 그녀를 처넣고 몇 차례 채찍으로 후려갈긴 다음 지방 도시로 계속 옮겨 다니게 하면 언젠가는 쓸모가 없어질 것이고, 그 후에는 내쫓아 버리면 그만이었다. 지방 경찰들이 그녀를 감시해 줄 것이었다. 칼 따위에 대해서는 신경도 쓰지 않았다. 그녀가 칼을 숨긴 것쯤은 그도 알고 있었다.

돌담과 삼나무 사이의 으슥한 곳에 이르렀을 때 그는 우선 캐서린의 손에서 지갑을 빼앗아 담 너머로 던져 버렸다. 그 바람에 칼도 없어졌다. 에드워즈는 평생 사랑에 빠져 본 적이 없었기 때문에 자신의 감정을 너무 모르고 있었다. 그는 벌을 줄 작정으로 그녀에게 채찍을 두어 번 휘갈겼으나 그것으로 직성이 풀리지 않았다. 그래서 아예 채찍을 내던지고 주먹을 내지르기 시작했다. 그는 소리를 지르며 거친 숨을 몰아쉬었다.

캐서린은 정신을 잃거나 쓰러지지 않으려고 안간힘을 썼다. 그녀는 매섭게 날아오는 주먹을 피하려고 이리저리 움직였지만 소용이 없었다. 마침내 겁에 질린 그녀는 도망치려고 했다. 그러자 에드워즈가 잽싸게 덤벼들어 그녀를 쓰러뜨리고 계속 주먹질을 했는데, 그것으로도 모자란 듯했다. 분노로 떨리는 손으로 돌멩이를 집어 들었다. 그는 불 같은 분노의 물결에 휩쓸린 나머지 자제심마저 잃어버렸다.

잠시 후 에드워즈는 돌에 짓이겨진 그녀의 얼굴을 내려다보았다. 그는 심장의 고동소리가 들리는지 귀를 기울여 보았지만 자신의 심장 소리밖에 들리지 않았다. 그때 두 가지 생각이 스쳤다.

'그녀를 매장해야 한다. 구덩이를 파고 묻어 버리자.'

'난 그런 짓은 못 해. 그녀의 몸뚱이에 손도 대고 싶지 않아.'

순간, 분노로 인한 메스꺼움이 강하게 일었다. 그는 여행 가방도, 가죽 채찍도, 돈이 든 떡갈나무 상자도 그대로 둔 채 그 자리에서 도망쳤다. 그는 한동안 구토를 참으며 황혼 속을 헤맸다.

에드워즈는 한 번도 검문을 받지 않았다. 그는 구토증에 시달린 후에 아내의 극진한 간호를 받았고 다시 사업에만 전념했다. 그리고 다시는 사랑에 휘말리지 않았다. 그는 경험을 통해 배우지 못하는 사람은 바보라고 입버릇처럼 말했다. 또한 늘 스스로를 두려워해야 할 존재로 여겼다. 그는 자신의 마음속에 살인의 충동이 도사리고 있는 줄은 꿈에도 몰랐다.

그가 캐서린을 죽이지 않은 것은 불가능에 가까운 일이었다. 주먹질을 하는 순간마다 그녀를 짓뭉개 버리고 싶었기 때문이다. 캐서린은 오랫동안 의식을 잃었다가 또 얼마 동안은 반쯤 의식이 돌아온 상태로 있었다. 그녀는 겨우 정신이 들어서야 자신의 팔이 부러진 것을 알았다. 살기 위해서는 누군가의 도움을 받아야 한다는 생각이 그녀의 뇌리를 스쳤다. 그녀는 오로지 살아야겠다는 일념으로 어두운 밤길을 몸을 질질 끌며 걸어갔다. 그녀는 어느 집 대문으로 가서 현관 계단을 기어 오르려다가 정신을 잃었다. 그때 닭장에서는 수탉이 긴 울음을 뽑아냈고, 동녘 하늘은 희뿌연 새벽빛으로 물들어 가고 있었다.

10장

1

한 집에 두 남자가 함께 살게 되면 삐걱대면서 서로에게 화를 내다가 급기야는 서먹서먹해지고 어색한 사이가 되기 일쑤이다. 외롭게 사는 두 남자는 걸핏하면 싸움 직전까지 가는데, 당사자들도 그렇게 되리란 것을 잘 안다. 애덤 트래스크가 집으로 돌아온 지 얼마 되지 않았을 때 둘 사이에는 그런 긴장감이 감돌기 시작했다. 형제는 다른 사람들과의 교류가 거의 없다 보니 서로 얼굴을 맞대고 있는 시간이 많았다.

몇 달 동안 두 사람은 아버지 사이러스의 유산을 정리하고 이자를 계산하느라 정신없이 바쁘게 지냈다. 묘지를 보기 위해 함께 워싱턴에 다녀오기도 했다. 멋진 비석 위로 문장이 들어간 별 모양의 철제 훈장이 놓여 있었다. 국경일에 깃대를 꽂을 수 있는 구멍도 있었다. 형제는 한참 동안 묘 앞에서 묵념을 하고 돌아온 뒤로 아버지 이야기는 입 밖에 내지 않았다.

사이러스가 부정한 사람이었다면 매사를 철저하게 처리했다고 볼 수 있었다. 어느 누구도 돈에 관해 의혹을 품지 않았기 때문이다. 하지만 찰스는 늘 그 문제를 마음속에 담고 있었다.

애덤은 농장으로 돌아와서 동생에게 말했다.

"찰스, 새 옷 좀 사 입지 그래. 이제 넌 부자야. 돈 쓰는 일이 겁나는 것처럼 구는구나."

"사실 그래."

찰스가 말했다.

"어째서?"

"돌려주게 될지도 모르니까."

"아직도 그런 말을 하는 거야? 잘못된 게 있었다면 지금쯤 무슨 얘기가 있었겠지."

"모르겠어."

찰스가 말했다.

"그런 얘기는 안 하는 게 좋겠어."

그러나 그날 밤 찰스는 그 문제를 또 끄집어냈다.

"개운치 않은 것이 하나 있어."

"돈 때문이니?"

"그래. 부정한 짓을 하지 않고는 그렇게 많은 돈을 벌 수 없었을 거야."

"그게 무슨 말이지?"

"글쎄, 서류나 장부, 매도 증서, 각서, 계산서 따위가 있어야 할 것 아냐. 아버지 유품을 샅샅이 뒤져 봐도 그런 것은 없었어."

"아버지가 태워 버렸는지도 모르지."

"그랬으면 모르지만."

형제는 찰스의 방식대로 생활했다. 찰스는 자신의 생활방식을 절대로 바꾸려 들지 않았다. 새벽 4시 30분에 괘종시계가 울리면 그는 어김없이 일어났다. 사실 그는 그 전에 눈을 뜨고 어둠 속에서 배를 긁으며 누운 채로 시계추가 움직이는 것을 지켜보았다. 그러다 침대 옆 탁자로 손을 뻗어 성냥갑을 집었다. 성냥개비를 꺼내 불을 붙이면 파랑 유황에 불이 일면서 성냥개비가 타들어 갔다. 찰스는 그 불로 침대 옆에 있는 초를 켠 다음 이불을 걷어차고 벌떡 일어났다. 그러고는 너무 오래 입어 무릎이 나오고 발목까지 헐렁하게 늘어난 긴 회색 내의를 입은 채 하품을 하면서 문을 열었다.

"형, 4시 반이야. 일어날 시간이야. 어서 일어나."

그러면 애덤은 잠이 덜 깬 목소리로 말했다.

"넌 한 번쯤 깜박 잊고 늦게 일어나는 날은 없니?"

"일어날 시간이야."

찰스는 바지에 다리를 집어넣고 허리춤을 엉덩이께로 끌어올리며 말했다.

"형은 일어나지 않아도 돼. 형은 부자니까 온종일 침대에서 뒹굴고 있으라고."

"그거야 너도 마찬가지지. 그런데도 왜 새벽부터 일어나는 건지 몰라."

"형은 일어나지 않아도 된다니까."

찰스는 똑같은 말만 되풀이했다.

"기왕에 농사를 지으려면 제대로 해야지."

애덤이 시무룩하게 대답했다.

"그럼 땅을 더 많이 사서 일도 더 많이 해야겠군."

"그만둬. 더 자고 싶으면 자기나 해."

"넌 누워 있어 봤자 더 이상 잠이 안 오니 날 이해 못 하는 거야. 그러면서 일찍 일어난다고 생색을 내는 거잖아. 마치 육손이가 손가락이 여섯 개라고 자랑을 하듯이 말이야."

찰스는 부엌으로 가서 램프에 불을 붙였다.

"잠만 자다가는 농사를 짓지 못해."

그는 그렇게 말하고는 난로의 석쇠를 두드려 재를 털어 내고 신문지를 찢어 석탄 위에 올려놓은 다음 불꽃이 일어날 때까지 입으로 불었다.

애덤은 문틈으로 동생을 지켜보았다.

"성냥개비 하나라도 아끼려고 하는군."

찰스는 형의 말에 화가 나서 뒤돌아보았다.

"참견하지 말고 형 할 일이나 해."

"좋아."

애덤이 말했다.

"참견 않겠어. 어차피 이곳에서는 내가 할 일이 없으니까."

"마음대로 해. 떠나고 싶으면 언제라도 떠나."

싸움은 별것 아닌 데서 시작되었지만 애덤은 멈출 수가 없었다. 그의 입에서는 본심과는 다르게 짜증 섞인 말들이 거침

없이 튀어나왔다.

"너 말 잘했다. 그래, 난 떠나고 싶으면 언제든 떠날 거야. 이 농장은 네 소유이기도 하지만 내 소유이기도 해."

"그런데 왜 일을 안 하지?"

"아니, 우리가 왜 또 이러는지 모르겠구나. 그만두자."

애덤이 말했다.

"나도 시끄럽게 하고 싶지 않아."

찰스는 따뜻하게 데운 옥수수 죽을 두 그릇 퍼서 식탁 위에 올려놓았다.

형제는 식탁 앞에 앉았다. 찰스는 빵에다 버터를 바르고 잼을 듬뿍 덜어 그 위에 발랐다. 그가 두 번째 빵에 바를 버터를 자를 때 나이프에 남아 있던 잼이 버터에 묻었다.

"빌어먹을! 너 그 나이프에 묻은 잼 좀 닦을 수 없니? 버터에 묻은 것 좀 봐!"

찰스는 나이프와 빵을 식탁에 올려놓고 두 손으로 식탁 양쪽을 짚고 말했다.

"형은 이곳에서 떠나는 게 좋겠어."

"그래, 여기서 사느니 차라리 돼지우리에서 사는 게 더 낫겠다."

애덤은 자리에서 벌떡 일어나서 집 밖으로 나가 버렸다.

2

찰스가 애덤을 다시 만난 것은 8개월이 지나서였다. 그가 일을 끝내고 돌아와 보니 애덤이 부엌 양동이에다 물을 퍼 놓고 머리와 얼굴을 씻고 있었다.

"잘 지냈어?"

찰스가 물었다.

"응, 그럭저럭."

애덤이 대답했다.

"어디에 갔었어?"

"보스턴에."

"다른 데는 가지 않고?"

"응. 보스턴에만 있었어."

형제는 다시 예전의 생활로 돌아갔지만 서로 화를 내지 않으려고 조심했다. 그것은 상대방을 보호하는 방법이기도 했고, 어떤 면에서는 자신을 지키는 방법이기도 했다. 언제나 아침에 일찍 일어나는 찰스는 애덤을 깨우지 않고 식사를 준비했다. 애덤은 집 안 청소를 깨끗이 하고 농장의 장부를 맡아서 기록했다. 그들은 2년 동안 별 탈 없이 지내다가 다시금 심각한 불화를 일으켰다.

어느 겨울날 저녁에 애덤은 장부를 정리하다가 얼굴을 들고 말했다.

"캘리포니아는 기후가 참 좋아. 겨울에도 날씨가 좋지. 그곳에서라면 어떤 농작물도 재배할 수 있어."

"물론 그렇겠지. 하지만 그러자면 땅이 필요할 텐데, 만약 땅이 있다면 뭘 재배하고 싶어?"

"밀을 재배하면 어떨까? 캘리포니아 사람들은 밀을 많이 심지."

"녹병이 생길 거야."

찰스가 말했다.

"어떻게 장담할 수 있지? 캘리포니아에서는 얼마나 밀이 잘 자라는지 밀을 심고 얼른 뒤로 물러서지 않으면 밀에 파묻혀 죽는다는 말도 있어."

"그런데 왜 캘리포니아로 가지 않지? 형이 말만 하면 언제든 그곳에 땅을 사 줄 수 있어."

애덤은 그 말에 아무런 대꾸도 하지 않다가 이튿날 아침에 작은 거울을 들여다보고 머리를 빗으며 다시금 그 이야기를 꺼냈다.

"캘리포니아엔 겨울이 없어. 사계절이 항상 봄 같아."

"난 겨울이 좋아."

찰스가 퉁명스럽게 말했다.

애덤은 난로 쪽으로 걸어갔다.

"심술 좀 부리지 마라."

"그럼 날 건드리지 마. 계란은 몇 개 할까?"

"네 개."

애덤이 대답했다.

찰스는 데운 오븐 위에 계란 일곱 개를 올려놓았다. 그리고 불쏘시개로 조심스럽게 불을 피웠고 불꽃이 일자 스튜 냄비

를 올려놓았다. 베이컨이 익는 동안 그의 짜증스러운 기분도
누그러졌다.

"형."

찰스가 말을 걸었다.

"알고 있는지 모르겠지만 형은 걸핏하면 캘리포니아 타령이
야. 정말 거기에 가고 싶은 거야?"

애덤은 낄낄거리며 웃었다.

"생각 중이야. 나도 몰라. 아침에 잠자리에서 일어나는 것과
똑같아. 일어나기도 싫고, 그렇다고 계속 누워 있는 것도 싫
고."

"정말 못 말리겠군."

찰스가 투덜거렸다.

애덤이 계속해서 말했다.

"군대에 있을 때는 아침마다 그놈의 기상나팔 소리가 지긋
지긋했어. 기상나팔이 울릴 때마다 제대를 하면 대낮까지 실
컷 자겠다고 다짐했지. 그런데 여기선 군대에 있을 때보다 삼
십 분이나 일찍 일어나고 있어. 찰스, 우리는 뭣 때문에 이렇
게 힘들게 일해야 하는 거지?"

"침대에 누워만 있으면 농장 일은 못 해."

찰스가 지글거리는 베이컨을 포크로 뒤집으며 말했다.

"찰스, 생각 좀 해 봐. 우리는 둘 다 자식은커녕 아내도 없
이 외롭게 지내는 처지야. 이런 생활을 언제까지고 계속할 순
없다고. 넌 시간을 내어 아내를 구해 볼 생각도 않고 있잖아.
가격만 적당하다 싶으면 클라크의 땅을 사서 농장 늘릴 궁리

만 하고 있지. 대체 뭣 때문에 그러는 거니?"

"그 땅은 옥토야."

찰스가 말했다.

"우리 둘이 힘만 모으면 이 마을에서 제일가는 농장을 갖게 될 거야. 그런데 형은 결혼할 생각이 있어?"

"아니, 그저 말해 본 것뿐이야. 몇 년 안 지나 우리는 이 마을에서 가장 훌륭한 농장을 갖게 되겠지. 그러면 외로운 두 총각은 허리가 끊어져라 일을 할 거야. 그러다 둘 중 하나가 죽게 되면 그 농장은 혼자 남은 노총각의 소유가 될 거고, 그런 다음 그마저 죽고 나면……."

"대체 지금 무슨 말을 지껄이고 있는 거야?"

찰스가 대들듯이 말했다.

"잠시도 마음 편할 날이 없군. 형은 내 화만 돋우고 있어. 집어치워. 무슨 꿍꿍이속인지 털어놔 보라고."

"난 아무 재미가 없어."

애덤이 입을 열었다.

"보람도 없고. 일을 안 해도 되는데 정신없이 일만 하고 있잖아."

"그렇다면 왜 일을 그만두지 않지?"

찰스가 고함을 질렀다.

"형을 붙잡아 두는 사람은 아무도 없어. 남쪽 바다에라도 가서 그물침대에 누워 흔들거리지 그래. 그게 형이 원하는 일이라면 말이야."

"그렇게 비꼬지 마."

애덤은 침착하게 말했다.

"그건 아침에 잠자리에서 일어나는 것과 같아. 일어나기도 싫고 그대로 드러누워 있기도 싫은 것처럼 여기 눌러 있기도 싫고 떠나기도 싫어."

"형은 늘 내 신경을 건드리는군."

찰스가 말했다.

"생각해 봐, 찰스. 넌 여기서 사는 게 좋니?"

"그래."

"평생을 이곳에서 살고 싶어?"

"그렇다니까."

"제기랄, 나도 너처럼 그렇게 단순했으면 좋겠다. 그런데 난 왜 이 모양이지?"

"형은 방랑병에 걸렸나 봐. 오늘 밤에 여관에 가서 그 병이나 고치지 그래."

"그것도 괜찮겠지."

애덤이 말했다.

"그렇지만 난 창녀에겐 만족할 수 없어."

"그건 누구나 마찬가지야. 하지만 눈을 감고 생각해 봐. 사람이 뭐 별다른 게 있겠어?"

"군대에서 계집을 데리고 다니는 녀석들이 있었어. 나도 한때는 그래 봤어."

찰스는 호기심 어린 눈으로 애덤을 돌아보았다.

"형이 여자를 데리고 다녔다는 걸 알면 아버지는 아마 무덤 속에서도 불편해할 거야. 그래, 어땠어?"

"괜찮았어. 여자가 빨래도 해 주고 바느질도 해 주고 음식도 해 주었지."

"그런 거 말고, 다른 거 말야."

"좋았지, 좋았고말고. 뭐랄까 달콤했어. 부드럽고 감미로웠지. 그 여자는 얌전하고 상냥했어."

"형이 잠든 사이에 칼로 찌르지 않아 다행이군."

"그런 여자가 아니었어. 상냥한 여자였다고."

"눈빛이 이상한걸. 그 여자에게 푹 빠졌던가 보군."

"그랬던 것 같아."

애덤이 말했다.

"그 여자는 어떻게 됐어?"

"천연두에 걸렸어."

"다른 여자는 없었어?"

애덤의 눈에 고통스러운 빛이 스쳤다.

"우리는 그 병에 걸려 죽은 사람들을 장작더미처럼 포개어 쌓아 올렸어. 200구는 넘었을 거야. 여기저기에 팔다리가 비어져 나와 있었지. 우리는 시체 더미 위에 나뭇가지를 올려놓고 석유를 끼얹었었어."

"천연두에 걸리면 살아남지 못한다더군."

"걸렸다 하면 무조건 죽어."

애덤이 말했다.

"찰스, 베이컨 타겠다."

찰스는 재빨리 난로 쪽으로 돌아섰다.

"바삭바삭해졌군. 베이컨은 좀 바삭해야 좋아."

찰스는 베이컨을 접시에 담고 뜨거운 기름 위에 계란을 깨뜨려 넣었다. 기름이 튀면서 지글거리는 소리를 내며 계란의 가장자리가 노르스름하게 익었다.

"학교 선생이 한 명 있었어."

찰스가 말했다.

"그렇게 예쁜 여자는 처음 봤어. 금발에다 발은 조그마했지. 옷은 전부 뉴욕에서 사다 입었어. 발이 유난히 작았어. 성가대에서 노래를 불렀는데, 모두 그녀를 보려고 교회로 몰려갔어. 오래전의 일이지만 말이야."

"네가 결혼할 생각이라고 편지에 썼던 무렵이었겠지?"

찰스는 싱긋 웃었다.

"그랬을 거야. 그 바람에 마을 총각들이 모조리 결혼이라는 병에 걸렸던 것 같아."

"그 여자는 어떻게 되었니?"

"글쎄, 형도 짐작하겠지만 마을 여자들이 그 여자 때문에 안절부절못했어. 모두 작당해서 그 여자를 쫓아 버렸다더군. 듣기로는 그 여자가 실크 속옷을 입고 있었대. 좀 새침데기이긴 했어. 학교 이사회가 학기 중에 그 선생을 쫓아내 버렸어. 발도 발이지만 안 그런 척하면서 발목까지 내놓고 다녔기 때문이라지 아마."

"너도 그 여자와 사귀었니?"

애덤이 물었다.

"아니, 그저 교회에 가서 보았을 뿐이야. 사람들이 너무 몰려와서 발 디딜 틈도 없었어. 그렇게 예쁜 여자는 이런 마을과 어울리지 않았지. 사람들을 불안하게 하고 말썽만 일으키니까."

"새뮤얼네 딸 생각나니? 참 예뻤는데. 그 애는 어떻게 됐어?"

애덤이 물었다.

"맞아, 그 여자도 정말 예뻤지. 그래서 떠나 버렸어. 들리는 소문으로는 필라델피아에 산대. 양장점을 하는데, 옷 한 벌에 10달러씩이나 받는다는군."

"우리도 여기서 떠나는 게 어떨까?"

애덤이 말했다.

"아직도 캘리포니아 생각을 하고 있는 거야?"

"그래."

찰스는 버럭 화를 내며 소리쳤다.

"썩 꺼져 버려! 이 집에서 당장 나가란 말이야. 원한다면 뭐든 사 주고 팔아 줄 테니, 썩 꺼져. 개자식 같으니……."

찰스는 말을 멈췄다. 그리고 잠시 후에 입을 열었다.

"지금 욕한 건 잘못했어. 하지만 형이 내 신경을 긁었잖아."

"난 떠난다."

애덤이 말했다.

3

석 달 뒤, 찰스는 남아메리카의 리우에서 온 그림엽서를 받왔다. 애덤은 엽서 뒷면에다 촉이 갈라진 펜으로 이렇게 썼다.

"그곳은 겨울이지만 이곳은 여름이야. 너도 여기에 오지 않을래?"

6개월 후에는 부에노스아이레스에서 또 엽서가 왔다.

"찰스에게. 이곳은 대도시야. 이곳 사람들은 프랑스어와 스페인어를 함께 쓰지. 책을 한 권 보내마."

그러나 책은 도착하지 않았다. 찰스는 겨울 내내, 그리고 봄이 올 무렵까지 책을 기다렸다. 그런데 책 대신 애덤이 돌아왔다. 그의 얼굴은 갈색으로 그을고 옷차림도 이국적이었다.

"그동안 어떻게 지냈어?"

찰스가 물었다.

"잘 지냈어. 책은 받았니?"

"못 받았어."

"어떻게 된 거지? 그림책이었는데."

"집에 있을 거야?"

"그럴 생각이야. 너한테 그 나라 이야길 해 줄게."

"별로 듣고 싶지 않아."

찰스가 말했다.

"쳇, 넌 여전하구나."

애덤이 말했다.

"우리가 앞으로 어떻게 지낼지 뻔해. 1년쯤 집에 있다 보면 형은 또 안절부절못할 거고, 나까지 불안하게 만들겠지. 우리는 서로 화를 내지 않으려고 조심하다가 다시 최악의 관계가 되고 말 거야. 그럼 또 싸우고 형은 집을 뛰쳐나가겠지. 그러다 한참 만에 집에 돌아오고. 우리는 똑같은 생활을 반복할 거야."

"넌 내가 집에 있는 게 싫니?"

애덤이 물었다.

"싫은 게 아니야. 형이 집에 없으면 보고 싶어. 하지만 함께 있으면 다시 전처럼 문제가 생길 거야."

찰스가 말한 대로였다. 그들은 한동안 옛날 이야기와 헤어져 있는 동안의 이야기를 하며 지냈다. 그러다 또다시 기분 나쁜 침묵이 흘렀고 서로 말을 피하면서 상대의 감정을 살피다가 결국에 가서는 그만 참았던 분노가 폭발해 버리곤 했다. 시간에 한계가 없다면 이런 일이 끝도 없이 벌어질 것 같았다.

어느 날 저녁 애덤이 말했다.

"너도 알다시피 나도 이제 서른일곱 살이 되었으니 인생의 절반은 산 셈이야."

"또 시작이네. 인생을 낭비했다고 말하려는 거지? 형, 이번에는 싸우지 않고 지낼 수 없을까?"

"그건 무슨 소리야?"

"늘 그랬듯이 한 달쯤 싸우다가 형은 또 떠날 준비를 하겠지. 화가 나더라도 다투지 않고 가만히 있다가 떠날 수는 없겠어?"

애덤이 큰 소리로 웃자 방 안에 감돌던 긴장감이 누그러졌다.

"내가 똑똑한 동생을 두었군. 좋아, 방랑병이 도지더라도 싸우지 않고 떠날게. 그래, 그게 좋겠다. 넌 더 부자가 되고 싶은 거야, 그렇지?"

"글쎄, 난 최선을 다하고 있을 뿐이야. 더 부자가 되고 싶다고는 하지 않았어."

"마을에 있는 건물 네 채와 여관을 살 거라고 했잖니?"

"아니, 그러지 않았어."

"하지만 넌 해냈어, 찰스. 이곳을 최고의 농장으로 만들어 놨잖아. 그러니 새 집을 지으면 어떨까? 욕실과 수도와 수세식 화장실을 설치하는 건 어때? 우리는 이제 가난뱅이가 아니잖아. 모두 이 마을에선 네가 제일 부자라고 하잖니."

"우리한텐 새 집 같은 건 필요 없어."

찰스가 퉁명스럽게 말했다.

"그런 엉뚱한 공상은 하지 마."

"밖에 나가지 않고 집 안에서 화장실을 쓸 수 있다면 편할 거야."

"그런 엉뚱한 생각은 집어치우라니까."

애덤은 재미있는 모양이었다.

"숲 가까운 곳엔 내가 살 아담한 집을 지어도 좋겠다. 내 생각 어떠니? 그럼 서로 신경을 건드리지 않고 살 수 있을 거야."

"그곳은 안 돼."

"이 땅의 반은 내 몫이야."

"형한테 그 땅을 사겠어."

"난 팔지 않을래."

찰스의 눈에서 불꽃이 튀었다.

"이곳에다 집만 지어 봐. 불을 지르고 말 테니까."

"넌 그렇게 하고도 남을 거다. 그런데 왜 그런 눈으로 쳐다보는 거지?"

애덤이 갑자기 정색을 하고 물었다. 찰스는 천천히 말했다.

"나도 그 문제를 오랫동안 생각해 봤어. 형이 먼저 말을 꺼내길 바랐지. 그런데 좀처럼 얘기를 꺼내지 않아서……."

"무슨 얘긴데?"

"형이 예전에 100달러 보내라고 전보 친 일 기억나?"

"그럼, 기억나지. 그것 때문에 내가 살았잖아. 그런데 갑자기 그 얘긴 왜?"

"형은 그 돈을 갚지 않았어."

"갚을 거야."

"갚긴 언제 갚겠다는 거야?"

애덤은 아버지가 생전에 목발을 지팡이로 두드리며 앉아 있던 낡은 식탁을 내려다보았다. 식탁 한가운데에 걸린 낡은 석유램프의 둥근 심지에서 노란 불꽃이 깜박거리고 있었다.

애덤이 느릿느릿 말했다.

"내일 아침에 갚으마."

"그 돈을 갚을 시간은 충분히 주었어."

"물론 그랬지. 내가 까맣게 잊고 있었어."

애덤은 말을 멈추고 한참을 생각하다가 다시 입을 열었다.

"넌 내가 왜 그 돈이 필요했는지 모르지."

"물어보질 않았으니까."

"나도 얘기를 안 했지. 창피해서 그랬는지도 몰라. 나는 죄수였어. 그런데 탈주를 했지. 도망쳤단 말이야."

찰스는 놀라서 입을 벌렸다.

"그게 무슨 소리야?"

"말해 줄게. 난 떠돌이였는데 부랑자로 체포되어 도로 공사장의 강제노동에 동원됐어. 거기선 밤에는 도망치지 못하도록 쇠고랑을 채웠지. 6개월 만에 석방되었는데, 금세 다시 체포됐어. 그자들은 그런 식으로 도로를 만들었어. 두 번째 잡혔을 때 석방되기 사흘 전에 탈주했어. 조지아주 경계를 넘으면서 옷가게에 들어가 도둑질을 했지. 그런 다음에 너에게 전보를 친 거야."

"설마, 그런 일이……. 하지만 사실이겠군. 형은 거짓말을 할 줄 모르니까. 물론 형의 말을 믿어. 그 얘길 왜 이제야 하는 거지?"

찰스가 물었다.

"창피해서 말을 안 한 거야. 하지만 네게 그 돈을 갚지 않은 게 더 창피하군."

"그까짓 것 잊어버려. 내가 왜 돈 얘기를 꺼냈는지 모르겠어."

"아니야, 말 잘했어. 내일 아침에 갚을게."

"세상에, 내 형이 죄수였다니!"

"그렇게까지 흥분할 건 없어."

"왜 그런지 모르겠지만 어쨌든 형이 자랑스러워. 내 형이 죄수였다니! 그런데 형, 왜 석방되기 사흘 전까지 기다렸던 거야?"

찰스가 말했다.

애덤은 미소를 지었다.

"두세 가지 이유가 있지. 형기를 다 마치면 날 다시 붙잡을 것 같았고, 또 형기가 끝나갈 무렵엔 내가 도망치리라곤 예상하지 못할 거라고 생각했지."

"그 말이 맞아."

찰스가 맞장구를 쳤다.

"또 한 가지 이유가 있는데 아주 중요해. 설명하기가 힘들지만 말이야. 난 국가로부터 6개월의 형을 받았어. 그건 법에 따른 선고였지. 물론 그걸 어긴 건 정당하지 않았어. 그렇지만 사흘 정도는 괜찮을 것 같았어."

찰스가 웃음을 터뜨렸다.

"하여튼 형은 대단해."

그는 다정하게 말했다.

"가게도 털었다면서?"

"나중에 10퍼센트 이자까지 붙여서 돌려보냈어."

애덤이 말했다.

"형, 그 강제노동에 관한 얘기나 자세히 해 봐."

호기심이 발동한 찰스는 몸을 앞으로 숙이며 말했다.

"알았어. 해 줄게."

11장

1

찰스는 감옥 이야기를 듣고 난 후로 애덤을 더욱 존경하게
되었다. 그는 어딘지 불완전하고, 그래서 미워할 수 없는 인간
에게 느끼는 애정을 형에게서 느꼈다. 애덤은 그런 감정을 이
용해서 찰스를 구슬렸다.

"찰스, 우리는 돈이 많으니까 뭐든 마음대로 할 수 있다고
생각해 본 적 없니?"

"좋아, 뭘 하고 싶은데?"

"유럽에 가서 파리를 구경할 수 있지."

"잠깐, 이게 무슨 소리야?"

"무슨 소리라니?"

"현관 계단에서 인기척이 들린 것 같았어."

"고양이겠지."

"그런 것 같은데. 당장 잡아야겠어."

"찰스, 우리는 이집트에 가서 스핑크스도 구경할 수 있어."

"그냥 여기 눌러살면서 필요한 데 돈을 쓰면 돼. 하루하루 보람 있게 지내면 되는 거야. 저 빌어먹을 고양이!"

찰스는 문 쪽으로 달려가서 문을 홱 열고는 소리쳤다.

"썩 꺼져!"

순간적으로 찰스는 말을 잃었다. 애덤은 동생이 계단 쪽을 뚫어지게 응시하는 것을 보고 그 곁으로 갔다.

진흙투성이의 더러운 자루 같은 것이 꿈틀거리며 계단을 기어오르려 하고 있었다. 비쩍 마른 한 손이 층계를 더듬거리며 움켜잡자 다른 한 손이 맥없이 따라왔다. 진흙과 피가 엉겨 붙은 얼굴에 터진 입술이 보였고, 시커멓게 멍들고 부어오른 오른쪽 눈꺼풀 사이로 눈이 보였다. 이마는 찢어졌고 헝클어진 머리카락 속에서는 피가 흘러나왔다.

애덤은 계단을 내려가서 사람의 형체 옆에 무릎을 꿇고 앉았다.

"나 좀 도와줘. 어서 이 여자를 집 안으로 들이자. 이것 봐, 이쪽 팔을 조심해. 부러진 것 같아."

그들이 부축해서 안으로 들이려 하자 여자는 의식을 잃었다.

"내 침대에 눕히자."

애덤이 말했다.

"넌 의사를 불러오는 게 좋겠다."

"그것보다는 마차에 실어 병원으로 데려가는 게 좋지 않을까?"

"이 여자를 데려간다고? 안 돼. 너 제정신으로 하는 말이
니?"

"난 멀쩡해. 오히려 형이 이상하군, 생각해 봐."

"아니, 뭘 생각하라는 거야?"

"남자만 둘이 사는 집에 여자를 들여놓으면 어떡하자는 거
야?"

애덤은 기가 막혔다.

"진심으로 하는 말은 아니겠지?"

"진심이야. 이 여자를 집에 들인다고 생각해 봐. 두 시간도
안 되어 온 마을에 소문이 퍼질 거야. 이 여자가 어떤 사람인
지도 모르잖아? 어떻게 해서 여기까지 왔는지, 무슨 일이 있
었는지도 모르고. 형은 지금 위험한 짓을 하고 있는 거야."

애덤은 침착하게 말했다.

"네가 안 가겠다면 내가 가지. 넌 여기 남아 있도록 해."

"아무래도 형이 잘못하는 것 같아. 내가 가긴 하겠지만 우
리는 이 일로 골치 좀 아프게 될걸."

"잘못되더라도 내가 책임질 테니까 염려 마. 어서 다녀오기
나 해."

찰스가 의사를 데리러 떠난 후, 애덤은 부엌으로 들어가서
찻주전자의 뜨거운 물을 대야에 따랐다. 그리고는 침실로 가
서 뜨거운 물에 손수건을 적셔 여자의 얼굴에 엉겨 붙은 피
와 진흙을 닦아 냈다. 여자는 의식이 돌아온 듯 몸을 꿈틀거
리더니 파란 눈으로 애덤을 바라보았다. 그의 의식은 어느덧

옛날의 기억 속으로 거슬러 올라갔다. 그의 계모가 침대 옆에서 물에 축인 헝겊으로 자신의 상처를 닦고 있었다. 물이 상처 속으로 스며들자 통증이 느껴졌다. 계모는 뭐라고 중얼댔는데, 무슨 말이었는지는 기억나지 않는다.

"괜찮을 겁니다."

그는 여자를 안심시켰다.

"의사를 데리러 갔어요. 곧 도착할 거요."

여자의 입술이 조금 달싹거렸다.

"말하지 말아요. 말하지 않아도 돼요."

애덤은 젖은 수건으로 여자의 상처를 조심스럽게 닦아 주는 동안 따뜻한 정이 온몸으로 퍼지는 걸 느꼈다.

"이 집에 머물러도 돼요. 원한다면 얼마든지 있어요. 내가 돌봐 줄게요."

그는 물기를 짠 수건으로 두피의 상처와 엉겨 붙은 머리카락을 닦아 주었다. 그는 자기 입에서 튀어나온 말들이 낯설게 느껴졌다. 마치 다른 사람의 말처럼 들렸다.

"이 상처 좀 봐. 가엾게도 눈을 다쳤군요. 눈 위에 갈색 종이를 덮어 줄게요. 괜찮을 테니 안심해요. 이마를 심하게 다쳤군요. 흉터가 생길지도 모르겠어요. 이름이 뭐죠? 아니, 힘들면 말하지 말아요. 시간은 얼마든지 있으니까. 저 소리 들려요? 의사가 오나 보네요. 삐걱거리는 마차 소리가 들리죠?"

애덤은 부엌문으로 달려갔다.

"선생님, 여깁니다. 여기 누워 있어요."

2

여자의 상처는 생각보다 훨씬 심했다. 만약 당시에 엑스레이가 있었다면 그때 발견한 것보다 더 많은 상처를 찾아냈을 것이다. 아무튼 의사가 찾아낸 상처는 꽤 많았다. 왼팔과 갈비뼈 세 대가 부러졌고, 턱뼈에 금이 갔고, 두개골이 깨졌으며, 왼쪽 치아 몇 개가 빠지고 없었다. 게다가 두피가 찢어지고 이마의 상처가 벌어져 뼈가 훤히 들여다보였다. 의사가 외부로 드러난 상처를 확인한 것만도 이 정도였다. 의사는 그녀의 팔을 끼워 맞추고, 갈비뼈 위에 붕대를 감았으며, 찢어진 두피를 꿰맸다. 또 피펫과 알코올 불로 구부린 유리관을 빠진 이 사이로 넣어 금이 간 턱을 움직이지 않고도 물과 죽을 먹을 수 있게 했다. 의사는 여자에게 모르핀 주사를 놓고, 아편 정제가 담긴 병을 하나 남겨 둔 다음 손을 씻고 코트를 입었다. 환자는 의사가 나가기 전에 잠이 들었다.

의사는 부엌 식탁에 앉아 찰스가 내놓은 뜨거운 커피를 마셨다.

"저 여자한테 무슨 일이 생긴 거지?"

의사가 물었다.

"우리가 그걸 어떻게 압니까?"

찰스가 무뚝뚝하게 대꾸했다.

"우리 집 현관에 쓰러져 있었어요. 궁금하면 저 여자가 몸을 끌고 온 길바닥의 흔적을 찾아보세요."

"여자의 이름도 모르나?"

"알 리 없죠."

"자네 여관 위층에 자주 들르지? 혹시 거기서 온 여자가 아닐까?"

"요즘은 가 본 적이 없어요. 게다가 저런 몰골을 하고 있으니 알아볼 수도 없고요."

의사는 고개를 돌려 애덤을 바라보았다.

"자네는 저 여자를 본 적이 있나?"

애덤은 천천히 고개를 저었다.

찰스가 거칠게 말했다.

"대체 왜 그러시죠?"

"자네들이 관심을 갖는 것 같아서 말해 주겠네. 상처가 저 정도면 마차에서 떨어져 깔린 건 아닐세. 누군가 저 여자에게 폭력을 가한 거야. 죽일 생각으로 말이네."

"저 여자한테 직접 물어보시지 그래요?"

찰스가 말했다.

"당분간은 말을 하지 못할 거야. 게다가 두개골이 깨져서 앞으로 어떻게 될지 몰라. 방금 생각이 났네만 경찰에 알려야 하지 않을까?"

"그건 안 돼요!"

애덤이 갑작스럽게 소리를 치자 두 사람은 그를 바라보았다.

"혼자 있도록 내버려 둬요. 충분히 쉬도록 말입니다."

"누가 저 여자를 돌볼 건가?"

"제가 하겠어요."

애덤이 말했다.

"형, 내 말 좀 들어 봐."

찰스가 말했다.

"넌 참견하지 마!"

"이 집은 형의 집이면서 내 집이기도 해."

"그럼 나보고 나가라는 거냐?"

"그런 뜻으로 한 얘기가 아니잖아."

"좋아, 저 여자를 내보내면 나도 나가겠어."

의사가 끼어들었다.

"진정들 하게. 자네는 왜 저 여자에게 그렇게 관심이 많나?"

"다친 개라도 집에 들어오면 내쫓지 말아야잖아요."

"그렇게 흥분하지 말게. 숨기는 거라도 있는 건가? 어젯밤에 외출을 했나? 혹시 자네가 그런 짓을 한 건가?"

"형은 어젯밤에 집에 있었어요. 기차 화통처럼 요란하게 코를 골면서 잤죠."

찰스가 말했다.

"저 여자를 이곳에 두면 왜 안 된다는 겁니까? 회복할 때까지 놔두고 싶어요."

애덤이 말했다.

의사가 일어나서 손을 털며 말했다.

"애덤, 자네 아버지와 난 오랜 친구였네. 나는 어느 누구보다도 자네와 자네 가족을 잘 알지. 자네가 어리석은 사람이 아닌 줄로 아는데 왜 뻔한 걸 분별하지 못하는지 이해가 안되네. 누군가가 저 여자를 죽이려고 한 것은 확실해. 그러니 경찰에 신고하지 않으면 난 법을 어기게 되는 걸세. 그런 일이 더러 있었지만 이번만은 그냥 넘길 수 없네."

"그렇다면 신고하세요. 하지만 저 여자가 회복될 때까지는 괴롭히지 말라고 하세요."

"환자를 괴롭히게 놔두는 건 의사가 할 짓이 아니네. 아직도 저 여자를 이 집에 두고 싶나?"

"그렇습니다."

"알다가도 모를 일이군. 난 내일 다시 오겠네. 저 여자는 한동안 잘 거야. 깨어나서 뭘 찾으면 튜브로 물과 따뜻한 죽을 먹이도록 하게."

의사는 뚜벅뚜벅 걸어 나갔다.

찰스는 형을 돌아보며 말했다.

"형, 대체 왜 그러는 거야?"

"날 가만 내버려 둬."

"어쩔 셈이야?"

"가만 내버려 두라고. 내 말 안 들려? 나 혼자 있게 그냥 내버려 둬."

"빌어먹을!"

찰스는 마룻바닥에 침을 탁 뱉고 초조한 걸음걸이로 일하러 나갔다.

동생이 나가자 애덤은 마음이 편안해졌다. 그는 부엌을 서성거리며 설거지를 하고 바닥을 닦았다. 그런 다음 침실로 들어가 침대 옆에 의자를 바짝 끌어다 앉았다. 여자는 모르핀 주사를 맞아서인지 심하게 코를 골아 댔다. 얼굴의 부기는 좀 가라앉은 것 같았지만, 눈은 여전히 시커멓게 부어 있었다. 애덤은 여자를 들여다보며 꼼짝 않고 앉아 있었다. 부목을 댄 여자의 팔은 배 위에 올려져 있고, 오른팔은 이불 위에 얹혀 있었다. 여자는 손가락을 동그랗게 오므리고 있었다. 그것은 어린아이의 손, 아니 갓난아기의 손 같았다. 애덤이 손목을 만지자 여자의 손가락이 반사적으로 움직였다. 여자의 손목은 따뜻했다. 애덤은 여자가 알아챌까 두려워하면서도 살며시 여자의 손을 펴고 손가락 끝의 부드러운 살을 만졌다. 분홍빛 손가락은 부드러웠고 손등은 뽀얀 진주 빛을 띠고 있었다. 애덤은 기분이 좋아져 웃음이 나왔다. 여자의 숨소리가 들리지 않자 그는 깜짝 놀랐다. 여자는 딸꾹질을 하더니 다시 코를 골기 시작했다. 애덤은 조심스럽게 여자의 손과 팔을 이불 속에 넣어 주고 발끝으로 걸어서 조용히 방을 빠져나왔다.

캐시는 며칠 동안 충격과 고통의 어두운 동굴 속을 헤매고 있었다. 그녀의 피부는 납덩이처럼 감각이 없었다. 그녀는 통증 때문에 몸을 움직일 수 없었다. 그러나 주변에서 무언가가 왔다 갔다 하는 것 정도는 감지할 수 있었다. 그리고 차츰 머리와 눈이 맑아졌다. 젊은 남자 두 명이 옆에 있었는데, 한 사람은 가끔씩 나타났고 한 사람은 오래 머물러 있었다. 이 두 사람 외에 캐시는 방에 가끔씩 들르는 또 한 사람이 의사라는 것과 키가 크고 비쩍 마른 또 한 사람이 자신에게 많은 관심을 보인다는 것도 알 수 있었다. 그녀는 그 키 큰 사람이 다가오면 두려움을 느꼈다. 어쩌면 그녀는 마취 주사를 맞고 잠이 든 동안에도 무언가가 마음에 걸려 두려워하고 있었는지 모른다.

캐시는 아주 천천히 지난 며칠 동안의 단편적인 기억들을 맞추어 보았다. 에드워즈의 얼굴도 떠올랐는데, 그 얼굴은 평소의 침착성과 평온함을 잃은 살인자의 표정을 짓고 있었다. 캐시는 지금까지 살아오면서 한 번도 그런 공포를 체험한 적이 없었다. 그녀는 이제야 공포가 어떤 것인지를 알게 되었다. 그녀의 마음은 도망갈 구멍을 찾는 생쥐처럼 위험의 냄새를 맡고 있었다. 에드워즈는 그 화재 사건을 알고 있었다. 그 사람 말고 또 아는 사람이 있을까? 그는 도대체 어떻게 알게 되었을까? 그런 생각을 하자 그녀는 눈앞이 캄캄해지고 두려움이 덮쳐 오면서 속이 울렁거렸다.

대화를 통해 짐작하건대, 키 큰 사람은 보안관으로 그녀에게서 뭔가를 알아내려 하고, 애덤이라는 젊은이는 그가 심문을 못 하도록 막는 것 같았다. 어쩌면 보안관이 그 화재 사건을 알고 있는지도 모르는 일이었다.

떠들썩한 소리가 나자 그녀는 다시 위험에서 빠져나갈 궁리를 하기 시작했다. 보안관이 말하고 있었다.

"이 여자한테도 이름이 있을 것 아니오? 이 여자를 아는 사람이 틀림없이 있을 거요."

"무슨 수로 대답을 합니까? 턱이 깨졌는데."

애덤의 목소리였다.

"여자가 오른손잡이면, 글로 써서 답변할 수 있을 거요. 이 봐요, 애덤. 누군가가 이 여자를 죽이려고 했다면 가능한 한 빨리 그자를 체포하는 게 좋아요. 펜을 좀 줘 봐요. 내가 물어볼 테니까."

"의사가 두개골이 깨졌다고 하는 말도 못 들었어요? 기억을 잃었는지 어떻게 알아요?"

"아무튼 종이와 펜을 줘요. 어디 한번 물어나 보게."

"제발 이 여자를 괴롭히지 말아요."

"빌어먹을! 형, 도대체 왜 그러는 거야? 어서 종이와 펜을 갖다 드리란 말이야."

또 다른 젊은 남자의 목소리였다.

"왜 그래? 마치 형이 저 여자를 저렇게 만들어 놓은 것 같잖아. 어서 펜을 드려."

세 남자가 다시 조용히 침실로 들어왔을 때 그녀는 눈을 감고 있었다.

"잠들었어요."

애덤이 조용히 말했다.

그녀는 눈을 뜨고 그들을 쳐다보았다.

키 큰 남자가 침대 옆으로 다가왔다.

"이봐요 아가씨. 괴롭히려는 건 아니오. 나는 보안관입니다. 말을 할 수 없다는 걸 알고 있으니 이 종이에 글이라도 좀 써 주겠소?"

그녀는 통증으로 얼굴을 찡그렸다. 그러고는 알았다는 듯이 고개를 끄덕이며 눈을 깜박거렸다.

"착한 아가씨로군."

보안관이 말했다.

"당신들도 보았지? 대답을 하겠다고 하잖소."

보안관은 침대 위에 책받침을 놓고 그녀의 손가락에 펜을 쥐여 주었다.

"자, 당신 이름이 뭐죠?"

세 남자는 그녀의 얼굴을 주시했다. 그녀는 입을 오므리면서 눈을 가늘게 떴다. 그러고는 눈을 감은 채로 글씨를 썼다.

'모르겠어요.'

아무렇게나 크게 휘갈겨 쓴 글씨였다.

"여기 새 종이가 있소. 그럼, 기억나는 건 무엇이오?"

'아무것도 모르겠어요. 생각나지 않아요.'

여자는 종이 가장자리에다 그렇게 썼다.

"당신이 누구인지, 그리고 어디에서 왔는지 모르겠어요? 잘 생각해 봐요!"

여자는 기억해 내려고 안간힘을 쓰는 것 같다가 이윽고 포기했는지 우울한 표정을 지어 보였다.

'기억나지 않아요. 모든 게 뒤죽박죽이에요. 제발 도와주세요.'

"안 되겠군."

보안관이 말했다.

"어쨌든 협조해 줘서 고맙소. 회복되면 다시 한 번 해 보도록 하죠. 이젠 그만 써도 좋아요."

여자는 '고맙습니다.'라고 쓰고는 연필을 놓았다.

그녀는 이렇게 보안관의 환심을 샀다. 보안관 역시 애덤 편이 되었다. 이제 그녀를 못마땅하게 여기는 사람은 찰스뿐이었다. 두 형제가 자신을 부축해 방에서 데리고 나가 변기에 앉힐 때 그녀는 찰스의 침울한 표정을 자세히 살펴보았다. 그의 얼굴에는 분명 그녀가 두려워하는 어떤 표정이 있었다. 찰스는 자주 이마의 흉터를 만지며 문지르거나 그 윤곽을 더듬었다. 한번은 그와 눈이 마주치기도 했다. 그는 계면쩍게 자기 손가락을 내려다보며 한마디 쏘아붙였다.

"걱정 말아요. 당신도 이런 흉터가 생길 테니. 이것보다 더 심한 흉터가 생길 거요."

그녀가 미소를 짓자 찰스는 얼굴을 돌려 버렸다. 이윽고 애덤이 따뜻한 수프를 끓여 오자 찰스는 이렇게 말했다.

"난 시내에 가서 맥주나 한잔 마시고 올게."

3

애덤은 여지껏 이렇게 행복한 적은 없었다고 생각했다. 여자의 이름을 몰라도 상관없었다. 그녀는 자신을 캐시라고 불러 달라고 했는데, 그 정도로도 충분했다. 애덤은 어머니와 계모의 요리법을 떠올리면서 캐시에게 음식을 만들어 주었다.

아주 빠른 속도로 회복되어 가는 걸 보면 캐시의 생명력은 대단했다. 통통 부었던 뺨의 부기가 가라앉으면서 예전의 아름다운 얼굴이 나타났다. 얼마 지나지 않아 캐시는 부축을 받고 일어나 앉을 수 있게 되었다. 그녀는 입을 조심해서 벌리고 다물었으며, 많이 씹지 않아도 되는 부드러운 음식을 먹기 시작했다. 그녀의 이마에는 여전히 붕대가 감겨 있었지만, 이가 빠진 한쪽 볼이 오목하게 들어간 것만 빼면 얼굴의 상처는 거의 없어졌다.

그녀에게는 한 가지 고민이 있었는데, 그녀는 그 고민을 떨쳐 버릴 방법을 찾고 있었다. 그리고 말을 할 수 있게 되었는데도 말을 하지 않았다.

어느 날 오후, 부엌에서 인기척이 들리자 그녀는 큰 소리로 말했다.

"애덤, 당신인가요?"

곧이어 찰스의 대답이 들려왔다.

"아니, 나요."

"잠깐 이리 좀 들어와 볼래요?"

찰스는 시무룩한 표정으로 문간에 서 있었다.

"들어오지 않는군요."

"그래요."

"날 좋아하지 않는군요."

"그런가 봅니다."

"이유가 뭐죠?"

찰스는 대답할 말을 찾았다.

"당신을 믿을 수가 없으니까."

"왜 믿지 못하죠?"

"모르겠소. 당신이 기억을 잃어버렸다는 것도 의심스러워요."

"하지만 내가 왜 거짓말을 하겠어요?"

"그야 모르지. 그냥 당신에게 신뢰가 가지 않아요. 당신한테는 내가 알 만한 그 무엇이 숨겨져 있어요."

"전에 날 한 번도 만난 적이 없을 텐데요."

"그럴지도 모르죠. 하지만 내 마음에 걸리는 게 있어요. 난 그걸 꼭 알아야겠어요. 그런데 내가 당신을 만난 적이 없다는 건 어떻게 단정할 수 있지요?"

그녀가 잠자코 있자 찰스는 나가려고 했다.

"가지 말아요."

그녀가 말했다.

"대체 어쩔 작정이죠?"

"뭘 어떡한단 말이오?"

"나에 대해서 말예요."

그는 새삼스럽다는 듯이 그녀를 바라보았다.

"사실을 알고 싶소?"

"그러니까 묻는 거잖아요?"

"아직은 모르겠어요. 하지만 분명히 말해 둘 게 있어요. 난 되도록 빨리 당신을 이 집에서 쫓아내겠어요. 내 형은 제정신이 아니지만 그를 때려서라도 정신을 차리게 만들 거요."

"그런 짓을 한다고요? 형은 어른인데."

"난 할 수 있어요."

캐시는 그를 똑바로 쳐다보았다.

"애덤은 어디 있죠?"

"당신에게 그 빌어먹을 약을 사다 준다고 시내에 나갔소."

"당신은 심술궂은 사람이군요."

"내가 무슨 생각을 하는지 알기나 해요? 당신의 그 매끄러운 살갗 속엔 심술이 숨겨져 있어요. 난 그만큼은 심술궂지 못하지. 당신은 악마요."

캐시는 살며시 웃었다.

"그런 점에서 우리 둘은 닮았군요. 찰스, 난 얼마나 이곳에 머물 수 있죠?"

"무슨 뜻이오?"

"언제 날 내쫓을 건지 묻는 거예요. 솔직히 말해 봐요."

"좋아, 말해 주지. 한 일주일이나 열흘 후에 당신이 걸을 수 있게 되면 곧바로 내쫓을 거요."

"내가 나가지 않는다면 어쩔 셈인가요?"

그는 당장 싸움이라도 할 듯한 표정으로 그녀를 날카롭게 쏘아보았다.

"말해 주지. 당신은 마취제를 맞으면 헛소리를 많이 하더군. 잠꼬대하는 것처럼 말이야."

"그럴 리가 없어요."

찰스는 그녀의 입이 갑자기 경직되는 것을 보고 크게 웃었다.

"믿기 싫으면 그만이지. 빨리 여기서 나가 준다면 입을 다물고 있겠지만 그러지 않으면 다 말해 버릴 거요. 보안관이 그 얘길 들으면 가만있진 않을걸."

"내가 수상한 말을 했을 리가 없어요. 대체 무슨 말을 하겠어요?"

"당신과 말싸움하고 싶지 않아. 난 할 일이 많은 사람이라고. 당신이 물으니까 대답해 준 것뿐이오."

찰스는 밖으로 나갔다. 그는 닭장 뒤에 기대선 채로 다리를 치며 한바탕 웃었다.

"영리한 줄 알았더니 아니군."

그는 혼잣말로 중얼거렸다. 며칠 만에 가슴이 후련해지는
것 같았다.

4

캐시는 찰스에게 겁을 먹었다. 찰스가 그녀의 정체를 알아
냈다면 그녀 역시 그가 어떤 사람인지 알아챈 셈이었다. 그녀
는 난생처음 자기와 같은 수법을 쓰는 남자를 만난 것이었다.
캐시는 그의 속마음을 헤아려 보고는 초조해졌다. 자신의 수
법이 그에게는 먹혀들지 않는다고 생각했기 때문이다. 그녀에
게는 휴식과 보호가 필요했다. 그녀는 돈도 한 푼 없었다. 그
러니 누군가의 보호를 받아야 했다. 그것도 오랫동안. 그녀는
몸이 아프고 피곤했지만 머릿속으로는 이 난국을 헤쳐 나갈
방법을 찾느라 바빴다.

애덤이 진통제 한 병을 사 들고 돌아왔다. 그는 캐시에게
약을 한 숟가락 따라 주면서 말했다.

"맛은 고약하지만 좋은 약이니 참고 마셔요."

그녀는 얼굴을 찡그리지도 않고 약을 받아먹었다.

"나한테 잘해 주시는군요. 왜 그러시는지 궁금해요. 폐만
끼칠 뿐인데."

"폐라니요. 당신 덕분에 집 안 분위기가 환해진걸요. 그렇게

심하게 다쳤는데도 앓는 소리 한 번 내지 않았고요."

"당신은 정말 좋은 사람이에요. 친절하고."

"그렇게 되려고 노력할 뿐이죠."

"밖으로 나갈 건가요? 나와 좀 더 얘기하면 안 되나요?"

"그럽시다. 그보다 더 중요한 일도 없죠."

"애덤, 의자를 더 가까이 끌어당겨요."

애덤이 자리를 잡고 앉자 캐시는 오른손을 내밀었다. 그는 두 손으로 그 손을 꼭 잡았다.

"당신은 착하고 친절해요."

그녀는 같은 말을 되풀이했다.

"애덤, 약속 지키는 거죠?"

"물론이오. 그런데 무슨 생각을 하고 있는 거요?"

"난 외롭고 무서워요."

그녀는 울먹이며 말했다.

"겁이 나요."

"내가 도울 일은 없어요?"

"아무도 날 도와줄 순 없을 거예요."

"말해 봐요. 할 수 있다면 도울 테니."

"정말 말하기 힘든 일이에요. 아니, 말하지 않겠어요."

"왜 말을 못 한다는 거요? 비밀이라면 아무에게도 말하지 않겠어요."

"비밀이라서 그런 건 아니에요. 모르겠어요?"

"그래요, 모르겠어요."

그의 손을 잡고 있던 캐시의 손가락에 힘이 들어갔다.

"애덤, 난 기억을 잃지 않았어요."

"아니, 그렇다면 왜 그렇게 말했어요?"

"그래서 이유를 말하려는 거예요. 애덤, 당신은 아버지를 사랑했나요?"

"사랑했다기보다는 존경했던 것 같아요."

"어쨌든 당신이 존경하는 분이 어려움에 처해 있다면 그분을 파멸에서 구하기 위해 무슨 짓이라도 했겠죠?"

"그야 물론이지요. 당연히 그렇게 했을 거요."

"내가 그런 처지에 빠졌어요."

"그런데 당신은 어떡하다가 다친 거죠?"

"그것과 관련이 있어요. 그래서 말할 수 없다고 한 거예요."

"당신 아버지가 그랬나요?"

"어머, 아니에요. 하지만 아버지와 관계가 있어요."

"당신을 그렇게 만든 사람을 밝히면 당신 아버지가 곤란해진단 말인가요?"

캐시는 한숨을 쉬었다. 이쯤에서 입을 열지 않으면 애덤이 제멋대로 상상할지도 몰랐다.

"애덤, 나를 믿죠?"

"물론이에요."

"차마 입이 떨어지지 않는군요."

"그럴 것까지 없어요. 당신 아버지를 보호하는 일이잖소."

"당신은 이해심이 많군요. 이건 나와 관계된 비밀은 아니에요. 그랬다면 진작 당신에게 털어놓았겠죠."

"이해해요. 나도 그랬을 거예요."

"정말 날 이해해 주는군요."

캐시의 눈에 눈물이 가득 고였다.

애덤이 고개를 숙이자 캐시는 그의 뺨에 입을 맞추었다.

"걱정 말아요."

그가 말했다.

"내가 돌봐 줄게요."

캐시는 베개에 등을 기댔다.

"당신은 도와줄 수 없을 거예요."

"그건 무슨 말이죠?"

"당신 동생이 날 무척 싫어해요. 그는 내가 이곳을 떠나기를 바라고 있어요."

"찰스가 그런 말을 했어요?"

"그건 아니에요. 그냥 느낌일 뿐이죠. 그 사람은 당신만큼 이해심이 없어요."

"마음은 착해요."

"나도 알아요. 하지만 당신처럼 따뜻한 사람은 아니더군요. 내가 이곳을 나가면 보안관이 이것저것 물어볼 거예요. 그러면 난 의지할 곳 없는 외톨이가 될 게 뻔해요."

애덤은 허공을 응시했다.

"내 동생이 당신을 쫓아낼 수는 없어요. 이 농장의 절반은 내 것이니까. 그리고 내 몫의 돈도 갖고 있어요."

"당신 동생이 나가라고 하면 그럴 수밖에 없어요. 나 때문에 당신의 생활까지 망쳐 버릴 순 없죠."

애덤은 일어나서 방을 나갔다. 뒷문으로 가서 바깥을 내다

보니 어느새 오후가 되어 있었다. 찰스가 멀리 들판에서 수레에 담긴 돌로 담을 쌓고 있었다. 애덤은 하늘을 올려다보았다. 동쪽에서 한 무더기의 구름이 밀려오고 있었다. 그는 깊이 한숨을 내쉬었는데, 그 숨결이 가슴속에서 묘한 흥분을 일으켰다. 순간 갑자기 귀가 밝아지면서 닭들의 울음소리와 함께 동풍이 땅바닥을 스치는 소리가 들렸다. 길바닥을 차는 말발굽소리와 멀리서 이웃 사람이 헛간 지붕을 이으면서 나무를 두드리는 소리도 들렸다. 이윽고 이 모든 소리가 한데 어우러져 음악처럼 들리기 시작했다. 눈도 밝아져서 오후의 노란 햇살 속에 우뚝 선 울타리와 담장과 헛간이 마치 그림처럼 조화를 이루었다. 이 세상 모든 것이 다르게 보였다. 한 무리의 참새가 먼지를 일으키며 내려앉아 먹이를 쪼아 먹다가 다시 햇빛 속에 나부끼는 잿빛 스카프처럼 날아갔다. 애덤은 다시 동생을 바라보며 시간 가는 것도 잊고 한참이나 문간에 서 있었다.

그러나 그리 오랜 시간이 지난 것은 아니었다. 찰스는 여전히 큰 돌과 씨름하고 있었고, 애덤 역시 방금 들이쉰 숨을 채 내뱉지 않은 상태였다.

문득 그는 기쁨과 슬픔이 하나로 녹아드는 것을 느꼈다. 용기와 두려움도 하나가 되었다. 그는 자신도 모르게 콧노래를 흥얼거리기 시작했다.

그는 부엌을 지나 문간으로 돌아와서 캐시를 바라보았다. 캐시는 가녀린 미소를 지어 보였다.

'꼭 어린애 같군. 의지할 데 없는 가여운 아이 같아.'

그런 생각을 하니 사랑이 파도처럼 그의 가슴속에서 출렁거렸다.

"나와 결혼해 주겠어요?"

애덤이 물었다.

캐시는 얼굴이 굳어지면서 주먹 쥔 손을 부들부들 떨었다.

"지금 대답하지 않아도 돼요."

애덤이 말했다.

"잘 생각해 봐요. 나와 결혼하면 평생 당신을 보호해 주겠어요. 어느 누구도 당신을 해치지 못하게 할게요."

캐시는 곧 침착해졌다.

"이리 와요, 애덤. 여기 앉아요. 손을 이리 줘요. 좋아요, 됐어요."

그녀는 애덤의 손을 자기 뺨에 갖다 대고 울먹이며 말했다.

"오, 애덤. 당신은 줄곧 나를 믿어 주었어요. 내 부탁 한 가지 들어줄래요? 당신이 내게 한 말을 동생에게는 비밀로 해 줘요, 네?"

"내가 청혼한 일 말이오? 내가 청혼해서는 안 된다는 말인가요?"

"그런 뜻이 아니에요. 오늘 밤에 생각해 보고 싶어서요. 아마 하룻밤 만으로는 안 될지도 몰라요. 내게 생각할 시간을 주는 거죠?"

그녀는 애덤의 손을 자기 머리에 갖다 댔다.

"당장 결정할 수 없다는 걸 당신도 알죠? 시간이 필요해요."

"내 청혼을 받아들일지를 생각해 본다는 거요?"

"애덤, 제발 혼자 생각하게 해 줘요. 부탁이에요."

애덤은 미소를 짓고 있었지만 불안한 마음으로 말했다.

"너무 오래 끌지 말아요. 나는 지금 나무를 너무 높이 타고 올라가서 내려올 수 없는 고양이 신세니까."

"생각할 시간을 줘요, 애덤. 당신은 친절한 사람이잖아요."

애덤은 밖으로 나갔다. 캐시는 침대에서 일어나 비틀거리며 화장대 쪽으로 걸어갔다. 그러고는 몸을 앞으로 내밀어 거울 속의 얼굴을 들여다보았다. 이마에는 아직도 붕대가 감겨 있었다. 붕대의 한쪽 끝을 살짝 들추자 끔찍한 상처가 보였다. 캐시는 애덤이 청혼하기 전부터 그와 결혼하려고 결심하고 있었다. 그녀는 세상이 무서웠다. 그래서 누군가의 보호와 돈이 필요했다. 애덤은 그 두 가지를 모두 줄 수 있는 사람이었다. 결혼은 하고 싶지 않았지만 당분간 은신처 역할을 해 줄 터였다. 다만 한 가지 마음에 걸리는 것은 애덤이 진심으로 자신을 사랑하고 있다는 점이었다. 하지만 그녀는 애덤에게 아무런 감정이 없었다. 지금까지 어느 누구도 사랑해 보지 못했기 때문에 그런 감정을 이해할 수 없었다. 그녀는 에드워즈라는 사람에게 무척 놀란 상태였다. 그는 난생처음 그녀로 하여금 상황을 처리할 능력을 잃어버리게 만들었다. 그녀는 다시는 그런 일이 일어나지 않도록 하겠다고 스스로에게 다짐했다. 찰스가 뭐라고 할지 상상해 보니 웃음이 나왔다. 그녀는 찰스에게서 동료의식을 느꼈다. 그래서 찰스가 자신에 대해 품고 있는 의심에 대해서는 걱정하지 않았다.

애덤이 가까이 다가오자 찰스는 허리를 펴고 일어섰다. 그는 손을 펴서 등의 근육을 주물렀다.

"제기랄, 무슨 돌이 이렇게 많은 거야."

찰스가 말했다.

"함께 군대 생활을 한 친구에게 들었는데, 캘리포니아에는 계곡이 수십 킬로미터나 계속 뻗어 있대. 그런데 그곳엔 돌멩이 하나 없다는 거야. 작은 조약돌도 귀할 정도래."

"그렇다면 다른 게 있을 테지."

애덤의 말에 찰스가 대꾸했다.

"결점이 없는 농장은 없어. 중서부에는 메뚜기 떼가 극성을 부리고, 또 어떤 곳에서는 태풍 때문에 골치를 썩지. 그에 비하면 돌 좀 있는 건 문제도 아니지 않겠어?"

"네 말이 맞다. 내가 좀 도와줄까?"

"듣던 중 반가운 소리군. 난 형이 여생을 방 안에 틀어박혀 저 여자의 손만 붙들고 지낼 줄 알았지. 그런데 저 여자는 언제까지 있을 작정이래?"

애덤은 청혼했다는 이야기를 하려고 했으나 찰스의 빈정거리는 말투에 마음이 바뀌었다.

"그런데 말이야."

찰스가 말했다.

"좀 전에 알렉스 플랫이 다녀갔는데, 그에게 무슨 일이 생겼는지 알아? 글쎄, 큰 횡재를 했대."

"그게 무슨 소리니?"

"알렉스네 삼나무 숲 알지? 바로 그 변두리 길 말이야."

"나도 알아. 그게 어쨌다는 거야?"

"알렉스가 토끼 사냥을 하러 삼나무 숲과 돌담 사잇길에 들어갔다가 남자의 옷가지가 담긴 가방을 발견했대. 비에 젖긴 했지만 아직 새 옷이었다더군. 그런데 가방 안에 자물쇠를 채운 나무 상자가 있어서 열어 보니 4000달러나 들어 있었다지 뭐야. 그리고 아무것도 들어 있지 않은 빈 지갑도 하나 있었대."

"이름도 안 써 있었대?"

"그게 이상하단 말이야. 옷에도 가방에도 이름표가 붙어 있지 않았대. 흔적을 남기려고 하지 않았나 봐."

"알렉스가 그 물건을 보관하고 있는 거야?"

"보안관에게 신고를 했는데, 공고를 내도 나타나는 사람이 없으면 알렉스가 갖게 된다는 거야."

"주인이 나타날 테지."

"내 생각도 그렇지만 알렉스에게는 말하지 않았어. 지금은 좋아서 어쩔 줄을 모르고 있으니까. 그런데 이름표가 없는 건 정말 이상해. 잘라 낸 흔적도 없는 걸 보면 처음부터 붙어 있지 않았나 봐."

"꽤 많은 돈인데 주인이 나타나겠지."

애덤이 말했다.

"알렉스는 한참 있다가 갔어. 형도 알다시피 알렉스의 아내가 잘 싸돌아다니는 여자잖아."

찰스는 잠자코 있다가 한참 만에 입을 열었다.

"형, 할 얘기가 있어. 온 동네 사람들이 우릴 두고 수군대고 있다나 봐."

"뭘, 무슨 얘길 수군거린다는 거야?"

"제기랄, 그 여자 얘기지 뭐겠어. 두 남자가 한 여자를 데리고 살 수는 없다는 거야. 알렉스가 한 말인데, 여자들이 그 문제 때문에 말이 많대. 형, 그러니 이대로 넘어갈 순 없어. 우리는 앞으로도 이곳에서 살 거고, 게다가 체통 있는 집안의 자손들이잖아."

"여자가 다 낫지도 않았는데 날더러 쫓아내라는 거야?"

"그게 좋겠어. 난 그 여자가 마음에 들지 않아."

"넌 처음부터 그랬어."

"알아. 그 여자한테는 믿음이 생기지 않아. 뭔지는 모르지만 수상한 구석이 있어. 난 그게 싫다는 거야. 형, 그 여자를 언제 내보낼 생각이야?"

"얘기해 줄게."

애덤이 천천히 말했다.

"일주일만 여유를 줘. 그때 가서 내가 처리할 테니."

"약속하는 거지?"

"그래, 약속하지."

"그럼 됐어. 알렉스 부인에게도 그렇게 얘기하지. 그럼 마을 여자들의 입방아가 한순간에 멈추겠지. 다시 우리 둘만 살게 되어 기쁘군. 그 여자는 아직도 기억을 찾지 못했지?"

"응."

애덤이 대답했다.

6

닷새 후에 찰스가 송아지 사료를 사러 나간 사이에 애덤은 부엌 쪽 계단 앞에 마차를 갖다 댔다. 그러고는 캐시를 부축해서 마차에 태우고 모포로 무릎과 어깨를 감싸 주었다. 애덤은 군청 소재지까지 마차를 몰아 치안판사 앞에서 그녀와 결혼을 했다.

그들이 집에 돌아왔을 때 찰스가 와 있었다. 두 사람이 부엌으로 들어가자 찰스는 언짢은 얼굴로 그들을 바라보았다.

"난 형이 이 여자를 기차에 태워 보내려고 나간 줄 알았어."

"우리 결혼했다."

애덤이 짤막하게 말했다. 캐시는 찰스를 보고 웃었다.

"뭐라고? 왜 그런 짓을 했지?"

"왜? 결혼하면 안 된다는 법이라도 있니?"

캐시는 얼른 침실로 들어가 문을 닫았다.

찰스가 사납게 고함을 지르기 시작했다.

"저 여자는 질이 나빠. 창녀란 말이야."

"찰스!"

"잘 들어 둬, 저 여자는 창녀야, 난 저런 여자는 눈곱만큼도 믿지 않아. 질 나쁜 걸레 같은 여자야!"

"찰스, 그만두지 못하겠니! 그만두라니까. 내 아내에 대해 함부로 입 놀리지 마!"

"아내는 무슨 아내야. 뒷골목의 암고양이만도 못한 여자인데."

애덤은 침착하게 말했다.

"너 질투하는구나. 네가 캐시와 결혼하고 싶었나 보군."

"바보 같은 소리 작작해! 내가 질투를 한다고? 저런 여자와는 한지붕 밑에서 살고 싶지 않아!"

애덤은 담담했다.

"함께 살 필요 없다. 난 떠날 거야. 원한다면 내 몫의 땅을 네가 사도 좋아. 그럼 농장은 네 차지지. 넌 항상 그렇게 되길 원했잖아. 넌 천년만년 여기서 살 수 있을 거다."

찰스의 목소리는 가라앉아 있었다.

"형, 저 여자를 내보내면 안 되겠어? 제발 저 여자를 단념해. 저 여자는 형을 만신창이로 만들어 놓을 거야. 형을 파멸시킬 거란 말이야. 형을 망칠 거라고!"

"네가 뭘 안다고 그런 소릴 해?"

찰스는 크게 실망한 눈치였다.

"좋아, 그만두자고."

그는 더 이상 입을 열지 않았다.

애덤은 캐시에게 저녁 식사를 하러 나오라고 말하지 않았다. 그는 접시 두 개에 음식을 담아 침실로 들어가서 그녀 옆에 앉았다.

"여길 떠납시다."

그가 말했다.

"내가 떠나겠어요. 제발 날 보내 줘요. 나 때문에 당신이 동생을 미워하는 건 원하지 않아요. 찰스가 왜 날 미워하는지 모르겠어요."

"질투하는 것 같아요."

캐시의 눈이 가늘어졌다.

"질투라고요?"

"내가 보기에는 그래요. 아무튼 걱정할 것 없어요. 우리가 나가면 그만이니까. 캘리포니아로 떠납시다."

캐시가 나직하게 말했다.

"난 캘리포니아에는 가고 싶지 않아요."

"당신이 몰라서 그렇지, 거긴 아주 좋은 곳이오. 항상 태양이 빛나고 아름다운 곳이지."

"그래도 거긴 가기 싫어요."

"캐시, 당신은 내 아내요."

애덤이 상냥하게 말했다.

"나와 함께 가 주었으면 좋겠어."

그녀는 입을 다문 채 아무 말도 하지 않았다. 그때 찰스가 문을 쾅 닫고 나가는 소리가 들리자 애덤이 말했다.

"찰스는 바람이라도 쏘이는 게 나을 거요. 한잔하면 마음이 풀어지겠지."

캐시는 조용히 자기 손가락을 내려다보았다.

"애덤, 내가 다 나을 때까지는 아내 노릇을 못 할 거예요."

"알고 있어요. 나도 이해해요. 그때까지 기다리겠어요."

"그래도 내 곁에 있어 줘요. 찰스가 무서워요. 그는 날 너무 미워해요.”

“내 간이침대를 여기에 갖다 놓을게요. 겁이 나면 언제든 날 부를 수 있게 말이오. 손을 뻗어 나를 건드리기만 하면 돼요.”

“당신은 정말 좋은 사람이에요. 우리 차나 한잔할까요?”

“그래요. 나도 한 잔 마시고 싶군요.”

애덤은 김이 모락모락 피어오르는 잔을 가져다 놓은 다음 설탕을 가지러 다시 나갔다. 그는 돌아와서 캐시의 침대 옆에 앉았다.

“차가 좀 진하군. 너무 진하지 않아요?”

“난 진한 게 좋아요.”

애덤은 찻잔을 다 비우고 나서 말했다.

“차 맛이 이상하지 않아요? 맛이 이상한걸.”

캐시는 얼른 손을 입으로 가져가며 말했다.

“어디, 내가 한번 마셔 볼게요.”

캐시는 잔에 남아 있던 차를 홀짝 마시고 나서 소리쳤다.

“애덤, 찻잔이 바뀌었어요. 내 것을 마셨군요. 그 차에 내 약을 탔어요.”

애덤은 입술을 핥았다.

“뭐 해롭진 않겠지.”

“그럼요.”

캐시는 나직하게 웃었다.

“무슨 일이 있어도 밤중에 당신을 깨우지 못하겠군요.”

“그게 무슨 소리요?”

"내가 먹으려던 수면제를 당신이 먹었잖아요. 좀처럼 잠에서 못 깨어날 거예요."

애덤은 깨어 있으려고 안간힘을 쓰다가 곧바로 깊은 잠에 빠져들었다.

"의사가 수면제를 이렇게 많이 먹으라고 했어요?"

애덤이 몽롱한 상태에서 말했다.

"당신에게는 적응이 안 되어서 그럴 거예요."

찰스는 밤 11시가 되어서야 돌아왔다. 캐시는 비틀거리는 찰스의 발소리를 들었다. 찰스는 자기 방으로 들어가서 옷을 벗어던지고 침대에 누웠다. 그는 잠자리가 불편한 듯 몸을 뒤척이다 눈을 떴다. 캐시가 침대 옆에 서 있었다.

"왜 이래요?"

"왜 이럴 거라고 생각하죠? 저리 좀 가서 누워요."

"형은 어디에 있지?"

"실수로 내 수면제를 마시고 잠들었어요."

찰스는 거친 숨을 몰아쉬기 시작했다.

"난 벌써 창녀와 한 번 하고 왔어."

"당신은 정력이 넘치는 남자잖아요. 저리 좀 비키라니까요."

"부러진 팔은 어쩌고?"

"내가 알아서 할게요. 당신이 걱정할 일은 아니잖아요."

찰스는 갑자기 웃음을 터뜨렸다.

"불쌍한 인간!"

찰스는 그렇게 중얼거리고는 이불을 젖히고 그녀를 맞아들였다.

2부

12장

독자들은 이 책이 1900년이라는 커다란 분수령에 도달했다는 걸 알 수 있을 것이다. 또 다른 한 세기가 모습을 드러내면서 그동안 일어났던 모든 일들은 사람들의 바람대로 희미해져—더 먼 옛날의 일일수록 사람들의 가슴속에서 더 풍요롭게 새겨지며, 추억이 담긴 책에는 격랑의 세월이 가장 좋았던 때로 남아 있다—마치 철없고 두려움을 모르던 때처럼 이미 가 버린 옛 시절은 마냥 즐겁고 감미롭고 순박하기 그지없어 보였다. 그때까지 살아서 20세기를 맞이할 수 있을지 미지수였던 노인들은 별로 달갑지 않은 눈으로 다가오는 시대를 바라보았다. 왜냐하면 세상은 자꾸 변해서 인정은 메마르고 미덕은 사라져 가고 있었기 때문이다. 이처럼 부패하고 고뇌에 찬 세상이 비단 예의범절과 마음의 여유와 아름다움만 잃어

버렸다고 할 수 있을까? 이제 숙녀는 더 이상 숙녀가 아니었고, 신사의 말에도 진실이 없었다.

한때는 사람들이 옷깃을 여미고 살았다. 그런데 인간의 자유는 모두 사라져 버리고, 어린 시절도 더 이상 옛날처럼 즐겁지 않다. 예전에는 아이들의 근심이란 그저 새총에 쓸 좋은 돌을 어디서 구하느냐 정도였다. 신고 버린 헌 구두의 가죽을 잘라 만든 새총에는 너무 둥글지 않으면서도 반들반들하고 납작한 돌이 제격이었다. 그런데 그 좋은 돌들은 이제 모두 어디로 사라진 것일까? 아이들의 순박함은 또 어디로 가 버린 것일까?

사람들의 정신은 혼탁해졌다. 그런 사람들이 어떻게 즐겁고 고통스러우며 숨이 막히게 벅찬 감정을 기억할 수 있겠는가? 사람들은 오래전에 그런 감정을 느꼈다는 것만을 기억할 뿐이다. 노인들은 어린 소녀들이 얌전히 의사의 진찰을 받는 모습을 기억한다. 그러나 어린 귀리 밭에 얼굴을 파묻고서 주먹으로 땅바닥을 치며 안타까운 마음을 달래던 소년의 모습은 기억하려 해도 잘 떠오르지 않는다. 그곳을 지나치는 어른이 있었다면 이렇게 중얼거렸을 것이다.

"저 녀석은 왜 풀밭에 엎드려 있지? 감기 들겠네."

딸기 맛도 옛날 같지 않고 여자들의 허벅지도 예전의 그 탄력을 잃었다! 남자들은 암탉이 둥지에 들 듯 안락만을 찾았다.

역사는 수많은 역사가들의 체액에서 분비되었다. 사람들은 이 엉망진창인 세상에서 빨리 탈출해야 한다고 말했다. 사기와 살인, 원인 모를 죽음으로 얼룩진 반란의 세상, 공유지를 가로채 이익을 갈취하는 이런 세상은 좋을 게 없으므로 어서 끝장이 나야 한다는 것이었다.

상기해 보라. 우리에겐 감당하기 어려운 시련으로 갈기갈기 찢겼던 시절이 있었다. 우리가 가까스로 몸을 지탱하자 영국은 다시 우리를 집어삼켰다. 우리는 그들을 물리쳤지만 사정은 더 나아지지 않았다. 우리가 얻은 것이라곤 불타 버린 백악관과 연금 지급 명부에 오른 수만 명의 미망인이었다.

그 후에 군인들은 멕시코로 향했다. 그것은 고통스러운 행군이었다. 집에서 편안히 먹고 지내도 될 텐데 왜 고생을 감수하면서까지 그런 행군을 해야 하는지 아는 사람은 아무도 없었다. 하지만 멕시코 전쟁은 두 가지의 소득이 있었다. 우선 서부 지역의 어마어마한 땅을 획득해서 영토를 거의 두 배나 확장했다. 장군들은 이 지역을 훈련장소로 삼았고 고초를 견디지 못해 자살하는 사람들이 생기자 군 지도자들은 그 행위를 두려운 것으로 인식시키는 기술을 습득하게 되었다.

그러자 논쟁이 벌어졌다.

'노예를 계속 부릴 수 있을까?'

'정당한 목적으로 노예를 산다면 나쁠 것도 없지 않은가?'

'그다음에는 말을 부려선 안 된다고 하겠지. 내 재산을 뺏으려는 자는 누구인가?'

그때의 우리는 자신의 얼굴을 할퀴어 턱수염에서 피가 떨어지게 만드는 사람들 같았다.

이제 그것도 끝나고 우리는 피비린내 나는 땅을 떠나 천천히 서쪽으로 이동하기 시작했다.

그곳에서는 호황과 불황, 파산, 불경기가 몰아닥쳤다.

대규모의 도둑 무리들이 극성을 떨며 사람들의 주머니를 털었다.

썩어 빠진 세기여, 지옥에나 떨어져라!

이 모든 것을 끝내고 문을 닫아 버리자! 책을 덮듯이 덮어 버리고 새로운 세상을 읽도록 하자! 새로운 장(章)과 새로운 생활을 향해 가자! 악취를 풍기는 금세기의 뚜껑을 닫아 버리면 인간의 손은 깨끗해질 것이다. 앞으로는 깨끗한 것만 남아 있어야 한다. 이제는 부정도 존재하지 않는다. 새롭게 시작되는 새로운 세기에 구태의연한 수작을 부리려는 자가 있다면 우리는 똥통 위에 거꾸로 매달아 처형해 버릴 것이다.

아, 그러나 딸기는 두 번 다시 예전의 맛을 내지 못할 것이며, 여자들의 허벅지는 그 탄력을 되찾지 못할 것이다!

13장

1

가끔씩 신의 은총 같은 것이 사람의 마음을 밝혀 주기도 한다. 이런 일은 거의 모든 사람에게 공통적으로 생긴다. 다이너마이트를 향해 도화선이 타들어 가듯이 우리는 이런 일이 준비되고 확대되어 가는 것을 느낄 수 있다. 그것은 위와 팔뚝이 기쁨에 떠는 느낌이다. 살갗은 공기를 음미하고, 심호흡을 하면 달콤한 맛이 느껴진다. 그런 영광이 시작될 때는 기지개를 켜며 늘어지게 하품을 할 때와 같은 쾌감을 느낄 수 있다. 머릿속에서 불꽃이 번득이고 눈앞에 펼쳐진 온 세상이 빛을 발한다. 한평생을 우울하게 보낸 사람에게 대지와 나무는 어둡고 침울해 보일 것이다. 이를테면 인생을 살면서 맞닥뜨린 사건들은 아무리 중요하더라도 별다른 느낌이나 특징도 없이 흘러가 버릴 것이다. 그러다 불현듯 영광의 날이 찾아온다. 귀뚜라미의 노랫소리가 귀를 즐겁게 해 주고, 흙냄새가 코를 감미롭게 해 주며, 나무 아래로 어른거리는 햇살이 눈을 축복해 준다. 그러면 사람은 급류처럼 활개를 치며 밖으로 뛰어나간다. 이 세상에서 한 인간의 존엄성은 그가 체험한 영광의 질과 양으로 평가될 수 있다는 생각이 든다. 고독한 일이기는 하지만, 그것이 우리를 세상과 연결시켜 준다. 그것은 모든 창조의 어머니로서, 우리들 각자를 타인과 구별시켜 준다. 미래의 모습이 어떻게 될지는 모르겠다. 지금 세상에는 기이한 변화가 일고 있고, 어떤 힘이 알 수 없는 미래를 만들어 가고 있다. 그런 힘들 중에는 우리에게 악으로 보이는 것들도 있다. 그 자체가 악해서가 아니라 우리가 선으로 생각하는 것을 없애 버리려는 경향이 있기 때문에 그렇다. 한 사람보다는 두 사람이 힘을 합치면 더 큰 돌을 들어 올릴 수 있다. 한 사람보다 하나의 조직이 자동차를 더 신속하게 잘 조립할 수 있다. 거대한 공장에서 생산되는 빵이 더 싸고 품질도 믿을 수 있다. 우리의 의식주가 복잡한 대량생산을 통해 만들어지면 그것이 우리의 사고를 통제하고 다른 감각을 모두 마비시킨다. 우리 시대에는 대량생산 혹은 공동생산이 정치, 종교, 경제에 파고들고 있다. 어떤 나라에서는 신의 개념을 집단의 개념으로 바꾸기까지 했다. 우리 시대가 겪는 이러한 변화는 위험하다. 오늘날의 세계는 팽팽한 긴장 속에 있으며, 이 긴장이 어느 한계점에 도달할 때 사람들은 불행해지고 혼란에 빠질 것이다.

이런 시대에는 우리가 자문해 봐야 할 것이 있다.

'나는 무엇을 믿고 사는가? 나는 무엇을 위해 싸우고, 무엇

에 대항해야 하는가?'

인간은 유일하게 창조적인 동물이며, 창조에 필요한 유일한 도구는 각자의 정신과 마음이다. 지금까지 그 어느 것도 두 사람에 의해 창조된 것은 없다. 음악, 미술, 시, 수학, 철학 중에서 두 사람이 공동으로 만들어 낸 것 중에는 신통한 것이 거의 없다. 일단 개인에 의한 창조의 기적이 일어나면 집단이 그것을 재정비하고 확대할 수는 있으나 새로운 것을 발명해 낸 일은 없다. 그러므로 정작 값진 것은 인간의 고독한 마음속에 있는 것이다.

그런데 오늘날에는 집단의 개념을 호위하는 집단들이 귀중한 인간의 정신을 말살시키겠다고 선포한다. 자유분방한 인간정신은 비방, 기아, 탄압, 강요, 무자비한 세뇌에 쫓기고 억압당한 결과 무디어지고 마비되고 있다. 그리하여 인간은 스스로 자멸의 길을 선택한 것처럼 보인다.

나는 각 개인의 자유로운 탐구 정신이 이 세상에서 가장 값진 것이라고 믿는다. 또한 자유로운 인간정신이 타인의 방해를 받지 않고서 원하는 방향으로 나아갈 수 있도록 투쟁해야 한다고 생각한다. 개인을 제한하고 파괴하는 사상, 종교, 또는 정부에 대해 우리는 대항해서 맞서 싸워야 한다. 이것이 현재의 우리 모습이며 우리가 가야 할 방향이다. 일정한 틀 위에 세워진 제도가 자유로운 정신을 파괴하려는 이유를 나는 안다. 자유로운 정신이야말로 그런 제도를 점검하고 파괴할 수 있기 때문이다. 나는 이 점을 분명히 인식하고 있기 때문에 그런 제도를 혐오하며 그것과 맞서 싸움으로써 창조 능력이 없

는 짐승과 인간을 구별하는 자유로운 정신을 지켜 나가고자
한다. 영광이 말살되면 우리 역시 파멸하고 만다.

2

애덤 트래스크는 음울한 환경에서 성장했다. 그는 먼지 낀
거미줄 같은 인생의 커튼 뒤에서 슬픔과 불만으로 가득 찬 채
로 하루하루를 살았다. 그런데 캐시를 알고 나서부터 그에게
도 영광이 찾아왔다.

나는 캐시를 보통 사람과는 다른 괴물이라고 설명했지만
그것은 별로 문제가 되지 않는다. 어쩌면 캐시를 잘못 이해하
고 있는지도 모른다. 우리 역시 다방면에 걸쳐 온갖 일을 하면
서 높은 미덕을 쌓을 수도 있지만 한편으로는 죄를 지을 가능
성도 안고 있다. 마음속으로 흙탕물을 더듬지 않는 사람이 과
연 얼마나 있겠는가?

어쩌면 우리 모두의 마음속에 악하고 추한 것들이 힘차게
자라나는 비밀의 연못이 있는지도 모른다. 그러나 이 연못에
는 울타리가 있어 물속에서 헤엄치던 악의 씨앗은 밖으로 기
어오르다가 다시 아래로 굴러 떨어진다. 하지만 어떤 사람이
마음속에 간직하고 있는 어두운 연못에는 악의 씨앗이 건강
하게 자라나 자유롭게 헤엄치고 울타리를 타 넘는 일도 있다.
우리는 이런 인간을 괴물이라고 하는데, 우리 또한 비밀의 연
못에서 그런 사람들과 관계를 맺고 있는 건 아닐까? 우리가

천사와 악마를 만들어 놓고 이 둘을 이해하지 못한다면 그것은 말이 안 된다.

캐시의 정체가 무엇이든 그녀는 애덤에게 큰 기쁨을 안겨 주었다. 그의 정신은 하늘로 높이 올라 공포와 고통과 악취 나는 기억으로부터 해방되었다. 조명탄이 전쟁터를 환하게 비추듯이 영광은 세상을 빛나게 만들었다. 애덤은 캐시에 대해 아는 것이 없었지만 그녀는 애덤의 눈 속에서 찬란히 빛났다. 그에게 캐시는 상상을 초월할 만큼 소중한 존재로, 아름답고 상냥하고 감미롭고 성스러운 여인으로 보였다. 그 무엇도 애덤의 마음속에 자리 잡은 그녀에 대한 인상을 바꿀 수 없었다.

캐시는 캘리포니아에 가고 싶지 않다고 말했지만 애덤은 그 말을 귀담아듣지 않았다. 그의 마음속에서는 이미 캐시가 그의 팔을 붙들고 앞장서 있었다. 모처럼 맛본 영광이 너무 밝았기 때문에 찰스의 침울한 고통이나 그의 눈에서 번뜩이는 빛도 보이지 않았다. 애덤은 자기 몫의 농장 부지를 헐값에 찰스에게 넘기고, 그 돈과 유산의 절반으로 자유로운 부자가 되었다.

이제 두 형제는 남남이 되어 버렸다. 두 사람은 역에서 이별의 악수를 나누었다. 찰스는 기차가 떠나가는 것을 지켜보며 이마의 흉터를 만지작거렸다. 그는 여관으로 달려가 위스키를 연거푸 네 잔 마시고 위층으로 올라갔다. 돈을 주고 여자를 샀지만 일을 제대로 치를 수가 없었다. 그는 여자의 품에 안겨 울다가 쫓겨나고 말았다. 그 뒤부터는 미친 듯이 농장 일에 매달렸다. 땅을 일구고 씨앗을 뿌리고 잡초를 뽑으면서 농사일에 매달렸고 땅을 사들여 농장을 점점 늘려 갔다. 그는 쉬지도 놀지도 인생을 즐기려고도 하지 않았으므로 부자인데도 주변에 친구가 없었다.

애덤은 얼마간 뉴욕에 머물면서 자기 옷과 캐시의 옷을 산다음 대륙 횡단 열차에 몸을 실었다. 그들이 살리나스 계곡으로 오게 된 이유를 이해하는 건 그리 어려운 일이 아니다.

그 무렵 철도회사들은 앞다투어 사세를 확장하고 지배권을 장악하기 위해 수단과 방법을 가리지 않고 수송량을 늘렸다. 게다가 여러 신문에 광고를 내는 것도 모자라 서부의 아름다움과 풍요로움을 선전하는 글과 사진을 실은 소책자와 포스터를 대량으로 뿌려 댔다. 승객에 대한 요구 사항은 별로 없었고 그들이 누리는 혜택은 헤아릴 수 없이 많았다. 무서운 정력가인 리랜드 스탠포드가 운영하는 서던퍼시픽 철도회사는 운수업뿐만 아니라 정치적인 면에서도 태평양 연안 지역을 장악하기 시작했다. 이 회사의 철도는 계곡을 타고 계속 확장되어 갔다. 고객을 확보할 수 있는 무수한 신도시가 생기고 새로운 개발 지구가 형성되어 많은 사람들이 몰려들었다.

길게 이어진 살리나스 계곡도 그 개척 지구 가운데 하나였다. 애덤은 살리나스 계곡이 천국에 견주어도 손색이 없는 낙원이라고 격찬한 화려한 포스터를 바라보며 생각에 잠겼다. 그런 광고를 보고도 살리나스 계곡에 정착하고 싶다는 생각을 안 한다면 그는 분명 정상인이 아닐 터였다.

애덤은 토지 매입을 서두르지 않았다. 그는 우선 마차를 사

서 그 근방을 돌아보며 초기의 정착민을 만나 토양과 물 사
정, 기후와 농산물, 가격과 시설에 대해 알아보았다. 애덤에게
이 일은 투기가 아니었다. 그는 이곳에 정착하여 집을 짓고 가
족을 돌보며 작은 왕국을 꾸며 볼 생각이었다.

애덤은 부지런히 농장을 돌아다니며 흙을 집어 손가락으로
만져 보면서 사람들과 이야기를 나누었다. 그러면서 계획을
세우고 자기만의 꿈을 키웠다. 계곡 주민들은 애덤이 부자라
는 사실을 알았고, 그가 살리나스에 와서 함께 살게 된 것을
기쁘게 받아들였다.

애덤에게 걱정거리가 하나 있다면 그것은 캐시 때문이었다.
그녀는 몸이 안 좋아서인지 애덤을 따라 여기저기 다니는 내
내 기운이 없어 보였다. 어느 날 아침 애덤이 시골 마을로 떠
날 때 캐시는 몸이 안 좋다면서 킹시티의 호텔에 남아 있겠다
고 했다. 그가 오후 5시쯤 돌아와 보니 캐시는 심한 하혈로 죽
은 사람처럼 늘어져 있었다. 다행히 그는 고기를 뜯으며 저녁
식사를 하고 있는 틸슨 의사를 찾아내어 급히 데려왔다. 의사
는 서둘러 응급조치를 취한 다음 애덤을 돌아보며 말했다.

"아래층에서 기다리시겠어요?"

"괜찮을까요?"

"걱정 마세요. 잠시 후에 부르겠습니다."

애덤이 캐시의 어깨를 어루만지자 그녀는 미소를 지었다.

의사는 문을 닫고 침대로 다가왔다. 그의 얼굴은 화가 나서
벌겋게 달아올라 있었다.

"왜 이런 짓을 했죠?"

캐시는 입을 굳게 다물었다.

"남편은 당신이 임신했다는 걸 알고 있어요?"

그녀는 천천히 머리를 가로저었다.

"뭘 가지고 한 거죠?"

그녀는 말없이 의사를 빤히 쳐다보았다.

의사는 방 안을 둘러보았다. 그리고 화장대 위에 놓인 뜨개 바늘을 집어 들었다. 그는 그것을 캐시의 눈앞에다 흔들며 말했다.

"당신은 상습범이오. 범법자란 말이오. 정말 어리석은 짓입니다. 유산은커녕 하마터면 당신 자신도 죽일 뻔했어요. 유산을 하려고 다른 짓도 했겠죠? 아마 독약이나 좀약, 석유, 고추까지 자궁 속에 집어넣었을 테지. 세상에! 여자들은 별짓을 다 한다니까!"

캐시의 눈은 유리알처럼 차가웠다.

의사는 침대 곁으로 의자를 바싹 잡아당기며 조용히 물었다.

"왜 아기를 낳고 싶지 않은 거죠? 저렇게 좋은 남편이 있는데 말입니다. 남편을 사랑하지 않아요? 한 마디도 안 할 셈입니까? 고집 부리지 말고 어서 말해 봐요!"

캐시는 입을 꾹 다문 채로 눈썹 한 번 꿈쩍하지 않았다.

"이봐요. 모르겠어요? 생명을 해쳐서는 안 돼요. 난 그런 일은 질색이오. 난 부족한 지식으로 환자를 잃기는 해도 늘 생명을 건지려고 노력한단 말입니다. 그런데 고의로 생명을 죽이려고 하다니."

의사는 계속해서 떠들었다. 그는 말을 하면서도 말 한 마디 없이 조용히 있는 캐시를 보고 두려움을 느꼈다. 참으로 이해할 수 없는 여자였다. 그녀에게서는 어딘지 모르게 비인간적인 냄새가 났다.

의사는 흥분해서 언성을 높였다.

"혹시 로렐 부인을 알아요? 그분은 아기를 갖고 싶어 안달입니다. 아기만 가질 수 있다면 소원이 없다고 해요. 그런데 당신은 몸속에 살아 있는 생명을 뜨개바늘로 찔러 죽이려고 했어요. 말하지 않아도 좋아요. 내가 대신 말할 테니까요. 태아는 안전해요. 당신이 한 짓은 실패했다고요. 이 점만은 분명히 밝혀 두죠. 당신은 이 아이를 낳게 될 겁니다. 이 주에서 낙태를 하면 어떤 처벌을 받는지 알아요? 대답할 필요 없이 내 말만 들어요! 앞으로 이런 방법으로 유산을 한다면 입장 따위 가리지 않고 당신을 고발할 겁니다. 내가 증인이 되어 당신을 처벌받도록 만들겠어요. 자, 잘 들어요. 난 꼭 그렇게 하고 말 거요."

캐시는 조그만 혀로 입술을 축였다. 그녀의 눈에 냉기가 사라지고 희미한 슬픔이 서렸다.

"죄송해요."

그녀가 입을 열었다.

"그렇지만 선생님은 절 이해하지 못할 거예요."

"안심하고 말해 봐요."

의사는 분노가 사라진 듯했다.

"말하기 어려운 일이에요. 애덤은 선량하고 건강한 사람이에요. 그런데 저는, 저는 말 못 할 흠이 있어요. 간질병이 있답니다."

"세상에!"

"정말이에요. 저의 조부와 부친, 그리고 오빠가 간질병 환자였어요."

캐시는 손으로 눈을 가리면서 말했다.

"남편에게 그런 아기를 낳아 줄 순 없었어요."

"정말 딱하군요. 하지만 그건 확실히 단정 지을 수 없는 일입니다. 당신의 아기는 건강하고 훌륭하게 자랄 수 있을 겁니다. 다시는 그런 무모한 짓을 하지 않겠다고 약속할 수 있죠?"

의사가 말했다.

"네."

"그럼 됐어요. 당신 남편에게는 이 일을 알리지 않겠소. 자, 누워 봐요. 출혈이 멎었는지 봐야겠어요."

잠시 후에 의사는 왕진 가방을 닫고 뜨개바늘을 자기 호주머니에 넣었다.

"내일 아침에 다시 들러 보겠소."

의사가 좁은 계단을 내려와 로비에 들어서자 애덤이 기다렸다는 듯이 달려왔다.

"제 아내는 어떻습니까? 괜찮은 겁니까? 도대체 무엇 때문에 그런 거죠? 이제 올라가 봐도 되겠습니까?"

의사는 아무 일도 아니라는 듯이 손을 저었다.

"아, 가만, 가만."

그는 농담조로 말했다.

"부인은 몸이 아파요."

"선생님⋯⋯."

"아프긴 해도 기뻐해야 할 병이죠."

"네?"

"부인은 지금 임신 중입니다."

그렇게 말하면서 자신의 곁을 지나가는 의사를 애덤은 바라보았다. 난로 옆에 앉아 있던 남자 셋이 그를 보고 싱긋 웃었다.

"나라면 친구 세 명을 불러다 술 한잔 살 텐데."

그들 중에 한 명이 농담을 건넸다. 하지만 애덤은 듣는 둥 마는 둥하며 좁은 계단을 급히 올라갔다.

애덤은 킹시티에서 남쪽으로 수십 킬로미터 떨어져 있는, 정확히 말하면 샌루커스와 킹시티의 중간 지점에 위치한 보르도니 목장을 마음에 두고 있었다.

보르도니 집안은 스페인 왕이 보르도니 부인의 증조부에게 하사한 1만 에이커의 대지 중에서 900에이커를 소유하고 있었다. 그들은 원래 스위스 출신이지만 보르도니 부인은 살리나스 계곡에 처음 정착한 스페인 일가의 딸이자 상속인이었다. 대개의 유서 깊은 가문이 그렇듯 그들의 영지는 시간이 갈수록 줄어들었다. 노름을 해서 날리거나 세금으로 뜯긴 땅도 있었고, 말이나 다이아몬드, 예쁜 여자와 같은 사치스러운 것 때문에 날아간 땅도 있었다. 현재 남은 900에이커의 대지는 본래 산체스 집안의 알짜배기 땅이었다. 이 땅은 강을 끼고 양쪽의 산기슭 사이로 접어들었다가 다시 좁은 계곡으로 들어

선 후에 다시 훤히 트인 평지로 이어졌다. 원래 산체스 일가가 살던 집은 그런 대로 쓸 만했다. 어도비 벽돌로 지은 그 집은 사철 내내 달콤한 샘물이 흘러나오는 작은 계곡 아래의 훤히 트인 곳에 자리 잡고 있었다. 산체스 집안이 처음 이곳에 터전을 마련한 이유는 물이 좋아서였다. 거대한 떡갈나무가 계곡에 그늘을 만들어 주고 토양은 근방에서는 보기 드문 초록빛을 띤 옥토였다. 나지막한 집의 벽은 두께가 1미터가 넘고, 둥근 서까래는 습기가 밴 생가죽으로 동여매여 있었다. 이 생가죽이 차츰 마르면서 대들보와 서까래를 단단히 죄어 주었다. 이 같은 건축법에는 약점이 하나 있었는데, 그냥 두면 생쥐가 가죽을 갉아먹을 수 있다는 것이었다.

이 오래된 집은 대지에서 자라난 듯 아름다웠다. 보르도니는 이 집을 외양간으로 썼다. 그는 스위스에서 온 사람으로 천성적으로 깨끗한 것을 좋아했다. 그는 두꺼운 흙벽돌집이 마음에 들지 않아 조금 떨어진 곳에 목조 가옥을 지었다. 결국 그 벽돌집은 움푹 들어간 창문으로 소들이 고개를 내밀게 되었다.

보르도니 집안에는 자식이 없었고, 부인이 한창나이에 세상을 떠나자 남편은 쓸쓸히 고향 알프스를 그리워하며 세월을 보냈다. 그러다 농장을 팔고 고향으로 돌아가고자 했다. 애덤 트래스크는 그 땅을 사려고 조급히 굴지 않았고, 보르도니는 높은 값을 부르면서 땅이 팔려도 그만 안 팔려도 그만이라는 작전을 썼다. 보르도니는 이미 애덤이 자기 땅을 사게 될 것임을 짐작하고 있었다.

애덤은 어디든 정착한 곳에서 앞으로 태어날 자식들을 기르며 오래오래 살 작정이었다. 일단 한 곳을 매입하고 난 뒤에 더 좋은 곳이 나타나면 어쩌나 망설이면서도 산체스 집안의 땅을 일단 마음에 두고 있었다. 캐시가 나타나면서부터 애덤의 생활은 아름답고 행복한 미래를 향해 거침없이 뻗어 있었다. 애덤은 매사를 신중하게 처리하기로 했다. 그는 마차를 타고 여기저기 둘러보기도 하고 걸어 다니면서 주변을 살피기도 했다. 또한 토질을 검사하기 위해 땅속 깊이 구멍을 팠고 흙을 직접 만져 보고 냄새를 맡기도 했다. 심지어는 들판과 강기슭과 언덕에 자라는 하찮은 야생식물까지 조사했다. 습지에서는 무릎을 꿇고 앉아 진흙에 찍힌 동물들의 발자국도 살펴보았다. 그곳에는 퓨마, 사슴, 코요테, 족제비, 스컹크, 너구리, 족제비, 들고양이, 토끼, 메추라기 등이 서식하는 것 같았다. 그는 강가의 버드나무, 플라타너스, 야생딸기의 덩굴 사이를 걸어 보거나, 떡갈나무, 잣나무, 월계수, 산장미의 줄기를 만져 보기도 했다.

보르도니는 애덤을 곁눈질해 보면서 언덕배기 과수원에서 딴 포도로 만든 포도주를 한 잔 따라 주었다. 그는 오후가 되면 거나하게 취할 정도로 마시는 것을 낙으로 삼았다. 포도주를 처음 맛본 애덤은 차츰 그 맛을 좋아하게 되었다.

애덤은 캐시의 의견을 여러 번 물었다. 그녀가 과연 그 땅을 좋아할까? 그곳에서 행복하게 지낼 수 있을까? 하지만 그녀는 한 번도 확실한 대답을 해 주지 않았다. 애덤은 자기가 좋아하는 것을 캐시도 좋아할 것이라고만 생각했다. 그는 킹시티 호텔의 휴게실에서 난로 주변에 둘러앉은 남자들과 담소를 나누며 샌프란시스코에서 온 신문을 읽고 있었다.

"문제는 물이오."

어느 날 저녁에 그가 말을 꺼냈다.

"얼마나 깊이 파야 물이 나올까요?"

그때 청바지 차림의 농장주가 무릎을 포갠 채로 대답했다.

"그걸 알려면 새뮤얼 해밀턴을 만나야 할 거요. 물에 대해서라면 모르는 게 없는 사람이니까. 우물에 대해선 귀신이고, 우물도 잘 파지요. 그 사람이라면 잘 알려 줄 겁니다. 이 지방의 우물의 절반은 그가 팠으니까요."

그러자 그의 친구가 킬킬거리며 웃었다.

"새뮤얼이 물 박사인 건 다 이유가 있어요. 자기 땅에서는 물이 한 방울도 나오지 않거든요."

"어떻게 하면 그 사람을 만날 수 있죠?"

애덤이 물었다.

"내가 가르쳐 주리다. 마침 철물 앵글이 필요해서 그를 찾아갈 참이었는데 잘됐군요. 괜찮다면 나와 함께 갑시다. 당신도 해밀턴 씨를 좋아하게 될 거요. 참 좋은 사람이니까요."

"우스갯소리로는 그를 따라갈 사람이 아무도 없죠."

그의 친구가 말했다.

3

애덤 트래스크는 루이스 리포가 모는 사륜마차를 타고 해밀턴의 농장으로 갔다. 상자 속에서 쇳조각들이 덜컹거렸다. 차갑게 해 두려고 자루에 싸 놓은 사슴 다리가 쇠 뭉치 위에서 흔들렸다. 그 무렵에는 남의 집을 방문해서 식사 대접을 받게 되면 그 집 양식을 축낸다고 생각해 보충해 주는 뜻으로 먹을 것을 들고 가는 것이 관례였다. 양식을 보충해 주지 않으면 그 집의 일주일분 식단에 차질을 줄 수 있었다. 돼지 다리 한쪽이나 소고기 한 덩어리라도 괜찮았다. 그래서 루이스는 사슴고기를, 애덤은 위스키 한 병을 갖고 갔다.

"미리 말해 둘 게 있어요."

루이스가 입을 열었다.

"해밀턴 씨는 술을 좋아하지만 그 부인은 질색을 한답니다. 나라면 그걸 좌석 밑에 숨겨 두었다가 대장간에 갈 때 꺼내겠소. 우리는 늘 그렇게 하거든요."

"그 집 부인은 남편에게 술을 못 마시게 합니까?"

"체구는 작은데 고집은 대단한 여자지요. 어서 술병을 좌석 밑에 넣어 둬요."

그들은 골짜기 길을 지나 겨울비로 파인 바닥에 난 마차 바퀴자국을 따라 황폐한 언덕길로 접어들었다. 말들이 울퉁불퉁한 길을 힘겹게 오르자 사륜마차가 요동을 쳤다. 1년 내내 황폐하고 메마른 언덕에는 6월인데도 햇볕에 말라붙은 잡초 사이로 돌멩이들만 비죽비죽 솟아 있었다. 귀리는 빨리 열매를 맺지 못하면 영영 씨도 못 뿌린다는 것을 아는지 겨우 15센티미터 남짓 자라 있었다.

"신통치 못한 땅이군요."

애덤이 말했다.

"그렇게 보입니까? 정말이지 이곳은 사람 잡을 땅이랍니다. 암, 그렇고말고요! 해밀턴 씨는 꽤 넓은 땅을 갖고 있는데도 자식이 많아서 그냥 앉아 있다가는 굶어 죽기 십상이지요. 농장만 가지고는 먹고살기 힘들어요. 그래서 닥치는 대로 일을 하고 아이들도 열심히 거들어요. 정말 모범적인 가정이지요."

애덤은 골짜기 위로 검은 윤곽을 그리며 솟아 있는 메스키트 덩굴을 바라보며 말했다.

"세상에, 왜 이런 곳에 정착했답니까?"

누구나 그렇지만 루이스 리포는 특히 외지 사람에게 설명해 주기를 좋아했다. 다만 토박이가 옆에서 끼어들어 핀잔을 주지 않는 한은 그랬다.

"나로 말할 것 같으면 아버지가 이탈리아인이었어요. 이탈리아에서 문제를 일으켜 돈을 조금 가지고 이곳으로 오게 되었지요. 우리 땅은 그리 넓지는 않지만 옥토였답니다. 아버지는 땅이 마음에 들어 구입하셨어요. 이젠 당신 얘길 좀 들어봅시다. 당신이 어떤 사람인지는 물어보지 않겠소. 그런데 당신이 저 유서 깊은 산체스 농장을 사려고 하는데 보르도니가 좀처럼 양보를 하지 않는다고 들었어요. 당신은 돈이 무척 많은가 봅니다. 부자가 아니면 그 땅을 살 엄두도 못 냈을 테니까요."

"그럭저럭 먹고살 정도는 되지요."

애덤은 겸손하게 말했다.

"얘기가 엉뚱한 곳으로 빗나가 버렸군요."

"해밀턴 부부가 이 골짜기에 들어왔을 때는 요강 단지 하나도 없는 신세였어요. 그래서 모든 사람들이 꺼리는 국유지에 정착할 수밖에 없었던 겁니다. 그중 25에이커의 땅은 소 한 마리 칠 수 없는 박토여서 흉년에는 들개마저 다른 곳으로 피한답니다. 해밀턴 일가가 어떻게 그런 곳에서 살 수 있는지 모르겠다는 사람들도 있어요. 하지만 해밀턴 씨는 싫은 소리 없이 일만 했습니다. 그래서 가족을 먹여 살릴 수 있었던 거지요. 그는 머슴처럼 일했는데 어느 날인가는 탈곡기를 발명했답니다."

"그걸로 성공한 모양이군요. 어딜 가나 그 사람 얘기를 하던데."

"물론 그걸로 성공했죠. 자식을 아홉이나 길렀으니까요. 하지만 한 푼도 저축하지 못했을 겁니다. 어떻게 돈을 모을 수 있었겠어요?"

커다란 돌에 걸렸는지 마차 한쪽이 튀어 올랐다가 다시 내려앉았다. 말은 땀에 젖어 털이 시커매지고 굴레와 멍에 밑의 살이 번들거렸다.

"그런 사람을 만나게 된다니 기쁘군요."

애덤이 말했다.

"그래요. 해밀턴은 자식농사만큼은 성공했어요. 모두 훌륭하게 잘 키웠거든요. 조만 빼고 모두 잘되었지요. 막내 조는 대학에 보낸다고 하더군요. 나머지 아이들은 다들 잘하고 있어요. 해밀턴 씨도 자랑스러워할 만하죠. 저쪽 언덕만 넘어가면 해밀턴 씨 집이 나옵니다. 그 술 함부로 내놓지 마세요. 잘못했다간 그 부인이 경을 칠 겁니다."

햇볕을 받은 메마른 땅이 버석거리고 귀뚜라미 울음소리가 들려왔다.

"이곳은 버림받은 땅인 것 같습니다."

루이스가 말했다.

"내가 보기에도 그렇군요."

애덤이 말했다.

"그런데 어쩌겠습니까?"

"그래도 난 여유가 있어서 이런 곳에서 살지 않아도 되니 다행입니다."

"나 역시 그래요. 대단한 정도는 아니지만 그래도 형편이 나으니까요."

마차가 언덕에 오르자 애덤은 해밀턴 씨의 집을 내려다보았다. 본채에 잇대어 지은 여러 채의 건물이 다닥다닥 붙어 있고, 외양간, 대장간, 마차 창고가 보였다. 메마르고 볕에 찌든 풍경이었다.

루이스는 애덤을 돌아보며 약간 위협적인 어조로 말했다.

"트래스크 씨, 한두 가지 알아 두어야 할 것이 있어요. 새뮤얼 해밀턴을 처음 보는 사람들은 그를 바보 같다고 생각할 수도 있어요. 보통 사람들과는 말투가 아주 다르니까요. 아일랜드 사람인데 생각이 아주 많아서 하루에 백 가지쯤은 설계를 한답니다. 게다가 늘 희망에 차 있지요. 젠장, 그런 사람이 이런 데서 살다니! 하지만 이것만은 기억해 두세요. 해밀턴 씨는 훌륭한 일꾼이고, 뛰어난 대장장이죠. 그의 계획 중에는 제법 그럴듯한 것도 있어요. 그리고 미래를 예언하기도 하는데 그대로 들어맞는 것도 있답니다."

애덤은 루이스의 위협적인 말투에 당황했다.

"나는 남을 얕잡아 보는 사람이 아닙니다."

애덤은 문득 루이스가 자신을 낯선 사람에 대한 적대심으로 바라보는 느낌이 들었다.

"그냥 알아 두라고 얘기하는 것뿐입니다. 동부에서 온 사람들이 돈 없는 사람을 얕잡아 보는 일이 더러 있거든요."

"난 그렇지 않습니다."

"해밀턴 씨는 돈 한 푼 모으지 못했지만 우리가 아끼는 좋은 친구입니다. 당신도 보겠지만 그의 가족은 훌륭한 사람들이죠. 그 점을 명심해 줬으면 해요."

애덤은 자신을 변호하려다 말고 이렇게 말했다.

"명심하겠습니다. 그런 말을 해 주셔서 고맙군요."

루이스는 다시 정면을 응시했다.

"저기 해밀턴 씨가 있군요. 보세요. 대장간 옆에 서 있죠? 우리가 탄 마차 소리를 들은 모양입니다."

"턱수염을 기르고 있나 보죠?"

애덤이 물었다.

"예. 멋진 수염이죠. 흰 수염이 드문드문 나기 시작하더니 어느새 하얗게 세어 버렸어요."

그들은 목조 가옥을 지나칠 때 창문을 통해 자신들을 내다
보고 있는 해밀턴 부인을 보았다. 루이스는 새뮤얼이 기다리
는 대장간 앞에 마차를 세웠다.

체격이 크고 이스라엘 족장처럼 수염을 기른 새뮤얼은 반
백의 머리카락을 바람에 흩날리고 있었고, 햇볕에 그을었는지
두 뺨이 붉었다. 그는 깨끗한 파란 셔츠에 작업복을 입고 그
위에 가죽 앞치마를 두르고 있었다. 소매를 걷어 올려 근육질
의 팔뚝이 시원스럽게 드러나 있었다. 대장간 일을 하던 중이
었는지 손만 새까맸다. 애덤은 재빨리 그를 훑어보고 난 다음
그의 눈을 바라보았다. 젊은이의 열정으로 가득 찬 연푸른 눈
동자였다. 그가 미소를 짓자 눈가의 주름이 부챗살처럼 안쪽
으로 오므라들었다.

"루이스."

새뮤얼이 먼저 말을 건넸다.

"자네를 보게 되어 기쁘군. 난 이 조그마한 천국에서 잘 지
내고 있네만 친구들이 보고 싶었네."

그가 애덤을 보고 미소를 짓자 루이스가 말했다.

"이분은 애덤 트래스크 씨인데, 자네를 만나고 싶어 하셔서
모시고 왔네. 이곳에 정착하려고 동부에서 오신 분이네."

"반갑습니다."

새뮤얼이 말했다.

"악수는 나중에 합시다. 더러운 대장장이의 손으로 당신 손
까지 더럽히고 싶지는 않군요."

"새뮤얼, 내가 쇳조각들을 좀 가져왔는데 앵글을 만들어 줄

270

수 있겠나? 탈곡기의 밑바닥 틀이 완전히 망가졌네."

"물론 해 주고말고. 어서 마차에서 내려오게, 어서. 말은 나무 그늘에 매어 두고."

"마차 뒤에 사슴고기가 있네. 트래스크 씨도 작은 선물을 가져오셨지."

새뮤얼은 집 쪽을 흘낏 돌아보았다.

"헛간 뒤에 마차를 세워 놓고 그 작은 선물을 꺼내야겠군."

애덤에게는 그의 말투가 노래하듯 경쾌하게 들렸다. 다만 'r'와 'l'을 혀를 크게 굴려 날카롭게 발음하는 것 이외에는 크게 이상한 점을 찾을 수 없었다.

"루이스, 자네는 말을 풀어 주겠나? 나는 사슴고기를 갖고 들어가겠네. 라이자가 기뻐할 거야. 사슴고기 스튜를 아주 좋아하거든."

"아이들은 집에 없나?"

"응. 조지와 윌이 주말에 오긴 했는데 어젯밤에 와일드호스 캐니언에 있는 피츠트리 학교에 춤을 추러 갔네. 해 질 무렵이면 몰려올 걸세. 그 때문에 소파가 하나 없어졌지 뭔가. 그 얘긴 나중에 하기로 하지. 라이자가 녀석들을 혼내 줄 걸세. 그건 톰의 소행이라네. 나중에 얘기해 줌세."

해밀턴은 웃으면서 자루를 들고 집 쪽으로 걸어가며 말했다.

"괜찮다면 그 작은 선물을 대장간에 갖다 놓게나. 햇빛을 받아 번쩍거릴지도 모르니까."

그는 집 근처에 이르자 큰 소리로 외쳤다.

"라이자, 당신은 생각도 못 했을 거요. 루이스 리포가 당신보다 훨씬 큰 사슴고기를 가져왔어."

루이스는 헛간 뒤로 마차를 끌고 갔고, 애덤은 말을 풀어 그늘에 있는 말뚝에 밧줄을 매는 일을 거들었다.

"새뮤얼의 말은 술병에 햇빛이 반사되어 눈에 띌지도 모른다는 뜻이라오."

루이스가 말했다.

"부인이 꽤 무서운가 보군요."

"체격은 작은데 황소고집이라오."

그들은 다시 돌아온 새뮤얼과 함께 헛간으로 들어갔다.

"저녁 식사를 함께 하면 라이자가 좋아할 거요."

"우리가 예고도 없이 찾아와서요."

애덤이 사양하는 뜻으로 말했다.

"염려 말아요. 스튜에 넣을 덤블링이나 좀 더 만들면 됩니다. 이곳까지 찾아와 주셔서 감사합니다. 루이스, 그 쇳조각을 가져와 보게나. 자네가 원하는 걸 만들 수 있을지 봐야겠네."

해밀턴은 시커먼 용광로의 아궁이에 불쏘시개를 넣고 그 위에 젖은 코크스를 얹어 놓은 다음 불꽃이 일어날 때까지 풀무질을 했다.

"이봐, 루이스, 풀무질이나 좀 해 주게. 천천히, 그래, 천천히, 서두르지 말고."

그는 불이 붙은 코크스 위에 쇳조각들을 올렸다.

"트래스크 씨, 아내는 늘 배가 고픈 아홉 명의 아이를 먹이느라 요리에는 도가 튼 사람입니다. 그러니 무슨 일이 닥쳐도 눈 하나 깜짝하지 않죠."

그는 쇳덩이를 더 빨갛게 달구려고 집게로 들어 옮기면서 웃었다.

"나중에 한 말은 틀린 말이라고 봐야겠군요. 집사람은 지금 소파 일로 심기가 몹시 불편하니까요. 그러니 두 사람 모두 라이자 앞에서는 소파 얘길 꺼내지 않도록 조심해요. 그 말을 들으면 또 화가 치밀어 힘들어할 거요."

"좀 전에 그 얘길 하셨지요."

애덤이 말했다.

"내 아들 톰을 안다면 납득이 갈 텐데. 루이스는 그 애를 잘 알고 있지요."

"알고말고."

루이스가 말했다.

새뮤얼이 이어서 말했다.

"우리 톰은 맹랑한 녀석이지요. 언제나 제 양보다 더 많은 음식을 접시에 퍼 담고 수확할 양보다 더 많은 곡식을 심는답니다. 기쁨도, 슬픔도 지나친 아이죠. 하긴 그런 사람이 더러 있긴 하지요. 라이자는 톰이 날 닮았다고 합디다. 톰이 앞으로 어떻게 될지 걱정입니다. 위대한 인물이 될지, 아니면 교수형감이 될지 모르겠어요. 우리 집안에는 예전에 교수형을 당한 사람이 있었지요. 언젠가 그 얘기도 들려줄게요."

"소파 얘긴 뭡니까?"

애덤이 점잖게 말을 꺼냈다.

"옳아, 그 얘길 빠뜨렸군요. 라이자는 나더러 지나치게 떠벌린다고 핀잔을 주죠. 피츠트리 학교의 무도회에 조지, 톰, 윌,

조가 모두 가기로 했죠. 물론 여자애들도 초대를 받았고요. 성격이 단순한 조지, 윌, 조는 여자 친구를 한 명씩 초대했는 데 글쎄 톰은 이번에도 욕심을 부렸지 뭡니까. 그 녀석은 윌 리엄 집안의 제니와 벨 자매를 모두 초대했답니다. 루이스, 못 구멍을 몇 개나 뚫으면 되나?"

"다섯 개."

루이스가 대답했다.

"알았네. 트래스크 씨, 하던 얘기를 마저 해 드리죠. 톰은 자 기가 못생겼다고 생각하는 사내아이들이 흔히 그렇듯 자만심 과 이기심이 강하답니다. 늘 그런 것은 아니지만 축제라도 있 으면 한껏 멋을 내고 봄날 활짝 핀 꽃처럼 으스대지요. 그러다 보니 항상 시간이 걸린답니다. 마차 창고가 비어 있는 걸 봤겠 지요? 조지, 윌, 조는 톰처럼 멋지게 차려입지는 않았지만 일 찍 출발을 했답니다. 조지는 사륜마차로, 윌은 이륜마차로, 조 는 좀 더 작은 이륜마차로 갔죠."

새뮤얼의 푸른 눈동자가 즐거운 듯 반짝거렸다.

"그런데 톰은 로마 황제처럼 요란하게 치장을 하고선 맨 나 중에 나타났어요. 하지만 모두 떠난 뒤라 남은 것이라곤 건초 를 실어 나르는 마차뿐이었고, 그걸로는 한 명밖에 못 태워요. 마침 잘된 일인지는 모르겠지만 그때 아내는 낮잠을 자고 있 었어요. 톰은 계단에 앉아 골똘히 생각하더니 헛간으로 가서 말 두 마리를 끌어내 놓고 건초 마차의 횡목을 떼어 내더군 요. 그런 다음 집 안으로 들어가 끙끙대며 소파를 끌어내 소 파 다리에 쇠사슬을 칭칭 감았답니다. 아내가 가장 아끼는 값

비싼 거위털 소파를요. 조지를 낳기 전에 편히 쉬라고 내가 선물로 사 준 것이랍니다. 내가 본 톰의 마지막 모습은 윌리엄 자매를 태우고 소파에 편안히 앉아서 언덕을 넘어가는 것이었어요. 그 녀석이 돌아올 때쯤이면 소파가 웨이퍼 과자처럼 형편없이 망가져 있을 게 뻔하지요."

새뮤얼은 부젓가락을 내려놓고 허리에 손을 얹고는 한바탕 웃었다.

"라이자는 지금 골이 잔뜩 나서 콧구멍에서 불이 날 지경이니 큰일이지 뭡니까? 가엾은 녀석……."

애덤은 웃으면서 말했다.

"이것 좀 마셔 보시겠어요?"

"물론, 좋지요."

새뮤얼은 위스키 술병을 받아서 한 모금 마시고는 다시 건네주었다.

"아일랜드 말로 위스키는 위스크보라고 하지요. 생명의 물이라는 뜻입니다."

새뮤얼이 못 구멍을 뚫으려고 빨갛게 달군 쇳조각을 모루에 올려놓고 망치로 두들기자 불꽃이 사방으로 튀었다. 그는 시커먼 물이 반쯤 찬 물통에 쇳조각을 담갔다. 그러자 쇳조각이 식으며 지지직 소리를 냈다.

"이제 됐군."

새뮤얼은 그렇게 말하면서 쇳조각을 땅바닥에 던졌다.

"고맙네. 얼만가?"

루이스가 물었다.

"함께 어울린 것으로 됐네."

"늘 이런다니까."

루이스가 물었다.

"아닐세. 자네 집 우물을 파 준 삯은 받지 않았나."

"그 말을 들으니 생각나는군. 여기 트래스크 씨가 보르도니의 땅을 사려고 생각하고 계시네. 옛날 산체스네 땅 말일세."

"잘 알지."

새뮤얼이 말했다.

"좋은 땅이지."

"그 땅의 물 사정을 물으시기에 이 근방에선 자네만큼 물에 대해 잘 아는 사람은 없을 거라고 말하고 모시고 온 걸세."

애덤이 술병을 건네자 새뮤얼은 다시 한 모금을 마시고 검댕이 묻지 않은 손목으로 입을 닦았다.

"아직 결정을 내린 건 아닙니다. 그저 몇 가지 좀 여쭤 볼까 하고요."

애덤이 말했다.

"맙소사. 댁은 지금 길을 잘못 든 겁니다. 아일랜드 사람과 무슨 일을 의논하는 건 위험하다고들 하죠. 아일랜드인은 사실을 곧이곧대로 말해 버리거든요. 내게 무슨 일을 의논하려거든 그 점을 잊지 말아야 해요. 세상 사람들은 두 가지 방법으로 사물을 바라본다고 하더군요. 하나는 말이 없는 사람은 현명하다는 것이고, 다른 하나는 말이 없는 사람은 생각이 모자라다는 것이죠. 당연히 나는 후자의 견해에 동의합니다. 라이자도 나는 그 점이 탈이라고 하죠. 그래, 뭘 알고 싶나요?"

"보르도니의 땅을 매입한다면 얼마나 깊이 파야 물이 나오겠습니까?"

"정확한 건 땅을 봐야 압니다. 어떤 곳은 10미터, 또 어떤 곳은 50미터를 파야 한답니다. 때로는 지구의 중심까지 파야 될 경우도 있지요."

"물은 틀림없이 나오는 겁니까?"

"내 땅 말고는 어디서든 물이 나오지요."

"여기는 물이 없다고 하더군요."

"들으셨습니까? 하늘에 계신 하느님도 그 얘긴 아실 겁니다. 내가 온 동네에 떠들고 다녔으니까요."

"강 옆에 400에이커의 땅이 있던데 그곳에서는 물이 나올까요?"

"봐야 알지요. 거긴 좀 이상한 계곡이거든요. 조금만 참고 있으면 알려 드리리다. 그곳에 가서 막대를 땅속에 꽂아 보기도 했으니까요. 사람이 배가 고프면 마음이 조급해지기 마련이죠."

"그렇고말고."

루이스 리포가 끼어들었다.

"트래스크 씨는 뉴잉글랜드에서 오셨네. 이곳에 정착할 생각을 하고 계시다네. 군인 시절에는 인디언과 싸우기 위해 서부에 와 본 적도 있으시고."

"그렇습니까? 그렇다면 그 얘길 들려주시겠소?"

"그 얘긴 하고 싶지 않습니다."

"왜요? 만약 내가 인디언과 싸웠다면 가족과 동네 사람들이 야단이었을 텐데요."

"난 인디언과 싸우고 싶지 않았습니다."

애덤은 은연중에 군대식으로 말하고 있었다.

"그건 나도 이해가 갑니다. 알지도 못하고 미워하지도 않는 사람을 죽인다는 건 어려운 일이겠지요."

"그래서 더 쉬운 건 아닐까요?"

루이스가 말했다.

"자네 말에도 일리가 있군, 루이스, 그렇지만 마음속 깊이 온 세상 사람들을 친구로 생각하는 사람이 있는가 하면, 자신을 혐오해서 뜨거운 빵에 버터가 번지듯 그 미움을 온 세상에 퍼뜨리는 사람도 있는 법이네."

"그 얘긴 접어 두고, 땅에 관해 얘기를 해 주셨으면 합니다."

시체가 산더미처럼 쌓인 끔찍한 광경이 떠오르자 애덤은 심기가 불편해졌다.

"지금 몇 시나 됐나?"

루이스가 밖으로 나가 해를 쳐다보며 말했다.

"10시가 안 된 것 같군."

"난 말문이 열리면 자제할 줄을 모른답니다. 내 아들 월은 날더러 얘기할 상대가 없으면 나무에 대고 얘기할 사람이라고 하더군요."

해밀턴은 한숨을 내쉬고는 연장통 위에 앉았다.

"좀 전에 내가 그곳을 이상한 계곡이라고 말했는데, 초목이 우거진 푸른 초원에서 태어났기 때문에 그런 느낌이 드는 건지도 모르겠어요. 루이스, 자네는 그 땅이 이상하다고 생각하지 않나?"

"아니, 난 이곳에서 한 발짝도 나가 본 적이 없어서 모르겠네."

"난 그곳을 수없이 파 보았네."

새뮤얼이 말했다.

"그 땅속엔 뭔가가 흐르고 있어요. 그 밑바닥엔 대양이 자리 잡고 또 다른 세계가 펼쳐져 있는 것 같더군요. 하지만 농사짓는 사람은 걱정할 필요가 없죠. 표토의 토질도 훌륭해요. 계곡 위쪽은 가벼운 모래흙이지만 겨울철이면 아래로 씻겨 내려가 언덕배기의 마른 흙과 섞인답니다. 북쪽으로 올라가면 골짜기가 넓어지면서 더 검고 찰기가 있는 비옥한 땅이 나오죠. 내 생각으론 옛날에 그곳은 늪이었는데 몇 백 년 동안 나무뿌리가 썩어 검은 흙이 되고 땅이 기름지게 된 것 같아요. 흙을 파 보니 약간 기름기가 도는 찰흙이 엉겨 붙어 있더군요. 곤잘레스 부근에서 시작해서 북쪽의 강어귀까지 그런 토양이죠. 양쪽으로 살리나스, 블랑코, 캐스트로빌, 모스랜딩 주변에는 아직도 늪이 많아요. 언젠가 그 늪이 말라 버리면 이 황토 지대에서 가장 비옥한 토지가 될 겁니다."

"새뮤얼은 늘 앞으로 일어날 일들을 말한답니다."

루이스가 나서서 말했다.

"이곳에 정착하려면 앞으로의 상황도 참고해야겠지요."

애덤이 말했다.

"내 자식들이 태어나면 이곳에다 터전을 마련해야 할 테니까요."

새뮤얼은 애덤과 루이스의 머리 너머 어둑한 작업장 밖으로 펼쳐진 빛으로 가득한 노란 세상을 응시했다.

　"이곳 계곡의 땅 밑에는 깊거나 얕게 경질의 지층이 깔려 있어요. 진흙이 단단히 뭉쳐서 형성된 것인데 지나치게 끈적거린답니다. 두께가 30센티미터 되는 곳도 있고 더 두꺼운 곳도 있어요. 단단한 지층이 물을 빨아들이지 않는 것이죠. 이 지층이 없으면 겨울비가 스며들어 흙을 적셨다가 여름에는 나무뿌리를 통해 겉으로 스며 나올 겁니다. 하지만 경질층 위의 흙이 흠뻑 젖으면 남은 물은 흘러가든지 그 위에 고여 썩어요. 이것이 바로 이곳의 치명적인 결함이죠."

　"그래도 이곳은 살기 좋은 곳이 아닙니까?"

　"그래요, 살기 좋은 곳이죠. 하지만 이 땅을 더 비옥하게 만들 수 있다는 것을 알게 되면 사람들이 가만히 있지 않을걸요. 땅에다 수천 개의 구멍을 뚫어 지하수를 끌어올리면 문제는 해결될 겁니다. 그래서 내가 직접 다이너마이트 몇 개로 시험해 보았어요. 단단한 땅에 구멍을 뚫고 그 안에다 다이너마이트를 넣고 폭파시켰죠. 그랬더니 경질층이 깨지면서 물이 아래로 스며들었어요. 하지만 그렇게 하자면 엄청난 양의 다이너마이트가 필요하지요. 언젠가 다이너마이트를 발명한 스웨덴 사람이 더 강력하고 안전한 폭발물을 만들었다는 기사를 읽은 적이 있습니다. 그것으로 모든 문제가 해결될지도 모르죠."

　루이스가 농담을 약간 섞어서 말했다.

　"이 사람은 늘 사물을 어떻게 변화시킬까 하는 문제만 생각하죠. 현실에는 만족을 못 하니까요."

새뮤얼이 루이스를 보면서 웃었다.

"옛날에 인간은 나무에서 살았다고 하지. 누군가가 그 높은 나무에서 사는 것에 불만을 품었기에 망정이지, 안 그랬다면 우리는 지금같이 평평한 땅을 걸어 다니지 못했을 걸세."

그는 다시 큰 소리로 웃었다.

"하느님이 이 세상을 창조하셨듯이 나는 이 먼지 구덩이 속에 앉아 마음속으로 혼자 창조한 세계를 바라봅니다. 하느님은 자기가 창조한 세계를 직접 눈으로 보셨지만 나는 이런 식으로밖에 볼 수 없지요. 언젠가는 이 계곡이 아주 비옥한 땅이 될 겁니다. 그러면 많은 사람들을 먹여 살리게 되겠지요."

새뮤얼의 눈빛에 그늘이 지는 듯했다. 그는 슬픈 표정으로 말문을 닫았다.

"당신 말을 들어 보니 그 땅에 정착하면 좋을 것 같습니다."

애덤이 말했다.

"아이들을 키우는 데 그만한 곳이 어디 있겠습니까?"

새뮤얼이 말을 이었다.

"그런데 나도 이해할 수 없는 일이 한 가지 있어요. 이 계곡에는 검은 그림자가 드리워져 있죠. 정체는 모르지만 느낄 수는 있답니다. 가끔씩 눈부신 대낮에도 그것이 해를 막고 해면처럼 햇빛을 빨아들이거든요."

그의 목소리가 높아졌다.

"이 계곡에는 어두운 폭력이 존재한답니다. 알 수 없는 일이지만 마치 늙은 망령이 땅 밑의 메마른 대양에서 튀어나와 주변의 공기를 불안하게 휘젓고 다니는 것 같아요. 마치 감춰진 비밀인 듯하죠. 나도 그게 뭔지는 모르지만 이곳 사람들에게 서 그걸 보고 느낀답니다."

애덤은 몸서리를 쳤다.

"일찍 들어가야 한다는 걸 깜박 잊고 있었어요. 집사람 캐 시가 출산을 하려고 하거든요."

"라이자가 식사 준비를 하고 있을 텐데요."

"출산이라고 말씀하시면 부인도 이해하실 겁니다. 아내는 건강이 좋지 않답니다. 지하수에 대한 조언 감사합니다."

"내가 공연한 얘기를 꺼내 기분이 언짢으셨나요?"

"아니, 그렇지 않습니다. 캐시는 초산인 데다 건강이 좋지 않아서요."

그날 애덤은 밤새도록 이런저런 생각에 잠을 이룰 수 없었 다. 그는 다음 날 마차를 몰고 가서 보르도니와 인사를 나누 었다. 이제 산체스 농장은 애덤의 소유가 되었다.

14장

1

그 무렵의 서부에 대해서는 할 이야기가 너무나 많아서 어디서부터 시작해야 할지 엄두가 나지 않는다. 한 가지 이야기를 꺼내면 수많은 이야기가 꼬리에 꼬리를 물고 이어진다. 문제는 어떤 이야기를 먼저 할지 결정하는 것이다.

새뮤얼 해밀턴은 자식들을 피츠트리 학교에서 벌어지는 무도회에 보냈다. 그 무렵에는 그 지방의 학교가 문화의 중심 역할을 했다. 마을마다 새로 생긴 교회들은 그곳에 터전을 잡으려고 노력했다. 비교적 초기에 들어온 가톨릭 교회들은 안이한 전통에 머문 채 차츰 선교 사업을 포기했다. 그러자 지붕은 내려앉고 긴 제단에는 비둘기들이 둥지를 틀었다. 성 안토니오 선교단의 라틴어와 스페인어로 인쇄된 책들이 보관된 도서관은 곡물 창고로 바뀌어 생쥐들이 책표지에 씌워진 양피지를 갉아먹어 댔다. 지방에서는 학교가 예술과 학문의 전당이었으므로 교사들은 학문과 예술을 지원하고 전달하는 사람을 자처했다. 학교 건물에서 음악회와 토론회가 열렸으며 선거 때면 투표소가 설치되었다. 뿐만 아니라 5월의 여왕 대관식, 작고한 대통령 추모회, 철야 무도회 같은 사교 행사가 열리기도 했다. 교사는 지성의 본보기이자 사회적 지도자였으며 결혼 상대로도 인기가 높았다. 아들이 학교 여선생과 결혼을 하면 그 가족은 무척 자랑스럽게 생각했다. 또한 그들의 자식들은 선천적으로나 후천적으로 두뇌가 특출할 것으로 생각되기도 했다.

새뮤얼 해밀턴의 딸들은 죽도록 일만 하는 농사꾼의 아내가 될 운명을 타고나지는 않았던 모양이다. 그들은 모두 미인인 데다 아일랜드 왕족의 후손답게 우아한 기품이 흘렀다. 비록 가난해도 자부심을 잃지 않았고, 어느 누구도 그들을 가엾게 여기지 않았다. 새뮤얼이 자식들을 훌륭하게 키운 것만은 틀림없었다. 그들은 또래의 아이들보다 책을 많이 읽었고 예의범절도 뛰어났다. 새뮤얼은 딸들에게 학문을 숭상하고 그 시대의 무지와 오만을 멀리하도록 가르쳤다. 올리브 해밀턴은 교사가 되었다. 그녀는 열다섯 살에 집을 떠나 살리나스에 거주하면서 중학교에 다녔다. 그리고 열일곱 살에는 문과와 이과의 국가시험에 합격했고, 열여덟 살에 피츠트리 학교의 교사로 부임했다.

학교에는 그녀보다 나이가 많고 덩치가 큰 학생들이 많았으므로 선생 노릇을 하려면 대단한 요령이 필요했다. 권총이

나 채찍을 들지 않고서 자기보다 덩치가 큰 버릇없는 남학생들을 다룬다는 것은 어렵고 힘든 일이기 때문이다. 그래서 산간벽지의 학교에서는 여선생이 남학생에게 강간을 당하는 일도 있었다.

올리브 해밀턴은 모든 연령의 아이들에게 전 과목을 가르쳐야 했다. 그 무렵에는 8학년 과정을 모두 마치는 학생이 드물었다. 게다가 농사일을 거드느라 8년 과정을 마치는 데 14년 내지 15년이 걸리는 아이들도 있었다. 올리브는 응급 사고가 끊일 날이 없었으므로 응급처치 요령도 배워 두어야 했다. 학교 운동장에서 한바탕 싸움이 벌어진 후에는 칼에 다친 학생들의 상처를 꿰매 주기도 했다. 맨발로 다니던 어린 학생이 방울뱀에게 물리기라도 하면 발가락을 입으로 빨아 독을 빼내는 일도 그녀의 몫이었다.

올리브 해밀턴은 1학년에게는 읽기를, 8학년에서는 대수를 가르쳤다. 또 그녀는 학생들에게 노래를 가르치는 한편 《살리나스 저널》에 문학 비평과 사회 단평을 실었다. 졸업식 연습, 무도회, 각종 집회, 토론회, 합창대회, 크리스마스와 메이데이 축제, 현충일, 독립기념일 등 그 지역에서 열리는 온갖 공식 행사까지도 모두 그녀의 손에 의해 움직였다. 그녀는 선거철에는 선거인단으로 일하면서 각종 자선사업을 주관하고 운영했다. 이런 일들에는 상상을 초월하는 의무와 책임이 따랐으므로 결코 순조롭지만은 않았다. 교사에게는 사생활이 전혀 없었다. 사람들은 교사에게서 인격적인 결점을 찾아내려고 눈에 불을 켜고 있었다. 그래서 교사는 한 집에서 한 학기 이상 하숙을 할 수 없었다. 오래 머물면 그 집이 질시의 대상이 되었기 때문이다. 교사를 하숙시키는 집은 사회적 지위도 올라갔다. 하숙집에 적령기의 아들이 있으면 으레 청혼이 들어왔다. 청혼하는 사람이 많아지면 여교사 한 명을 두고 치열한 각축전이 벌어졌다. 아기타 집안에는 세 아들이 있었는데, 서로 올리브 해밀턴을 차지하려고 죽기 살기로 싸움을 벌였다. 시골 학교에서는 여교사가 오래 버티지 못했다. 일은 벅찬데 청혼이 끈질기게 들어오면 여교사는 얼마 지나지 않아 결혼을 해 버리고 말았다.

올리브 해밀턴은 사정이야 어떻게 되든 다른 여교사들과 같은 길을 걷지 않겠다고 다짐했다. 그녀는 아버지처럼 지적인 정열은 없었지만 농장의 안주인이 되어 살리나스에서 살고 싶지 않았다. 그녀는 살리나스 대도시만큼 크지는 않더라도 최소한 길가가 아닌 소도시에서 살고 싶었다.

올리브는 살리나스에서 지내면서 유니폼을 차려입고 성가대 합창단으로 활동했으며 감리교회의 자선 행사에도 참석하면서 멋진 생활을 체험했다. 또 순회 극단이나 예술단을 구경하면서 기대에 부풀어 바깥 세계의 마력과 향취를 맛보았다. 뿐만 아니라 파티에 참석하고, 카드놀이도 하고, 시 낭송 대회에 참가하고, 합창단과 오케스트라에서도 한몫을 했다. 이처럼 그녀는 살리나스에 매혹되었다. 이곳에서는 야회복을 입고 파티에 참석했다가 똑같은 차림으로 되돌아와도 괜찮았다. 시골에 살 때처럼 외출복을 둘둘 말아 말안장 뒤쪽 자루에 쑤셔 넣고 수십 킬로미터를 달려가서는 구겨진 옷을 꺼내 다려

입어야 하는 번거로움이 없어서 좋았다.

올리브 해밀턴은 교사 생활로 정신없이 바쁘면서도 대도시 생활을 동경하며 살았다. 그때 마침 킹시티에 제분 공장을 세운 청년이 정식으로 청혼을 해 오자, 그녀는 당분간 비밀을 지킨다는 조건하에 약혼을 했다. 약혼했다는 사실이 알려지면 이웃 청년들 사이에 한바탕 소동이 벌어질 우려가 있었다.

올리브는 아버지로부터 총명함은 아니더라도 유머 감각을 물려받았고 어머니의 강인하면서도 꺾이지 않는 의지력을 물려받았다. 나태한 학생들을 올바른 방향으로 인도하는 데 결코 물러서지 않는 성격만 보아도 알 수 있었다.

학생들을 가르치는 데는 또 하나의 장벽이 있었다. 학부형 중에는 자식이 글을 읽고 셈을 할 줄 알면 그만이라는 생각을 하는 사람들이 있었다. 아이들이 그 이상을 배우면 공연히 불만만 품고 마음이 들뜰지도 모른다는 것이 이유였다. 실제로 공부를 많이 하고서 자신이 아버지보다 낫다고 생각하여 농장을 등지고 대도시로 떠나는 젊은이들이 많았다. 그래서 부모들은 토지를 측량하고, 목재의 치수를 재고, 장부를 정리할 수 있는 수학 실력에, 상품 목록을 기록하고, 친척에게 편지를 쓸 정도의 작문 실력, 신문과 농사 관련 잡지를 읽을 정도의 이해 수준, 종교 의식이나 애국 의식에서 노래를 부를 수 있을 정도의 음악 실력만 갖추면 충분하다고 생각하는 경우가 많았다. 그 정도면 자식이 인생을 살아가는 데 불편을 느끼지 않고 엉뚱한 길로 벗어나지 않을 거라고 믿었다. 그 이상의 지식은 의사, 변호사, 교사와 같이 보통 사람들과는 다른 계층의 사람들에게나 적합하다는 생각을 갖고 있었던 것이다. 물론 개중에는 새뮤얼 해밀턴처럼 별난 사람이 있기도 했다. 사람들이 새뮤얼을 좋아하고 너그럽게 대해 주긴 했어도 만약 그가 우물을 못 파고 말에 편자를 달아 주지도 못하고 탈곡기를 돌릴 줄 몰랐다면 그의 가족이 어떤 대우를 받았을지는 아무도 모를 일이었다.

올리브 해밀턴은 약혼한 청년과 결혼하여 처음에는 패소로블즈에서 살다가 다음에는 킹시티로, 그리고 마침내 살리나스로 옮겨 가 살았다. 그녀는 고양이처럼 직관력이 뛰어났는데, 이성보다는 감정에 치우쳐서 행동했다. 어머니의 단단한 턱과 납작한 코를 닮고 아버지의 아름다운 눈을 닮은 그녀는 해밀턴 가족 중에서는 가장 확고한 신념을 가진 사람이었다. 그녀의 종교 관념은 아일랜드의 요정과 구약성서의 여호와를 절묘하게 혼합해 놓은 것이었는데, 노년에 가서는 아버지와 여호와를 혼동하기에 이르렀고 천국은 죽은 친척이 살고 있는 훌륭한 농장쯤으로 생각했다. 그녀는 따분하기만 한 외부의 현실은 아예 무시하고 마음속에서 지워 버렸으며, 누구든 자신의 이런 신념에 반대하면 발끈하고 화를 냈다. 어느 토요일엔가 두 군데의 무도회에 갈 수 없다며 엉엉 울었던 적이 있었다. 그린필드와 샌루커스는 30킬로미터나 떨어져 있었다. 두 곳에 모두 참석하자면 말을 타고 90킬로미터는 족히 달려야 했다. 이 일을 해결할 방법을 찾지 못하자 그녀는 울면서 아무 곳에도 가지 않았다.

나이가 들면서 성가신 문제가 생겼을 때는 온갖 방법을 동원해서 처리했다. 올리브 해밀턴의 외아들인 나는 열여섯 살 때 그 시절에는 걸리기만 하면 죽는다는 늑막성 폐렴을 앓은 적이 있었다. 나는 천사의 날개가 내 눈을 간질일 때까지 자꾸만 몽롱한 의식의 밑바닥 속으로 가라앉았다. 어머니는 온갖 방법들을 총동원해서 나를 살려 냈다. 감리교회의 목사가 찾아와 나를 위해 기도해 주었고, 집 옆에 있는 수녀원의 원장과 수녀들이 하루에 두 번씩이나 찾아와 하늘을 향해 나를 들어 올리고 구원의 기도를 올렸으며, '크리스천사이언스'의 강독사로 일하는 먼 친척뻘 되는 사람이 찾아와 명상을 도와주었다. 당시에 알려진 온갖 주문과 마법과 약초를 썼으며, 마을에서 가장 유명하다는 의사들과 간호사 두 명을 고용했다. 이런 방법이 효험이 있었는지 나는 완쾌되었다. 어머니는 아들인 나와 딸 셋을 사랑하면서도 엄격하게 키웠다. 우리에게 설거지, 빨래와 같은 집안일을 시켰으며, 예절을 가르쳤다. 화가 나면 끓는 물에 데친 아몬드 껍질을 벗기듯이 버릇없는 아이가 당장에 고분고분해질 정도로 무서운 눈초리로 쏘아보았다.

폐렴을 앓고 난 나는 다시 걷는 연습부터 해야 했다. 9주 동안이나 병석에 누워 있었으므로 근육이 이완되고 회복기의 나른함이 온몸에 배어 있었다. 부축을 받아 일어날 때도 온몸이 결렸고 늑막에서 고름을 빼내기 위해 절개했던 옆구리가 무진장 아팠다. 나는 침대에 쓰러져 울부짖었다.

"못 일어나겠어! 못 일어나겠단 말이야!"

그러자 어머니가 무섭게 노려보면서 말했다.

"일어나! 아버지는 온종일 일하시고도 밤을 꼬박 새우셨어. 그리고 너 치료하느라 빚까지 지셨어. 어서 일어나!"

나는 벌떡 일어섰다.

어머니에게 빚이란 치욕스러운 말이며 불명예스러운 개념이었다. 매달 15일이 넘도록 갚지 못한 계산서의 숫자는 모두 빚이었다. 빚이란 단어에는 더럽고, 수치스러우며, 불명예스러운 의미가 담겨 있었다. 어머니는 당신의 가정이야말로 이 세상에서 가장 훌륭하다고 믿었기 때문에 빚지는 일은 절대 용납할 수 없었다. 어머니는 빚지는 일이 얼마나 끔찍한 것인지를 자녀들의 가슴속에 너무도 깊이 새겨 놓았다. 이 때문에 빚지는 일이 생활이 되어 버린 오늘날의 경제체제에서도 나는 지불 기한이 이틀이 지난 청구서가 있으면 안절부절못한다. 어머니는 할부제가 유행할 무렵에도 그것을 받아들이지 않았다. 월부로 산 것은 온전히 자기 소유가 아니고 빚진 것이라고 생각했기 때문이다. 어머니는 필요한 물건이 있으면 미리 저금을 했으므로 우리 집은 이웃들에 비해 한두 해쯤 늦게 살림살이를 장만했다.

2

어머니는 대단히 용기 있는 분이었다. 물론 자식을 기르기 위해서는 용기가 필요할지도 모른다. 1차 세계대전이 일어났을 때 어떻게 대처했는지 이야기해야겠다. 어머니의 사고방식은 국제적이지 못했다. 어머니의 첫 번째 영역은 가족이 살고 있는 곳이었고, 두 번째 영역은 살고 있는 고장인 살리나스였으며, 세 번째 영역은 명확하지 않은 지형적인 윤곽이었다. 어머니는 우리 마을의 기병대가 소집을 당해 열차에 말을 싣고 바깥 세계로 출발했을 때도 전쟁을 실감하지 못했다.

우리 집에서 모퉁이를 돌면 보이는 집에 마틴 홉스라는 사람이 살고 있었다. 그는 몸집이 땅딸막했고, 빨강머리에 입이 크고 눈이 불그스름했다. 그는 살리나스에서 가장 수줍음이 많은 청년이었다. 누군가가 아침인사라도 하면 당황해서 어쩔 줄을 몰라 했다. 그는 무기고에 농구 코트가 있는 C 중대에 배속되었다.

독일군들이 눈치가 빨라서 어머니가 어떤 사람인지 파악했다면 그처럼 어머니를 화나게 하는 짓은 저지르지 않았을 것이다. 하지만 그들은 어머니의 마음을 헤아리지 못하는 멍청이들이었다. 마틴 홉스를 죽이는 순간 그들은 이미 전쟁에 진 것이나 다름없었다. 홉스의 전사 소식에 흥분한 어머니는 그들과 맞서기 시작했다. 어머니는 남에게 해를 끼친 적이 없는 선량한 홉스를 누구보다도 좋아했다. 그런 홉스가 죽자 어머니는 독일 제국에 선전포고를 하고 나섰다.

어머니는 군모를 만들거나 털실로 양말을 짜는 것으로는 성에 차지 않았는지 직접 무기가 될 만한 것을 구하러 나섰다. 어머니는 한동안 다른 부인들과 함께 적십자 제복을 입고 무기고에서 붕대를 감는 일을 하여 좋은 평판을 얻었다. 하지만 어머니는 독일 황제의 심장을 찌르지 않고서는 분이 풀리지 않았다. 어머니는 피의 복수를 통해 마틴 홉스의 원수를 갚고 싶었다. 그래서 '자유 국채'라는 무기를 찾아냈다. 감리교회의 지하실에서 성조회의 과자를 만들어 팔아 본 일 외에는 장사를 해 본 적이 없는 어머니는 무더기로 국채를 팔기 시작했다. 어머니는 정신없이 일에 매달렸다. 국채를 사지 않는 사람들에게는 위협도 불사했던 것 같다. 어머니는 국채를 사 준 사람들에게는 실제로 전투에 참가해서 독일군의 배를 총검으로 찌르는 것 같은 자긍심을 심어 주었다.

어머니의 매출 실적이 어마어마하게 증가하자 재무부는 이 별난 여전사에게 주목하기 시작했다. 처음에는 인쇄된 감사장이 날아오더니 나중에는 재무 장관의 서명과 인장이 담긴 서신이 도착했다. 놀랍게도 어머니에게 하사품이 도착했고 우리는 그날로부터 어머니를 자랑스럽게 여기기 시작했다. 하사품이란 독일군의 철모(너무 작아서 우리 머리에는 맞지 않았다.), 총검, 유산탄이 박힌 흑단과 같은 전리품이었다. 우리는 직접 전투에 참가할 자격이 없었으므로 나무로 만든 총을 메고 행진했는데, 그보다는 어머니가 벌이는 전쟁이 더 멋진 것 같았다. 어머니는 당신의 능력 이상으로 그 지방의 어느 누구보다도 많은 공헌을 했다. 그러고는 이미 세운 놀라운 성과의 네 배나 되는 실적을 올린 다음에는 영광스럽게도 군용기에 탑승하는 포상을 받게 되었다.

아, 우리는 어머니를 얼마나 자랑스러워 했던가! 아무리 상상을 해 보아도 그보다 더 큰 영광은 있을 수 없었다. 하지만 기왕 말이 나온 김에 밝혀 둘 사실이 있다. 안타깝게도 어머니에게는 누가 뭐라고 해도 절대로 믿지 않는 몇 가지가 있었다. 우선 어머니는 해밀턴 가족 중에 나쁜 사람이 있다는 것과 비행기의 존재를 믿지 않았다. 실제로 비행기를 보았음에도 불구하고 전혀 믿지 않았다.

나는 어머니가 비행기를 타고 어떤 기분을 느꼈을지 상상해 보려고 했다. 어머니는 분명히 두려움에 떨며 어쩔 줄 몰랐을 것이다. 도대체 존재하지도 않는 것을 타고 어떻게 하늘을 날 수 있다는 말인가? 벌을 주기 위해서라면 모르지만 그것은 상이고 명예이며 영광이었다. 어머니는 우리의 눈동자에 담긴 숭배의 빛을 보고는 어쩔 수 없이 비행기에 타야겠다고 마음먹었을 것이다. 비행기를 타지 않는다면 집안의 수치가 될 터였다. 그야말로 사면초가였다. 어머니는 존재하지도 않는 것에 올라타기로 결심한 순간부터 자신은 이미 죽은 목숨이라고 생각했을지도 모른다.

어머니는 오랜 시간을 들여 유언장을 작성하고 법적으로 유효한지 확인했다. 그런 다음 아버지가 구애를 할 때부터 써 보낸 편지들이 든 자단함의 뚜껑을 열었다. 우리는 그때까지도 아버지가 어머니에게 시를 써 보낸 줄은 모르고 있었다. 어머니는 벽난로에 불을 지핀 뒤에 편지를 한 장씩 태우기 시작했다. 개인적인 물건이었기 때문에 다른 사람에게 보이고 싶지 않아서였다. 어머니는 속옷을 모두 새것으로 샀다. 낡고 기운 속옷을 입은 채로 시신이 발견되는 것이 두려운 모양이었다. 어쩌면 어머니는 마틴 홉스의 비뚤어진 큰 입과 당혹스러운 눈을 떠올리며 그의 잃어버린 생명을 당신이 보상해 준다고 생각했을지도 모른다. 어머니는 그날만은 우리에게도 관대해서 기름기가 묻은 행주로 대충 닦아 놓은 접시들을 보고도 못 본 척했다.

이 영광스러운 행사는 살리나스 경마장의 로데오 광장에서 거행될 예정이었다. 우리는 성대한 장례식에서 사용하는 것보다 더 육중하고 화려한 군용차를 타고 경기장으로 향했다. 아버지는 마을에서 10킬로미터 떨어진 스프레클 제당 공장에서 근무하느라 참석하지 못했다. 아예 오고 싶지 않았거나, 어쩌면 그 긴장감을 도무지 참아 낼 수 없을 만큼 두려웠을지도 모른다. 어머니는 조건 하나를 들어주어야 탑승을 하겠다고 고집을 부렸다. 그 조건이란 비행기가 추락하기 전에 제당 공장의 상공을 비행해야 한다는 것이었다.

그날 운동장에는 수백 명의 사람들이 모였다. 우리는 그들이 어머니를 축하해 주려고 나온 줄 알았는데, 나중에 생각해 보니 비행기를 구경하려고 몰려든 것이었다. 어머니는 키가 크지 않았고 나이가 들면서 몸이 비대해졌다. 우리는 차에서 내릴 때 두려움 때문에 온몸이 굳은 채로 작은 턱에 힘을 잔뜩 주고 있는 어머니를 부축해야 했다.

비행기는 경마장 한가운데에 세워져 있었다. 허술해 보이는 아주 작은 비행기였다. 나무 버팀대를 피아노 줄로 매단, 덮개 없는 조종석이 있는 복엽 비행기였다. 어머니는 너무 놀라 정신이 명해 보였다. 어머니는 황소가 도살장으로 끌려가듯이 비행기 옆으로 갔다. 두 명의 상사가 어머니가 수의라고 생각하고 입고 온 옷 위에다 솜을 넣은 코트와 비행복까지 입히자 몸이 공같이 둥글둥글해졌다. 어머니가 가죽 헬멧과 보안경을 쓰고 나니 납작한 코와 분홍빛 뺨만 남아 정말 가관이었다. 마치 둥그런 공에다 보안경을 씌워 놓은 것 같았다. 상사 두 명이 어머니를 들어 조수석에 밀어 넣었다. 안전띠를 찬 어머니는 갑자기 정신이 든 듯 마구 손을 흔들기 시작했다. 군인 한 명이 비행기 위로 올라가 어머니의 말을 전해 듣고는 내 누나인 메리를 비행기 옆으로 데려갔다. 어머니는 왼손에 낀 두툼한 비행 장갑을 억지로 벗은 다음 작은 다이아몬드가 박힌 약혼반지를 빼서 메리에게 건네주었다.

어머니는 결혼반지인 금반지만 손에 단단히 낀 채로 다시 장갑을 끼고는 정면을 바라보았다. 조종사가 앞 조정석에 올라앉자 상사 한 명이 온 힘을 다해 나무 프로펠러를 돌렸다. 작은 비행기는 천천히 활주하다가 방향을 바꿔 요란스러운 소리를 내며 달리기 시작했고, 이윽고 비틀거리며 공중으로 떠올랐다. 어머니는 앞만 똑바로 바라보고 있었는데 아마도 눈을 감고 있었을 것이다.

우리는 정적만 남긴 채 멀리 사라진 비행기를 눈으로 쫓았다. 국채위원회 사람들, 친구와 친척, 구경꾼들은 운동장을 떠날 생각을 하지 않았다. 비행기는 제당 공장 쪽 상공에 작은 점처럼 남았다가 곧 시야에서 사라졌다. 그러다 15분쯤 후에 안정된 모습으로 다시 나타났다. 그런데 기체가 갑자기 비틀거리며 아래로 곤두박질치기 시작했다. 우리는 가슴을 졸이며 비행기를 지켜봤다. 비행기는 끝없이 아래로 떨어지다가 다시 균형을 잡더니 고리 같은 선을 그리며 곡예비행을 했다. 그러자 상사 한 명이 큰 소리로 웃었다. 비행기는 잠깐 동안 균형을 잡고 날다가 다시 미친 듯이 곡예를 했다. 회전을 하고, 임멜만 식 뒤집기를 하고, 안팎으로 고리를 그리고, 다시 몸통을 뒤집은 채로 경기장 상공을 한참이나 날았다. 어머니의 헬멧이 까만 총알처럼 보였다.

"저 친구 제정신이 아니군. 젊은 여자도 아닌데 저런 비행을 하다니……."

옆에 서 있던 군인이 중얼거렸다.

이윽고 비행기는 안전하게 착륙한 후에 사람들이 몰려 있는 곳까지 와서 멈추었다. 조종사는 비행기에서 내려와 의외라는 듯이 고개를 가로저었다.

"저렇게 대단한 여자는 난생처음이야."

그는 비행기 옆으로 다가가 축 늘어진 어머니의 손을 한 차례 잡아 흔들고는 서둘러 어디론가 사라져 버렸다.

네 남자가 덤벼들어 어머니를 조종석에서 끌고 내려오는 것만도 꽤 오랜 시간이 걸렸다. 어머니의 몸은 너무 뻣뻣하게 굳어 버려서 구부릴 수도 없었다. 우리는 어머니를 집으로 데려와 침대에 눕혔는데, 어머니는 이틀 동안이나 꼼짝없이 드러누워 있었다.

공중에서 있었던 일은 한참 뒤에야 밝혀졌다. 조종사와 어머니로부터 들은 이야기를 종합해 보니 자초지종을 알 수 있었다. 그들은 계획대로 스프레클 제당 공장 상공으로 날아가 아버지가 볼 수 있도록 세 바퀴나 돌았다. 조종사는 장난기가 발동했다. 물론 해롭게 할 생각은 전혀 없었다. 그는 얼굴을 잔뜩 찡그리며 뭐라고 고함을 질렀다. 어머니는 요란한 엔진 소리 때문에 한 마디도 알아들을 수 없었다. 조종사는 엔진 소리를 줄이고 크게 말했다.

"묘기 좀 보여 드릴까요?"

조종사는 농담으로 한 말이었다. 어머니는 보안경을 낀 조종사의 얼굴을 보았는데 그가 한 말은 빠른 기류 속으로 바로 사라지고 심하게 일그러진 그의 표정만 볼 수 있었다. 결국 어머니는 조종사의 말을 고장이 났다는 뜻으로 잘못 알아들었다.

자신의 예상이 그대로 들어맞았다고 여긴 어머니는 이제 꼼짝없이 죽는구나 하고 생각했다. 그래서 잊고 못한 일은 없는지 재빨리 생각을 정리했다. 유언장은 써 두었고 편지는 불태웠고, 속옷은 새것이고, 저녁 반찬은 충분히 만들어 놓고 나왔다. 그런데 뒷방의 불을 꺼 놓고 나왔는지 확실하지 않았다. 그때 어머니는 살 가능성이 있을지도 모른다는 생각이 들었다. 그리고 나이 어린 조종사가 분명히 겁을 먹고 있을 텐데 자신까지 겁을 먹으면 사태를 악화시킬 수 있겠다고 생각했다. 이런 때일수록 조종사에게 용기를 북돋아 주는 것이 중요할 터였다. 어머니는 환하게 웃으면서 고개를 끄덕였다. 바로 그 순간 세상이 완전히 뒤집혔다. 조종사는 한바탕 곡예비행을 한 뒤에 비행기의 균형을 잡고는 다시 물었다.

"더 할까요?"

어머니는 이미 얼이 빠져 있었으므로 아무 소리도 들리지 않았다. 하지만 조종사를 끝까지 도와야 한다는 생각에 턱에 단단히 힘을 주었다. 그러면 땅바닥으로 추락하는 한이 있더라도 조종사가 두려움에 떨지 않을 것이라고 생각했다. 어머니는 웃으면서 다시 고개를 끄덕였다. 조종사는 곡예비행을 끝낼 때마다 어머니의 의사를 물었고, 어머니는 그때마다 고개를 끄덕이며 그를 격려했다. 나중에 조종사는 똑같은 말만 되풀이했다고 한다.

"그런 여자는 난생처음이야. 규정을 깨고 곡예비행을 수없이 했는데도 자꾸만 더 해 달라는 거야. 원 세상에, 그런 여자가 조종사가 되어야 하는 건데!"

15장

1

애덤은 만족스러운 고양이처럼 자기 땅에 안주했다. 그곳은 지하수에 뿌리를 굳건히 내린 커다란 떡갈나무 아래의 작은 골짜기로 입구에 서면 강까지 펼쳐진 땅과 충적토의 평야가 보였고 서쪽으로는 둥그스름한 언덕이 시야에 들어왔다. 그곳은 햇볕이 내리쬐는 여름에도 아름다웠다. 강가에 늘어선 버드나무와 쥐방울나무가 들판 한가운데까지 줄지어 서 있었고, 서쪽 언덕에는 황금빛 목초가 자랐다. 무슨 이유에서인지 살리나스 계곡의 서쪽 산은 동쪽의 구릉지보다 더 두꺼운 흙으로 덮여 있어서 초목이 더 무성했다. 산봉우리들이 빗물을 저장했다가 골고루 분배하기 때문인지도 모르고, 나무가 울창해서 빗물을 더 많이 빨아들이기 때문인지도 몰랐다.

지금은 트래스크의 소유가 된 산체스의 땅은 아직 경작이 안 되었지만 애덤은 마음속으로 밀이 무성하게 자라는 들판과 강가를 따라 이어진 푸른 목초지를 그려 보았다. 그의 뒤로 산체스의 낡은 집을 보수하기 위해 살리나스에서 온 목수들이 두드리는 요란한 망치 소리가 들려 왔다. 애덤은 그 낡은 가옥에서 살기로 마음먹었다. 그곳이야말로 그의 작은 왕국을 세우기에 적당한 곳이었다. 그는 퇴비를 모두 치워 내고, 낡은 마룻바닥을 뜯어내고, 소들이 고개를 내밀고 비벼 대던 창틀을 모조리 철거했다. 그런 다음 송진 냄새가 물씬 풍기는 송판과 매끄러운 주목 같은 깔끔한 새 목재를 들여오고, 길쭉한 널로 새 지붕을 이었다. 오래된 벽에는 소금물에 석회를 탄 하얀 페인트를 몇 차례 덧씌워 발랐는데, 다 마른 뒤에는 반들반들 윤이 났다.

그는 영구히 정착할 터전을 설계했다. 정원사에게 장미꽃과 제라늄을 손보게 하는 한편, 채소밭을 따로 만들고, 정원의 각 구획마다 사방으로 수로를 둘러 신선한 샘물을 끌어들일 작정이었다. 애덤은 자신과 후손이 누릴 안락한 삶을 미리 음미해 보았다. 헛간에는 샌프란시스코에서 주문해 킹시티에서 마차로 실어 온 육중한 가구를 포장한 목재 상자들이 방수포를 뒤집어쓰고 있었다.

그는 멋지게 살아 보고 싶었다. 변발을 한 중국인 요리사리를 특별히 파야로까지 보내서 항아리, 주전자, 냄비, 나무통, 단지, 구리 솥, 유리그릇과 같은 주방용품을 사 오게 했다. 그런 한편으로 냄새가 나지 않도록 집에서 멀찌감치 떨어진 곳에 새 돼지우리를 지었고, 그 주위로 닭과 오리를 놓아길렀으며, 코요테가 접근하지 못하도록 개집을 짓고 개를 길렀다. 애덤은 서두르지 않고 차근차근 일을 처리했다. 일꾼들도 꾸준하고 차분하게 일에 매달렸다. 하루아침에 끝낼 일이 아니었으므로 그는 시간이 걸리더라도 하나씩 차근차근 마무리지어 갈 생각이었다. 그래서 목재의 이음새를 자세히 살폈고, 지붕에 칠한 페인트 색깔을 먼발치에 서서 이모저모 뜯어보았다. 그의 방 한구석에는 기계, 가구, 종자, 과수와 관련된 카탈로그가 쌓여 있었다. 이제 그는 아버지가 풍족한 재산을 물려준 것을 감사하게 생각하고 있었다. 그의 뇌리 속에 있는 코네티컷의 어두운 기억도 차츰 사라져 갔다. 어쩌면 서부의 강렬한 태양이 고향에 대한 기억을 지워 버렸는지도 몰랐다. 그러나 아버지의 옛집과 농장, 마을, 찰스의 얼굴을 떠올릴 때마다 우울했다. 그는 그 기억마저 모두 지우려 세차게 머리를 흔들곤 했다.

애덤은 보르도니가 살던 별채에 흰 칠을 깨끗이 해 놓고 새 집이 완공될 때까지 캐시의 임시 거처로 삼았다. 아무래도 집이 완성되기 전에 아기가 태어날 것 같았지만 서두르지는 않았다.

그는 일꾼들에게 되풀이해서 지시했다.

"튼튼하게 지어 줘요. 아무리 오래되어도 끄떡없도록 구리못과 단단한 목재를 쓰세요. 녹이 슬거나 썩는 일이 절대 없도록 말입니다."

애덤 혼자만이 미래를 설계하는 것은 아니었다. 골짜기의 모든 사람들, 아니 서부의 모든 사람들이 그랬다. 과거의 달콤했던 향기와 빛은 모두 바랬으며 그들은 더 이상 이전의 황금 시절을 떠올리지 않았다. 사람들은 별다른 소득이 없더라도 황홀한 미래의 문턱에 와 있다는 생각으로 현재의 생활에 만족했다. 둘만 만나도, 술집에 세 사람이 모여도, 야영지에서 열 명이 모여 사슴고기를 뜯을 때도 화제는 이 계곡의 풍요로운 미래였다. 그들은 추측이 아닌 확신을 가지고 아직은 실현되지 않은 눈부신 계곡의 미래에 관해 이야기했다.

"그렇게 될 거야. 누가 알아? 우리가 죽기 전에 그런 시대가 올지."

사람들은 그렇게 말하곤 했다.

현재의 생활에 만족하지 못할수록 사람들은 미래에서 행복을 찾으려고 했다. 그래서 어떤 사람들은 가족을 이끌고 언덕 위 농장에서 아래로 내려오기도 했다. 떡갈나무 굴대에 커다란 상자를 못질해서 만든 마차는 울퉁불퉁한 언덕길을 내려올 때면 요동을 쳤다. 상자 밑바닥에 밀짚을 깔고 앉은 아낙네는 마차가 돌멩이에 걸리면서 덜컹거릴 때마다 아이들이 이를 부딪치거나 혀를 깨물지 않도록 껴안아 주었다. 그러면 아버지는 발뒤꿈치에 힘을 주면서 이런 생각에 잠겼다.

'언제쯤 이 산골에 도로가 생길까? 도로가 생기면 4인승 마차에 편안히 앉아서 세 시간만 달리면 킹시티에 도착하겠지. 더 이상 뭘 바라겠는가?'

떡갈나무 숲을 소유한 사람들이 그 나무가 석탄만큼 단단하고 열량이 높은 세계 최고의 땔감이라는 것을 알게 된다고 생각해 보자. 그의 호주머니에는 '로스앤젤레스에서는 떡갈나무 장작이 평당 10달러에 판매된다.'라는 기사가 실린 신문이 들어 있을지도 모른다. 철도의 지선이 들어오기만 한다면 벌 채에 평당 1달러 50센트가 들어도 나무를 깨끗이 쪼개고 말 려서 철도 옆에 차곡차곡 쌓아 올려도 좋을 터였다. 서던퍼시 픽 철도회사가 평당 3달러 50센트의 운임을 요구한다면 평당 5달러가 넘는 이윤이 나오고, 조그만 이랑 하나가 3000평은 족히 되므로 1만 5000달러의 총소득이 발생한다.

어떤 사람들은 이마에 따가운 햇볕을 받으면서 언젠가 수 로를 내어 온 골짜기에 물을 공급할 수 있는 날이 올 것이라 고 예언하기도 했다. 아니면 깊은 우물을 만들어 양수기로 물 을 퍼 올릴 수 있을지도 모른다. 그런 일을 상상이나 할 수 있 겠는가? 물이 넘쳐나면 이 땅에서 얼마나 많은 작물을 재배 할 수 있을지 상상해 보라! 이곳은 분명 환상적인 낙원이 될 터였다!

또 어떤 사람들은 자기 손에 들고 있는 복숭아를 얼음에 재워 필라델피아까지 보낼 수 있을 것이라는 엉뚱한 이야기를 늘어놓기도 했다. 물론 미치광이 같은 헛소리이긴 하지만.

마을 사람들은 하수도와 실내 화장실 얘기도 했는데, 이미 그런 시설을 갖춘 집들이 있었다. 살리나스만 하더라도 길모 퉁이에 가로등이 생기고 전화가 들어왔다. 그러고 보면 미래에 는 어떤 한계선이나 경계선이 전혀 없다. 그렇게 되면 풍족한 생활을 누리는 만큼 자신의 행복을 저장해 둘 공간이 부족해 질지도 모른다. 미래에는 강우량이 75센티미터에 달하는 3월 의 살리나스강처럼 풍족함이 흘러넘칠지 그 누가 알겠는가.

사람들은 메말라서 먼지만 날리는 골짜기와 버섯같이 들어선 보기 흉한 마을을 내려다보면서 살아 있는 동안 만나게 될지도 모르는 아름다운 세상을 상상했다. 그런 이유만으로도 새뮤얼 해밀턴을 비웃을 수 없었다. 그의 정신은 보통 사람들은 상상도 못 하는 경계선을 자유자재로 넘나들었는데, 산호세에서 벌어지는 소식을 들으면 그의 이야기가 아주 허무맹랑한 것만은 아니었다. 그런 시대가 오면 사람들은 얼마나 행복할까? 그렇게 되면 새뮤얼에게 정신 나간 소리를 한다고 핀잔을 줄 사람은 아무도 없을 것이다.

행복이라고? 새뮤얼은 흥분해 있었다. 하지만 일단 그의 말에 귀를 기울인다면 행복을 증명해 보일 것이었다.

새뮤얼은 아일랜드에 살았던 외가 쪽 사촌의 소식을 들은 적이 있었다. 그는 기사 작위를 가진 부자였는데, 자신을 사랑하는 세상에서 가장 아름다운 여자와 비단 안락의자에 앉은 채로 권총 자살을 했다.

"사람의 욕망이란 끝이 없는 거야."

새뮤얼이 말했다.

"천국과 지상의 모든 걸 준다고 해도 만족할 줄 모르거든."

애덤 트래스크는 미래의 행복을 감지하면서도 현재의 생활에 만족했다. 그는 캐시가 뱃속에 아이를 키우면서 양지에 조용히 앉아 있는 모습을 보노라면 가슴이 뭉클했다. 투명하리만치 깨끗한 그녀의 피부를 보고 있으면 주일학교 카드에 실린 천사가 생각났다. 산들바람에 캐시의 머리카락이 하늘거리거나 두 눈을 살짝 뜨기라도 하면 애덤은 몸이 굳고 뱃속이 떨릴 만큼 환희의 쾌감에 사로잡혔다.

애덤이 고양이처럼 자기 땅에 안주했다면, 캐시 역시 마찬가지였다. 그녀에게는 차지할 수 없는 건 재빨리 포기하고 손에 넣을 수 있는 것만 기대하는 동물적인 기질이 있었다. 이러한 기질은 그녀에게 커다란 이점이 되기도 했다. 그녀의 임신은 뜻하지 않은 일이었다. 캐시는 낙태를 하려다 실패하고 의사의 위협을 받은 뒤로 그 방법을 포기했다. 그렇다고 임신한 사실을 그대로 받아들인 것은 아니었다. 마치 병을 조용히 이겨 내듯 가만히 두고 보고 있을 뿐이었다. 애덤과의 결혼도 마찬가지였다. 어떻게도 할 수 없는 신세가 되자 나름대로 최선의 탈출구를 모색한 것이었다. 캘리포니아에 가고 싶지 않았지만 달리 뾰족한 수가 없었다. 아주 어린 시절부터 그녀는 상대방의 허점을 이용하여 승리하는 법을 터득하고 있었다. 상대방을 거역할 수 없을 때는 상대방의 힘을 원하는 방향으로 유도하는 것이 오히려 수월했다. 캐시가 스스로 놓인 상황에 겉으로는 안주한 것처럼 보이지만 내적으로는 불만스러워한다는 사실을 아는 사람은 거의 없었다. 그녀는 긴장을 풀고 있어도 언젠가 다가올 기회를 노리고 있었으며, 능란한 범죄자가 되기 위한 필수적인 기질을 갖추고 있었다. 그녀는 어느 누구도 믿지 않았으므로 그녀 자신은 고립된 섬과 다를 것이 없었다. 애덤이 구입한 토지나 신축 중인 집은 거들떠보지도 않았으며 그의 거창한 계획이 실현되거나 말거나 아무런 관심도 없었다. 그녀는 덫에서 풀려나고 몸이 좋아지기만 하면 이곳에서 살 생각이 전혀 없었다. 그래서 애덤이 물을 때는 적당히 둘러대어 대답을 했다. 그렇게 하지 않으면 공연히 힘을 빼고, 줄곧 쌓아 온 것들을 허물어뜨리며, 온순한 고양이에게 덜미를 잡히게 될 것이기 때문이었다.

"여보, 집의 위치가 어떤지 좀 봐요. 창문으로 계곡이 보이지?"

"정말 아름다워요."

"우습게 들릴지 모르지만 난 백 년 전에 늙은 산체스가 했던 것과 같은 생각을 하려고 노력하고 있소. 그때의 계곡은 어땠을까? 그는 아주 신중하게 계획을 세운 것이 분명해요. 그가 파이프를 설치한 걸 알고 있소? 주목에 구멍을 뚫었는지, 불로 지져서 홈을 팠는지는 몰라도 그는 샘물을 끌어다 썼어요. 땅을 파 보니 파이프 조각까지 있었소."

"그것 참 대단하군요."

그녀가 대꾸했다.

"아주 영리한 사람 같아요."

"그 사람에 대해 더 많은 걸 알고 싶소. 집을 지은 방식을 보나, 정원수를 심고 집터를 정한 방식을 보나 그는 분명히 예술가였을 거요."

"스페인 사람이라고 했나요? 스페인 사람들은 예술적인 기질이 다분하다고 들었어요. 학교에 다닐 때 배운 화가가 기억나는군요. 아니, 그건 그리스 화가였던 것 같네요."

"어디에 가야 산체스에 관해 알아낼 수 있을까?"

"누군가 아는 사람이 있을 거예요."

"그의 작업과 설계에 대해 모두 알고 싶소. 그런데 보르도니는 그 집에다 소를 길렀더군. 그런데 내가 가장 궁금해 하는 것이 뭔지 알아요?"

"그게 뭐죠, 애덤?"

"산체스에게도 당신 같은 여자가 있었는지, 있었다면 어떤 여자였을까 하는 것이오."

캐시는 미소를 지으며 살며시 눈을 내리깔았다가 다른 쪽으로 얼굴을 돌렸다.

"별말을 다 하는군요."

"그에게도 분명히 당신 같은 여자가 있었을 거요. 암, 그렇고말고. 나도 당신을 알기 전에는 삶에 대한 열정이나 방향이 없었소. 살고 싶은 의욕도 없었는걸."

"애덤, 당신은 날 쑥스럽게 만드는군요. 애덤, 흔들지 말아요. 아파요."

"미안하오. 내가 너무 눈치가 없어서 그만."

"그렇지 않아요. 미처 생각하지 못해서 그런 거잖아요. 당신은 내가 뜨개질이나 바느질을 했으면 좋겠다고 생각하죠? 나는 이렇게 가만히 앉아 있는 게 편해요."

"필요한 건 뭐든지 사들일 거요. 당신은 편안히 앉아 있기만 하면 돼요. 당신은 이곳에서 일하는 어느 누구보다도 큰일을 하는 셈이니까. 그것은 무척 보람 있는 일이오."

"애덤, 이마에 생긴 흉터가 없어지지 않아서 걱정이에요."

"의사가 시간이 지나면 서서히 없어질 거라고 했소."

"글쎄요. 어떤 때는 희미해지다가도 다시 또렷이 나타나요. 오늘은 더 진한 것 같지 않아요?"

"아니, 그렇지 않은걸."

그의 말은 사실이 아니었다. 뭉개진 피부에 주름까지 생겨서 마치 커다란 지문을 찍어 놓은 것 같았다. 그가 흉터에 손가락을 갖다 대려고 하자 그녀는 얼른 고개를 돌렸다.

"손대지 마세요. 만지면 아프고 금방 빨개져요."

"흉터는 없어질 거요. 시간이 지나면 괜찮을 테니 아무 걱정 말아요."

애덤이 돌아서자 캐시는 미소를 지었다. 하지만 그가 자리를 뜨자 그녀의 눈은 생기를 잃고 멍해졌다. 뱃속에서 아기가 발길질을 하자 그녀는 불편한 듯 몸을 움직였다. 그러고는 몸의 힘을 뺀 채로 가만히 기다렸다.

커다란 떡갈나무 아래의 의자에 앉아 있는 그녀에게 리가 다가와서 물었다.

"차 드릴까요, 마님?"

"그래요, 한 잔 마시고 싶군요."

그녀는 리를 자세히 살폈지만 그의 진갈색 눈동자 속에는 어떤 세계가 담겨 있는지 도무지 알 수 없었다. 캐시는 어떤 남자라도 그들의 가슴속에 들어가 충동과 욕정을 파헤칠 수 있었다. 하지만 리의 가슴은 고무처럼 탄력이 있어서 접근을 허용하지 않았다. 그는 깡마른 얼굴에 늘 명랑한 표정을 지었는데, 넓은 이마는 단단하고 민감해 보였으며, 항상 미소 짓는 입술은 약간 위로 말려 올라가 있었다. 길게 땋아 내린 윤기 흐르는 검은 변발은 끝을 검은 명주 끈으로 동여 어깨에 걸쳤는데 움직일 때마다 가슴께에서 달랑달랑거렸다.

리는 힘든 일을 할 때마다 변발을 머리 위로 감아 올렸다. 그는 통이 좁은 무명바지를 입었고, 뒤축이 없는 검은 슬리퍼를 신었으며, 매듭 장식의 단추가 달린 중국식 겉옷을 입었다. 그 무렵의 중국인이 대개 그랬듯이 리는 무엇을 두려워하는 것처럼 두 손을 소매 속에 감추고 있었다.

"작은 탁자를 가져오겠습니다."

그는 고개를 약간 숙여 인사를 하고는 천천히 집 안으로 사라졌다.

캐시는 그의 모습을 바라보며 얼굴을 찡그렸다. 무섭지는 않았지만 그와 함께 있으면 왠지 불편했다. 하지만 그는 선량하고 예의바른 최상의 하인이었다. 그런 그가 어떻게 그녀에게 해를 끼치겠는가?

2

여름이 깊어지자 살리나스강물은 지하로 스며들거나 강둑 밑에 푸른 웅덩이를 만들어 놓았다. 소들은 하루 종일 버드나무 그늘 아래서 졸다가 밤이 되면 어슬렁거리며 풀을 뜯었다. 풀은 황갈색을 띠기 시작했다. 오후가 되면 바람이 산골짜기를 타고 내려와 산꼭대기만큼 높은 허공에서 안개 같은 먼지바람을 일으켰다. 바람이 한차례 땅바닥을 휩쓸고 지나가면 흑인의 머리통만큼이나 큰 떡갈나무의 뿌리가 드러났고, 지푸라기와 잔가지가 뒹굴다가 나무뿌리에 걸렸으며, 작은 돌까지 굴러다녔다.

그 옛날 산체스가 이 작은 골짜기에 집을 지은 이유를 알 것 같았다. 이곳에는 바람과 먼지가 들어오지 않을 뿐더러 샘물이 마르는 철에도 차갑고 깨끗한 샘물이 솟아 나왔다. 하지만 애덤은 모래 먼지가 자욱한 땅을 내려다보며 캘리포니아에서 처음 온 동부 사람이 으레 느끼는 두려움에 사로잡히곤 했다. 코네티컷에서는 여름철에 2주만 비가 오지 않아도 건조하다고 했고, 4주 동안 비가 오지 않으면 가뭄이 들었다고 했다. 풀이 푸른빛을 띠지 않으면 그것은 기후가 건조하다는 증거였다. 그런데 캘리포니아에서는 5월말에서 11월초까지는 비가 한 방울도 오지 않았다. 동부 사람들은 비가 오지 않는 달에는 대지가 병들었다고 생각했다.

애덤은 리에게 새뮤얼 해밀턴의 집에 찾아가서 우물 파는 일에 대해 의논했으면 좋겠으니 한번 방문해 달라는 전갈을 하도록 지시했다.

리가 트래스크의 마차를 타고 도착했을 때 새뮤얼은 나무 그늘 아래서 아들 톰이 혁신적인 너구리 덫을 설계하여 제작하는 것을 지켜보고 있었다. 리는 두 손을 소매 속에 넣은 채로 기다렸다. 새뮤얼은 애덤이 보낸 편지를 읽었다.

"톰, 내가 집을 비운 사이에 집 잘 지킬 수 있겠지? 나는 트래스크 씨 댁에 가서 우물 파는 일을 의논해야겠다."

"나도 따라가면 안 되나요? 혹시 일손이 필요할지도 모르잖아요."

"오늘은 의논만 한다지 않았니. 그러니 일손은 필요 없다.

우물은 한참 후에나 파게 될 거다. 그러자면 의논을 많이 해 뒤야지. 흙 한 삽 파내는 데 오륙백 번은 얘기가 오가야 한단 다."

"저도 가고 싶어요. 트래스크 씨 댁이라면서요. 그분이 여기 왔을 때도 만나지 못했어요."

"우물을 파기 시작하면 만나게 될 거다. 내가 너보다는 나이가 많으니 먼저 가서 의논을 해야겠다. 톰, 너구리가 이 구멍으로 빠져나갈 것 같구나. 너구리는 아주 영리한 짐승이거든."

"이것 보이시죠? 이걸 돌려 구부리면 절대로 빠져나가지 못해요."

"그래, 내가 너구리만큼 영리하지 못해서 탈이다. 너라면 잘해낼 거야. 톰, 어머니한테 트래스크 씨 댁에 다녀온다고 말하고 올 테니 넌 말안장이나 좀 올려 주지 않겠니?"

"마차를 가져왔습니다."

리가 말했다.

"그래도 돌아올 때는 내 말이 있어야지."

"제가 모셔다 드리겠습니다."

"그럴 것까진 없네. 내 말을 타고 갔다가 오는 게 더 편하네."

새뮤얼이 말했다.

새뮤얼은 마차에 올라 리의 옆자리에 앉았다. 안장을 얹은 그의 말은 마차 뒤에다 맸다.

"자네 이름이 뭔가?"

새뮤얼이 유쾌하게 물었다.

"리입니다. 이름은 따로 있고요. 리는 아버지 쪽 성인데, 그냥 리라고 불러 주세요."

"난 중국에 관한 책을 꽤 읽었네. 자네도 중국에서 태어났나?"

"아닙니다. 여기에서 태어났습니다."

마차가 바큇자국을 따라 먼지투성이의 계곡 길을 덜컹거리며 달리는 동안 새뮤얼은 한참 동안이나 말이 없었다.

"내 말을 기분 나쁘게 듣지는 말게. 난 자네 같은 중국인들이 왜 그렇게 영어를 엉망으로 하는지 도무지 모르겠어. 아일랜드의 음침한 늪지에서 살다 온 무식한 놈들도 감자 같은 혓바닥으로 아일랜드 말밖에 못 하다가 한 10년쯤 지나면 그런 대로 제법 영어를 하는데 말이야."

리는 싱긋 웃으며 대답했다.

"저는 중국식으로 말하지요."

"뭐, 그 나름대로 이유가 있겠지. 내가 상관할 바는 아니니까. 기분 상해 하지 말게, 리."

리는 새뮤얼을 바라보았다. 두툼한 눈꺼풀 아래의 갈색 눈이 점점 깊이를 더해 가는 것을 보자 리는 그가 더 이상 낯설게 느껴지지 않았다. 그것은 사나이의 눈이었고, 이해심이 담긴 다정한 눈이었다. 리는 킬킬대며 웃었다.

"그렇게 말해 주는 것이 오히려 편합니다. 제 스스로를 보호할 수도 있고요. 우리 중국인이 그런 영어를 써야지 사람들은 이해한답니다."

새뮤얼은 별 이상한 이야기를 다 들어 본다고 생각하면서
도 내색은 하지 않았다.

"처음 두 가지 이유는 이해하겠네만, 마지막 이유는 잘 모
르겠군."

그는 사려 깊게 말했다.

리가 대답했다.

"믿기지 않겠지만 저와 제 친구들은 늘 겪는 일이기 때문에
그러려니 하죠. 예를 들면 제가 점잖은 신사나 숙녀 앞에서
지금처럼 유창한 영어를 하면 오히려 절 이상하게 볼 겁니다."

"왜 그럴까?"

"그들은 처음부터 중국식 영어를 들을 거라고 기대를 하고
있죠. 그런데 제 입에서 유창한 영어가 흘러나오면 제대로 들
으려 하거나 이해하려고 하지 않습니다."

"그럴 리가 있나? 난 자네가 하는 말을 잘 알아듣지 않는
가?"

"바로 그겁니다. 당신은 드물게도 선입관을 갖고 있지 않으
세요. 사물을 있는 그대로, 생각한 그대로 보시는 분입니다."

"난 그런 생각을 해 보지 않았네. 시험해 보려는 것은 아니
네만 자네는 정말 진실만을 얘기하는군. 난 궁금한 게 많아서
물어보고 싶은 것도 많다네."

"뭐든 물어보세요. 기꺼이 대답해 드리죠."

"궁금한 게 많네. 예를 들자면 자네는 지금 변발을 하고 있
잖은가? 책에서 읽기로는 변발은 만주족이 남부의 중국인을
정복한 후에 강요한 예속의 표시라는데, 맞나?"

"맞습니다."

"그러면 왜 여기까지 와서 변발을 하고 있는 건가? 만주족이 이곳까지 자네를 쫓아오는 것도 아닐 텐데 말이야."

"말도 중국식, 변발도 중국식입니다. 아시겠습니까?"

새뮤얼은 큰 소리로 웃었다.

"그것 참 편리한 대답이군. 나도 그런 식으로 생각하면 좋겠는걸."

"제가 설명을 해 드릴 수 있을지 모르겠군요. 비슷한 경험을 하지 않으면 이해하기가 힘드니까요. 당신도 미국에서 태어나지 않은 걸로 압니다만."

리가 말했다.

"맞아. 아일랜드가 고향이지."

"그러나 몇 년만 지나면 아일랜드인의 기질이 거의 사라지죠. 전 그린벨리에서 태어나 그곳에서 학교를 다니다가 캘리포니아 대학에 다녔는데도 미국인과 어울릴 기회가 거의 없었어요."

"그 변발을 자르고 미국인처럼 옷을 입고 유창한 영어를 하면 어떨까?"

"그렇게 해 보았는데 잘 되지 않았습니다. 백인들의 눈에는 제가 영락없는 중국인이죠. 그것도 믿음이 가지 않는 중국인으로 봅니다. 게다가 중국인 친구들까지 절 피하더군요. 그래서 포기한 겁니다."

리는 나무 아래에서 마차를 세우고 고삐를 풀었다.

"점심 시간입니다. 도시락을 싸 왔는데 좀 드시겠어요?"

"그거 좋지. 저기 그늘로 가서 앉을까. 난 배가 고프면서도 식사하는 걸 잘 잊어버리니 이상하지. 자네 얘기가 재미있군. 귀담아들을 만한 얘기야. 다시 중국 얘기로 돌아가 보자고."

리는 미소를 지으며 빈정대듯이 말했다.

"제가 평생을 두고 찾으려던 해답을 몇 분 만에 찾지는 못할 겁니다. 전 중국에 갔습니다. 아버지는 상당히 성공한 분이었는데도 제게 별 도움이 되지 못했죠. 그곳 사람들은 모두가 절 서양도깨비 보듯 바라보았어요. 말하는 것도 꼭 양놈같고, 조상으로부터 물려받은 품위 있는 예법도 몰라본다고 하더군요. 믿지 못하시겠지만 전 이곳에서보다 중국에서 더 외국인 취급을 받았답니다."

"일리가 있으니 믿어야겠군. 적어도 2월 27일까지는 내게 생각할 거리를 준 셈이로군. 그런데 또 한 가지 물어봐도 괜찮겠나?"

"네, 얼마든지요. 그런데 문제는 중국식 영어를 하면 생각도 중국식으로 하게 되지요. 전 영어를 제대로 하려고 많은 연습을 한답니다. 듣기와 읽기는 말하기와 쓰기와는 별개거든요."

"혹시 실수는 하지 않나? 그러니까 자네도 모르게 중국식 영어가 아닌 유창한 영어가 튀어나오지 않느냐는 말일세."

"그렇지는 않습니다. 그건 상대방에 따라 달라지죠. 상대방의 눈을 보면 그가 내게 중국식 영어와 중국식 걸음걸이를 기대하는지, 혹은 그렇지 않은지를 알게 됩니다. 그런 다음 거기에 맞추면 되는 거죠."

"그렇겠군."

새뮤얼이 말했다.

"나도 마찬가질세. 사람들이 웃으려고 우리 집에 찾아오니까 나도 농담을 하게 되네. 기분이 울적할 때도 그들을 웃기려고 농담을 하게 돼."

"그런데 아일랜드인은 항상 낙천적이고 농담을 잘하는 기질이 있다더군요."

"자네는 중국식 영어와 변발로 위장을 하지. 그렇지만 아일랜드인은 달라. 살아가면서 고통을 느끼는 게 천성인 음울한 민족일세. 그러니 술에 젖어 세상을 편하게 보지 않는다면 모두 자살을 하고 말 걸세. 상대방이 농담을 원하니 웃기는 소리를 하는 것뿐이야."

리가 조그만 술병을 꺼냈다.

"이것 좀 마셔 보시겠어요? 오가피주라는 중국 술입니다."

"무슨 술이라고?"

"중국식 브랜디죠. 독한 술이에요. 이 술을 마시면 세상살이가 편안해진답니다."

새뮤얼은 병을 입에 대고 한 모금 마셨다.

"약간 상한 사과 맛이 나는군."

새뮤얼이 말했다.

"맞아요. 상한 사과 맛치고는 썩 괜찮은 편이죠. 혀 밑에 머금고 조금 굴려 보세요."

새뮤얼은 길게 한 모금 마시고는 머리를 뒤로 젖혔다.

"자네 말이 맞아. 맛이 훌륭하군."

"여기 샌드위치, 오이절임, 치즈, 우유 한 통도 있습니다."

"빈틈없이 준비를 했군그래."

"그럼요. 늘 신경을 쓰니까요."

새뮤얼은 샌드위치를 베어 먹으며 말했다.

"난 수많은 문제를 생각해 왔지. 자네 얘길 들으면서 한 가지 생각이 떠올랐는데 얘기해도 괜찮겠나?"

"상관 말고 말씀하세요. 다만 부탁드리고 싶은 것은 다른 사람들에게는 이런 식으로 얘기하지 마시라는 겁니다. 그랬다간 다들 어리둥절해 하고, 이해하지도 못할 겁니다."

"알겠네."

새뮤얼이 대답했다.

"내가 실수를 하더라도 그건 내가 우스갯소리의 천재기 때문이라고 생각하게. 사람이 모두 다 똑같은 건 아니지."

"무슨 질문을 하실지 알 만합니다."

"그래 뭔가?"

"제가 왜 하인 노릇을 하면서 만족해 하는지 궁금하신 거죠?"

"그걸 어떻게 알았나?"

"눈치를 보면 알 수 있죠."

"내 질문이 불쾌한가?"

"당신이 묻는 건 괜찮아요. 괜히 심각한 체하면서 묻지 않는다면 상관없습니다. 사람들은 왜 하인을 창피스럽게 생각하는지 모르겠어요. 하인은 철학자에게는 피난처가 되고, 게으름뱅이에겐 밥을 먹여 주고, 제대로만 하면 권력과 사랑을 얻을 수 있는 직업이죠. 똑똑한 사람들은 왜 하인을 직업으로 받아들이지 않는지 모르겠어요. 하인 노릇도 잘만 하면 이득이 있는데 말입니다. 훌륭한 하인은 주인의 관용 때문이 아니라 습관과 여유 때문에 편안한 생활을 합니다. 입에 밴 양념이나 발에 맞는 양말을 바꾸기란 어려운 일인데 주인은 못난 하인이라도 옆에 두는 게 낫답니다. 저도 훌륭한 하인 축에 들어가지만 그런 하인은 주인을 마음대로 조종할 수 있어요. 주인에게 이렇게 생각해라, 저렇게 행동해라, 누구와 결혼해라, 언제 이혼해라는 말까지 해 줍니다. 주인을 교묘하게 겁먹게 하고 행복하게 만들다가는 마침내 유언으로 재산을 분배하게까지 만들죠. 저도 마음만 먹었다면 주인의 재산을 훔치고 발가벗기고 두들겨 패 놓고도 고맙다는 치사를 듣고 떠날 수 있었을 겁니다. 저 같은 사람은 보호받을 수 없는 처지죠. 그런데도 주인은 나를 지켜주고 보호해 줄 수 있어요. 사람은 저마다 일을 하고 고민을 하며 삽니다. 그러나 저는 일도 덜 하고 고민도 덜 하죠. 저는 좋은 하인입니다. 그렇지 않은 하인들도 일이나 고민을 하지 않으면서 먹고 입고 보호를 받죠. 하인처럼 형편없는 사람들이 많이 모이고 우수한 인력이 드문 직업도 없을 겁니다."

새뮤얼은 몸을 앞으로 내밀고 열심히 리의 이야기를 들었다.

리가 다시 말을 이었다.

"이런 말을 하고 나서 중국식 영어를 하면 마음이 편안해진답니다."

"산체스 농장에서 아주 가까운 것 같은데 왜 이곳에서 쉬는 거지?"

318

새뮤얼이 물었다.

"얘기를 하고 싶어서요. 우리 중국인들은 착한 사람들입니다. 이제 떠날 준비가 되었나요?"

"뭐라고? 음, 알았네. 하지만 자네는 외로운 생활을 해야겠군."

"그게 유일한 흠이지요."

리가 말했다.

"샌프란시스코에 가서 조그만 사업을 시작해 볼까 생각하고 있습니다."

"세탁소? 아니면 식당?"

"아닙니다. 중국인이 경영하는 식당과 세탁소는 너무 많죠. 그래서 서점을 해 볼까 생각하고 있습니다. 하지만 그걸 하게 될지는 분명치 않습니다. 하인 노릇을 하면 제멋대로 편하게 살 테니까요."

3

그날 오후, 애덤은 새뮤얼 해밀턴과 말을 타고 자신의 땅을 한 바퀴 돌았다. 오후가 되면 늘 그러듯 바람이 불어 누런 먼지가 하늘 위로 치솟았다.

"아, 정말 훌륭한 땅이군요."

새뮤얼이 소리쳤다.

"보기 드문 훌륭한 땅입니다."

"이러다가 바람에 날려 표토가 다 사라지지 않을까 걱정입니다."

애덤이 주위를 자세히 살피며 말했다.

"그럴 리가 있나요. 단지 표토가 조금씩 이동할 뿐이죠. 당신네 흙이 제임스네 농장으로 날아가고, 대신 사우시네 농장의 흙이 당신네 농장으로 날아오지요."

"아무튼 나는 바람이 싫어요. 신경이 곤두서거든요."

"오랫동안 바람이 부는 걸 좋아하는 사람은 없을 겁니다. 바람이 불면 짐승들도 신경을 곤두세우고 불안해 하죠. 알고 있는지 모르겠지만 계곡을 조금 올라가면 방풍림으로 고무나무들이 심겨 있어요. 오스트레일리아에서 들여온 유칼립투스지요. 이 나무는 1년에 3미터나 자란답니다. 당신도 시험 삼아 몇 이랑 심어 보지 않겠어요? 얼마 후면 바람도 막고 장작으로도 쓸 수 있을 텐데."

"좋은 생각입니다."

애덤이 말했다.

"하지만 제가 원하는 건 물입니다. 수맥을 찾기만 하면 바람을 이용해서 물을 얼마든지 퍼낼 수 있을 텐데요. 우물 몇 개를 파서 농장에 도랑을 내면 표토가 바람에 날려 가지 않을 겁니다. 그렇게 되면 콩도 좀 심어 볼까 합니다."

애덤이 말했다.

새뮤얼은 거센 바람이 불자 눈을 가늘게 떴다.

"그렇게 원하신다면 수맥을 찾아 드리죠. 내가 소형 펌프를 발명했는데, 물을 빨리 끌어올릴 수 있는 장치랍니다. 순전히 혼자서 생각해 낸 것이죠. 풍차는 비용이 너무 많이 들지만 소형 펌프를 설치하면 돈을 절약할 수 있을 겁니다."

새뮤얼이 말했다.

"좋은 생각입니다. 풍력을 이용할 수 있다면 바람이 불어도 상관없어요. 물 문제만 해결되면 자주개나리를 심어 볼까 합니다."

애덤이 말했다.

"그건 돈벌이가 안 될 텐데요."

"값 같은 건 따지지 않아요. 몇 주 전에 그린필드와 곤잘레스 일대를 둘러보았어요. 스위스인 몇 명이 그곳에 이주해 살더군요. 많지는 않지만 쓸 만한 젖소를 키우면서 1년에 네 번 자주개나리를 수확한다고 하더군요."

"그 얘기는 나도 들었어요. 스위스 소를 들여와 기른다면서요?"

애덤의 얼굴은 새로운 계획으로 밝아졌다.

"나도 그렇게 하고 싶어요. 버터와 치즈는 팔고 우유는 돼지에게 먹이면 되죠."

"당신은 이 계곡에 영광을 안겨 주는 주인공이 되겠군요."

새뮤얼이 말했다.

"당신이야말로 진정한 기쁨을 누릴 겁니다."

"물만 구할 수 있다면요."

"수맥만 찾으면 물이 나오게 해 주겠어요. 꼭 찾아낼 거요. 내가 요술 지팡이를 가지고 왔거든요."

새뮤얼은 안장에 매달아 둔 끝이 갈라진 지팡이를 두드

렸다.

애덤은 왼쪽으로 산쑥이 뒤덮인 야트막한 넓은 평지를 가리켰다.

"보세요. 36에이커의 땅이 거의 평지와 다를 바 없습니다. 굴착 송곳을 찔러 보았더니 표토는 두께가 평균 1미터에 모래가 섞였고 심토는 양질의 흙이었어요. 저곳에서 물이 나올 수 있을까요?"

"글쎄요. 한번 알아봐야지요."

새뮤얼이 말에서 내려 말고삐를 애덤에게 건네주고 끝이 갈라진 지팡이를 풀었다. 그는 지팡이의 갈라진 부분을 두 손으로 붙잡고 팔을 앞으로 내민 채 천천히 갈지자로 걸어갔다. 그러다가 이마를 찌푸리면서 뒤로 몇 걸음 물러났다가 고개를 흔들고는 다시 앞으로 걸어갔다. 애덤은 자기 말을 탄 채로 새뮤얼의 말을 끌고 따라갔다.

애덤은 지팡이에서 눈을 떼지 않았다. 지팡이는 물고기가 낚싯줄에 걸린 듯 떨더니 약하게 움직였다. 새뮤얼의 얼굴이 긴장으로 팽팽해졌다. 그는 계속해서 앞으로 걸어갔다. 일순간 지팡이의 끝이 땅속으로 빨려 들어가는 것 같았다. 그는 주위를 천천히 한바퀴 돌고는 산쑥을 한 움큼 뜯어 땅 위에다 놓았다. 그러고는 다시 뒤로 물러나 지팡이를 세우고 표시해 둔 부분의 안쪽으로 걸어갔다. 가까이 다가가자 지팡이가 다시 땅속으로 빨려 들어가는 것 같았다. 새뮤얼은 한숨을 내쉬어 긴장을 풀면서 지팡이를 땅바닥에 내려놓았다.

"이곳에 물이 있소. 그다지 깊지 않은 곳에요. 당기는 힘이

센 걸 보니 물이 많은 것 같군요."

그가 말했다.

"잘됐군요."

애덤이 말했다.

"두어 군데 더 보여 드리고 싶은데요."

새뮤얼은 질긴 쑥 한 포기를 뽑아 흙 속에 꽂았다. 그리고 산쑥의 가지를 찢어 십자 모양의 표적을 만들었다. 그런 다음 주변의 연한 쑥들을 발로 뭉개어 다음에 올 때 쉽게 알아볼 수 있도록 표시를 해 두었다.

그곳에서 30미터쯤 떨어진 곳에서 두 번째 시험을 했다. 이번에는 지팡이가 더 심하게 아래로 내려갔다.

"이곳은 물이 굉장히 많군요."

세 번째 시험에서는 신통한 결과가 나오지 않았다. 그곳에서는 30분이 지난 후에야 가벼운 반응이 왔을 뿐이었다.

두 사람은 트래스크의 집을 향해 천천히 말을 달렸다. 하늘에 자욱하던 누런 먼지는 차츰 옅어졌고, 오후가 되면서 세상은 황금빛으로 물들었다. 해가 저물면서 바람이 잦아들기는 했지만 한밤중이 되어서야 공중의 먼지가 가라앉는 날도 있었다.

"누가 보아도 알겠지만 이렇게 훌륭한 땅인 줄은 몰랐어요. 당신의 땅 밑에는 산에서 흘러 내려오는 거대한 수맥이 있어요. 트래스크 씨, 땅을 참 잘 골랐군요."

새뮤얼이 말했다.

그러자 애덤이 미소를 지으며 말했다.

"우리는 코네티컷에 농장을 가지고 있었어요. 그곳에서 여섯 대에 걸쳐 돌을 파냈답니다. 내 기억으로는 돌을 파내어 담 있는 곳까지 나르는 것이 늘 하는 일이었죠. 그래서 어느 농장에서나 다 그렇게 하는 줄 알았습니다. 그런데 이곳은 내가 보기에도 이상할 정도고, 공연히 죄스럽다는 생각이 드는군요. 돌멩이 하나 보는 것도 무척 드무니까요."

"죄스럽게 느낀다는 것도 참 이상한 일이군요."

생각에 잠겨 있던 새뮤얼이 입을 열었다.

"내 생각에 인간은 정신적으로나 물질적으로 자신이 소유한 모든 것들을 벗어던진다고 해도 끝내 괴로워해야 할 몇 가지의 작은 죄들을 마음 한구석에 감추고 있는 것 같소. 그것들만은 절대 잃어버리지 않는 거죠."

"우리 자신이 겸손하려면 오히려 좋은 일인지도 모르죠. 하느님을 두려워하게 만드는 것이기도 하니까요."

"나도 그렇게 생각하오."

새뮤얼이 맞장구를 쳤다.

"겸손은 분명히 좋은 것 같소. 한 조각의 겸손도 갖추지 않은 사람은 매우 드물죠. 그러나 그것이 아주 즐거운 고통이고 소중한 체험이라는 것을 깨닫지 못하는 사람은 그 가치를 알 수 없어요. 그런 사람은 자신만의 고통을 온전하게 받아들이지 않은 것이라는 의심을 들게 하죠."

"수맥을 찾는 신기한 지팡이에 대해 설명 좀 해 주시죠."

애덤이 말했다.

새뮤얼은 말안장에 매달아 놓은 지팡이를 쓰다듬었다.

"이 지팡이가 신통한 힘을 부린다고는 생각하지 않아요. 어쩌면 이런 건지도 몰라요. 물이 어디에 있는지 내가 피부로 느끼는 거죠. 어느 한 방면에 천부적인 재능을 가진 사람들도 많이 있으니까요. 이렇게 생각해 볼 수도 있어요. 그것을 겸손이라고 표현할 수도 있고, 아니면 자신에 대한 뿌리 깊은 불신이라고도 할 수 있어요. 그런 것들이 마술을 부려서 내가 하는 일의 표면으로 끌고 가지 않나 하는 생각이 듭니다. 무슨 뜻인지 이해하겠소?"

"그건 좀 생각해 봐야겠습니다."

애덤이 말했다.

말들은 고삐가 느슨해지자 고개를 숙이고 앞으로 걸었다.

"오늘 밤은 묵고 가시렵니까?"

애덤이 물었다.

"그것도 좋겠지만 오늘은 안 되겠어요. 아내에게 자고 온다는 말을 하지 않았으니까요. 공연히 집사람에게 걱정을 끼치고 싶지는 않군요."

"하지만 부인께서 여기 오신 걸 알고 계실 텐데요."

"그야 알고 있지요. 좀 늦더라도 오늘 돌아가는 게 좋겠어요. 저녁 식사를 하고 가라면 기꺼이 응하죠. 우물은 언제쯤 파는 것이 좋을까요?"

"당신만 괜찮다면 지금 당장이라도 시작했으면 좋겠습니다."

"지하수를 퍼 올리자면 비용이 상당히 많이 듭니다. 수맥을 어디에서 찾아내느냐에 달려 있겠지만 30센티미터당 50센트 이상이죠. 돈이 꽤 많이 드는 작업입니다."

"돈은 염려 마세요. 나는 우물이 꼭 필요합니다. 부탁드립니다, 해밀턴 씨."

"편하게 새뮤얼이라고 부르세요."

"새뮤얼, 나는 내 땅을 낙원으로 꾸미고 싶습니다. 내 이름이 애덤 아닙니까? 지금껏 나는 에덴동산에서 쫓겨나기는 고사하고 그런 곳에서 살아 본 적도 없어요."

"낙원을 만드는 이유치고는 최고로군요."

새뮤얼이 감탄하면서 소리 내어 웃었다.

"그럼 과수원은 어디에 만드시려고요?"

애덤이 대답했다.

"난 사과나무는 심지 않을 겁니다. 사고가 날지도 모르니까요."

"사과나무를 심지 않는다면 이브가 뭐라고 할까요? 이브는 사과를 좋아할 텐데요."

"아니요, 우리 이브는 그렇지 않아요. 그녀는 내가 하는 일에 찬성할 겁니다. 얼마나 착한 여자인데요."

애덤이 눈을 반짝이며 말했다.

"당신은 복을 타고난 분이군요. 그보다 더 큰 복이 어디 있겠습니까?"

두 사람은 산체스 집이 위치한 작은 계곡 어귀에 이르렀다. 커다란 떡갈나무의 둥글고 푸른 꼭대기가 보였다.

"복이라니 당치도 않습니다."

애덤은 부드러운 어조로 말했다.

"아무도 모를 겁니다. 나는 그동안 우울한 생활을 했답니다, 해밀턴 씨, 아니 새뮤얼. 다른 사람들의 생활과 비교하면 그렇지 않을 수도 있지만 정말 무의미한 삶이었죠. 내가 왜 이런 얘기를 당신한테 하는지 모르겠군요."

"내가 이야기 듣기를 좋아하니까 그런지도 모르죠."

"어머니는 내가 아주 어렸을 때 돌아가셔서 기억도 나지 않아요. 새어머니는 참 좋은 분이었는데 걱정이 많은 성격에 늘 병을 앓았죠. 아버지는 엄격했지만 좋은 분이었어요. 아니 훌륭한 분이었다고 할까요."

"아버지를 사랑하지 않았군요."

"교회에서 느끼는 감정이라고 할까요. 두려움도 약간 섞인 그런 감정 말입니다."

새뮤얼은 고개를 끄덕였다.

"알 만합니다. 자식에게 그런 감정을 바라는 사람들도 있으니까요."

그는 안쓰럽다는 듯이 미소를 지어 보였다.

"그런데 나는 늘 그것과 정반대의 것을 원했답니다. 라이자는 그게 바로 내 약점이라고 하지만요."

"아버지는 날 군인으로 만들었죠. 군대에 있을 때 서부에서 인디언을 토벌한 적도 있었어요."

"그 얘기는 압니다만, 당신은 군인과는 어울리지 않는 것 같군요."

"나는 훌륭한 군인은 아니었습니다. 제가 별 얘길 다 하는군요."

"얘기를 하고 싶었나 보죠. 무엇이든 이유가 있는 법이니까요."

"군인은 마음에서 우러나든지, 아니면 최소한 만족이라도 있어야 한다고 봅니다. 저는 무고한 남자와 아낙네를 죽여야 할 이유를 찾지 못했습니다. 그 이유를 이해하지도 못했고요."

그들은 한참 동안 묵묵히 말을 타고 달렸다. 애덤이 먼저 입을 열었다.

"나는 마치 늪 속에서 진흙투성이가 되어 힘겹게 빠져나오듯이 제대했습니다. 고향에 돌아가기 전에 오랫동안 이곳저곳을 떠돌아다녔어요. 고향이라고 해 봤자 즐거운 추억이라고는 없었으니까요."

"당신 아버지는 어떻게 되었죠?"

"이미 돌아가셨더군요. 고향이란 지루한 소풍을 기다리듯 죽을 때만 기다리며 앉아 있거나 일만 하는 곳이었습니다."

"당신 혼자였나요?"

"아니요, 동생이 있습니다."

"어디에 있지요? 동생도 지루한 소풍을 기다리고 있나요?"

"맞아요. 그게 정확한 표현이군요. 그런데 캐시가 나타난 거죠. 언젠가 기회가 되면 얘기하죠. 당신도 흥미를 느낄 겁니다."

"꼭 듣고 싶군요. 난 워낙 얘기를 좋아해서요."

"캐시에게서 환한 빛이 퍼져 나와 세상 모든 것들의 색깔을 바꾸어 놓았습니다. 온 세상의 문이 활짝 열렸죠. 하루하루 눈 뜨는 것이 기뻤고, 한없이 즐겁기만 했답니다. 세상 사람들 모두가 선량하고 아름답게 보였고요. 더 이상 두려운 것도 없었습니다."

"나도 그 기분을 잘 압니다."

새뮤얼이 말했다.

"옛날에 나도 그런 감정을 느꼈으니까요. 그 감정은 결코 사라지지 않지만 가끔씩 멀어지기도 하죠. 당신도 그럴 겁니다. 그래요, 그건 나에게 친숙한 감정이죠. 내 눈과 코와 입과 머리카락처럼 말이죠."

"이 모든 변화는 몸을 다친 저 자그마한 여자 때문에 생긴 겁니다."

"당신 자신에게서 나온 게 아니고요?"

"아닙니다. 그렇다면 전에도 그런 느낌을 체험했겠죠. 정말입니다. 캐시가 이 모든 것을 가져왔고, 그녀 주위엔 밝은 빛이 가득하죠. 내가 우물을 파고 싶은 이유를 이제야 말했군요. 어쨌든 받은 만큼 갚아야겠지요. 정원을 멋지고 아름답게 꾸며서 캐시가 편하게 살고 그녀의 빛이 환하게 비치는 곳으로 만들려고 합니다."

새뮤얼은 침을 몇 번 삼키고 나서 목에서 쥐어짜는 듯한 메마른 목소리로 말했다.

"아, 이제야 내가 할 일을 알겠군요. 내가 당신의 친구로서 할 일이 분명히 보입니다."

"그게 무슨 말이죠?"

새뮤얼은 약간 냉랭한 어조로 말했다.

"내 의무가 무엇인가 하면, 당신을 사로잡고 있는 그 위험한 기분을 마음속에서 끌어내 그 면상을 걷어차고 진흙을 잔뜩 발라 거기서 발하는 위험한 빛을 모두 없애는 것이죠."

흥분한 새뮤얼의 목소리가 점점 더 커졌다.

"그 진흙투성이의 것을 당신 코앞으로 들어 올려 더럽고 위험한 실체를 반드시 보여 주겠소. 당신 자신이 직접 들여다보고 그것이 얼마나 추악한지 알아야 하니까요. 인간의 마음이 얼마나 변하기 쉬운 것인지, 그런 예가 수없이 많다는 걸 보여 주지요. 내가 오셀로의 손수건을 드리리다. 그럼요, 내가 가만히 있을 순 없죠. 당신의 혼란스러운 생각을 반듯하게 펴서 순간적인 욕정이 납덩이 같은 잿빛을 띠고 장마철에 죽어 나자빠진 황소처럼 시체 냄새를 풍긴다는 걸 가르쳐 주겠소. 나로 인해 제정신이 들면 비참한 당신의 옛 생활이 더 이상 지겹지만은 않을 거요. 그러면 당신은 다시 고향을 정겹게 느낄 겁니다. 나는 당신의 친구니까요."

"지금 농담하시는 겁니까? 내가 괜한 얘기를 했나 보군요."

"그건 친구의 의무입니다. 나한테도 그런 의무를 다해 준 친구가 있었지요. 하지만 나는 진실한 친구가 못 되었어요. 내 친구들의 신뢰를 받아들이지 못했으니까요. 그것은 아름답고, 보존할 가치가 있고, 영광의 빛을 뿜어내고 있어요. 지구의 어두운 중심부까지 파내려 가는 한이 있더라도 당신에게 우물을 파 주지요. 오렌지 즙을 짜내듯이 어떻게 해서든 물을 퍼 올리겠소."

두 사람은 커다란 떡갈나무 밑을 지나 집으로 향했다.

애덤이 말했다.

"저기 아내가 나와 앉아 있군요."

그가 소리쳤다.

"캐시, 이 양반이 저기에 물이 있다는군. 그것도 아주 많이 말이오."

그는 흥분해서 곁에 있는 새뮤얼에게 말했다.

"아내는 임신을 했답니다."

"멀리서 보아도 정말 아름답군요."

새뮤얼이 말했다.

4

날씨가 무더워서 리는 떡갈나무 그늘에 음식을 차렸다. 해가 서산 너머로 지려고 하자 그는 종종걸음으로 부엌을 오가며 저녁 식사로 대접할 냉육, 오이절임, 감자 샐러드, 코코넛, 과자, 복숭아파이를 날랐다. 식탁 한가운데에는 우유가 가득 든 도자기 주전자를 올려놓았다.

애덤과 새뮤얼은 세면장에서 머리와 얼굴을 깨끗이 씻고 나왔다. 비누질을 해서인지 새뮤얼의 턱수염이 솜털처럼 되었다. 그들은 조립식 식탁 옆에 서서 캐시가 나오기를 기다렸다.

캐시는 넘어질까 봐 겁이 나는지 천천히 걸어왔다. 풍성한 치마를 입고 앞치마를 둘러서인지 배는 별로 드러나 보이지 않았다. 그녀는 해맑은 어린아이 같은 표정으로 두 손을 앞으로 모아 쥐고 있었다. 그녀는 식탁 앞에 와서야 눈을 치켜뜨고 새뮤얼과 애덤을 번갈아 바라보았다.

애덤은 아내에게 의자를 밀어 주며 말했다.

"해밀턴 씨와는 초면이지?"

그녀는 손을 내밀어 악수를 청했다.

"안녕하세요?"

새뮤얼은 그녀를 유심히 살펴보며 말했다.

"정말 미인이시군요. 만나 뵙게 되어 기뻐요. 건강은 좋으신가요?"

"네? 그럼요, 아주 좋아요."

남자들은 자리를 잡고 앉았다.

"아내 덕분에 식사 때마다 성찬을 먹는답니다."

애덤이 말했다.

"그런 말 마세요."

캐시가 말했다.

"사실이 아니에요."

"어때요, 새뮤얼. 파티 같은 느낌이 안 듭니까?"

애덤이 물었다.

"그렇군요. 나처럼 파티를 좋아하는 사람도 없을 겁니다. 우리 아이들은 더 심해요. 아들 톰이 여기에 따라오려고 했답니다. 녀석은 무슨 수를 써서라도 농장을 빠져나오려고 안달이죠."

새뮤얼은 그제야 침묵을 깨기 위해 혼자서 떠들고 있다는 것을 깨달았다. 그가 말을 멈추자 다시 침묵이 흘렀다. 캐시는 말없이 접시만 내려다보며 구운 양고기를 잘라 먹었다. 그녀는 날카롭고 작은 이로 양고기를 씹다가 눈을 치켜떴다. 양미간이 유난히 넓은 두 눈에는 아무런 표정도 담겨 있지 않았다. 새뮤얼은 몸을 떨었다.

"춥지는 않죠?"

애덤이 물었다.

"추워요? 아, 아닙니다. 갑자기 으스스해져서요."

"아, 그런 기분은 나도 압니다."

다시 침묵이 흘렀다. 새뮤얼은 화제가 별로 없는 줄 알면서도 무슨 이야기라도 나오기를 기다렸다.

"트래스크 부인, 이 계곡이 마음에 듭니까?"

"네? 아, 그럼요."

"실례인 것 같지만 출산은 언제지요?"

"약 6주 후랍니다."

애덤이 말했다.

"아내는 전형적인 숙녀랍니다. 원래 말수가 적어요."

"때로는 침묵이 가장 많은 걸 설명해 줄 때가 있지요."

새뮤얼이 말했다. 그때 캐시가 다시 눈을 치켜떴다가 내리는 것을 보았다. 이마의 흉터가 점점 검어지는 것 같았다. 그것은 가죽을 꼬아 만든 채찍으로 말을 후려치듯 세게 후려치면 생기는 흉터라는 생각이 들었다. 새뮤얼은 자기가 무슨 말을 해서 캐시가 과민 반응을 보이는지 알 수 없었다. 바로 전에 지팡이가 아래로 쑥 내려가면서 느꼈던 묘하고 팽팽한 긴장감이 온몸에 퍼지고 있었다. 그는 애덤을 바라보았다. 자신에게는 이상하게 느껴지는 분위기가 애덤에게는 아무렇지도 않은 모양이었다. 캐시를 바라보는 그의 얼굴은 마냥 행복해 보였다.

캐시는 앞니로 양고기를 씹고 있었다. 그녀는 고기를 삼킬 때 작은 혀로 입술을 날름 핥았다. 새뮤얼은 그렇게 고기를 먹는 사람을 난생처음 보았다. 그는 잠시 생각에 잠겼다.

'뭘까? 뭔지는 모르겠지만 뭔가 잘못된 게 틀림없어.'

무거운 침묵이 식탁을 짓눌렀다.

그때 등 뒤에서 발소리가 들렸다. 요리사 리가 찻주전자를 식탁에 올려놓고 돌아갔다.

새뮤얼은 침묵을 깨려고 이야기를 시작했다. 아일랜드에서 처음으로 이 골짜기에 왔을 때의 이야기를 꺼냈는데, 애덤과 캐시는 그의 말에 전혀 귀를 기울이지 않는 것 같았다. 새뮤얼은 확인해 보고 싶었다. 아이들이 책을 읽어 달라고 조를 때 책 읽는 것을 정말로 듣고 있는지 알아보려고 생각해 낸 방법이 있었다. 그는 엉뚱한 농담을 두어 번 던져 보았다. 그래도 별 반응이 없어서 새뮤얼은 포기해 버렸다.

그는 서둘러 식사를 마치고 뜨거운 차를 한 잔 마시고 난 다음 냅킨을 접었다.

"부인, 죄송하지만 이제 그만 돌아가 봐야겠습니다. 융숭한 대접을 해 주셔서 감사했습니다."

"안녕히 가세요."

캐시가 말했다.

애덤은 꿈을 꾸다가 갑자기 깨어난 듯이 벌떡 일어났다.

"가긴 어딜 간다고 그러십니까. 오늘 밤은 여기서 묵고 가시라고 했잖아요."

"고맙지만 사양하겠소. 그리 먼 곳도 아니고요. 곧 달이 뜰 테니까 괜찮아요."

"우물 작업은 언제쯤 시작하실 겁니까?"

"먼저 장비를 갖춰야지요. 연장의 날을 갈고 집안일도 정리 해야 합니다. 우선 며칠 후에 톰 편에 장비를 실어 보내겠습니 다."

애덤은 정신을 가다듬고 말했다.

"서둘러 주십시오. 빠를수록 좋습니다. 캐시, 이곳을 세상 에서 가장 아름다운 곳으로 만듭시다. 어디서도 찾을 수 없는 가장 아름다운 곳으로 말이오."

새뮤얼은 시선을 애덤에게서 캐시에게로 옮겼다. 달라진 데 가 없는 표정이었다. 눈은 무표정하고, 양쪽 끝이 올라간 조그 만 입술은 조각처럼 굳어 있었다.

"멋있을 거예요."

마지못해 나온 그녀의 대답이었다.

새뮤얼은 캐시가 멍한 상태에서 깨어나 정신을 차릴 만한 말을 해 주고 싶은 충동에 사로잡혔다. 그는 다시 몸을 떨었다.

"또 소름이 돋습니까?"

애덤이 물었다.

"그렇군요."

땅거미가 지면서 나무들이 하늘을 배경으로 검은 윤곽을 드러냈다.

"그럼 안녕히 계십시오."

"저 아래까지 배웅해 드리겠습니다."

"아닙니다. 부인 곁에 계십시오. 아직 식사도 끝나지 않았잖아요."

"그래도……."

"그대로 앉아 계세요. 내 말은 찾을 수 있어요. 못 찾아도 당신 말을 한 필 훔쳐 가면 되니까요."

새뮤얼은 애덤을 가볍게 밀어 의자에 주저앉혔다.

"잘 있어요. 안녕히 계십시오. 부인."

그는 재빨리 마구간으로 걸어갔다.

커다란 평발을 가진 늙은 말 독솔로지는 가자미 같은 입술을 움직이면서 건초를 먹고 있었다. 쇠사슬 굴레가 나무에 부딪쳐 짤랑짤랑 소리가 났다. 새뮤얼은 대못에 걸린 안장을 끌어내려 널찍한 말 잔등에 얹었다. 그가 고리에 안장을 묶고 있는데 등 뒤에서 바스락거리는 소리가 들렸다. 고개를 돌리자 희미한 빛을 받고 있는 리의 옆모습이 보였다.

"언제 또 오실 건가요?"

리가 상냥하게 물었다.

"모르겠네. 며칠 아니면 일주일 후에. 그런데 왜 그런 건가, 리?"

"뭐가요?"

"참 이상하단 말이야! 자꾸 으슬으슬 몸이 떨리니. 이곳에 뭐 잘못된 것이라도 있나?"

"무슨 말이죠?"

"자네는 내 말뜻을 잘 알 텐데."

"중국인 하인은 일만 합니다. 말을 듣지도 않고 하지도 않지요."

"그래, 자네 말이 옳아. 그렇고말고. 그런 걸 물어서 미안하군. 쓸데없는 짓이야."

그는 돌아서서 말의 입에 재갈을 물리고 큰 귀를 머리싸개 속으로 밀어 넣었다. 그러고는 굴레를 살며시 여물통 속에 떨어뜨렸다.

"잘 있게, 리."

"해밀턴 씨!"

"왜 그러나?"

"혹시 요리사가 필요하지 않나요?"

"우리 집은 요리사를 둘 처지가 못 되네."

"몸값은 아주 싸요."

"라이자가 들으면 가만두지 않을 걸세. 여길 그만두고 나갈 생각인가?"

"아니요, 그냥 물어본 겁니다. 안녕히 가세요."

5

애덤과 캐시는 나무 아래에서 어둠에 둘러싸여 앉아 있었다.

"참 좋은 사람이야."

애덤이 말했다.

"그 사람이 마음에 들어요. 이곳 일을 도맡아 주었으면 좋겠는데. 관리인처럼 말이오."

그러자 캐시가 말했다.

"그에게도 땅과 가족이 있잖아요."

"그건 나도 알아. 그런데 아주 형편없는 땅이더군. 나한테서 월급을 받는 게 훨씬 나을 거요. 한번 부탁해 봐야겠어. 새로운 고장에 익숙해지려면 시간이 좀 필요해. 새로 태어난 아이가 처음부터 모든 걸 배우는 것과 같지. 예전에는 비가 어디서부터 시작되는지, 날씨가 언제부터 추워질지 느낌으로 알았는데, 이곳은 정말 생소해. 여기서는 모든 걸 새로 배워야겠소. 그런데 캐시, 몸은 괜찮소?"

"그럼요."

"머지않아 온 골짜기가 자주개나리로 뒤덮이는 광경을 보여 주겠소. 새 집의 깨끗하고 큰 창문에 서 있으면 다 보일 거요. 고무나무도 심고 사람을 보내 갖가지 씨앗과 묘목을 구해 와서 시범 농장을 차려 볼까 해요. 중국산 호두나무도 심어 봐야지. 그런데 여기서 잘 자랄지 모르겠군. 어쨌든 해 보는 거요. 리한테 물어도 보면서 말이오. 아이를 낳으면 나와 함께 말을 타고 이 일대를 구경하러 다닙시다. 내가 얘기했던가? 해밀턴 씨가 풍차를 만들어 주기로 했소. 조만간 여기서도 풍차 돌아가는 모습을 볼 수 있을 거요."

애덤은 식탁 아래로 다리를 편안하게 뻗었다.

"리가 촛불을 가져오지 않고 왜 이렇게 꾸물대는 거지?"

캐시가 조용한 목소리로 말했다.

"애덤, 난 처음부터 이곳에 오고 싶지 않았어요. 그러니 이곳에서 살지 않을 거예요. 될 수 있는 한 빨리 이곳을 떠나겠어요."

"그건 말도 안 되는 소리요. 꼭 집을 처음 떠나 본 아이 같군. 일단 익숙해지고 아이를 낳으면 이곳에 정이 들 거요. 나도 처음 집을 떠나 군대에 갔을 때 고향이 그리워 죽을 뻔했소. 그러나 이겨 내고 나니 모든 게 잊혀지더군. 그러니 다시는 그런 어리석은 소리는 하지 말아요."

"어리석은 소리가 아니에요."

"그러지 말아요. 아이를 낳고 나면 모든 게 달라질 거요. 두고 봐, 내 말이 맞을 테니."

애덤은 뒤통수에 두 손을 대고 깍지를 낀 채로 나뭇가지 사이로 희미한 별들이 반짝이는 하늘을 쳐다보았다.

16장

1

새뮤얼 해밀턴은 말을 타고 집으로 향했다. 달빛이 환하게
비쳐 주위의 언덕들이 희뿌옇게 보였다. 나무와 대지가 달빛
에 젖어 침묵에 잠긴, 바람 한 점 없는 고요한 밤이었다. 그림
자는 칠흑같이 검고 탁 트인 곳은 온통 흰빛이었다. 새뮤얼
은 여기저기서 달빛을 받으며 은밀하고 분주하게 움직이는 짐
승들을 보았다. 사슴은 낮에는 덤불 아래서 잠을 자다가 밤
이 되면 풀을 뜯었다. 토끼와 들쥐 같은 작은 짐승들은 달밤
이 더 안전하다고 생각하는지 살며시 기어 나와 깡충거리며
돌아다녔다. 그러다가 눈과 코로 위험을 감지했는지 돌멩이나
작은 덤불처럼 꼼짝하지 않았다. 갈색 털이 파도처럼 움직이
는 몸이 길쭉한 족제비와 작달막하고 날랜 들고양이는 땅바
닥에 납작 엎드려 있어서 빛을 받아 반짝거리는 노란 눈만 빼

면 거의 보이지 않았다. 여우는 따뜻한 저녁먹이를 찾아 뾰족한 코를 벌름거렸고, 너구리는 고여 있는 물가에서 울어 대는 개구리 옆을 살금살금 지나갔다. 그런가 하면 코요테들은 코를 땅에 대고 비탈을 쏘다니다가 달을 향해 고개를 들고 우는지 웃는지 모를 소리로 한바탕 감정을 뽑아냈다. 부엉이들은 땅 위에 공포의 그림자를 드리우며 다른 짐승들 위로 날아다녔다. 오후의 거센 바람은 잠잠해지고, 한숨 같은 잔잔한 미풍만이 따스하고 메마른 언덕의 불안한 상승기류를 타고 불어왔다.

갑작스러운 말발굽 소리에 놀란 밤의 가족은 숨을 죽인 채 그 소리가 멀어질 때를 기다렸다. 새뮤얼의 턱수염이 달빛에 하얗게 빛나고 반백의 머리털은 바람에 휘날렸다. 그의 모자는 안장머리에 걸려 있었다. 그는 명치끝에 심한 통증을 느꼈는데, 아무래도 힘든 생각을 해서인 것 같았다. 말하자면 비애의 감정 탓이었다. 그것은 가스처럼 영혼에 넓게 퍼져 절망을 일으키므로 사람은 대항할 힘을 찾다가 이내 포기하고 만다. 새뮤얼은 애덤의 훌륭한 목장과 물이 나올 만한 곳을 다시 생각해 보았다. 마음 한구석에 시기심이 도사리고 있지 않다면 비애의 감정이 일어날 리 없다. 새뮤얼은 자신의 마음속에 시기심이 있는지 더듬어 보았지만 찾을 수 없었다. 그는 에덴동산과 같은 낙원을 꾸미고 싶어 하는 애덤의 꿈과 캐시에 대한 애덤의 열정을 떠올려 보았다. 애덤이 남몰래 지난날의 상처를 끙끙대며 생각하지 않는 한 문제 될 것은 없었다. 새뮤얼 자신은 이미 오래전에 그 고통을 잊었다. 이젠 다 지나간 일이므로 추억은 아름답고 따스한 가운데 기분을 좋게 만들었다. 그는 육욕의 허기를 잊은 지 오래였다.

새뮤얼은 나무 그늘과 빈터를 번갈아 달리면서 계속 생각에 잠겼다. 언제부터 그의 가슴속에 비애가 스며들었을까? 그는 비로소 그 정체를 찾아냈다. 그것은 바로 캐시 때문이었다. 예쁘고 가냘프고 우아한 캐시 탓이었다. 하지만 그 여자가 어쨌다는 건가? 그 여자는 줄곧 침묵을 지켰고, 세상에는 말 없는 여자가 수없이 많다. 그런데 무엇 때문일까? 그런 감정은 어디서 온 것일까? 새뮤얼은 지팡이를 들고 있을 때 느꼈던 것과 비슷한 긴장감을 그녀에게서 느꼈던 기억이 떠올랐다. 그리고 이유 없이 진저리가 쳐지던 생각이 났다. 그제야 비로소 시간과 장소와 사람이 일시에 떠올랐다. 그것은 저녁 식사 때 캐시로부터 비롯된 것이었다.

새뮤얼은 캐시의 얼굴을 그려 보았다. 양미간이 유난히 넓은 눈, 예쁜 콧구멍, 작긴 하지만 감미로운 입술, 작고 야무진 턱. 그런 것들이 떠오르다가 다시 그녀의 눈이 생각났다. 그녀의 눈은 유난히 차가웠다. 그 눈 탓이었을까? 그는 핵심을 더듬어 갔다. 캐시의 눈에는 아무런 감정도 메시지도 담겨 있지 않았다. 그것은 아무것도 없는 텅 빈 눈이었다. 그것은 인간의 눈이 아니었다. 그때 문득 뭔가가 떠오르는 것 같았다. 뭘까? 그는 그게 무엇인지 생각해 내려고 애썼다. 그러자 추억의 장면처럼, 영화의 화면처럼 선명하게 떠오르는 것이 있었다.

그것은 아득히 먼 시간으로부터 색깔과 외침 소리와 갖가지 느낌과 함께 되살아났다. 그는 팔을 곧게 뻗어야만 아버지의 손을 잡을 수 있었던 아주 어린 소년인 자신의 모습을 보았다. 그는 북아일랜드의 수도인 런던데리의 자갈길을 걸으며 대도시의 번잡함과 화려함에 정신이 팔려 있었다. 그날은 장날이었다. 인형 진열대와 채소 가게, 팔거나 경매를 하려고 한길에 내놓은 양과 말, 그 외에도 온갖 빛깔의 장난감을 파는 가게가 있었다. 거기에는 가지고 싶은 장난감이 많았는데, 아버지의 기분이 좋아서 사 달라면 사 주었을 것들이었다.

그때 사람들이 거센 강물처럼 방향을 바꾸었고 그들은 홍수에 떠밀리는 나뭇조각처럼 가슴과 등을 부대끼며 좁은 거리를 따라 떠밀려 가다가 넓은 광장에 도착했다. 광장을 둘러싼 건물의 회색 담 앞에는 교수형에 사용되는 밧줄 고리가 매달린 목조 구조물이 세워져 있었다.

새뮤얼과 그의 아버지도 무수한 인파에 휩쓸려 그곳까지 밀려가 있었다. 그의 귓전에는 그때 아버지가 했던 말이 생생하게 울렸다.

"어린애가 봐서는 안 된다. 어른도 그렇지만 특히 어린애가 보면 좋을 게 없어."

아버지는 방향을 바꾸어 인파 속에서 헤쳐 나오려고 안간힘을 썼다.

"좀 나갑시다. 길 좀 비켜 줘요. 여기 어린애가 있어요."

사람들은 무표정한 얼굴로 몰려들었다. 새뮤얼은 고개를 들어 그 구조물을 보았다. 검은 옷을 입고 검은 모자를 쓴 한 무리의 남자들이 높은 단상 위에 올라가 있었다. 그 한가운데 금발의 남자가 검은 바지에 목이 파인 연한 하늘색 셔츠 차림으로 서 있었다. 새뮤얼은 아버지와 단상에 너무 바짝 다가서 있었으므로 목을 길게 빼고 쳐다보아야 했다.

금발의 사나이는 두 팔이 없는 것처럼 보였다. 그는 운집한 수많은 군중을 내려다보다가 새뮤얼을 보게 되었다. 그 순간은 또렷하고 완벽하게 그의 기억 속에 남아 있다. 그 사나이의 눈에는 깊이가 없었다. 그것은 사람의 눈이라고 할 수 없었다.

갑자기 단상 위의 사람들이 부산히 움직였다. 새뮤얼의 아버지는 두 손으로 아들의 머리를 누르고 손바닥으로 얼굴과 귀를 가렸다. 아버지의 손은 새뮤얼의 머리를 계속 짓누르며 자신의 검정 양복 상의에 바짝 갖다 댔다. 새뮤얼은 아무리 버둥거려도 머리를 빼낼 수가 없었다. 손가락 사이로 희미한 빛만 간간이 보였고, 웅성거리는 소리만 귓전을 맴돌 뿐이었다. 그때 거칠게 뛰는 아버지의 심장 소리가 들렸다. 아버지는 손과 팔의 근육에 힘을 주었다가 깊이 한숨을 내쉬고는 두 손을 가볍게 떨었다.

그 밖에도 잡다한 추억들이 있었다. 새뮤얼은 말을 타고 집으로 가면서 허공에다 그 추억들을 떠올려 보았다.

선술집의 낡고 찌그러진 탁자 위로 왁자지껄하게 떠드는 소리와 웃음소리가 오가고 있었다. 그의 아버지 앞에는 주전자가, 어린 새뮤얼 앞에는 달콤한 설탕과 향긋한 계피를 탄 따끈한 우유 한 잔이 놓여 있었다. 아버지의 입술은 이상할 정도로 새파랬고 눈에는 눈물이 글썽거렸다.

"이런 일이 있을 줄 알았다면 절대로 널 데려오지 않았을 거다. 어른이라도 그런 걸 봐서 좋을 게 없는데, 꼬마 아이에게는 더하지."

"나는 아무것도 못 봤어요."

새뮤얼이 새된 목소리로 말했다.

"아버지가 자꾸 머리를 눌렀잖아요."

"그러길 잘했지."

"무슨 일이었어요?"

"그래, 얘기해 주마. 나쁜 사람을 죽인 거란다."

"그 금발 머리 남자가 나쁜 사람이에요?"

"암, 그렇고말고. 그 사람을 가엾게 여길 필요는 없어. 죽어야 마땅한 사람이니까. 한 번도 아니고 여러 번이나 끔찍한 짓을 저질렀다는구나. 악마나 생각해 낼 수 있는 짓을 말이야. 그런 놈을 목매단 것 때문이 아니라, 아무도 모르게 조용히 죽이지 않고 축제를 벌인 게 마음에 안 드는구나."

"나도 그 금발의 남자를 보았어요. 그가 나를 똑바로 내려다보았어요."

"그런 놈이 세상에서 사라진 것에 하느님께 감사해야 한다."

"그 사람이 무슨 짓을 했는데요?"

"너무 끔찍한 일이라 얘기해 줄 수가 없다."

"아버지, 그 남자는 눈이 이상했어요. 꼭 염소 눈 같다는 생각이 들었어요."

"어서 우유나 마시렴. 그러면 리본 달린 막대기와 은박을 싼 기다란 호루라기를 사 주마."

"그림이 든 반짝이 상자도 사 주세요."

"그럼, 사 주지. 어서 우유나 마셔. 자꾸 조르지 말고."

이것은 희미하게 멀어진 과거에서 끌어낸 한 장면이었다.

말은 농장 앞의 도랑으로 들어서기 전에 있는 마지막 비탈길을 오르고 있었다. 넓적한 말발굽이 길바닥의 돌멩이에 걸리자 말이 비틀거렸다.

새뮤얼은 바로 그 눈 때문이라고 생각했다.

'지금까지 살아오면서 꼭 두 번 그런 눈을 보았어. 도무지 인간의 눈 같지가 않아.'

그는 계속 생각했다.

'밤이라서 그랬나? 아니면 달빛 때문일까? 오래전에 교수형을 당한 그 남자와 아담하고 예쁘장한 데다 임신까지 한 여자는 대체 어떤 연관이 있는 걸까? 라이자의 말이 옳아. 내 이 망상 때문에 언젠가는 지옥에 떨어질 거라고 했지. 이 망상을 떨쳐 버리지 않으면 그 순진한 여자를 악마로 취급하고 말 거야. 이건 큰 실수야. 마음을 가다듬고 쓸데없는 생각은 버리기로 하자. 눈의 생김새와 색깔이 우연히 일치했기 때문이야. 아니, 그렇지 않아. 눈의 생김새나 색깔과는 상관없이 바로 그 인상 탓이었어. 그녀의 인상은 왜 그렇게 사악해 보일까? 하지만 성자의 얼굴도 때로는 그처럼 사악해 보일지도 몰라. 자, 이제 망상은 집어치우고 다시는 이 일에 마음 쓰지 말자.'

그는 몸을 떨었다. 그리고 공연한 생각으로 몸서리를 칠 필요는 없다고 생각을 정리했다.

새뮤얼 해밀턴은 잠시나마 남몰래 나쁜 생각을 한 벌로 살리나스 계곡에 낙원을 건설하는 일에 앞장서야겠다고 다짐했다.

2

새뮤얼이 아침에 부엌으로 들어서자 라이자 해밀턴은 사과 같은 뺨이 더 빨개진 채로 우리에 갇힌 표범의 표정을 하고서 난로 앞을 서성이고 있었다. 떡갈나무 장작불이 열어 놓은 구멍으로 활활 타올라 오븐을 뜨겁게 달구자 팬에 담긴 빵이 하얗게 부풀어 올랐다. 라이자는 늘 그러듯이 동이 트기 전에 일어났다. 그녀는 어두워진 후에 돌아다니는 것만큼이나 날이 밝은 후까지 침대에 누워 있는 것을 죄스럽게 생각했다. 그 두 가지 다 좋은 점이라곤 하나도 없었다. 이 집에서 아무런 죄의식도 없이 해가 중천에 뜰 때까지 라이자가 손질한 빳빳한 이불을 덮고 누워 있을 수 있는 단 한 사람은 바로 막내아들 조였다. 지금 농장에는 톰과 조만 남아 있었다. 몸집이 크고 혈색 좋은 얼굴에 벌써부터 멋진 콧수염을 기르고 있는 톰은 여느 때처럼 소매를 풀어 내리고 식탁에 앉아 있었다. 라이자는 그릇에서 걸쭉하게 반죽된 것을 퍼내 철판에 부었다. 그녀는 핫케이크가 방석처럼 부풀어 오르다가 화산의 분화구처럼 터지자 얼른 뒤집었다. 핫케이크가 노릇노릇하니 먹음직스럽게 익어 갔다. 부엌은 달콤한 핫케이크 냄새로 가득했다.

새뮤얼은 마당에서 세수를 하고 들어왔다. 그의 얼굴과 턱수염이 물기로 반짝거렸다. 그는 파란 셔츠의 소매를 내리며 부엌으로 들어섰다. 소매를 걷어 올린 채 식탁에 앉는 것은 해밀턴 부인이 싫어하는 행동이었다. 그녀는 소매를 내리지 않고 식탁에 앉는 것은 예의범절에 어긋난다며 용서하지 않았다.

"여보, 좀 늦었소."

새뮤얼이 말했다.

라이자는 뒤돌아보지 않았다. 그녀의 손에 들린 주걱이 날렵하게 움직여 핫케이크의 덜 익은 부분을 뒤집자 철판에서 지지직거리는 소리가 났다.

"몇 시에 돌아온 거죠?"

그녀가 물었다.

"늦었어. 아마 11시쯤 됐을걸. 당신이 깰까 봐 들여다보지 않았지."

"난 깨지 않았어요."

라이자는 심통이 나서 말했다.

"무슨 기운으로 밤새 돌아다니는지 모르지만, 하느님이 그에 합당한 벌을 주실 거예요."

라이자 해밀턴과 하느님이 거의 모든 문제에 대해 비슷한 생각을 갖고 있다는 것은 이미 잘 알려진 터였다. 그녀는 돌아서서 바삭바삭하게 구워진 핫케이크를 톰 앞에다 놓았다.

"산체스 농장은 어때요?"

그녀가 물었다.

새뮤얼은 아내 옆으로 다가갔다. 그러고는 고개를 숙여 아내의 불그레하고 통통한 뺨에 입을 맞추었다.

"당신, 잘 잤소? 나한테도 인사나 좀 해 봐요."

"잘 잤어요?"

라이자는 건성으로 인사를 했다.

새뮤얼이 식탁에 앉으면서 말했다.

"잘 잤니, 톰. 트래스크 씨는 큰일을 벌이고 있더구나. 낡은 가옥에 들어가 살겠다고 수리하고 있어."

라이자가 몸을 홱 돌렸다.

"여러 해 동안 소, 돼지가 살았던 그 집 말인가요?"

"응, 마루와 창틀을 모두 뜯어냈더군. 모두 새것으로 바꾸고 페인트를 칠했어."

"그래도 돼지 냄새를 없앨 순 없을걸요. 돼지는 씻어 내도 안 되고 덮어 씌워도 안 되는 지독한 냄새를 남기거든요."

"글쎄, 나도 들어가 보았는데 페인트 냄새밖에 안 나던걸."

"페인트가 마르면 돼지 냄새가 날 거예요."

"그는 정원에다 샘물을 끌어들인다고 하더군. 그리고 정원을 새로 만들어서 장미 같은 화초를 심을 거래. 어떤 관목은 보스턴에서 실어 온다고 하고."

"참, 하느님도 왜 그런 낭비를 보고만 계시는지 모르겠어요."

라이자가 퉁명스럽게 말했다.

"나무를 접지해서 나한테도 좀 나누어 준다고 하던데"

새뮤얼이 말했다.

톰은 핫케이크를 다 먹고 나서 커피를 휘젓고 있었다.

"아버지, 트래스크 씨는 어떤 사람이죠?"

"글쎄, 내가 보기엔 좋은 사람 같기는 하더구나. 말투도 점잖고 선량해 보이더라. 그런데 약간 몽상가 기질이 있어서……."

"참, 뭐 묻은 개가 뭐 묻은 개 나무란다더니."

라이자가 끼어들었다.

"또 그 얘기. 알았어, 알았다니까. 당신은 내가 실현되지 못할 몽상을 한다고 했지? 그렇지만 트래스크 씨는 현실적인 꿈을 꾸고 있어. 그걸 실현시킬 많은 돈도 갖고 있고 말이야. 자기 땅을 낙원으로 가꾸고 싶어 하는데, 분명히 꿈을 이룰 수 있을 거야."

"부인은 어떻게 생겼어요?"

라이자가 물었다.

"아주 젊고 미인이야. 말수가 적고 조용한 여자인데 곧 첫아이를 낳을 거래."

"그건 나도 알아요. 부인의 예전 이름은 뭐래요?"

"잘 모르겠어."

"그럼 고향은 어디래요?"

"그것도 모르겠는걸."

라이자는 남편 앞에 핫케이크 접시를 갖다 놓은 다음 그의 잔에 커피를 따라 주고 톰의 잔에도 커피를 채워 주었다.

"그럼 당신이 아는 게 뭐죠? 그 부인은 어떤 옷차림을 하고 있어요?"

"정말 멋있고 예쁘더군. 파란 드레스에 허리께가 잘록 들어간 분홍색 코트를 입고 있었지."

"자세히도 살펴봤군요. 직접 만든 옷이었나요, 아니면 상점에서 산 옷이었나요?"

"음, 산 것 같던데."

"잘 알지도 못하면서."

라이자가 단호하게 말했다.

"데시가 산호세에 갈 때 만들어 입은 여행복도 상점에서 산 옷이라고 했잖아요."

"데시는 손재주가 대단하지."

새뮤얼이 말했다.

"바느질 솜씨가 훌륭하잖아."

이번에는 톰이 나섰다.

"데시는 살리나스에 양장점을 차린대요."

"나도 들었다. 그 애는 양장점을 차리면 성공할 거야."

새뮤얼이 말했다.

"살리나스라고요? 난 그런 말 못 들었는데."

라이자는 두 손을 엉덩이에 갖다 댔다.

"우리가 실수했나 보군."

새뮤얼이 말했다.

"엄마한테는 비밀로 해 두었다가 나중에 깜짝 놀라게 해 줄 작정이었겠지. 그런데 우리가 그만 비밀을 발설해 버렸군."

새뮤얼이 말했다.

"내게도 말하려고 했겠죠."

라이자가 말했다.

"그래도 난 놀라지 않아요. 자, 하던 얘기나 계속해요. 그 여자는 뭘 하고 있었죠?"

"누구?"

"누구긴요, 트래스크 부인 말이죠."

"뭘 하고 있었냐고? 그냥 앉아 있더군. 떡갈나무 아래 의자에 말이야. 하긴 출산일이 멀지 않았으니까."

"손 말예요. 손으로 뭘 하고 있었냐고요."

새뮤얼은 잠시 생각을 했다.

"아무 일도 하지 않았어. 아, 생각나는군. 손이 아주 작았어. 그 손을 무릎 위에 올려놓고 있었지."

라이자가 빈정거리는 투로 말했다.

"바느질도, 뜨개질도 하지 않고요?"

"그래, 아무것도 하지 않았어."

"당신은 거기에 가지 않는 게 좋겠어요. 아무리 부자라도 게으름을 피우는 것은 죄악이에요. 당신한테는 그런 걸 물리칠 저항력이 없잖아요."

새뮤얼은 고개를 들고 큰 소리로 웃었다. 라이자는 가끔씩 그를 즐겁게 해 주었는데, 무엇 때문인지는 딱 꼬집어 말할 수 없었다.

"나는 돈 때문에 그곳에 가는 거야, 라이자. 아침을 먹고 천천히 말할 참이었어. 그 사람이 나더러 우물을 너덧 개 파 달라더군. 풍차와 저수탱크도 설치해 달라고 했어."

"이번에도 말뿐인 건 아니겠죠? 물로 돌리는 풍차인가요? 그가 돈을 줄 것 같아요? 이번에도 돌아와서 '돈은 추수하고 나서 준대.' 이러는 건 아니겠죠?"

그녀는 그의 흉내를 내면서 이어 말했다.

"아니면 또 '그 사람의 부자 삼촌이 죽으면 돈을 준대.'라고 말하는 건 아니겠죠? 여보, 안 봐도 뻔해요. 그 자리에서 돈을 받지 못하면 영영 떼이고 말아요. 지금까지 당신이 못 받은 돈을 전부 합치면 골짜기에 농장 하나쯤은 샀을걸요."

"애덤 트래스크는 꼭 돈을 줄 거야."

새뮤얼이 진지하게 말했다.

"그는 돈이 많아. 아버지가 거액의 유산을 남겨 주었다더군. 여보, 겨우내 할 수 있는 일거리요. 이번에는 저축도 좀 하고 크리스마스도 멋지게 보낼 수 있을 거야. 지하로 30센티미터 파내려 갈 때마다 50센트씩 받기로 했소. 게다가 풍차도 만들 거잖아. 여기 이 파이프 말고는 모두 내 손으로 만들 수 있어. 일손이 더 필요해. 톰과 조를 데려가야겠어."

"조는 안 돼요. 그 애가 몸이 약하다는 건 당신도 알잖아요."

그녀가 말했다.

"몸이 너무 약하니까 단련을 시키려는 거요. 그렇게 몸이 약해서는 굶어 죽기 십상이야."

"그래도 조는 안 돼요."

라이자는 딱 잘라 말했다.

"당신과 톰이 없으면 농장 일은 누가 돌보란 말예요?"

"조지를 부를 참이었소. 킹시티 같은 도시에 있어도 점원 일이 싫은 눈치야."

"좋든 싫든 주당 8달러씩이나 받는데 힘든 것쯤 참아야죠."

"여보."

새뮤얼이 큰 소리로 말했다.

"우리도 이제 은행의 고객 명단에 이름을 올릴 기회가 생긴 거요! 입을 함부로 놀려서 모처럼의 행운을 망치지 않도록 해요. 제발, 부탁이오, 여보!"

라이자는 오전 내내 집안일을 하면서 투덜거렸다. 그동안 톰과 새뮤얼은 굴착기를 점검하고, 날을 갈고, 풍차 설계도를 새로 그리고, 물탱크를 만들 삼나무의 치수를 쟀다. 한낮이 가까워서야 조가 일을 거들러 왔다. 그는 아버지가 하는 일에 관심이 많다며 자기도 데려가 달라고 졸랐다.

새뮤얼이 말했다.

"너는 집에 남아, 조. 네 어머니가 넌 여기 남아서 집안일을 돌봐야 한다고 했어."

"그래도 가고 싶어요. 제가 내년이면 팔로알토 대학에 간다는 걸 아버지도 아시잖아요. 어차피 집을 떠날 텐데요, 뭐. 열심히 일할 테니 데려가 주세요."

"정 그렇다면 데려가긴 하겠다만 난 반대야. 엄마에게 내가 반대했다는 말은 꼭 전해야 한다. 내가 따라오지 말라고 했다는 말을 꼭 하란 말이야."

조는 싱긋이 웃었고, 톰은 큰 소리로 웃었다.

"아버지, 어머니한테 꼼짝 못하시네요?"

톰이 짓궂게 말했다.

새뮤얼은 나무라는 표정으로 말했다.

"난 심지가 굳은 사람이야. 한번 마음먹으면 황소도 내 고집을 꺾지 못해. 여러모로 깊이 생각해 보니 조는 가지 않는게 좋겠다. 너 이 아버지를 거짓말쟁이로 만들고 싶지는 않겠지?"

"그럼 지금 가서 어머니께 말씀드리겠어요."

조가 말했다.

"얘야, 너무 서두르지 마라."

새뮤얼은 조의 등 뒤에다 대고 소리쳤다.

"머리를 쓰란 말이야. 어머니 의견을 따르는 척해. 그동안 난 고집을 부릴 테니까."

이틀 후에 그들은 큰 마차에 목재들과 장비들을 가득 싣고 애덤의 농장으로 떠났다. 톰이 네 필의 말을 몰았고, 새뮤얼과 조가 그 옆에서 다리를 흔들며 나란히 앉아 있었다.

17장

1

내가 캐시를 괴물이라고 한 것은 그녀가 정말로 그렇게 보였기 때문이다. 지금 그녀의 작은 사진을 돋보기로 들여다보면서, 그 밑의 설명을 거듭 읽어 보았지만 그것이 사실이었는지는 잘 모르겠다. 우리는 그녀가 무엇을 원했는지 모르기 때문에 그것을 손에 넣었는지 알 수 없다. 그녀가 어떤 것을 얻으려고 달려가기보다는 어떤 것으로부터 도망치려고 했다면 잘 도망쳤는지도 알 수 없다. 그녀가 자신이 어떤 사람이라는 것을 누군가에게, 혹은 모든 사람들에게 알리려고 했지만 공통의 언어가 없기 때문에 그렇게 하지 못했는지도 모른다. 어쩌면 그녀의 인생 자체가 복잡하고 진보적이어서 판독하기 어려운 언어였는지도 모른다. 어쨌든 그녀가 나쁜 여자라고 말하기는 쉽지만 그 이유를 알지 못한다면 별 의미가 없다고 생

356

각한다.

나는 캐시가 좋아하지도 않는 농장에서 사랑하지도 않는 남편과 살면서 조용히 앉아 출산만을 기다리는 모습을 마음속으로 그려 보았다.

그녀는 애덤의 사랑과 보호를 받으며 두 손을 무릎 위에 포갠 채 떡갈나무 아래의 의자에 앉아 있었다. 그녀의 배는 유난히 크게 불러 왔다. 여인네들이 큰 아기를 자랑스럽게 여기고 체중이 많이 나가는 것을 좋아하던 시절이었지만 그녀는 지나치게, 아니 비정상적으로 배가 불렀다. 배는 한없이 커져서 팽팽하고 무거웠고, 부푼 배를 손으로 지탱하지 않고서는 혼자 일어설 수도 없었다. 하지만 신체의 다른 부위는 전혀 변하지 않고 배만 부른 것이 이상했다. 어깨, 목, 팔, 손, 얼굴은 날씬하고 가늘어서 아직도 소녀 같았다. 가슴도 더 커지지 않았고, 젖꼭지도 까맣게 변하지 않았다. 유선에도 전혀 변화가 없어 태어날 아기를 키울 신체적인 준비가 전혀 되어 있지 않았다. 그래서 앉아 있는 뒷모습만 보면 도저히 임신한 여자 같지가 않았다.

당시에는 골반 측정이나 혈액 검사도 없었고, 임산부들은 칼슘을 섭취해야 한다는 것도 몰랐다. 아기의 뼈는 오로지 임신부의 몸에서 충당되었다. 입맛이 이상해져서 지저분하고 이상한 것을 찾는 여자도 있었는데, 이는 모두 원죄를 지은 이브의 본성이라고 여겨졌다.

캐시의 입덧은 다른 사람과 비교하면 이상하고 단순했다. 그즈음 낡은 가옥을 수리하던 목수들은 줄을 그을 때 사용하는 초크 덩어리가 없어진다고 투덜댔다. 캐시는 초크 덩어리를 몰래 훔쳐다가 곱게 빻아 그 가루를 앞치마 주머니에 넣고서 사람들의 눈을 피해 조금씩 먹고 다녔다. 그녀는 거의 입을 열지 않았다. 눈빛은 초점이 없이 멍했다. 마치 그녀 자신은 사라지고 그 빈자리를 감추려고 숨 쉬는 인형을 남겨 놓은 것 같았다.

그녀의 주변에서는 여러 가지 작업이 한창이었다. 애덤은 에덴동산을 설계하고 건설하려고 이곳저곳을 분주하게 돌아다녔다. 새뮤얼과 그의 두 아들은 깊이 12미터의 우물을 판 후에 최고급 금속 파이프를 묻었다. 애덤은 최고급품만을 고집했다.

새뮤얼 부자는 장비를 옮겨 다른 우물을 파기 시작했다. 그들은 작업장 주변에 천막을 치고 잠을 잤으며 모닥불을 피워 음식을 해 먹었다. 하지만 누구든 한 명은 필요한 연장이나 연락을 취하기 위해 집에 다녀왔다.

애덤은 꽃이 너무 많아 정신을 못 차리는 꿀벌처럼 허둥거렸다. 그는 캐시 곁에 앉아서 방금 들여온 식용 대마의 뿌리에 대해 이야기해 주었다. 그리고 새뮤얼이 발명한 풍차의 새 날개를 그림까지 그려 가면서 설명해 주었다. 그 풍차는 처음 들어오는 것으로 경사도를 다양하게 조절할 수 있는 것이었다. 애덤이 말을 타고 우물까지 와서 궁금한 것들을 캐물었기 때문에 작업에 방해가 되었다. 캐시와 함께 우물 파는 일에 관해 이야기하다가도 화제는 자연히 출산과 육아 문제로 돌아갔다. 이 무렵이야말로 애덤에게는 가장 행복한 시절이었다.

그는 광활한 대지에서 특별한 삶을 누리는 제왕과 다름없었다. 어느덧 햇살이 따가운 여름이 가고 싱그러운 가을이 왔다.

2

우물을 파던 해밀턴 부자는 점심으로 라이자가 만들어 준 빵과 치즈를 먹고 모닥불 위에 깡통을 올려놓고 커피를 끓여서 마셨다. 조는 식사를 마치고 졸음이 밀려오자 어떻게 하면 숲속에 들어가 눈을 좀 붙이고 나올까 궁리 중이었다.

새뮤얼은 모래 바닥에 무릎을 꿇고 앉아서 부러져 못 쓰게 된 송곳 끝을 살펴보고 있었다. 점심을 먹으려고 막 일을 끝내려는데 10미터 정도 되는 땅속에서 천공기가 무언가에 부딪혀 단단한 강철 송곳날이 망가졌다. 새뮤얼은 주머니칼을 넣어 날 끝에 묻어 나온 부스러기를 긁어 손바닥에 놓고 찬찬히 살펴보았다. 어느 순간 그의 눈빛이 어린애처럼 반짝거렸다. 그는 부스러기를 톰의 손바닥에 쏟았다.

"톰, 자세히 보렴. 뭐라고 생각하니?"

조가 천막 앞에 있다가 두 사람이 있는 곳으로 어슬렁거리며 다가왔다. 톰은 손바닥의 돌 부스러기를 들여다보며 말했다.

"뭔지는 모르겠지만 굉장히 단단한데요. 다이아몬드가 이렇게 클 리는 없을 거고 쇠붙이 같은 것이겠죠. 혹시 우리가 땅속에 묻혀 있는 기관차에 구멍을 뚫고 있는 게 아닐까요?"

새뮤얼은 픽 웃으며 놀라운 듯이 말했다.

"10미터 땅 속에 말이냐."

"쇠붙이 같아요. 그런데 그걸 캐낼 만한 연장이 없잖아요."

톰이 말했다. 그는 아버지의 얼굴에 나타난 즐거운 표정을 보고 기쁨의 전율이 자신에게도 스며드는 것을 느꼈다. 해밀턴의 아이들은 아버지가 자유로운 공상을 할 때를 좋아했다. 그럴 때면 온 세상이 불가사의로 가득 차 있는 것 같기 때문이다.

새뮤얼이 말했다.

"너도 금속 같지? 아니면 강철일까? 톰, 잘 생각해 보고 분석해 보자. 자, 내 생각을 얘기할 테니 잊지 말고 기억해 둬라. 땅속에는 니켈이나 은, 아니면 탄소나 마그네슘 같은 게 들어 있는지도 몰라. 그런데 어떻게 하면 그걸 파낼 수 있을까? 그건 바다 모래 속에 있는 거지. 그걸 우리가 파내는 거야."

"그럼 아버지는 이 땅속에 묻혀 있는 게 니켈이나 은……."

"아마 수백만 년 전의 일일 거야."

새뮤얼이 다시 말을 이었다.

두 아들은 태곳적의 일들을 직접 본 듯한 아버지의 이야기에 귀를 기울였다.

"어쩌면 그때 이곳은 온통 바다였는지도 몰라. 육지로 들어간 내해 위에서 바닷새들이 둥근 원을 그리며 날면서 울어 댔겠지. 그 광경은 밤에는 더욱 장관이었을 거야. 처음에는 하늘에서 한줄기의 빛이 비치다가 다음에는 흰 기둥이 되고 이어서 눈부시게 커다란 빛이 포물선을 그리며 쏟아졌지. 그러자 거대한 물기둥이 하늘로 솟구치면서 버섯구름 같은 김이 피어오른 거야. 그와 동시에 바다가 폭발하면서 귀가 멍해질 정도의 소음이 들렸어. 눈부신 빛 다음에는 캄캄한 밤이 찾아왔지. 그러다 서서히 죽은 물고기들이 별빛 아래 허연 배를 드러내며 수면으로 떠오르고, 그것들을 먹으려고 물새 떼가 요란한 소리를 내며 몰려들었지. 어때, 쓸쓸하면서도 아름다운 풍경이지?"

새뮤얼은 늘 그러는 것처럼 그 광경을 직접 보고 있는 것처럼 이야기했다.

"아버지는 그게 운석이라고 생각하는 거예요?"

"그래, 분석해 보면 증명할 수 있어."

조도 신이 나서 말했다.

"그걸 파 보도록 해요."

"우리가 우물을 파는 동안 네가 그것을 파도록 해."

톰이 진지하게 말했다.

"아버지, 분석을 해서 은과 니켈이 확실하다면 우리는 횡재하는 거네요."

"그래, 과연 너는 내 아들답구나."

새뮤얼이 말했다.

"그게 집채만큼 클지, 아니면 모자만큼 작을지는 알 수 없는 일이다만."

"파 보면 알게 되겠죠."

"아무도 몰래 우리끼리 파는 게 좋을 거다."

"왜 몰래 하죠?"

"얘, 톰. 넌 엄마 생각은 하지 않니? 우리는 엄마 속을 있는 대로 썩였어. 엄마는 앞으로 특허를 낸다고 돈을 더 쓰면 절대로 가만있지 않겠다고 했어. 불쌍한 엄마 생각도 좀 해야지! 사람들이 엄마에게 우리가 무슨 일을 하느냐고 물으면 엄마는 얼마나 창피하겠니? 진실한 사람이라 거짓말을 못 하는 엄마는 '별을 캐고 있어요.'라고 대답할 거다."

그는 기분 좋게 웃었다.

"엄마는 우릴 혼내 줄 거야. 석 달 동안 파이도 안 만들어 주면서 말이야."

톰이 말했다.

"여기는 구멍을 뚫기가 어려워요. 다른 데로 옮겨야 할까 봐요."

"폭약을 좀 써야겠다. 그래도 안 되면 다른 곳에 구멍을 뚫어야지."

새뮤얼은 그렇게 말하며 일어났다.

"집에 가서 폭약을 가져오고 날을 갈아야겠구나. 우리 모두 함께 가자. 엄마는 놀라서 밤새도록 불평을 하면서도 맛있는 요리를 해 줄 거다. 기쁘지 않은 척하는 게 네 엄마의 수법이니까."

조가 말했다.

"저기 누군가 급하게 뛰어오는데요."

조의 말대로 정말 누군가가 말을 타고 달려오고 있었다. 마치 말 위에 붙잡아 맨 닭이 날개를 퍼덕이는 것 같았다. 좀 더 가까이 다가왔을 때 보니 하인 리였다. 그는 두 팔을 날개처럼 휘두르고 있었는데, 뒤통수의 변발이 뱀처럼 바람에 흔들렸다. 그런 모습으로 말에서 떨어지지 않고 전속력으로 달리는 것이 이상할 정도였다. 그는 말을 세우고는 거칠게 숨을 몰아쉬면서 말했다.

"주인께서 오시라고 하네요! 캐시 마님이 아파요. 빨리 오시랍니다. 마님이 비명을 지르고 난리가 났어요."

"진정하게, 리. 언제부터 그런가?"

새뮤얼이 물었다.

"아침 식사를 하고 나서부터요."

"알았네. 진정해, 리. 애덤은 어떻게 하고 있나?"

"제정신이 아닙니다. 울다가 웃다가 토하기도 하고."

"그렇겠지, 아버지가 되는 일이니. 나도 옛날에 그랬어. 톰, 말에 안장을 얹어 주겠니?"

조가 물었다.

"무슨 일이죠, 아버지?"

"트래스크 부인이 아기를 낳으려고 한단다. 애덤에게 내가 아기를 받아 주겠다고 했지."

"아버지가요?"

조가 다시 물었다.

새뮤얼은 잠자코 막내아들을 바라보다가 말했다.

"너희 둘도 내가 받았어. 내가 너희를 받아서 뭐 잘못된 것 있니? 톰, 넌 연장들을 챙겨. 그리고 농장에 가서 송곳날을 갈아 오너라. 그리고 헛간 선반에 있는 폭약 상자도 가져오고. 팔다리가 성하려면 조심해서 다뤄야 해. 조, 넌 여기 남아서 뒷정리를 하거라."

조가 퉁명스럽게 말했다.

"나 혼자 남아서 뭘 하란 말예요?"

새뮤얼은 잠시 입을 다물고 있다가 말했다.

"조, 넌 아버지를 사랑하니?"

"그럼요. 왜요?"

"만일 내가 큰 죄를 지었다면 넌 날 경찰에 신고하겠니?"

"무슨 말씀을 하시는 거예요?"

"말해 봐. 신고할 테냐?"

"안 해요."

"그럼 됐다. 광주리 속 내 옷 밑에 책 두 권이 있어. 새 책이
니 깨끗이 읽도록 해라. 세계적으로 유명한 작가가 쓴 두 권짜
리 책이야. 마음이 내키면 처음부터 읽어 봐. 네 두뇌를 한 단
계 높여 줄 거다. 동부에 사는 윌리엄 제임스라는 사람이 쓴
『심리학 원론』이라는 책인데, 열차 강도 제임스와는 다른 사
람이다. 그리고 조, 그 책에 대해 입 밖에 내면 가만두지 않을
거야. 내가 돈을 주고 책을 샀다는 사실을 알면 네 엄마가 날
농장에서 내쫓고 말 거다."

톰이 안장을 얹은 말을 끌고 와서 말했다.

"그다음에는 내가 읽어도 돼요?"

"그래."

새뮤얼은 안장에 걸친 다리를 가볍게 찼다.

"어서 가세, 리."

중국인이 말을 급히 몰려고 하자 새뮤얼이 말렸다.

"서두르지 말게, 리. 아기 낳는 일은 생각보다 시간이 오래 걸리네."

그들은 한동안 말이 없었다. 이윽고 리가 입을 열었다.

"그 책을 공연히 사셨어요. 한 권으로 된 축약본이 저한테 있거든요. 빌려드릴 수 있었을 텐데."

"지금 갖고 있단 말인가? 자네는 책을 많이 가지고 있나?"

"여기엔 별로 없어요. 한 삼사십 권쯤 되나 봅니다. 읽지 않은 책이 있으면 얼마든지 가져가서 읽으세요."

"고맙네, 리. 기회 있는 대로 빌려 보겠네. 우리 집 아이들한 테도 얘기해 주게. 조는 약간 엉뚱한 데가 있지만 톰은 괜찮은 녀석이야. 그 애에게 책을 빌려주면 큰 도움이 될 걸세."

"해밀턴 씨, 사람은 처음 사귀기가 제일 힘든 것 같아요. 말 걸기가 쑥스럽겠지만 당신 부탁이니 얘기해 볼게요."

그들은 트래스크 저택의 작은 골짜기를 향해 급히 말을 몰았다.

"산모는 어떤가?"

"직접 보시면 아실 겁니다."

리가 대답했다.

"아시다시피 저처럼 혼자 사는 사람은 교제 범위가 좁아서 판단이 빗나갈 때가 있거든요."

"그렇긴 하지. 하지만 난 혼자 살지도 않고, 교제 범위가 좁 지도 않은데도 판단이 빗나갈 때가 있네."

"그렇다면 저 혼자 그렇게 상상한다고 생각하시지는 않겠군 요."

"잘 모르겠지만 좀 이상한 느낌은 있네."

"저 역시 늘 그런 생각을 하죠. 이곳에 온 후로 부친께서 들려주시던 중국 동화 생각이 나곤 해요. 중국에는 악마 얘기가 흔하거든요."

리가 웃으면서 말했다.

"자네는 그 여자가 악마라고 생각하나?"

"물론 그렇지는 않아요. 그렇게 어리석은 생각은 하고 싶지 않아요. 단지 그 느낌을 모르겠다는 것뿐입니다. 해밀턴 씨도 아시겠지만 하인이란 자기가 일하는 집의 분위기를 재빨리 판단하고 낌새를 알아차리게 되죠. 그런데 이 집엔 뭔가 이상한 데가 있어요. 그래서인지 아버지가 들려준 악마 이야기가 자꾸만 생각납니다."

"자네 부친도 악마를 믿었나?"

"아, 아닙니다. 분위기를 빨리 알아차리라고 꺼낸 이야기예요. 서양에도 신화가 많잖아요."

새뮤얼이 말했다.

"도대체 오늘 아침에 무슨 일이 있었기에 그런 말을 하는지 말해 보게."

"오시지 않았다면 모를까 이렇게 오셨으니 말하지 않겠습니다. 제가 제정신이 아니었나 봅니다. 주인님도 너무 놀라서 정신이 없고요."

"그러지 말고 조금만 귀띔을 해 봐. 도움이 될지도 모르잖아. 그 여자가 무슨 짓을 저지른 거지?"

"별일 아니에요. 글쎄, 뭐라고 말씀드리면 좋을까요. 해밀턴 씨, 전에 아기 낳는 걸 많이 보았지만 이번 같은 경우는 정말 처음입니다."

"무슨 일이 있었는데 그런가?"

"글쎄요, 말씀드리기가 쉽지 않군요. 이건 출산을 하는 게 아니라 목숨을 걸고 싸움을 벌이는 것 같더군요."

새뮤얼은 골짜기로 접어들어 떡갈나무 아래를 지날 때 입을 열었다.

"여보게, 리. 날 어수선하게 만들지 말게. 오늘은 정말 이상한 날이야. 나도 영문을 모르겠네."

"바람도 없군요. 이달 들어 오후에 바람이 불지 않는 건 오늘이 처음이에요."

"그렇군. 나는 일에 정신이 팔려서 날씨엔 전혀 신경을 못 썼네. 조금 전에는 땅속에 묻힌 운석을 발견했는데 지금은 새로 태어날 아기를 받으러 가는군."

그는 떡갈나무 가지 사이로 노랗게 물든 언덕을 바라보았다.

"새 생명이 태어나기엔 정말 멋진 날씨야! 어떤 징후가 생명의 전조라면 오늘은 아름다운 생명이 탄생할 것이네. 리, 애덤이 정신없이 날뛰면 오히려 방해가 될 테니까 자네가 내 옆에 있어 주겠나? 도움이 필요할 때가 있을 거야. 아, 저기 목수들이 나무 밑에 앉아 있군."

"주인님이 작업을 중단시켰어요. 망치 소리가 들리면 마님이 혼란스러울 거라면서요."

그러자 새뮤얼이 말했다.

"그 얘길 듣고 보니 자네는 더욱 내 곁에 있어야 할 것 같네. 아무래도 애덤이 제정신이 아닌 것 같군. 지금 천둥이 친다고 해도 자기 아내에겐 들리지 않는다는 걸 모르고 있으니 말이야."

나무 밑에 앉아 있던 인부들이 그에게 손을 흔들었다.

"해밀턴 씨, 오랜만입니다. 댁엔 별고 없으시죠?"

"덕분에 잘 지내지. 이봐, 자네 래빗 홀먼이군그래. 그동안 어딜 돌아다녔나, 래빗?"

"횡재를 할까 하고 여기저기 돌아다녔죠."

"그래 뭘 좀 찾아냈나?"

"찾아내긴요. 타고 간 당나귀까지 날려 버렸는걸요."

그들은 집 쪽으로 달렸다. 리가 재빨리 말했다.

"시간이 나면 보여 드릴 게 있습니다."

"그게 뭔데, 리?"

"그동안 중국 고대 시를 영어로 번역해 왔어요. 잘 되었는지 어쩐지 모르겠어요. 한번 봐 주시겠어요?"

"그러지. 나에겐 영광스러운 일이네."

3

보르도니의 하얀 집은 깊은 명상에라도 잠긴 듯 고요했으며 창문마다 차양이 내려져 있었다. 새뮤얼은 현관 앞에 멈추고 말에서 내린 뒤, 안장에서 불룩한 주머니를 풀어낸 다음 말을 리에게 넘겨주었다. 몇 번 문을 두드렸지만 아무런 응답이 없자 안으로 들어갔다. 밝은 햇빛 속에 있었던 터라 거실은 어두컴컴했다. 부엌을 들여다보니 리가 어찌나 깨끗하게 청소해 놓았는지 바닥의 나뭇결이 그대로 보였다. 난로 뒤쪽에서는 회색 도자기 주전자에서 물이 끓고 있었다. 새뮤얼은 침실 문을 조심스럽게 두드리고 나서 안으로 들어갔다.

실내는 차양을 내린 데다 창문까지 모포로 가려서 칠흑같이 어두웠다. 캐시는 기둥이 넷 달린 커다란 침대에 누워 있었고, 애덤은 그 옆에서 침대 이불에 얼굴을 파묻고 앉아 있었다. 그들이 들어오자 애덤은 고개를 들고 멍한 눈으로 그들을 쳐다보았다.

새뮤얼이 쾌활하게 말했다.

"아니, 왜 이렇게 캄캄하게 해 놓고 있어요?"

애덤이 가라앉은 목소리로 대답했다.

"캐시가 빛이 들어오면 눈이 아파서 싫다고 해서요."

새뮤얼은 천천히 실내로 걸어 들어갔다.

"밝아야 되니 빛이 싫으면 눈을 감으라고 해요. 원한다면 검은 천으로 눈가리개를 만들어 주겠소."

새뮤얼이 창문으로 다가가 모포를 걷어 내리려고 하자 애덤이 가로막으면서 화를 냈다.

"내버려 두세요. 빛이 눈을 상하게 할 수도 있으니까요."

애덤이 날카롭게 소리쳤다.

새뮤얼은 돌아서서 그를 보며 말했다.

"이봐요, 애덤. 나도 당신 기분은 이해합니다. 하지만 내가 알아서 전부 처리할 거요. 당신은 아무것도 모르니 가만히 있어요."

새뮤얼이 모포를 걷어 내고 차양도 끌어올리자 오후의 황금빛 햇살이 방 안으로 쏟아져 들어왔다.

캐시가 고양이 울음 같은 신음을 내뱉자 애덤이 그녀 곁으로 다가갔다.

"여보, 눈을 감아요. 천으로 눈을 가려 줄게."

새뮤얼은 들고 온 자루를 의자에 내려놓고 침대 옆에 섰다. 그러고는 단호하게 말했다.

"애덤, 밖에서 기다려요."

"그럴 수 없어요. 왜 그래야 되죠?"

"당신이 여기 있으면 방해가 되니까요. 밖에 나가서 기분 좋게 술이나 한잔하도록 해요."

"그럴 수는 없어요."

새뮤얼이 말했다.

"정말 화나게 만드는군. 방해하지 말고 어서 방에서 나가라니까. 당신이 나가지 않으면 내가 나가겠소. 혼자서 실컷 고생해 보든가."

그제야 애덤이 하는 수 없다는 듯이 방에서 나갔다. 새뮤얼은 그의 등 뒤에 대고 소리쳤다.

"무슨 소리가 들리더라도 방 안으로 뛰어 들어오지 말아요. 내가 나갈 때까지 꼼짝 말고 기다리고 있어요."

새뮤얼은 문을 얼른 닫고 열쇠가 자물쇠에 꽂혀 있는 것을 보고는 재빨리 돌려 잠갔다.

"어쩔 수 없는 고집불통이군. 저 사람은 당신을 많이 사랑

하나 봐요."

그가 중얼거렸다.

새뮤얼은 지금까지 캐시를 자세히 볼 기회가 없었다. 그녀의 눈 속에는 진정한 증오, 그것도 섬뜩한 살인의 증오가 담겨 있었다.

"조금만 있으면 끝날 거요. 양수는 터졌소?"

캐시는 적의에 찬 시선으로 새뮤얼을 노려보았고 입술을 살짝 들어 작은 이를 드러내 보였다. 그녀는 아무 대답도 하지 않았다.

새뮤얼도 그녀를 노려보았다.

"친구가 아니었다면 여기에 오지 않았을 거요. 나도 좋아서 하는 일은 아니오, 젊은 부인. 내가 당신의 고통을 조금이라도 덜어 줄지 어떻게 압니까? 한 가지만 물어보겠소. 내 질문에 대답하지 않고 그렇게 계속 노려만 볼 거면 당신이 진통으로 바닥을 구르건 말건 당장 나가 버리겠소."

새뮤얼이 단호하게 말하자 그녀의 태도가 다소 누그러진 듯했다. 그녀의 표정이 변하는 것을 보고 새뮤얼은 몸을 떨었다. 그녀의 눈에서 냉기가 사라지고 꽉 다물었던 입가가 조금 올라갔다. 그는 그녀가 꽉 쥐었던 주먹을 펴고 핑크빛 손가락을 위로 들어 올리는 모습을 눈여겨보았다. 그녀는 어린애 같은 순진한 표정을 지으려고 마지막 안간힘을 쓰고 있었다. 마치 요술을 부려 표정을 바꾸려는 것 같았다.

캐시가 나지막한 목소리로 말했다.

"양수는 새벽에 터졌어요."

"잘됐군요. 진통은 심합니까?"

"네."

"진통이 어느 정도의 간격으로 옵니까?"

"모르겠어요."

"내가 이 방에 들어온 지 15분이 됐는데요."

"약한 진통이 두 번 있었어요. 당신이 올 때까지 큰 진통은 한 번도 없었어요."

"좋아요. 천은 어디에 두었지요?"

"저기 바구니에 들어 있어요."

"괜찮을 테니 안심해요."

그는 상냥하게 말했다.

새뮤얼은 가져온 자루를 열고 양쪽에 고리가 있고 파란 벨벳으로 감싼 두툼한 밧줄을 꺼냈다. 벨벳에는 수많은 분홍색 꽃들이 수놓여 있었다.

"라이자가 쓰던 출산용 밧줄이오. 우리 첫애가 태어날 무렵에 만든 것이지요. 우리 집 아이들뿐만 아니라 이웃 아이들이 세상에 나올 때도 많은 산모들이 이 밧줄을 사용했답니다."

새뮤얼이 침대 발치의 기둥에다 밧줄 고리를 하나씩 걸었다.

갑자기 캐시의 눈이 번들거리고 등이 활처럼 굽으면서 두 뺨이 벌겋게 달아올랐다. 그녀는 비명은 지르지 않고 끙끙거리기만 했다. 얼마 후, 그녀의 몸에 힘이 빠지면서 얼굴에 사라졌던 증오의 빛이 다시 떠올랐다.

다시 진통이 왔다.

"진통이 오고 있군."

새뮤얼은 부드럽게 말했다.

"한 번이오, 두 번이오? 모를 일이군. 진통은 아무리 자세히 들여다봐도 볼 때마다 다르단 말이야. 난 손을 씻는 게 좋겠소."

캐시가 머리를 좌우로 흔들어 댔다.

"좋아요. 조금만 기다리면 아기가 나올 거요."

새뮤얼은 검은 흉터가 두드러져 보이는 그녀의 이마에 손을 얹었다.

"그런데 이 상처는 어쩌다 생긴 거요?"

그가 물었다. 순간 그녀는 고개를 홱 쳐들고 날카로운 이로 새뮤얼의 손등과 새끼손가락을 꽉 물었다. 그는 너무 아파서 소리를 지르며 손을 빼내려고 했다. 하지만 테리어 개가 자루를 물고 늘어지는 것처럼 그녀는 더욱 턱에 힘을 주며 머리를 마구 흔들었다. 캐시의 꽉 다문 입에서는 으르렁거리는 소리가 새어 나왔다. 새뮤얼은 그녀의 뺨을 후려쳤지만 소용없었다. 그는 자기도 모르게 개싸움을 말릴 때처럼 왼손으로 그녀의 목을 움켜쥐고 꽉 졸랐다. 그래도 계속 물고 버둥대다가 겨우 턱의 힘을 풀자 새뮤얼은 그제야 손을 뺄 수 있었다. 살이 찢겨 피가 흘렀다. 그는 침대에서 물러나 상처를 살피다가 공포에 질린 얼굴로 그녀를 바라보았다. 그사이에 그녀는 표정을 다시 누그러뜨리고 어린애 같은 순진한 모습으로 되돌아갔다.

"미안해요."

그녀가 얼른 말했다.

"정말 미안해요."

새뮤얼은 몸서리를 쳤다.

"진통 때문에 그랬어요."

캐시가 덧붙였다.

새뮤얼은 잠깐 미소를 지었다.

"당신한테는 입마개를 씌워야겠군. 콜리 암캐처럼 물어뜯다니."

캐시의 눈에서 증오의 빛이 떠올랐다가 이내 사라졌다.

새뮤얼이 말했다.

"이 상처에 바를 약 없소? 사람의 독은 뱀보다 더 독하거든."

"모르겠어요."

"그럼 위스키는 있소? 위스키를 좀 부어야겠는데."

"두 번째 서랍에 있어요."

그는 피가 흐르는 상처에 위스키를 흠뻑 붓고 알코올기가 골고루 퍼지는 동안 쑤시는 통증을 참았다. 그런데 위장과 눈까지 욱신거렸다. 그는 통증을 참기 위해 위스키를 한 모금 마셨다. 침대 쪽을 돌아보는 것이 두려워졌다.

"한참 동안 이 손을 못 쓰겠군."

나중에 새뮤얼은 애덤에게 이렇게 말했다.

"아무래도 그녀의 뼈는 고래 뼈인 것 같소. 내가 준비도 하기 전에 애가 나와 버렸지 뭐요. 씨가 익어 튀어나오듯이 나오더군요. 아기를 씻을 물도 준비하지 못했는데 말입니다. 글쎄,

잡고 버티라고 가져온 출산용 밧줄도 잡지 않았답니다. 진짜 고래 뼈예요."

새뮤얼은 급히 문을 열고 리에게 더운물을 가져오라고 소리쳤다. 애덤이 방 안으로 뛰어 들어왔다.

"아들이오!"

새뮤얼이 소리쳤다.

"아들을 낳았으니 마음을 놓아요."

애덤은 어질러진 침대를 보고 얼굴이 파랗게 질렸다.

새뮤얼이 말했다.

"어서 나가서 리를 오라고 해요. 애덤, 몸을 가눌 만한 힘이 있으면 정신을 차리고 부엌으로 가서 커피나 끓여서 갖다 줘요. 램프에 석유를 채우고 등피도 깨끗이 닦아요."

애덤은 죽었다 도로 살아난 사람처럼 돌아서서 방을 나갔다. 조금 후에 리가 와서 방 안을 기웃거렸다. 새뮤얼은 광주리에 담긴 빨래 뭉치를 손으로 가리키며 말했다.

"리, 따뜻한 물로 아기를 닦아 주게. 찬바람을 쐬지 않게 조심하고. 제기랄! 이럴 때 라이자가 옆에 있었으면 좋았을 텐데! 나 혼자서 한꺼번에 모든 일을 할 수는 없잖아."

새뮤얼은 다시 침대 쪽으로 돌아섰다.

"이제 산후 처리를 해야겠군."

그때 캐시가 다시 몸을 웅크리며 신음 소리를 냈다.

"조금만 있으면 끝납니다."

새뮤얼이 말했다.

"산후 처리에도 시간이 좀 걸려요. 그래도 당신은 빨리 끝난 편이오. 그런데 왜 라이자가 보낸 밧줄을 붙잡지 않았소?"

그는 이상한 생각에 그녀를 자세히 들여다보고는 깜짝 놀랐다.

"맙소사, 어떻게 된 거야? 아이가 또 나오는군!"

그는 부지런히 손을 움직였다. 이번에도 아기는 눈 깜짝할 사이에 나왔다. 새뮤얼은 다시 탯줄을 맸고, 리는 두 번째 아기를 받아 목욕을 시키고 포대기에 싼 다음 바구니에 내려놓았다. 새뮤얼은 산모를 씻기고 침대 시트를 갈아 준 후에 조심스럽게 누였다. 그는 캐시의 얼굴을 보지 않으려고 고개를 돌렸다. 그녀에게 물린 손이 마비되는 것 같아 될 수 있으면 서둘러 일을 끝내고 싶었다. 그는 깨끗한 홑이불을 그녀의 턱까지 덮어 주고 머리 밑에 새 베개를 받쳐 주었다. 그러면서 어쩔 수 없이 캐시를 보았다.

캐시의 금빛머리는 땀에 흠뻑 젖었지만 얼굴은 변함없이 무표정하게 굳어 있었다. 펄떡펄떡 뛰는 목의 동맥이 또렷이 보였다.

"아들을 둘이나 봤네요."

새뮤얼이 말했다.

"멋진 쌍둥이지만 똑같이 생기지는 않았어요. 이란성 쌍둥인가 봅니다."

캐시는 아무런 관심도 없다는 듯이 차갑게 그를 쳐다보았다.

새뮤얼이 다시 말했다.

"아이들을 보여 드리죠."

"싫어요."

캐시는 힘없는 목소리로 말했다.

"아니, 자기 자식을 보고 싶지 않다는 거요?"

"네, 보고 싶지 않아요."

"지금은 너무 지쳐서 그렇지 조금 지나면 생각이 바뀔 거요. 나는 평생 당신처럼 빨리 아기를 낳는 사람은 처음 봤소."

캐시는 새뮤얼의 시선을 외면하며 말했다.

"애들은 보고 싶지 않아요. 창문을 가려 주세요. 불도 꺼 주고요."

"지쳐서 그럴 거요. 며칠만 지나면 기분도 달라질 거고 이런 일도 깨끗이 잊을 거요."

"절대 잊지 않을 거예요. 어서 나가 주세요. 애들도 방에서 내보내요. 그리고 애덤을 불러 줘요."

새뮤얼은 그녀의 말투가 마음에 들지 않았다. 그녀의 목소리에는 연약함이나 피로나 부드러움이 전혀 담겨 있지 않았다. 새뮤얼은 자제력을 잃고 한마디 내뱉었다.

"이러는 당신이 정말 마음에 들지 않는군."

새뮤얼은 자신이 한 말을 다시 주워 담을 수만 있다면 그렇게 하고 싶었다. 하지만 캐시는 그런 말을 듣고도 아무런 내색도 하지 않았다.

"어서 애덤이나 불러 줘요."

캐시가 말했다.

애덤은 좁은 거실에서 쌍둥이 아들들을 멍하게 보고 있다가 재빨리 침실로 들어가 문을 닫았다. 잠시 후에 뭔가를 두드리는 소리가 들렸다. 애덤이 창문에 모포를 대고 못을 박는 소리였다.

리가 새뮤얼에게 커피를 가져왔다.

"손 상처가 심하군요."

"그렇게 됐네. 이 상처 때문에 고생할까 봐 걱정이네."

"마님이 왜 그런 짓을 했죠?"

"나도 모르겠네. 저 여자는 정말 괴상한 데가 있어."

"해밀턴 씨, 제가 치료를 해 드리죠. 잘못하다간 한쪽 팔을 잃을지도 몰라요."

리가 말했다.

새뮤얼은 힘이 죽 빠지는 것 같았다.

"좋을 대로 하게. 왠지 가슴이 답답하고 서글픈 생각이 드는군. 어린애라면 실컷 울기나 할 텐데. 나이 든 사람이 이런 일로 무서워서 떨 수도 없고. 옛날 어린 시절에 새 한 마리가 내 손 안에서 죽었을 때와 똑같이 허전해."

리는 방을 나갔다가 꿈틀거리는 용의 그림이 새겨진 작은 흑단나무 상자를 들고 돌아왔다. 그는 새뮤얼 옆에 앉아 상자에서 쐐기 모양의 중국 면도칼을 꺼냈다.

"좀 아플 겁니다."

그는 상냥하게 말했다.

"참아 보겠네."

중국인은 마치 자신도 통증을 느끼는 듯이 입술을 꽉 깨물고 손의 상처 부위를 깊숙이 잘랐다. 그러고는 이빨 자국이 난 살을 열어 젖히고 주변의 살갗을 도려낸 다음 붉은 피가 흘러나오게 했다. 리는 '홀스 크림 슬레이브(Hall's Cream Slave)'라는 상표가 붙은 노란 병을 흔든 다음 깊은 상처에 흠뻑 부었다. 그러고는 손수건에 약을 흠뻑 적셔 손을 동여맸다. 새뮤얼은 아파서 몸을 움츠리면서 성한 손으로 의자의 팔걸이를 움켜쥐었다.

"석탄산 성분이 들어 있어서 냄새가 지독할 겁니다."

리가 말했다.

"고맙네, 리. 내가 이만한 일에 엄살을 피우다니."

"그래도 잘 참으셨어요. 커피를 한 잔 더 끓여 드릴게요."

리는 커피를 두 잔 가지고 돌아와 새뮤얼 곁에 앉았다.

"전 여길 떠날까 봐요."

리가 말했다.

"도살장 같은 집에 붙어 있으면 뭐 하겠어요."

그 말에 새뮤얼은 몸이 굳는 걸 느꼈다.

"그건 무슨 말인가?"

"저도 모르겠어요. 그냥 튀어나온 말이에요."

새뮤얼은 몸서리를 쳤다.

"리, 인간이란 바보야. 난 여태껏 그런 줄 몰랐는데 중국인도 바보로군."

"중국인은 바보가 아니라고 생각했나요?"

"이방인은 우리보다 강하고 똑똑하다고 생각했네."

"무슨 말이죠?"

새뮤얼이 대답했다.

"하긴 때로 바보짓이 필요한지도 모르겠어. 만용과 객기를 부려 쓸데없이 하느님에게 대항해 보거나 캄캄한 밤에 길가의 나무를 보고 유령이라고 생각하고는 어린애처럼 겁을 먹거나 하는 것 말일세. 어쩌면 그런 짓도 때로는 필요한지도 모르지. 그런데……."

"무슨 말씀을 하시려는 겁니까?"

리가 물었다.

"난, 바람이 불어와서 내 어리석은 마음속에 감춰진 불씨가 다시 타오르는 거라고 생각했네. 그런데 이제 보니 자네도 똑같은 소리를 하고 있군. 난 이 집에 유령이 붙었다는 생각이 드네. 불길한 것이 닥쳐오고 있다는 생각이 든단 말일세."

"저도 마찬가집니다."

"나도 알고 있네. 그러니 바보인 체하면서 그냥 편하게 넘길 일은 아닌 것 같네. 이번 출산은 고양이가 새끼를 낳듯이 너무 빨리 끝나 버렸어. 그 고양이 새끼들이 걱정이 되네. 자꾸 불길한 생각이 들어."

"무슨 말씀을 하시려는 겁니까?"

리는 똑같은 말을 세 번이나 물었다.

"아내가 곁에 있었으면 좋겠어."

새뮤얼은 큰 소리로 말했다.

"라이자는 환상을 갖고 있지도 않고, 유령을 두려워하지도 않고, 어리석은 짓도 하지 않거든. 아내를 불러야겠네. 광부들은 갱도 안의 공기를 시험해 보려고 그 속에 카나리아를 날려 보낸다고 하지 않나. 라이자는 어리석은 짓을 하지 않아. 그리고 리, 만약 라이자가 유령을 본다면 그건 환상이 아니라 진짜 유령이야. 라이자가 이곳에 정말 문제가 있다고 느끼면 우리는 빗장을 걸어 잠가야 하네."

리는 일어나 세탁 광주리 쪽으로 가서 쌍둥이를 내려다보았다. 저녁 어둠이 빨리 찾아와 아기들을 보려면 얼굴을 바짝 갖다 대야만 했다.

"자고 있군요."

"이제 곧 울어 대겠지. 리, 마차를 타고 얼른 우리 집에 가서 라이자를 데려오겠나? 이곳에 꼭 볼일이 있다고 하게. 톰이 집에 있으면 그 애더러 집을 지키라고 하고, 안 그러면 내일 아침에 그 애를 보낸다고 하게. 라이자가 내키지 않는다고 하면 이곳에 여자의 손과 명석한 두뇌가 꼭 필요하다고 말하게. 그럼 자네 말을 알아들을 걸세."

"그렇게 하죠."

리가 말했다.

"우리는 어둠 속에 남겨진 두 아이를 겁내면서 서로 허둥대고 있는 꼴이군요."

"나도 그런 생각이 드네. 리, 우리 집사람에게는 내가 우물을 파다가 손을 다쳤다고 하게. 무슨 일이 있어도 사실대로 말해서는 안 되네."

"그럼, 등불이나 몇 개 켜 놓은 다음에 다녀오겠어요. 부인만 와 주신다면 저도 안심이겠어요."

리가 말했다.

"그럴 거야, 리. 그렇고말고. 라이자가 오면 이런 쥐구멍 같은 어두운 소굴을 환하게 밝혀 줄 걸세."

리가 어둠 속으로 사라지자 새뮤얼은 성한 왼손으로 등불을 집어 들었다. 그는 램프를 바닥에 내려놓고 침실 문의 손잡이를 돌렸다. 방 안은 칠흑같이 어두웠고 등불의 노란빛은 천장만 비출 뿐 침대는 밝히지 못했다.

침대 쪽에서 캐시의 앙칼진 목소리가 들려왔다.

"문을 닫아요. 난 불빛이 싫어요. 애덤, 당신도 나가요. 나혼자 어둠 속에 있고 싶어요."

애덤이 쉰 목소리로 말했다.

"당신과 함께 있고 싶소."

"혼자 있겠어요."

"함께 있을 테야."

"그럼 가만히 있어요. 더 이상 말을 걸어서는 안 돼요. 어서문을 닫고 등을 치우라니까요."

새뮤얼은 다시 거실로 되돌아왔다. 그는 등불을 세탁 광주리 옆에 놓인 탁자에 올려놓고 쌔근거리며 자는 쌍둥이의 얼굴을 바라보았다. 아기들은 잠을 자면서도 불빛이 싫은지 코를 약간 씰룩거렸다. 새뮤얼은 손가락으로 아기의 따스한 이마를 살짝 건드려 보았다. 쌍둥이 중의 한 아기가 입을 크게 벌리고 하품을 하더니 다시 잠 속에 빠져들었다. 새뮤얼은 등불을 한쪽으로 치우고 나서 현관문을 열고 밖으로 나갔다. 샛별이 무척 밝아서 서쪽 산등성이를 향해 떨어지는 불덩이처럼 보였다. 바람이 전혀 없는 칠흑같이 어두운 밤이었다. 대기는 아직 한낮의 열기가 남아 있었고 햇볕에 달구어진 들쑥 냄새를 품고 있었다. 새뮤얼은 어둠 속에서 인기척을 느끼고 깜짝 놀랐다.

"안주인은 어떤가요?"

"거기 누구요?"

새뮤얼이 다급하게 물었다.

"저예요, 래빗입니다."

사내는 문틈으로 새어 나오는 불빛에 모습을 드러냈다.

"산모 말인가, 래빗? 그 여자는 괜찮아."

"리가 쌍둥이라고 하더군요."

"맞네. 아들 쌍둥이야. 참 잘된 일이지. 트래스크 씨는 이제 강물까지 끌어들여 사탕수수를 심으려고 할 만큼 든든할 걸세."

새뮤얼은 자신도 모르게 불쑥 화제를 바꾸었다.

"래빗, 오늘 우리가 뭘 뚫었는지 아나? 운석이야."

"그게 뭐죠, 해밀턴 씨?"

"수백만 년 전에 떨어진 별똥별 말일세."

"그래요? 거참 잘됐군요! 그런데 손은 어쩌다 다친 거죠?"

"운석에 다쳤다고 말하고 싶은데."

새뮤얼은 소리 내어 웃었다.

"하지만 그렇게 말하면 재미가 없을 거고. 도르래에 물려서 이 지경이 됐지 뭔가."

"심하게 다쳤나요?"

"아니야, 그렇게 심하진 않아."

"아들이 둘이라. 제 늙은 집사람이 알면 시샘을 하겠군요."

"잠깐 들어와서 쉬었다 가겠나?"

"아뇨, 괜찮습니다. 어서 가서 잠이나 자야죠. 나이가 드니 아침이 더 빨리 오는 것 같아요."

"그렇지. 그럼, 잘 가게, 래빗."

라이자 해밀턴은 새벽 4시쯤 트래스크 농장에 도착했다. 새뮤얼은 의자에 앉은 채로 잠이 들었는데, 빨갛게 단 쇠막대기가 손에서 떨어지지 않아 애를 쓰는 꿈을 꾸었다. 라이자는 아기를 보기도 전에 남편을 깨우면서 그의 손부터 들여다보았다. 라이자는 엉성하고 서툴렀던 남편과는 달리 빈틈없이 일을 처리했다. 그러고는 그에게 간단히 짐을 꾸려 그곳을 떠나라고 몰아세웠다. 결국 새뮤얼은 잠이 깨자마자 곧바로 말에 안장을 얹고 킹시티를 향해 달렸다. 시간이야 어찌됐든 의사를 깨워 손의 상처를 치료받아야 했다. 라이자는 치료가 끝나면 집에 돌아가 기다리라고 했다. 그리고 아무것도 모르는 막내아들을 돌봐 주는 사람도 없는 흙구덩이 옆에 혼자 있게 내버려 둔 것은 더 큰 잘못이라고 그를 질타했다. 그런 일은 하느님도 가만 내버려 두지 않는다는 것이었다.

새뮤얼은 정신없이 바쁜 하루를 보냈다. 새벽에는 아내에게 등을 떠밀리다시피 해서 농장을 떠났고, 11시쯤에는 손에 붕대를 감았고, 오후 5시쯤에는 자기 집 식탁에 앉아 있었다. 그는 열이 나서 얼굴이 벌겋게 상기되어 있었다. 톰은 암탉을 잡아 아버지에게 줄 닭고기 수프를 끓이고 있었다.

새뮤얼은 사흘 동안 꼼짝 못하고 침대에 드러누워 열병과 환영에 시달렸다. 다행히 그는 강한 체력으로 거뜬히 열병을 물리쳤다.

"이제 일어나야겠다."

새뮤얼은 맑은 눈으로 톰을 쳐다보면서 말했다.

하지만 그는 기운이 없어서 벌렁 드러눕고는 킬킬거리며 웃었다. 자신이 생각해도 어처구니없는 일을 당하면 그는 그렇게 소리 내어 웃었다. 어떤 힘에 저항하지 못하고 지고 말았을 때도 그는 패배를 웃음으로 얼버무리며 위안했다. 톰은 아버지가 물려서 머리를 내저을 때까지 닭고기 수프를 해다 바쳤다.

그 무렵의 사람들은 닭고기 수프를 먹으면 어떤 상처나 병도 고칠 수 있으며, 특히 장례식 때 먹으면 액운을 물리친다고 믿었다.

4

라이자는 일주일 동안 트래스크 농장에 머물렀다. 그녀는 천장에서부터 마룻바닥까지 반들반들 윤이 날 정도로 깨끗이 청소했다. 통 속에 담을 수 있는 것은 모조리 물에 담가 빨았고 나머지는 스펀지로 문질러 닦았다. 쌍둥이도 세심하게 돌봤다. 아기들은 기분 좋게 놀고 잠도 잘 자서 살이 통통하게 올랐다. 그녀는 리를 믿지 못했기 때문에 노예 대하듯 심하게 부려먹었다. 애덤은 아무짝에도 쓸모가 없었으므로 아예 무시해 버렸다. 한번은 애덤에게 창문을 닦으라고 시켰는데 마음에 들지 않자 다시 닦으라고 성질을 부렸다.

라이자는 캐시와 며칠을 함께 지냈으므로 그녀가 말수가 적으면서도 영악하고, 주제넘을 정도로 되바라진 여자라는 것을 알아차렸다. 그리고 다친 데도 없고 병약하지도 않으면서 자기가 낳은 아이들을 돌보려고 하지 않는다는 것을 확인했다.

"그러는 게 당연할지도 모르지."

라이자가 말했다.

"저렇게 통통한 녀석들이 젖을 빨아 대면 당신 같은 깡마른 여자는 뼈만 남고 말 거야."

라이자는 자신이 캐시보다 체격이 더 작으면서도 자식 모두 젖을 먹여 길렀다는 사실을 잊어버린 모양이었다.

토요일 오후, 라이자는 자기가 해야 할 일들을 모두 점검한 뒤에 갓난아이의 배앓이 처치 요령에서 개미 퇴치 요령까지 가능한 한 많은 주의사항을 길게 적어 리에게 건네준 다음 보따리를 챙겨 리가 모는 마차를 타고 집으로 돌아왔다. 집에 돌아온 그녀는 마구간처럼 지저분한 집안 꼴을 보고는 잔소리를 길게 늘어놓으며 쓰레기들을 깨끗이 치웠다. 새뮤얼은 바쁘게 움직이는 아내에게 이것저것 물었다.

"아기들은 어때?"

"잘 자라고 있어요."

"애덤은 어떻게 지내고?"

"글쎄, 그 사람은 겨우 살아서 꿈틀거리고 있더군요. 지혜로운 하느님께서는 왜 그런 이상한 사람들에게 돈복을 주셨는지 알다가도 모를 일이에요. 가만 내버려 두면 굶어 죽을까 봐 그랬겠죠."

"트래스크 부인은 어때?"

"돈 많은 동부 여자들처럼 다소곳하면서도 게을러 빠졌더
군요.(라이자는 돈 많은 동부 여자를 한 번도 만나 본 적이 없었다.)
한편으론 얌전하고 예의바른 데도 있어요. 그런데 이상한 일
이죠."

라이자가 말했다.

"게을러 빠진 것 말고는 별다른 흠이 없는 것 같은데 왠
지 정이 안 가는 여자예요. 어쩌면 그 흉터 때문인지도 몰라
요. 그 흉터는 어떻게 해서 생긴 거래요?"

"나도 모르겠어."

새뮤얼이 대답했다.

라이자는 권총을 내밀 듯이 손가락으로 남편의 양미간 사
이를 누르며 말했다.

"당신한테 할 얘기가 있어요. 그 여자는 아무도 몰래 자기
남편에게 마술을 거는 것 같아요. 그 남편이란 사람은 병든 오
리처럼 그 여자 주위를 서성거리고요. 그 사람은 쌍둥이에게
그리 신경을 쓰는 것 같지 않아요."

새뮤얼은 아내가 말을 다 끝낼 때까지 기다렸다가 입을 열
었다.

"여자는 게으르고 그 남편은 정신이 빠져 있으면 그 예쁜
아기들은 누가 돌보지? 쌍둥이를 돌보자면 손이 더 갈 텐데."

그러자 라이자는 남편 옆에 의자를 바짝 당겨 앉고는 두
손을 그의 무릎에 올려놓으며 말했다.

"당신이 믿지 않을지도 모르지만, 내가 입을 함부로 놀린 적은 없잖아요."

"당신은 거짓말을 못하는 사람이지."

라이자는 남편이 자신을 칭찬한다고 생각했는지 미소를 지었다.

"당신도 알고 있는지 모르지만 내 말이 당신의 믿음을 더욱 굳건하게 해 줄 거예요."

"어서 말해 봐요."

"당신도 그 집에서 일하는 중국인 알죠? 자꾸만 곁눈질을 하고 말씨가 이상하고 머리를 땋은 사람 말예요."

"리 말이야? 그럼, 알고말고."

"당신은 그 중국인이 이교도라고 생각하죠?"

"잘 모르겠는걸."

"새뮤얼, 누구든 그가 이교도라고 생각할 거란 말예요. 그런데 아니더군요."

그녀는 자세를 가다듬으며 말을 이었다.

"그럼 뭐란 말이야?"

그녀는 손가락에 힘을 주어 그의 팔을 툭툭 건드렸다.

"장로교인이래요. 그것도 아주 독실한 교인이요. 당신은 상상도 못 했죠? 그 점에 대해 어떻게 생각해요?"

새뮤얼은 터져 나오는 웃음을 참느라고 말을 제대로 하지 못했다.

"그럴 리가 있나?"

"틀림없어요. 트래스크 씨네 쌍둥이를 누가 돌보고 있는지 알아요? 이교도였다면 그를 전혀 믿지 않았을 거예요. 그런데 장로교인이라지 뭐예요? 그 중국인은 내가 무슨 말을 해도 다 알아듣는다고요."

"쌍둥이가 굶을 일은 없겠군."

새뮤얼이 말했다.

"정말 고마운 일이고, 하느님이 도와주신 거예요."

"우리도 좋은 일을 합시다."

새뮤얼이 맞장구를 쳤다.

5

캐시는 일주일 동안 몸조리를 하면서 건강을 되찾았다. 10월 둘째 주 토요일, 캐시는 아침 나절 내내 침실에 틀어박혀 있었다. 애덤이 침실로 들어가려고 했지만 문이 잠겨 있었다.

"난 지금 바빠요."

캐시가 신경질적으로 소리치자 애덤은 그냥 돌아갔다.

서랍을 여닫는 소리가 들렸다.

옷장을 정리하는 것 같았다.

오후 늦게 애덤이 현관 계단에 앉아 있는데 리가 옆으로 다가왔다.

"마님이 킹시티에 가서 우유병을 사 오랍니다."

리는 불안한 어조로 말했다.

"집사람이 그렇게 말했다면 다녀오도록 해."

애덤이 말했다.

"그런데 월요일까지 돌아오지 말라는군요."

언제 나왔는지 캐시가 문간에 서서 조용히 말했다.

"이 사람은 오랫동안 하루도 쉬지 못했어요. 잠깐 쉬게 해 주는 것이 좋을 거예요."

"맞는 말이야."

애덤이 맞장구를 쳤다.

"내가 미처 생각을 못 했군. 리, 걱정 말고 푹 쉬도록 하게. 급한 일이 생기면 목수를 부르면 되니까."

"인부들은 일요일에 집에 돌아갑니다."

"그럼, 인디언을 부르면 돼. 로페스가 도와줄 거야."

리는 캐시가 자신을 쏘아보고 있는 것을 알았다.

"로페스는 술주정뱅이죠. 위스키만 찾아다닐걸요."

애덤은 벌컥 화를 냈다.

"누구의 도움도 필요 없어. 리, 그만 얘기해."

언뜻 보니 캐시의 양미간에 두 줄의 어두운 주름살이 생겼다 사라지는 것 같았다. 리는 인사를 하고 돌아섰다.

날이 어둑해지자 캐시는 자기 방으로 돌아갔다. 7시 30분에 애덤은 방문을 두드렸다.

"여보, 저녁 식사를 좀 가져왔어."

캐시는 기다리고 있었던 것처럼 재빨리 문을 열었다. 그녀는 가장자리에 검은 술이 달리고 큼지막한 흑옥 단추와 검은 벨벳 옷깃으로 장식된 말끔한 여행용 재킷을 입고 있었다. 그리고 머리에 쓴 위쪽이 좁고 챙이 넓은 밀짚모자를 흑옥으로 만든 기다란 핀으로 고정시켜 놓고 있었다. 애덤은 너무 놀라서 입이 벌어졌다.

캐시는 그에게 말할 틈도 주지 않았다.

"지금 떠나겠어요."

"캐시, 그게 무슨 소리야?"

"전에 말했잖아요."

"무슨 말을 했다고 그래?"

"당신이 듣지 못한 거예요. 그래도 할 수 없어요."

"난 도무지 당신이 무슨 말을 하고 있는지 모르겠소."

그녀는 감정이 담기지 않은 날카로운 목소리로 말했다.

"당신이 뭐라고 하든 상관없어요. 난 가겠어요."

"아기들은 어떻게 하고……."

"당신이 파 놓은 우물에나 던져 버려요."

애덤은 두려운 마음에 소리쳤다.

"캐시, 당신은 제정신이 아니야. 이렇게 떠날 수는 없어. 나를 버리고 갈 수 없어. 절대로 내 곁에서 떠날 수 없단 말이야."

"당신이 어떻게 되든 몰라요. 어떤 여자라도 당신 따윈 안중에 없을걸요. 당신은 바보니까요."

그 말에 애덤은 정신이 아득해졌다. 그는 순간적으로 캐시의 어깨를 두 손으로 움켜잡고 뒤로 밀어붙였다. 그녀가 비틀거리는 사이에 그는 문 안쪽에 꽂힌 열쇠를 뽑아 들고 문을 쾅 닫고 나가서는 밖에서 잠가 버렸다.

그는 거친 숨을 몰아쉬면서 문에다 바짝 귀를 기울였다. 속이 메스껍고 정신이 아뜩했다. 방 안에서 캐시가 조용히 움직이는 소리가 들렸다. 서랍 여는 소리가 들리자 그는 캐시가 마음을 고쳐먹고 그냥 눌러 있기로 작정한 모양이라고 짐작했다. 잠시 후에 찰칵 하는 소리가 들렸는데, 그게 무슨 소린지 감이 잡히지 않았다. 그는 온 신경을 집중해서 문에다 귀를 바짝 대고 있었다.

그녀의 목소리가 너무 가깝게 들리는 것 같아 그는 깜짝 놀라 뒤로 물러났다. 무척 상냥한 목소리였다.

"여보, 당신이 이 일을 이렇게 심각하게 생각하는 줄 몰랐어요. 미안해요, 애덤."

애덤의 목구멍에서 거친 숨결이 새어 나왔다. 손이 부들부들 떨리는 바람에 그는 열쇠를 돌린 후에 그것을 바닥에 떨어뜨렸다. 그는 문을 밀었다. 그녀는 세 걸음쯤 떨어진 곳에 서서 오른손에 든 44구경 콜트 권총을 애덤에게 겨냥하고 있었다. 권총의 공이가 젖혀진 것을 보면서 그는 한 발 한 발 앞으로 걸어갔다.

캐시는 그를 향해 총을 쏘았다. 묵직한 총알이 어깨뼈를 으스러뜨려 놓았다. 눈앞에 섬광이 번뜩이면서 요란한 총성과 함께 그는 비틀거리며 뒤로 물러서다가 그대로 바닥에 쓰러지고 말았다. 그녀는 마치 부상당한 짐승을 살피는 것처럼 천천히 그에게 다가왔다. 애덤이 고개를 쳐들자 캐시는 냉정하게 그를 쏘아보았다. 그녀는 그의 곁에 권총을 던져 버리고 집 밖으로 나갔다.

애덤은 캐시가 현관을 지나면서 마른 떡갈나무 잎을 밟아 바스락거리는 소리를 들었다. 잠시 후 아무 소리도 들리지 않았다. 이윽고 배가 고파 칭얼대는 쌍둥이의 단조로운 울음소리가 이어졌다. 그는 아이들에게 우유 먹이는 것을 깜박 잊고 있었다.

18장

1

호레이스 퀸은 킹시티 지역의 치안을 맡도록 새로 임명된 보안관보였다. 그는 새로 맡은 임무 때문에 자신의 농장을 너무 오래 비우게 되었다고 투덜거렸다. 불평은 그의 아내 쪽이 더 심했다. 그가 보안관보가 된 이후로 사건다운 사건이 터지지 않아 그의 불평은 더욱 커졌다. 그의 마음 한구석에는 명성을 얻어 정식 보안관이 되고 싶은 욕심이 자리 잡고 있었던 것이다. 보안관은 중요한 직책이었다. 그가 맡은 임무는 지방 검사가 하는 일에 비해 결코 가볍지 않았고, 상급 법원의 판사보다 더 안정되고 위엄 있는 직책이었다. 호레이스는 평생 농장에 묻혀 살고 싶지는 않았으며, 그의 아내 역시 친척들이 많이 살고 있는 살리나스로 이사를 가고 싶어 했다.

애덤 트래스크가 총에 맞았다는 소문은 인디언들과 목수

들의 입을 통해 호레이스의 귀에까지 들어가게 되었다. 그는 아침에 잡은 돼지를 손질하는 일을 아내에게 맡기고 말안장을 얹고 급히 농장을 떠났다.

헤스터 도로가 왼쪽으로 꺾어지는 곳에 커다란 플라타너스 나무들이 줄지어 서 있는데 그 북쪽 지점에서 호레이스는 줄리어스 유스카디를 만났다. 줄리어스는 메추리 사냥을 갈까, 킹시티에서 기차를 타고 살리나스까지 가서 모처럼 여자와 재미를 볼까 망설이던 중이었다. 그는 바스크 출신의 부유하고 잘생긴 남자였다.

줄리어스가 말했다.

"살리나스로 가는데 같이 가지 않겠어요? 제니네 바로 옆에, 그러니까 롱그린 상점에서 두 집 건너에 '페이 유곽'이라는 술집이 새로 생겼답니다. 샌프란시스코의 술집 못지않게 멋진 곳이래요. 피아노를 연주하는 사람까지 있답니다."

호레이스는 말안장 머리에 팔꿈치를 얹고 가죽 채찍으로 말 어깨로 날아드는 파리를 쫓으면서 말했다.

"다음에 가세. 급히 조사해야 할 일이 생겨서 말이야."

호레이스가 말했다.

"혹시 트래스크 농장에 가는 길인가요?"

"맞아. 혹시 자네도 무슨 소식 들었나?"

"자세한 얘기는 못 들었어요. 트래스크 씨가 44구경 권총으로 자기 어깨를 쏘았고, 농장에서 일하던 인부들을 모두 해고했다더군요. 어떻게 44구경 권총으로 자기 어깨를 쏘아서 자살하려고 할 수 있을까요?"

"그야 모르지. 동부 사람들은 머리가 좋으니까. 그 집 부인이 얼마 전에 출산을 했다면서?"

"쌍둥이를 낳았다고 했지요? 어쩌면 그 애들이 자기 아버지를 쏘았는지도 모르겠군요."

줄리어스가 말했다.

"한 아이는 총을 들고 다른 한 아이는 방아쇠를 당겼다는 건가? 정말 무슨 얘기 들은 것 없나?"

"글쎄, 이야기가 뒤죽박죽이라 도무지 무슨 소린지 모르겠어요. 호레이스, 저도 함께 갈까요?"

"자네를 조수로 삼고 싶은 생각은 없네, 줄리어스. 보안관이 그러는데 감독관 월급이 너무 많이 나간다고 야단이래. 알리설에 있는 혼비라는 보안관은 3주 전에 자기 왕고모를 보좌관으로 들어앉혔다지 뭔가."

"농담이겠지요!"

"사실이야. 그러니 자네에게 보안관 별을 달아 줄 수가 없어."

"조수가 되겠다는 게 아니라 길동무 삼아 같이 가자는 거예요. 궁금하기도 하고요."

"궁금하긴 나도 마찬가지야. 어찌 됐든 나도 이렇게 만나서 잘됐네. 줄리어스, 도움이 필요하면 언제든 선서를 시키고 자네를 조수로 쓰겠네. 그 새로 생긴 술집 이름이 뭐라고 했지?"

"'페이 유곽'이요. 새크라멘토에서 온 여자라더군요."

"새크라멘토의 유곽은 대단하지."

호레이스는 함께 말을 타고 가면서 새크라멘토의 유곽이

얼마나 멋진 곳인지 이야기했다.

말을 타고 가기에는 아주 좋은 날씨였다. 그들은 산체스 농장의 골짜기로 접어들면서 근래 몇 년 동안 사냥이 신통치 않다는 불평을 늘어놓았다. 예전에 비해 농사, 낚시, 사냥이 별재미가 없다는 것이었다. 줄리어스가 말했다.

"사냥꾼들이 회색 곰을 모조리 잡아 버리지 않고 좀 남겨놓았다면 얼마나 좋았을까요. 1880년에 우리 할아버지는 플레이토 부근에서 800킬로그램이나 나가는 곰을 잡았답니다."

떡갈나무 아래를 지날 때는 주위가 너무 적막해서인지 그들도 조용히 있었다. 그곳에는 어떤 소리도, 어떤 움직임도 없었다.

"낡은 가옥은 수리가 끝났는지 모르겠군."

호레이스가 말을 꺼냈다.

"천만에요, 아직 안 끝났어요. 래빗 홀먼이 그 일을 했는데 트래스크 씨가 인부를 모두 불러다가 해고했다더군요. 언제 다시 오라는 말도 없이 말이죠."

"트래스크 씨는 돈이 무진장 많다면서?"

"맞아요. 새뮤얼 해밀턴이 우물을 네 개나 팠는데, 그 사람도 해고되지 않았는지 모르겠어요."

"해밀턴 씨는 어떻게 지내나? 찾아가서 한번 만나 봐야겠는데."

"잘 지내죠. 여전히 씩씩하시고."

"짬을 내서 찾아가 봐야겠어."

호레이스가 말했다.

리가 현관에 나와 두 사람을 맞았다.

"잘 있었나, 칭총. 주인은 집에 계신가?"

"앓아누워 계십니다."

리가 대답했다.

"만나 보고 싶은데."

"안 됩니다. 몸이 편찮으셔서요."

"들어가서 보안관보 호레이스 퀸이 왔다고 전해 주게."

호레이스가 말했다.

리는 집 안으로 들어갔다가 곧바로 다시 나왔다.

"들어오세요. 말은 제가 매어 놓겠습니다."

애덤은 쌍둥이가 태어난 바로 그 침대에 있었다. 베개를 높이 세우고 그 위에 기댄 채 앉아 있었는데 그의 왼쪽 가슴과 어깨에는 여러 겹의 붕대가 감겨 있었다. 방 안에는 '홀스 크림 슬레이브' 냄새가 지독했다.

호레이스는 나중에 자기 아내에게 이런 말을 했다.

"죽은 시체가 숨을 쉬고 있다면 바로 그런 모습일 거야."

애덤의 얼굴은 살이 쏙 빠져서 광대뼈와 코뼈만 앙상하게 남아 있었다. 눈이 얼굴을 다 차지하고 있었는데, 그 눈은 열병으로 인해 심한 근시안처럼 반들거렸다. 그는 뼈만 남은 앙상한 오른손으로 홑이불을 만지작거리고 있었다.

호레이스가 말했다.

"트래스크 씨, 다치셨다는 소식을 들었는데 좀 어떠세요?"

그는 말을 멈추고 대답을 기다렸다. 하지만 아무 대답이 없자 다시 말을 이었다.

"어떻게 지내시는지 궁금해서 잠깐 들렀습니다. 대체 어떻게 된 일입니까?"

애덤은 멋쩍은 표정이었다. 그는 약간 자세를 바로잡았다.

"말하기가 고통스러우면 천천히 하세요."

호레이스가 위로하듯 말했다.

"숨을 깊이 쉴 때만 아픕니다."

애덤이 나지막하게 말했다.

"총을 소제하다 그만 실수를 했습니다."

호레이스는 줄리어스를 힐끗 바라보고는 다시 애덤에게 시선을 돌렸다. 애덤은 그와 시선이 마주치자 약간 당황하는 표정을 지었다.

"사고는 늘 일어나는 법이죠."

호레이스가 말했다.

"총은 어디다 두셨습니까?"

"리가 치워 놓았을 겁니다."

호레이스는 문 쪽으로 몇 걸음 걸어갔다.

"여보게, 칭총. 그 권총 좀 가져오겠나."

잠시 후에 리는 총의 손잡이를 앞쪽으로 돌려서 문 안으로 들이밀었다. 호레이스는 탄창을 돌려서 꺼내 보고 탄통을 뺀 다음 빈 놋쇠 탄창의 냄새를 맡았다.

"총은 겨누고 있을 때보다 손질할 때 발사되기가 쉽죠. 트래스크 씨, 나는 이 사건을 군청에 보고해야 합니다. 시간을 많이 빼앗지는 않겠습니다. 그러니까 총신을 막대기로 소제하다가 발사되는 바람에 어깨를 맞았다는 말입니까?"

"그렇습니다."

애덤이 재빨리 대답했다.

"총을 소제하면서 탄창을 빼 놓지 않았다는 겁니까?"

"예."

"격침을 세우고 총신을 당신에게 향하게 하고 막대를 넣었다 뺐다 했습니까?"

애덤이 숨을 가쁘게 몰아쉬었다.

호레이스는 계속 말했다.

"그렇다면 막대째 발사되어 당신 왼손도 관통했겠군요."

호레이스의 강렬한 눈빛이 줄곧 애덤의 얼굴을 지켜보고 있었다. 그는 부드럽게 말했다.

"트래스크 씨, 어떻게 된 거죠? 사실대로 말씀해 주세요."

"사실대로 말씀드리는 겁니다. 사고였을 뿐입니다."

"당신이 말한 대로 보고서를 쓰라는 건 아니겠죠? 보안관은 날 미쳤다고 생각할 겁니다. 대체 어떻게 된 겁니까?"

"난 총을 잘 다루지 못합니다. 총을 닦다가 총알이 나왔을 뿐입니다."

호레이스의 코에서 식식거리는 소리가 새어 나왔다. 그는 소리를 내지 않으려고 입으로 숨을 쉬었다. 그는 침대 발치에서 천천히 애덤의 머리 쪽으로 다가가서 그의 눈을 빤히 내려다보았다.

"당신은 얼마 전에 동부에서 왔지요, 안 그렇습니까, 트래스크 씨?"

"그렇습니다. 코네티컷에서 왔어요."

"그곳 사람들은 총을 많이 사용하지 않나 보군요."

"그런 편이죠."

"사냥도 안 합니까?"

"약간은 하지요."

"그렇다면 당신도 엽총 정도는 만져 보았겠군요?"

"예. 하지만 사냥은 많이 하지 않았어요."

"권총은 거의 사용하지 않았나 보군요. 그래서 사용 방법을 몰랐겠죠."

"그렇습니다."

애덤이 꼬박꼬박 대답했다.

"그곳에선 아무도 권총을 소지하지 않습니다."

애덤은 묻는 말에 꼬박꼬박 대답했다.

"그럼 이곳에 와서 44구경을 구입하셨군요. 이곳 사람들이 모두 권총을 가지고 있으니까 사용법을 배울 작정이었나요?"

"그래요, 배워 두면 좋을 거라고 생각했습니다."

줄리어스는 한마디도 하지 않은 채 진지하게 듣고 있었다.

호레이스는 한숨을 길게 내뱉으며 애덤에게서 시선을 거두었다. 애덤은 어디에다 시선을 둘지 모르는 듯 줄리어스를 슬쩍 보고는 다시 자신의 손을 내려다보았다. 호레이스는 옷장 위에 권총을 놓은 다음 그 옆에 탄약을 나란히 늘어놓으며 말했다.

"아시다시피 나는 얼마 전에 보안관보가 되었습니다. 내가 맡은 임무를 착실히 해 나가다 보면 몇 년 후엔 정식 보안관이 될 겁니다. 그런데 내게는 이 일을 할 만한 배짱도, 흥미도 없는 것 같군요."

애덤은 초조하게 그를 쳐다보았다.

"전에는 어느 누구도 나를 두려워하지 않았죠. 나를 화나게 는 했어도 두려워하지는 않았어요. 이 일은 사람을 너무 치사 하게 만들어요. 내가 너무 초라하게 느껴지는군요."

줄리어스가 짜증스럽다는 듯이 끼어들었다.

"그래도 끝까지 조사를 해야죠. 지금 당장 그만둘 수는 없 잖아요."

"빌어먹을 이러지도 저러지도 못 할 처지가 되었군. 좋아 요! 트래스크 씨, 당신은 미합중국 기병대에 복무했다고 하셨 죠? 기병대의 무기는 카빈총과 권총 아닙니까? 그런데 당신 은……."

그는 말을 멈추고 침을 삼켰다.

"어떻게 된 겁니까, 트래스크 씨?"

애덤의 눈이 점점 커지는가 싶더니 눈시울이 붉어지면서 눈물이 고였다.

"그건 사고였습니다."

그는 속삭이듯 말했다.

"목격자가 있었습니까? 사고가 일어났을 때 부인도 함께 있 었나요?"

애덤은 아무 대답도 하지 않았다. 호레이스는 그가 눈을 지 그시 감는 것을 보았다.

"트래스크 씨, 몸이 안 좋다는 것은 알고 있습니다. 될 수 있으면 당신을 편하게 해 드리고 싶습니다. 부인과 얘기를 나누는 동안 좀 쉬도록 하세요."

호레이스는 잠자코 있다가 리가 기다리고 서 있는 문 쪽으로 눈을 돌렸다.

"칭총, 부인께 내가 잠깐만 뵙자고 한다고 전해 주게."

리는 아무 대꾸도 하지 않았다.

애덤은 눈을 감은 채로 말했다.

"아내는 어디 좀 다니러 갔습니다."

"그럼 사고가 날 때 부인은 이곳에 계시지 않았습니까?"

호레이스는 줄리어스를 힐끔 바라보았다. 그의 입가에 묘한 미소가 떠올랐다. 호레이스는 그가 자기보다 먼저 뭔가를 알아차렸다는 생각이 들었다. 그에게서 뛰어난 보안관이 될 소질이 엿보였다.

"이것 참 재미있는 이야기이군요. 부인은 2주 전에 쌍둥이를 낳았습니다. 그런데 지금 어딜 다니러 가셨다고요? 아기들은 데리고 나갔습니까? 좀 전에 아기들이 우는 소리를 들었던 것 같은데."

호레이스는 침대 위로 몸을 숙이면서 애덤의 꽉 움켜쥔 오른쪽 손등 위에 자신의 손을 얹었다.

"이렇게까지 하고 싶지는 않습니다만 이제 와서 중단할 수도 없군요. 트래스크 씨!"

그는 큰 소리로 불렀다.

"어서 사실대로 말씀해 주세요. 이건 단순한 엄포가 아닙니다. 엄연한 법적 문제죠. 자, 눈을 뜨고 말해 보세요. 그러지 않으면 부상 중이라도 연행할 수밖에 없습니다."

애덤은 눈을 떴다. 그의 눈은 몽유병 환자처럼 멍했다. 그의 목소리는 높낮이도, 힘도, 감정도 없이 무미건조하게 흘러나왔다. 마치 자기 자신도 이해하지 못하는 언어를 완벽하게 발음하는 것 같았다.

"아내는 집을 나갔습니다."

"어디로 갔습니까?"

"나도 모릅니다."

"그게 무슨 말이죠?"

"아내가 어디로 갔는지 나도 모른단 말입니다."

그때 줄리어스가 침묵을 깨고 끼어들었다.

"부인이 왜 나간 거죠?"

"나도 모릅니다."

"트래스크 씨, 이러지 마세요. 내 추측이 틀렸으면 좋겠지만 당신은 진실을 숨기고 있어요. 부인이 집을 나간 이유를 분명히 알고 있죠?"

호레이스는 화가 나서 소리쳤다.

"나도 그 이유를 모릅니다."

"부인께선 몸이 안 좋았습니까? 이상한 행동을 하지는 않았나요?"

"아닙니다."

호레이스는 뒤에 있는 리를 바라보며 말했다.

"칭총, 자네는 이 일에 대해 뭐 아는 것 없나?"

"저는 토요일에 킹시티에 갔다가 자정 무렵에 돌아왔어요. 그때 주인어른이 마루에 쓰러져 있었습니다."

"그럼 자네는 사고가 났을 때 여기에 없었군."

"그렇습니다."

"좋아요, 그럼 다시 트래스크 씨에게 묻겠습니다. 칭총, 자세하게 볼 수 있도록 저 차양을 조금만 올려 보게. 됐어, 한결 낫군. 그럼 더 이상 의혹이 없도록 몇 가지만 물어보겠습니다. 부인은 집을 나갔다고 했지요. 그럼 부인이 당신을 쏘았습니까?"

"그건 사고였습니다."

"좋아요, 당신 말대로 사고라고 칩시다. 하지만 총은 부인의 손에 들려 있었지요?"

"사고였다니까요."

"이런 식이면 정말 곤란합니다. 하지만 부인이 집을 나갔다고 하니 찾아야겠군요. 꼭 어린애들이 하는 놀이 같군요. 당신이 일을 이렇게 만들고 있어요. 결혼한 지는 얼마나 되었죠?"

"1년쯤 됐습니다."

"결혼하기 전의 부인의 이름은 뭐죠?"

애덤은 한동안 말을 않다가 조용히 대답했다.

"말할 수 없습니다. 말하지 않기로 약속했거든요."

"또 이렇게 나오는군요. 부인의 고향은 어디죠?"

"모릅니다."

"트래스크 씨, 이런 식으로 진술하면 감옥에 가게 됩니다. 부인의 인상착의를 말해 보세요. 키는 어느 정도죠?"

애덤의 눈이 빛났다.

"키는 크지 않습니다. 체구가 작고 날씬하죠."

"좋습니다. 머리 색깔은요? 눈동자는요?"

"예뻤습니다."

"예뻤다고요?"

"예."

"혹시 흉터 같은 건 없습니까?"

"없습니다. 아니, 이마에 흉터가 있어요."

"본명도, 고향도, 행선지도, 인상착의도 모른다니 당신은 나를 바보 취급하는군요."

애덤이 말했다.

"아내에게는 비밀이 있었어요. 나는 그걸 캐묻지 않기로 약속했지요. 아내는 누군가를 두려워했습니다."

애덤이 갑자기 울음을 터뜨렸다. 그는 온몸을 떨며 거칠게 숨을 쉬었다. 그것은 절망적인 울부짖음에 가까웠다.

호레이스는 심기가 불편해졌다.

"다른 방으로 가세, 줄리어스."

그는 앞장서서 거실로 나갔다.

"좋아, 줄리어스, 자네 생각은 어떤지 말해 보게. 저 사람 제정신이 아니지?"

"글쎄요."

"그가 자기 아내를 죽였을까?"

"나도 언뜻 그런 생각이 들었어요."

"내 생각도 그래."

호레이스는 그렇게 말하고는 급히 침실로 들어가서 권총과

탄피를 갖고 나왔다.

"이걸 깜박 잊었지 뭐야. 이 짓도 오래는 못 해 먹겠군."

호레이스가 말했다.

"앞으로 어떻게 할 생각이죠?"

줄리어스가 물었다.

"글쎄, 이번 사건은 내 능력 밖의 일인 것 같아. 자네를 정식으로 고용할 생각은 아니었네만 어쩔 수 없군. 자, 오른손을 들어 보게."

"난 선서하고 싶지 않아요, 호레이스. 살리나스에나 갈 겁니다."

"이젠 어쩔 수 없으니 선서하고 내 조수가 되어야 하네, 줄리어스. 그렇게 하지 않으면 자네를 체포할 수밖에 없어."

줄리어스는 내키지 않는 듯 손을 들고 선서문을 복창했다.

"이게 길동무로 따라온 데 대한 대가인가요? 아버지가 아시면 가만 계시지 않을 텐데. 할 수 없군요. 지금부터 뭘 하죠?"

줄리어스가 말했다.

"난 본부에 가서 보안관에게 보고를 해야겠어. 트래스크를 연행해야겠는데 지금 데려갈 순 없겠고. 그러니 자네가 여기에 남아 줘야겠네. 줄리어스, 미안하게 됐어. 총은 가지고 있나?"

"없어요."

"그럼 이 총을 받고 내 보안관 휘장을 달도록 하게."

그는 셔츠에 달린 별 모양의 휘장을 떼어 줄리어스에게 내밀었다.

"얼마나 걸리죠?"

"될 수 있는 대로 빨리 올 거야. 자네는 트래스크 부인을 본 적이 있나?"

"아뇨, 한 번도 못 봤어요."

"나도 마찬가지야. 보안관을 만나면 트래스크가 자기 아내 이름뿐만 아니라 아무것도 모른다고 보고해야겠군. 키가 작고 예쁘다고? 그게 유일한 인상착의라니 원. 내 목이 날아갈 게 분명하니 보고 전에 사표부터 내야겠어. 저 사람이 아내를 죽였을까?"

"내가 그걸 어떻게 알아요?"

"화내지 말게."

줄리어스는 총을 들어 탄창에 탄약을 넣고 들어 보았다.

"호레이스, 좋은 수가 있는데 가르쳐 드릴까요?"

"어서 말해 보게."

"새뮤얼 해밀턴이 그 여자를 알아요. 래빗 말로는 그가 아이들을 받았다더군요. 그리고 해밀턴 부인이 산모를 돌봐 주었고요. 가는 길에 해밀턴 씨 집에 들러 보세요. 그 여자의 생김새를 알 수 있을 겁니다."

"보안관은 자네가 되어야겠군그래."

호레이스가 말했다.

"좋은 생각이야. 가는 길에 들러 봐야겠어."

"난 여기서 뭘 해야 하죠?"

"자네는 트래스크가 도망치거나 자해하지 못하도록 지키기만 하면 되네. 알겠나? 조심하게."

2

자정 무렵 호레이스는 킹시티에서 화물열차를 탔다. 그는 기관실에서 기관사와 밤을 새우고 이튿날 이른 새벽에 살리나스에서 내렸다. 살리나스는 군청 소재지로 나날이 발전을 거듭하고 있었다. 산호세와 샌루이스오비스포 사이에 위치한 비교적 큰 도시에 속한 이곳은 인구가 2000명에 가까웠으며 앞으로 더 발전할 것으로 기대되었다.

호레이스는 서던퍼시픽 철도역에서 걸어 나와 간이식당에 들러 아침을 먹었다. 공연히 이른 시각에 보안관을 찾아가 신경을 곤두서게 하고 싶지는 않았다. 그는 식당에서 우연히 새뮤얼의 아들인 윌 해밀턴을 만났다. 검은 무늬가 들어간 흰색 양복을 차려입은 그는 신수가 훤해 보였다.

호레이스가 그의 옆자리로 가서 앉았다.

"윌, 잘 지내나?"

"아, 예, 잘 지냅니다."

"여긴 사업차 들른 건가?"

"예. 거래할 일이 있어서요."

"좋은 일이 있으면 언제든 날 좀 끼워 주게."

호레이스는 젊은이에게 이런 말을 한다는 것이 쑥스럽긴 했지만 윌 해밀턴은 장래가 촉망되는 청년이었다. 모두 그가 앞으로 이 군에서 영향력 있는 인물로 성장할 것이라고 입을 모았다. 좋든 나쁘든 자신의 장래를 미리 암시하는 사람이 있는 법이었다.

"그렇게 하지요, 호레이스 씨. 그런데 목장 일은 바쁘지 않은가요?"

"좋은 일만 생긴다면야 그까짓 목장은 언제라도 남에게 빌려주면 그만이네."

윌이 탁자 앞으로 몸을 숙였다.

"그런데 호레이스 씨, 우리 고장은 군에서 너무 푸대접을 받아 왔어요. 혹시 관직에 들어갈 생각은 없으십니까?"

"그건 또 무슨 말인가?"

"지금 보안관 보시잖아요. 정식 보안관이 될 생각을 안 해 보셨어요?"

"아니, 그런 생각은 안 해 봤는걸."

"그럼, 한번 생각해 보세요. 꼭 혼자만 알고 계시고요. 두 주 후에 찾아뵙고 말씀드리죠. 반드시 혼자만 알고 계셔야 합니다."

"그래, 알았네, 윌. 하지만 지금 보안관도 훌륭한 분이잖아."

"그건 알고 있습니다. 그것과는 상관없는 일이에요. 아시다시피 킹시티엔 군청 관리가 단 한 명도 없지 않습니까?"

"알았네. 나도 생각해 보지. 아, 그리고 어제 자네 집에 들러서 부모님을 만나 뵈었지."

윌의 얼굴이 환해졌다.

"그래요? 어떻게 지내시던가요?"

"잘 지내시더군. 자네 아버지는 여전히 재미있으시고."

윌은 킬킬거리며 웃었다.

"우리가 자랄 때도 늘 재미있으셨죠."

"그렇지만 그분은 현명하신 분이야. 새로 발명한 풍차를 보여 주시더군. 지금까지 구경도 못 한 멋진 거였어."

"특허 변리사에게 또 일거리가 생기겠군요."

윌이 말했다.

"이번 것은 훌륭하던데."

호레이스가 말했다.

"나쁜 것이라곤 하나도 없지요. 그 일로 재미를 보는 건 변리사뿐이에요. 어머니는 그런 일이라면 치를 떨죠."

"맞는 말이야."

윌이 말했다.

"돈을 벌려면 다른 사람이 만든 물건을 사람들에게 파는 것이 제일이죠."

"맞아, 윌. 그렇지만 이번에 발명한 풍차는 정말 대단했어."

"아버지에게 단단히 홀리셨군요?"

"그런 모양이야. 그렇다고 자네, 아버지가 달라지시길 바라는 건 아니지?"

"그럼요!"

윌이 말했다.

"아까 말씀드린 것 꼭 생각해 보십시오."

"알겠네."

"혼자만 알고 계시고요."

윌은 다시 당부했다.

보안관이란 만만한 직업이 아니었다. 선거로 훌륭한 보안관을 뽑은 군은 그래도 운이 좋은 편이었다. 보안관은 할 일이 많은 복잡한 자리였다. 보안관이 하는 일은 법을 적용하고 안정을 유지하는 일인데 사실은 그보다 더 중요한 일들이 많았다. 보안관은 군의 무력행사를 관장했지만 여러 부류의 사람들이 북적대는 사회에서 거칠고 우둔한 보안관은 자리를 오래 지키지 못했다. 물 사용권 금지, 토지 경계선 분쟁, 가축과 관계된 다툼, 가족 관계, 친권 문제 등 모든 문제를 무력을 쓰지 않고 해결해야만 했다. 모든 방법을 다 써 본 뒤에도 실패할 경우에만 체포라는 무력을 행사했다. 최고의 보안관은 무력을 잘 쓰는 사람이 아니라 외교 능력이 뛰어난 사람이었다. 몬터레이에는 훌륭한 보안관이 있었다. 그는 보안관이라는 자신의 일을 제대로 처리하는 탁월한 재능이 있었다.

호레이스는 9시 10분쯤 예전의 군 교도소 자리에 위치한 보안관 사무실을 찾아갔다. 보안관은 악수를 청하고 날씨와 농작물에 관한 인사 몇 마디를 건넸다. 호레이스는 찾아온 용건을 말했다.

"보안관님의 자문을 좀 얻으려고 찾아왔습니다."

호레이스는 사람들의 이야기와 목격한 것, 사건 발생 시각 등을 빠짐없이 보고했다.

보안관은 깍지를 끼고 눈을 감은 채 경청했다. 가끔씩 눈을 뜨고 이야기를 중단시키기는 했지만 말은 한 마디도 하지 않았다.

"그래서 수사가 난항을 겪고 있습니다."

호레이스가 덧붙였다.

"진상을 파악하기가 어렵습니다. 그 부인의 인상착의도 알

아닐 수 없었고요. 그런데 줄리어스가 해밀턴 씨를 만나 보라고 했지요."

보안관은 자세를 바꾸어 다리를 꼰 채로 이것저것 물었다.

"자네는 트래스크가 자기 아내를 죽였다고 생각하는가?"

"그렇게 생각했지요. 그런데 해밀턴 씨의 얘기를 듣고 생각이 바뀌었습니다. 그의 말로는 트래스크 씨는 사람을 죽일 만한 인물이 못 된다고 하더군요."

"어느 누구나 살인을 할 수 있지."

보안관이 말했다.

"방아쇠만 당긴다면 총알은 그냥 날아가는 거니까."

보안관이 말했다.

"해밀턴 씨가 그 여자에 관해 재미있는 얘기를 해 주더군요. 그 여자의 출산을 돕는 중에 여자가 그의 손을 물어뜯었답니다. 그의 손을 보시면 알겠지만 꼭 늑대한테 물어뜯긴 것 같았습니다."

"샘이 그 여자의 인상착의를 말해 주던가?"

"예, 그와 그의 부인이 얘기해 주었습니다."

호레이스는 호주머니에서 종이쪽지를 꺼내 캐시의 인상착의에 관한 내용을 읽어 내려갔다. 해밀턴 부부는 캐시의 외모에 대해 자세히 알고 있었다.

호레이스가 다 읽고 나자 보안관은 한숨을 내쉬었다.

"그 여자의 흉터에 대해서는 두 사람의 진술이 일치했나?"

"예. 이마의 흉터는 때에 따라 짙어지기도 한답니다."

보안관은 다시 눈을 감고 의자에 등을 기댔다. 그는 갑자기 자세를 바로잡더니 조립식 책상 서랍에서 위스키 병을 꺼냈다.

"자, 한잔하지."

"제가 술을 마신다고 걱정하진 마십시오. 정신은 말짱하니까요."

호레이스는 입을 닦으며 술병을 건네주었다.

"좋은 생각이라도 있습니까?"

보안관은 위스키를 세 모금 마시고 코르크 마개로 막은 다음 술병을 서랍에 넣었다.

"우리 군은 일이 순조롭게 돌아가는 편이네. 경찰들과 유대 관계가 좋아서 우리는 서로 도움을 주지. 살리나스같이 하루하루 성장해 가는 도시에는 언제나 외지인들이 드나드니 신경을 곤두세우지 않으면 문제가 생길 수도 있어. 보안관 사무실은 지역 주민들과도 관계가 좋은 편이고."

그는 호레이스를 빤히 바라보며 말했다.

"불안해 할 것 없네. 설교를 하려는 건 아니니까. 그저 어떻게 대처할지를 말해 주고 싶은 것뿐일세. 우리는 사람들을 몰아세우지 말고 그들과 잘 어울려 지내야 하네."

"제가 잘못한 일이라도 있습니까?"

"아니, 잘못한 건 없네, 호레이스. 자네가 이곳에 오지 않았거나 트래스크 씨를 연행해 왔다면 일을 복잡하게 만들 뻔했어. 내 말 잘 듣게. 지금부터 얘기할 테니까."

"듣고 있습니다."

호레이스가 대답했다.

"철길 건너 차이나타운 옆에 창녀촌이 있네."

"저도 압니다."

"거기야 모르는 사람이 없지. 우리가 그 창녀촌을 폐쇄한다면 그들은 또 다른 곳으로 옮겨 가겠지. 그런데 사람들은 그런 곳을 원하네. 우리는 사고가 생기지 않도록 늘 그곳을 주시하고 있네. 그리고 사창가를 운영하는 사람들은 우리와 유대 관계를 맺고 있지. 그들이 알려 준 정보로 지명 수배자를 검거한 적도 몇 번 있고."

호레이스가 말했다.

"줄리어스가 그러는데……."

"잠깐, 내 말을 끝까지 들어 보게. 석 달 전쯤에 아주 예쁘게 생긴 여자가 날 찾아왔더군. 이곳에 유곽을 열고 싶으니 허가를 내 달라는 거였어. 새크라멘토에서 왔는데, 그곳에서도 유곽을 운영했다는 거야. 몇몇 거물급 인사들의 추천장을 들고 왔는데 경력도 깨끗하고 말썽을 일으킨 적도 한 번도 없더군. 훌륭한 시민이라고 볼 수 있었지."

"줄리어스가 '페이 유곽'이라고 그런 것 같은데요."

"맞아. 바로 그 여자네. 그녀는 멋진 유곽을 개업해서 재미를 톡톡히 보고 있네. 제니와 니거가 경쟁을 벌일 만하지. 나더러 허가를 내 주었다고 따지더군. 그래서 방금 자네에게 한 얘기를 들려주었지. 그래서 더 경쟁이 붙게 됐지."

"피아노 연주자도 있다고 들었습니다."

"있지. 장님이지만 피아노를 아주 잘 치네. 내가 이런 얘기를 해도 거북하지 않나?"

"아닙니다."

호레이스가 무안해 하며 대답했다.

"됐네. 난 좀 굼뜨긴 해도 철저한 사람이네. 페이는 외모만큼 선량하고 착실한 시민이라는 것이 증명되었지. 조용하고 좋은 유곽이 있는 것도 괜찮고. 그런데 우려되는 일이 한 가지 있네. 집을 뛰쳐나온 몰지각한 여자가 그런 집으로 들어가면 그 남편이 찾아가 야단법석을 피우지. 그러면 교회와 주부들이 들고일어나 유곽은 악의 소굴이라는 이름표를 달고 어쩔 수 없이 폐업하게 되는 걸세."

"아, 그렇군요."

호레이스가 나지막하게 말했다.

"내 말을 가로막지 말게. 자네가 미리 짐작한 일을 말하긴 싫으니까. 페이가 일요일 밤에 쪽지 한 장을 보내왔네. 여자가 한 명 들어왔는데 아무래도 수상한 구석이 있다는 내용이었지. 훌륭한 창녀가 될 소질이 있긴 하지만 가출한 여자처럼 보인다더군. 대답도 그럴듯하고 술수도 보통이 아니라고 했어. 그래서 내가 직접 찾아가 그 여자를 만나 보았네. 꾸며 대는 것 같아도 이상한 점은 찾을 수 없었어. 나이도 제법 들었으니 간섭할 바도 아니고 말일세."

보안관은 두 손을 펴 보였다.

"자, 내 얘긴 바로 이걸세. 우리는 어떻게 처리해야 좋을까?"

"그 여자가 트래스크 부인이라고 확신하시는 겁니까?"

보안관이 대답했다.

"양미간이 넓고 금발에 이마에는 흉터가 있더군. 일요일 오후에 들어왔고."

호레이스는 울고 있는 애덤의 얼굴을 떠올렸다.

"아니, 그럴 수가 있습니까? 보안관님, 다른 사람을 보내 트래스크 씨에게 그 얘기를 전하도록 하십시오. 그런 말을 하느니 전 차라리 이 일을 그만두겠습니다."

보안관은 멍하니 허공을 쳐다보았다.

"그 사람이 자기 아내의 이름이나 고향을 모른다고 했지. 그 여자한테 완전히 당했군."

"불쌍한 친구 같으니."

호레이스가 말했다.

"그 불쌍한 사람이 그 여자에게 홀딱 빠져 있어요. 맙소사, 다른 사람을 보내 얘기하도록 하세요. 저는 그런 짓 못 합니다."

보안관은 자리에서 벌떡 일어났다.

"나가서 차나 한잔하세."

두 사람은 한동안 말없이 거리를 걸어갔다.

"호레이스."

보안관이 먼저 말을 꺼냈다.

"내가 이 사실을 조금만 퍼뜨려도 군 전체가 벌집을 쑤셔 놓은 듯할 걸세."

"그렇겠죠."

"그 여자가 쌍둥이를 낳았다고 했지?"

"예, 아들 쌍둥이죠."

"호레이스, 내 말 잘 듣게. 이 사실을 알고 있는 건 그 여자와 자네, 그리고 나, 이렇게 세 사람뿐이야. 난 이 사실을 입밖에 내면 이 군에서 쫓아 버리겠다고 그 여자에게 경고를 하러 갈 참일세. 호레이스, 어머니가 창녀라는 걸 알게 되면 그 자식은 어떻겠나? 그러니 입을 함부로 놀려서는 안 돼. 자네 아내에게도 마찬가질세. 명심하게."

3

애덤은 커다란 떡갈나무 아래 의자에 앉아 있었다. 왼쪽 팔은 어깨를 움직이지 못하도록 옆구리까지 붕대가 잘 감겨 있었다. 리가 바구니를 들고 나왔다. 그는 애덤 옆의 바닥에 바구니를 놓고 다시 집 안으로 들어갔다.

잠을 깬 쌍둥이는 바람에 살랑거리는 떡갈나무 잎사귀를 쳐다보느라 조용했다. 마른 이파리 하나가 바람에 흩날려 아기 바구니 속으로 떨어졌다. 애덤은 몸을 숙여 나뭇잎을 끄집어냈다.

애덤은 새뮤얼이 가까이 올 때까지 말발굽 소리를 듣지 못하고 있었다. 하지만 벌써부터 그가 오는 것을 알고 있던 리는 의자 하나를 내다 놓고 말을 헛간으로 끌고 갔다.

새뮤얼은 조용히 앉았다. 그는 애덤을 편하게 해 주려고 그를 정면으로 바라보지 않았고, 또 그를 힘들게 할 정도로 너무 외면하지도 않았다. 나무 끝에서 불어온 싱그러운 바람이 새뮤얼의 머리카락을 헝클어뜨렸다.

"다시 우물을 파야 되지 않겠어요?"

새뮤얼이 조심스럽게 말을 꺼냈다.

애덤의 목소리는 너무 오랫동안 말을 하지 않은 탓인지 쉬어 있었다.

"아닙니다. 이젠 우물 같은 건 필요 없어요. 그동안 한 일에 대해서는 보수를 지불해 드리겠습니다."

새뮤얼이 아기 바구니 쪽으로 몸을 숙여 손가락으로 손바닥을 건드리자 한 녀석이 꽉 움켜쥐고 놓지 않았다.

"사람이 버려야 할 나쁜 버릇 중의 하나가 충고지요."

"충고 따윈 필요 없습니다."

"충고를 좋아하는 사람은 없지요. 그건 충고를 하는 사람의 선물이죠. 애덤, 계획한 일을 계속 추진해요."

"무슨 계획 말이죠?"

"연극을 하듯 살아 봐요. 시간이 흐르고 세월이 지나면 그게 진실이 될 겁니다."

"내가 왜 그래야 하는 거죠?"

애덤이 물었다.

새뮤얼은 쌍둥이를 들여다보았다.

"당신이 뭘 하든, 아니면 아무 일도 하지 않든 뭔가를 물려주게 될 거요. 당신이 이대로 가만히 있더라도 잡초도, 가시덤불도 자라게 되어 있어요. 뭔가가 계속 자라게 될 겁니다."

애덤이 아무 대꾸도 하지 않자 새뮤얼은 일어섰다.

"다시 들르지요. 아니 몇 번이라도 오겠습니다. 애덤, 일을 그대로 추진해요."

헛간 뒤쪽에서 새뮤얼이 말에 오르는 동안 리가 말고삐를 잡아 주었다.

"리, 서점은 물 건너갔군."

새뮤얼이 말했다.

"아, 그거요?"

중국인이 말했다.

"어차피 별로 하고 싶지도 않았는걸요."

19장

1

새롭게 들어서는 고장은 일정한 유형을 따르는 것 같다. 맨 처음에 발을 딛는 개척자는 강인하고 용감하면서도 어린애처럼 순진한 구석이 있다. 그들은 황무지에서는 거뜬히 버텨 내지만 워낙 순진해서 사람들을 대하는 일에는 서툴다. 아마 그래서 멋모르고 맨 먼저 이곳에 온 것인지도 모른다. 새로운 땅의 거친 모서리가 닳게 되면 사업가와 법조인이 들어와서 발전을 돕는다. 그들은 보통 자신들에게 손짓해 오는 유혹을 이겨 내면서 소유권 문제를 해결한다. 그리고 마지막으로 문화가 들어오게 된다. 문화란 오락과 위안이며 생활고에서 벗어나는 것을 의미한다. 그런데 문화는 어떤 수준에 도달하게 되면 그대로 존속한다.

교회와 사창가는 약속이라도 한 듯 동시에 서부 깊숙이 들어왔다. 만약 이 두 가지가 동전의 앞뒷면처럼 외양만 다를 뿐, 본질적으로는 같은 것이라고 한다면 사람들은 큰일 날 소리라고 기겁할 것이다. 그러나 둘 다 같은 것을 성취하려 한다는 점에서는 다를 게 하나도 없다. 교회의 찬송가와 예배와 기도문이 인간의 쓸쓸함을 잠시나마 위로해 준다면 사창가도 마찬가지인 것이다. 여러 교파가 서로 잘났다고 의기양양해하며 앞다투어 들어서기 시작했다. 그들은 빚을 지면 갚아야 된다는 법은 안중에도 없는 듯, 100년 후에도 갚지 못할 돈을 들여서 교회 건물을 지었다. 여러 교파는 저마다 악과 열심히 싸우기도 했지만, 서로 치고 박고 싸우기도 했다. 그들은 교리 해석에 있어서도 논쟁을 그치지 않았다. 저마다 자기 교파를 믿지 않는 사람들은 모두 지옥에 떨어질 것이라고 철석같이 믿었다. 그런데 그렇게 도도하기 짝이 없는 교파들이 하나같이 똑같은 것을 들고 왔다. 그것은 바로 인간의 윤리, 예술과 시, 그리고 인간관계의 근간이 되는 성서였다. 현명한 사람은 성서를 통해 각 교파 간의 차이점을 파악했다. 교파 간의 공통점을 모르는 사람은 아무도 없었다. 그들은 음악도 가지고 왔다. 그것은 예술성이 높지는 않았지만 그런대로 음악의 형식과 감각을 일깨울 만한 것이었다. 마지막으로 그들은 양심을 가지고 왔다. 아니 더 정확히 말하면 잠자고 있는 양심을 눈뜨게 했다. 그들은 순수하지는 않았지만, 순수해질 수 있는 잠재력이 있었다. 마치 때 묻은 흰 셔츠 같다고나 할까. 누구나 자신의 잠재력을 끄집어내어 훌륭한 일을 일궈 낼 수 있었다. 그것은 빌링 목사를 봐도 알 수 있는 일이었다. 그가 체포

되자 그는 도둑에 오입쟁이 난봉꾼, 동물 성애자라는 사실이 밝혀졌다. 그래도 그가 수많은 사람들에게 좋은 일을 했다는 사실은 변함이 없었다. 빌링은 감옥에 가게 되었지만, 그가 베푼 인심까지 체포될 수는 없었다. 그의 동기가 불순했다고 해도 그다지 문제 될 것은 없었다. 그는 좋은 자료를 이용했고, 그중 몇 가지는 그대로 남아 있었다. 나는 극단적인 예로 빌링을 들었을 뿐이다. 정직한 목사들은 정력과 패기가 있었다. 그들은 죽기 살기로 악과 싸웠다. 구두 모양의 형틀로 고문을 당하고, 눈알이 도려내져도 상관하지 않았다. 그들이 진리와 아름다움을 외치는 품이 물개가 서커스단의 나팔 소리에 맞춰 애국가를 부르는 것과 비슷하다고 생각할지도 모른다. 하지만 그 진리와 아름다움이 다소 남아 있으며, 그 애국가도 못 들어 줄 정도는 아니었다. 그러나 각각의 교파는 그 이상의 일을 했다. 그들은 살리나스에 사회생활의 기틀을 마련해 주었다. 교회의 저녁 식사는 컨트리클럽의 시초가 되었고, 목요일 예배실 지하에서 열린 시 낭송회는 소극장을 낳았다.

사람들의 영혼에 신앙이라는 달콤한 향기를 가져다 주는 교회가 강한 흑맥주 시대 양조장의 말처럼 당당하고 힘차게 들어오는 동안, 인간의 육체에 해방과 기쁨을 주는 여자 복음 전도사들이 고개를 숙이고 얼굴을 가린 채 떳떳치 못한 사람들처럼 조용히 들어왔다.

사람들은 현실을 왜곡하는 서부 영화에서 죄와 환상이 난무하는 화려한 궁전을 보았을지 모른다. 그중 일부가 실제로 존재할 수도 있다. 하지만 살리나스 계곡은 달랐다. 창녀촌은 조용하고 질서가 있었으며, 창녀들은 함부로 나대지 않았다. 격렬한 오르간의 리듬에 맞춰 목청이 찢어져라 부르짖는 목사의 설교를 듣고 나서, 창녀촌 창문 아래서 나지막하고 품위 있는 음성을 들었다면, 교회와 창녀촌이 좀처럼 구분되지 않았을 것이다. 창녀촌은 용인되기는 했지만 허가된 것은 아니었다.

이제부터는 살리나스의 사랑 문제를 다루는 엄격한 법정들에 관해 이야기하려고 한다. 다른 작은 도시에도 그런 비슷한 이야기가 있겠지만, 지금부터 할 이야기는 살리나스의 거리와 관련이 있다.

중심가를 따라 서쪽으로 가면 굽은 길이 나온다. 그곳이 캐스트로빌 스트리트와 교차하는 곳이다. 이유는 모르겠지만 캐스트로빌 스트리트를 지금은 마켓 스트리트라고 부른다. 대개 거리의 이름은 목적지의 이름을 따서 지어졌다. 그러니까 캐스트로빌 스트리트를 15킬로미터쯤 가다 보면 캐스트로빌에, 그리고 알리설 스트리트를 따라 가면 알리설에 이르는 식이다.

아무튼 캐스트로빌 스트리트에서 오른쪽으로 꺾어 두 블록 내려가면 서던퍼시픽 철로가 이 길을 대각선으로 가로질러 남쪽을 향해 뻗어 있다. 그리고 캐스트로빌 스트리트를 동에서 서로 가로지르는 길이 하나 있는데, 그 이름은 도무지 기억나지 않는다. 거기에서 왼쪽으로 돌아 철도를 건너면 차이나타운이 나온다. 그리고 거기에서 오른쪽으로 돌아가면 사창가가 나온다.

그 길은 검은 흙으로 덮여 있었다. 그리고 겨울에는 진흙탕이 되어 푹푹 빠지고, 여름에는 무쇠처럼 단단해졌다. 또 봄이 되면 길가에 높다란 풀이 우거지고, 야생 귀리와 아욱, 노란 겨자풀이 뒤섞여 무성하게 자랐다. 이른 아침에는 참새들이 길에 떨어진 말똥 위에서 짹짹 울어 댔다.

어르신들, 그 소리를 기억하세요? 차이나타운의 돼지고기 굽는 냄새와 불쏘시개, 검은 담배, 아편 냄새가 동쪽에서 불어오는 산들바람에 실려 왔던 걸 기억하세요? 중국인들의 사원에 있는 커다란 징에서 그윽하게 울려 나오는 소리, 그리고 그 여운이 아주 오랫동안 허공에 머물러 있던 걸 기억하세요?

페인트칠도 하지 않고 수리도 하지 않은 작은 집들이 기억나세요? 아주 작은 데다 외관을 있는 그대로 방치해서 눈에 띄지 않고, 앞마당에는 초목이 우거져 길에서도 잘 보이지 않는 집이었지요. 늘 차양이 내려져 있고, 그 가장자리로 노란빛이 새어 나오지 않았습니까? 안에서는 중얼거리는 소리밖에 안 들렸지요. 그러다가 앞문이 열리고 한 시골 청년이 들어갔지요. 그러면 웃음소리와 뚜껑이 열린 피아노로 연주되는 감미롭고 분위기 있는 음악 소리, 그리고 현악기 소리와 함께 변기 물이 내려가는 소리가 들렸지요. 그런 다음 다시 문이 닫혔어요.

아마 그때쯤이면 흙먼지 자욱한 길에 말발굽 소리가 들렸을 겁니다. 페트 불렌의 마차가 달려와 앞에 서면 그 안에서 네댓 명의 건장한 사람이 내렸지요. 그들은 부자이거나 공직에 있는 거물급 인사일 수도 있고, 은행가나 법조계 사람들일 수도 있어요. 페트는 모퉁이로 마차를 몰아 그 자리에서 느긋하게 그들을 기다렸어요. 그때 커다란 고양이들이 떼 지어 길을 건너더니만 우거진 풀 속으로 사라졌지요.

혹시 이것도 기억하세요? 킹시티에서 온 화물열차가 기적 소리를 내고 불빛으로 길을 비추며 캐스트로빌 스트리트를 횡단해 살리나스 시내로 들어와서는 정거장에 도착해 칙칙폭 폭 소리를 냈지요. 기억나시죠?

마을마다 유명한 마담들, 그러니까 세월이 흘러도 영원히 잊히지 않고 그리워지는 여자들이 있기 마련이다. 마담에게는 남자를 사로잡는 묘한 매력이 있다. 마담은 사업적인 감각과 권투 선수 못지않은 강인함, 친구 같은 따뜻함, 그리고 비극 배우의 유머까지 두루 갖추고 있다. 마담 주위에는 이런저런 이야기들이 떠돌았는데, 이상하게도 음탕한 내용은 없었다. 마담에 대해 기억되고 거듭 입에 오르는 이야기는 그 분야가 가지가지였지만 침실에 관한 것은 없었다. 단골손님들은 마담을 박애주의자, 의학의 권위자, 허풍선이, 그리고 자신들과는 살 한 번 섞지 않으면서 육체적 정감을 노래하는 여류 시인으로 여겼다.

살리나스에는 그런 멋진 마담이 두 명 있었고, 이들은 오랫동안 자신들의 위치를 지켰다. 한 여자는 제니였는데, 그녀는 간혹 방귀쟁이 제니라고도 불렸다. 다른 한 여자는 '롱그린'을 운영하는 흑인 니거였다. 제니는 손님들의 편안한 친구가 되어 주었고, 비밀을 철저히 지켜 주었으며, 몰래 돈을 빌려주기도 했다. 살리나스의 제니에 관한 이야기를 하자면 책 한 권에도 다 담지 못할 것이다.

흑인 니거는 아름답고 위엄이 있었다. 머리칼은 눈처럼 희고 어두우면서도 흐트러짐 없는 품위를 지니고 있었다. 그녀의 갈색 눈동자는 깊은 상념에 잠긴 철학적인 비애를 담은 눈빛으로 추한 세상을 내다보았다. 그녀는 자신의 유곽을 슬픔에 빠진, 발기한 프리아포스[1]의 남근을 신으로 모시는 사당처럼 운영했다. 농담을 내뱉고 실컷 웃고 싶을 때는 제니의 유곽에 가서 돈을 쓰면 전혀 아까운 생각이 들지 않을 것이다. 그러나 여전히 쓸쓸한 기분이 가시지 않아 눈물이 날 만큼 세상에 대한 지독한 비탄에 빠져 있을 때는 '롱그린'만 한 데가 없다. 그곳을 나올 때는 굉장히 엄숙하고 중요한 일을 끝마친 듯한 느낌이 들었다. 그것은 단순히 육체적 쾌락을 통해서 맛볼 수 있는 느낌이 아니었다. 그 느낌이 얼마나 강렬한지 니거의 검고 아름다운 눈이 며칠 동안 머릿속에서 떠나지 않을 정도였다.

그런데 페이가 새크라멘토에서 살리나스로 자리를 옮겨 개업하자 제니와 니거는 분노했다. 두 사람은 함께 손잡고 페이를 몰아내려 했으나 이내 버거운 상대임을 깨달았다.

페이는 어머니 같은 여자였다. 그녀는 젖가슴과 엉덩이가 큼직하고 마음이 따뜻했다. 그녀의 풍만한 가슴에 얼굴을 파묻고 마음껏 울고 싶으면 그녀는 다 받아 주었다. 그녀는 괴로운 사람들을 위로해 주고 달래 주었다. 니거 집의 음울한 섹

---

1) 그리스 신화에 나오는 남성 생식력의 신.

스나 제니 집의 떠들썩한 분위기를 좋아하는 사람들도 페이의 집을 멀리하진 않았다. 페이의 집은 사춘기에 접어든 젊은이들의 피난처 역할을 했다. 그들은 잃어버린 순결을 슬퍼하면서도 좀 더 잃고 싶어 안달을 했다. 페이는 별 볼일 없는 남편들의 기를 살려 주었다. 그리고 불감증에 걸린 아내들을 치유해 주었다. 말하자면 그녀의 집은 계피 향기가 그윽한 할머니의 부엌 같은 곳이었다. 설사 페이의 집에서 성행위가 이루어졌다고 해도 다들 우연찮게 일어난 일이니까 용서가 된다고 생각했다. 살리나스의 젊은이들은 이 집에서 고통스러운 성으로의 길을 즐겁고 무난하게 들어설 수 있었다. 페이는 꽤 괜찮은 여자였다. 그다지 현명하지는 않았지만 매우 도덕적이고 조그만 일에도 잘 놀라는 여자였다. 사람들은 그녀를 믿었으며, 그녀 또한 모든 사람들을 믿었다. 그녀를 알게 되면 절대 상처를 주고 싶지 않은 그런 여자였다. 그녀는 다른 사람들의 경쟁 상대가 될 수 없었다. 그녀는 보통 사람들과는 달랐다.

가게나 목장의 일꾼을 보면 그들의 주인을 알 수 있듯이, 사창가의 여자들 또한 주인 마담을 닮아가기 마련이다. 마담이 그런 여자들을 고용하기도 하지만, 훌륭한 마담은 자신의 개성을 살려 유곽을 꾸려 가기 때문이다. 페이의 집에서는 아무리 오래 있어도 싫은 소리를 하거나 눈치 주는 법이 없었다. 페이의 집에서는 침실에 가고 돈을 지불하는 일이 아주 자연스럽게 부담 없이 이루어졌다. 경찰이나 보안관도 그렇게들 알고 있었는데 대체로 그녀는 가게를 보란 듯이 아주 잘 꾸려 갔다. 페이는 여러 자선 단체에도 많은 기부금을 냈다. 그녀는 병이라면 질색을 했으므로 여자 종업원들에게 정기적으로 검진을 받게 했다. 그 때문에 주일학교 여선생을 상대할 때보다 페이의 집에 있는 편이 병에 걸릴 가능성이 더 적을 정도였다. 얼마 후 페이는 발전하는 살리나스에서 당당한 모범 시민이 되었다.

2

페이는 케이트라는 여자를 보고 어리둥절했다. 케이트는 젊고 아름다웠으며 기품이 있고 제대로 교양을 갖춘 여자였다. 페이는 케이트를 자신의 깨끗한 침실로 데리고 가서 다른 창녀에게는 하지 않는 이런저런 질문을 했다. 케이트는 이런 일을 할 여자로는 보이지 않았다. 창녀촌의 문을 두드리는 여자는 늘 있었다. 페이는 그런 여자들을 한눈에 알아봤다. 그런 여자들은 하나같이 게으르고, 앙심을 품고 있으며, 음탕하고, 불만에 가득 차 있거나 욕심이 많고, 야심이 있었다. 케이트는 그런 부류의 여자가 아니었다.

"내가 이런 것들을 묻는다고 언짢게 생각하지는 마. 아무래도 당신은 이런 곳에 올 여자 같진 않거든. 당신 정도면 남편을 얻어 대저택에서 편안히 마차나 타고 다니며 아무 걱정 없이 호강하고 살 수 있을 텐데 여기엔 왜 온 거지?"

페이는 통통하고 작은 손가락에 낀 결혼반지를 빙빙 돌리며 말했다.

케이트는 수줍게 웃었다.

"그건 설명하기가 좀 어려워요. 더 이상 묻지 말아 주세요. 저한테 아주 가깝고 소중한 사람의 행복이 걸려 있는 문제라 서요. 부탁인데 그건 묻지 말아 주세요."

페이는 진지한 표정으로 고개를 끄덕였다.

"사정이 어떨지 알 만해. 여기에도 자기 아기를 뒷바라지하 는 여자가 하나 있었어. 그런데 오랫동안 아무도 그 사실을 몰 랐지. 그 여자는 훌륭한 집이 있고 남편과…… 이런, 하마터면 어디 사는지 말할 뻔했네. 입단속해야지. 당신도 애가 있지?"

케이트는 흐르는 눈물을 감추려고 고개를 숙였다. 그녀는 목소리를 가다듬고 조용히 말했다.

"죄송하지만, 그건 말할 수 없어요."

"괜찮아. 마음 쓰지 마. 차차 말해."

페이는 현명하지는 않았지만 어리석지도 않았다. 그녀는 보 안관에게 찾아가 케이트에 대해 말했다. 무분별하게 위험을 무릅쓸 필요는 없었다. 페이는 케이트에게 뭔가 문제가 있음 을 알았지만, 영업에 지장을 주지 않는 한 그건 페이가 상관할 바가 아니었다.

케이트가 사기꾼일 수도 있겠다 싶었지만 그건 아니었다. 그녀는 곧바로 일을 시작했다. 손님이 다시 올 때마다 한 여자 만 찾는다면, 거기에는 분명 무슨 이유가 있는 것이다. 꼭 미인 이기 때문에 그런 것만은 아니다. 페이는 케이트가 이런 일을 처음 하는 것이 아님을 대번에 알아차렸다.

새 창녀가 들어오면 두 가지 사실, 즉 일을 제대로 할지, 그리고 다른 여자들과 사이좋게 지낼 것인지를 알아 두는 게 좋다. 성미가 고약한 여자가 들어오면 하루도 편한 날이 없다.

페이는 두 번째 문제에 대해서는 전혀 걱정할 필요가 없었다. 케이트는 성격이 쾌활했다. 그녀는 다른 여자들의 방 청소를 도와주고, 아픈 여자들을 돌봐 주었으며, 그들의 고민을 들어 주었다. 또 애정 문제에 대해서도 조언을 해 주었고, 수중에 돈이 있으면 그들에게 빌려주기도 했다. 그녀는 어느 모로 보나 흠잡을 데가 없었고, 그 집의 모든 사람들에게 아주 좋은 친구가 되었다.

케이트는 궂은일이나 고된 일을 마다하지 않았다. 그러면서 손님들도 끌어들였다. 어느 정도 시간이 지나자 정기적으로 그녀를 찾아오는 단골손님들도 생기게 되었다. 그녀는 인정도 많았다. 그 집 여자들의 생일을 기억해 두고 선물과 케이크도 준비했다. 페이는 보물이 저절로 들어온 것이라고 생각했다.

그 세계를 잘 모르는 사람들은 마담 노릇이 쉽다고 생각한다. 그들은 마담들이 큰 의자에 편안히 앉아서 맥주나 마시다가 창녀들이 벌어들이는 돈의 절반을 챙긴다고 생각한다. 그렇게 생각한다면 큰 오산이다. 마담은 집안의 모든 창녀들을 먹여 살려야 한다. 장을 보고 요리를 하는 일은 결코 만만치가 않다. 게다가 세탁 문제는 호텔보다도 더 복잡하다. 마담은 창녀들의 건강을 챙기고, 그들이 가능한 한 행복한 생활을 할 수 있도록 책임져야 한다. 개중에 몇몇은 신경이 날카로워지기도 한다. 마담은 여자들의 자살을 최대한 막아야 한다. 창녀들은, 그중에서도 특히 나이 든 여자들은 면도칼을 휘두르며 소란을 피우기도 한다. 그런 일이 생기면 가게 평판이 나빠진다.

이처럼 마담이 하는 일은 그리 호락호락하지 않다. 더구나 지출이 늘면 손해를 보기 십상이다. 페이는 케이트가 장보기와 식사 준비를 돕겠다고 나서자 그녀에게 그런 일까지 할 짬이 있을까 걱정하면서도 기뻤다. 그런데 케이트가 그 일을 도맡아 한 지 한 달 만에 식사 메뉴도 좋아지고 식료품비도 3분의 1이나 줄었다. 그리고 케이트가 세탁소 주인에게 무슨 말을 했는지 세탁비도 갑자기 25퍼센트나 줄었다. 페이는 그동안 케이트 없이 어떻게 꾸려 왔는지 상상이 안 갈 정도였다.

늦은 오후, 영업을 시작하기 전에 두 사람은 페이의 방에서 차를 마셨다. 케이트가 목조로 된 이곳에 페인트칠을 하고 레이스 커튼을 단 후로 방 안이 훨씬 아늑해졌다. 창녀들은 이 집 주인이 하나가 아니라 둘이라는 것을 깨달았다. 그럼에도 창녀들은 케이트가 스스럼없이 대하기 편한 사람이라 좋아했다. 케이트는 창녀들을 악착같이 부렸지만 나쁜 뜻으로 그러는 것은 아니었다. 아마 창녀들은 그녀가 닦달을 해도 웃어넘길 터였다.

케이트가 들어온 지 1년쯤 되자 그녀와 페이는 모녀 같은 사이가 되었다. 창녀들은 모두 이렇게 말했다.

"두고 봐. 언젠가는 케이트가 이 집의 주인이 될걸."

케이트는 한가할 틈이 없었다. 다른 일이 없으면 쉴 새 없이 손을 놀리며 얇은 손수건 위에 예쁘게 이니셜을 수놓았다. 창녀들은 모두 그녀가 만들어 준 손수건을 들고 다니며 소중히 간직했다.

점차적으로 당연한 일들이 일어나기 시작했다. 모성애가 남달리 강한 페이는 케이트를 친딸처럼 생각했다. 페이는 케이트에게 진심 어린 애정을 느꼈고, 거기에 타고난 도덕관이 발동했다. 그녀는 딸이 창녀가 되는 걸 원치 않았다. 그녀의 심경 변화는 당연한 것이었다.

페이는 그 얘기를 어떻게 꺼내야 할지 고심했다. 그것은 결코 쉬운 일이 아니었다. 페이는 성격상 어떤 문제든 우회적으로 접근했다. 페이가 '난 네가 창녀 노릇을 그만두었으면 한다.'라고 단도직입적으로 말하기란 상상조차 하기 힘든 일이었다.

그녀는 이렇게 말했다.

"그래, 비밀이라면 대답하지 않아도 돼. 하지만 항상 궁금하더구나. 보안관이 네게 무슨 말을 하던? 그게 벌써 1년 전이네. 세월 참 빠르기도 하지. 나이가 들면 세월 가는 게 더 빠르게 느껴져. 보안관이 너와 한 시간이나 함께 있던데. 물론 둘이 육체관계를 맺진 않았겠지. 그 양반은 가정적인 사람이니까. 보안관은 제니의 집에도 가긴 하지. 내가 너의 사적인 문제까지 꼬치꼬치 캐내려고 이러는 건 아니야."

"비밀일 게 뭐가 있어요. 진작 말씀드릴걸 그랬어요. 보안관이 저더러 집으로 돌아가라고 했어요. 부드럽게 타이르더라고요. 그런데 제가 그럴 수 없다고 사정을 말했더니 선뜻 이해해 주셨어요."

케이트가 말했다.

"보안관에게 그 이유를 말해 주었니?"

페이가 시샘하듯 물었다.

"그럴 리가 있겠어요. 어머니에게도 하지 않은 말을 보안관한테 할까 봐요. 괜한 걱정 마세요. 이럴 땐 정말 어린애 같으세요."

페이는 웃으며 만족스러운 표정으로 의자에 몸을 깊숙이 파묻었다.

케이트의 얼굴은 평온했다. 그녀는 보안관과 주고받은 말은 한마디도 잊지 않고 있었다. 그녀는 보안관을 좋게 보았다. 보안관은 솔직한 사람이었다.

3

보안관은 그녀의 방에 들어와 문을 닫은 뒤 노련한 수사관처럼 예리한 눈으로 방 안을 휘둘러보았다. 그러나 신원을 알 수 있는 사진이나 개인 소지품은 하나도 없었고, 있는 것이라고는 옷과 신발뿐이었다.

그는 등나무 흔들의자에 앉았다. 의자가 작아서 엉덩이가 의자 양옆으로 조금 삐져나왔다. 그는 양 손가락을 모아 쥐고 자기가 하는 말이 별로 대수롭지 않다는 듯 담담하게 말했다. 어쩌면 그녀는 보안관의 그런 태도에 마음이 움직였는지도 모른다.

처음에 그녀는 약간 어수룩한 표정을 지은 채 얌전 빼고 있었다. 그러다 보안관의 말을 몇 마디 듣고 나서는 그런 표정을 거두고 그를 유심히 바라보았다. 그의 꿍꿍이가 뭔지 알아낼 생각에서였다. 보안관은 그녀를 정면으로 응시하지도 않았지만, 그렇다고 그녀의 눈길을 피하지도 않았다. 그러나 그녀는 자기가 보안관을 살펴보듯 보안관도 자신을 살피고 있음을 알아챘다. 그녀는 보안관의 시선이 자신의 이마에 난 흉터에 머물러 있음을 감지했다. 마치 그가 손으로 그것을 만지는 기분이었다.

"보고할 생각은 없어. 보안관 노릇을 한 지도 오래됐고, 이제 남은 한 임기만 채우면 이 노릇도 끝이니까. 이봐, 아가씨. 15년 전이었다면 나도 철저히 조사를 해서 불미스러운 일들을 밝혔을 거라고."

보안관이 조용히 말했다. 보안관은 그녀의 반응을 기다렸지만, 그녀는 아무 말도 하지 않았다. 그러자 그는 고개를 천천히 끄덕이며 말을 이었다.

"난 당신 문제를 들추고 싶지 않아. 이 마을이 구석구석 평화롭기를 바랄 뿐이지. 그래야 사람들이 밤에 마음 놓고 잘 거 아닌가. 난 당신 남편을 만나 본 적도 없어."

그녀는 자기가 움찔 놀라며 긴장하는 것을 보안관이 눈치챘다고 생각했다.

"당신 남편은 훌륭한 사람이라고 들었어. 그가 심한 부상을 당했다고 하더군."

보안관은 잠시 그녀를 똑바로 바라본 후 말했다.

"당신이 쏜 총에 남편이 얼마나 다쳤는지 궁금하지도 않은가?"

"알고 싶어요."

그녀가 말했다.

"남편은 회복될 거야. 어깨가 으스러지긴 했지만 곧 좋아지 겠지. 그 중국인이 정성껏 돌봐 주고 있으니까. 그렇지만 왼손 을 쓰려면 시간이 꽤 걸릴 거야. 44구경 권총은 사람 목숨 하 나 해치우는 건 우스울 정도로 위력이 대단하지. 중국인이 돌 아오지 않았으면 그는 출혈 과다로 죽었을걸. 그리고 당신은 나와 함께 감옥에 있었을 테고."

케이트는 숨을 죽이고 보안관이 무슨 말을 할지 귀를 기울 였지만, 그는 더 이상 아무 말도 하지 않았다.

"죄송합니다."

그녀가 나지막이 말했다.

보안관의 눈초리가 날카로워졌다.

"당신이 난생처음 저지른 실수이니 죄송해 할 것도 없어. 예 전에 당신 같은 사람이 있었어. 그자는 12년 전 군 감옥 앞에 서 교수형을 당했지. 당시엔 여기서 교수형을 집행했거든."

그 작은 방에는 검은 마호가니 침대, 오목한 그릇과 주전자 가 놓인 대리석 세면대, 간이 변기가 있는 공간으로 통하는 문이 있었다. 그리고 작은 장미들이 빼곡하게 인쇄된 벽지가 발라져 있었다. 작은 방은 방음벽으로 된 것처럼 조용했다.

보안관은 어린 천사 세 명이 그려진 그림을 물끄러미 바라 보고 있었다. 머리와 곱슬머리, 맑은 눈, 그리고 목이 있어야 할 곳에 비둘기 날개만, 그것도 날개 한쪽만 그려져 있었다. 그가 얼굴을 찌푸렸다.

"이런 집에는 영 안 어울리는 그림이군."

"예전부터 있던 거예요."

케이트가 말했다. 이제 예비 심문은 끝난 모양이었다.

보안관은 허리를 쭉 펴고, 양손을 떼더니 의자 팔걸이를 잡았다. 그러자 삐져나왔던 엉덩이가 약간 들어갔다.

"쌍둥이 아기를 두고 나왔더군. 갓난 사내애들을. 안심해. 당신을 집에 돌려보낼 생각은 없으니까. 오히려 집에 못 돌아가게 막아야겠다는 생각이 드는군. 당신이 누군지 아니까. 내가 당신을 이곳에서 쫓아내고 다른 보안관이 그 뒤를 쫓게 할 수도 있어. 그러면 당신은 쫓기다가 결국 대서양에 빠져 죽게 되겠지. 하지만 그럴 생각은 없어. 당신이 말썽만 피우지 않으면 뭘 하고 살든 상관하지 않을 거야. 창녀는 창녀일 뿐이니까."

케이트가 침착하게 물었다.

"당신이 원하는 게 뭐죠?"

"좋은 질문이야. 말하지. 보아하니 당신은 이름을 바꿨더군. 난 당신이 계속 새 이름을 썼으면 좋겠어. 고향도 바꾼 것 같은데, 그렇다면 거기가 당신 고향이라고 할 수밖에. 그리고 킹시티 밖으로 당신의 정체가 알려지지 않도록 조심해. 술에 취해서도 각별히 조심하고."

그녀는 살짝 미소를 지었다. 억지웃음이 아니었다. 그녀는 보안관이 미더웠고 호감이 갔다.

"아, 그리고 또 한 가지 묻고 싶은 게 있는데, 킹시티에 사는 사람들을 많이 알고 있나?"

"아뇨."

"뜨개질바늘 얘기를 들었어. 당신이 아는 사람이 우연히 여기에 올 수도 있어. 당신 머리색은 원래 그 색인가?"

그가 무심코 물었다.

"네."

"그럼 당분간 검게 염색하도록 해. 그렇게 하면 다른 사람처럼 보일 테니까."

"이건 어쩌죠?"

케이트는 가느다란 손으로 이마의 흉터를 만지며 물었다.

"그건 어…… 그걸 뭐라고 하더라? 빌어먹을 그놈의 말이 생각이 안 나네. 오늘 아침에도 쓴 말인데."

"우연의 일치?"

"바로 그거야. 우연의 일치."

보안관은 이제 용건이 끝난 것 같았다. 그는 엽초와 종이를 꺼내 서툰 손놀림으로 어설프게 담배를 말았다. 그는 성냥을 그어 담배에 불을 붙이고 파란 불꽃이 노랗게 될 때까지 기다렸다. 담배 끝이 옆에서부터 구부정하게 타들어 갔다.

케이트가 말했다.

"협박을 하시진 않을 건가요? 어떻게 하실 거죠? 만일 제가……."

"그런 일은 없을 거야. 만일 일이 그 지경까지 된다면 나도 더 이상은 사정을 봐줄 수 없지. 아무튼 당신이 어떤 사람이든 또 어떤 행동을 하고 어떤 말을 하든 트래스크 씨와 그의 아이들에게 해를 입혀서는 안 돼. 이제 예전의 당신은 죽었고 딴사람이 되었다 생각해. 그러면 우리는 아무 문제없이 잘 지낼 수 있을 거야."

보안관은 일어나서 문 쪽으로 가다가 돌아서서 말했다.

"내게 아들 녀석이 하나 있지. 올해 스무 살이 돼. 코가 부러지긴 했지만 덩치가 크고 잘생겼어. 누구에게나 호감을 사는 녀석이야. 난 그 애가 이곳에 오지 않았으면 해. 페이에게도 말해 두겠지만, 그 애가 여기 오면 제니네 집으로 보내."

보안관은 문을 닫고 나갔다.

케이트는 자기 손가락을 내려다보며 씩 웃었다.

4

페이는 의자에 앉은 채 몸을 틀어 호두가 박힌 갈색 캔디를 하나 집었다. 그러고는 입안 가득 캔디를 물고 말했다. 케이트는 페이가 자기 마음을 훤히 들여다보고 있는 것 같아서 불안한 생각이 들었다.

"아무리 봐도 마음에 안 들어. 그때도 얘기했지만 다시 봐도 그래. 넌 금발이 더 어울려. 왜 염색을 했을까? 알다가도 모르겠네. 염색을 하니까 얼굴이 창백해 보이잖니."

페이가 말했다.

케이트는 엄지손가락과 집게손가락으로 머리카락 한 올을 살짝 뽑았다. 케이트는 아주 영리한 여자였다. 그녀는 사실을 아주 교묘하게 돌려 말했다.

"말씀드리고 싶지 않았어요. 사람들이 저를 알아볼까 봐 불안했거든요. 나 때문에 피해 보는 사람이 생길 테고……."

페이는 의자에서 일어나 케이트에게 다가가 뺨에 입을 맞췄다.

"착하기도 하지. 생각이 참 깊구나."

페이가 말했다.

"차 좀 드세요. 제가 끓여 올게요."

케이트가 말했다.

케이트는 방에서 나와 부엌으로 가면서 손으로 뺨에 묻은 립스틱 흔적을 지웠다.

페이는 다시 의자에 앉아서 호두가 통째로 박힌 캔디를 집었다. 그러고는 그것을 입에 넣고 깨물자 뾰족한 호두 조각이 구멍 난 이 속에 박혀 신경을 건드렸다. 눈앞에 불빛이 번쩍하면서 통증을 느꼈다. 이마에 땀이 스며 나왔다. 케이트가 쟁반에 커피포트와 컵을 들고 왔을 때, 페이는 손가락을 구부려 입안에 넣고 통증 때문에 신음 소리를 냈다.

"무슨 일이세요?"

케이트가 소리쳤다.

"이 속에 호두 조각이 끼었어."

"어디 봐요. 입을 벌리세요. 어디죠?"

케이트는 그녀의 입속을 들여다보더니 가두리 장식이 달린 탁자로 갔다. 그러고는 그 위에 놓인 호두 그릇에 손을 뻗어 호두 집게를 집어 들었다. 그녀는 눈 깜짝할 새에 호두 껍질을 빼내어 손바닥에 올려놓고 말했다.

"여기 있어요."

극심한 통증이 가시고 이제 약간 욱신거리기만 했다.

"아니, 이렇게 작아? 꼭 집채처럼 크게 느껴졌는데. 케이트, 둘째 서랍을 열어 보면 약이 있을 거야. 진통제와 솜을 가져와서 이 속을 막아 줘."

페이가 말했다.

케이트는 병 하나를 가져왔고, 약솜을 돌돌 말아 호두 집게 끝으로 이 속에 넣었다.

"이를 뽑아야겠어요."

"그래, 알아. 뽑을 거야."

"전 이쪽 이가 세 개나 빠졌어요."

"얼마나 아픈지 넌 모를 거다. 핀캄 좀 가져오겠니?"

페이는 식물성 합성액을 한 잔 따라 마시고 안도의 한숨을 쉬었다.

"정말 놀라운 약이야. 이 약을 발명한 여자야말로 성인이 아니고 뭐겠니."

페이가 말했다.

20장

1

쾌청한 오후였다. 프리몬트 산봉우리가 저녁놀에 붉게 빛났다. 페이는 창문 너머로 그 광경을 바라보았다. 캐스트로빌 스트리트 저만치에서 딸랑딸랑 경쾌한 방울소리가 들려왔다. 여덟 마리의 말이 마차에 곡물을 싣고 산등성이를 내려오고 있었다. 요리사는 그릇에 분풀이를 하는지 부엌에서 요란스럽게 설거지를 하고 있었다. 벽을 더듬는 소리가 나더니 똑똑 문을 두드리는 소리가 들렸다.

"들어와요. 코튼아이."

페이가 소리쳤다.

문이 열렸고, 자그마하고 허리가 굽은, 솜 같은 눈을 한 장님 피아노 연주자가 문 앞에 섰다. 그는 그녀가 어디에 있는지 판단하려고 그녀가 말하기를 기다렸다.

"무슨 일이죠?"

페이가 그에게 물었다.

장님은 그녀 쪽으로 몸을 돌려 말했다.

"몸이 안 좋아서 피아노를 못 치겠어요. 오늘 밤은 푹 쉬어야겠어요."

"지난주에도 아프다고 이틀이나 쉬었잖아요. 일하기 싫은가?"

"아닙니다, 아파서 그래요."

"알았어요. 그럼, 잘 쉬도록 해요."

"두 주 정도 아편을 끊어 봐요, 코튼아이."

케이트가 부드럽게 말했다.

"케이트 양도 있었군요. 여기 있는 줄 몰랐어요. 하지만 난 아편 안 해요."

"피우던데요."

케이트가 말했다.

"네, 꼭 끊지요. 그럼 몸이 안 좋아서 이만."

피아노 연주자는 밖으로 나가 문을 닫았다. 이어 그가 벽을 더듬거리며 걸어가는 가는 소리가 들렸다.

페이가 말했다.

"나한테는 아편을 끊었다고 말했는데."

"끊지 않았어요."

"가여운 사람이야. 사는 낙이라도 있으면 좋으련만."

페이가 말했다.

케이트가 페이 앞에 서서 말했다.

"어머니는 마음이 너무 좋으세요. 누구 말이든 무턱대고 다 믿으시니 말예요. 그러다간 이 집을 몽땅 털리겠어요. 제가 없었으면 어떡하실 뻔했어요?"

"대체 누가 내 물건을 훔쳐 간단 말이니?"

페이가 묻자 케이트는 페이의 통통한 어깨에 손을 얹으며 말했다.

"사람들이 모두 어머니처럼 착하지는 않아요."

페이는 눈물을 글썽였다. 그리고 옆에 있는 의자에서 손수건을 집어 눈물을 닦고 살짝 콧물을 훔쳤다.

"넌 꼭 내 딸 같구나, 케이트."

그녀가 말했다.

"저도 그런 생각이 들어요. 제가 어렸을 때 어머니가 돌아가셔서 어머니에 대해서는 아는 게 하나도 없어요."

페이는 숨을 크게 내쉬고는 그동안 하고 싶었던 말을 꺼냈다.

"케이트, 나는 네가 여기서 일하는 게 싫다."

"왜요?"

페이는 고개를 저으며 적당한 말을 찾았다.

"부끄럽다고 생각한 것은 아니야. 일은 잘되고 있어. 내가 이런 일을 하지 않으면, 누가 하든 나 대신 이런 장사를 할 거고, 내가 남들에게 해를 입히는 것도 아니니 부끄러울 것도 없어."

"부끄러울 게 뭐가 있어요?"

케이트가 물었다.

"그렇지만 네가 일하는 건 싫다. 그냥 싫어. 넌 내 딸이나 마찬가지야. 내 딸이 이런 일을 하는 건 싫어."

"이러지 마세요, 어머니. 이곳이 아니면 다른 곳에서라도 전 일을 해야 해요. 말씀드렸잖아요. 전 돈을 벌어야 한다고."

케이트가 말했다.

"아니, 그럴 필요 없다."

"아뇨, 벌어야 해요. 제가 이 일을 안 하면 무슨 수로 돈을 벌겠어요?"

"내 딸이 되어라. 이 집을 네가 맡아서 운영해. 네가 나 대신 장사를 도맡아서 하고 위층엔 올라가지 마. 내 몸도 성치가 않아."

"그건 알고 있어요, 어머니. 하지만 전 돈을 벌어야 해요."

"케이트, 우리 둘이 쓸 만큼의 돈은 있어. 네가 버는 돈보다 더 많은 돈을 내가 줄 수도 있어. 넌 그래도 아깝지 않은 아이 니까."

케이트는 슬픈 표정으로 고개를 저었다.

"전 어머니를 사랑해요. 저도 어머니 말씀대로 하고 싶어 요. 하지만 어머니도 여윳돈이 있어야 해요. 어머니에게 무슨 일이 일어날 수도 있잖아요? 안 돼요, 전 일을 계속해야 해요. 오늘 밤에 단골손님 다섯 명이 온다고 했는데, 알고 계시죠?"

케이트가 말했다.

그 말에 페이는 충격을 받았다.

"그래도 나는 네가 일을 하지 않았으면 좋겠구나."

"어쩔 수 없어요, 어머니."

그 말에 페이는 눈물을 흘렸고, 케이트는 그녀의 의자 팔걸이에 걸터앉아 그녀의 뺨을 어루만지며 흘러내리는 눈물을 닦아 주었다. 페이는 훌쩍거리더니 울음을 멈추었다.

계곡에 짙은 어둠이 깔렸다. 케이트의 얼굴은 검은 머리카락 때문에 더욱 환하게 빛났다.

"어머니, 이제 괜찮으시죠? 부엌일을 점검하고 옷을 갈아입어야겠어요."

"케이트, 손님들에게 몸이 아프다고 하면 안 되겠니?"

"말도 안 돼요, 어머니."

"케이트, 오늘은 수요일이니까 1시가 지나면 아무도 안 올 거야."

"오늘 '세계사냥꾼협회' 회원들 모임이 있대요."

"아, 그렇구나! 그래도 수요일이라 그 사람들도 2시 이후에는 여기 안 올 거다."

"어머니, 왜 그러세요?"

"케이트, 일 끝나고 내게 오렴. 네가 놀랄 만한 일이 있어."

"놀랄 일이요?"

"그래, 지금은 비밀이야! 부엌에 가서 요리사 좀 들여보내 주겠니?"

"케이크를 주시려는 거군요."

"더 이상 묻지 마라. 깜짝 선물이니까."

케이트는 페이에게 키스를 해 주었다.

"어머니는 정말 좋은 분이세요."

케이트는 문을 닫고 나와 잠시 복도에 서 있었다. 그녀는 작고 날카로운 턱을 매만졌다. 눈빛은 차분했다. 그녀는 머리 위로 양팔을 뻗어 기지개를 켜고 쩍 하품을 했다. 그런 다음 양 손으로 가슴 아래부터 엉덩이까지 천천히 쓸어내렸다. 입가는 약간 위로 치켜 올라가 있었다. 그녀는 부엌 쪽으로 갔다.

2

단골 몇 명이 왔다 가고, 행상꾼 둘이 철길을 따라 걸어왔 다가 그들을 보고 갔다. 그러나 '세계사냥꾼협회' 회원들은 구 경도 하지 못했다. 여자들은 2시까지 객실에서 하품을 하며 손님들을 기다렸다.

'세계사냥꾼협회' 회원들이 한 명도 나타나지 않은 건 안타 까운 사고 때문이었다. 클래런스 몬티스가 저녁 식사 전 폐회 식 도중에 갑자기 심장마비로 쓰러진 것이었다. 회원들은 그 를 카펫 위에 눕히고 의사가 올 때까지 이마를 찬물로 적셔 주었다. 저녁으로 도넛이 나오긴 했지만 모두들 식욕을 잃었 다. 잠시 후 의사 와일드가 도착해 클래런스를 진찰했다. 그런 뒤 회원들은 두 벌의 오버코트 소매에 막대기를 끼워 들것을 만들었다. 클래런스는 들것에 실려 집으로 가는 도중에 사망 했다. 그들은 다시 의사 와일드에게 돌아가 장례 절차를 의논 하고 《살리나스 저널》에 보낼 부고 기사를 썼다. 그러고 나니 창녀촌에 가고 싶은 마음이 싹 가셨다.

다음 날, 창녀들은 어제 클래런스 몬티스가 사망했다는 소 식을 듣고 어젯밤 에델이 10분 전 2시에 했던 말을 떠올렸다.

그때 에델은 이렇게 말했다.

"세상에! 왜 이리 조용하지? 음악 소리도 안 들리고. 고양이가 케이트의 혀를 깨물기라도 했나? 꼭 시체 옆에 있는 것 같은데."

나중에 에델은 마치 자기가 뭘 알고 있었던 것처럼 그런 말을 했다는 사실에 스스로 감탄했다.

그때 그레이스는 이렇게 말했다.

"어떤 고양이가 케이트의 혀를 물었을까? 기분 괜찮아, 케이트? 기분이 어떠냐고 물었잖아?"

케이트가 깜짝 놀라 말했다.

"어머, 다른 생각에 빠져 있었나 봐."

"난 졸려. 이제 그만 문 닫지 그래. 마담 페이에게 문을 닫아도 좋을지 물어보자. 오늘 밤에는 중국 놈도 오지 않을걸. 내가 마담에게 가서 물어볼게."

그레이스가 말했다.

그러자 케이트가 불쑥 말했다.

"마담은 혼자 있게 놔둬. 몸이 안 좋으셔. 2시에 문을 닫자."

"저 시계는 맞지 않아. 그런데 마담은 어떻게 된 거야?"

에델이 물었다.

케이트가 말했다.

"아마 내가 그 생각을 하고 있었나 봐. 마담은 지금 건강이 안 좋아. 마담이 걱정돼서 한시도 마음을 놓을 수가 없어. 웬만해선 내색을 하지 않는 분인데."

"건강한 줄 알았는데."

그레이스가 말했다.

에델이 이번에도 아는 척을 했다.

"어쩐지 마담 안색이 안 좋아 보이더라. 보니까 얼굴이 벌겋더라고."

케이트가 조용히 말했다.

"내가 말했다는 걸 마담은 모르게 해. 마담은 너희들에게 걱정을 끼치고 싶어 하지 않으니까. 그렇게 좋은 분이 어디 있겠니!"

"여러 곳을 가 봤지만 이 집만 한 데가 없지."

그레이스가 맞장구를 쳤다.

앨리스가 말했다.

"그런 말이 마담 귀에 들어가 봐야 좋을 거 하나 없다고."

"바보! 마담도 다 알고 있어."

그레이스가 말했다.

"마담은 우리가 그런 말 하는 걸 싫어해."

케이트가 인내심을 갖고 말했다.

"무슨 일이 있었는지 말할게. 오후 늦게 마담과 차를 마시고 있었는데 갑자기 마담이 기절을 했어. 아무래도 진찰을 받도록 해야겠어."

에델이 아까 했던 말을 반복했다.

"그렇다니까. 마담 얼굴이 붉게 달아올라 있더라고. 참, 저 시계는 맞지 않아. 몇 시인지는 모르지만."

케이트가 말했다.

"이제 다들 자도록 해. 내가 문을 닫을게."

여자들이 모두 들어가자 케이트는 방에 가서 예쁜 새 사라
사 드레스를 입었다. 그녀는 천진난만한 소녀 같았다. 케이트
는 머리를 뒤로 빗어 넘겨 하나로 땋아 내리고 작은 흰색 리본
으로 묶었다. 그녀는 볼에 플로리다 화장수를 두드려 발랐다.
그러고는 잠시 머뭇거리더니 옷장 맨 위 서랍에서 붓꽃처럼
생긴 핀이 달린 작은 금시계를 꺼냈다. 그런 다음 그것을 예쁜
면 손수건에 싸서 방에서 나왔다.

복도는 아주 캄캄했으나 페이의 방문 아래 틈으로 불빛이
새어 나왔다. 케이트는 방문 앞에서 조용히 노크했다.

페이가 큰 소리로 물었다.

"누구지?"

"케이트예요."

"아직 들어오지 마. 잠깐 밖에서 기다려. 내가 들어오라고
할 때까지."

방 안에서 부스럭거리는 소리가 났다.

페이가 소리쳤다.

"됐다. 이제 들어와라."

방은 요란스러운 것들로 꾸며져 있었다. 초가 든 일본식 초
롱이 구석구석 대나무 막대기에 걸려 있고, 빨간색 크레이프
종이가 가리비처럼 방 한가운데서 구석으로 구불구불 이어져
있어 마치 텐트를 쳐 놓은 것 같았다. 탁자에는 촛대가 빙 둘
러져 있고, 큼직하고 하얀 케이크와 초콜릿 상자가 눈에 들어
왔다. 그리고 그 옆 바구니에 커다란 샴페인이 얼음 속에 꽂혀
있었다. 페이는 가장 멋진 레이스 드레스를 골라 입었고 눈은

기대감으로 빛나고 있었다.

"이게 다 뭐예요? 파티라도 하는 건가요!"

케이트가 소리치며 문을 닫았다.

"파티란다. 사랑스러운 내 딸을 위한 파티."

"오늘은 제 생일도 아닌데요."

"어떤 의미에서는 생일이라고 할 수 있지."

페이가 말했다.

"도무지 무슨 말씀인지 모르겠어요. 어쨌거나 저도 어머니한테 드릴 선물이 있어요."

케이트는 들고 있던 손수건을 페이의 무릎 위에 올려놓았다.

"조심해서 풀어 보세요."

그녀가 말했다.

페이는 시계를 들어 올렸다.

"어머나! 이게 웬 거니? 너 제정신이야? 어떻게, 아니 이건 받을 수 없다."

페이는 시계 뚜껑을 열고 다시 손톱으로 뒤에 있는 뚜껑을 열었다. 거기에는 'C에게. 온 마음을 다해, A가.'라고 새겨져 있었다.

"이건 제 어머니 시계였어요. 새어머니에게 드리고 싶어요."

케이트가 부드럽게 말했다.

"케이트, 기특한 내 딸 케이트!"

"하늘에 계신 어머니도 좋아하실 거예요."

"하지만 이건 내가 여는 파티야. 당연히 나도 사랑스러운 딸을 위해 선물을 준비했지. 그런데 내 식으로 선물을 줘야겠다.

자, 케이트, 어서 샴페인을 따서 두 잔에 따르렴. 난 케이크를 자를게. 그럴듯하게 분위기 좀 잡아 보자."

모든 준비가 끝나자 페이는 탁자에 자리를 잡고 앉았다. 그러고는 술잔을 들고 말했다.

"내 딸을 위해. 오래오래 행복하게 살아라."

술잔을 비우자 케이트가 축배를 들었다.

"어머니를 위해."

"케이트, 날 울리려고 그러니. 그러지 마라. 저 장롱 뒤에 작은 마호가니 상자를 가져와. 그래, 그거. 그걸 이리 가져와서 열어 보렴."

페이가 말했다.

반질반질한 상자 안에는 빨간 리본으로 묶인 하얀 두루마리 종이가 들어 있었다.

"이게 뭐예요?"

케이트가 물었다.

"그건 이 엄마가 주는 선물이야. 어서 펴 봐라."

케이트는 아주 조심스럽게 빨간 리본을 풀고 두루마리 종이를 펴 보았다. 예쁜 글씨와 함께 요리사의 서명이 들어간 보증서였다.

"케이트 앨비는 내 딸이므로 내 전 재산을 그녀에게 주겠습니다."

간단하면서도 단도직입적인 문장으로 법적으로 하자가 될 만한 것은 전혀 없었다. 케이트는 그것을 세 번이나 읽고, 날짜를 다시 확인하고, 요리사의 서명까지 차근차근 살펴보았다. 페이는 그런 케이트를 지켜보았다. 페이는 입을 약간 벌린 채 기대에 부풀어 있었다. 글을 읽는 케이트의 입이 움직일 때마다 페이의 입도 따라서 움직였다.

케이트는 종이를 말아서 빨간 리본으로 묶어 상자에 넣고 뚜껑을 닫았다. 그러고는 의자에 앉았다.

마침내 페이가 말했다.

"마음에 드니?"

케이트는 페이의 눈을 뚫어져라 한참이나 바라보았다. 눈뿐만 아니라 머릿속까지 꿰뚫을 것 같은 눈빛이었다. 케이트가 조용히 말했다.

"지금 마음을 진정시키는 중이에요, 어머니. 이렇게까지 저에게 잘해 주신 분은 없었어요. 이 상태에서 성급히 무슨 말을 꺼내거나 어머니 옆으로 다가가면 눈물이 쏟아질 것만 같아요."

케이트의 반응은 페이가 상상했던 것 이상이었다. 케이트는 겉보기에는 침착해 보였지만 상당한 충격을 받은 것 같았다.

페이가 물었다.

"케이트, 선물이 좀 엉뚱하지?"

"엉뚱하다뇨. 그렇지 않아요."

"내 말은 선물이 유언장이라는 것이 이상할 수도 있다는 거야. 그러나 이건 그 이상의 의미가 들어 있단다. 이제 네가 정말로 내 딸이 되었으니 말해 주마. 나, 아니 우리에게는 현금과 증권을 합해 6만 달러가 넘는 재산이 있어. 내 책상 서랍에 통장과 저금통이 있다. 새크라멘토에 있던 가게를 높은 가격에 팔았어. 케이트, 왜 그렇게 아무 말도 없니? 뭐 마음에 걸리는 거라도 있는 거야?"

"유언장이란 말을 들으니 죽음이 연상돼요. 마음이 심란해요."

"하지만 누구나 유언장을 만들어 두는걸."

"알았어요, 어머니. 그런데 이런 생각이 들어요. 혹시라도 어머니 친척들이 찾아와서 유언장을 찢고 소란을 피우면 어떡하죠? 그러니 이러시면 안 돼요."

케이트는 애처롭게 미소를 지으며 말했다.

"가여운 것, 그게 마음에 걸렸니? 나한테는 친척이 없어. 내가 알기로는 한 명도 없단다. 하지만 있다고 해도 누가 그걸 알겠니? 너만 비밀이 있다고 생각하니? 내 이름도 본명이 아니야."

케이트는 조용히 페이를 바라보기만 했다.

"케이트, 지금은 파티 중이잖아. 슬퍼하지 마! 괜한 걱정도 하지 말고!"

페이가 큰 소리로 말했다.

케이트는 의자에서 일어나 탁자를 살짝 옆으로 치우고는 바닥에 앉았다. 그러고는 페이의 무릎에 뺨을 갖다 댔다. 그녀는 가느다란 손가락으로 금실로 수놓인 스커트의 정교한 잎사귀 무늬를 더듬었다. 페이는 케이트의 뺨과 머리를 쓰다듬고 특이하게 생긴 귀도 어루만져 주었다. 페이는 조금 머뭇거리더니 이마에 난 흉터 가장자리까지 매만졌다.

"지금까지 이렇게 행복했던 적은 없었어요."

케이트가 말했다.

"케이트, 나도 네 덕분에 행복하구나. 난생처음 느껴 보는 행복이야. 이젠 하나도 외롭지 않아. 이제 마음이 편하다."

케이트는 손톱으로 금실을 살살 잡아 뽑았다.

두 사람은 따뜻한 곳에 한참이나 앉아 있었다. 그러다 페이가 몸을 움직였다.

"케이트, 우리가 깜빡했구나. 지금은 파티 중이잖니. 술도 마셔야지. 자, 한 잔 따라 봐. 우리끼리 자축하자."

페이가 말했다.

케이트가 불안한 듯이 말했다.

"어머니, 그럴 필요가 있을까요?"

"그게 좋겠는데. 안 될 것도 없잖니? 난 좀 취하고 싶구나. 술은 독을 씻어 주니까. 케이트, 샴페인 안 마실래?"

"전 술을 많이 마셔 본 적이 없어서요. 술이 안 받는 것 같아요."

"싱거운 소리 말고, 어서 술이나 따르렴."

케이트는 일어나서 잔에 술을 가득 따랐다.

페이가 말했다.

"자, 어서 쭉 마셔. 내가 보고 있을 거야. 설마 이 늙은 어미만 취하게 할 생각은 아니겠지?"

"어머니가 뭘 늙었다고 그러세요?"

"아무 말 말고 어서 마셔. 네가 그 잔을 비울 때까지 난 술은 입에도 대지 않을 거야."

페이는 케이트가 술잔을 비울 때까지 기다렸다가 자기도

단숨에 마셨다.

"그래, 잘 마시는구나. 어서 따라라. 또 마시자. 두세 잔만 마시면 온갖 시름이 다 달아날 거야."

페이가 말했다.

몸이 술을 받아들이지 않는 것 같았다. 게다가 술을 마신 탓에 예전의 기억까지 떠오르자 케이트는 덜컥 겁이 났다.

페이가 말했다.

"어디, 술잔 좀 보자. 됐다. 술맛이 그만이지? 또 따르렴."

두 잔을 마시고 나자 케이트에게 변화가 일어났다. 두려움이 눈 녹듯 사라졌다. 이제 아무것도 무섭지 않았다. 그녀는 바로 그 점을 걱정했는데, 시간을 되돌리기엔 이미 늦어 있었다. 술을 마신 탓에 그녀가 용의주도하게 쳐 놓은 장벽과 방어벽은 무너지고, 가면도 벗겨졌다. 그녀는 개의치 않았다. 이제 그녀는 마음을 졸이며 덮어 두려는 노력도 하지 않았다. 그녀의 목소리는 냉랭해지고 혀는 경박해졌다. 두 눈은 냉소를 띠었다.

"이제 어머니가 마실 차례예요. 제가 지켜보겠어요. 보나마나 연거푸 두 잔은 못 마시겠죠?"

그녀가 말했다.

"장담하지 마라, 케이트. 너는 내 상대가 못 돼. 난 쉬지 않고 여섯 잔은 거뜬히 마실 수 있거든."

"그럼 마셔 보세요."

"내가 마시면 너도 마실 거지?"

"물론이죠."

시합이 시작되었다. 샴페인이 탁자 여기저기에 엎질러지고 술은 점점 줄어들었다.

페이가 깔깔거리며 말했다.

"케이트, 내가 어렸을 때 말이다. 그 얘기를 들으면 믿지 않겠지만······."

케이트가 말했다.

"저도 그런 얘깃거리가 있어요."

"너도? 설마. 너 같은 어린애가 인생을 얼마나 살았다고."

케이트는 한바탕 웃으며 말했다.

"네, 아마 그런 애는 본 적이 없으실 거예요. 맞아요, 어린애에 불과하죠."

케이트는 귀청을 찢을 듯 새된 목소리로 웃었다.

페이는 술에 취해 정신이 몽롱한 중에도 그 웃음소리가 귀에 거슬렸다. 그녀는 정신을 모아 케이트를 똑바로 바라보았다.

"케이트, 갑자기 네가 낯설어 보인다. 불빛 때문인가. 달라 보이는구나."

페이가 말했다.

"맞아요. 전 달라요."

"어머니라고 부르렴."

"사랑하는 어머니."

"케이트, 우리 앞으로 멋지게 살 수 있을 거야."

"앞날을 내다보는 듯 말씀하시네요. 잘 알지도 못하면서. 앞일을 어떻게 안다고."

"난 늘 유럽에 가 보고 싶었어. 파리 패션으로 멋지게 차려
입고 배를 타자꾸나."

"그래요. 하지만 지금은 안 돼요."

"케이트, 왜 안 된다는 거니? 내겐 돈이 많이 있다."

"앞으로 돈을 더 벌 거예요."

페이는 애원하며 말했다.

"지금 가는 게 어떻겠니? 이 집을 팔면 아마 1만 달러는 받
을 수 있을 거야."

"안 돼요."

"안 된다니, 그게 무슨 말이냐? 이건 내 집이야. 내 마음대
로 팔 수가 있어."

"내가 어머니 딸이라는 거 잊었어요?"

"케이트, 네 말투가 거슬리는구나. 왜 그러니? 술 더 있니?"

"네, 조금 남았어요. 병 속을 들여다봐요. 자, 병째로 마셔
요. 어서 드세요, 어머니. 술을 목 안으로 부어요. 그러면 술이
뚱뚱한 배를 조여 놓은 코르셋 아래로 흘러내려 갈 테니까."

페이는 울먹이는 소리로 말했다.

"케이트, 왜 심술을 부리니? 조금 전까지 기분이 아주 좋았
잖아. 그런데 대체 왜 이러는 거야?"

케이트는 술병을 홱 낚아채며 말했다.

"그 술병 이리 내놔요."

그녀는 술병을 기울여 술을 다 마셔 버리고는 술병을 바닥
에 내동댕이쳤다. 그녀의 얼굴이 날카롭게 변하더니 눈이 번
득였다. 작은 입이 벌어져 작고 날카로운 이가 보였다. 유난히

길고 뾰족한 송곳니도 드러났다. 케이트는 슬며시 웃었다.

"어머니, 이런 갈보 집을 어떻게 꾸려 나가야 하는지 제가 좀 가르쳐 드리죠. 여길 찾아와 더러운 정액을 흘리고 가는 머리가 희끗희끗한 건달들한테 본때를 보여 주는 거예요. 1달러를 벌기 위해서 말이죠. 우리는 그놈들을 즐겁게 해 주면 돼요, 어머니."

페이가 날카롭게 말했다.

"케이트, 너 취했구나. 네가 지금 무슨 소리를 하는지 모르겠다."

"모른다고요, 어머니? 그럼 내가 가르쳐 줄까요?"

"이러지 마라. 예전처럼 행동했으면 좋겠구나."

"이제 늦었어요. 술 안 마시겠다고 했잖아요. 이 보기 싫은 뚱뚱보, 당신이 날 이렇게 만들어 놓고선. 난 사랑스러운 당신 딸인데, 잊어버렸어요? 나한테 단골이 있단 얘길 듣고 당신이 무척 놀라던 게 생각나는군요. 내가 그놈들을 다른 사람한테 줄 것 같아요? 내가 같잖은 1달러를 받고 일할 것 같아요? 아뇨, 그 사람들은 나한테 10달러씩 줘요. 그리고 가격은 날이 갈수록 오르고 있어요. 그들은 다른 여자한테 가려야 갈 수가 없어요. 다른 여자는 시시하거든."

페이는 어린아이처럼 울면서 말했다.

"케이트, 그게 무슨 소리야. 너답지 않게. 넌 이런 애가 아니잖니."

"어머니, 사랑스러운 뚱보 어머니, 내 단골손님들이 오면 바지를 벗겨 봐요. 사타구니에 발길에 차인 자국이 있을 거예요.

얼마나 귀여운데요. 칼에 벤 작은 상처도 있을 거예요. 피가 멎으려면 오래 걸릴걸요. 어머니, 나한테 아주 멋진 면도칼 한 세트가 있거든요. 얼마나 날카로운지 몰라요."

페이는 의자에서 일어나려고 안간힘을 썼다. 그러자 케이트가 페이를 밀어 앉혔다.

"어머니, 이제 이 집 전체를 그런 식으로 운영할 거니까 알아 두세요. 화대는 20달러씩 받을 거예요. 그리고 그놈들에게 목욕을 시켜 줄 거예요. 흰 명주 손수건에 피를 받아 내는 거예요, 어머니. 마디가 있는 작은 회초리에 맞아 나오는 피를."

페이는 의자에 앉아서 쉰 목소리로 비명을 지르기 시작했다. 그러자 케이트가 대뜸 달려들어 손으로 그 입을 틀어막았다.

"소리 지르지 말아요. 내 말 들어요. 내 손에다 콧물을 잔뜩 흘리는 건 괜찮지만 소리를 지르는 건 안 돼요."

케이트는 잠시 손을 떼고 페이의 치마에 손을 문질렀다.

페이가 그녀에게 작은 목소리로 말했다.

"이 집에서 나가거라, 어서. 그렇게 추잡한 짓을 안 해도 이 집은 잘 굴러가. 당장 나가거라."

"그럴 수 없어요, 어머니. 가엾은 어머니를 혼자 두고는 갈 수 없어요."

케이트가 매몰찬 목소리로 말을 이었다.

"이젠 당신한테 넌덜머리가 나요. 지긋지긋하다고요."

케이트는 탁자 위에 있는 술잔을 들고 장롱 앞으로 가더니 물약 진통제를 반 컵 따랐다.

"자, 마셔요, 어머니. 한결 좋아질 거예요."

"마시기 싫다."

"그러지 말고 어서 마셔요. 자, 한 모금 더요. 한 모금만 더."

케이트는 페이를 구슬려 그 액체를 마시게 했다.

페이는 잠시 알아들을 수 없는 소리를 중얼거렸다. 그러더니 의자에 축 늘어져 세상모르고 코를 골기 시작했다.

3

마음 한구석에 일던 두려움은 이제 공포로 변했다. 케이트는 자기가 한 일이 떠오르자 속이 메스꺼웠다. 그녀는 두 손을 힘껏 마주 잡았지만 공포심은 더 커졌다. 케이트는 램프에 불을 밝히고 비틀거리며 컴컴한 복도를 지나 부엌으로 갔다. 그러고는 컵에다 물을 붓고 겨자 가루를 타서 마셨다. 톡 쏘는 겨자가 뱃속으로 타들어 가는 동안 그녀는 싱크대 모서리를 붙들고 있었다. 케이트는 연신 구역질을 하면서 가까스로 버티었다. 나중에는 심장이 쿵쿵거리고 기운이 빠졌지만 술이 깨면서 머리가 맑아졌다.

케이트는 간밤에 일어난 일을 한 장면도 빠짐없이 차근차근 되짚어 보았다. 그녀는 얼굴을 씻고 싱크대를 닦고 나서 겨자를 선반에 다시 올려놓았다. 그런 다음 페이의 방으로 돌아갔다.

동이 터 왔다. 프리몬트 봉우리 뒤가 훤해지면서 까만 봉우리가 하늘을 등진 자태를 드러냈다. 페이는 아직도 의자에 앉아 코를 골고 있었다. 케이트는 잠시 그녀를 지켜보다가 침대로 가서 잠자리를 마련했다. 케이트는 잠든 페이의 거대한 몸을 힘겹게 질질 끌어 침대에 누였다. 그러고는 페이의 옷을 벗기고 얼굴을 닦아 주고 나서 페이의 옷을 치웠다.

금세 날이 밝아왔다. 케이트는 침대 옆에 앉아 편안히 잠들어 있는 페이의 얼굴을 지켜보았다. 페이가 숨을 쉴 때마다 벌어진 입술이 바르르 떨렸다.

페이는 한시도 가만히 있지 않고 몸을 뒤척이면서 바짝 마른 입술로 몇 마디 웅얼거리다가 한숨을 내쉬고 다시 코를 골았다.

케이트의 눈이 기민하게 움직였다. 그녀는 화장대 맨 위 서랍을 열고 가정상비약으로 보관해 둔 약병들을 살폈다. 진정제, 진통제, 리디아 핀캄, 철분, 포도주 강장제, 홀스 연고, 엡솜 소금, 피마자유, 암모니아가 있었다. 케이트는 암모니아 병을 꺼내 침대로 가져가 손수건에 흠뻑 적셨다. 그런 다음 페이의 코와 입 위로 멀찍이 손수건을 흔들었다.

페이는 질식할 것 같은 독한 냄새를 맡자 코를 킁킁거리며 잠에서 깨려 애를 썼다. 그녀는 눈을 크게 떴고, 겁에 질려 있었다.

케이트가 말했다.

"어머니, 이제 괜찮아요. 괜찮아요. 악몽을 꾸셨나 봐요. 나쁜 꿈이요."

"그래, 꿈이야."

페이는 그렇게 말하고 나서 다시 잠이 들어 코를 골기 시작했다. 그러나 독한 암모니아 냄새 때문에 깊이 잠들지 못하고 몸을 더 뒤척였다. 케이트는 약병을 다시 서랍에 넣었다. 그리고 탁자를 치우고 엎지른 술을 닦아 낸 다음 술잔을 부엌에 갖다 놓았다.

블라인드 가장자리로 햇살이 들어와 방 안이 어슴푸레 밝아졌다. 요리사는 부엌 뒤의 잇대어 지은 방에서 손을 더듬어 옷을 찾아 입고 투박한 구두를 신었다.

케이트는 조용조용 움직였다. 그녀는 물을 두 잔 마시고 다시 한 잔을 따라 페이의 방으로 가져와 문을 닫았다. 케이트는 페이의 오른쪽 눈꺼풀을 뒤집어 보았다. 눈동자는 몽롱하게 그녀를 쳐다보았으나 움직이지는 않았다. 케이트는 천천히 정확하게 행동했다. 손수건을 들어 냄새를 맡아 보았다. 암모니아는 어느 정도 증발했지만 여전히 냄새는 독했다. 케이트가 손수건을 페이의 얼굴에 살짝 올려놓았다. 그러자 페이가 몸을 뒤척이며 깨어나려 했고, 케이트는 손수건을 치워 페이를 다시 잠들게 했다. 케이트는 그것을 세 번 반복했다. 케이트는 손수건을 치우고 장롱 맨 위 서랍에서 갈고리 모양의 뜨개질용 상아 바늘을 꺼냈다. 그리고 이불을 걷어 내린 후 뭉툭한 바늘 끝으로 페이의 늘어진 젖가슴을 힘을 주어 지그시 눌렀다. 그러자 페이가 신음 소리를 내며 몸부림을 쳤다. 케이트는 민감한 부분인 겨드랑이, 사타구니, 귀, 음핵을 계속 바늘로 찔러 댔다. 그러고는 페이가 잠에서 완전히 깰 것 같으면 얼른 손을 뗐다.

페이는 이제 막 잠에서 깨어나려 했다. 그녀는 코를 훌쩍이며 울면서 몸을 들썩였다. 케이트는 그녀의 이마를 쓰다듬고 부드러운 손가락으로 팔 안쪽을 어루만지며 조용히 말했다.

"어머니, 아주 나쁜 꿈을 꾸셨나 봐요. 어서 악몽에서 깨어나세요."

페이의 숨소리가 점점 안정되어 갔다. 그녀는 한숨을 크게 내쉬고는 옆으로 돌아누워 편안한 마음으로 잠깐 툴툴거리더니 다시 잠에 빠졌다.

케이트는 침대에서 일어섰다. 머리가 어질어질했다. 그녀는 몸을 가누고 문으로 가까이 가서 귀를 기울여 바깥의 동정을 살폈다. 그러고는 살짝 빠져나와 인기척을 내지 않으려 조심하며 자신의 방으로 돌아갔다. 그녀는 서둘러 옷을 벗고 잠옷을 입은 다음 슬리퍼를 신었다. 그리고 머리를 빗어 올리고 취침용 모자를 쓴 다음, 화장수를 얼굴에 발랐다. 그러고 나서 조용히 페이의 방으로 돌아갔다.

페이는 여전히 옆으로 누운 채 편안한 잠에 빠져 있었다. 케이트는 복도로 통하는 문을 열어 놓았다. 그런 다음 물 한 잔을 가져와 페이의 귀 위로 쏟았다.

페이가 연신 비명을 질러 댔다. 그때 에델이 기겁을 하며 방에서 나왔다. 그녀는 케이트가 가운을 걸치고 슬리퍼를 신은 채 페이의 방문 앞에 서 있는 것을 보았다. 요리사가 케이트 바로 뒤에서 손으로 제지하며 그녀를 말렸다.

"들어가지 말아요, 케이트 양. 안에 뭐가 있는지 모르잖아요."

"그런 말이 어디 있어요? 마담이 저렇게 아파하는데."

케이트는 서둘러 방 안으로 들어가 침대 옆으로 달려갔다.

페이는 눈을 크게 뜨고 울면서 신음했다.

"어머니, 무슨 일이에요? 왜 그러세요?"

요리사는 방 한가운데에 서 있었고, 잠이 덜 깬 여자들 셋이 문 앞에 서 있었다.

"왜 그러시는 거예요?"

케이트가 소리쳤다.

"케이트, 꿈을 꿨어! 견딜 수가 없구나."

케이트는 문 쪽으로 고개를 돌렸다.

"어머니가 악몽을 꾸었나 봐. 이제 괜찮을 거야. 다들 가서 자. 내가 곁에 있을게. 알렉스, 차 좀 갖다 줘요."

케이트는 피로를 모르는 사람 같았다. 다른 여자들도 그렇다고 입을 모아 말했다. 케이트는 페이의 아픈 머리에 냉수 찜질을 해 주고, 어깨를 부축해 차를 마시게 했다. 케이트는 페이를 토닥이며 달래었으나 페이의 눈에 어린 공포는 여전했다. 10시에 알렉스가 맥주 한 캔을 가져다가 아무 말 없이 화장대 위에 올려놓았다. 케이트는 맥주를 한 잔 따라 페이의 입술에 갖다 댔다.

"이걸 마시면 괜찮아질 거예요. 드세요."

"술은 한 방울도 입에 대기 싫다."

"무슨 말씀이세요? 이걸 약이라 생각하고 마셔요. 잘하셨어요. 이제 다시 주무세요."

"잠들기가 무서워."

"그렇게 무서운 꿈을 꾸셨어요?"

"생각하기도 싫다. 아주 끔찍했어!"

"꿈 얘기 좀 해 주세요, 어머니. 그럼 좋아지실 거예요."

페이는 주춤했다.

"아무한테도 말하지 않을 거야. 내가 왜 그런 꿈을 꾸었을까! 내 꿈 같지 않아."

"가엾은 어머니! 사랑해요. 어서 주무세요. 제가 옆에서 악몽을 쫓아낼게요."

케이트가 말했다.

페이는 잠시 후 잠이 들었다. 케이트는 침대 옆에 앉아서 페이를 물끄러미 바라보았다.

21장

1

위험하긴 하지만 잘만 하면 성공으로 끝날 수 있는 인간사도 서둘러 하다 보면 꼬일 대로 꼬이기 마련이다. 사람들은 성급하게 굴다가 실수하는 일이 많다. 어렵고 까다로운 일을 제대로 해내려면 먼저 성취해야 할 목표를 살펴보아야 한다. 그런 다음 일단 그 목표가 바람직하다는 생각이 들면 그것을 완전히 잊고, 오직 수단에만 집중해야 한다. 이렇게 하면 걱정이나 조급증이나 두려움 때문에 일을 그르치지는 않을 것이다. 그런데 이런 사실을 아는 사람은 아주 드물다.

케이트가 그렇게 감쪽같이 일을 처리할 수 있었던 것은 그녀가 그것을 배웠거나 날 때부터 그런 지식을 알고 있었기 때문이 아닐까. 케이트는 절대로 일을 서두르는 법이 없었다. 케이트는 장애물이 나타나면 그것이 사라질 때를 기다렸다가 다시 하던 일을 했다. 게다가 행동하는 시간 사이사이에 긴장을 완전히 풀고 쉬는 방법을 알고 있었다. 또한 그녀는 능숙하게 싸우는 데 기본이 되는 기술을 통달한 상태였다. 상대방을 힘들게 해 제풀에 나가떨어지게 만들고, 상대방의 강점을 이용해 허를 찌르는 것이다.

케이트는 서두르는 법이 없었다. 이뤄야 할 목표를 재빨리 파악하고 금세 머릿속에서 지웠다. 그러고는 방법을 모색하기 시작했다. 케이트는 계획을 세워 일에 착수했다. 그러다 조금이라도 허점이 보이면 미련 없이 그것을 버리고 처음부터 다시 시작했다. 그녀는 이런 생각을 밤늦게나 아니면 혼자 있을 때에만 했다. 그래서 사람들은 손바닥 뒤집듯 변하는 그녀의 태도나 그녀가 뭔가에 몰두하는 모습을 알아챌 수가 없었다. 그녀의 계획은 인물과 자료, 지식, 시간 별로 짜여 있었다. 그녀는 먼저 사람과 시간을 정해 둔 뒤 지식과 자료 수집에 들어갔다. 그와 동시에 눈에 보이지 않는 스프링과 추를 움직여 그 속도에 맞추어 일을 추진해 갔다.

먼저 요리사가 유언장 이야기를 꺼냈다. 분명 요리사였다. 어쨌든 요리사는 자기가 먼저 입 밖에 냈다고 생각했다. 케이트는 에델을 통해 그 얘기를 들었고, 부엌으로 가 요리사를 대면했다. 요리사는 빵 반죽을 하고 있었다. 털이 수북한 그의 두툼한 팔에는 밀가루와 이스트가 팔꿈치까지 하얗게 묻어 있었다.

"보증인이 되었다고 떠벌린 게 잘한 짓이라고 생각해요? 페이 마담이 뭐라고 생각하시겠어요?"

케이트가 부드럽게 말했다.

그는 당황한 기색이었다.

"하지만 나는 하지 않았는데……."

"뭘 하지 않았다는 말이죠? 어서 말해 봐요. 그러면 큰일이라도 나요?"

"내가 했다는 게 아니라……."

"그런 말을 안 했다고요? 사실을 아는 사람은 우리 셋밖에 없어요. 그럼 내가 말했다는 거예요? 아니면 마담인가요?"

그녀는 요리사의 어리둥절한 표정을 보았고, 이내 그가 감을 잡지 못한다는 걸 알아차렸다. 얼마 안 지나 그는 자기가 말했다고 생각할 것이다.

여자 셋이 한통속이 되어 케이트에게 유언장에 관해 물었다.

케이트가 말했다.

"페이 마담은 내가 그 얘기를 하는 걸 좋아하지 않을 텐데. 알렉스가 공연히 입을 놀렸어."

여자들이 동요하자 케이트가 다시 말했다.

"그럼 마담에게 직접 물어보지 그래?"

"뭐, 그럴 것까지는 없어!"

"뒤에서 수군거리는 것보단 낫잖아? 마담에게 가서 직접 물어보자."

"아니야, 케이트, 됐어."

"그럼, 내가 마담에게 너희가 그런 걸 물었다고 말할 수밖에 없어. 차라리 함께 가는 게 낫지 않아? 우리가 뒷말을 하지 않고 앞에서 솔직하게 말하면 마담이 더 좋아하지 않겠어?"

"글쎄……."

"나라면 그럴 거야. 난 솔직한 사람이 좋더라."

케이트는 조용히 그들을 감싸고 떠밀다시피 해서 페이의 방까지 데리고 갔다.

케이트가 말했다.

"애들이 제게 뭘 좀 물어봤어요. 알렉스가 말했다고 하더라고요."

페이는 약간 당황해 하며 말했다.

"아니, 그게 뭐 대단한 비밀이라고 그러니."

케이트가 말했다.

"어머니가 그렇게 생각해 주시니 정말 감사해요. 하지만 제 입으로 그 사실을 말할 수는 없잖아요."

"케이트, 그 말을 하는 게 뭐가 나쁘니?"

"어머니, 나쁘다는 뜻은 아니에요. 전 좋지만 제가 먼저 말하는 게 도리가 아닌 것 같아서요."

"착하기도 하지, 케이트. 말한다고 해서 해가 될 건 전혀 없어. 너희들도 알겠지만 나는 피붙이 하나 없는 홀몸이야. 그래서 케이트를 딸로 삼았단다. 케이트가 나를 이렇게 잘 보살펴 주잖니. 케이트, 상자 좀 가져오너라."

여자들은 유언장을 돌아가면서 천천히 읽어 보았다. 내용이 간단해서 단번에 외울 수 있을 정도였다.

여자들은 케이트가 앞으로 어떻게 변할지, 혹시 폭군으로 변하는 건 아닐까 지켜보았다. 그러나 케이트는 오히려 전보다 더 친절했다.

일주일 후 케이트는 몸이 아픈데도 불구하고 계속 집안일을 감독했다. 그녀가 괴로운 표정으로 홀에 꼿꼿이 서 있는 것이 발견되지 않았다면, 케이트가 아픈 걸 눈치 챈 사람은 없었을 것이다. 케이트는 여자들더러 페이에게 말하지 말라고 간곡히 당부했다. 그러나 여자들은 오히려 화를 냈고, 페이는 케이트를 억지로 자리에 눕히고 의사 와일드를 불렀다.

와일드는 마음씨가 좋은 데다 아주 유능한 의사였다. 그는 케이트의 혓바닥을 살펴보고 맥을 짚었다. 그러고는 몇 가지 개인적인 질문을 하더니 자기의 아랫입술을 톡톡 두드렸다.

"이곳인가요?"

의사는 그렇게 묻고 케이트의 등허리를 약간 눌러 보았다.

"아니에요? 여기? 여기가 아파요? 그러면 신장을 씻어 내야 할 것 같군요."

와일드는 노란색, 초록색, 빨간색 알약을 차례로 먹으라고 지시했다. 약은 효과가 있었다.

케이트는 약간 열이 올랐다. 그녀는 페이에게 말했다.

"병원에 좀 다녀와야겠어요."

"의사더러 여기로 오라고 할게."

"고작 알약 몇 개 가져오라고요? 괜찮아요. 아침에 병원에 다녀올게요."

2

와일드는 정직하고 선량한 사람이었다. 의사는 옴에는 유황이 최고라고 입버릇처럼 말했다. 그는 건성건성 환자를 돌보는 의사가 아니었다. 많은 시골 의사들과 마찬가지로 와일드는 마을의 종합병원장이자 목사였으며 정신과 상담까지 하고 있었다. 그는 살리나스 주민의 비밀과 약점, 그리고 용감한 행적까지 거의 다 알고 있었다. 그는 사람의 죽음을 가볍게 받아들이는 법이 없었다. 환자가 죽으면 늘 죄책감을 느꼈고, 자신의 무능함을 탓하며 절망했다. 그는 대범한 사람이 아니었기 때문에 수술은 다른 방법이 없는 불가피한 경우에만 했다. 약국이 생겨 의사들은 좀 편해졌다. 그러나 와일드는 자기 약국을 두고 직접 조제를 하는 몇 안 되는 의사 중 하나였다. 수년 동안 과로를 한 데다 잠을 제대로 자지 못해 그는 좀 멍하고 다른 곳에 정신을 둔 사람 같았다.

수요일 아침 8시 30분에 케이트는 중심가를 걸어 몬터레이 군립 은행 건물에 들어가 계단을 올라갔다. 복도를 한참 걸어가다 보니 '의사 와일드, 진료 시간 11시~2시'라는 안내문이 붙은 문이 보였다.

9시 30분에 와일드는 마차를 보관소에 넣고 힘겹게 검은 가방을 들었다. 와일드는 알리설에서 나이 지긋한 독일계 할머니의 임종을 지켜보고 돌아오는 길이었다. 그녀는 생명 줄을 붙잡고 끝까지 놓으려 하지 않았다. 유언장의 추가서가 여러 장 있었다. 지금도 와일드는 그녀의 억세고 메마르고 질긴 생명이 완전히 끝났는지 의심스러웠다. 아흔일곱이었던 그 노파에게는 사망진단서조차 아무런 의미가 없었다. 그녀가 목사로 하여금 사망진단서를 정정하도록 한 일도 있었으니 말이다. 와일드는 죽음의 신비 속에 빠져들었다. 어제는 키가 185센티미터나 되는, 황소처럼 힘이 세고 400에이커의 땅도 있고, 대가족을 거느린 가장이었던 서른일곱 살의 앨런 데이가 비를 맞고 사흘 동안 열이 오르다가 급기야는 폐렴에 걸려 죽고 말았다. 와일드는 이런 것이야말로 정말 알 수 없는 일이라고 생각했다. 눈꺼풀이 무거웠다. 그는 복통 환자들이 오기 전에 목욕을 하고 목이나 축여야겠다고 생각했다.

그는 계단을 올라가 진료실 문에 낡은 열쇠를 꽂았다. 그런데 열쇠가 잘 돌아가지 않았다. 그는 가방을 바닥에 내려놓고 힘껏 열쇠를 돌렸다. 열쇠는 꿈쩍도 하지 않았다. 그는 문손잡이를 잡아당기며 열쇠를 돌려 보았다. 안에서 문이 열렸다. 케이트가 앞에 서 있었다.

"안녕하쇼? 자물쇠가 말을 안 듣던데, 여긴 어떻게 들어왔소?"

"잠겨 있지 않던데요. 일찍 와서 기다리고 있었어요."

"안 잠갔나?"

그가 열쇠를 반대로 돌리자 작은 빗장이 쓱 튀어나왔다.

"나도 늙었군. 툭하면 잊어버리니. 사실 꼭 잠가 둘 필요도 없지. 철사만 있으면 누구나 들어올 수 있으니까. 그런데 누가 여길 들어오려고 하겠어?"

그는 한숨을 쉬며 말했다. 와일드는 케이트를 기억하지 못

하는 것 같았다.

"나는 11시가 돼야 진찰을 해요."

그러자 케이트가 말했다.

"저는 알약이 필요해서 왔어요. 지금 말고는 시간이 안 돼서요."

"알약? 아, 그래, 페이의 집에서 왔죠?"

"네, 맞아요."

"좋아졌나요?"

"네, 알약을 먹었더니 나아졌어요."

"해로울 건 없으니까. 내가 조제실 문도 열어 놓았던가요?"

그가 말했다.

"조제실이 어느 쪽인데요?"

"저기, 저 문."

"열어 놓으셨을 것 같은데요."

"나이를 먹어서 그런지 정신이 없군. 페이는 어때요?"

"마담이 걱정이에요. 좀 전에도 몹시 안 좋으셨어요. 경련을 일으키더니 제정신이 아니었어요."

"마담은 전에 위장병을 앓았어요. 매일 먹을 걸 입에 달고 사니 속이 편할 리 없지. 나도 속수무책이에요. 그런 증세를 위장병이라고 해요. 많이 먹고 밤을 새우면 그런 병에 걸릴 수밖에 없어요. 그런데 알약이라고 했죠? 무슨 색깔인지 알고 있어요?"

와일드가 말했다.

"세 가지였는데, 노랑, 빨강, 초록이요."

"아, 그래. 이제야 생각이 나는군."

와일드가 알약을 둥근 마분지 상자에 쏟는 동안 케이트는 문 앞에 서 있었다.

"약이 정말 많네요!"

"그래요. 나이를 먹을수록 약을 적게 쓰게 돼요. 일부는 개업할 때 구입한 것도 있어요. 그건 한 번도 안 썼지요. 초보 의사의 재고품이라고나 할까. 그걸로 실험을 하려고 했는데. 연금술을 해 보려고."

와일드가 말했다.

"네?"

"아니, 아무것도 아니에요. 자, 여기 있어요. 마담에게 잠을 푹 자고, 채소를 좀 먹으라고 해요. 내가 밤을 새웠거든, 그러니 이제 그만 가도록 해요."

와일드 의사는 비틀거리며 진찰실로 들어갔다.

케이트는 의사의 뒷모습과 가지런히 놓인 약병들과 용기들을 흘끗 바라보았다. 그녀는 조제실 문을 닫고 바깥 사무실을 한번 둘러보았다. 책장에 책 한 권이 앞으로 비죽 나와 있었다. 케이트는 다른 책들의 줄에 맞춰 그것을 밀어 넣었다.

그녀는 가죽 소파에 있던 자신의 커다란 핸드백을 들고 나왔다.

방에 돌아온 케이트는 핸드백에서 작은 약병 다섯 개와 뭔가 적혀 있는 종이 한 장을 꺼냈다. 그녀는 그것들을 모두 스타킹 속에 넣고, 그것을 다시 고무 덧신 속에 쑤셔 넣어 다른 짝과 함께 벽장 뒤쪽에 세워 두었다.

다음 몇 달 동안 페이 유곽에 차츰 변화가 생기기 시작했다. 여자들은 더 이상 단정하지 않았고 다루기도 힘들었다. 몸을 단정하게 하라거나 방을 청소하라고 잔소리를 했다면, 여자들이 눈에 쌍심지를 켜고 달려들어 집 안이 들썩거렸을 것이다. 그러나 그런 일은 일어나지 않았다.

어느 날 저녁 식탁에서 케이트가 말했다. 우연히 에델 방을 들여다보게 되었는데 방이 너무 깔끔하고 예뻐서 선물을 안 사 주고는 그냥 넘어갈 수 없을 것 같았다고 했다. 에델은 그 자리에서 선물 꾸러미를 풀어 보았다. 커다란 독일제 호이트 향수였다. 오랫동안 달콤한 향을 음미해도 좋을 만큼 많은 분량이었다. 에델은 무척 기뻤다. 그러면서 내심 침대 밑에 쑤셔 넣은 더러운 옷을 케이트가 못 보았기를 바랐다. 저녁 식사를 끝낸 뒤 에델은 침대 밑에 넣어 둔 더러운 옷을 끄집어냈다. 뿐만 아니라 방바닥을 닦고, 구석에 있는 거미줄까지 다 걷어 냈다.

어느 날 오후 케이트는 그레이스가 유난히도 예뻐 보인다면서 자기가 달고 있던 나비 모양의 모조 다이아몬드 핀을 그녀에게 주었다. 그레이스는 쏜살같이 방으로 달려가서 그 핀과 어울릴 만한 깨끗한 블라우스로 갈아입었다.

부엌에 있는 알렉스는 늘 욕만 먹었는데 이젠 비스킷을 굽는 데는 경지에 이르렀다는 칭찬을 받았다. 그는 요리란 배워서 할 수 있는 일이 아님을 터득했다. 감각을 익혀야 하는 일이었다.

코튼아이는 자기를 싫어하는 사람이 아무도 없다는 걸 깨달았다. 성의 없이 피아노를 두드리던 일도 차츰 없어졌다.

그가 케이트에게 말했다.

"참 이상해요. 옛날 생각을 하면 어떤 곡이 떠오르니 말예요."

"그게 어떤 곡이에요?"

그녀가 물었다.

"이거요."

그는 케이트에게 피아노 연주를 해 주었다.

"아, 아름다운데요. 무슨 곡이죠?"

그녀가 말했다.

"글쎄, 잘 모르겠어요. 아마 쇼팽 곡일 거예요. 악보를 볼 수 있다면 얼마나 좋을까요!"

그는 자기가 장님이 된 사연을 케이트에게 들려주었다. 아무에게도 털어놓은 적이 없는 정말 끔찍한 이야기였다. 그 토요일 밤에 코튼아이는 피아노 줄에서 체인을 떼어 내고, 아침에 생각이 나서 연습했던 곡을 연주했다. 코튼아이는 그 곡이 베토벤의 '월광'이라고 생각했다.

에델은 그 소리를 듣고 달빛이 느껴지는 것 같다고 하더니 가사를 아느냐고 물었다.

"가사는 없어요."

코튼아이가 말했다.

토요일 밤을 위해 곤잘레스에서 온 오스카 트립이 그의 피아노 연주를 듣고 말했다.

"가사가 있어야겠어요. 아주 멋져요."

어느 날 밤 페이의 집에 있는 사람들은 모두 선물을 받았다. 페이의 집이 군 전체에서 가장 훌륭하고 깨끗한 최고의 집으로 소문났기 때문이었다. 그것은 누구의 덕인가? 물론 그 집 여자들 덕분이었다. 그들은 지금껏 한 번도 맛보지 못한 근사한 스튜를 먹었다.

알렉스는 부엌으로 돌아가 부끄러워하며 손으로 계속 눈을 닦았다. 그는 다음번에는 건포도가 든 푸딩을 만들어서 여러 사람을 놀라게 해 주어야겠다고 생각했다.

조지아는 매일 오전 10시에 일어나 코튼아이에게 피아노 교습을 받았다. 그녀의 손톱은 깨끗했다.

그레이스는 어느 일요일 오전 11시 미사에 다녀와서 트릭시에게 말했다.

"난 이제 창녀 노릇은 집어치우고 결혼이나 할까 해. 어때, 상상이 가니?"

"그럼, 좋지. 제니네 여자들이 우리 페이 마담의 생일 케이크를 먹으러 왔다가 아주 깜짝 놀랐지 뭐야. 그 애들이 페이네 집이 이렇고 저렇고 계속 그 얘기만 하고 있어. 그래서 제니 속이 말이 아니래."

트릭시가 말했다.

"오늘 아침 흑판에 적혀 있는 득점표 봤니?"

"당연히 봤지. 일주일에 여든일곱 명이야. 휴일도 없는데 제니나 니거더러 경쟁을 해 보라지!"

"휴일이 없다니? 지금 사순절이라는 걸 잊었니? 제니의 집은 손님 하나 없을걸."

페이는 병을 앓고 악몽을 꾼 뒤로 말수가 적어지고 침울해졌다. 케이트는 자기가 주목받고 있다는 것을 알았지만, 그건 어쩔 수 없었다. 그녀는 상자에 두루마리 서류가 아직 들어 있는지, 그리고 여자들이 모두 그것을 보거나 그 내용을 들었는지 확인했다.

어느 날 오후 케이트가 노크를 하고 방으로 들어가자 페이는 혼자 카드놀이를 하다가 고개를 들었다.

"어머니, 좀 어떠세요?"

"이젠 좋아졌다."

페이의 눈빛은 뭔가를 숨기는 것 같았다. 그러나 그녀는 그다지 현명한 여자가 아니었다.

"케이트, 난 유럽에 가고 싶구나."

"정말 멋지겠어요! 그리고 어머니는 그럴 여유도 있으니 이제 인생을 즐기셔야죠."

"혼자는 싫다. 너와 함께 가고 싶어."

케이트는 놀라서 그녀를 바라보았다.

"저요? 저를 데리고 가신다고요?"

"그럼, 안 될 건 또 뭐 있니?"

"어머니, 너무 감사해요! 언제쯤 갈 수 있는 거예요?"

"너도 가고 싶은 거지?"

"언제나 꿈꿔 오던 일이에요. 언제 가죠? 빨리 가요."

페이의 눈에서 의심의 기색이 사라지고 얼굴의 긴장이 풀렸다.

"내년 여름쯤 갈까? 다음 여름으로 계획을 잡자, 케이트!"

페이가 말했다.

"네, 어머니."

"너 지금은 손님 안 받지?"

"그럼요. 어머니가 저를 이렇게 잘 보살펴 주시는데요 뭐."

페이는 천천히 카드를 모아 정리한 뒤 탁자 서랍에 넣었다.

케이트는 의자를 그녀 가까이 끌어다 놓고 앉으며 말했다.

"어머니께 상의할 일이 있어요."

"뭔데 그러니?"

"어머니를 좀 도와드리려고요."

"일은 네가 다 알아서 하고 있는데 뭘 상의한다는 거지?"

"알고 계시겠지만, 생활비 중에서 식비가 가장 많이 들어요. 겨울에는 더 많이 들고요."

"그건 그렇지."

"지금은 과일과 채소를 한 상자에 25센트면 살 수 있어요. 그런데 겨울이 되면 통조림 복숭아와 통조림 완두콩을 얼마나 비싸게 사는 줄 아시죠?"

"앞으로 저장을 하자는 얘기니?"

"네, 못 할 것도 없잖아요?"

"그런데 알렉스가 뭐라고 할까?"

"어머니, 믿지 못하겠다면 직접 가서 물어보세요. 그 얘기는 알렉스가 먼저 꺼냈어요."

"설마!"

"정말이에요. 맹세해요."

"빌어먹을. 이런, 미안하구나. 말이 헛나갔네."

부엌은 통조림 공장으로 변했고, 집에 있는 여자들은 모두 그 일을 도왔다. 알렉스는 통조림 만드는 일을 정말로 자기가 해낸 생각이라고 믿었다. 그걸 증명해 주듯, 그 계절이 끝날 무렵 알렉스는 뒷면에 자신의 이름을 새긴 은시계를 받았다.

보통 페이와 케이트는 식당의 긴 식탁에서 저녁 식사를 했다. 그러나 알렉스가 쉬는 일요일 밤이면 여자들은 두툼한 샌드위치로 저녁을 때웠다. 케이트는 페이의 방에 두 사람만의 식사를 준비했고, 두 사람은 유쾌하고 우아한 시간을 보냈다. 그때는 정성이 가득 들어간 특별하고 훌륭한 음식, 이를테면 푸아그라나 샐러드, 큰길 건너편의 랜스 빵집에서 사 온 케이크가 준비되었다. 식당에 있는 하얀 유포(油布)와 종이 냅킨 대신에 식탁에는 하얀 비단 테이블보를 깔고 린넨 냅킨을 놓았다. 촛불을 밝히고, 살리나스에서는 보기 힘든 꽃병까지 구비하고 나면 제법 파티 기분이 났다. 케이트는 밖에서 꺾어 온 들꽃으로 예쁘게 꽃꽂이를 해 두었다.

페이는 이렇게 말하곤 했다.

"케이트는 어쩜 그렇게 재주가 많니. 못하는 일도 없고, 뭐든지 잘 써먹을 줄 안다니까. 우리는 유럽에 갈 거야. 그런데 케이트가 프랑스어를 할 줄 안다지 뭐니? 글쎄, 프랑스어를 한단다. 그 애와 단둘이 있을 때 프랑스어를 좀 해 보라고 하렴. 요즘은 그 애가 나한테 프랑스어를 가르치고 있어. 너는 프랑스어로 빵을 뭐라고 하는지 아니?"

페이는 즐거운 시간을 보내고 있었다. 케이트는 끊임없이 계획을 짜서 그녀를 흥분시켰다.

4

10월 14일 일요일, 첫 야생오리 떼가 거대한 쐐기 모양을 이루며 남쪽을 향해 살리나스 상공을 날아갔다. 페이는 그 광경을 창문을 통해 내다보고 있었다. 그녀는 평소처럼 저녁 식사 전에 케이트가 들어오자 자기가 본 것을 말해 주었다.

"겨울이 올 모양이다. 알렉스한테 난로를 준비하라고 일러야겠다."

"어머니, 강장제를 드시겠어요?"

"그래. 네가 잘 보살펴 주니 내가 자꾸 게을러지는구나."

"전 어머니 시중드는 게 좋은걸요."

그녀는 리디아 핀캄의 식물 합성제를 서랍에서 꺼내 손에 쥐고 불빛에 비춰 보았다.

"별로 많지가 않네요. 더 구해 와야겠어요."

"아, 옷장에 열두 병을 두었으니까 지금은 세 병이 남아 있을 거야."

케이트는 유리잔을 들어 올렸다.

"파리가 빠졌어요. 가서 닦아 올게요."

그녀는 부엌에서 유리잔을 닦았다. 그리고 주머니에서 안약을 넣을 때 쓰는 점안기를 꺼냈다. 점안기 입구는 석유통

주둥이를 막듯 작은 감자 조각으로 막혀 있었다. 그녀는 맑은 액체 두서너 방울을 조심스럽게 잔에 떨어뜨렸다. 그것은 마전자[2]에서 추출한 맹독성 농축 용액이었다.

그녀는 페이의 방으로 돌아가서 잔에 식물 합성제 세 숟가락을 넣고 저었다.

페이는 강장제를 마시고는 혀로 입술을 핥았다.

"맛이 쓰구나."

그녀가 말했다.

"그래요? 제가 맛 좀 볼게요."

케이트는 한 숟가락 떠 마시고는 얼굴을 찡그렸다.

"그러네요. 너무 오래 보관한 것 같아요. 내다 버려야겠어요. 정말 써요. 물 한 잔 갖다 드릴게요."

저녁 식사를 하는 동안 페이의 얼굴이 붉게 달아올라 있었다. 그녀는 식사를 하다 말고 뭔가에 귀를 기울이는 것 같았다.

"왜 그러세요, 어머니? 무슨 일이에요?"

케이트가 물었다.

페이는 주의를 딴 데로 돌리려 하는 듯했다.

"나도 모르겠다. 심장이 두근거리는 것 같아. 갑자기 두려운 마음이 들고 심장이 마구 뛰는구나."

"방까지 모셔다 드릴까요?"

---

2) 눅스 보미카라는 견과의 씨앗에 든 맹독성 알칼로이드로 중추신경 흥분제로 쓰이기도 한다.

"아니야, 지금은 괜찮아."

그레이스는 포크를 내려놓았다.

"얼굴이 너무 붉어요."

케이트가 말했다.

"걱정되는군요. 의사 와일드에게 진찰을 받아야겠어요."

"아니야, 지금은 괜찮아."

"겁이 나요. 전에도 그러신 적이 있으세요?"

케이트가 말했다.

"가끔씩 숨이 가쁘긴 하지. 너무 살이 쪄서 그럴 거야."

페이는 토요일 저녁 내내 몸이 좋지 않았다. 케이트는 10시쯤 페이를 설득해 잠자리에 들게 했다. 케이트는 몇 번이나 페이의 방 안을 들여다보았고 마침내 그녀가 잠든 것을 확인했다.

다음 날 페이는 몸이 좀 나아 보였다.

"숨이 좀 가쁠 뿐이야."

페이가 말했다.

"어머니를 위해 환자용 식사를 하기로 했어요."

케이트가 말했다.

"제가 어머니를 위해서 닭고기 수프를 준비했어요. 어머니가 좋아하는, 기름과 식초를 친 완두콩 샐러드를 먹고, 차를 한 잔 마실 거예요."

"나 아주 거뜬해. 괜히 하는 말이 아니야."

"식사를 가볍게 하면 누구에게나 좋아요. 간밤에 어머니 때문에 얼마나 놀랐는지 몰라요. 심장병으로 돌아가신 아주머니가 한 분 계셨거든요. 그 생각이 나서."

"나는 지금껏 심장병을 앓은 적이 없다. 계단을 올라갈 때 약간 숨이 차는 정도야."

케이트는 부엌에서 쟁반 두 개에다 저녁을 차렸다. 그녀는 컵으로 프렌치드레싱의 양을 재어 완두콩 샐러드에 부었다. 페이의 접시에는 그녀가 제일 좋아하는 컵을 올려놓고 수프는 스토브에 얹어 데웠다. 그러고는 마지막으로 호주머니에서 점안기를 꺼내 파두[3] 기름을 완두콩에 두어 방울 떨어뜨리고 휘저었다. 그리고 그녀는 자기 방으로 가서 작은 병에 든 자극성 완화제인 카스카라 사그라다를 삼키고 서둘러 부엌으로 돌아왔다. 그녀는 뜨거운 수프를 컵에 붓고, 찻주전자에 끓는 물을 채워 쟁반을 들고 페이의 방으로 갔다.

"배는 안 고픈데, 수프 냄새가 좋구나."

"어머니를 위해 특별 샐러드드레싱을 만들었어요. 옛 요리법대로 로즈마리와 라임을 섞어 만들었어요. 맛이 어떤지 드셔 보세요."

"아, 맛있구나. 대체 네가 못하는 게 뭐니?"

바로 그때 케이트에게 먼저 증상이 나타났다. 이마에 땀방울이 맺히고, 고통 섞인 비명을 질러 대며 몸을 굽혔다. 눈은 잡아먹을 듯 날카로웠고, 입에서는 침이 흘러나왔다. 페이는 복도로 뛰어나가 사람 살려 달라고 소리쳤다. 여자들과 일요

---

3) 쥐손이풀목 대극과의 상록 교목. 한방에서는 그 씨를 채취해 약재로 쓰는데, 기름에 강력한 독성이 있다.

일에 찾아온 손님 몇 명이 방으로 몰려왔다. 케이트는 바닥에서 몸부림을 치고 있었다. 단골손님 두 명이 그녀를 들어 페이의 침대에 눕히고 몸을 펴려 했다. 그러나 그녀는 악을 쓰며 다시 몸을 굽혔다. 온몸에서 땀이 비 오듯 쏟아져 옷이 흠뻑 젖었다.

페이가 수건으로 케이트의 이마를 닦아 주고 있을 때, 그녀에게도 고통이 엄습했다.

한 시간을 헤맨 끝에 와일드를 겨우 찾아낼 수 있었다. 친구와 카드놀이를 하던 그는 완전히 이성을 잃은 두 창녀에 의해 다짜고짜 철길까지 이끌려 갔다. 페이와 케이트는 구토와 설사로 기진맥진한 상태였고, 이따금씩 경련을 일으켰다.

와일드 의사가 물었다.

"무엇을 먹었소?"

의사는 쟁반을 바라보았다.

"이 완두콩 조림은 집에서 만든 거요?"

"그럼요. 바로 이 집에서 만들었어요."

그레이스가 대답했다.

"당신들 중에도 이걸 먹은 사람이 있습니까?"

"없어요. 보시다시피……."

"나가서 단지를 전부 깨 버려요. 빌어먹을 완두콩 같으니!"

그는 위 세척기를 꺼냈다.

목요일, 그는 기운이 쭉 빠진 창백한 두 여자 곁에 앉아 있었다. 케이트의 침대는 페이의 방으로 옮겨져 있었다.

"지금이니까 말하지만 살아남을 가망이 없다고 생각했어

요. 운이 좋았지. 집에서 만든 완두콩 조림은 버려요. 시중에
파는 통조림을 사 먹고."

"무슨 병이에요?"

케이트가 물었다.

"보툴리누스 중독이에요. 별로 알려져 있진 않지만, 그걸 이
겨 낸 사람은 아주 드물어요. 당신은 젊고, 마담은 강하니까
이겨 낸 거지."

그는 페이에게 물었다.

"아직도 장에서 피가 나와요?"

"네, 조금."

"여기 모르핀 정제가 있소. 먹으면 나을 겁니다. 아마 어딘
가 터져 있을 거예요. 창녀는 죽지 않는다고들 하니 둘 다 마
음 편히 가져요."

그날이 10월 17일이었다.

페이는 완전히 회복하지 못했다. 낫는 듯하다가 다시 통증
을 호소했다. 12월 3일에는 상태가 악화되어 기운을 차리기
까지 훨씬 더 오래 걸렸다. 그런 다음 2월 12일에는 출혈이 심
해졌고 긴장한 탓에 심장도 약해진 것 같았다. 와일드 의사는
청진기를 오랫동안 대고 있었다.

케이트도 여위어서 날씬했던 몸매는 뼈만 앙상하게 남았다.
여자들은 그녀와 교대하여 페이를 간호하려 했으나 케이트는
페이 곁을 떠나려 하지 않았다.

그레이스가 말했다.

"케이트가 언제부터 한숨도 안 잤는지 이젠 가물가물해. 페

이 마담이 세상을 뜨면 저 애도 죽고 말 거야."

"머리가 터질 지경이겠지."

에델이 말했다.

와일드는 낮에도 어둑한 객실로 케이트를 데리고 가서 검은 가방을 의자에 놓았다.

"당신한테 말하는 게 좋겠군요. 마담의 심장이 긴장을 감당하지 못해서 걱정이에요. 내장은 한 군데도 성한 곳이 없어요. 그놈의 몹쓸 중독 때문에. 방울뱀 독보다 더 지독하다니까."

그는 수척해진 케이트에게서 눈길을 돌리며 말했다.

"당신이 마음의 준비를 할 수 있도록 솔직히 말하는 것이 낫겠다고 생각했어요."

그는 힘없이 말하고는 뼈만 앙상한 그녀의 어깨 위에 손을 얹었다.

"당신처럼 충성스러운 사람도 드물어요. 먹을 수 있으면 마담에게 따뜻한 우유나 줘요."

케이트는 따뜻한 물이 담긴 대야를 침대 옆 탁자로 들고 갔다. 트릭시가 들여다보았을 때 케이트는 질 좋은 린넨 냅킨으로 페이를 씻겨 주고 있었다. 그런 다음 그녀는 부드러운 황금빛 머리칼을 빗겨서 땋아 주었다.

페이의 피부는 오그라들어 턱과 두개골에 붙어 있었으며, 눈은 휑하고 초점이 없었다.

그녀가 말을 하려고 애쓰자 케이트가 말했다.

"쉿! 기운 빠져요. 힘을 아끼세요."

그녀는 부엌에 가서 우유 한 잔을 가지고 와 침대 옆에 있는 탁자 위에 올려놓았다. 그녀는 주머니에서 작은 병 두 개를 꺼내 각 병에 있는 내용물을 조금씩 점안기로 빨아들였다.

"어머니, 입을 벌리세요. 이건 새 약이에요. 자, 마음 단단히 잡수세요. 맛이 아주 이상할 거예요."

그녀는 액체를 페이의 혀 깊숙이 짜 넣은 다음 쓴맛이 가시도록 그녀의 머리를 받쳐 들고 우유를 먹였다.

"이제 쉬세요. 조금 있다가 다시 올게요."

케이트는 방에서 조용히 빠져나왔다. 부엌은 어두웠다. 그녀는 바깥문을 열고 나와 잡초 위를 걸어 뒤쪽으로 갔다. 땅은 봄비로 축축했다. 그녀는 뾰족한 막대기로 집 뒤에 있는 땅에 작은 구멍을 팠다. 그리고 그 안에 작고 가느다란 유리병 몇 개와 점안기 한 개를 떨어뜨렸다. 그런 다음 막대기로 유리병을 잘게 부숴 버리고 흙으로 덮었다. 케이트가 집으로 돌아올 때는 비가 내리고 있었다.

처음 얼마 동안 사람들은 케이트가 자해할 수 없도록 붙들어 매야 했다. 케이트는 처음엔 난폭하게 행동하다가 곧 망연자실한 채 침울한 상태에 빠졌다. 그녀는 한참이 지나서야 건강을 회복했다. 그리고 유서에 대해서는 까맣게 잊고 있었다. 나중에 그것을 기억해 낸 사람은 트릭시였다.

22장

1

애덤은 트래스크 농장에 틀어박힌 채 꼼짝도 하지 않았다. 고치다 만 산체스 가옥은 비바람에 그대로 노출되어 새 마룻바닥은 습기로 휘고 뒤틀려 있었다. 그리고 애써 일구어 놓은 채소밭에는 잡초가 무성했다.

애덤은 뭔가에 갇혀 있는 사람처럼 행동은 둔하고 세상은 흐릿해 보였다. 그는 잿빛 물을 통해 세상을 보았다. 이따금씩 그는 마음을 다잡고 기운을 차리려 했다. 그러나 햇빛이 비쳐 들면 어김없이 마음이 괴로워질 뿐이었다. 그러면 그는 다시 잿빛 속으로 움츠러들었다. 어린 자식들이 울고 웃고 있기 때문에 그는 쌍둥이의 존재를 인식하고 있었다. 그러나 아이들만 보면 희미하게 혐오감이 느껴질 뿐이었다. 애덤에게 그 아이들은 상실을 상징하는 존재였다. 이웃사람들이 그의 작은 계곡으로 찾아왔다. 이제는 그들 모두 그의 분노와 슬픔을 이해했기에 그를 도우려고 했다. 그러나 그들도 그를 감싸고 있는 먹구름만은 제거할 수 없었다. 애덤은 그들을 내치지는 않았지만 만나지도 않았다. 이윽고 이웃 사람들도 떡갈나무 밑길을 두 번 다시 찾아오지 않았다.

얼마 동안 리는 애덤을 정신 차리게 하려고 애썼다. 그러나 리는 바쁜 사람이었다. 그는 요리와 세탁을 하고, 쌍둥이에게 목욕을 시키고 먹을 것을 주었다. 그렇게 계속해서 열심히 일을 하다 보니 두 꼬마 아이에게 정이 들었다. 그는 아이들에게 중국의 광둥어로 말했다. 아이들이 가장 먼저 알아들은 말은 중국말이었고, 그들은 그 말을 따라 하려고 노력했다.

새뮤얼 해밀턴은 두 번이나 찾아가 애덤을 그 충격에서 벗어나게 하려고 애썼다. 그때 라이자가 참견했다.

"나는 당신이 거길 가지 않았으면 해요. 당신이 그를 변화시키기는커녕 오히려 당신이 딴사람이 되어 집에 오잖아요. 새뮤얼, 당신은 그를 바꾸지 못해요. 오히려 그가 당신을 바꾸고 있다고요. 당신 얼굴을 보면 그가 어떤 얼굴을 하고 있을지 짐작이 가요."

"라이자, 두 어린애를 생각해 보았소?"

그가 물었다.

"당신 가족 생각만으로도 벅찰 지경이에요. 당신은 그 집에 갔다 오면 며칠 동안 집안 분위기를 우중충하게 만들잖아요."

그녀가 원망 섞인 투로 말했다.

"알았소."

그는 말은 그렇게 했지만 마음이 편치 않았다. 새뮤얼은 누구든 고통을 겪고 있는 사람이 주변에 있으면 일이 손에 잡히지 않는 사람이었다. 애덤을 비참한 상태로 내버려 둔다는 것은 새뮤얼에게는 결코 마음 편한 일이 아니었다.

애덤은 그에게 노임을 지불했다. 그리고 풍차 부품 값까지 주었지만 이제 풍차 따위는 필요 없었다. 새뮤얼은 그 장비를 팔아 받은 돈을 애덤에게 보냈다. 그러나 애덤은 묵묵부답이었다.

그는 슬슬 애덤 트래스크에게 화가 나기 시작했다. 새뮤얼의 눈에 애덤은 슬픔을 즐기고 있는 사람처럼 보였다. 그러나 그런 생각을 할 여유가 없었다. 조는 대학에 가 버렸다. 그 대학은 리랜드 스탠포드가 팰로앨토 근처의 자기 농장에 세운 것이었다. 톰은 점점 더 책만 파고들어 아버지에게 걱정을 끼쳤다. 그는 자기에게 주어진 일은 잘했지만 새뮤얼이 보기에는 마지못해 하는 것 같았다.

윌과 조지는 사업을 잘하고 있었다. 조는 운문(韻文)으로 집에 편지를 써 보냈는데, 사회적 통념에 대해 날카로우면서도 건설적인 비판을 하기도 했다.

새뮤얼은 조에게 편지를 썼다.

네가 무신론자가 되지 않았다면 나는 실망을 금치 못했을 것이다. 그리고 배부를 때 과자 하나 더 먹는 식으로 네 나이와 지혜에 불가지론을 받아들였다니 기쁘다. 그러나 이건 내 진심인데, 어머니의 마음을 바꾸려는 노력은 하지 않았으면 한다.

지난번의 네 편지를 보고 어머니는 네 몸에 이상이 있다고 생각하지 뭐냐. 네 어머니는 맛있게 끓인 진한 수프로 고칠 수 없는 병은 별로 없다고 생각한단다. 그리고 현대 문명의 구조에 대한 너의 강력한 공격을 복통 때문이라고 한다. 그러면서 걱정을 하더구나. 네 어머니의 신념은 우뚝 선 산처럼 요지부동이야. 그런데 아들아, 너는 그것을 무너뜨릴 삽 한 자루 갖고 있질 않구나.

라이자는 늙어 가고 있었다. 새뮤얼은 그녀의 얼굴을 보고 그것을 알 수 있었다. 그는 수염이 희어지거나 말거나 자신이 늙었다는 생각은 하지 않았다. 그러나 라이자는 시대에 뒤쳐져 살고 있었고, 그것은 그녀가 늙어 간다는 증거였다.

한때 그녀는 그의 계획이나 예언을 어린아이의 정신 나간 소리라고 생각하던 적이 있었다. 이제 그녀는 그것들을 어른답지 못한 주책없는 소리라고 생각했다. 이제 목장에는 라이자와 톰, 새뮤얼 세 사람만 남았다. 유나는 타 지방 사람과 결혼하여 이곳을 떠났고, 데시는 살리나스에서 양장점을 경영하고 있었다. 올리브는 젊은 청년과 결혼했다. 몰리도 결혼을 했는데, 샌프란시스코의 한 아파트에 살고 있다고 전해 왔다. 몰리의 집에는 향수 냄새가 가득했고, 침실 난로 앞에는 백곰의 털가죽이 깔려 있었다. 몰리는 저녁 식사 후에는 커피를 마시면서 끝에 금박을 씌운 퀄련, 바이올릿 밀로를 피웠다.

어느 날 새뮤얼은 건초 가마니를 들어 올리다가 허리를 다쳤다. 허리보다는 마음이 더 상처를 받았다. 새뮤얼 해밀턴이

건초 가마니 하나 들어 올리지 못하다니 그는 도저히 견딜 수가 없었다. 허리 때문에 그는 자식이 거짓말을 할 때나 느낄 법한 그런 모욕감에 괴로웠다.

킹시티에서 그는 틸슨 의사의 진찰을 받았다. 의사는 여러 해 동안 과로한 탓에 성미가 꽤 급해졌다.

"허리를 삐셨네요."

"네, 맞아요."

새뮤얼이 말했다.

"그런데 허리를 삐었다는 말을 듣고 진료비 2달러를 내려고 여기까지 오셨습니까?"

"진료비 여기 있습니다."

"어떻게 몸을 관리해야 하는지 아세요?"

"그럼요."

"앞으로는 조심하세요. 돈은 도로 넣어요. 새뮤얼, 다 알면서 어린애처럼 왜 이래요?"

"하지만 아픈걸요."

"당연히 아프지요. 아프지 않으면 삔 걸 어떻게 알겠어요?"

새뮤얼은 웃었다.

"참 세심하시군요. 2달러 이상의 가치가 있어요. 돈은 받으세요."

의사는 그를 자세히 들여다보았다.

"진심인 것 같군요. 그러면 돈은 받도록 하지요."

새뮤얼은 윌을 만나러 그의 훌륭한 새 가게로 갔다. 그의 아들은 몰라보게 달라져 있었다. 윌은 뚱뚱해졌고, 코트와 조끼를 입었으며, 새끼손가락에는 금반지를 끼고 있었다.

"어머니에게 드리려고 프랑스에서 온 작은 통조림 몇 개를 조금 싸 두었어요. 송이버섯과 간 조림, 그리고 정어리로 만든 건데 흔치 않은 거라 구경도 못 하셨을 거예요."

"네 어머니는 그걸 조에게 보낼 텐데?"

"어머니가 잡수시게 할 순 없으세요?"

"안 되지. 네 어머니는 그것을 조에게 보내고 나면 흐뭇해할 게다."

그의 아버지가 말했다.

리가 가게로 들어왔다. 그의 눈이 휘둥그레졌다.

"안녕하십니까?"

"아, 잘 있었나, 리. 애들은 어떤가?"

"잘 있습니다."

새뮤얼이 말했다.

"옆집에서 맥주 한잔할 생각인데, 같이 가세."

리와 새뮤얼은 술집의 작고 둥근 탁자에 앉았다. 새뮤얼은 맥주잔에 묻은 물기로 깨끗한 탁자 위에 그림을 그렸다.

"자네와 애덤을 보러 가고 싶었지만 내가 별 도움이 안 되는 것 같아서 그만뒀네."

"그렇지만 해로울 건 또 뭐 있어요? 시간이 지나면 트래스크 씨가 그 일을 이겨 낼 수 있으리라 생각했는데. 지금도 얼빠진 사람처럼 걸어 다니니, 원."

"1년이 넘었지?"

새뮤얼이 물었다.

"1년하고도 3개월이 지났어요."

"내가 도울 만한 일이 없을까?"

"저도 모르겠어요. 그에게 다른 충격을 주면 그 일을 잊어 버리지 않을까요? 지금까지는 아무것도 효과가 없었어요."

리가 말했다.

"나는 그런 일은 못 해. 충격을 주려다가 도리어 내가 충격을 받을지도 모르지. 그런데 아기들 이름은 뭐라고 지었지?"

"아직 이름이 없어요."

"설마 농담이겠지."

"농담이 아닙니다."

"그러면 그는 애들을 어떻게 부르나?"

"그냥 '그 애들'이라고 불러요."

"그 애들이라고 한단 말이야?"

"한 명을 부르나 둘을 부르나 '너, 너희들'이라고 합니다."

"기가 찰 노릇이군. 그 사람 바보 아닌가?"

새뮤얼은 화가 나서 말했다.

"그러지 않아도 선생님을 찾아뵙고 말씀드리려고 했어요. 선생님이 일깨워 주지 않으면 그분은 죽은 사람이나 다름없어요."

새뮤얼이 말했다.

"내가 가겠네. 말채찍을 갖고 가야지. 이름도 지어 주지 않았다니! 꼭 가겠네, 리."

"언제요?"

"내일."

"닭을 잡겠어요. 해밀턴 씨, 쌍둥이를 귀여워하게 될 겁니다. 얼마나 예쁜지 몰라요. 트래스크 씨에게는 선생님이 오신다는 말은 하지 않겠어요."

2

새뮤얼은 아내의 눈치를 보며 트래스크 농장을 방문하겠다고 말했다. 그는 아내가 펄펄 뛸 것이라고 짐작했다. 여태껏 살면서 이런 경우는 거의 없었지만, 그녀가 아무리 강력하게 반대한다고 해도 자기 뜻대로 밀고 나갈 생각이었다. 아내의 말을 거스른다 생각하니 기분이 영 찜찜했다. 그는 마치 고백을 하듯 방문의 목적을 설명했다. 설명을 하는 동안 라이자가 뒷짐을 지고 있어서 그는 가슴이 철렁했다. 그가 말을 끝내자 그녀는 그를 뚫어지게 바라보았다. 그는 그녀의 눈빛이 무섭게 느껴졌다.

마침내 그녀가 입을 열었다.

"당신은 바위 같은 그 사람을 움직일 수 있다고 생각해요?"

뜻밖의 질문이었다.

"글쎄, 나도 모르겠어. 나도 몰라."

"어린아이들에게 지금 당장 이름을 지어 주는 일이 그렇게 중요한가요?"

"글쎄, 내가 보기엔 그런 것 같은데."

그가 얼버무리며 말했다.

"새뮤얼, 당신이 가려는 이유를 생각해 봤어요? 구제불능의 타고난 참견벽 때문인가요? 아니면 자기 일은 나 몰라라 하는 어쩔 수 없는 무능력 때문인가요?"

"라이자, 나는 내 결점을 잘 알고 있소. 하지만 이번 일은 부질없는 짓이 아니라고 생각해요."

"그렇다면 좋게요? 그 사람은 자식들이 살아 있다는 것도 받아들이지 않고 있어요. 그 사람 눈엔 자식이고 뭐고 안중에 도 없다고요."

"그런 거 같더군."

"만일 그가 당신 일이나 걱정하라면, 그땐 어쩔 거예요?"

"글쎄, 나도 모르겠소."

그녀는 입을 꽉 다물고 이를 갈았다.

"만일 당신이 그 애들에게 이름을 지어 주지 못하면, 이 집 구석엔 들어올 생각도 하지 말아요. 그 사람은 막무가내라서 도대체 당신 말은 귓등으로도 안 듣는다고 투덜대면서 돌아 오기만 해 봐요. 그렇게 되면 내가 직접 가 보겠어요."

"이번에는 내 주먹 맛 좀 보라지."

새뮤얼이 말했다.

"아니요, 당신은 못 할걸요. 마음이 모질지 못하니까. 안 봐 도 뻔해요. 당신은 듣기 좋은 말만 하다가 축 처져 돌아오겠 죠. 그러고는 당신이 거기에 갔다는 사실을 내 머릿속에서 지 우려 할 테고."

"머리통을 부숴 버리겠어."

새뮤얼이 소리쳤다.

그는 문을 꽝 닫고 침실로 들어갔다. 라이자는 판벽을 보고 미소를 지었다.

이윽고 그는 검은 정장에 빳빳하고 번쩍이는 와이셔츠를 입고 나왔다. 그는 아내가 검은 타이를 매 주는 동안 그녀 쪽으로 구부정하게 몸을 굽혔다. 그의 하얀 턱수염은 빗질을 한 탓에 윤기가 흘렀다.

"구두에 칠을 해야겠어요."

그는 닳은 구두에 검은 약칠을 하다가 곁눈으로 그녀를 바라보았다.

"성경을 가지고 갈까? 좋은 이름을 찾는 데는 성경만 한 게 없으니까."

"집에 있는 건 안 가져갔으면 좋겠는데……."

그녀는 내켜하지 않았다. 그러고는 말했다.

"쓸 만한 아이들 이름이 전부 그 안에 있긴 해요. 한데 당신이 집에 늦게 돌아오면 난 뭘 읽죠?"

그녀는 남편이 실망하는 것을 보자 침실로 들어가 작은 성경책 하나를 들고 나왔다. 그것은 낡고 닳은 것으로 표지가 갈색 종이와 아교로 붙어 있었다.

"이걸 가지고 가세요."

"하지만 그건 장모님 것이잖소?"

"괜찮을 거예요. 하나만 제외하고는 여기에 나오는 이름 모두 두 연대에 걸쳐서 나와요."

"찢어지지 않게 싸 가지고 가겠소."

라이자가 날카롭게 말했다.

"어머니가 뭘 못마땅해 하시는지 알아요? 아주 내 마음과 꼭 같아요. 그게 뭔지 말할까요? 당신은 성경책을 있는 그대로 인정하질 않아요. 성경 구절을 보고 트집을 잡고 의심을 품지요. 당신은 한참 뜸을 들이다 책장을 넘겨요. 그래서 화가 난다고요."

"난 성경을 이해하려는 것뿐이오."

"이해할 게 뭐가 있어요? 검은 건 글자고, 바탕은 흰색이니까 그냥 읽으면 되지. 누가 당신더러 그것을 이해하라고 했어요? 당신이 이해하기를 하느님이 바라셨다면 하느님은 이해할 수 있는 능력을 주셨거나, 아니면 이해할 수 있게 적어 놓으셨겠죠."

"하지만 여보……."

"새뮤얼, 당신처럼 따지기 좋아하는 사람도 없을 거예요."

"맞아."

"내가 하는 말에 무조건 수긍하지 말아요. 가식적으로 보여요. 당신 의견을 당당히 말하라고요."

그녀는 마차를 몰고 가는 남편의 뒷모습을 바라보며 큰 소리로 말했다.

"좋은 남편이긴 한데, 따지지 않고 넘어가는 법이 없어."

한편 새뮤얼은 신기하다는 생각을 하고 있었다.

'아내가 이렇게 할 것 같다 싶으면 어김없이 그렇게 한단 말이야.'

3

새뮤얼은 마지막 1킬로미터를 남겨 놓고 살리나스 계곡을 돌아 커다란 떡갈나무 아래 평평한 길을 따라 마차를 몰았다. 그러면서 혼자 버럭 소리를 지르며 화를 돋우려 애썼다. 애덤을 보고 안절부절못하는 일이 없도록 하기 위해서였다.

애덤은 지난번 보았을 때보다 더 수척해 보였다. 그의 눈은 오랫동안 제 기능을 하지 않은 듯 흐릿했다. 새뮤얼이 자기 앞에 와 서 있는데도 애덤은 시간이 조금 지나서야 그것을 알아차렸다. 그는 불쾌한 듯 입을 쭉 내밀고 얼굴을 찌푸렸다.

새뮤얼이 말했다.

"초대를 받지도 않았는데 또 와서 면구스럽군요."

애덤이 말했다.

"무엇 때문에 오셨습니까? 돈을 안 드렸던가요?"

"돈? 지불했지요. 틀림없이 지불했어요. 말하자면 내가 받을 돈보다도 더 많이 받았지요."

"뭐라고요? 무슨 말을 하려는 겁니까?"

새뮤얼은 점점 화가 치밀었고 결국 화를 터뜨렸다.

"인간은 평생 더 많은 돈을 벌려고 애쓰죠. 만일 내 가치를 찾는 데 일생이 걸린다면 슬픔에 싸여 있는 당신이 어떻게 내 가치를 알아보고 돈으로 계산할 수가 있소?"

애덤이 소리쳤다.

"돈을 더 내라면 드리겠소. 지불하겠어요. 얼마면 됩니까? 주면 될 거 아니오!"

"돈은 지불했어요."

"그러면 여기 왜 왔습니까? 당장 가세요!"

"나를 초대한 적도 있지 않나요?"

"지금은 아니오."

새뮤얼은 뒷짐을 지고, 몸을 앞으로 숙였다.

"이제부터 얘기할 테니 조용히 들으시오. 겨자같이 맵고 괴로운 밤, 그러니까 어젯밤이었소. 해가 지자 달콤한 어둠이 찾아왔고 그때 좋은 생각이 떠올랐소. 저녁별이 뜨고 새벽녘의 첫 햇살이 북두칠성의 빛을 스러지게 할 때까지 난 줄곧 그 생각에 매달렸소. 그래서 이렇게 내 발로 찾아온 거요."

"반갑지 않습니다."

새뮤얼이 말했다.

"당신은 특별한 은총으로 쌍둥이를 낳았다고 말했소."

"그것이 당신하고 무슨 상관입니까?"

애덤의 무례한 태도에 새뮤얼은 묘한 즐거움을 느끼며 눈을 반짝거렸다. 리가 집 안에 숨어서 그들을 몰래 엿보는 것을 알 수 있었다.

"제발 나에게 심한 말은 하지 말아요. 나는 죽을 때까지 평화롭게 살고 싶은 사람이니까."

"무슨 말을 하는 건지 모르겠군요."

"당신이 어떻게 이해할 것 같소? 애덤 트래스크, 당신은 두 마리의 새끼를 거느린 늑대고, 탐스러운 알이 있어도 간수도 못 하는 초라한 수탉 같은 작자요! 당신은 더러운 흙만도 못 한 인간이야!"

애덤의 얼굴이 어두워졌다. 처음으로 그의 눈이 제대로 사물을 인식하는 것 같았다. 새뮤얼은 뱃속에서부터 쾌감이 섞인 뜨거운 분노가 치밀어 오르는 걸 느꼈다. 그가 소리쳤다.

"당신, 나한테서 물러나! 제발 물러나라고."

그의 입가에 침이 고였다.

"정말, 부탁하는데 내게서 물러나 있는 게 좋을 거야. 여차하면 당신을 죽일 수도 있으니까."

"여기서 나가요. 지금 당장. 당신은 제정신이 아니야. 나가요. 여기는 내 집이오. 내가 산 집이란 말이오."

"자네는 눈과 코도 돈으로 샀겠지. 그리고 교만도 사고. 엄지손가락도 사다가 옆에 붙였을 거야. 이봐, 내 말 잘 들어. 내가 나중에 당신을 죽일지도 모르니까 내 말을 잘 들어 두라고. 자네는 모든 걸 돈으로 샀어! 생각만 해도 기분 좋은 유산으로 샀지. 자네가 아이들을 기를 자격이 있다고 생각하나?"

새뮤얼이 조롱했다.

"자격이 있냐고? 자격이 있든 없든 애들은 여기에 있어. 무슨 말을 하는 거요?"

새뮤얼은 한탄하듯 말했다.

"맙소사! 생각했던 것과는 다르군. 애덤! 내 엄지손가락으로 자네 숨통을 조이기 전에 내 말 잘 들어. 당신은 그 귀한 쌍둥이에게 사랑을 주기는커녕 신경도 안 쓰지?"

"당장 나가! 리, 총을 가져와! 이 사람 미쳤어. 어서!"

애덤이 쉰 목소리로 말했다.

그때 새뮤얼이 두 손으로 애덤의 목을 움켜쥐었다. 애덤의 눈이 빨갛게 충혈되면서 관자놀이가 부어올랐다. 새뮤얼이 그에게 고함을 질렀다.

"그 고운 손가락 치우지 못하겠어. 자네는 애들을 산 것도, 훔쳐 온 것도 아니야. 운 좋게 물려받은 것도 아니고. 자넨 전능하신 신의 은총으로 애들을 얻은 거야."

그는 애덤의 목에서 엄지손가락을 떼었다.

애덤은 헐떡이며 일어섰다. 그러고는 대장장이의 억센 손이 움켜쥐었던 부위를 만져 보았다.

"나한테 뭘 원하는 겁니까?"

"당신에겐 애정이 없어."

"예전엔 있었어요. 너무 많아 주체할 수 없을 정도였소. 자살을 할 만큼."

"이 집에서 애정이 충분했던 사람은 아무도 없었어. 돌뿐인 이 농장에 무슨 애정이 있다는 건가?"

"가까이 오지 말아요. 나를 호구로 아는 모양인데, 자꾸 이러면 나도 가만히 있진 않겠어요."

"자네한테는 두 개의 무기가 있어. 그런데 아직 이름이 없지."

"당신을 가만두지 않겠어, 영감. 늙어서 힘도 못 쓰는 주제에."

"이름 하나 붙여 주지 못한 우둔한 친구가 돌을 집어 들 수 있을까. 자네는 1년 동안 가슴을 죄고 살면서 애들에게 첫째, 둘째라는 이름도 붙여 주지 않았어."

애덤이 말했다.

"내가 어떻게 하든 상관 말아요!"

새뮤얼은 노동으로 단단해진 주먹으로 그를 후려쳤고, 애덤은 흙바닥에 널브러졌다. 새뮤얼은 그에게 일어나라고 말했다. 그리고 그가 일어나자 다시 한 번 주먹을 날렸다. 이번에 애덤은 일어나지 못했다. 그는 꼼짝하지 않은 채 다짜고짜 주먹을 휘두르는 노인을 바라보았다.

이윽고 활활 타오르던 새뮤얼의 눈동자가 부드럽게 빛나는가 싶더니 그가 조용히 말했다.

"당신 아들은 이름이 없잖은가."

애덤은 대답했다.

"그 애들 어머니가 어미 없는 자식으로 만들어 놓고 떠나지 않았습니까."

"그래서 자네도 애들을 아비 없는 자식으로 만들 셈인가? 밤이면 어린애들이 외로움과 추위에 떠는 걸 느끼지 못해? 이집에서 온기를 느낄 수가 있겠어? 이런 집에 새소리가 나고, 밝은 아침이 온들 무슨 소용이 있겠나? 애덤, 자네가 어렸을 때 그런 집에서 사는 게 어땠는지 조금도 기억 안 나나?"

"나는 그렇게까지 하진 않았어요."

애덤이 대답했다.

"안 그랬다고? 자네 아들들한테는 이름도 없는데?"

새뮤얼은 몸을 구부려 애덤의 어깨 위에 손을 얹고 그를 부축하여 일으켰다.

"애들에게 이름을 지어 주자고. 잘 생각해서 좋은 이름을 지어 주는 거야."

그는 애덤의 셔츠에서 먼지를 털어 냈다.

애덤은 마치 바람에 실려 오는 음악이라도 듣는 것처럼 먼 산을 응시했지만 눈빛은 또렷했다. 그의 눈은 전처럼 흐리멍덩하지 않았다.

그가 말했다.

"마치 융단을 털 듯 나를 두들겨 패고 모욕한 사람에게 고맙다는 말을 해야 하다니, 이런 경우가 어디 있습니까. 아무튼 고맙습니다. 한 대 얻어맞긴 했지만 고마운 건 고마운 거지요."

새뮤얼이 미소를 짓자 눈가에 주름이 잡혔다.

"자연스럽게 보였나? 내가 제대로 한 건가?"

"무슨 말씀입니까?"

"내가 그렇게 하겠다고 아내에게 약속을 했거든. 아내는 내 말을 믿지 않았지. 나는 싸움과는 거리가 먼 사람이니까. 데리 군에서 빨간 코를 한 여자아이와 교과서 때문에 주먹질을 한 게 마지막 싸움이었어."

애덤은 새뮤얼을 뚫어지게 바라보았다. 그러나 마음속으로는 음침하고 살기에 차 있던 동생 찰스의 모습을 보았고 이내 총신 너머로 보이던 캐시의 눈빛이 그 위에 포개졌다.

"겁을 먹은 건 아니었어요. 만사가 다 귀찮았다고나 할까요."

애덤이 말했다.

"이럴 줄 알았으면 더 불같이 화를 낼걸 그랬군."

"해밀턴 씨, 마지막으로 물을게요. 뭐 들으신 것 없습니까?

그 여자에 관해 무슨 소식이 없었나요? 조금도?"

"아무 말도 못 들었소."

"다행이군요."

"그녀를 증오하는 건가?"

"아닙니다. 아니에요. 실망스러울 뿐입니다. 어쩌면 나중엔 증오로 바뀔지도 모르지요. 애정과 증오는 종이 한 장 차이이니까요. 아무튼 혼란스러워서 뭐가 뭔지 하나도 모르겠어요."

새뮤얼이 말했다.

"언젠가는 우리 모두 모여 앉아 가볍게 속내를 터놓을 때가 있을 걸세. 하지만 지금 당장 모든 걸 해결할 수는 없겠지."

헛간 뒤에서 날카로운 닭 울음소리와 함께 둔탁하게 뭔가를 내리치는 소리가 들렸다.

"닭장에 무슨 일이 있나 봅니다."

애덤이 말했다.

다시 닭 울음소리가 들렸다.

"리가 닭을 잡고 있는 모양인데. 만일 닭에게 정부와 교회, 역사라는 게 있다면 인간이 기뻐하는 걸 좋아하지 않을 거요. 인간에게 기쁘거나 축하할 일이 생기면 닭은 비명을 지르며 단두대로 가기 마련이니까."

새뮤얼이 말했다.

이제 두 사람은 별 말 없이 조용히 있었다. 이따금씩 형식적인 대화만 오갔다. 의례적으로 건강과 날씨에 대해 묻고는 상대방이 대답을 해도 귀담아듣지 않았다. 리가 끼어들지 않았다면 어색한 침묵이 흐르다가 두 사람 모두 상대방에게 다시 화를 냈을 것이다.

리는 탁자와 의자 두 개를 밖으로 들고 왔다. 그러고는 다시 집 안으로 들어가 위스키와 유리잔 두 개를 가지고 와서 탁자 위에 놓았다. 그러고는 쌍둥이를 양쪽 팔에 안고 와서 탁자 옆에 있는 땅 위에 내려놓았다. 그런 다음 가지고 놀도록 막대기를 하나씩 쥐여 주었다.

두 아이는 얌전히 앉아서 두리번거리다 새뮤얼의 턱수염을 신기한 듯 바라보더니 리를 찾았다. 그런데 아이들이 걸친 옷이 독특했다. 아이들은 중국 사람이 입는 일자바지, 그리고 단추와 몰[4] 장식이 달린 재킷 차림이었다. 한 아이는 청록색 옷을, 다른 아이는 빛바랜 분홍색 옷을 입고 있었다. 단추와 몰 장식은 검은색이었다. 머리에는 명주로 된 검은색의 둥근 모자를 쓰고 있었는데, 평평한 모자 꼭대기에 선홍색 단추가 달려 있었다.

새뮤얼이 물었다.

"리, 도대체 이런 옷을 어디서 샀나?"

"산 게 아니에요. 제가 갖고 있던 겁니다. 애들 옷이 하나 더 있는데, 그건 돛천으로 제가 만든 거예요. 모름지기 남자는 이름을 받는 날엔 멋지게 차려입어야지요."

리가 재빨리 대답했다.

"자네 중국식 영어를 집어치웠군."

---

4) 인견사나 금실 은실 따위를 가느다란 철사 두 개에 촘촘히 끼워 비틀어서 만든 장식용 끈.

"앞으로 쭉 그럴까 합니다. 물론 킹시티에서는 사용하고요."

그가 땅에 있는 아기들에게 노래하듯 짧게 몇 마디 하자 쌍둥이들은 웃으며 막대기를 들고 흔들었다. 리가 말했다.

"한 잔 따라 드릴게요. 집에 있던 겁니다."

"그건 자네가 어제 킹시티에서 사 온 거잖아."

새뮤얼이 말했다.

새뮤얼과 애덤이 동석을 하고 두 사람 사이의 벽이 사라지자, 새뮤얼은 부끄러운 마음이 들었다. 주먹으로 애덤을 후려친 일은 이미 지울 수 없는 일이 되어 버렸다. 그는 용기와 인내라는 미덕을 생각했다. 그것들은 제대로 쓰지 않으면 무용지물이었다. 그런 생각을 하면서 그는 속으로 웃었다.

두 사람은 밝은 색의 이상한 옷을 입은 쌍둥이를 바라보고 있었다. 새뮤얼은 속으로 생각했다.

'때로는 친구보다도 적이 더 도움이 되는 수가 있지.'

그는 눈을 들어 애덤을 바라보았다.

"다시 시작하기가 힘듭니다. 미루면 미룰수록 점점 더 쓰기 어려워지는 편지 같다고나 할까요. 도와주시겠습니까?"

애덤이 잠시 그를 바라보다가 땅에 있는 어린아이에게 눈을 돌리더니 말을 이었다.

"머리가 깨질 것 같아요. 마치 잠수한 상태에서 소리를 듣는 것처럼 귀가 멍해요. 지난 1년 동안 잃어버린 저 자신을 되찾아야겠어요."

"그때 어땠는지 속을 터놓으면 시작하기가 수월할 텐데."

애덤은 술을 들이켜고는 다시 따라서 술잔을 손에 들고 한

쪽으로 빙빙 돌렸다. 호박색 위스키가 한쪽으로 쏠리면서 톡 쏘는 과일 향기가 진동했다.

"다시 기억해 내려니 힘들군요. 그동안 고통스러웠다기보다는 머릿속이 멍했어요. 아니, 바늘방석에 앉은 기분이었어요. 당신은 제가 당장 모든 걸 해결할 수는 없다고 말씀하셨죠. 그래서 그 생각을 하고 있었어요. 어쩌면 영영 그럴지도 모르죠."

"집에서 나가려고 한 사람은 그 여자였소? 말하고 싶지 않다는 건 곧 생각하고 싶지 않다는 뜻이긴 하지만……."

"그런지도 모르죠. 그 여자는 지루하다며 못 견뎌 했어요. 총을 쏠 때 마지막으로 본 모습밖에 기억나지 않아요."

"그 여자가 당신을 쏜 거로군? 그런 거요, 애덤?"

그는 입을 꾹 다물었다. 그의 눈빛은 점점 어두워졌다.

새뮤얼이 말했다.

"대답하지 않아도 되네."

"대답하지 못할 이유도 없지요. 네, 그 여자가 쐈어요."

"당신을 죽일 셈으로?"

"무엇보다도 그것에 대해 골똘히 생각해 봤지요. 죽일 마음은 없었던 것 같아요. 그런 기색은 보이지 않았습니다. 그 여자에겐 증오도 정열도 없었어요. 저는 그런 느낌을 군복무를 하면서 알게 되었지요. 사람을 죽이고 싶으면 머리나 심장, 배를 쏘지요. 그런데 그 여자는 일부러 다른 곳을 쐈어요. 지금도 총신이 위쪽으로 겨냥된 걸 또렷이 기억합니다. 그 여자가 저를 죽일 생각이었다고 해도 별로 개의치 않을 겁니다. 이건 일종의 연민이겠지요. 그 여자에게 저는 귀찮은 존재일지언정 원수는 아니었으니까요."

"생각 많이 했겠군."

새뮤얼이 말했다.

"많이 생각했지요. 한 가지 묻고 싶은 것이 있어요. 그 끔찍한 마지막 사건 외에는 아무것도 기억이 나지 않아서요. 당신이 보기에 그 여자는 대단한 미인이었습니까, 해밀턴 씨?"

"당신에겐 그랬지. 당신은 그 여자에 대해 환상을 품고 있었소. 난 당신이 그 여자를 바로 보았다고는 생각하지 않아. 당신이 본 건 당신이 만들어 낸 모습뿐이었지."

애덤이 큰 소리로 중얼거렸다.

"어떤 여자였을까요? 잘 알지도 못하면서 마음을 주었는데."

"이제는 알고 싶은가?"

애덤이 시선을 돌렸다.

"알고 싶지 않습니다. 하지만 제 아들의 몸에 어떤 피가 흐르는지는 알고 싶어요. 아이들이 성장하면, 제가 그들에게서 뭔가 찾아내려 하지 않겠어요?"

"그렇겠지. 그런데 핏줄이 아니라 당신의 의심 때문에 애들이 잘못될 수 있다는 걸 잊지 마시게. 아이들은 당신이 기대한 대로 자랄 테니까."

"그래도 핏줄은 무시 못 하는데……."

"나는 핏줄을 그다지 믿지 않네. 아이들에게서 선이나 악을 발견한다고 해도 그건 아이들이 태어난 뒤 부모가 그들 속에 심어 놓은 것을 보는 것뿐이라고 생각하니까."

"돼지를 경주마로 만들 수는 없죠."

"그야 안 되지. 하지만 아주 빠른 돼지는 만들 수 있네."

새뮤얼이 말했다.

"당신 말을 믿을 사람은 여기 아무도 없을 겁니다. 해밀턴 부인도 믿지 않으실걸요."

"바로 짚었네. 집사람은 십중팔구 내 의견에 동의하지 않을 거야. 그러니 아예 그런 얘기를 꺼내지 않는 게 상책이지. 얘기 했다가는 날벼락이 떨어지게? 집사람은 어떤 논쟁을 벌여도 늘 이기지. 자신과 다른 의견을 내세우는 건 개인적인 모욕이라고 굳게 믿고, 상대방을 마구 몰아세우니까. 아내는 좋은 여자이긴 하지만 신경을 건드리지 않게 조심해야 하지. 자, 애들 얘기나 해 봅시다."

"한 잔 더 하시겠습니까?"

"하지. 고맙네. 이름이란 아주 신비한 것이지. 이름이 아이를 따라가는 건지, 아이가 이름을 따라가는 건진 모르겠지만. 하지만 이건 확실해요. 별명이 붙는 건 이름이 잘못 지어졌다는 증거요. 평범한 이름들은 어떠신가? 존이라든가 제임스, 아니면 찰스?"

애덤은 쌍둥이를 보고 있다가 새뮤얼이 입에 올린 마지막 이름을 듣고 갑자기 한 아이의 눈에 자기 동생의 모습이 어리는 것을 보았다. 그는 몸을 앞으로 굽혔다.

"왜 그러시나?"

새뮤얼이 물었다.

애덤이 큰 소리로 말했다.

"이 애들 둘이 닮지를 않았어요! 다르게 생겼네요!"

"당연히 닮지 않았지. 얘들은 이란성 쌍둥이니까."

"저 아이는 제 동생과 닮았어요. 방금 동생의 모습을 보았어요. 다른 애는 저를 닮았을까요?"

"둘 다 당신을 닮았어요. 애초에 한 조상으로부터 인간이 퍼져 나갔으니 어찌 보면 다 닮아 보이지."

"지금은 동생과 닮아 보이지 않는데요. 잠시 유령을 본 것 같아요."

"정말 유령을 봤는지도 모르겠군."

리가 접시를 들고 와서 탁자 위에 놓았다.

"중국에도 유령이 있나?"

새뮤얼이 물었다.

"수없이 많지요. 어느 곳보다도 유령이 많아요. 중국에 죽음이 있을까 싶을 만큼이요. 인구가 워낙 많으니까요. 어쨌든 중국에 갔을 때 그렇게 느꼈어요."

새뮤얼이 말했다.

"리, 앉게. 이름을 지으려고 생각 중이야."

"닭찜을 하고 있어요. 곧 준비될 겁니다."

애덤은 쌍둥이에게서 눈길을 떼었다. 부드럽고 따뜻한 눈빛이었다.

"한잔 들겠나, 리?"

"부엌에서 오가피주를 마시고 있어요."

리는 다시 집 안으로 들어갔다.

새뮤얼은 몸을 굽혀 한 아이를 들어 무릎 위에 앉혔다.

"다른 한 애를 안아요. 애들에게 어떤 이름이 어울릴까 생각해 봅시다."

그는 애덤에게 말했다.

애덤은 어색하게 아이를 들어 무릎에 앉혔다.

"두 아이가 닮긴 했지만 자세히 보면 그렇지도 않군요. 이 아이는 저 아이보다 눈이 더 동그래요."

"그렇군. 머리도 더 둥글고, 귀도 더 크고."

새뮤얼이 말을 이었다.

"그런데 이 아이는 탄환 같군요. 높이는 못 올라가도 멀리는 갈 수 있을 것 같군. 머리칼과 피부는 더 검어질 것 같고. 이 녀석은 영리하겠는걸. 영리하다는 것은 곧 분별력이 있다는 거고. 영리하면 해서는 안 되는 일이 뭔지 구분할 줄 알기 마련이죠. 그런 일을 해 봐야 멍청하다는 소리밖에 못 들으니까. 이 애가 혼자 버티는 걸 봐요! 이 애는 저 애보다도 발육이 좋군. 자세히 보면 생김새가 판이하니 이상하지 않소?"

애덤의 얼굴 표정이 바뀌고 있었다. 마치 활짝 열린 그의 마음이 겉으로 드러나는 듯했다. 그가 손가락을 들자 아이는 그것을 잡으려고 덤벼들다가 무릎에서 떨어질 뻔했다.

"이런! 조심해야지. 이러다 떨어지겠다."

애덤이 소리쳤다.

"우리가 애들이 갖고 있다고 생각하는 자질에 따라 이름을 짓는 것이 잘못인지도 몰라요. 우리가 잘못 생각할 수도 있으니까. 이 애들이 높은 목표를 좇으며 살도록 그런 이름을 지어 주는 것이 좋을 것 같소. 내 이름은 어떤 사람의 이름을 따서 지은 건데, 그는 하느님이 자신의 이름을 부르는 소리를 똑똑히 들었다고 하더군. 그래서 나는 평생 동안 그 소리를 듣지나 않을까 귀를 바짝 기울이고 있소. 한두 번은 그 소리를 들은 것 같기도 한데 말이야. 물론 확실하진 않지만."

새뮤얼이 말했다.

애덤은 어린애를 안은 채 몸을 숙여 두 개의 유리잔에 위스키를 따랐다.

"와 주셔서 고맙습니다. 때려 주신 것도 고맙고요. 말하고 보니 좀 이상하네요."

"내가 그렇게 했다니 믿기지 않는군. 말할 생각도 없지만 집사람도 절대 믿지 않을 거요. 진실을 말해도 사람들이 믿어 주지 않으면 거짓말을 했을 때보다도 마음에 훨씬 더 큰 상처가 되는 법이지. 시대가 용인하지 못하는 진실을 지지한다는 것은 커다란 용기가 아닐 수 없어요. 그런 소신을 갖고 있는 만큼 벌을 받아야 하거든. 그 벌이란 것도 보통은 만만치 않고. 내겐 그런 용기가 없어요."

"당신처럼 식견이 넓은 분이 왜 황무지 같은 데서 고생을 할까 이상하게 생각했습니다."

애덤이 말했다.

"용기가 없기 때문이오. 나는 책임지는 일은 절대로 떠맡지 못해요. 하느님이 내 이름을 부르시지 않으면, 내가 그분의 이름을 부를 수도 있을 텐데 그러지 못했지. 위대함과 평범함의 차이는 여기에서 생기는 거요. 그런 나약한 사람이 어디 나뿐이겠는가? 그러나 위대함이란 세상에서 제일 외로운 것임을 평범한 사람은 알아 둘 필요가 있소."

"위대함에도 정도의 차이가 있다고 생각해요."

애덤이 말했다.

"나는 그렇게 생각하지 않소. 그건 작고도 큰 것이 있다는 말이나 마찬가지요. 큰 것에 대해 책임을 져야 할 때 인간은 늘 혼자서 선택할 수밖에 없소. 한편에는 온정과 우정과 이해가 있고, 다른 한편에는 냉정하고 외로운 위대함이 있지. 여기 인간은 이 둘 중에서 선택을 해야 하는 거요. 나는 평범함을 택한 것에 만족하고 있소. 만일 다른 선택을 했을 경우 어떤 대가가 있었을지 어떻게 알겠소? 내 자식들도 아마 톰을 빼면 평범하게 살 거요. 그 애는 지금 평범함을 선택하지 못해 고심하고 있소. 옆에서 보기에도 안쓰러울 지경이지. 그런데 내 마음 한구석에선 그 애가 위대함을 택하기를 바라고 있지 뭐요. 이상하지 않소? 아버지라는 작자가 아들이 힘든 길을 가기를 바라고 있으니 말이오. 이 얼마나 고약한 심보요."

애덤이 웃으며 말했다.

"이름 짓는 일이 정말 만만치가 않군요."

"쉬울 거라 생각했소?"

"이렇게 즐거운 것인 줄도 몰랐어요."

리가 닭 요리를 담은 접시와 김이 모락모락 나는 삶은 고구마 한 사발, 그리고 식초와 소금에 절인 근대 한 접시를 페이스트리와 곁들여 내왔다.

"맛이 어떨지 모르겠군요. 영계가 없어서 좀 늙은 닭을 잡았거든요. 올해 들어 족제비들이 병아리들을 잡아먹어서요."

"자네도 이리 오게."

새뮤얼이 말했다.

"오가피주를 가져올 테니 잠깐 기다리세요."

리가 말했다.

리가 자리를 뜨자 애덤이 말했다.

"이상하군요. 리의 말투가 달라졌습니다."

"이젠 저 사람도 당신을 믿는 거지. 그는 아무런 대가도 바라지 않고 충성을 다하는 재주가 있소. 우리가 생각하는 것보다 훨씬 더 좋은 사람일는지 모르지."

새뮤얼이 말했다.

리가 돌아와서 탁자 끝에 앉았다.

"아이들을 땅에 내려놓으세요."

바닥에 내려놓자 쌍둥이가 칭얼댔다. 리가 아이들에게 중국말로 뭐라고 타이르자 아이들은 이내 조용해졌다.

여느 시골 사람들과 다를 바 없이 그들은 잠자코 식사를 했다. 갑자기 리가 일어나서 서둘러 집 안으로 들어갔다. 그러더니 붉은 포도주 한 병을 들고 돌아왔다.

"깜빡 잊고 있었는데, 이게 집에 있더라고요."

애덤이 웃었다.

"제가 이 집을 사기 전에 여기서 포도주를 마시던 생각이 나는군요. 포도주 때문에 이 집을 샀는지도 모르죠. 닭 요리가 맛이 좋군, 리. 오랫동안 무슨 맛인지도 모르고 식사를 했던 것 같아."

"회복되고 있는 거요. 병에 걸린 걸 영광으로 알고 나아지는 걸 병에 대한 모독으로 여기는 사람들도 있소. 그러나 시간이란 습포는 영광 따위는 무시해 버리지. 누구나 시간을 두고 기다리면 건강이 좋아지기 마련이오."

새뮤얼이 말했다.

4

리는 탁자를 치우고 깨끗한 닭다리를 아이들에게 하나씩 쥐어 주었다. 아이들은 기름이 묻은 닭다리를 들여다보기도 하고 빨기도 하면서 조용히 있었다. 포도주와 술잔이 탁자 위에 놓여 있었다.

"어서 이름을 지어 봐요. 이름을 못 짓고 돌아가면 집사람이 가만있지 않을 거요."

새뮤얼이 말했다.

"무슨 이름을 지어 주어야 할지 생각이 안 나는군요."

애덤이 말했다.

"가족들 이름 중에서 괜찮다고 생각하는 건 없소? 부유한 친척의 이름이라든가, 존경하는 명사의 이름 중 약간 손보고 싶은 건 없어요?"

"없어요. 가능하다면 새로운 이름을 지어 주고 싶어요."

새뮤얼은 손가락으로 이마를 두드렸다.

"이런, 너무하네, 애들에게 적당한 이름이 있는데, 그걸 가질 수 없다니."

"무슨 말씀이십니까?"

애덤이 물었다.

"새로운 이름이라고 했소? 내가 어젯밤에 생각해 봤는데……."

그는 잠시 말을 멈추었다가 다시 입을 열었다.

"당신 이름에 대해 생각해 본 적 있소?"

"제 이름이요?"

"그래요. 당신의 첫 아들들은 카인과 아벨인 셈이지."

애덤이 말했다.

"안 돼요. 그렇게 할 수는 없어요."

"그럴 수 없다는 건 나도 알아요. 그렇게 하면 그 이름은 어떤 운명이든 그것을 유혹할 테니까. 한데 이상하지 않소? 카인은 이 세상에서 제일 잘 알려진 이름인데, 내가 아는 한 그이름을 가진 사람은 단 한 사람뿐이었으니 말이오."

"그렇기 때문에 그 이름이 갖는 중요성이 변하지 않았는지도 모르죠."

리가 말했다.

애덤은 자신의 유리잔 안에 담긴 잉크처럼 빨간 포도주를 들여다보았다.

"그 이름을 듣는 순간 온몸에 소름이 돋았어요."

"태초부터 우리 인간을 따라다니는 두 가지 이야기가 있소. 인간은 그 이야기를 보이지 않는 꼬리처럼 달고 다니지. 하나는 원죄 이야기이고, 다른 하나는 카인과 아벨의 이야기요.

나는 어느 것도 이해를 못 하겠소. 그 이야기를 결코 이해하지는 못하지만 감은 잡고 있지. 아내는 내게 화를 낸다오. 그 이야기를 이해하려 해서는 안 된다는 거요. 왜 사실을 설명해야 하느냐고 하더군. 어쩌면 그녀의 말이 맞는지도 모르지. 리, 라이자가 그러는데, 자네는 장로교인이라지? 자네는 에덴동산과 카인과 아벨의 이야기를 이해하는가?"

새뮤얼이 물었다.

"부인께서는 내가 이러이러한 사람이 되어야 한다고 생각하시더군요. 오래전에 샌프란시스코에서 주일학교에 다닌 적이 있어요. 사람들은 다른 사람이 이러이러한 사람, 이왕이면 자기들처럼 되기를 바랍니다."

"자네가 이해를 하느냐고 묻고 계시질 않나?"

애덤이 말했다.

"원죄 이야기는 이해가 갑니다. 마음에 와 닿더라고요. 하지만 형제끼리 살상을 한다니 이해가 안 됩니다. 아마 제가 자세한 이야기를 기억하지 못하기 때문인지도 모르지요."

"대부분의 사람들은 자세히 읽지를 않아. 자세히 읽어 보면 깜짝 놀랄 내용이지. 아벨에겐 자식이 없었어."

새뮤얼이 하늘을 올려다보더니 말을 이었다.

"하루가 참 빨리도 지나가는군그래! 의식하지 않으면 쏜살같이 지나가고, 의식하면 아주 천천히 가는 인생처럼. 나는 인생을 즐기고 있소. 즐겁게 사는 것을 죄악으로 생각하지 않기로 했지요. 사물을 면밀히 관찰하는 것이 내게는 하나의 낙이오. 나는 돌 하나라도 그 밑을 들추어보지 않고는 직성이 풀리지 않소. 달의 반대쪽을 볼 수 없다니 내겐 아주 실망스러운 일이오."

"제겐 성경이 없습니다. 가족 성경을 코네티컷에 두고 왔거든요."

애덤이 말했다.

"저한테 있습니다. 가져오죠."

리가 말했다.

"그럴 필요 없네. 라이자가 장모님 것을 내줬어. 내 호주머니에 있지."

새뮤얼이 말했다. 그는 구겨진 책 보따리를 꺼내 풀고는 말을 이었다.

"이것은 낡히고 벌레 먹은 성경인데, 이 안에 어떤 고뇌가 깃들어 있을지 궁금하군. 쓰던 성경을 보면 어느 부분에 손때가 많이 묻었는가를 보고, 그 주인이 어떤 사람일지 알 수가 있어요. 라이자는 성경을 골고루 봐요. 가장 오래된 이야기가 여기 있군. 만일 이 부분이 우릴 괴롭힌다면, 분명 우리 마음속에 괴로움이 있는 걸 거요."

"어렸을 때 들었는데…… 아주 오랜만에 다시 듣는군요."

애덤이 말했다.

"길 것 같지만 실은 짧은 이야기라오. 내가 한번 쭉 읽고 나서 다시 처음으로 되돌아갑시다. 목이 마르니 포도주 좀 주게. 자, 읽어 보겠소. 아주 짧은 이야기이지만 가슴을 후벼 파는 데가 있지."

새뮤얼이 땅바닥을 내려다보더니 말했다.

"얘들 좀 보게! 흙바닥에서 그냥 잠들어 버렸군."

리가 일어났다.

"제가 덮어 주지요."

"흙은 따뜻해. 자, 시작합시다. 아담이 아내 이브와 한자리에 들었더니 아내가 임신하여 카인을 낳고 이렇게 말했다. '야훼께서 내게 아들을 주셨구나.'"

애덤이 무슨 말인가 하려다가 새뮤얼이 그를 바라보자 입을 다물고 손으로 눈을 가렸다. 새뮤얼이 계속 읽었다.

"이브는 또한 카인의 아우 아벨을 낳았는데, 아벨은 양치기가 되고 카인은 농부가 되었다. 세월이 지난 후 카인은 야훼께 땅의 수확물을 제물로 바쳤다. 그리고 아벨은 양의 첫 새끼들과 그 굳기름을 바쳤다. 그러자 야훼께서는 아벨과 그의 제물은 반기셨으나 카인과 그 제물은 반기지 않았다."

리가 말했다.

"바로 그 대목입니다. 아니, 계속하세요. 나중에 얘기 나누지요."

새뮤얼이 읽어 나갔다.

"카인은 몹시 화를 내며 고개를 떨어뜨렸다. 그러자 야훼께서 카인에게 이르셨다. '너는 왜 화를 내느냐? 어째서 고개를 떨어뜨리고 있느냐? 네가 잘했다면 내가 네 제물을 거부하겠느냐? 네가 잘못했다면 죄가 문 앞에 도사리고 앉아 너를 노릴 것이다. 그리하여 너는 죄를 다스려야 할 것이다.' 카인은 아우 아벨을 꾀어 들로 데리고 나가서 그에게 달려들어 그를 죽였다. 야훼께서 카인에게 이르셨다. '네 아우 아벨은 어디 있느냐?' 그러자 그가 대답했다. '나는 모릅니다. 내가 아우를 지키는 사람입니까?' 야훼께서 말씀하셨다. '네가 무슨 짓을 저질렀느냐? 네 아우의 피가 땅속에서 내게 소리치는구나. 너는 땅의 저주를 받을 것이다. 땅이 입을 벌려 네 손에서 네 아우의 피를 받아 마셨다. 네가 아무리 애써 땅을 갈아도 이 땅은 더 이상 소출을 내지 않을 것이다. 너는 떠돌아다니는 신세가 될 것이다.' 그러자 카인이 야훼께 말했다. '내게 내린 벌이 너무 무거워서 감당할 수 없을 것 같습니다. 야훼께서 오늘 이 땅에서 저를 내쫓으셨으니 저는 이제 하느님을 뵙지 못할 것입니다. 저는 유랑을 하다 누구든 저를 만나는 사람의 손에 죽게 될 것입니다.' 야훼께서 그에게 이르셨다. '카인을 죽이는 자는 일곱 배의 벌을 받으리라.' 이렇게 말씀하시고 야훼는 카인에게 표를 찍어 주어 누구도 그를 죽이지 못하게 했다. 카인은 야훼 앞에서 물러나 에덴의 동쪽에 있는 놋이란 땅에서 살았다."

거의 녹초가 된 새뮤얼이 너덜너덜한 성경 표지를 덮었다.

"이런 내용이오. 열여섯 절밖에 안 돼. 이런, 세상에! 이 얘기가 얼마나 끔찍한지 잊고 있었군 그래. 용기를 북돋는 말은 한마디도 없으니. 라이자 말이 맞을지도 모르지. 이해할 것도 없어."

애덤이 한숨을 깊게 내쉬었다.

"위안이 되는 내용은 아니군요."

리는 둥근 도자기 병에서 까만 술을 잔에 가득 따르고, 조금 마신 뒤 입을 벌려 혀 밑으로 맛을 음미했다. 그가 말했다.

"어떤 이야기든 우리가 마음속으로 진실성이 없거나 우리에게 해당되는 것이 아니라는 생각이 들면 전혀 설득력을 갖지도 못하고, 오래가지도 못합니다. 인간이 진 원죄라는 게 정말 무겁기 짝이 없군요!"

새뮤얼이 애덤에게 말했다.

"그런데 당신은 그 모든 짐을 혼자 짊어지려고 했소."

리가 말했다.

"저도 그렇고, 모든 사람이 그렇습니다. 마치 귀중한 물건이나 되는 듯 양팔 가득 죄를 안고 있죠. 분명 우리가 원해서 그렇게 하는 것일 겁니다."

애덤이 끼어들었다.

"성경 말씀을 들으니 기분이 훨씬 더 나으면 나았지 나쁘지는 않군요."

"무슨 말씀이신가?"

새뮤얼이 물었다.

"어린아이들조차 죄는 자기가 만들어 낸 것이라고 생각해요. 그리고 우리가 늘 듣는 것처럼 미덕이란 배워서 체득하는 것이지요. 하지만 죄는 우리 스스로 만들어 낸 겁니다."

"알겠소. 그런데 어떻게 이 이야기를 듣고 기분이 더 좋아질 수가 있는 거요?"

애덤이 흥분하여 대답했다.

"왜냐하면 우리들은 이 이야기에서 비롯된 후손이기 때문이지요. 이는 곧 우리 조상의 이야기예요. 우리의 죄 가운데 어느 정도는 조상들에서 비롯된 것이지요. 우리에게 무슨 선택의 기회가 있었겠어요? 우리는 조상의 자손입니다. 다시 말해서 우리가 최초로 죄를 지은 사람이 아니라는 거예요. 변명에 불과한지는 몰라도 그것 말고는 달리 변명거리가 없네요."

"어쨌든 설득력 있는 변명은 아닙니다. 만일 그런 변명이 있었다면 우리는 오래전에 죄를 씻어 버렸을 겁니다. 그러면 벌을 받고 슬퍼하는 사람들로 이 세상이 넘쳐나지는 않았겠지요."

리가 말을 끝내자 새뮤얼이 말했다.

"그러나 이 이야기를 다른 관점에서 생각해 본 적이 있소? 변명 거리가 되든 안 되든, 우리는 조상에게 매인 몸이오. 그러니 우리에게도 죄가 있는 거지."

애덤이 말했다.

"한때 하느님께 분통을 터뜨렸던 기억이 나는군요. 카인과 아벨 모두 그들이 일군 수확을 하느님께 바쳤는데, 하느님은 아벨의 것은 받아들이고 카인의 것은 거절했지요. 아무리 생각해도 공평하지 못한 처사였어요. 도저히 납득이 안 가더군요. 어떠셨나요?"

리가 말했다.

"어쩌면 다른 관점에서 생각할 수도 있지 않겠습니까? 이 이야기는 유목민들이 그들을 위해 쓴 것으로 알고 있습니다. 농경민들이 아니었죠. 유목민의 신이라면 보릿단보다는 살진 양을 더 가치 있는 것으로 생각하지 않았겠습니까? 가장 훌륭하고 가장 귀중한 것을 제물로 바치기 마련이니까요."

"그래, 무슨 말인지 알겠네. 그런데 리, 라이자에게 자네의 동양적인 사고방식을 들키지 않도록 조심하게."

새뮤얼이 말했다.

애덤은 흥분해 있었다.

"그래요, 하지만 하느님은 왜 카인을 저주했을까요? 불공평합니다."

새뮤얼이 말했다.

"주의를 기울여 성경 말씀을 들으면 얻는 것이 더 많소. 하느님은 카인을 전혀 저주하지 않았지. 하느님인들 좋고 싫은 것이 없겠소? 가령 하느님이 채소보다는 양을 더 좋아했다고 생각해 봅시다. 내가 그렇지만. 그렇다면 아마 카인은 당근을 한 아름 들고 왔을 테지. 그러면 하느님이 이렇게 말씀하셨을 거요. '나는 당근을 좋아하지 않는다. 다른 걸 가져와라. 내가 좋아하는 것으로. 그러면 네 동생과 똑같이 대해 주겠다.'라고. 하지만 카인은 화를 냈어요. 감정이 상했던 거지. 사람은 화가 나면 뭐든 때려 부수고 싶어 해요. 그래서 아벨에게 분풀이를 한 거지."

리가 말했다.

"성 바울은 아벨이 신앙심이 있었다고 히브리인들에게 말하고 있지요."

"창세기에는 그런 언급은 없네. 신앙심이 있다는 말도, 없다는 말도 없지. 단지 카인의 성미가 어떤지 암시할 뿐이야."

새뮤얼이 말했다.

리가 물었다.

"해밀턴 부인께선 성경의 역설적인 부분에 대해 어떻게 생각하시나요?"

"역설이 있다는 점을 인정하지 않기 때문에 아무 생각이 없네."

"하지만……."

"그만하게, 이 사람아. 정 궁금하면 직접 물어봐. 그 때문에 폭삭 늙긴 하겠지만 궁금증은 좀 풀릴 테니까."

애덤이 말했다.

"모두 이 이야기에 대해 많은 연구를 하셨군요. 나는 건성으로 읽기만 했지 곰곰이 생각해 본 적은 없어요. 카인은 살인죄로 쫓겨났던가요?"

"그렇소. 살인을 했으니까."

"하느님이 그에게 낙인을 찍었나요?"

"귀담아듣지 않은 거요? 그를 멸망시키기 위해서가 아니라 그를 구원하기 위해 카인에게 표를 해 준 거지. 그래서 그를 죽이는 사람은 누구를 막론하고 저주를 받게 되었고. 그건 카인을 보호하기 위한 낙인이었소."

애덤이 말했다.

"카인만 부당한 대접을 받았다는 생각이 들어요."

"그런지도 모르겠소. 하지만 카인은 살아서 자식을 두었고, 아벨은 이야기 속에서만 살아 있소. 우리는 카인의 후손이오. 그런데 이상하지 않은가? 수천 년이 지난 지금 세 남자 어른이 이 원죄를 마치 어제 킹시티에서 발생해 아직 재판에 회부되지 않은 사건인 양 논의하고 있으니."

새뮤얼이 말했다.

쌍둥이 중 하나가 잠에서 깨어나 하품을 하고 리를 쳐다보더니 다시 잠들었다.

리가 말했다.

"언젠가 고대 중국 시를 영어로 번역하고 있다는 말씀을 드렸는데, 기억하고 계신지 모르겠습니다. 아니, 걱정하지 마십쇼. 지금 읽어 드리려는 건 아니니까요. 번역을 하면서 옛일들이 마치 오늘 아침에 일어난 일처럼 생생하고 또렷하게 느껴졌습니다. 그 이유가 뭘까 생각해 봤어요. 물론 사람들은 오직 자기 자신에게만 관심이 있어요. 사람들은 자신에 관한 이야기가 아니면 들으려고 하지 않습니다. 그래서 이런 법칙을 끌어냈어요. 위대하고 영원한 이야기는 만인에 관한 것이며, 그렇지 않으면 지속되지 않을 거라는 겁니다. 이상하고 생소한 것이 아니라 철저하게 개인적이거나 친숙한 것만이 흥미를 끄는 거죠."

새뮤얼이 말했다.

"그 법칙을 카인과 아벨의 이야기에 적용해 보게."

애덤이 말했다.

"나는 동생을 죽이지 않았습니다……."

그가 갑자기 말을 멈추고 과거를 회상했다.

리가 새뮤얼의 말에 대꾸했다.

"이것은 만인의 이야기이기 때문에 세상에 가장 잘 알려져 있습니다. 인간 영혼을 상징하는 이야기라고 생각됩니다. 제 생각을 더듬고 있는 중이니까 제 말이 이해되시지 않더라도 불쑥 끼어들지 마세요. 어린아이는 사랑받지 못하는 걸 가장 무서워하고 거부당하는 걸 극도로 두려워합니다. 정도의 차이는 있겠지만 누구나 거부를 당한 경험이 있을 겁니다. 거부를 당하면 그 순간 화가 치밀어 오릅니다. 그리고 화가 나면 자신을 거부한 사람에 대한 복수심으로 죄를 저지르게 되지요. 죄를 지으면 죄인이 되는 겁니다. 이것이 인류의 이야기입니다. 만일 거부당하는 일이 전혀 없다면, 인간이 지금처럼 되지는 않았을 겁니다. 더구나 미치광이들도 더 적었을 겁니다. 분명 감옥도 많지 않았을 거고요. 결국 모든 원인은 시초에 있습니다. 시작부터가 문제였어요. 사랑을 갈망하는데, 거절을 당하면 어린이는 고양이를 발길로 차 놓고, 자신의 은밀한 죄를 감추지요. 어떤 아이는 돈으로 사랑을 얻기 위해 도둑질을 합니다. 어떤 아이는 커서 세계를 정복합니다. 그러면서 항상 죄의식과 복수심에 시달리다 더 큰 죄책감을 느끼지요. 인간은 유일하게 죄를 짓는 동물입니다. 아직 안 끝났습니다! 제 생각에 이 무시무시한 옛이야기는 그것이 영혼의 전형, 그러니까 비밀스럽고 사랑을 받지 못한, 죄 많은 영혼에 관한 이야기이기 때문에 중요합니다. 트래스크 씨, 당신은 동생을 죽이지 않았다고 말해 놓고 뭔가 다른 생각을 하고 계십니다. 그게 뭔지 알고 싶은 생각은 없습니다. 하지만 카인과 아벨의 이야기와 거리가 먼 것인가요? 동양적인 사고방식에서 나온 제 말을 어떻게 생각하십니까, 해밀턴 씨? 당신과 마찬가지로 제 사고방식도 동양적인 건 아닙니다."

새뮤얼은 팔꿈치를 탁자에 기대고, 손으로 눈과 이마를 감쌌다.

"생각해 봐야겠어. 젠장, 생각을 해야겠다고. 적당한 곳에 자리를 잡고 앉아서 자네 말에 대해 곰곰이 생각해 보고 싶 군. 자네가 내 세계관을 완전히 뒤엎었어. 앞으로 어떤 세계관 을 정립해야 할지 모르겠네."

리가 조용히 말했다.

"기존의 진리를 바탕으로 새로운 세계를 세울 수는 없을까 요? 원인이 규명되면 어느 정도 괴로움과 광기가 근절되지 않 을까요?"

"모르겠네. 자네는 아름다운 내 우주를 쑥대밭으로 만들어 놓았어. 자네는 논쟁을 벌이자고 해 놓고 해답까지 내놓았어. 나를 내버려 두게, 생각 좀 하게 말이야! 벌써부터 자네 생각 이 내 머릿속에 둥지를 틀고 있네. 맙소사, 톰이 이 사실을 알 면 어떻게 생각할지 모르겠군! 그 애는 골똘히 생각할 거야. 머릿속으로 요모조모 꼼꼼히 따지겠지. 애덤, 이제 그만 정 신 차려요. 무슨 기억에 빠져 있는지는 몰라도 한참 빠져 있구 면."

애덤은 깜짝 놀랐다. 그는 깊은 한숨을 내쉬었다.

"그건 너무 단순하지 않나? 나는 늘 단순한 것을 두려워하 거든."

"전혀 그렇지 않습니다. 상당히 복잡한 겁니다. 하지만 결국 다 풀리기 마련이죠."

리가 대답했다.

"조금 있으면 어두워지겠어. 앉아 있다 보니 저녁이 다 되 었군. 쌍둥이에게 이름을 지어 주려고 왔는데, 이름도 못 지었고. 지금까지 우리가 한 말은 입 밖에 내지도 말게. 리, 자네의 복잡한 지론을 기성 교회가 눈치 채지 못하게 조심하는 게 좋을 걸세. 그러지 않으면 중국인 최초로 사지에 못이 박히고 말 테니까. 교회는 복잡한 걸 좋아하지만 다른 의견을 수용할 만큼 관대하진 않아. 이제 집으로 가야겠네."

새뮤얼이 말했다.

애덤이 절박한 어조로 말했다.

"이름을 지어 주세요."

"성경에 있는 이름으로 말이오?"

"어디에 있는 것이든 상관없어요."

"그럼 어디 볼까. 이집트를 탈출한 사람 중 두 사람만이 '약속된 땅'으로 돌아왔소. 그들의 상징적인 의미가 마음에 드오?"

"그 사람들이 누구죠?"

"칼렙과 여호수아."

"여호수아는 군인. 그러니까 장군이었지요. 군인은 싫습니다."

"칼렙은 지휘관이었소."

"하지만 장군은 아니었지요. 칼렙이 좋겠군요. 칼렙 트래스크."

쌍둥이 하나가 잠에서 깨어 울기 시작했다.

"당신이 지금 이 아이의 이름을 부른 거요. 칼렙이라는 이름은 이미 붙였고, 여호수아는 싫단 말이지. 이 검은 아이는 영리하구먼. 이런, 또 한 녀석도 깼군. 나는 아론이라는 이름이 늘 좋았소. 그러나 그는 '약속된 땅'으로 가진 않았지."

새뮤얼이 말했다.

두 번째 아이도 울음을 터뜨렸다.

"그거 좋은데요."

애덤이 말했다.

그 말이 끝나기가 무섭게 새뮤얼이 웃으며 말했다.

"2분 만에. 그것도 한참 딴소리를 지껄인 후에 이름을 짓다니. 칼렙과 아론이라. 자, 이제 너희들은 사람이 되었고, 형제의 일원이 되었으며, 저주받을 권리를 갖게 되었노라."

리가 아이들을 양팔로 안아 올렸다.

"두 아이를 잘 봐 두셨습니까?"

"물론이지. 저 녀석은 칼렙, 이 녀석은 아론."

애덤이 대답했다.

리는 울어 대는 쌍둥이를 안은 채, 어둠 속을 뚫고 집으로 향했다.

"어제만 해도 두 아이를 구별하지 못했지요. 아론과 칼렙."

애덤이 말했다.

"고민 끝에 이름을 얻게 되었으니 하느님께 감사할 일이군. 라이자는 여호수아를 더 좋아했을 거요. 아내는 여호수아가 여리고의 성벽을 무너뜨린 대목을 무척 좋아하지. 하지만 아론도 좋아할 테니 걱정 말아요. 자, 난 이만 마차를 끌고 가 보겠소."

새뮤얼이 말했다.

애덤은 헛간까지 그와 함께 걸어갔다.

"와 주셔서 고마웠습니다. 무거운 짐을 덜어 낸 기분이에요."

새뮤얼은 내켜하지 않는 독솔로지의 입에 재갈을 물리고, 이마에 띠를 두른 다음 목 밑에 가죽끈을 둘렀다.

"지금 평지에 정원을 꾸밀 생각을 하고 있는 거 아니오? 당신이 설계한 정원이 눈앞에 보이는 것 같은데."

애덤은 한참 뜸을 들이다가 마침내 대답했다.

"이젠 그럴 힘도 없는 것 같아요. 하고 싶은 생각도 들지 않고요. 살아갈 돈은 넉넉합니다. 정원을 만들 생각은 전혀 없어요. 이제 정원을 보여 줄 사람도 아무도 없잖아요."

새뮤얼이 돌아섰다. 그가 눈물이 그렁그렁한 눈으로 소리쳤다.

"영영 의욕이 생기지 않을 거라고는 생각지 마시오. 그런 생각일랑 하지 말라고. 자네는 자신이 다른 사람들보다 더 낫다고 생각하지 않나? 시간이 흐르면 잃었던 기력도 차차 회복이 될 거요."

그는 잠시 서서 가쁘게 숨을 쉬다가 마차에 올라 독솔로지에게 채찍질을 가했다. 그러고는 인사말도 하지 않고, 구부정하게 앉아 마차를 몰고 가 버렸다.

(2권에서 계속)

세계문학전집 **181**

에덴의 동쪽 1

1판 1쇄 펴냄 2008년 6월 30일
1판 26쇄 펴냄 2022년 11월 30일

지은이 존 스타인벡
옮긴이 정회성
발행인 박근섭, 박상준
펴낸곳 (주)민음사

출판등록 1966. 5. 19. (제 16-490호)
서울특별시 강남구 도산대로1길 62(신사동) 강남출판문화센터 5층 (우편번호 06027)
대표전화 02-515-2000 팩시밀리 02-515-2007
www.minumsa.com

한국어 판 © (주)민음사, 2008, 2022. Printed in Seoul, Korea

ISBN 978-89-374-6181-1 04800
ISBN 978-89-374-6000-5 (세트)

세계문학전집 목록

세계문학전집은 계속 간행됩니다.